J. C. Maetis

The Vienna Writers – Sie schrieben um ihr Leben

J.C. MAETIS

The Vienna Writers

SIE SCHRIEBEN UM IHR LEBEN

Roman

Aus dem Englischen
von Gabriele Weber-Jarić

PIPER

Mehr über unsere Autorinnen, Autoren und Bücher:
www.piper.de

Wenn Ihnen dieser Roman gefallen hat, schreiben Sie uns unter Nennung des Titels »The Vienna Writers« an *empfehlungen@piper.de*, und wir empfehlen Ihnen gerne vergleichbare Bücher.

Disclaimer:
Dieser Roman enthält sowohl das Z-Wort wie auch das N-Wort. Wir haben uns entschieden, diese beiden Begriffe im Text nicht zu ändern, um die schreckliche Wirklichkeit der nationalsozialistischen Rassenideologie abzubilden. Die Wörter wurden im historischen Kontext bewusst verwendet und stehen in Originaltexten aus der Zeit, wie z. B. den in diesem Roman in Auszügen zitierten Nürnberger Gesetzen. Durch ihre Nutzung sollten rassistische Ideologien sowie die Weiße Vorherrschaft betont und die Angesprochenen dehumanisiert werden.

ISBN 978-3-492-06430-9

Titel der englischen Originalausgabe:
»The Vienna Writers Circle«, HarperCollins/Mira, Toronto, 2023

Redaktion: Ilse Wagner
Satz auf Grundlage eines CSS-Layouts von digital publishing competence (München) mit abavo vlow (Buchloe)
Druck und Bindung: CPI Books GmbH, Leck
Printed in the EU

Für die Familie meines Vaters, zu der sowohl Opfer als auch Überlebende des Holocaust gehören.

Und für meine Eltern, die im Zweiten Weltkrieg wesentlich dazu beitrugen, meine noch bestehende Familie sowie viele andere vor dem Joch der Verfolgung und der Vorurteile zu bewahren. Glücklicherweise findet man diese Gesinnung noch heute, wenn auch nicht in allen Ländern oder Facetten der Gesellschaft.

Prolog

Lublin, Polen, April 1942

Noch nie war ich so durstig, war mein Mund so trocken.

Meine Lippen waren rissig und wund, und wenn ich schlucken wollte, klebte mir die geschwollene Zunge am Gaumen, bis ich es schließlich aufgab. Es war kein Speichel mehr vorhanden. Das Einzige, was noch durch den Sandpapiertunnel meines Mundes floss, war mein flacher, rauer Atem.

Das ging aber nicht nur mir so.

Knapp siebzig von uns hatte man nach meiner Schätzung in den Viehwaggon gepfercht. Bei fünfzig hatte ich aufgehört, zu zählen. Da waren so viele nachgeschoben worden, dass man die ganz hinten nicht mehr sehen, geschweige denn zählen konnte.

Um mich herum überall die gleichen trockenen, aufgeplatzten Lippen und aufgequollenen Zungen. Die Blicke so trüb und verloren, als lägen sie unter einem Dunstschleier verborgen. *Ob mein Blick jetzt genauso war?*

Als wir den Bahnhof von Neisse verließen und ich noch genug Spucke zum Reden hatte, begann ich ein Gespräch mit einem steif dasitzenden grauhaarigen Mann namens Ernst, der, wie er mir erzählte, vor einem Jahr in der Kärntner Straße in Wien ein Schuhgeschäft hatte.

Ich nickte eifrig. »Ach, die Kärntner Straße, die kenne ich gut. Um die Ecke liegt das *Café Mozart,* da habe ich mich regelmäßig mit Freunden getroffen. Und unten stößt man auf die Kärntnertorpassage mit der Polizeiinspektion. Ich kannte einen der Kommissare, Josef ...« Ernsts Blick war scharf geworden, und ich verstummte.

»Ein Kommissar der Polizei?« Er zog die Brauen hoch. »Sie sind doch nicht so etwas wie ein Spitzel, oder?«

»Nein, *nein*«, erwiderte ich eilig. Mein Blick fiel auf Ernsts Armbinde mit dem gelben Stern. Viele in diesem Viehwaggon, mich eingeschlossen, verdankten es einem Spitzel, dass sie hier gelandet waren. »Er gehörte zur Wiener Polizei, nicht zur Gestapo.«

»Ach so.« Ernst zuckte mit den Schultern, als wäre eine Polizeieinheit für ihn wie die andere.

»Ich bin zu Josef gegangen, um mir Informationen geben zu lassen«, fügte ich hinzu.

»*Was* für Informationen?« Ernsts Blick war noch immer voller Argwohn.

»Nichts Besonderes und nichts Wichtiges.« Jetzt zuckte ich mit den Schultern. »Nur allgemeine Dinge über Kriminelle. Ich habe geschrieben, müssen Sie wissen.«

»Wie ein Reporter oder Journalist?«

»Anfangs ja. Später überwiegend Bücher.«

Ernst nickte bedächtig, sah sich in dem trostlosen Viehwaggon um und richtete seinen Blick wieder auf mich, dann auf meinen Jackenärmel, an dem der gelbe Stern fehlte. »Offenbar haben Sie etwas geschrieben, das Sie besser nicht geschrieben hätten.«

»Ja, so ungefähr.«

So lautete zumindest die einfache Erklärung. Hätte ich diesem Mann, den man zur Hölle verdammt hatte, weil er Jude war, erklärt, dass auch ich Jude war, diese Zugehörigkeit in den vergangenen drei Jahren jedoch verborgen hatte, weil ich versucht hatte, zu überleben, hätte ich nur ein höhnisches *Hat aber nicht viel gebracht, oder?* geerntet.

Es war ein gefährliches Spiel gewesen, doch eine Zeit lang war ich damit durchgekommen. Mit der Festnahme und dem Abtransport ins Lager hatte ich nicht gerechnet, eine Warnung hatte es nicht gegeben. Die einzige Vorbereitung war ein emotionales Treffen in letzter Minute mit meinem Agenten Julian Reisner gewesen, der mir noch einmal einschärfte, dass ich ein katholischer Dissident sei, kein Jude. *Gib auch im Lager nicht zu, dass du Jude bist. Es wird hart werden ... Frag bei deiner Ankunft sofort nach Dieter Meisel, sieh zu, dass er den Brief, den ich dir gegeben habe, in Empfang nimmt. Meisel ist der stellvertretende Lagerkommandant.*

Es wird hart werden. Das wurde mir bereits klar, als ich von zwei Soldaten abgeführt und mit zwanzig anderen Gefangenen bei vorgehaltener Waffe in den Viehwaggon gestoßen wurde. Dann der stete Abstieg in die Hölle, während der Zug langsam Richtung Osten rumpelte ...

Lundenburg ... Neisse ... Oppeln ... Kielce ... Warschau ... Lublin ... Chełm ...

Die Reise schien endlos. Und nach jedem Halt wurde es im Waggon wärmer, enger und übelriechender. Die Körper so dicht gedrängt, dass man kaum atmen oder sich bewegen konnte. Und nie hatte man eine andere Wahl, als sich dort, wo man stand, zu erleichtern – woraufhin der zwei Tage alte Gestank nach Urin und Exkrementen eine beißende Ammoniakbeigabe erhielt, die den letzten Rest frischer Luft raubte.

Flache, angestrengte Atemzüge oder schweres, gequältes Ringen nach Luft, durchsetzt von gelegentlichem Stöhnen und Klagen, was hier und da Blicke provozierte. Nicht so sehr des Mitleids oder der Sorge, sondern voller Verwunderung, dass jemand noch die Kraft zu derlei Bekundungen besaß.

Die größten Gruppen waren in Oppeln und Warschau geladen worden, diese neuen Zuströme hatten mich von Ernst getrennt. War wahrscheinlich das Beste. Mein Mund war zu trocken, um weiter zu reden, selbst wenn ich die Kraft oder den Willen dazu gehabt hätte.

Einige hatten sich bereits aufgegeben.

Ich konnte vier zusammengesackte Körper erkennen. Zweifellos waren es noch mehr, ganz hinten und außerhalb meines Blickfelds. Einer hatte sich noch eine Zeit lang leicht bewegt und kaum hörbar gestöhnt, doch seit ein paar Stunden war er reglos und still.

Einige Blicke ruhten länger auf den Toten, diesen düsteren Vorboten des Schicksals, das auf uns wartete, falls die Reise noch viel länger dauerte.

Nachts und früh am Morgen war es kalt. Die erste Gruppe war noch herumgeschlurft, um sich warmzuhalten. Dazu war jetzt kein Platz mehr. Zudem hatten die stinkenden, eng aneinandergepressten Körper die Temperatur um ein Vielfaches erhöht. Die Folge war eine unerträgliche Hitze, die ebenfalls dazu beitrug, uns die Feuchtigkeit aus den Mündern zu saugen.

Am Nachmittag setzte schwerer Regen ein, und der Wind trieb ein paar Tropfen durch einen Spalt, der in einer Bretterwand des Waggons aufgebrochen war. Sofort öffneten sich dort drei Münder und suchten diese kostbaren Tropfen wie neugeborene Küken bei der ersten Fütterung. Einer fing an, das feuchte Holz rund um den Spalt abzulecken.

Ich vermochte mich kaum zu rühren, wurde von den Körpern ringsum eingeklemmt. Ich konnte nur benommen und neiderfüllt zusehen.

Als jemand gegen mich stieß, zog ich meine Jacke enger um mich – ein Reflex, um sich vor Taschendieben zu schützen –, bis mir einfiel, dass ich kaum etwas bei mir trug, das sich zu stehlen lohnte. *Da, wo du hingehst, ist Geld nutzlos,* hatte Julian erklärt. *Das einzige Tauschmittel ist Tabak.* Deshalb hatte ich, eingenäht in das Futter meiner Jacke, mehrere Päckchen Tabak und Familienfotos bei mir. *Darauf ist nun mein ganzes Leben zusammengeschmolzen.* Ich dachte an die Familie, die ich in Wien zurückgelassen hatte. Mein Herz verkrampfte sich, und meine Augen begannen, zu brennen.

Tränen kamen keine, nicht einmal dazu besaß mein Körper noch genügend Flüssigkeit.

Irgendwann muss ich eingeschlafen sein, wobei mich der Druck der anderen Körper aufrecht hielt, denn das Nächste, woran ich mich erinnerte, waren Gedränge und das Gebrüll deutscher SS-Wachen.

»Beeilung! Los ... bewegt euch. Raus ... *raus!*«

Ich trieb mit den anderen Richtung Ausgang. Auf dem Boden lagen nun acht gekrümmte Körper, einer regte sich noch ein wenig.

»Hierher ... bewegt euch ... in eine Reihe!«

Das plötzliche Licht schmerzte meine Augen – obwohl die Sonne nur schwach durch die Wolken schien –, und doch sah ich den SS-Wachmann oder vielmehr die Feldflasche an seinem Gürtel.

»Bitte ...«, flehte ich und streckte die Hand aus, »einen kleinen Schluck Wasser.«

Der Mann runzelte die Stirn und sah mich an, als wäre ich ein Stück Dreck.

»Ich ... ich bin kein Jude«, fügte ich, Julians Rat folgend, hinzu. »Ich bin Christ ... genau wie Sie.«

Er blickte auf meinen Ärmel, an dem der gelbe Stern fehlte, und zog eine Braue hoch. »Trotzdem müssen Sie jemanden geärgert haben.«

»Ja ... muss ich wohl.« Ich wandte den Blick ab. Es war klar, dass ich bei diesem Mann nicht weiterkommen würde. Dann erinnerte ich mich an den Brief und den Namen, den Julian mir mit auf den Weg gegeben hatte. Ich zog den Umschlag aus der Innentasche meiner Jacke und überreichte ihn dem SS-Mann. »Man hat mir gesagt, dass ich bei der Ankunft nach Dieter Meisel fragen und sichergehen soll, dass er diesen Brief erhält.«

»Meisel ist der stellvertretende Kommandant von Sobibór.« Der SS-Mann runzelte die Stirn. »Wer hat Ihnen seinen Namen genannt?«

»Ein Freund von mir in Wien. Ich glaube, er kennt ihn.« Dass dieser Freund mein Literaturagent war, erwähnte ich nicht. Es schien mir irrelevant.

Dem Rangabzeichen auf dem Kragenspiegel des SS-Mannes entnahm ich, dass er Scharführer war. Das war der zweitniedrigste Dienstgrad. In einer Hand hielt er einen schwarzen Stock, der farblich zu seinem kurz geschnittenen Haar passte.

»Verstehe.« Er betrachtete den Brief nachdenklich, der strenge Gesichtsausdruck änderte sich. Er wedelte mit dem Brief. »Ich sorge dafür, dass Meisel ihn bekommt.« Dann klopfte er mir auf die Schulter. »Sie scheinen ein anständiger Kerl zu sein – im Gegensatz zu dem Rest.« Er warf einen verächtlichen Blick auf die Menschen aus dem Waggon, die sich an ihm vorbeischleppten. »Nur wäre mein Leben nichts mehr wert, wenn ich Ihnen ohne Befehl von oben Wasser geben würde. Und für die letzten Tropfen würde mich der Pöbel da wahrscheinlich in Stücke reißen.«

»Ja, das sehe ich ein.«

»Trotzdem hätte ich einen Rat.«

In den Augen des SS-Mannes glomm etwas auf, als wolle er mir ein kostbares Geheimnis verraten. Ich beugte mich zu ihm vor.

»Im Lager werden Sie als Erstes zu den Duschen geführt. Um den Dreck und den Gestank der Reise abzuspülen.« Wieder glitt sein Blick zu den vorbeitrottenden Menschen. »Und die Läuse von denen da.«

Ich nickte.

»Allerdings sollten Sie sich wappnen, das Wasser in den Duschen ist kalt.« Er grimassierte. »Aber es ist frisch und wird Ihren Durst löschen. Halten Sie Ihren Mund in die Wasserstrahlen, und dann trinken Sie nach Herzenslust.«

»Danke.« Ich nickte ihm zu und schloss mich den anderen an. *»Vielen Dank.«*

Ab da konnte ich nur noch an den Moment denken, an dem das eiskalte Wasser auf meinen ausgetrockneten Mund treffen würde.

Auch als ich mich mit zweihundert anderen in dem großen Vorraum auskleidete, dachte ich daran, während ich endlos lange darauf wartete, den Duschraum zu betreten.

Da ich kaum noch Kraft hatte, fingen meine Beine an, zu zittern, und mich beschlich die Angst, dass ich es womöglich nicht mehr zu den Duschen schaffen könnte.

Dann endlich wurden wir in einen großen Duschraum gelassen, im ersten Schwung achtzig oder neunzig von uns. Hinter uns fiel die Tür mit einem dumpfen Knall ins Schloss.

Ich musste einen älteren Mann zur Seite schieben, um sofort unter eine der Duschdüsen zu gelangen. Ich hörte ein leises Klappern in der Leitung, und dann begann etwas, zu strömen. Ich legte den Kopf in den Nacken und öffnete den Mund, um den himmlischen Moment zu erleben, wenn das erste Nass seit drei Tagen meine Lippen berührte.

Kapitel 1

»Was die Erkenntnis des Geistes angeht, sind Dichter uns gewöhnlichen Menschen überlegen; sie trinken an Strömen, die wir der Wissenschaft noch nicht zugänglich gemacht haben.«

Sigmund Freud

Mathias

Wien, März 1938

Ich, Mathias Kraemer, erinnere mich noch gut an die erste ernst zu nehmende Warnung. Das war, als ein SS-Mann ins *Café Mozart* kam und wissen wollte, ob Juden anwesend seien und welche Juden das Café regelmäßig frequentieren.

Ich saß mit Johannes knapp zehn Meter von der Theke entfernt, an der der SS-Mann zwei junge Kellner angesprochen hatte. Glücklicherweise standen zwischen ihm und uns noch zwei Tische, andernfalls hätte sein Blick direkt auf uns fallen können.

Wir hätten besser auf Sigmund Freud gehört, der uns beim letzten Treffen des »Kreises« gewarnt hatte, dass es nach dem Anschluss eng werden könnte.

Von Wiens zahlreichen prachtvollen Cafés war uns das *Mozart* am liebsten, es war nicht zu prätentiös. Zwar waren das *Sperl* oder auch das *Landtmann* opulenter und nobler ausgestattet, doch für uns waren das Helle und Offene des *Mozart* das wesentlichere Element. Im *Mozart* war man auf beinahe jedem Platz in Licht getaucht und konnte noch dazu beobachten, was auf der Straße vor sich ging. Durch die große Fensterfront hatten wir so auch den SS-Mann kommen sehen. Als er mit den Kellnern sprach, hätten wir uns jedoch einen Ort mit dunkleren Ecken gewünscht.

So gut wie jede Woche trafen wir uns hier zur gleichen Zeit, dienstags um achtzehn Uhr, zusammen mit Büroangestellten und Verkaufspersonal, die nach der Arbeit erschienen, sowie Besuchern, die sich vor Beginn der Oper, eines Konzerts oder eines Theaterstücks einfanden. Häufig gesellte sich auch unser Literaturagent Julian Reisner zu uns. Dann unterhielten wir uns über die Fortschritte unserer Buchprojekte, den Buchmarkt und die Welt im Allgemeinen.

Johannes hatte soeben seinen zweiunddreißigsten Geburtstag gefeiert, ein beträchtlicher Altersunterschied also zu mir, der ich siebenundvierzig Jahre alt war. Dennoch standen wir uns so nahe wie Brüder, nicht nur wie Cousins. Vielleicht führte der Umstand, dass wir den gleichen Beruf gewählt hatten, zu dieser besonderen Verbindung. Ich schrieb seit sechzehn Jahren Kriminalromane, Johannes seit fünf. Zudem hatte ich Johannes bei Julian eingeführt. Es war nicht nur ein Gefallen gewesen, den ich einem Familienmitglied getan hatte, vielmehr war ich von Johannes' schriftstellerischen Fähigkeiten überzeugt. Julian war der gleichen Meinung. Mit seinen einundvierzig Jahren überbrückte er den Altersunterschied zwischen Johannes und mir, davon abgesehen fungierte er als unser Mentor und Ratgeber.

»Ich wünschte, Julian wäre bei uns«, murmelte Johannes. »Er würde die richtigen Worte finden, um uns zu beruhigen.«

»Ich glaube, ebendeshalb kann er jetzt nicht bei uns sein. Nicht nach dem letzten Treffen des Kreises. Der Anschluss war vor drei Tagen, und Julian betreut noch andere, die in der gleichen Lage wie wir sind.« Meine Stimme war nicht mehr als ein leises Zischen, und angesichts des nicht weit entfernten SS-Mannes vermied ich das Wort »Juden«. »Hinzu kommen eine Reihe politische Autoren und potenziell Subversive. Als ich mit ihm gesprochen habe, sagte er, er sei unentwegt am Telefon und versuche, das jüngste Geschehen und seine Bedeutung nicht nur mir, sondern auch einer Menge anderer Leute zu erklären.«

Bei diesem Anschluss – oder der Übernahme und Eingliederung Österreichs in das nationalsozialistische Deutsche Reich – war kaum ein Schuss gefallen.

Der Grund für diesen fehlenden Widerstand lag in einer gemeinsamen Vision und Identität der Österreicher und Deutschen; die Tatsache, dass Adolf Hitler, der Kanzler des Deutschen Reichs, gebürtiger Österreicher war, spielte eine untergeordnete Rolle. Und ebenso wie in Deutschland hatte es in Österreich schon seit einer Weile einen schwelenden Antisemitismus gegeben. Der Anschluss und das Erscheinen eines SS-Mannes im *Café Mozart* waren lediglich die letzten Beweise. Nun war es offiziell.

Die beiden Kellner setzten nichtssagende Mienen auf, zuckten mit den Schultern und sagten, sie hätten keine Ahnung, welcher ihrer Gäste jüdisch sei und welcher nicht.

»Kommen Sie«, erwiderte der SS-Mann, »das glaubt Ihnen doch kein Mensch. Seit wann arbeiten Sie hier?« Er dürfte höchstens Anfang dreißig gewesen sein, befleißigte sich jedoch der Strenge eines viel älteren Mannes und fixierte die beiden Kellner mit seinen blauen Augen. »Wenn Sie nicht ehrlich sind, könnte es für Sie schlimm ausgehen.«

Einer der Kellner wirkte nun unsicher und sah aus, als wollte er etwas sagen. In dem Augenblick meldete sich von hinten eine Stimme.

»Es ist absolut korrekt, wenn mein Personal Ihnen erklärt, dass es in dieser Hinsicht keine Ahnung hat.« Es war Otto Karner, der Inhaber des *Café Mozart,* der dem SS-Mann nun mutig entgegentrat. »Auch ich könnte es Ihnen nicht sagen, und ich führe dieses Etablissement bereits seit neun Jahren.«

»Ist es nicht ein wenig nachlässig, nicht zu wissen, wer Ihre Gäste sind?«

»Wir betrachten es nicht als unsere Aufgabe, die Herkunft unserer Gäste zu erforschen«, entgegnete Karner und lächelte schmallippig. »Wir bieten ihnen lediglich den besten Kaffee sowie die besten Torten und Mehlspeisen der Stadt.«

Der SS-Mann taxierte Karner so verächtlich, als könnte dieser selbst Jude sein, immerhin hatte Karner dunkles Haar – aber das war auch schon alles. Im Übrigen trug er einen Oberlippenbart à la Chaplin oder Hitler – ein solcher Bart war zurzeit Mode –, hatte eine Stupsnase und war beleibt wie ein Fleischer oder Opernsänger. In der Regel drückte seine Leibesfülle gegen einen silbergrauen oder weißen Leinenanzug, als führte Karner ein Café in Marokko oder Panama, nicht in Wien. Eine kleine schwarze oder marineblaue Fliege bildete den einzigen Kontrast zu dieser Bekleidung.

»Der Besitzer des *Café Central* hat gesagt, für ihn sei es kein Problem, uns seine jüdischen Gäste zu nennen.« Um den Mund des SS-Mannes huschte etwas Gefährliches. »Warum wollen Sie es für sich schwierig machen, indem Sie sich widersetzen?«

»In Wien ist das *Central* Hitlers Lieblingscafé.« Karner zuckte mit den Schultern. »Vielleicht will man dort einfach sichergehen, dass keine Juden anwesend sind, sollte der Führer das Café noch einmal mit seinem Besuch beehren. Oder man hat Ihnen das gesagt, was Sie hören wollten.«

Wie kühn Karner war. Ich nahm einen Schluck Kaffee, um mein Lächeln zu verbergen.

»Wie Sie wollen.« Um die aufsteigende Zornesröte auf seinem Gesicht durch herrisches Gebaren wettzumachen, stieß der SS-Mann Karner mit der Hand zur Seite und warf sich in Positur, als wäre plötzlich er der Chef des *Café Mozart.* »Ich werde eine Ankündigung machen.«

Mit scharfem Blick nahm er die Gästeschar ins Visier und rief: »Alle mal herhören!« Er wartete einen Moment, bis das sanfte Gemurmel der Gespräche und das Klappern des Bestecks verebbte. »Ich bin Heinrich Schnabel, Scharführer der österreichischen SS. Alle Juden in diesem Raum werden sich mir nun zu erkennen geben – ohne Ausnahme!«

Mir war, als wäre mir der nächste Schluck Kaffee auf dem Weg nach unten in der Kehle stecken geblieben. Angst packte mich, während Schnabels Blick das Café durchkämmte. Hatte er womöglich Fotos des Kreises gesehen und konnte uns herauspicken?

Seit fünf Jahren waren wir Mitglieder von Freuds Kreis, einer einzigartigen Zusammenkunft von Wissenschaftlern, Philosophen, Psychiatern, Mathematikern und Schriftstellern, die Sigmund Freud, Moritz Schlick und Edgar Zilsel Ende der Zwanzigerjahre ins Leben gerufen hatten. Unser Eintritt in diesen Kreis war über zwei Schienen erfolgt: meinen Onkel Samuel Namal, der Johannes' Vater war und als einer der führenden Statistiker und reinen Mathematiker zum ursprünglichen Wiener Kreis gehört hatte, und Julian Reisner, der bei einigen Werken Freuds dessen Agent gewesen war. Bei dem letzten Treffen vor vier Tagen hatte Freud über die Sicherheit sowohl seiner Familie als auch der Mitglieder des Kreises gesprochen. Es ging um die Frage, ob sie und wir nach dem Anschluss überhaupt noch die Wahl hätten, Österreich zu verlassen. Ebenso hatte er hinsichtlich früherer Fotos der jüdischen Kreismitglieder Bedenken geäußert. Seine Sorge war, dass die Nationalsozialisten sie benutzen könnten, um jeden von uns zu identifizieren und aufzuspüren.

Ich warf Johannes einen Blick zu. Er suchte bei dem halb verzehrten Stück Schokoladentorte auf seinem Teller Zuflucht. Seine Kuchengabel spielte mit dem nächsten Bissen, ohne ihn zum Mund zu führen. Vielleicht hatte auch er Schluckbeschwerden.

Ich sah jüdischer aus als Johannes, hatte dunkelbraunes Haar und braune Augen. Johannes' Haar war hellbraun, seine Augen grünlich-braun. Er hätte ohne Weiteres als österreichischer Katholik oder Protestant durchgehen können. Sein Vater, mein Onkel Samuel – der leider vor vier Jahren gestorben war –, hatte eine blonde, katholische Österreicherin geheiratet, die ihre Gene an Johannes weitergegeben hatte. Aufgrund unseres unterschiedlichen Aussehens wären nur wenige im Café auf die Idee gekommen, dass wir Verwandte waren.

Sekunden verstrichen und fühlten sich an wie ein ganzes Leben.

Einen Moment später setzte das Stimmengemurmel wieder ein, klang jedoch gekünstelt und unruhig.

»Was denn, niemand?«, rief Schnabel aufgebracht.

In Wien lebten gegenwärtig hundertneunzigtausend Juden, mehr als zehn Prozent der Stadtbevölkerung. Es schien kaum vorstellbar, dass in einem Café mit gut vierzig Gästen kein einziger Jude sein sollte. Schnabel holte Luft. »Vielleicht sollte ich Sie daran erinnern, dass wir zurzeit noch eine Amnestie gewähren. Die Juden, die sich mir zu erkennen geben, werde ich zwar pflichtgemäß namentlich notieren, doch mehr wird daraus nicht. Sollte aber jemand mit seiner jüdischen Identität hinter dem Berg halten, und das über die Amnestieperiode hinaus, wird es für denjenigen unerfreulich werden.«

Ich spürte, wie mein Mut sank, wünschte beinahe, ich selbst würde ebenfalls sinken, am besten durch den Fußboden, um unsichtbar zu werden. Würde dieser Scharführer Schnabel mich vielleicht irgendwann wiedererkennen und mir meinen Ungehorsam ankreiden?

»Niemand?« Schnabel musterte die Gäste mit durchdringendem Blick und wirkte skeptisch, nein, ungläubig.

Während die nächsten Sekunden verstrichen, überlegte ich, ob ich aufzeigen sollte, um als eine Art Opferlamm alle anderen Gäste aus dieser unerträglich angespannten Atmosphäre zu erlösen. Immerhin hatte Schnabel erklärt, es werde nichts geschehen – *mehr wird daraus nicht* … Und dann war der Moment vorbei.

»Na schön. Sie hatten Ihre Chance.« Schnabel wandte sich ab und durchquerte das Café. An der Tür drehte er sich noch einmal kurz um. »Sollte jemand seine Meinung ändern, kann er sich bis morgen um Mitternacht auf dem Karmelitermarkt melden – dann läuft die Amnestie aus. Und danach ist es zu spät.«

Sowie Schnabel verschwunden war, kam Otto Karner zu unserem Tisch spaziert und schnitt eine Grimasse. »Ich fürchte, der kommt wieder.«

Ich nickte beklommen. »Das fürchte ich auch. Was meinen Sie, kann man sich auf die Amnestie verlassen, die er erwähnt hat?«

»Nein. Sie können sich noch mal erkundigen, wenn Sie möchten, aber ich halte das für eine Falle und Augenwischerei. Denken Sie daran, wie es mit Hitler war. Erst vor zwei Jahren hat er in einer Rede verkündet, dass Deutschland nicht die Absicht habe, sich in die inneren Angelegenheiten Österreichs einzumischen, geschweige denn, unser Land zu annektieren. Und jetzt das!« Karner machte eine hilflose Handbewegung.

»Wir rechnen also damit, dass Schnabel zurückkehrt«, sagte Johannes. »Meinen Sie nicht, dass es dann für uns hier noch brenzliger werden könnte? Und somit auch für Sie? Wäre es nicht besser, wir kämen nicht mehr?«

»Das meine ich ganz und gar nicht.« Johannes' Vorschlag schien Karner zu verärgern. »Falls Schnabel sich hier wieder blicken lässt, werde ich das Gleiche wie heute sagen und Sie schützen.« Er lächelte schief. »Wie wir gerade erfahren haben, sind Sie hier weitaus besser aufgehoben als im *Café Central,* wo man Sie sofort entlarven würde, um den Führer glücklich zu machen. Bei mir sind Sie sicherer, es sei denn,

Sie entscheiden sich, nie mehr außerhalb Ihres Hauses Kaffee zu trinken und Kuchen zu essen …« Karners Stimme versickerte. Er hatte die vielsagende Kopfgeste eines Kellners registriert.

Karner folgte dem Blick des Kellners hinaus zu Schnabel, der mit einem Paar an einem der Tische draußen sprach und dann durch die Fensterfront zu uns schaute.

Kapitel 2

»Juden werden nicht länger als Reichsbürger betrachtet. Sie sind weder berechtigt, an deutschen Reichstagswahlen, noch, an der Volksabstimmung über den Anschluss Österreichs an das Deutsche Reich teilzunehmen.«

Johannes

Während ich den Rest meines Abendessens verzehrte, das Hannah gekocht hatte, warf ich einen Blick auf meine Armbanduhr.

»Schmeckt es dir?«, fragte Hannah.

In dem Moment wurde mir bewusst, dass ich das Essen einfach hinuntergeschlungen hatte. Auf den letzten Bissen konzentrierte ich mich: Lammgulasch mit süßer Paprika und Kartoffeln. »Wunderbar – wie immer.« Hannah war eine gute Köchin, doch ihr Repertoire beschränkte sich auf acht oder neun Gerichte, die sie regelmäßig rotieren ließ.

»Gut, Momma.« Elena stimmte mir mit einem breiten Lächeln zu. Sie war unsere Jüngste, gerade mal vier Jahre alt. Als wir uns am Tisch niederließen, hatte Hannah das Lamm für sie in kleine Stücke gewürfelt. Elcna hattc sich beschwert. »Ich bin kein Baby mehr – das musst du nicht tun.«

Stefan, unserer Ältester, war neun Jahre alt. Er lächelte nur und nickte. Nichts durfte das Mahl unterbrechen, das er mit Windeseile verputzte, jedoch nicht, weil er dringend fortmusste, sondern weil er es so köstlich fand.

Ich war in Gedanken schon halb bei dem Vorhaben, das ich früher am Tag mit Mathias erörtert hatte.

Wir hatten besprochen, einer von uns sollte sich näher über die »Amnestie« informieren, die Scharführer Schnabel erwähnt hatte. Und dann hatten wir beschlossen, dass ich derjenige sein sollte, da ich weniger jüdisch aussah; wenn man es genau nehmen wollte, war ich nicht einmal jüdisch. Mein Vater war Jude gewesen, doch meine Mutter war Katholikin, und nach jüdischem Religionsgesetz gilt nur der als Jude, der Kind einer jüdischen Mutter ist. Das Problem war jedoch, dass mein Vater in Österreich eine bedeutende Persönlichkeit gewesen war, einer der führenden Statistiker und ein stolzes und bekennendes Mitglied der Sozialdemokratischen Partei, die die größte Opposition zu den Nationalsozialisten darstellte. Folglich würde man mich sowohl als »Halbjuden« als auch als Aufwiegler betrachten.

Ich hatte meinen Vater einmal gefragt, ob seine Entscheidung, eine Nichtjüdin zu heiraten, mit seinem ebenfalls offenkundigen Atheismus zu tun gehabt habe – mein Vater machte nie halbe Sachen –, doch er lächelte nur milde. »Nein, deine Mutter war bloß das hübscheste Mädchen, das mir an der Uni begegnet ist. So einfach.«

Da ich in dieser Hinsicht ganz der Sohn meines Vaters war, der Apfel fällt schließlich nicht weit vom Stamm und so weiter, trat ich in seine Fußstapfen, als ich Hannah begegnete. Sie war so schön, die Farbe ihres Haars wie sonnengebleichter Weizen, die Augen ein reines Grün. Wie hätte ich ihr widerstehen können?

Dennoch hätte ich gern gewusst, ob im Unterbewusstsein meines Vaters noch etwas eine Rolle gespielt hatte – damals war ich nicht mutig genug, ihn danach zu fragen – und er seine Abstammung nur deshalb zur Hälfte auf seine Kinder übertragen hatte, um uns vor dem Stigma zu bewahren, mit dem Juden in Österreich seit den Zwanzigerjahren zunehmend konfrontiert wurden. Und dann tat ich das Gleiche, indem ich Hannah heiratete, wodurch ich dieses Stigma noch mehr verwässerte und meine Kinder noch sicherer machte.

Ich betrachtete meine perfekte österreichische Familie: Elenas Haar war beinahe so blond wie das ihrer Mutter. Stefan mit dem hellbraunen Haar und den haselnussbraunen Augen kam mehr nach mir. Mir war, als wäre es erst gestern gewesen, dass mein Vater die Kinder auf dem Schoß hatte oder sie stolz hochhob und liebevoll auf die Stirn küsste. Dabei ist es schon gut vier Jahre her, dass er im Alter von vierundsechzig Jahren dem Krebs erlag, der ihn aufgezehrt hatte.

Das Einzige, was mich über seinen Tod hinwegtröstete, war die Gewissheit, dass ihn der Irrsinn des Anschlusses und des nun hemmungslos gewordenen Nationalsozialismus in unserem Land ohnehin umgebracht hätte. Na schön, das war ein Widerspruch in sich. Es entlockte mir ein kleines Lächeln.

Um Hannah, die Kinder und mich zu verewigen, hatten wir vor einem Jahr eines jener klassischen Familienfotos in Sepia aufnehmen lassen. Inzwischen stand es auf unserer Anrichte ganz vorn: die perfekte österreichische Familie. Selbst der überzeugteste arische Nationalsozialist würde beim Anblick des Fotos sagen: »Ach, was für eine reizende Familie.«

Während Hannah noch dabei war, die Kinder zu Bett zu bringen, klingelte das Telefon. Mathias.

»Du bist noch nicht weg?«

»Nein, aber so gut wie. Ich wollte warten, bis es dunkel ist. Warum fragst du?«

Am anderen Ende atmete Mathias langsam aus. »Ich überlege, ob du wirklich hingehen sollst. Vielleicht hat Karner recht, und es ist eine Falle.«

»Das können wir erst wissen, wenn sich einer von uns schlau gemacht hat. Mir passiert schon nichts, ich werde mich als Beobachter im Hintergrund halten.« Ich schlug einen unbeschwerten Ton an. »Außerdem sehe ich arischer aus als … als Hitler.«

Mathias gluckste. Das war alles, was uns geblieben war: der Versuch, diesen aufkommenden dunklen und bedrohlichen Sturm auf die leichte Schulter zu nehmen. »Pass auf dich auf«, sagte er. »Geh keine Risiken ein. Das sind Hitler und die Nazis nicht wert.«

Als ich im Flur meinen Mantel überstreifte und meinen Hut aufsetzte, kam Hannah und fragte: »Ist alles in Ordnung?«

»Alles bestens. Das war Mathias, mit dem ich gesprochen habe.« Ich nahm an, dass Hannah von dem Gespräch nichts mitbekommen hatte. Sie war noch mit den Kindern zugange gewesen. Und warum sollte ich sie unnötig aufregen, wenn es doch um eine Lappalie ging?

»Mathias hat mich an die neue Schriftstellergruppe erinnert. Ich hatte ihm versprochen, mehr über sie in Erfahrung zu bringen. Ich bleibe nicht lange – nicht länger als eine Stunde oder so.« Ich lächelte beschwichtigend.

»Gut. Dann bis später.«

Doch als Hannah mein Lächeln erwiderte und sich zu mir vorbeugte, um mich zum Abschied zu küssen, schien sich unter diesen Gesten Beunruhigung zu verbergen. Und ich fragte mich, ob sie womöglich doch einen Teil meines Telefonats mit Mathias mitgehört hatte.

***

Die Bewohner des Karmeliterviertels von Wien waren überwiegend jüdisch. Der Markt stellte den Kern dieses Viertels dar, eine große, kopfsteingepflasterte Fläche, die in der Woche jedem Händler zur Verfügung stand. Die jüdischen Händler traf man hauptsächlich mittwochs und sonntags an. Doch stets bekam man eine bunte Vielfalt an Obst und Gemüse von den Bauernhöfen im Umland geboten, auch lebendes Geflügel in kleinen Käfigen und manchmal ein angebundenes ganzes Lamm. Die jüdischen Markttage erkannte man daran, dass es an diesen mehr eingelegten Fisch, Oliven und süße Leckereien wie Baklava und Halva gab.

Mein Vater hatte am Rand dieses Viertel gewohnt. Ich lebte mit meiner Familie einen guten Kilometer südwestlich davon. Es war, als hätte ich mich sowohl durch meine Heirat als auch geografisch von meiner jüdischen Herkunft distanzieren wollen.

Ich beschloss, den Weg zum Karmelitermarkt zu Fuß zurückzulegen. Es war besser, die Straßenbahnen und Busse zu meiden, dort hätte man meinen Ausweis verlangen können. Auch wenn ich streng genommen kein Jude war, handelte es sich bei »Namal« um einen gebräuchlichen österreichisch-jüdischen Namen. Vielleicht würde sich dann einer an meinen Vater erinnern. *Ach, der Sohn von Samuel Namal, dem bekannten jüdischen Sozialisten und Gegner der NSDAP. Ich kenne jemanden, der Ihnen gern ein paar Fragen stellen würde. Kommen Sie mit.*

Je mehr ich mich dem Karmeliterviertel näherte, desto unbehaglicher wurde mir zumute. Wenigstens drei der Geschäfte, an denen ich vorbeiging, waren mit Brettern vernagelt. Soweit ich mich erinnern konnte, war das, als ich vor zwei Wochen hier war, nicht der Fall gewesen. Bei zwei weiteren Geschäften bot sich mir das gleiche Bild. Waren das jüdische Geschäfte gewesen? Auf dem Schild des letzten Ladens stand »Marx«. Zwei gelbe Striche führten durch den Namen zu einem gelben Judenstern, und schon hatte ich die Antwort. Ich schluckte. Die Dinge entwickelten sich doch um einiges schneller, als ich gedacht hatte.

Ich bog in die nächste Straße ein. Wieder waren zwei Geschäfte verbarrikadiert. Dann noch eines, knapp zwanzig Meter weiter auf der anderen Straßenseite. Dort hatte man einen Teil der Bretter wieder abgerissen und das Schaufenster dahinter eingeschlagen.

Vom Ende der Straße her drang Stimmengewirr. Der Markt war vielleicht noch fünfzig Meter entfernt und offenbar gut besucht. Ein Paar mittleren Alters kam mir mit eingezogenen Köpfen entgegen. Beide blickten starr geradeaus, sahen mich nicht an. Hinter ihnen erschienen in kurzer Distanz zwei Männer Anfang zwanzig. Sie warfen mir einen Blick zu, bevor sie an mir vorbeigingen.

Ich drehte mich kurz nach ihnen um. Folgten sie dem Paar? Plötzlich raschelte und bewegte sich etwas. Ich fuhr zusammen, und sofort schlug mir das Herz bis zum Hals. Es waren aber nur zwei Katzen, die einen Müllsack mit sich gezerrt hatten und nun davonflitzten. Für einen Moment schloss ich die Augen und wartete, bis mein Herzschlag sich wieder beruhigte. Ich hätte nicht kommen sollen. Vielleicht sollte ich umkehren, bevor es zu spät war.

Doch das Stimmengewirr und ein hell scheinendes Licht verlockten mich, weiterzugehen. *Wer sich in Gefahr begibt, kommt darin um.*

An der Mauer, an der ich nun vorbeikam, war ein antifaschistischer Slogan hastig überpinselt worden. Offenbar hatte man dazu dieselbe gelbe Farbe wie für die Schmierereien bei dem Namen »Marx« verwendet, doch inzwischen war sie schwächer geworden, sodass der Slogan durchschimmerte. Darüber war in fetter schwarzer Schrift »Amnestie-Treffen« zu lesen, und ein Pfeil wies auf den Marktplatz.

Als sich der Platz vor mir öffnete, erschloss sich mir die Quelle des hellen Lichts. Es waren hohe Bogenlampen, die an jedem Ende eines großen Tapeziertisches standen. Über die Längsseite des Tischs zog sich ein Banner mit der Aufschrift »Amnestie-Treffen«.

Ich hielt mich zurück, so wie ich es Mathias versprochen hatte, blieb hinten auf dem Platz im Dunkeln und sah mir alles an. Es gab keine Marktstände, weder Obst, Gemüse, Oliven, Baklava und Halva noch Geflügel in kleinen Käfigen. Es gab nur den großen, angestrahlten Tisch. Hinter dem Tisch standen eine Handvoll Wehrmachtsoldaten und vor ihnen

Zivilisten, bei denen es sich vermutlich um Juden handelte. Das Ganze machte einen überaus geordneten Eindruck.

Zwei der Wehrmachtsoldaten schienen persönliche Angaben der vor ihnen Stehenden aufzunehmen. Hin und wieder nickten sie. Dann stempelten sie ein Dokument, und der Nächste trat vor. Ich sah, dass die Juden, die ihre Dokumente hatten stempeln lassen, am Rand Grüppchen bildeten. Auch da waren Soldaten, schienen sich jedoch freundlich mit den Juden zu unterhalten – nirgendwo das Anzeichen eines Unbehagens oder eines Zwangs, geschweige denn einer Festnahme. Vielleicht hatte Schnabel doch die Wahrheit gesagt. In einer Ecke des Marktplatzes hatte eine Gruppe ein kleines Lagerfeuer entfacht. Zuerst dachte ich, die Leute wollten sich wärmen, dann fiel mir auf, dass einer eine Hakenkreuzfahne schwenkte, und ich erkannte, was sie ins Feuer warfen: nicht nur Brennholz, Pappe und Papier, sondern auch Bücher.

Ich näherte mich dem Feuer, wollte sehen, um wessen Bücher es sich handelte – Bernstein, Freud, Schnitzler, Remarque, Werfel, Zweig –, allesamt jüdische oder regimekritische Autoren!

Der Soldat, der dieser Gruppe am nächsten stand, rief: »Das sollt ihr doch bleiben lassen!«

»Wie sollen wir diesen jüdischen Hunden denn anders klarmachen, dass sie in Wien unerwünscht sind?«, brüllte einer zurück.

Nun verstand ich, was hier vor sich ging. Es hatte sich herumgesprochen, dass Juden auf dem Karmelitermarkt Amnestie gewährt wurde, und eine Nazigruppe war aufgetaucht, um die Juden einzuschüchtern.

Hauptmann, Einstein ... Roth ... Salten.

Als die Flammen über den Büchern höherschlugen, begriff ich, warum der Soldat gegen das Feuer gewesen war. Zwei Busse auf der anderen Seite des Marktplatzes, die bisher außerhalb des grellen Lichts der Bogenlampen in der Dunkelheit gestanden hatten, wurden durch die Flammen erhellt. In einem von ihnen klopfte eine alte Frau an die Fensterscheibe und deutete auf etwas auf dem Platz, als hätte sie dort etwas vergessen. Auch am Bus stand ein Soldat, der nun vehement den Kopf schüttelte. Es war, als wollte er sagen: *Du bist im Bus, und raus kommst du nicht mehr.*

Karner hatte recht gehabt. Es war eine Falle.

Ich zuckte zurück, nicht nur vor der Hitze der Flammen, sondern auch vor dem, was sie repräsentierten. Als ich wieder im Halbdunkel stand, fielen mir die nächsten Bücher auf, die ins Feuer geworfen wurden. Selbst wenn ich die Einbände nicht erkannt hätte, der Name des Autors prangte fett auf der Vorderseite. Mathias Kraemer. Und als eines der Bücher aufklappte, wurde das Bild auf dem Vorsatzblatt sichtbar: Mathias' Schattenriss als moderner Sherlock Holmes.

Keines meiner Bücher wurde Opfer der Flammen, Gott sei Dank, aber ich war auch nicht einmal ansatzweise so berühmt wie mein Cousin. Wahrscheinlich war dies einer der seltenen Augenblicke, in denen ich froh war, keine größere Leserschaft zu besitzen. Ich verfolgte, wie sich die Seiten von Mathias' Büchern aufrollten und Flammen aus ihnen hochzüngelten. So gebannt war ich, dass ich wohl länger als gedacht verharrte. Denn als ich aufsah, stand am anderen Ende des Tapeziertischs jemand, den ich kannte: Scharführer Heinrich Schnabel. Er schien mich im selben Moment zu entdecken und sich zu erinnern, wo er mich schon einmal gesehen hatte. Er hob die Hand zum Gruß.

Rasch wich ich weiter zurück und spürte, wie mich jemand mit eisernem Griff am Arm packte – ein SS-Mann wahrscheinlich, dem Schnabel ein Zeichen gegeben hatte – und tiefer in die Dunkelheit zerrte.

Kapitel 3

*»Wir leben in höchst bemerkenswerten Zeiten.
Zu unserem Erstaunen stellen wir fest, dass der
Fortschritt sich mit der Barbarei verbündet hat.«*

Sigmund Freud

Johannes

Ich wurde auf den Rücksitz eines Autos gestoßen, Sekunden später raste der Wagen davon.

»Was, zum Teufel, hast du hier zu suchen?«

Ich war benommen, stand noch unter Schock, deshalb dauerte es einen Moment, bis ich mich gefasst und die Stimme eingeordnet hatte. Sie gehörte Josef Weber, dem Kommissar, mit dem Mathias mich vor drei Jahren bekannt gemacht hatte. Nach zahlreichen gemeinsamen Besuchen von Bars und Restaurants, bei denen ich Hintergrundinformationen über die Wiener Polizei und die Unterwelt der Stadt gesammelt hatte, war Josef so etwas wie ein Freund geworden.

»Im *Mozart* haben Mathias und ich gestern von einer Amnestie für Juden gehört, vorausgesetzt, wir finden uns heute bis Mitternacht auf dem Karmelitermarkt ein. Ich wollte mir das näher ansehen.« Ich erzählte Josef von Schnabels Ankündigung im Café, von Karners Bedenken und dem, was ich mit Mathias vereinbart hatte.

Josef wirkte entsetzt und fixierte mich im Rückspiegel. »O Gott, sag bitte nicht, dass Mathias mit dir auf dem Marktplatz war.«

»Nein, wir hatten ausgemacht, dass ich allein gehe – weil ich weniger jüdisch aussehe.«

»Wenigstens seid ihr nicht ganz und gar blöd.« Für einen kurzen Moment drehte er sich halb zu mir um, und der Hauch eines Lächelns huschte über seine Lippen. »Du hättest auf Karner hören sollen. Wenn er sagt, dass es eine Falle ist, und ein SS-Mann eine Ankündigung macht, die nach einer Falle riecht, dann handelt es sich wahrscheinlich um eine Falle.«

»Zuerst sah alles gut aus«, verteidigte ich mich lahm. »Es wurden Dokumente unterschrieben, die Soldaten wirkten freundlich und hilfsbereit. Bis ich die Busse am anderen Ende des Marktplatzes entdeckt habe.«

»Du weißt, weshalb die Busse dastanden?« Wieder sah ich Josefs Blick im Spiegel, zuerst bohrend, dann bekümmert. »Die Leute werden in ein nahe gelegenes Lager gebracht und eingesperrt. Zum Lohn für ihr Entgegenkommen, sich freiwillig zu melden, verspricht man ihnen Tee, Kaffee und eine warme Mahlzeit. Doch sobald sie den grellen Schein der Bogenlampen verlassen, sind sie verloren. Die Soldaten werden unfreundlich, und ein Zurück gibt es nicht mehr.« Josef schüttelte den Kopf. »Vor zwei Tagen haben die Nazis abends den stillgelegten Nordwestbahnhof requiriert und daraus ein provisorisches Konzentrationslager gemacht. Man schätzt, dass dort schon zwanzigtausend Juden und Dissidenten gefangen gehalten werden.«

Nach Schnabels Besuch im *Mozart* und den Schrecknissen dieses Abends schockierte mich die Nachricht weniger, als sie es hätte tun sollen. Offenbar hatte ich begonnen, mich an derartige Hiobsbotschaften zu gewöhnen. »Und weshalb simulieren sie eine Amnestie, die es nicht gibt?«

»Das erspart der Gestapo und der SS die Mühe, selbst nach Juden zu fahnden. Ihr nehmt ihnen die Arbeit ab, indem ihr euch freiwillig meldet.« Josef zuckte mit den Schultern. »Deshalb ist dieser Schnabel im *Mozart* auch nicht von einem Gast zum anderen gegangen und hat die Ausweise verlangt. Zu viel Arbeit. Noch dazu hätte er die vielen aufrechten und namhaften arischen Wiener im Café gegen sich aufbringen können.«

Erst in diesem Moment fiel mir ein, zu fragen: »Und weshalb warst du auf dem Marktplatz?«

»Auf dem Revier hieß es, dort solle es eine kleine Versammlung geben. Ich bin mit ein paar Kollegen hingefahren. Nur für den Fall, dass es zu Auseinandersetzungen kommt und etwas aufflammt.«

»Ist das dein scherzhafter Versuch, die Bücherverbrennung zu beschreiben?«

»Wenn, war es unbeabsichtigt – oder ein Freud'scher Versprecher.« Josefs Lächeln konnte ich im Rückspiegel nicht erkennen, aber ich sah, wie sich in seinen Augenwinkeln Lachfältchen bildeten. »Nicht nur Juden können etwas gegen Bücherverbrennungen haben, sondern auch passionierte Akademiker und die literarische Elite. Ich sage nur Meinungsfreiheit und so weiter.«

»Mag sein.« Ich stieß einen kleinen Seufzer aus. »Aber da war nichts. Nicht die geringste Beschwerde, geschweige denn Auseinandersetzungen. Die Leute, die vor dem Tisch anstanden, haben nicht einmal in die Richtung der Männer geschaut, die Nazifahnen geschwenkt und Bücher verbrannt haben. Als hätten sie Angst gehabt, auch nur eine Sekunde lang deren Blicken zu begegnen. Sie wirkten besiegt. Kampfgeist hatten sie nicht mehr.«

»Sie hatten Angst. Du hast wahrscheinlich nur auf das Feuer geschaut.«

»Weil auch Mathias' Bücher verbrannt wurden.« Ich sagte es ganz sachlich, nichts verriet, wie ich mich in jenem Moment gefühlt hatte. Als hätte man mich ausgehöhlt.

»Verstehe.« Josefs Hände umklammerten das Lenkrad, und sein Blick im Rückspiegel glitt zu mir, als wäre ihm erst in diesem Moment klar geworden, wie speziell und persönlich dieses Erlebnis für mich gewesen war.

Josefs bewegliche graublaue Augen waren das Erste, was mir an ihm aufgefallen war. Es schien, als versuchte er ständig, die verschiedenen Aspekte eines Falls mit dem Blick zu erhaschen.

Josef war Ende dreißig, hatte schütteres sandfarbenes Haar, war von mittlerer Größe – vielleicht eins fünfundsiebzig –, aber gebaut wie ein Bulle. Ich hatte jedenfalls keine Schwierigkeiten, die vielen Geschichten, die er mir erzählt hatte, zu glauben – wie er jemanden festnahm, gegen die Wand knallte, herumriss, Handschellen anlegte. Mit Josef war nicht zu spaßen.

Josef stieß den Atem aus. Es klang müde. »Wenn du das nächste Mal zu sogenannten Amnestie-Treffen oder anderen Veranstaltungen der SS gehen willst, sag mir vorher Bescheid.« Er lenkte den Wagen – einen recht neuen Steyr 220, dessen Sitze noch intensiv nach Leder rochen – an einen Bordstein und hielt an. »In der Zwischenzeit schaue ich mir mal an, was unsere Akten über Heinrich Schnabel zu sagen haben.«

»Danke.« Ich blickte aus dem Fenster. Josef hatte mich nach Hause gefahren.

»Pass auf dich auf«, sagte er. »Und grüß Hannah und deine beiden reizenden Kinder von mir.«

Kapitel 4

»Eheschließungen zwischen Juden und Staatsangehörigen deutschen oder artverwandten Blutes sind verboten. Für die Ehen zwischen jüdischen Mischlingen ersten Grades und Staatsangehörigen deutschen oder artverwandten Blutes muss eine Genehmigung eingeholt werden. Ebenso für die Ehen zwischen Juden und jüdischen Mischlingen zweiten Grades und zwischen jüdischen Mischlingen zweiten Grades.«

Mathias

Ich hatte beschlossen, meinen Sohn Ivor zur Schule zu bringen. Auf dem Weg begegnete ich Frau Haider, unserer Nachbarin drei Häuser weiter, die mit einer Einkaufstasche vom Bäcker zurückkehrte. Ich nickte ihr zu und schenkte ihr ein Lächeln.

»Guten Morgen.«

Sie lächelte und nickte ebenfalls, doch beides fiel knapp aus und zurückhaltender, als ich es von ihr gewohnt war. Als hätte sie bereits begonnen, sich zu sorgen, dass der Umgang mit einem Juden Schwierigkeiten bedeuten könnte. Oder bildete ich mir das ein?

Am Abend hatte Johannes angerufen und mir erzählt, dass das Amnestie-Treffen auf dem Karmelitermarkt eine Falle gewesen sei. Er hatte von den verbarrikadierten Läden berichtet, von Männern, die Hakenkreuzfahnen geschwenkt hatten, und von der Bücherverbrennung. Auch das, was Josef Weber gesagt hatte, unser Verbindungsmann bei der Polizei und Freund, hatte er mir erzählt. Daher hielt ich nun aufmerksamer als zuvor nach Veränderungen Ausschau, doch bisher hatte ich nur ein einziges Geschäft gesehen, das man mit Brettern vernagelt hatte.

Dabei brauchte ich in meinem Leben weiß Gott keine Veränderungen mehr, dafür hatte meine Ehe gesorgt.

Vier Jahre ist es her, dass Emilia mich endgültig verlassen hat. Seitdem erziehe ich Ivor allein. Ebenso wie Johannes hatte ich eine reizende Österreicherin geheiratet. Sie war katholisch, genau wie Hannah, aber nicht im Mindesten religiös. Und anders als Johannes' Ehe, endete meine katastrophal.

Als ich später mit Johannes darüber sprach, dass wir in unserem Leben ähnliche Wege eingeschlagen hatten – sowohl beruflich als auch hinsichtlich unserer Ehefrauen –, überlegte ich, ob auch ich womöglich versucht hatte, meine Familie zu säubern, um sie angesichts der zunehmenden Bissigkeit und zuletzt offenen Feindseligkeit uns Juden gegenüber weniger jüdisch erscheinen zu lassen. *Wir wollen doch alle nur das Beste für unsere Kinder,* sagte ich zu Johannes. *Und ich möchte nicht, dass man sie als minderwertige Wesen betrachtet und dass sie sich diese abfälligen Kommentare, Sticheleien oder auch nur verächtlichen Blicke gefallen lassen müssen. Warum sollten sie wegen meiner Abstammung leiden?*

Noch während ich das sagte, wurde mir bewusst, dass ich, ebenso wie Emilia, bereits begonnen hatte, die antijüdischen Ressentiments, die sich im Lauf der Jahre in die österreichische Gesellschaft eingeschlichen hatten, zu verinnerlichen.

Meinem jüdischen Erbe konnte ich nicht entrinnen. Mein Vater Isaac Kraemer und meine Mutter Lena, die älteste Schwester von Samuel Namal, waren Juden. Meine Mutter ging regelmäßig in die Synagoge, mein Vater hatte es zu seinen Lebzeiten ebenfalls getan, im Gegensatz zu mir, der ich in dieser Hinsicht nachlässig geworden war. Aber auch wenn ich mich durch meine Ehe einen Schritt von meinem Stamm entfernt hatte, sah Ivor schließlich doch mir ähnlicher als Emilia. Er hatte mein dunkelbraunes Haar und meine braunen Augen.

Als ich Emilia kennenlernte, war sie Tänzerin und Schauspielerin und rang noch um Erfolg. Sie hatte feuerrotes Haar, ein Funkeln in den Augen und ein keckes Lächeln. Nach einer Vorstellung griff sie gern zu einem Glas Champagner, ganz gleich, ob die Vorstellung gut oder schlecht gelaufen war. Vielleicht kam sie dem ein oder anderen ein wenig »flatterhaft« vor, doch für mich gehörte das zu ihrem Reiz. Ich liebte ihre leichtlebige, sorglose Art und ihren Charme. Und für Emilia, die sechs Jahre jünger als ich war, bestand meine Anziehungskraft vielleicht darin, dass sie in mir, dem jüdischen Schriftsteller, einen Gegensatz zur etablierten Gesellschaft sah, eine Art Rebell, jemand, der unkonventionell und aufregend war. Dabei handelte es sich bei der Hälfte ihrer Schauspielerfreunde um sozialistische Dissidenten, so groß war der Sprung von ihrem Umfeld zu mir also nicht. Aber solange man jung ist und die Konventionen der Gesellschaft noch nicht gegriffen haben, fühlt man sich ja leicht zu Rebellen hingezogen. Und so waren Emilia und ich innerhalb eines Jahres verheiratet.

Ivor kam vier Jahre später zur Welt. Bereits da hatte das Gesetzte und Gleichförmige der Ehe begonnen, Emilia zuzusetzen.

Nach Hitlers Aufstieg in Deutschland in den späten Zwanzigerjahren, der 1933 in seiner Ernennung zum Reichskanzler gipfelte, wurde der damit einhergehende Antisemitismus nicht nur in Deutschland, sondern ebenso in Österreich von Tag zu Tag spürbarer. Auch das wirkte sich auf Emilia aus.

Ein weiterer Faktor war, dass Emilia mittlerweile als Schauspielerin Erfolge feierte, sich in etablierten, höheren Gesellschaftskreisen bewegte und von ihren früheren sozialistischen und rebellischen Freunden abrückte. Da es ihr zunehmend schwerer fiel, die Anforderungen dieser konträren Gruppen auf einen Nenner zu bringen, desgleichen die antisemitischen Kommentare ihrer neuen Freunde und ihre Ehe mit einem Juden, versuchte sie, die sich ausweitende Kluft mit Alkohol zu überbrücken. Mehr Champagner und Wein nach den Auftritten, bis sie schließlich auch zu Hause trank.

Als ich eines Tages anmerkte, dass sie möglicherweise zu viel trinke, funkelte sie mich zornig an und fauchte: »Und was meinst du, warum ich das tue? Oder glaubst du, es ist einfach, heutzutage mit einem Juden verheiratet zu sein?«

Vielleicht hatte auch die Tatsache eine Rolle gespielt, dass die Anfänge meiner Schriftstellerkarriere nicht eben rosig waren. Ivor war schon sechs Jahre alt, als meine ersten Erfolge eintraten, zu der Zeit war unsere Ehe bereits zerrüttet. Als Emilia eines Abends von einer Feier nach einer Aufführung zurückkehrte, auf der sie mit ihren Freunden offenbar reichlich Champagner getrunken hatte, fingen wir an, zu streiten. Mittendrin sagte sie verächtlich: »Meine Freunde halten das, was du schreibst, für einen Witz. Es ist ja nicht gerade Goethe oder Kafka.«

Es ist eine unausgesprochene und doch gängige Wahrheit, dass man in elitären literarischen Kreisen gern auf Autoren hinabsieht, die einfache, jedoch erfolgreiche Kriminalromane schreiben. Diese Einstellung lastete ab da ebenfalls auf meiner Ehe, zusammen mit der Tatsache, dass ich als Jude ein Mensch zweiter Klasse war.

Dann kam der Tropfen, der das Fass zum Überlaufen brachte. Emilia begegnete Gerhard, einem wohlhabenden deutschen Industriellen. Er hatte sie im *Ronacher* in *Pygmalion* gesehen und hinreißend gefunden. Sie hatten eine Affäre, die Emilia anfangs leugnete. Doch nachdem sie ein halbes Jahr lang mit ihm ausgegangen war, bat sie um die Scheidung. Ich stimmte bereitwillig zu. Auch ich hatte genug.

Sechs Wochen, nachdem das Scheidungsurteil rechtskräftig wurde, heirateten Emilia und Gerhard. Schon als wir noch zusammen waren, sie getrunken und ihre Karriere verfolgt hatte, war Emilia keine sonderlich gute Mutter gewesen. Womöglich gehörte Ivor ebenfalls zu den Anforderungen, die ihr gegen den Strich gingen, vielleicht sah sie in ihm zu sehr einen Teil von mir. Wie dem auch sei, sie kämpfte nicht um das Sorgerecht, sie wusste, dass sie nicht bereit war, zuverlässig für ihren Sohn zu sorgen. Und so stimmte sie ohne Weiteres zu, Ivor nur einmal in der Woche zu sehen.

Ein Pluspunkt ihrer Ehe mit Gerhard war, dass Emilia ihren Alkoholkonsum einschränkte. Vielleicht hatte Gerhard mit ihr darüber gesprochen, oder es lag daran, dass Emilia sich nicht mehr gezwungen fühlte, ein Doppelleben zu führen. Gerhard besaß eine Firma, die Kfz-Bauteile herstellte. Die Firmenzentrale befand sich in Stuttgart, eine Niederlassung in der Brigittenau am Westrand des Wiener Beckens. Etwa anderthalb Jahre nach ihrer Heirat stellte sich heraus, dass Gerhard den überwiegenden Teil seiner Zeit in Stuttgart verbringen musste. Emilia zog mit ihm. Danach sah sie Ivor einmal im Monat und schließlich jeden zweiten Monat.

Wenn sie erschien, spielte sie die hingebungsvolle Mutter, die sie nie gewesen war. Sie fuhr in einem neuen Mercedes vor, rauschte in einem Zobel- oder Nerzmantel in unsere Wohnung, roch nach *Lenthéric* und war schön wie eh und je. Sie war beladen mit Geschenken für Ivor, küsste ihn ab, drückte ihn an sich und sagte: »Oh, wie sehr ich dich vermisst habe.«

Sie winkten mir zum Abschied, bevor Emilia mit Ivor in den Park, auf den Jahrmarkt, in den Zirkus oder ins Kino ging. Und wenn sie nach zwei oder drei Stunden zurückkehrten, strahlte Ivor. Nach einem dieser Besuche, als Ivor mit Emilias Geschenk spielte, einem gut halben Meter langen Modell des Mercedes-Cabriolets, in dem Emilia gekommen war, fragte er wehmütig: »Warum kann ich Mama nicht öfter sehen?«

Ich überlegte kurz. »Ich fürchte, das würde nicht funktionieren.« Es war schwierig, Ivor zu erklären, dass es vor allem die großen Abstände zwischen den Besuchen waren, die diese zu etwas Besonderem machten.

»Warum nicht? Sie ist doch jetzt eine gute Mutter.«

Womit er, vielleicht unabsichtlich, bekannt hatte, dass Emilia früher eine schlechte Mutter gewesen war.

Doch Emilias verändertes Verhalten war noch schwieriger zu erklären, deshalb lächelte ich nachsichtig und fuhr Ivor spielerisch mit den Fingern durchs Haar. »Mal sehen.«

Meine Antwort auf so vieles in diesen Tagen.

Als Ivor fragte, ob ich ihn nun täglich zur Schule bringen würde – normalerweise wechselte ich mich mit meiner vier Jahre jüngeren Schwester Erica ab, die in Ivor vernarrt war –, sagte ich: »Mal sehen.« Nach dem Anschluss wollte ich nicht riskieren, dass Erica auf dem Schulweg von SS-Männern angehalten und befragt wurde. Allerdings konnte ich nur hoffen, dass ich derartige Fragen geschickter als sie beantworten – oder abwehren – würde.

Als ich Ivor am Vortag von der Schule abholte, erklärte er, sein Klassenlehrer habe gesagt, ab sofort müssten einige Schüler neu eingeordnet werden. »Irgendwas mit Juden und Mischlingen. Stimmt das?« Wieder ein »mal sehen«.

Kurz vor dem Schultor sah ich Herrn Leitner, seines Zeichens Schuldirektor, in meine Richtung schauen. Offenbar wollte er mich auf sich aufmerksam machen.

Ich tat, als hätte ich ihn nicht bemerkt, umarmte Ivor nur kurz und sagte: »Mach's gut.« Dann wandte ich mich ab und ging davon.

Zum einen hatte ich einen Termin mit Julian Reisner. Und ob mein Sohn künftig ein österreichischer Staatsbürger erster, zweiter oder dritter Klasse sein würde, war so ungefähr das Letzte, was ich mit jemandem besprechen wollte.

Kapitel 5

»Was für Fortschritte wir machen! Im Mittelalter hätte man mich verbrannt. Heute begnügt man sich damit, meine Bücher zu verbrennen.«

Sigmund Freud

Mathias

Glücklicherweise begegnete ich auf dem Weg zu Julian nicht allzu vielen SS-Leuten und Soldaten, oder zumindest keinem, der mir besondere Aufmerksamkeit schenkte, meinen Ausweis sehen oder Fragen stellen wollte.

Erst einen Block vor Julians Büro entdeckte ich eine Gruppe SS-Männer, die eifriger und wachsamer wirkten. Sie ließen ihre Blicke schweifen. Es war eine belebte Gegend; der Heldenplatz, einer der größten Plätze Wiens, war nicht weit entfernt. Aber soweit ich das mitbekommen hatte, hatten sie bislang erst eine Person angehalten, deshalb ließ ich es darauf ankommen und ging weiter.

Einer von ihnen sah in meine Richtung, als ich mich von der anderen Straßenseite her näherte, doch sein Blick verweilte nicht auf mir. Ich verbarg mich hinter einer kleinen Gruppe Passanten, und als ich die SS-Männer passierte, wagte ich nicht, zu ihnen zu schauen. Mein Atem hatte sich kaum beruhigt, als ich an der Ecke vor mir die nächsten SS-Leute entdeckte. Irgendetwas ging offenbar vor sich.

An dieser zweiten Gruppe würde ich es nicht so ohne Weiteres unbemerkt vorbeischaffen. Julians Büro lag in der Seitenstraße um die Ecke.

Ich spielte mit dem Gedanken, die Straßenseite erst in letzter Minute zu wechseln, als hätte ich vergessen, dass ich dorthin musste – aber vielleicht wäre das zu auffällig. Auch käme ich dann direkt auf die SS-Leute zu, und sie könnten mich erst recht wahrnehmen. Ich beschloss, die Straßenseite etwa zehn Meter vor der Ecke zu wechseln und hinter den drei Passanten auf der anderen Straßenseite zu bleiben: einer Jugendlichen mit einem älteren Paar, der Mann hatte einen Gehstock.

Ich ließ die Zigarette fallen, die ich mir soeben angesteckt hatte, und drückte sie mit dem Fuß aus. Es war schon die dritte, seit ich mich von Ivor verabschiedet hatte. Der Anschluss hatte diese schlechte Angewohnheit leider verstärkt. Am Bordstein blickte ich nach links und rechts, als wolle ich feststellen, ob die Straße frei war. Dabei begann in meinem linken Bein das Stechen, das hin und wieder auftrat, wenn ich angespannt war. Ich passte den richtigen Moment ab, um die Straße zu überqueren und zu den drei Personen aufzuschließen, die mich von den SS-Leuten abschirmen sollten. Als wir uns den SS-Männern näherten, schaute einer von ihnen an dem älteren Paar und dem jungen Mädchen vorbei zu mir und fixierte mich.

Meine Glückssträhne war offenbar beendet. Ich würde meinen Ausweis zeigen und unangenehme Fragen beantworten müssen. Ich würde zu spät bei Julian erscheinen, vorausgesetzt, ich würde dort überhaupt erscheinen.

***

»Du siehst aus, als hättest du ein Gespenst gesehen«, sagte Julian. »Hier. Runter damit. Dieser Kirsch weckt Tote auf.«

Ich war noch ein wenig durcheinander und lächelte matt, als Julian mir einen dreifachen *Fürsteneck* einschenkte und das Glas zu der Tasse Kaffee stellte, die Krisztina, seine Sekretärin, mir gebracht hatte.

»Ich habe ein paar harte Tage hinter mir.« Ich nahm einen Schluck Kirschwasser, der mir im Rachen brannte. Als ich ihn mit einem Schluck Kaffee hinunterspülte, brannte er noch mehr. Und dann brachte ich Julian auf den neuesten Stand. Ich erzählte ihm von Schnabel im *Café Mozart,* von Johannes, der sich das sogenannte »Amnestie-Treffen« auf dem Karmelitermarkt angeschaut und die Nebenattraktion in Form einer Bücherverbrennung der Nazis erlebt hatte. »In letzter Minute wurde er vom Platz gezerrt, und zwar von keinem anderen als Josef Weber. Aber er hat noch mitbekommen, dass auch einige meiner Bücher in die Flammen geworfen wurden.«

»Endlich berühmt.« Julian lächelte ironisch und prostete mir mit seiner Kaffeetasse zu. Er trank kein Kirschwasser, denn er hatte, wie er sagte, noch einen langen Arbeitstag vor sich. Seine Miene wurde ernst. »Jetzt sieht man, wie schnell die Dinge sich entwickelt haben. Wahrscheinlich würde Freud sich nun, da die Nazis vor seiner Haustür stehen, nicht mehr so salopp über die Verbrennung seiner Bücher äußern.«

»Mir ist, als hätte ich für mein ganzes Leben schon genug Gestapo und SS gesehen.« Ich deutete zur Straße. »Und dann stelle ich fest, dass ein paar von ihnen hier an der Ecke campieren.«

Der SS-Mann, der mich fixiert hatte, war glücklicherweise von dem älteren Paar abgelenkt worden, das von ihm etwas über eine nicht weit entfernte Kundgebung der Nazis erfahren wollte. Doch als sie weitergingen und ich die Seitengasse hinunterlief und unten am Haus auf die Klingel zu Julians Büro drückte, spürte ich seinen Blick in meinem Rücken.

Auf dem Weg mit dem Paternoster in den dritten Stock schloss ich die Augen und presste eine Hand auf mein hämmerndes Herz.

»Ich fürchte, es wird noch schlimmer kommen. Genau wie wir es beim letzten Treffen des Kreises vorhergesagt haben.« Julians Miene verdüsterte sich. »Sogar viel schlimmer. Kennst du die Nürnberger Gesetze?«

Ich nickte. Es handelte sich um eine Reihe von Gesetzen, die die Nationalsozialisten 1935 in Deutschland verabschiedet hatten, sogenannte »Rassengesetze«, mit denen Nichtarier zu Menschen minderen Rechts herabgestuft wurden. Fortan galten wir nicht mehr als Reichsbürger oder Mitglieder der Volksgemeinschaft, sondern als Staatsangehörige zweiten Grades.

»Bis zu ihrer Verabschiedung dauerte es drei Jahre«, fuhr Julian fort. »Aber einiges davon wurde schon nach Hitlers Machtergreifung 1933 erkennbar. Und nun werden diese Gesetze auch bei uns in Kraft treten.«

Beim Sprechen gestikulierte er mit einer nicht angezündeten rosafarbenen *Sobranie* in einer silbernen Zigarettenspitze. Julian steckte sich bereits seit einer Weile keine Zigaretten mehr an, genauer gesagt hatte er das Rauchen vor zwei Jahren aufgegeben. Die Zigarettenspitze half ihm anscheinend, nicht mehr damit anzufangen. Ich nahm an, er wollte die Versuchung vor Augen haben und ihr dann tapfer widerstehen. Auch ich zündete mir keine Zigarette an. Zum einen zitterten mir die Hände noch ganz leicht, zum anderen hielt ich es für rücksichtslos, Julian Rauch ins Gesicht zu blasen und ihn womöglich doch in Versuchung zu führen. Wie mir auffiel, passte seine silberne Krawatte zu seiner Zigarettenspitze, und das rosafarbene Hemd hatte beinahe den gleichen Farbton wie die *Sobranie.* Julian war stets stilvoll gekleidet. Mit seinem vollen blonden Haar, das er nach hinten kämmte, den warmherzig blickenden blauen Augen und dem jungenhaften

Gesicht hätte er ohne Weiteres als jemand durchgehen können, der einunddreißig statt einundvierzig Jahre alt war.

Das stets leicht Feminine seiner Kleidung, zusammen mit dem gelegentlichen Gestikulieren und dem Umstand, dass er noch nicht verheiratet war, hatte zu Gerüchten geführt, denen zufolge Julian homosexuell war. Sollte dem so sein, würde es mich nicht im Mindesten stören. Für mich war er einfach ein unglaublich herzlicher und großzügiger Mensch, der mir im Lauf der Jahre ein guter Freund geworden war. Davon abgesehen hatte ich festgestellt, dass er in Wahrheit ein ziemlicher Frauenheld war. Frauen liebten seinen jungenhaften Charme. Vielleicht konnte Julian bloß nicht entscheiden, welche der neuesten Revuegirls, Tänzerinnen und Kellnerinnen ihm gut genug gefiel, um sich mit ihr häuslich niederzulassen. Klar war nur, dass er in seinem Liebesleben nicht die Ernsthaftigkeit an den Tag legte, mit der er arbeitete und seinen eindrucksvollen Autorenstamm betreute.

Nun schüttelte Julian den Kopf. »Ich sage es noch mal. Was sich in den letzten Jahren in Deutschland abgespielt hat, wird in wenigen Wochen oder Monaten auch bei uns zu spüren sein.«

»Weiß ich.« Ich seufzte schwer. »Auf die Leitung von Ivors Schule wird bereits Druck ausgeübt. Offenbar soll nun bestimmt werden, wer Jude und wer Mischling ist. Vorhin hat der Schuldirektor versucht, mich auf sich aufmerksam zu machen. Wahrscheinlich wollte er genau darüber reden. Ich bin ihm ausgewichen. Sonst hätte ich vielleicht Lust bekommen, ihm mitten in dieser Diskussion die Faust ins Gesicht zu rammen.«

»Und im Handumdrehen wärst du in einem dieser Konzentrationslager gelandet.« Julian grinste schief, dann trübte sich seine Miene wieder. »Vielleicht solltest du anfangen, deine Optionen durchzugehen. Österreich zu verlassen, wäre eine von ihnen, so hart es dich auch ankommen mag. Zweig hat die Schrift an der Wand schon vor Jahren erkannt und ist fortgegangen. Und bei unserem letzten Treffen hat Freud ebenfalls davon gesprochen.«

Ich schüttelte den Kopf. »Dafür ist meine Mutter zu alt. Außerdem geht es ihr nicht gut. Sie schafft das nicht mehr.« Meine Mutter war Ende siebzig und noch immer nicht über den Tod meines Vaters vor sieben Jahren hinweggekommen. Zehn Monate danach hatte sie einen kleinen Schlaganfall gehabt. Geblieben war eine leichte Demenz. Im vergangenen Jahr war sie gestürzt, was eine Hüftverletzung nach sich gezogen hatte. Daraufhin hatten Erica und ich ihr vorgeschlagen, aus ihrem großen Haus, in dem sie den Großteil ihres Lebens verbracht hatte – und in dem Erica und ich aufgewachsen waren –, in ein nicht weit entferntes Pflegeheim zu ziehen. Wir fanden, dass es für sie zu viel sei, immerzu Treppen hinauf- und hinunterzusteigen. Doch meine Mutter bestand darauf, zu bleiben. Sie wollte von den schönen Möbelstücken umgeben sein, die mein Vater während seiner vierzigjährigen Tätigkeit als Tischler hergestellt hatte, und von den feinen Tischdecken, Spitzengardinen und Vorhängen, die sie als Schneiderin gefertigt hatte. Mit all diesen Dingen waren Erinnerungen verbunden. Also besuchten Erica und ich sie regelmäßig und kümmerten uns um sie – Erica offen gestanden öfter als ich –, und einmal in der Woche nahm ich Ivor mit zu ihr. Wenn meine Mutter ihn sah, leuchtete ihr Gesicht auf. Stundenlang konnte sie ihm von früher erzählen und in Erinnerungen schwelgen.

Ich nahm noch einen Schluck Kirschwasser und schüttelte mich. »Ließe ich meine Mutter zurück, könnte sie Ivor nicht mehr sehen. Das darf ich ihr nicht antun.«

»Meinst du, es wäre ihr lieber, zu wissen, dass sich ihr Sohn und ihr geliebter Enkel in einem Konzentrationslager der Nazis befinden?«, fragte Julian. Ich sah ihn gepeinigt an. Und er schien zu erfassen, wie tiefgreifend das Dilemma war, in dem ich mich befand. Er machte eine abwehrende Handbewegung. »Entschuldige, das hätte ich nicht sagen sollen. Dazu wird es hoffentlich nie kommen.«

Ich ahnte, dass er den letzten Satz nur mir zuliebe hinzugefügt hatte, in einem Versuch, das Schreckensszenario abzuschwächen. Was beinahe ebenso schlimm war wie, es an die Wand zu malen.

Julian lächelte unfroh. »Es ist keine einfache Entscheidung, erst recht, wenn es um eine Familie geht. Eine ganze Reihe meiner Autoren steht nun vor diesem Problem. Daher verstehe ich deinen Wunsch, zuerst andere Optionen in Betracht zu ziehen. Was ich sagen will, ist: Falls diese Optionen nicht gut sind, solltest du die Möglichkeit, das Land zu verlassen, nicht von der Hand weisen.«

Ich nickte. Vielleicht hatte Julian recht. Ich sollte anfangen, darüber nachzudenken. »Soweit ich weiß, verliert man bei der Ausreise achtzig bis neunzig Prozent seines Vermögens durch Zwangsabgaben für transferiertes Geld, Reichsfluchtsteuer und die Schleuderpreise, zu denen man seine Besitztümer verkaufen muss, nur damit sie einen laufen lassen.«

»Richtig. Und das macht die Entscheidung natürlich noch schwerer. Allerdings gibt es auch Personen, denen die Ausreise gar nicht gestattet wird.« Julian hob die Hände. »Aber die, die ausreisen dürfen, sollten sich fragen, wie hoch der Preis ihrer Freiheit oder ihres Lebens ist.«

»Ich weiß.«

Julian musste gespürt haben, wie mutlos ich war; als er weitersprach, klang er aufmunternd. »Vielleicht gibt es noch andere Möglichkeiten. Lass mir ein paar Tage Zeit, um sie zu erkunden. Im Übrigen können wir uns an Freud ein Beispiel nehmen. Falls er sich entschließt, Österreich zu verlassen, werden wir erfahren, wie seine Verhandlungen mit den Behörden vonstattengehen. Daran können wir uns dann orientieren.«

Ich nickte. Über all diese Dinge hatte ich mit Julian sprechen wollen. Er war ein Hansdampf in allen Gassen, und diejenigen, die er in Wien nicht kannte, waren es nicht wert, gekannt zu werden. Wenn jemand eine Lösung finden konnte, dann Julian.

Ich nahm den nächsten Schluck Kirschwasser. Dann massierte ich meinen linken Oberschenkel, in dem das Stechen nachgelassen hatte. Ich wurde mit zwei ungleich langen Beinen geboren, das linke war eine Spur kürzer als das rechte. Im Heranwachsen hatte sich das in zunehmenden Schmerzen im Rücken und im linken Oberschenkel niedergeschlagen. Doch die Ursache wurde erst erkannt, als ich bereits im jugendlichen Alter war und begonnen hatte, zu hinken. Ab da bekam ich für die linken Schuhe Einlagen. Die Schmerzen hörten auf, ich konnte normal gehen. Nur wenn es sehr kalt oder ich angespannt war, kehrten die Schmerzen in Form dieses Stechens in meinem Oberschenkel und im Rücken zurück.

»Aha, offenbar hat es schon angefangen«, sagte Julian, als draußen eine dröhnende Lautsprecherstimme ertönte. Auch Jubelrufe waren zu hören.

»Was ist das?«

Julian sah mich verwundert an. »Das weißt du nicht? Auf dem Heldenplatz findet eine große Kundgebung statt, bei der Hitler eine Rede halten wird. Seine erste große Rede seit dem Anschluss, die Plakate waren in der ganzen Stadt zu sehen. Deshalb stehen unten auch die SS-Leute.«

»Oh, ach so.« Die Plakate waren mir aufgefallen, nur das Datum und die Uhrzeit hatte ich nicht registriert. Ich war zu sehr mit meinen Problemen beschäftigt gewesen.

Julian stand auf und warf einen Blick aus dem Fenster. »Wir sollten hingehen und uns die Sache ansehen. ›Kenne deinen Feind‹, sagt Sunzi.«

»Das … das kann ich nicht«, stammelte ich und deutete nach draußen. »Denk an die SS-Männer unten an der Ecke.«

»Angesichts der vorbeiströmenden Massen werden sie dir kaum Beachtung schenken.« Er lächelte, aber es wirkte ange-

»Als Führer und Kanzler des deutschen Volkes melde ich der Geschichte, dass mein Heimatland sich dem Deutschen Reich angeschlossen hat.«

Das Gebrüll der Menge steigerte sich zum Crescendo. Meine Beine begannen, zu zittern, mein Mund wurde trocken. Mir war, als könnten die Wärme, der Druck der Menschen und der Lärm jeden Augenblick zu meinem Zusammenbruch führen. »Bitte, lassen Sie mich durch.«

Es war kein Wunder, dass sich so viele Blicke auf mich richteten. Ich, und hinter mir Julian, waren praktisch die Einzigen, die fortstrebten, wohingegen der Rest der Versammelten Hitler mit glühenden Blicken anhimmelte, fasziniert von seiner Rede, und die Arme zum Hitlergruß ausgestreckt. »Heil Hitler! Heil Hitler!«

Julian hatte mir vorgeschlagen, aus Österreich zu fliehen, doch in diesem Moment war ich nicht einmal sicher, ob es mir gelingen würde, dieser Menge zu entfliehen.

Kapitel 6

»Mitglieder unserer Kampforganisationen und aufrechte Angehörige des Deutschen Reiches werden aufgerufen, vor jüdischen Geschäften mit Plakaten zu demonstrieren, auf denen alle Arier aufgefordert werden, dort weder zu kaufen, noch mit den Besitzern andere Formen des Handels zu treiben.«

Johannes

»Jude, Jude – Jude!«

Stefan Namal, Johannes' neunjähriger Sohn, war auf dem Schulhof, vor ihm drei seiner Klassenkameraden, die das Wort »Jude« skandierten. Doch nur Horst, ihr Anführer, war laut. Erich und Franz machten leise mit.

»Ich bin kein Jude«, verteidigte sich Stefan. »Meine Mutter ist katholisch, so wie eure. Und die Mutter meines Vaters war auch katholisch.«

»Aber der Vater deines Vaters war Jude«, erklärte Horst. »Sogar ein bekannter. Wir haben seine Fotos in Büchern der Schulbibliothek gesehen.« Horst blickte Erich und Franz auffordernd an. Die beiden nickten eifrig. Wenn sie die Fotos gesehen hatten, kannten sie auch die Bildunterschrift: *Samuel Namal, berühmter Statistiker und politischer Aktivist.*

»Na und?« Stefan zuckte mit den Schultern. »Ohne meinen Großvater könnte die Hälfte der deutschen Luftwaffe und der österreichischen Fliegerverbände nicht abheben.« Er wiederholte das, was sein Vater ihm erzählt hatte. Dass sein Großvater wesentliche Statistiken zu den Luftströmen an den Flugzeugflügeln und zum Auftrieb erstellt hatte, behielt er für sich. Er hatte seine Zuhörer bereits verwirrt und verunsichert.

»Du gibst also zu, dass er Jude war.« Horst klammerte sich an das, was ihm geblieben war.

Wieder zuckte Stefan mit den Schultern, fügte jedoch hinzu: »Ja. Und ich bin stolz auf ihn.«

Horst sah ihn entgeistert an. Stefan war sich nicht sicher, ob es daran lag, dass Horst mit dieser Antwort nicht gerechnet hatte und nicht wusste, wie er darauf reagieren sollte, oder sie einfach nicht fassen konnte. Erich schnitt eine Grimasse.

»Wie ekelhaft«, sagte Erich mit einem Gesicht, als hätte er den Mund voller Dreck. »Wie kannst du stolz auf einen Juden sein?«

In Stefan begann es, zu brodeln. Erinnerungsbilder kamen herbeigeschwebt. Auf ihnen saß er auf Großvater Samuels Schoß, hakte den Zeigefinger um den Kopf der Pfeife in dessen Mund – die nie angezündet war, wenn er Stefan hielt –, zog daran und schleuderte die Pfeife fort. Damals war er noch klein, weiter als anderthalb Meter oder etwas mehr vermochte er die Pfeife nicht zu werfen. Doch sein Großvater lächelte jedes Mal freundlich, stand auf und reichte Stefan die Pfeife zurück. *Mal sehen, ob du es beim nächsten Mal weiter schaffst. Wir machen einen Wettkampf im Pfeifenwerfen.*

»Mein Großvater war ein guter Mann«, sagte Stefan.

Vielleicht klang seine Stimme zu defensiv, oder Horst war noch immer mit der Frage des Stolzes beschäftigt, jedenfalls lächelte er hämisch.

»Klar. Und er hat dir seinen dreckigen, widerlichen jüdischen Namen vermacht. Namal. Namal, der Jude – Namal, der Jude!«

Daraus wurde der nächste Singsang, in den Erich und Franz einstimmten. *Namal, der Jude – Namal, der Jude.* Plötzlich hatte Stefan ein Klingeln in den Ohren, seine Wut steigerte sich. Während die Jungen skandierten, kamen ihre Gesichter Stefan immer näher, und zur Bekräftigung versetzte Horst Stefan einen Stoß. *Namal, der Jude!*

Beim dritten Stoß schubste auch Stefan Horst, und dann fingen sie an zu raufen. Dabei wurde Stefan von Horsts Faust seitlich am Kopf getroffen, das Klingeln in seinen Ohren wurde schriller. Und dann war ihm, als hätte sich vor seinen Augen ein roter Schleier gebildet. Er schlug mit der Faust hindurch. Das Rot blieb, wurde sogar greller, dennoch nahm Stefan wahr, dass Horst zurückwich, sich an die Nase fasste und dass Blut über sein Gesicht lief.

Horst ging zu Boden. »Du hast meine Nase gebrochen!«, schrie er Stefan an. »Du hast meine Nase gebrochen!«

Erich suchte das Weite. Franz blieb, hob aber die Hände, als wolle er Stefan bitten, ihn nicht zu schlagen.

Der rote Schleier löste sich auf, und Stefan wurde panisch. Offenbar war er zu weit gegangen. Horsts Nase blutete noch immer, rote Tropfen fielen auf sein Hemd. Zaghaft streckte Stefan die Hand aus, um ihm auf die Beine zu helfen. In diesem Augenblick ertönte die scharfe Stimme ihres Klassenlehrers.

»Namal! Lass ihn in Frieden, Namal! Was hast du angestellt?«

Und Stefan dachte: *O Mann, das wird was geben.*

***

Als ich das vierköpfige Gremium auf der anderen Seite des Tisches erblickte, wusste ich, dass es Ärger geben würde.

Die Sankt-Josephs-Schule war in unserem Viertel die beste katholische Schule, die wir gefunden hatten. Sie lag nur einen halben Kilometer von uns entfernt, was bedeutete, dass wir Stefan anfangs zu Fuß dorthin bringen konnten, sogar zu der Zeit, als Hannah unsere kleine Elena noch im Kinderwagen schob. Seit seinem achten Geburtstag machte Stefan sich meist allein auf den Weg, traf sich unten auf der Straße mit seinen Schulfreunden und lief mit ihnen weiter.

Als ich vor einigen Tagen morgens aus dem Fenster blickte und diese Freunde sah, hatte ich den Eindruck, dass sie einen Schritt zulegten, als sie Stefan aus dem Haus kommen sahen. Es war, als wollten sie ihm davonlaufen. Und ich dachte: *Der Anschluss liegt erst sechs Tage zurück, und doch sind die Folgen bereits erkennbar.* Und nun hatten wir die nächste Stufe erreicht, Stefan hatte sich in der Schule geprügelt.

Ich hatte darauf bestanden, dass Hannah mich zu diesem Treffen begleitete. Zum einen hoffte ich, dass wir dann vielleicht eher katholisch als jüdisch wirken würden, zum anderen war Hannahs Vater mit Mayr, einem der Vorstände der Schule, eng befreundet. Uns war bekannt, dass Mayr kein Freund der Nationalsozialisten war. Seine Sorge war, dass sie den Katholizismus verdrängen würden. In der Öffentlichkeit hielt er sich mit derartigen Äußerungen allerdings zurück. Ich nahm an, er wollte seine Position als Schulvorstand nicht gefährden.

Den Vorsitz des Gremiums hatte Schuldirektor Stadler. Dann waren da noch Stefans Klassenlehrer Pichler und ein weiterer Vorstand namens Rosch. Ich hatte den Verdacht, dass Rosch einen Gegenpol zu Mayr darstellen sollte.

Stadler begann, indem er eine Akte aufschlug und die Einzelheiten der Prügelei von einem Blatt ablas. Anschließend blickte er Hannah und mich über den Rand seines Kneifers hinweg an, seufzte schwer und sagte: »Sie werden verstehen, dass wir einen derartigen Angriff auf einen Schüler nicht dulden können.«

»Soweit ich weiß, hat Horst Braun angefangen«, wagte ich mich vor.

»Das steht keineswegs fest«, entgegnete Pichler. »Horst hat uns erzählt, dass er und Stefan sich anfangs nur geschubst haben, doch dann habe ihr Sohn zugeschlagen.«

»Haben Sie zuerst mit Horst gesprochen?«, fragte Hannah.

»Ja«, erwiderte Pichler.

Auf dem Weg über den Flur hatten wir Horst Braun und seinen Vater auf einer Bank sitzen sehen. Ob sie schon befragt worden waren, konnten wir da noch nicht wissen. Nun ging ich davon aus, dass man es getan und sie dann gebeten hatte, so lange zu warten, bis man mit uns gesprochen hatte. Wahrscheinlich würden sie anschließend wieder hereingerufen werden.

»Und was haben die beiden anderen Jungen gesagt?«, fragte ich. »Wenn ich es richtig verstanden habe, waren sie doch von Anfang an dabei.«

Pichler wirkte unsicher und konsultierte seine Notizen. »Sie haben erklärt, dass sie wegen der Schubserei nicht genau erkennen konnten, wer zuerst zugeschlagen hat.«

»Wie das denn?«, fragte ich. »Wenn sie dabei waren, konnten sie das doch sehen. Oder sind es Freunde von Horst Braun? Wollten sie ihn schützen?«

Stadler seufzte erneut. »Davon wissen wir nichts, Herr Namal. Deshalb wäre ich Ihnen dankbar, wenn Sie auf derartige Unterstellungen verzichten würden.«

»Für mich ist die Sache klar«, sagte Rosch. »Stefan Namal hat Horst Braun grundlos angegriffen. Und Herr Namal versucht nun, auf recht plumpe Weise, Horst und den anderen Jungen die Schuld in die Schuhe zu schieben.«

»Grundlos angegriffen?« Meine Stimme war eine Tonlage höher gerutscht. »Aber bitte, eigentlich ist es ganz gleich, ob die beiden anderen Jungen gesehen haben, wer als Erster zugeschlagen hat. Sie haben unseren Sohn ebenso provoziert, wie es Horst Braun getan hat. Unter anderem haben sie ihn als dreckigen, widerlichen Juden bezeichnet.«

Stille. Die hässliche Seite des Anschlusses wurde immer offensichtlicher, vor allem in den vergangenen Tagen war sie deutlich erkennbar geworden. Nun hatte sie ihr Gesicht sogar in diesem Raum gezeigt. Vielleicht hatte diese kleine Grundschulclique gehofft, den Grund der Prügelei unter den Teppich kehren zu können. Doch ich hatte sie mit der Nase darauf gestoßen.

Rosch unterbrach die Stille und lächelte milde. »Ach, kommen Sie. So schlimm, wie Ihr Sohn es Ihnen vermutlich dargestellt hat, ist es doch gar nicht. Natürlich ist das Nationalbewusstsein zurzeit auf einem Höhepunkt, aber das können wir wohl kaum unseren Kindern anlasten. Jungs bleiben eben Jungs.«

»Heißt es nicht, Kindermund tut Wahrheit kund?«, sagte ich und sah Rosch an. »Wie würden Sie sich fühlen, wenn es umgekehrt gewesen wäre, und mein Sohn hätte diese Jungen als dreckige, widerliche Nazis bezeichnet?«

Unter dem Tisch legte Hannah eine Hand auf meinen Schenkel. Vermutlich wollte sie mir bedeuten, dass ich zu weit gegangen war und mich nicht besser als unser Sohn benahm.

In Roschs Augen blitzte Zorn auf, der sogleich wieder verschwand, um einem selbstgefälligen Lächeln Platz zu machen. »Das dürfte wohl kaum miteinander vergleichbar sein.«

»Nein? Warum nicht? Weil die Ideale des Nationalsozialismus auf Biegen und Brechen geschützt werden müssen?« Die Hand auf meinem Schenkel drückte zu.

Roschs Lächeln wirkte nun bemüht. »Mir scheint, dass Sie von der Gewaltbereitschaft ablenken wollen, die Ihr Sohn an den Tag gelegt hat.«

»Natürlich. Ein Jude darf einem Nazi keine Gewalt antun. Wo kämen wir denn da hin?«

»Bitte, meine Herren!«, sagte Stadler in einem Versuch, uns zu beruhigen und zu mäßigen. »Falls die Jungen überhaupt eine politische Meinung haben sollten, hat sie mit unserem Fall nichts zu tun. Hier geht es nur um den Angriff und die angemessene Reaktion.«

Der Druck auf meinem Schenkel war gleich geblieben, doch bei meinem Kommentar war Hannah ganz leicht zusammengezuckt. Und ich hätte mich ohrfeigen können. Hatte ich vor diesem Treffen nicht von Josef Weber erfahren, dass Rosch und der Vater von Horst Braun sowohl enge Freunde als auch glühende Nationalsozialisten waren? Sie gehörten sogar derselben Ortsgruppe der NSDAP an. Doch darauf konnte ich mich nicht berufen, ich hatte bereits eine Grenze überschritten.

Für einen Moment herrschte wieder Stille. Dann sagte Hannah: »Ich kann nur betonen, dass ich Stefan als guten Katholiken erzogen habe. Ich habe ihm beigebracht, wie wichtig es ist, immer die Wahrheit zu sagen und nie zu lügen. Wenn er sagt, Horst habe ihn zuerst geschlagen, bin ich geneigt, ihm zu glauben.«

»Eine lobenswerte Erziehung«, sagte Stadler. »Wir nehmen Ihre Worte wohlwollend und in gutem Glauben zur Kenntnis.«

Doch angesichts der Blicke, die er mit Rosch und Pichler tauschte, war mir klar, dass ihr Wohlwollen und ihr guter Glaube Grenzen kannten. Wahrscheinlich hatte Horsts Vater sich ähnlich wie ich über seinen Sohn geäußert, nur dass seine Erziehung vermutlich nicht auf der Bibel, sondern auf den Grundlagen des Nationalsozialismus und Hitlers Buch *Mein Kampf* beruhte.

Mayr hatte bisher geschwiegen und alles mit ruhiger Miene verfolgt. Doch als ich meinen Kommentar über den Juden, der einem Nazi keine Gewalt antun darf, von mir gegeben hatte, war über seine Lippen ein Lächeln gehuscht. Er notierte etwas auf seinem Schreibblock.

»Wenn Sie gestatten, verbürge ich mich für Hannah Namal«, sagte er. »Ich kenne sie und ihre Eltern seit Jahren. Ich habe sie stets als aufrichtig und gradlinig erlebt. Und wenn Frau Namal nun erklärt, dass sie ihrem Sohn vertraut und seiner Darstellung der Ereignisse Glauben schenkt, sehe ich keinen Grund, ihre Worte anzuzweifeln.«

***

Das Treffen war wie ein Mikrokosmos der Diskussionen über den Anschluss gewesen. Juden, Nationalsozialisten und Katholiken hatten sich um einen Tisch versammelt und ihre Interessen vertreten. Nur dass es diesmal nicht um das Schicksal eines Landes, sondern nur um das unseres Sohnes ging.

Schlussendlich erklärte Stadler, dass Stefan für drei Tage vom Schulunterricht suspendiert sei und wir anschließend erfahren würden, ob das Gremium ihn wieder zulassen oder der Schule verweisen würde.

Bis dahin waren uns die Hände gebunden. Ich bekam nur noch mit, dass Rosch sich eine Notiz machte und sein Blick auf mir ruhte, als ich mich zum Gehen wandte.

Kapitel 7

»Wer Augen hat, zu sehen, und Ohren, zu hören, wird erkennen, dass kein Sterblicher ein Geheimnis bewahren kann. Wenn seine Lippen schweigen, plappert er mit den Fingerspitzen; der Verrat sickert ihm aus jeder Pore.«

Sigmund Freud

Mathias

Die Stimme meiner Mutter am anderen Ende der Leitung zitterte.

»Ich habe jemanden unten klopfen hören«, sagte sie. »Da wollte einer ins Haus.«

»Hast du ihn nur an der Eingangstür gehört?«

»Ja. Aber es sind auch Leute ums Haus gestrichen.«

Ich überlegte kurz. »Vielleicht wollte dich jemand besuchen.«

»Das glaube ich nicht. Außer Erica kommt doch kaum einer. Bei Frau Steiner zwei Häuser weiter wurde neulich auch eingebrochen.«

Das beunruhigte mich. »Davon hast du mir nichts erzählt.«

»Ich wollte nicht, dass du dir Sorgen machst.«

Ich seufzte. »Hast du Erica angerufen? Sie wohnt näher bei dir als ich und kann bei dir vorbeikommen.«

»Ich habe zuerst bei ihr angerufen. Da hat sich niemand gemeldet.« Sie atmete schwer.

»Gut, ich bin gleich bei dir. Ich brauche nur noch einen Moment, um ...«

Meine Mutter gab einen Laut von sich. Es klang, als hätte sie scharf die Luft eingesogen. »Jetzt ist unten wieder etwas zu hören«, flüsterte sie. »Ein Rascheln und Kratzen.«

Dann war die Leitung tot.

***

»In der Leopoldstadt hat es eine Reihe Einbrüche und Plünderungen gegeben«, sagte Josef Weber. Wir waren mit seinem Steyr 220 auf dem Weg zu meiner Mutter.

Die Leopoldstadt lag am Donaukanal, der den Bezirk vom Zentrum der Stadt trennte. Fünfunddreißig Prozent der Bewohner waren jüdisch, weit mehr als die zehn Prozent, die in den restlichen Gemeindebezirken zu Hause waren.

»Ich hatte keine Ahnung, dass es so schlimm geworden ist«, sagte ich. »Zwar habe ich über ein paar Vorkommnisse in der Zeitung gelesen, fand sie jedoch nicht allzu besorgniserregend.«

Josef schnaubte. »Man möchte nicht, dass in der Presse ein düsteres Bild gezeichnet wird. Es würde die Menschen beunruhigen. Aber wir auf den Polizeirevieren wissen, was Sache ist. Wir wissen, wie schlimm es ist.«

»Vermutlich. Vor ein paar Tagen bin ich in der Taborstraße am Kaufhaus der Brüder Schiffmann vorbeigekommen. Vor dem Haus standen SA-Leute und Nazianhänger mit Plakaten, auf denen die Leute aufgerufen wurden, nicht bei Juden zu kaufen. Wenn doch, würden sie diejenigen unterstützen, denen wir den Niedergang Österreichs verdanken.« Ich schüttelte den Kopf. »In der Zeitung war am nächsten Tag nichts darüber zu lesen.«

Josef warf mir einen Blick zu. »Und weißt du, warum? Weil die Presse nun dem Reichsministerium für Volksaufklärung und Propaganda untersteht oder von diesem kontrolliert wird. Jeder, der für eine Zeitung schreibt, hat Angst, er könnte irgendetwas, das Deutsche Reich betreffend, in ein schlechtes Licht rücken. Also schreibt man lieber gar nichts.« Er zuckte mit den Schultern. »Bei der Polizei sieht es genauso aus. Der Großteil der leitenden Beamten in der Kärntner Straße wurde durch Gestapobeamte und SS-Leute ersetzt. Und vor fünf Tagen, also gleich nach dem Anschluss, mussten wir verbliebenen Beamten einen Treueeid auf das Deutsche Reich und den Führer leisten und unterschreiben. Diejenigen von uns, die früher Schuschnigg-Anhänger waren – wahrscheinlich gut dreißig Prozent – oder jüdische Freunde oder Bekannte haben, lassen davon nichts mehr verlauten.« Er lächelte gequält. »Schon dass ich mit dir zusammen bin, reicht wahrscheinlich aus, um mich als Judenfreund zu brandmarken. Falls wir angehalten werden und man mich nach dir fragt, habe ich dich festgenommen, weil du ein übler Jude bist, klar?«

Josef grinste, und ich gluckste. Doch dann dachte ich an das Riskante unseres Zusammenseins, das Josef durch eine Witzelei verharmlosen wollte. »Es tut mir leid«, sagte ich. »Ich hätte dich nicht bitten sollen, mitzukommen.«

»Kein Problem. Ich verstehe, dass du dich sorgst.« Josef tätschelte mir die Hand. »Das Letzte, was ich Hitler und seinen aufgeblasenen Anhängern gestatte, ist, dass sie unsere gute Freundschaft kaputt machen.«

Ich hatte Josef gebeten, mich zu begleiten, weil ich Angst hatte und nicht wusste, wem ich in der Gegend, in der meine Mutter wohnte, begegnen würde. Dabei hatte ich die Wahl zwischen Pest und Cholera. Ich konnte auf plündernde Nazisympathisanten treffen, von ihnen ausgeraubt oder der SS übergeben werden. Oder ich begegnete SS-Männern, die mich verhören und festnehmen würden.

Als wir kurz vor dem Haus meiner Mutter um die Ecke bogen, sah ich sowohl SS-Leute als auch Polizisten. »Da sind sie schon«, sagte Josef.

Ich runzelte die Stirn. »Sag bitte nicht, dass auch die plündern wollen.«

»Nein. Aber auf dem Revier hieß es, dass in einigen jüdischen Vierteln geraubt und geplündert wird und wir uns darum kümmern sollen.«

Diese Bereitschaft verwirrte mich. Sie widersprach allem, was ich bisher gesehen und gehört hatte. Dennoch nickte ich vehement und sagte: »Immerhin ein gutes Zeichen. Jüdischer Besitz soll geschützt werden.«

Josef lachte schnaubend. »Glaub bloß nicht, dass das zum Wohl der jüdischen Bevölkerung geschieht. Im Moment sind die Nazis daran interessiert, mit den Juden Abkommen zu schließen, die sie ermuntern, aus Österreich zu verschwinden und den größten Teil ihres Vermögens zurückzulassen.« Er bog in die Straße ein, in der meine Mutter wohnte. »Deshalb wäre es ungut, wenn dieses Vermögen vorher geraubt würde. Also wird nicht jüdischer Besitz geschützt, sondern der künftige Besitz des Deutschen Reichs.«

In der Straße meiner Mutter war es dunkler als sonst zu dieser späten Stunde. Dann stellte ich fest, das hier und da Straßenlaternen eingeschlagen worden waren. Das ging wahrscheinlich auf das Konto der Plünderer, die den Schutz der Dunkelheit suchten. Etwas weiter unten sah ich zwei SS-Männer, doch die schienen sich zu entfernen.

»Sieht aus, als hätten die beiden schon alles kontrolliert«, sagte Josef. »Lass uns ins Haus gehen, bevor sie zurückkommen. Dann können wir feststellen, ob mit deiner Mutter alles in Ordnung ist.«

Doch dann entschied Josef, dass ich das Haus zuerst betreten sollte. Er wollte die Straße vom Vorgarten aus im Auge behalten.

Ich hatte einen Haustürschlüssel, aber diesmal verzichtete ich auf die beiden zusätzlichen Klopfzeichen, mit denen ich mich normalerweise ankündigte. Allerdings hatte ich in der Dunkelheit Schwierigkeiten, den Schlüssel ins Schloss zu bekommen.

»Beeil dich«, zischte Josef. »Einer der SS-Männer macht kehrt.«

Endlich hatte ich es geschafft. Ich öffnete die Tür, wartete, bis Josef nach mir ins Haus geschlüpft war, und verschloss die Tür. Dann rief ich nach meiner Mutter.

»Momma, ich bin's – Mathias.«

Stille. Meine Angst nahm zu. Vielleicht war meiner Mutter etwas zugestoßen. Ich blickte die Treppe hinauf. Seit ihrer Hüftverletzung blieb meine Mutter die meiste Zeit im ersten Stock. Sie kam nur nach unten oder begab sich in den zweiten Stock, wenn Erica oder ich sie stützten.

Zögernd stieg ich mit Josef die Treppe hinauf, rief wieder: »Momma, ich bin's, Mathias.« Auf der halben Treppe setzte mein Herz für einen Schlag aus. Ich hatte etwas gehört, ein Knallen wie von Schüssen, das von der Küche im hinteren Teil des Hauses kam.

Josef und ich rannten die Treppe hinunter und über den Flur nach hinten. Josef zog seine Waffe und winkte mich zur Seite.

Die Küchentür öffnete sich, Josef hob die Waffe, und dann stand meine Schwester Erica vor uns und sah uns verdutzt an.

»Oh, Mathias ... und Josef. Ich habe euch nicht kommen hören.« Mit dem Kinn deutete sie auf die drei Mesusot, den Hammer und die Nägel in ihren Händen. »Momma möchte, dass ich überall Schriftkapseln anbringe. Sie hat Angst.«

Josef steckte seine Waffe ein. »Entschuldige die Waffe. Hier in der Gegend wird geplündert, und wir dachten, du wärst ein Einbrecher.«

»Es ist schrecklich«, sagte Erica bekümmert. »Deshalb möchte Momma nun die Mesusot im Haus haben. Die Erste habe ich an der Hintertür befestigt, die anderen kommen nach vorn.«

Die Mesusa ist ein jüdisches Symbol aus biblischen Zeiten, das Unheil fernhält, insbesondere von einer Wohnung oder einem Haus.

Meine Schwester war eine gut aussehende Frau. Sie war vital, hatte warme braune Augen und dunkles Haar. Vor sechs Jahren war sie eine Zeit lang übergewichtig gewesen. Das war, als ein Mann, mit dem sie lange Zeit liiert gewesen war, sie kurz vor der Hochzeit verlassen hatte. Erica hatte sich mit Halva und Pralinen getröstet, sich inzwischen jedoch wieder gefangen.

Meine Mutter machte sich dennoch Sorgen. Sie befürchtete, Erica könnte ledig bleiben. Aber wann sollte meine Schwester Zeit für ein Liebesleben finden? Zwar schien sie wieder einen Freund zu haben, doch ihre Tage waren ausgefüllt und hektisch. Wenn ich verhindert war, brachte sie Ivor zur Schule und holte ihn ab; sie hütete ihn, wenn ich sie darum bat, und sie kümmerte sich um meine Mutter. Manchmal fühlte ich mich ihr gegenüber schuldig. Meine Schwester war ein herzensguter Mensch, immer bereit, anderen zu helfen, aber vielleicht verlangten meine Mutter und ich zu viel von ihr.

Auf dem Weg die Treppe hinauf erklärte Erica, dass unsere Mutter sie um die Mesusot gebeten habe, als sie am Vortag von den Einbrüchen und Plünderungen in ihrer Nachbarschaft erfahren hatte. Doch dann hatte sie diese Bitte vergessen.

»Als sie mit dir telefoniert hat, hat sie mich unten an der Haustür gehört. Da Momma nicht wusste, wer gekommen war, hat sie rasch den Hörer aufgelegt und sich im Hinterzimmer versteckt. Ich bin zu ihr gegangen. Es hat zehn Minuten gedauert, bis sie sich an ihr Telefonat mit dir erinnert hat.« Erica lächelte uns an, als wolle sie sich für unsere Mutter entschuldigen. »Ich habe versucht, dich zurückzurufen, Mathias, aber da warst du wohl schon auf dem Weg hierher.«

Wir hatten den ersten Stock erreicht. »Und wo ist Momma jetzt?«, fragte ich.

Als Antwort rief Erica: »Es ist alles in Ordnung, Momma, du kannst wieder herauskommen!« Leise und an uns gewandt fügte sie hinzu: »Ich habe ihr gesagt, bis ich wieder hier oben bin, soll sie im Hinterzimmer bleiben und die Tür verschließen.«

»Ist es auch wirklich sicher?«, erklang die zittrige Stimme meiner Mutter.

»Ja, Momma«, erwiderte Erica. »Nur Mathias und Josef sind hier bei mir.«

Darüber schien meine Mutter noch einen Moment nachzudenken, bevor sie die Tür öffnete.

»Mathias«, sagte sie. »Warum bist du gekommen? Das war doch gar nicht nötig.« Wir umarmten uns, und ich wurde in die vertraute Duftwolke aus Zitrone und Lavendel gehüllt. Falls es jemanden gab, der sich am Tag öfter als meine Mutter wusch und mit einem frischen Duft besprühte, hatte ich ihn noch nicht kennengelernt. Sie umschloss mein Gesicht liebevoll mit den Händen – was ich von jeher gehasst hatte –, lehnte sich zurück und studierte meine Miene. »Du wirkst ein bisschen sorgenvoll und müde.«

Innerlich verdrehte ich die Augen. *Bevor ich mitten in der Nacht hierherkommen musste und vor Sorge außer mir war, ging es mir noch einigermaßen.*

»Wir leben in schwierigen Zeiten«, sagte ich. Aber auch dieser kleine Satz hatte das Zeug zu einem Minenfeld. Das Letzte, was meine Mutter nun brauchte, war, dass ich sie an die Auswirkungen des Anschlusses auf uns Juden erinnerte, an die Einbrüche und Plünderungen. Ich seufzte, und wir gingen mit ihr in den Salon. Meine Mutter ließ sich in ihrem geliebten Lehnstuhl nieder, ich setzte mich ihr gegenüber. »Hauptsache, dir geht es gut«, sagte ich.

»Ja.« Einen Moment lang wirkte meine Mutter konfus, als überlegte sie, warum es ihr nicht gut gehen sollte. »Erica ist gekommen. Sie bringt die Mesusot an. Wie geht es Ivor?«

Das war typisch für meine Mutter. Trotz oder aufgrund ihrer leichten Demenz konnte sie von einem Thema zum anderen springen, und es war nicht immer einfach, ihr geistig zu folgen. Ihr Haar war mittlerweile hellgrau, nur vereinzelt sah man noch Strähnen der ursprünglich brünetten Farbe. Doch in ihren Augen, einem undefinierbaren Farbton aus Grün und Grau, brannte noch immer ein starkes Licht. Deshalb fragte ich mich bisweilen, ob meine Mutter ihre Vergesslichkeit vielleicht nur spielte, wenn es ihr passte.

»Ich mache uns Kaffee«, sagte Erica, die in der Tür stehen geblieben war.

»Ich helfe dir«, erklärte Josef.

Und dann war ich mit meiner Mutter allein.

»Mit Ivor ist alles in Ordnung ... ja, doch.« Auch das fühlte sich wie ein Minenfeld an. Meine Mutter hatte gute Ohren. Sie wusste, dass ich normalerweise sagte, Ivor gehe es »blendend«. Doch ich wollte weder lügen noch die gegenwärtige Situation dramatisieren. Auch das schwierige Thema, dass mein Sohn nun als Mischling galt, vielleicht in eine andere Klasse kam oder die Schule verlassen musste, wollte ich meiner Mutter ersparen. Stattdessen faselte ich von einem naturkundlichen Projekt, bei dem Ivor sich hervortat.

Es war, als wanderte ich durch ein tiefes, dunkles Tal und plapperte währenddessen über Banalitäten, obwohl auf beiden Seiten Gefahren drohten, die ich aber mit aller Macht zu ignorieren versuchte. Meine Mutter runzelte die Stirn. Entweder erkannte sie, dass ich schwafelte, oder sie kam nicht mehr mit. Ihr Blick richtete sich auf meine Hände, die ich unwillkürlich zu Fäusten geballt hatte. Ich hatte mir Mühe gegeben, die Wahrheit vor ihr zu verbergen, doch sie erriet sie anhand meiner Gestik.

»Schon gut«, sagte sie sanft. »Du musst nichts erklären. Ich weiß, dass es auch für dich zurzeit nicht einfach ist.«

Am liebsten wäre ich in Tränen ausgebrochen und hätte sie wieder umarmt. Warum musste sie immer so verständnisvoll sein?

Meine nächste Überlegung war schändlich. Ich dachte, wenn die Einbrecher und Plünderer meiner Mutter dermaßen zusetzten, könnte ich sie nun vielleicht überreden, Wien zu verlassen. Es war schließlich das, was Julian für das Beste und Sicherste hielt.

»Und wie geht es Johannes und seiner Familie?«, fragte sie.

»Angesichts der Umstände ganz gut.« Ich rang mir ein Lächeln ab. »Ich habe Johannes erst vor Kurzem gesehen.«

»Schön.« Meine Mutter nickte. Dann hörten wir Erica kommen.

»Da wären wir.« Erica stellte ein Silbertablett mit Gebäck, Tassen und Untertellern auf den Couchtisch. Josef brachte die Kanne Kaffee.

Meine Schwester war noch dabei, uns allen Kaffee einzuschenken, als an die Eingangstür unten gehämmert wurde.

»So hat es sich vorhin auch angehört«, flüsterte meine Mutter und sah uns ängstlich an.

Josef stand auf. »Ich sehe nach, wer es ist. Ihr bleibt hier und lasst die Zimmertür geschlossen.«

Josef verließ den Salon und nahm die Treppe nach unten. Wieder wurde an die Haustür geschlagen.

Wir saßen wie erstarrt und hielten den Atem an. Doch ich wollte wissen, wer da war, und gewappnet sein, falls derjenige nach oben kam. Ich bedeutete Erica, das Licht auszuschalten, und zog unsere Tür einen Spaltbreit auf. In dem dunklen Zimmer würde man uns nicht sehen. Unten öffnete Josef die Haustür.

Draußen stand ein SS-Mann. »Wohnen Sie hier allein?«, fragte er.

Josef blickte sich um und tat verwundert. »Sehen Sie noch jemanden außer mir?«

Und obwohl mein Herz raste, musste ich lächeln. Josef war zu oft mit mir zusammen gewesen und hatte offenbar gelernt, eine Frage mit einer Gegenfrage zu beantworten, statt zu lügen.

Der SS-Mann runzelte die Stirn. »Ist dies ein jüdischer Haushalt?«

»Sehe ich jüdisch aus?«

»Nein, ich ...«

Josef holte seine Dienstmarke heraus und zeigte sie. Der SS-Mann bekam einen roten Kopf und tippte an seine Uniformmütze. »Verstehe. Ich bitte um Entschuldigung, Herr Kommissar, und wünsche eine gute Nacht.«

»Ebenso.«

Josef schloss die Haustür, blieb aber noch einen Moment im Flur stehen, um sicherzugehen, dass der SS-Mann verschwand. Dann kehrte er zu uns zurück.

»Ich finde, das muss gefeiert werden.« Erica holte Gläser und die Flasche Zwetschgenwasser, die meine Mutter für besondere Anlässe aufhob, aus der Anrichte.

Zuerst Julian, jetzt meine Schwester. Wie kamen die Leute darauf, dass Schnaps mir helfen würde, die Begleiterscheinungen des Anschlusses besser zu verdauen.

Lächelnd hoben wir unsere Gläser und dankten Josef für seinen Einsatz. Für einen Moment schienen die drohenden Sturmwolken sich verzogen zu haben.

Als jeder seinen Kaffee und das Glas Zwetschgenwasser getrunken hatte, erklärte Erica, sie müsse noch die restlichen Mesusot anbringen.

Josef stand auf – und verharrte, als sei ihm etwas eingefallen. »Nein!«, sagte er. »Das ist so ungefähr das Letzte, was du tun solltest. Insbesondere an der Eingangstür darf keine

Mesusa hängen. Sie würde jedem anzeigen, dass in diesem Haus Juden wohnen.« Er trug uns auf, im Salon zu bleiben und bis zu seiner Rückkehr niemanden einzulassen. Dann drehte er sich mir zu und streckte die Hand aus. »Gib mir deinen Schlüssel, Mathias, dann kann ich die Eingangstür nach meiner Rückkehr selbst aufschließen. Falls die SS-Leute das Haus dann noch immer beobachten, werden sie davon ausgehen, dass ich tatsächlich hier wohne.« Er wandte sich zum Gehen. »Bin gleich wieder da.«

Angespannt warteten wir darauf, dass er zurückkehrte. Es dauerte vielleicht zwanzig Minuten. Sie kamen mir vor wie eine Ewigkeit.

Als Josef mir zeigte, was er in dieser Zeit besorgt hatte, nickte ich resigniert. Ich hielt sogar den Küchenstuhl fest, auf den Josef stieg, um ein Kreuz an die Haustür zu nageln.

Kapitel 8

Ein Kriminaldirektor der Gestapo namens Heinz Piehler sah sich im Salon um. Freud blieb so gelassen wie möglich und bemühte sich um eine ausdruckslose Miene. Deutliche Anzeichen der Verachtung oder gar Feindseligkeit wagte er nicht zu zeigen. Das eine wie das andere könnte ihn und seine Familie gefährden.

Piehler trug einen dunkelgrauen Anzug. Er wurde von zwei Männern begleitet, einem in Zivil, der ebenfalls zur Gestapo gehörte, der andere war ein Mitglied der SS. Die Begleiter wirkten seltsam statisch, wohingegen Piehler umherwanderte. Vor einem kleinen Buddha aus Messing in einem der Bücherregale blieb er stehen.

»Sollten wir Ihnen die Ausreise genehmigen, werden wir einen unserer Kommissare beauftragen, den Wert Ihrer Kunstwerke und Privatpapiere zu schätzen.« Piehler bedachte Freud mit einem schmalen Lächeln. »Ich mag Kunstobjekte vielleicht schön finden, bin aber kein Fachmann.« Er deutete auf den anderen Zivilbeamten. »Kommissar Sauerwald hingegen kennt sich aus.«

»Aha«, sagte Freud.

»Sauerwald ist nicht nur Parteimitglied. Er ist auch wie Sie Akademiker und hoffentlich jemand, dem sie vertrauen können.«

Freud nickte. »Klingt nach einer vernünftigen Regelung. Bewundernswert.«

Piehler taxierte Freuds Miene, um festzustellen, ob er seine Bemerkung sarkastisch gemeint haben könnte. »Wir möchten Sie fair behandeln. Wenn der Kommissar seine Bewertung abgeschlossen hat, werden wir Sie bitten, uns schriftlich zu bestätigen, dass Sie dem Ergebnis zustimmen. Das wäre dann ein Zeichen *Ihrer* Fairness.«

Diesmal nickte Freud langsamer. Nun wurde die Sache klarer. Er würde die Bewertung akzeptieren müssen und sich somit einverstanden erklären, dass die Nazis einen großen Teil seiner Besitztümer einbehielten. Das war der Preis dafür, dass sie ihn ausreisen ließen. »Das scheint mir absolut fair zu sein, wie Sie schon sagten.«

Wieder studierte Piehler Freuds Gesichtsausdruck. »Darüber hinaus werden Sie Sauerwald Einsicht in Ihre Bankkonten geben und ihm Zugang zu den Bankauszügen gewähren. Es ist zwingend, dass Sie alles offenlegen. Nur so kann die faire Bewertung gewährleistet werden.«

»Versteht sich.« Es kostete Freud Kraft, die ausdruckslose Miene beizubehalten und weder Zorn noch seine Frustration zu verraten. Nur seine Kinnpartie versteifte sich, doch das gehörte zu den Symptomen, die der Gaumenkrebs mit sich brachte.

Piehler nahm seine Wanderschaft durch den Salon wieder auf. Sein Blick glitt von einem Gegenstand zum anderen. »Wie ich sehe, gibt es hier eine Reihe Fotos Ihrer unmittelbaren Familie, jedoch keine Ihrer Freunde und Kollegen.«

»Meine Frau hat die Fotos in Aktenordner und Alben einsortiert.« Freud lächelte freundlich. »Wenn man nicht möchte, dass ein Raum überladen wirkt, kann man nur eine bestimmte Anzahl Fotos unterbringen.«

»Natürlich.« Piehler lächelte ebenso freundlich. »Ich hoffe, Kommissar Sauerwald wird sich auch diese einsortierten Fotos ansehen können, um festzustellen, ob sie von Wert sind.«

Josef

Nachdem Josef Weber das Kreuz an die Haustür von Frau Kraemer genagelt hatte, hätte er den Abend beschließen können. Doch ihm stand der Sinn nach etwas anderem. Zuerst aß er an einer Bude ein Würstchen. Anschließend fuhr er nach Hause und nahm ein erholsames Bad. Dann zog er seinen Abendanzug an, besprühte sich mit einem Herrenduft und spazierte zu dem Nachtclub, den er bevorzugte, dem *Blauen Engel.*

Als er den Club betrat, wogten dicke Schwaden Zigarettenqualm durch das Licht der Strahler, die auf die Bühne gerichtet waren und die schönste Frau beleuchteten, die Josef jemals gesehen hatte. Er kannte ihr Äußeres wie kaum ein anderer, schließlich kam er seit vier Jahren ein- oder zweimal in der Woche hierher.

Der Name der Frau lautete Deya Reynes. Mittlerweile war sie achtundzwanzig Jahre alt und noch immer so makellos und verlockend wie an dem Tag, als Josef sie zum ersten Mal gesehen hatte. Aber vielleicht war er voreingenommen, denn Liebe machte bekanntlich blind.

Josef ließ den Blick über das Publikum wandern, das gleichermaßen fasziniert schien. An diesem Abend war Deya wie eine Flamencotänzerin gekleidet. Mit ihrem langen, gewellten schwarzen Haar und den großen bernsteinfarbenen Augen wirkte sie wie der Inbegriff der feurigen Spanierin.

Deya Reynes war nicht nur ihr Bühnenname. Seit sechs Jahren trug sie ihn auch außerhalb des Clubs. Josef und Max Adler, der Inhaber des Nachtclubs, gehörten zu den wenigen, die wussten, dass Deya eine Romni war. Allerdings hatte sie diese Identität, zusammen mit ihrer Vergangenheit, vor so langer Zeit begraben, dass Josef sich nicht mehr an ihren ursprünglichen Namen erinnern konnte, vorausgesetzt, sie hatte ihn ihm überhaupt jemals genannt. Deya liebte das Geheimnisvolle.

Ihre Namensänderung hatte zum einen mit der feindlichen Haltung gegenüber den Roma zu tun, die der Aufstieg der NSDAP mit sich gebracht hatte. Zum anderen hing er mit ihrem gewalttätigen früheren Ehemann zusammen, den sie ein Jahr nach der Geburt ihrer Tochter verlassen hatte und vor dem sie sich verbarg.

Ihr Cousin Lorenzo hatte Deya zu ihrem neuen Namen verholfen. Inzwischen war die Erschaffung neuer Identitäten für ihn zu einem erfolgreichen Geschäftsmodell geworden, schließlich gab es immer mehr Roma und Juden, die ihre Identität ändern wollten.

Deya wirbelte über die Bühne, stampfte mit den Füßen und ließ ihren Rock hochfliegen. Amüsiert verfolgte Josef, wie einige der Männer, die dicht an der Bühne saßen, sich vorbeugten, um festzustellen, ob Deya Unterwäsche trug. Als sie Josef entdeckte, warf sie ihm eine Kusshand zu.

Deya klapperte lauter mit den Kastagnetten, stampfte schneller mit den Füßen – fast klang es wie ein Trommelwirbel –, und dann löste sie ihren Rüschenrock und schleuderte ihn zur Seite. Nun sah man, dass sie Unterwäsche trug, nämlich ein schwarzes Spitzenhöschen und dazu passende Strümpfe, die von Strumpfbändern gehalten wurden.

Von einem Tisch auf der anderen Seite des Raumes ertönten wilder Applaus und Gejohle. Josef blickte zu dem Tisch hinüber, an dem ausschließlich Vertreter der Nationalsozialisten saßen. Ihr Beifall schien jedoch nicht nur Deya zu gelten, sondern auch der Flasche Champagner, die sie soeben geöffnet hatten. Eine Animierdame ließ sich auf dem Schoß eines SS-Offiziers nieder, eine andere prostete den Männern lachend zu. Neun Männer waren es, vier in SS-Uniform, zwei von ihnen hatte Josef im *Blauen Engel* bisher noch nicht gesehen. Auch die beiden Braunhemden kannte er nicht und von den restlichen drei in der feldgrauen Uniform des Sicherheitsdiensts der SS – kurz SD – nur Kurt Landmann. Josef hob die Hand zum Gruß. Landmann erwiderte den Gruß grinsend.

Fünf oder sechs Animierdamen bearbeiteten die Männer im Publikum. Sie trugen Höschen, Spitzenkorsetts und Boleros und versuchten, ihre Opfer zum Kauf des überteuerten Champagners zu überreden. Für ein gesondertes »Honorar« waren sie mitunter auch bereit, sich mit einem Gast in die mit Vorhängen abgeteilten Nischen hinten im Club zu verziehen.

»Du hebst dich natürlich wieder für Deya auf.« Max Adler war gekommen.

»Wie immer«, erwiderte Josef. »Ich halte Unbeständigkeit nicht für einen attraktiven Wesenszug.«

Max lachte und ließ sich an Josefs Tisch nieder. »Heute Abend ist eine Neue mit im Einsatz. Ich werde ihr sagen, dass du nur Augen für Deya hast, und sie bitten, dich nicht zu belästigen.«

Es war ein eingespieltes Vorgehen. Josef erschien kurz vor Ende der Vorstellung, wenn Deya ihre letzten Tänze aufführte. Die Animierdamen wussten, weshalb er kam, und ließen ihn in Ruhe. Er bestellte eine Flasche Champagner, die Max ihm als Stammkunden zu einem moderaten Preis überließ. Josef revanchierte sich, indem er zur Sicherheit des Clubs beitrug. Denn der *Blaue Engel* zog auch Mitglieder der Wiener Unterwelt an, und Josef machte Max auf die Gefährlichen unter ihnen aufmerksam. Und falls es einmal dazu kam, dass ein Gast zu grob mit einer Animierdame verfuhr oder Betrunkene eine Schlägerei vom Zaun brachen, die der Türsteher nicht in den Griff bekam, half Josef, die Beteiligten hinauszuwerfen.

War Josef da, widmete Deya sich keinem anderen Gast, ging auch mit niemandem in eine der abgetrennten Nischen, wie sie es mit Sicherheit an den Abenden tat, an denen Josef nicht erschien, oder in den Stunden vor seinem Eintreffen. Josef fragte sie nie danach. Inzwischen nahm er diesen Teil von Deyas Leben hin; die Möglichkeit, daran etwas zu ändern, hatte er versäumt. Doch darüber sprachen sie nicht mehr, es wäre zu schmerzhaft gewesen. Aus Josefs Sicht war ihr Arrangement zwar alles andere als ideal, aber schließlich hatte er sich mit einer Nachtclubtänzerin eingelassen und konnte nicht mehr erwarten.

Am Tisch der Nazis stieg die nächste Lachsalve auf. »Dein Laden ist heute gut besucht«, sagte Josef zu Max.

Max lächelte freudlos. »Ob ich es ›gut‹ nennen würde, weiß ich nicht. Aber wenigstens habe ich noch geöffnet.«

Als jüdischer Clubbesitzer bewegte Max sich seit Jahren auf einem schmalen Grat, doch seit dem Anschluss war seine Lage prekär geworden. In gewisser Hinsicht hatte Max es sich selbst zuzuschreiben. Um auch Militär und Polizei in seinen Club zu locken, hatte er ihn ursprünglich »Der Blaue Max« nennen wollen, mit einer Anspielung auf den Spitznamen eines preußischen Verdienstordens. Als Stimmen laut wurden, die die Verbindung von Nachtclub und jener einst höchsten Tapferkeitsauszeichnung unpassend fanden, entschied Max sich für *Der Blaue Engel,* nach dem Film mit Marlene Dietrich, der zwei Jahre, bevor er den Club eröffnete, in die Kinos gekommen war.

Max war sicher gewesen, der neue Name würde in den Ohren von Militär und Polizei ebenfalls attraktiv klingen. Und er hatte recht gehabt. Doch seit dem Anschluss rückte ihm dieses Publikum gefährlich nah, auch wenn man ihn bisher zufriedengelassen hatte. Vielleicht war die Körpergröße seine Rettung. Max maß einen Meter dreiundneunzig und war von kräftiger Statur. Er zählte nicht zu den schmächtigen Juden, die sich von SS und SA drangsalieren ließen. Zudem wurde Max geschätzt – von Nazis ebenso wie von seiner weiblichen Belegschaft, für die er eine Art Schutzengel war.

Max zündete sich eine Zigarre an. Der Qualm vermischte sich mit den Rauchschwaden, die durch das Licht der Scheinwerfer zogen. »Hier hat sich wenigstens nichts geändert«, sagte er und meinte wahrscheinlich, im Gegensatz zu den Veränderungen außerhalb des Clubs. Er schwieg einen Moment lang. Vielleicht war er in Gedanken bei diesen Veränderungen. Doch dann entschied er wohl, dass es wegen der SS, des SD und der Braunhemden auf der anderen Seite des Raumes nicht klug wäre, weiter darüber zu reden. Deya hatte ihren Tanz beendet und trat zu ihnen an den Tisch.

Max stand lächelnd auf. »Ich lasse euch allein.« Er verschwand.

Deya setzte sich. »Ich hatte dich nicht erwartet.« Sie schenkte sich ein Glas Champagner ein und nahm einen Schluck.

»Es war eine spontane Entscheidung.« Josef lächelte gequält. »Nach einem anstrengenden Abend.«

Eigentlich wollte er Deya von dem Abend nichts erzählen. Sie fuhr mit einem blau lackierten Fingernagel über den Rand ihres Glases und sah ihn mitfühlend an. Wie immer versank er in ihren schönen Augen. Und dann begann er, doch über den Abend zu sprechen. Über seinen jüdischen Freund, den Schriftsteller, und dessen Mutter, die um ihr Leben bangte. Und dass er über der Eingangstür ihres Hauses ein Kreuz angebracht hatte, in der Hoffnung, auf diese Weise SS-Leute und Plünderer abzuhalten.

Deya krauste die Stirn. »Bist du deshalb gekommen? Soll Lorenzo dieser Familie helfen?«

»Nein, ich bin gekommen, um dich zu sehen«, erwiderte Josef. »Ich brauchte Gesellschaft.« Er hatte es kaum ausgesprochen, als ihm bewusst wurde, wie unhöflich seine Antwort gewesen war. Er entschuldigte sich und erklärte: »An dem Punkt sind sie noch nicht. Die Mutter ist nicht einmal bereit, über eine Ausreise auch nur nachzudenken. Hinzu kommt, dass sie nicht ganz gesund ist.«

Josef zog eine Packung *Sport* aus seiner Jackentasche und bot Deya eine an. Sie nickte. Er zündete die beiden Zigaretten mit einem silbernen Feuerzeug an.

»Sag mir Bescheid, falls sie Österreich doch verlassen wollen.« Deya stieß Zigarettenrauch aus. »Seit Kurzem arbeitet Lorenzo mit einem Partner namens Alois zusammen. Er ist in den einschlägigen Kreisen bekannt, man vertraut ihm. Lorenzo hat aus ihm einen Protestanten gemacht. Gleich nachdem Alois' Familie nach Dachau deportiert worden war.« Sie blickte sich um, als wolle sie sichergehen, dass niemand sie belauschte. »Gerüchten zufolge wird alles noch schlimmer werden.«

»So hört man es.« Josef zuckte mit den Schultern. »Aber an dem Punkt ist mein Freund noch nicht. Falls er es jemals sein wird.«

Bis zu Deyas nächstem Tanz sprachen sie über allgemeine Themen, erzählten einander, wie ihre Woche gewesen war. Deya berichtete Josef von einem Einkaufsbummel und einem »hübschen Aquarell«, das ihre Tochter in der Schule gemalt und mit nach Hause gebracht habe. In Anbetracht der Umwälzungen, die zurzeit stattfanden, fühlten sich diese Themen falsch an, waren deshalb wohl auch mit leichten Schuldgefühlen verbunden.

Doch dann erwähnte Deya, dass die von ihr bevorzugte Kosmetik und Parfümerie Krucies in jüdischem Besitz gewesen und nun geschlossen und mit Brettern verbarrikadiert war. Damit waren sie wieder bei den Umwälzungen. Die Frage, die sie unausgesprochen im Raum stehen ließen, lautete, ob Deya befürchtete, jemand könne über ihre Herkunft die Wahrheit erfahren und sie als Nichtarierin denunzieren.

Erst als Deya mit ihrem nächsten Tanz anfing – einem Bauchtanz mit bunten Schleiern, von denen sie einen nach dem anderen fallen ließ –, begann Josef, sich zu entspannen.

Kurt Landmann riss ihn aus dieser angenehmen Stimmung. Er trat mit einem der SS-Männer, die Josef bisher noch nicht im *Blauen Engel* gesehen hatte, an Josefs Tisch und sagte: »Ich möchte dich mit Heinrich Schnabel bekanntmachen. Er ist erst seit einer Woche in Wien.«

»Sehr erfreut.« Schnabel streckte eine Hand aus. Josef schüttelte sie. »Ich bin für den ersten und achten Bezirk zuständig. Wenn ich es richtig verstanden habe, überschneiden die beiden sich teilweise mit Ihrem Zuständigkeitsbereich. Vermutlich werden wir uns wieder über den Weg laufen, möglicherweise auch zusammenarbeiten müssen.«

Als er die Bezirke nannte, erinnerte sich Josef an den SS-Mann im *Café Mozart* und auf dem Karmelitermarkt, von dem Johannes erzählt hatte.

»Sehr gut«, sagte Josef und versuchte, entgegenkommend zu klingen. »Wo waren Sie bisher stationiert?«

»In Linz. Wo unser geliebter Führer seine Jugend verbracht hat.«

»Wie schön.«

Dem folgte ein unbehagliches Schweigen. Offenbar hatte Schnabel noch etwas auf dem Herzen. Er warf einen Blick zu Max Adler hinüber, der an der Bar stand. »Wie es aussieht, haben Sie kein Problem, mit Juden zu verkehren.«

»Ihm gehört dieser Club.« Josef zuckte mit den Schultern. »Ihn zu meiden, wäre nicht ganz einfach.«

»Verstehe.«

Wieder kam es zu diesem unangenehmen Schweigen. Landmann durchbrach es. »Max ist in Ordnung«, sagte er. »Kümmert sich sehr gut um uns.«

»Sicher«, entgegnete Schnabel, als wäre dieses Kümmern nebensächlich. Oder irrelevant. Er wandte sich wieder an Josef. »Der Umgang mit ihm dürfte trotzdem nicht ganz unproblematisch sein.«

Josef betrachtete den Mann, der ihn mit festem Blick ansah, und wunderte sich über die Sicherheit und die Arroganz, mit denen dieser davon ausging, dass jeder Mensch einen Nichtarier ebenso wie er verachtete. Josef hatte dergleichen zahllose Male erlebt, sogar bei seinem Vater, was stets zu Streit geführt hatte. Inzwischen war sein Vater seit drei Jahren tot, doch die Erinnerung machte Josef noch immer zu schaffen.

»Wir alle haben unser Kreuz zu tragen«, sagte Josef und lächelte schief, als er sich an das Kreuz erinnerte, das er an diesem Abend an eine Haustür genagelt hatte.

»Wie wahr.« Schnabels Lächeln fiel knapp aus. »Jedenfalls freue ich mich darauf, Sie wiederzusehen, Kommissar Weber – wahrscheinlich irgendwo in unserem gemeinsamen Zuständigkeitsbereich.«

Nach diesem Austausch brauchte Josef mehrere Minuten, um sein inneres Gleichgewicht zurückzugewinnen und sich wieder gut zu fühlen. Doch als Deya ihren Tanz beendet hatte, geschah etwas, das ihn erneut aus der Ruhe brachte.

Deya verließ die Bühne. Auf dem Weg zu Josef kam sie an dem Tisch vorbei, an dem Schnabel mit seinen Kumpanen saß. Schnabel neigte sich zur Seite, packte Deya am Arm und zog sie zu sich. Sie wechselten ein paar Worte. Deya schien zu protestieren und deutete auf Josef. Schnabel beugte sich zu ihr vor und sagte etwas. Deyas Miene verdüsterte sich. Als eine der Animierdamen am Tisch sich einschaltete und ebenfalls auf Josef wies, gab Schnabel nach und ließ Deya los.

Deya steuerte Josefs Tisch an. Schnabel hob sein Glas und bedachte Josef mit einem Lächeln. Josef war sich nicht sicher, ob Schnabel sich auf diese Weise für den Übergriff entschuldigen wollte oder ob das Lächeln eine Herausforderung darstellte. *Heute Nacht mag die Frau noch bei dir sein. Aber es wird auch andere Nächte geben.*

Kapitel 9

»Nicht zum Ausdruck gebrachte Gefühle sterben nicht. Sie werden nur lebendig begraben und kommen später auf unschöne Weise hervor.«

Sigmund Freud

Johannes

In den Wochen darauf konnten wir beobachten, wie das ganze Land in einen antisemitischen Taumel geriet, den wir so bisher noch nicht erlebt hatten.

Noch mehr jüdische Geschäfte wurden mit Brettern vernagelt. Bei den einen waren die Eigentümer zur Geschäftsaufgabe gezwungen worden, bei den anderen fürchteten die Inhaber, dass man ihnen die Schaufenster einschlagen und die Läden plündern würde. Auf etliche wurde zusätzlich ein Judenstern oder das Wort »Jude« geschmiert, häufig in Gelb. Hetze und offene Gewalt gegen Juden waren nun an der Tagesordnung, die Zahl der Juden, die sich das Leben nahmen, verzehnfachte sich.

Und wir erhielten nach den drei Tagen, die Stefan vom Unterricht suspendiert worden war, die Nachricht, dass er der Sankt-Josephs-Schule verwiesen werde. Wieder saßen Hannah und ich dem vierköpfigen Gremium gegenüber und nahmen von Stadler den Verweis in schriftlicher Form entgegen. Er schien dieses Ergebnis aufrichtig zu bedauern. »Ihr

Sohn war ein guter Schüler«, sagte er, und das hätte er nicht sagen müssen.

Wir begannen mit der mühseligen Arbeit, für Stefan eine neue Schule zu suchen. Von den sieben, die wir anschrieben, lehnten zwei die Aufnahme rundweg ab. Drei waren nicht einmal höflich genug, uns überhaupt zu antworten. Bei den beiden, die übrig blieben, waren die Gespräche, die wir mit den Direktoren führten, alles andere als ermutigend.

Der Erste sagte: »Wie ich sehe, ist Ihr Sohn Vierteljude, also eine Stufe über dem Halbjuden und noch zu den Reichsbürgern zählend. Somit stünde ihm der Zugang zu dieser Schule offen. Ich fürchte nur, dass wir Angriffe auf Mitschüler überaus ernst nehmen. Wir werden Ihnen unsere Entscheidung mitteilen.«

Auch bei dem letzten Gespräch stellte der Grund für den Schulverweis ein Problem dar, und der Schulleiter fragte mit einiger Schärfe, warum Stefan einen anderen Schüler geschlagen habe. Mit dem gleichen Maß an Schärfe antwortete ich: »Weil dieser Schüler und zwei andere Jungen unseren Sohn geschubst und ihn als dreckigen, widerlichen Juden bezeichnet haben.«

Der Mann sah mich verständnislos an. Vielleicht hielt er diese Bezeichnungen nicht für verwerflich, oder er dachte: *Damit muss man heutzutage in Österreich rechnen. Wenn Ihr Sohn das nicht erträgt, wird er in unserer Gesellschaft nicht lange überleben.*

Dass meine Frau Katholikin war, schien keine Rolle zu spielen. Als Stefan sah, dass mich die Zurückweisungen deprimierten, wurden seine Augen feucht, und er entschuldigte sich für den Fausthieb, den er Horst verpasst hatte.

Es brach mir das Herz. Ich zerzauste ihm die Haare und lächelte beruhigend. »Du hast dich verteidigt, und das war richtig. Kann höchstens sein, dass manche Leute das zurzeit nicht zu schätzen wissen.« Ich war kurz davor, zu einer Rede über die »schwierige Zeit für Juden« anzusetzen, hielt mich aber noch rechtzeitig zurück. Wäre Stefan vier oder fünf Jahre älter, hätte er mit einer solchen Rede etwas anfangen können, jetzt noch nicht. Aber wie vermittelte man einem Neunjährigen, dass es in der Geschichte Phasen gab, in denen Menschen einer falschen Rasse oder Religion angehören konnten?

Am nächsten Tag rief ich Mathias an und sagte, angesichts der jüngsten Ereignisse sollten wir uns vielleicht wieder einmal mit Julian Reisner treffen.

Mathias stimmte mir zu. »Am selben Ort wie immer?«

»Ja.«

Während unseres Telefonats erwähnten wir weder den Anschluss noch sprachen wir von uns als Juden. Auch den Treffpunkt nannten wir nicht. Bereits zu diesem Zeitpunkt befürchteten wir, unsere Telefone könnten abgehört werden.

Auf dem Weg zum *Café Mozart* hätte mich fast eine Frau umgestoßen. Sie war mir gegen den Rücken geprallt und ging zu Boden. Ihre Tragetasche fiel ihr aus der Hand, und ein Kleid quoll heraus. Es war eine Frau mittleren Alters, die offenbar von einem der vier SA-Männer gestoßen worden war, die vor dem Kaufhaus *Gerngross* mit Plakaten demonstrierten. Auf den Plakaten stand: »Kauft hier nicht! Dieses Kaufhaus gehört einem Juden!« Wieder ein Beweis, dass das Land auf dem Weg in den Abgrund war. Allerdings hatte ich mich schon so sehr an derartige Plakate gewöhnt, dass ich sie kaum noch wahrnahm.

Einer der SA-Männer baute sich drohend vor der Frau auf und fragte: »Was fällt Ihnen ein, dieses Kaufhaus trotz unseres Aufrufs zu betreten?«

Die Frau entschuldigte sich. »Ich hatte ein Kleid bestellt. Vor ein paar Wochen – da standen Sie hier noch nicht. Und das Kleid ist heute erst eingetroffen.«

»Kaufen Sie hier regelmäßig?«

»Ja.«

»Also sind Sie selbst Jüdin.«

Es war eine Aussage, keine Frage. Offenbar konnte der SA-Mann sich nicht vorstellen, dass eine Nichtjüdin die Plakate ignorieren würde. Die Frau nickte.

Der SA-Mann schien zu überlegen. Dann holte er mit dem Fuß aus. Die Frau bedeckte ihr Gesicht mit den Händen. Offenbar rechnete sie damit, dass er ihr ins Gesicht treten würde. Er trat auf das Kleid und rieb es mit dem Stiefel in den schmutzigen Bürgersteig.

»So«, sagte er, »jetzt haben Sie ein Kleid, das zu einer Jüdin passt.«

Die Frau hatte Tränen in den Augen, wirkte jedoch resigniert. Vielleicht war sie auch froh, dass er ihr nicht mehr angetan hatte, oder sie fürchtete seine Reaktion, falls sie aufbegehrte. Sie stopfte das verdreckte Kleid zurück in ihre Tragetasche.

Ich streckte die Hand aus, um ihr auf die Füße zu helfen. Der SA-Mann warf mir einen finsteren Blick zu. Bis zu diesem Moment war ich mir unauffällig vorgekommen, war nur einer der Passanten, die das Ganze beobachtet hatten. Dann sah ich die Mienen der anderen Zuschauer, die einen starr und ausdruckslos, die anderen grinsend. Einige applaudierten den Braunhemden.

Ich zog meine Hand zurück, ging weiter und fühlte mich erbärmlich. Ich schämte mich, Wiener zu sein, und ich schämte mich, weil ich feige gewesen war. Dann sagte ich mir, dass ich an meine Familie und unser Überleben denken musste. Aber vermutlich sagten sich das viele Wiener, einschließlich derer, die die Szene mit ausdrucksloser Miene verfolgt hatten.

Während ich mich entfernte, spürte ich den Blick des SA-Mannes im Rücken. Bevor ich in die nächste Gasse bog, schaute ich mich noch einmal um. Er hatte sich von mir abgewandt. Einer der Beifallspender klopfte ihm auf die Schulter.

***

Als ich das *Café Mozart* betrat, war ich noch immer aufgewühlt. Mathias und Julian waren bereits da. Wir bestellten Kaffee, und ich berichtete ihnen, was vorgefallen war.

Julian seufzte und schüttelte den Kopf. »Vor Hitlers Ankunft in Wien mussten Juden sämtliche Anti-Nazi-Parolen von den Mauern schrubben. Und in der vergangenen Woche haben SS- und SA-Leute die jüdischen Schauspielerinnen vom Theater in der Josefstadt gezwungen, öffentliche Toiletten zu putzen.«

Mathias wirkte bedrückt. Dann erzählte er uns von den Plünderungen in der Nachbarschaft seiner Mutter und der Angst, die meine Tante ausgestanden hatte. »Zu guter Letzt hat Josef ein Kreuz an ihre Haustür genagelt.« Bei der Erinnerung lächelte er gepeinigt. »Ich hoffe, das führt die Nazis hinters Licht und hält sie von meiner Mutter fern.«

Doch sein Gesicht drückte das aus, was er nicht sagte, nämlich die Sorge, wie lange das Kreuz wohl als Schutz ausreichen würde. Und was wäre, wenn SS-Leute zu seiner Mutter zurückkehrten und niemand bei ihr wäre?

Früher war mein Vater der Repräsentant unserer Familie gewesen. Nach seinem Tod hatte Tante Lena diese Rolle übernommen, trotz ihres Alters und ihrer Gebrechen. Sie war die Letzte jener Generation der Namals.

Mathias, Julian und ich hatten uns im *Mozart* getroffen, weil wir nicht wussten, wie sicher wir in einem der anderen Kaffeehäuser sein würden. Schnabel, so hatten wir von Karner erfahren, war nur jenes eine Mal hier gewesen. Doch vorsichtshalber hatten wir uns für den Nachmittag und nicht, wie sonst, für den frühen Abend verabredet.

Wir saßen an einem Tisch hinten im Café und hatten mit Karner abgemacht, dass er uns ein Zeichen geben würde, sollte Schnabel erneut anrücken. In diesem Fall würden wir uns in die Küche verziehen und dort bleiben, bis Schnabel wieder verschwunden wäre. Aber noch wirkten die Atmosphäre des Cafés, die Wärme, die wundervollen Düfte nach

Kaffee, Tabak, Schokolade und Zimt wie ein sicherer Kokon, der uns umhüllte. Wir befanden uns auf vertrautem Terrain.

Julian holte tief Luft und sagte: »Beim letzten Treffen des Kreises haben wir schon darüber diskutiert, danach habe ich das Thema bei Mathias noch einmal angesprochen. Es ist etwas, das ihr beide nun ernsthaft in Betracht ziehen solltet.« Er richtete den Blick auf mich. »Die Rede ist von der Ausreise. Möglicherweise bleibt euch keine andere Wahl.«

Mathias wiegte den Kopf hin und her. »Nach den Plünderungen in der Leopoldstadt kann ich meine Mutter vielleicht dazu überreden. Es hätte aber etwas Erpresserisches, und ich würde mich schuldig fühlen, weil ich mich einer Methode bediene, die für die Nazis typisch ist.« Er lächelte unfroh. »Außerdem ist meine Mutter entsetzlich stur. Wahrscheinlich würde sie Nein sagen. Hinzu kommt, dass sie zu alt ist. Die Reise würde sie umbringen.«

Ich nickte. »Bei mir sieht es nicht viel anders aus.« Ich erzählte ihnen, dass Stefan der Schule verwiesen worden war, weil er einen Jungen geschlagen hatte, der ihn als »dreckigen Juden« beschimpft hatte. »Ich könnte diesen Vorfall nutzen, um Hannah zur Ausreise zu bewegen, ihr sagen, dass nun der richtige Zeitpunkt gekommen sei. Nur glaube ich nicht, dass sie sich von ihrer Familie trennen möchte – ihren Eltern, Brüdern und Schwestern.«

Wir nippten an unserem Kaffee und hingen unseren trüben Gedanken nach. Dann wandte Mathias sich an Julian und fragte: »Gibt es über Freud etwas Neues?«

»Ja. Er scheint zur Ausreise entschlossen, die Frage ist nur, ob die Nazis auch seine Familie ziehen lassen. Und wenn ja, wen von ihnen. Zurzeit hat man zwei Gestapo-Beamte auf ihn angesetzt. Der eine ist für Freuds Bezirk zuständig, der andere einer ihrer Kommissare.« Julian seufzte. »Aber ich weiß nicht, ob ihr euch nach Freud richten könnt.«

»Warum nicht?«, fragte ich.

»Freud ist ein Hochkaräter. Für ihn macht sich eine ganze Reihe Künstler, Wissenschaftler und Politiker stark – Dalí, Einstein, H. G. Wells, die Botschafter Großbritanniens und der Vereinigten Staaten. Bei normalen Schriftstellern dürfte das nicht so sein.«

Mathias zog die Brauen zusammen. »Was willst du damit sagen? Dass man uns die Ausreise verweigern könnte?«

»Nein, das sage ich keineswegs. Man hat ja bereits zahlreiche Schriftsteller und Künstler gehen gelassen. Mir ist nur noch nicht klar, nach welchen Kriterien die Nazis verfahren.« Julian nahm einen Schluck Kaffee. Er wollte offenbar noch mehr sagen, schien aber nach den richtigen Worten zu suchen. Dann sah er Mathias an. »In den vergangenen Jahren haben deine Bücher sich sehr gut verkauft, du hast eine größere Leserschaft gewonnen. Dennoch bist du, was deine Bekanntheit betrifft, weit von jemandem wie Freud entfernt, falls ich das so offen sagen darf. Und Johannes ist nicht …«

Julian brach den Satz ab. Karner hatte zu uns geschaut und eine Hand gehoben. Nun richtete er einen vielsagenden Blick nach draußen. Dort schien jemand zu sein, der ihm Sorgen machte. Vielleicht war es Schnabel oder ein anderer SS-Mann. Mathias und ich erstarrten, mein Herz begann ängstlich zu zucken. Vielleicht sollten wir uns lieber in die Küche begeben. Der Moment dehnte sich. Dann entspannte Karner sich und winkte ab.

Ich stieß den angehaltenen Atem aus. Auch Julian brauchte einen Augenblick, um sich wieder zu sammeln.

»Was ich sagen wollte, ist, dass Johannes nicht einmal ansatzweise so berühmt ist wie du, Mathias.« Julian wandte sich mir zu. »Das ist ganz normal, du fängst gerade erst an. Und deine Bücher verkaufen sich immer besser.« Wieder seufzte er. »Es ist nur – ich weiß einfach nicht, wie die Nazis in euren Fällen vorgehen werden. Das Ganze kommt mir wie eine Lotterie vor. Aber die größten Kopfschmerzen macht mir der Gedanke, dass die Nazis, sobald ihr die Ausreise beantragt, alles über euch und euren Besitz werden erfahren wollen – bis auf die letzte Krawattennadel. Dann stecken eure Köpfe in der Schlinge. Und sollten sie euch die Ausreise verweigern, zieht sich die Schlinge zu.«

An unserem Tisch entstand eine beklemmende Stille. Nur das Stimmengemurmel und Geklapper ringsum waren zu hören. Vor schwierigen Entscheidungen zu stehen, das war eine Sache. Eine ganz andere war es, zu wissen, dass das Ergebnis so oder so furchtbar sein könnte.

Julian schien unsere Seelennot zu spüren und versuchte, uns aufzumuntern. »Sicher, ihr seid nicht so berühmt wie Freud. Aber das hat wenigstens den Vorteil, dass kaum jemand weiß, wie ihr ausseht.«

Mathias lächelte schief. »Deine Fähigkeit, stets den Silberstreifen am Horizont zu erkennen, ist bewundernswert. Glaubst du im Ernst, dass uns das etwas nützt?«

»Ja.« Julian warf einen Blick auf die Zigarettenspitze, die er auf dem Aschenbecherrand abgelegt hatte. Passend zu seinem Hemd war die *Sobranie* an diesem Tag türkisfarben. »Mathias' Bild auf dem Schutzumschlag seiner Bücher ist ein Schattenriss, der ihn im Profil zeigt. Auch Johannes' Foto in den Büchern gibt nicht viel her. Niemand würde euch anhand dieser Abbildungen erkennen.«

Julian zuckte mit den Schultern. »Wärt ihr so berühmt wie Freud und eure Gesichter so bekannt wie seines, wären bei euch bereits SS-Leute erschienen, hätten euch verhört und eine Aufstellung eurer Vermögenswerte verlangt.«

»So kann man es auch sehen«, sagte Mathias.

Ich dachte an die Blicke, die uns im *Mozart* gelegentlich streiften. Sie waren beiläufig und zerstreut, so wie sie einem in jedem Café zuteilwerden. Wären wir berühmt oder unsere Gesichter auch nur halbwegs bekannt, könnte jemand zum nächsten SS-Mann oder Gestapo-Beamten laufen und sagen: *Im* Mozart *sitzen die Juden Kraemer und Namal.* In dieser

Hinsicht war unsere mangelnde Berühmtheit tatsächlich unser Glück.

»Apropos erkennen«, sagte Julian. »Habt ihr die Fotos vernichtet, die euch mit Freud oder anderen aus dem Kreis zeigen?«

Ich nickte. Auch Mathias hatte es getan. Er sagte: »Ich hatte ohnehin nur die Schnappschüsse mit dir und Freud, die vor zwei Jahren nach seinem Vortrag hier an der Universität aufgenommen wurden.«

»Gut, von denen habe ich mich ebenfalls getrennt, und noch von vielen anderen.« Julian trank einen Schluck Kaffee. »Wie es aussieht, hat Freud mit seinem Verdacht richtiggelegen. Die Gestapo hat sich bei ihm nach Fotos von Freunden und Kollegen erkundigt.«

Kurz vor dem Ende des letzten Treffens des Kreises hatte Freud erklärt, auch wenn es uns schwerfalle, sollten wir alle Bilder, auf denen wir mit ihm oder anderen Mitgliedern des Kreises zu sehen waren, vernichten. »Sogar wenn ich Österreich verlassen sollte, werden die Deutschen ihre Nachforschungen fortsetzen. Sie werden unsere Fotos benutzen, um meine jüdischen Freunde, Kollegen und die jüdischen Mitglieder unseres Kreises aufzuspüren. Die Verantwortung dafür möchte ich nicht tragen.«

Ebenso hatte er gesagt, dass es für diejenigen, die Österreich nicht verlassen wollten oder konnten, vielleicht andere Möglichkeiten gebe. Dabei hatte er Julian angesehen. Vielleicht war Julian ihm bei der Ausreise mehr behilflich, als er uns verraten wollte. Jedenfalls waren ihm in diesem Zusammenhang auffallend viele Details bekannt.

»Noch habt ihr den Vorteil, anonym zu sein«, sagte Julian, »vielleicht aber nicht mehr lange. Sollten die Nazis auf euch aufmerksam werden und über euch Erkundigungen einziehen, ist es zu spät. Auch die Ausreise könnte bald nicht mehr machbar sein. Vielleicht schon in einem Monat oder so.« Er zuckte mit den Schultern. »Es wird immer enger. Womöglich habt ihr auch nur noch Tage oder eine Woche. Lasst euch mit der Entscheidung nicht mehr allzu viel Zeit.«

Kapitel 10

»Ab sofort werden Juden von Tätigkeiten im öffentlichen Dienst ausgeschlossen. Davon betroffen sind Ärzte, Lehrer, Rechtsanwälte und Richter. Auch andere Organisationen, Verbände und berufsständische Vereinigungen werden den Arierparagraphen anwenden und keine Juden beschäftigen.«

Mathias

Als *King Kong und die weiße Frau* zum ersten Mal gezeigt wurde, war Ivor noch zu jung, um den Film sehen zu dürfen. Doch nun hatte er festgestellt, dass er im *Elysium* wieder gezeigt wurde, und fragte, ob ich mit ihm in den Film gehen würde.

Ich war mir nicht sicher. Ich brachte meinen Sohn zur Schule und holte ihn ab, doch darüber hinaus war ich mit ihm seit dem Anschluss kaum vor die Tür gegangen. Meine Angst, wir könnten auf der Straße von SS oder Gestapo angehalten und vernommen werden, war zu groß.

Nun wurde mir bewusst, wie unfair dieses erstarrte Eremitenleben Ivor gegenüber war. Vielleicht war das sogar die Absicht der Nazis. Wir sollten unsichtbar sein, aus dem öffentlichen Leben verschwinden. Die Vorstellung, dass ich den Nazis in die Hände spielte, gab den Ausschlag.

»Ja, lass uns hingehen«, sagte ich. »Immerhin waren wir seit einer Weile nicht mehr im Kino. Es wird uns guttun, aus dem Haus zu kommen.« Zudem würden wir im dunklen Kino vermutlich sicherer als anderswo sein.

»Prima, das ist so prima!« Ivors Augen leuchteten auf. »Ich habe das Filmplakat gesehen und die Vorschau, als wir damals in *Zirkus Saran* waren. Die war so spannend.«

Wir entschieden uns für die Vorstellung am frühen Nachmittag. Auf dem Weg ging ich mit Ivor in die hiesige Konditorei, kaufte für mich eine Rolle Pfefferminz und für meinen Sohn eine Tafel seiner geliebten *Milka*-Schokolade. Der Nachmittag sollte ein kleines Fest für ihn werden. Der Konditor war ein Mann in den Sechzigern namens Seidl. Als ich zahlte, sagte er: »Gerade habe ich Ihren neuesten Roman gelesen. Der war klasse.«

»Danke.« Ich lächelte und nahm das Wechselgeld entgegen. »Freut mich, dass er Ihnen gefallen hat.«

»Am besten fand ich die Stelle, als Marie diesem Drecksack entkommen konnte ... Wie hieß der noch gleich?«

»Gerner.« Dafür, dass Seidl die verschlungenen Handlungswege eines Kriminalromans liebte, wie er immer behauptete, schien er nicht das beste Gedächtnis zu haben.

»Ja, richtig – Gerner.«

Die Glocke über der Eingangstür bimmelte, eine Frau mittleren Alters kam herein, gefolgt von einem jungen SS-Mann. Ich erstarrte.

»Würden Sie mir ein Autogramm geben?«, fragte Seidl.

Ich wollte nur noch fort. »Vielleicht ein anderes ...«, begann ich, doch Seidl holte das Buch bereits aus einer Schublade hervor und legte es mit einem stolzen Lächeln auf die Theke. »Hier.«

Es hätte seltsam und unhöflich gewirkt, hätte ich ihm das Autogramm nun verwehrt. Wahrscheinlich wäre dann auch der SS-Mann auf mich aufmerksam geworden. »Sehr gern.«

Ich signierte sein Exemplar und betete, dass der SS-Mann nicht plötzlich fragte: *Ist das nicht ein Buch des verbotenen jüdischen Schriftstellers Kraemer?*

Doch sein Blick auf uns wurde von der Kundin verstellt, die vor ihm hereingekommen war. Zudem schien er damit beschäftigt, die bunten Bonbongläser im Regal hinter der Theke zu inspizieren.

»So, bitte schön.« Ich lächelte liebenswürdig, schob Seidl das aufgeklappte Buch zu und verdeckte meinen Namen mit der Hand.

»Vielen Dank, ich ...«

»Wir müssen los«, unterbrach ich ihn hastig. »Im *Elysium* wartet King Kong auf uns, und wir möchten nicht zu spät kommen.« Ich nickte Ivor zu und schob ihn zur Tür, bevor Seidl allen im Laden verkünden konnte: *Herr Kraemer ist ein Schriftsteller hier aus dem Viertel, er hat einen Kriminalroman geschrieben.*

Ich beruhigte mich erst, als der Film bereits eine Zeit lang gelaufen war und Ivor seine Tafel Schokolade zur Hälfte verzehrt hatte. Vielleicht fiel es mir auch schwer, mich auf das gigantische Leinwandmonster zu konzentrieren; die realen Monster, die draußen auf mich lauerten, waren schließlich weitaus gefährlicher. Ich dachte an Musicalfilme von Busby Berkeley, die während der Weltwirtschaftskrise sehr erfolgreich gewesen waren. So funktionierten Kinofilme. Sie boten eine kurzzeitige Flucht vor der rauen Wirklichkeit. Doch bei mir dauerte es eine Weile, bis die Handlung und die Bilder ihre betäubende Wirkung auf mich ausüben konnten.

Als King Kong auf das Empire State Building kletterte, rief Ivor: »Guck dir das an, Papa, ist das nicht toll?«

»Ja«, log ich. Ich hatte mich in meinen Gedanken verloren und musste mich daran erinnern, dass es an diesem Nachmittag nicht um mich, sondern um Ivor ging, dem ich eine Freude machen wollte. Deshalb musste ich meine Sorgen beiseiteschieben und versuchen, den Film zu genießen, oder wenigstens zu tun, als ob.

Gerade als ich glaubte, dass es mir einigermaßen gelang, brach die Realität in Form flackernder Lichter im hinteren

Teil des Kinosaals herein. Im ersten Moment dachte ich, es sei der Platzanweiser, aber als ich mich umdrehte, waren es zwei SS-Männer, die den Mittelgang herunterkamen und die Ausweise der Besucher auf beiden Seiten des Mittelgangs kontrollierten.

Ich blickte eisern geradeaus, doch mein Herz hämmerte wie verrückt.

Auf der Leinwand kreisten Kampfflugzeuge und näherten sich dem monströsen Opfer, ich konnte jedoch nur an die nahenden SS-Männer denken. Ein Drittel hatten sie geschafft, waren vielleicht noch acht oder neun Reihen hinter uns.

Noch einmal wagte ich einen Blick nach hinten. Wie es aussah, kontrollierten die beiden nur die ersten drei oder vier Besucher einer Reihe vom Gang aus. Ivor und ich saßen auf dem dritten und vierten Platz.

»Rutsch ein Stück weiter?« Ich stieß Ivor an und setzte mich in Bewegung.

»Warum?«, fragte er, während wir uns geduckt an einem Paar vorbeidrückten und uns sechs Sitze weiter niederließen.

»Hier sehen wir besser. Haben niemanden mehr vor uns.« Auf unseren alten Plätzen hatten zwei Frauen vor uns gesessen, die uns, je nachdem, wie sie sich bewegten, die Sicht auf die Leinwand versperrt hatten.

Ich betete, dass die SS-Männer mit der Ausweiskontrolle so beschäftigt waren, dass ihnen unser Manöver nicht aufgefallen war. Aber die bessere Sicht wäre eine gute Entschuldigung, sollten sie mich nach dem Grund für den Sitzplatzwechsel fragen. Meinen Ausweis würden sie wahrscheinlich trotzdem sehen wollen.

Auf der Leinwand ratterten Maschinengewehre im gleichen Takt wie mein Pulsschlag. King Kong geriet ins Wanken. Ich schloss kurz die Augen, versuchte, meinen Atem und meine Nerven zu beruhigen. Doch meine Furcht, das Schicksal würde nun zuschlagen, war zu groß. Ich stellte mir vor, wie sie mich packen und auf die Ladefläche eines Lastwagens treiben würden. Zusammen mit Ivor. Anschließend würden sie uns in eines ihrer Lager verfrachten. Ich hätte niemals mit Ivor ins Kino gehen dürfen.

Der unstete Schein der Taschenlampen rückte näher. Ich tat, als verfolgte ich gespannt, wie King Kong stolperte und zu Boden ging.

Der Schein einer Taschenlampe traf auf unsere Reihe.

»Kennkarten bitte!« Der SS-Mann war jung, höchstens fünfundzwanzig. Er beleuchtete die Kennkarte des Mannes, der direkt am Gang saß. Die Frau neben ihm hielt ihm ihre Kennkarte hin, was er mit einem knappen »Danke« quittierte.

Er prüfte ihren Ausweis, reichte ihn zurück und ließ den Lichtkegel seiner Taschenlampe bis zu uns wandern, wo er verharrte. Vielleicht hatte er uns auf unsere neuen Plätze rutschen sehen. Ich spürte, wie mir das Herz bis zum Hals schlug. Aber vielleicht überlegte er nur, ob er sich die Ausweise des Paars zeigen lassen sollte, an dem wir uns vorbeigedrängt hatten.

Nach einem endlos wirkenden Moment wandte er sich ab und widmete sich der Reihe vor uns.

Als die beiden SS-Männer ihre Kontrolle durchgeführt und den Kinosaal verlassen hatte, stieß ich den Atem aus.

Dann war der Film zu Ende. Ich wartete mit Ivor, bis so gut wie alle Besucher den Kinosaal verlassen hatten, nur für den Fall, dass die SS-Männer noch im Foyer standen. Dann sagte ich mir, vielleicht würden sie auch dort Ausweise kontrollieren, und wir könnten unbemerkt an ihnen vorbeischlüpfen. Aber sie waren nicht mehr da.

Vor dem Kino hatte ein Mann eine Kupferpfanne erhitzt, in der er Erdnüsse in Karamellsoße röstete.

»Kann ich welche haben?«, fragte Ivor.

Ich erinnerte mich, dass ich ihm bei früheren Kinobesuchen stets eine kleine Tüte geröstete Erdnüsse gekauft hatte. Doch nun standen keine zehn Meter von uns entfernt die nächsten SS-Leute – diesmal drei an der Zahl –, und schon war ich nervlich wieder am Ende.

»Nein, kannst du nicht«, fuhr ich Ivor an. »Wir müssen nach Hause.«

Ich hastete mit ihm davon. Währenddessen spürte ich Ivors Blick. Mein scharfer Ton hatte ihn verletzt und verwirrt. Ich schickte ein Bußgebet zu einem Gott, zu dem ich nur noch selten betete. Julian hatte recht. Es war an der Zeit, Österreich zu verlassen. Ich konnte das Leben hier keine Minute länger ertragen, geschweige denn Wochen oder gar Monate. Die Frage war nur, wie ich meine Schwester und meine Mutter überreden könnte, mit mir und Ivor mitzukommen.

Kapitel 11

»Die Zivilisation begann, als ein Mensch in seinem Zorn ein Wort herausschleuderte, statt einen Stein zu werfen.«

Sigmund Freud

»Wie kommen Sie mit der Suche nach den Juden in Ihrem Bezirk voran?«, fragte Piehler, Kriminaldirektor der Gestapo.

Schnabel stand an einem Panoramafenster mit Blick auf den Wienfluss.

Sie waren im Hotel *Metropol* zusammengekommen, das gerade zum Wiener Hauptquartier der Nationalsozialisten umfunktioniert wurde. Der Anlass war die erste Cocktailparty zur Feier des Anschlusses. Schnabel wandte sich zu Piehler um und wunderte sich, dass dieser ihn angesprochen hatte. Im Raum waren zahlreiche SS-Mitglieder, die höherrangig als er waren und mit denen Piehler sich hätte unterhalten können. Die Suche nach den Juden musste ihm am Herzen liegen.

»Der Trick mit dem Amnestieversprechen am Karmelitermarkt war ziemlich erfolgreich. Auch andere Juden haben wir aufgespürt, sowohl bei Razzien als auch bei Ausweiskontrollen und Verhören.«

»Sehr gut.« Piehler nippte an seinem Weißwein. »Aber manchmal muss es doch ermüdend sein, sie einen nach dem anderen ausfindig zu machen. So vieles bleibt dem Zufall überlassen.«

Falls darin ein Vorwurf steckte, wollte Schnabel ihn nicht auf sich sitzen lassen. Er zog eine Braue hoch und sagte: »Ich bin keiner, der sich drückt, wenn es um sorgfältige und harte Arbeit geht.«

»Das habe ich auch nicht behauptet. Aber vielleicht kann man den Prozess verkürzen – eine ganze Reihe hochrangiger Juden und Dissidenten auf einen Schlag zur Strecke bringen.«

Schnabel lächelte. »Ich bin ein Freund effizienten Vorgehens. Erzählen Sie mir mehr.«

Piehler sah sich um, als wolle er sich vergewissern, dass sie nicht belauscht wurden. »Es hat mit Sigmund Freud zu tun. Im Moment treffen wir Vorkehrungen, damit er ausreisen kann. Auf diese Weise haben Sie in Ihrem Bezirk schon mal einen prominenten Juden weniger, um den Sie sich kümmern müssen. Allerdings bin ich nun an seinen Freunden und Kollegen interessiert. Bei den meisten handelt es sich um Juden oder Volksfeinde. Die Namhaftesten sind uns bekannt, sie waren in Zeitungen und Zeitschriften abgebildet. Es gibt aber einen größeren Kreis, von dem ich gehofft hatte, dass wir ihn anhand Freuds Fotosammlung zu fassen kriegen. Doch als ich mir vor einigen Tagen bei ihm Fotos angesehen habe, war darunter keines aus diesem größeren Kreis.«

»Klingt sonderbar.«

Piehler zuckte mit den Schultern. »Freud behauptet, seine Frau habe seine Fotos in Mappen und Alben einsortiert. Doch Kommissar Sauerwald, der Freuds Besitztümer durchgeht und bewertet, erzählte mir, außer den Fotos des engsten Familienkreises habe er keine gefunden.«

»Noch sonderbarer.« Schnabel nahm einen kleinen Schluck seines Wodka-Martinis. »Man kann also davon ausgehen, dass diese Fotos entweder vernichtet oder verborgen wurden.«

»Ja. Und das heißt, dass sie von weitaus größerer Bedeutung sind, als ich anfänglich dachte.«

Johannes

»Mir reicht's«, sagte Mathias. »Offenbar ist es jetzt wirklich an der Zeit, Julians Vorschlag aufzugreifen.«

»Warum, was ist passiert?«

»Es ist mir gestern klar geworden, als ich mit Ivor im Kino war. Was ich nicht hätte tun sollen. Wie auch immer, ich habe Julian angerufen und ihn um ein weiteres Treffen gebeten. Dann kann ich dir auch erzählen, was passiert ist.«

Wie er sich um den Vorfall herummanövrierte! Nur weil er Angst hatte, unsere Anrufe könnten abgehört werden, und kurz darauf stünde die Gestapo vor unseren Türen. Aber ich machte es ja genauso.

»Ich bin mir nicht sicher, ob Hannah dazu bereit ist«, entgegnete ich. »Oder ob ich sie dazu überreden kann.« Mathias wusste, wie schmerzlich eine Ausreise für Hannah sein würde; bei unserem letzten Treffen hatte ich darüber gesprochen. Sie wollte nicht von ihrer Familie getrennt werden.

»Darüber reden wir mit Julian. Und dann überlegen wir, welche Optionen wir haben – falls wir welche haben.«

»In Ordnung.« Ich seufzte resigniert. »Wann treffen wir uns?«

»Ende der Woche. Gleicher Tag, gleiche Uhrzeit, gleicher Ort wie beim letzten Mal.«

Noch mehr Ausweichmanöver. Selbst wenn uns jemand belauschte, würde er nicht erkennen, wo und wann wir uns treffen würden. »Bis dann.«

Als ich eine Stunde später ein Jackett überstreifte und einen Hut aufsetzte, war ich in Gedanken noch bei diesem Telefonat. Ich rief durch die Wohnung, dass ich zu Ebner müsse. »Bin gleich wieder da!«

Ich nahm nicht an, dass Hannah mich am Telefon hatte sagen hören, ich wisse nicht, ob ich sie zu etwas »überreden« könne, sie hätte mich sonst sofort darauf angesprochen. Dennoch würde ich irgendwann mit ihr über die Ausreise debattieren müssen.

Ebenso wie Mathias war ich zu einer Art Eremit geworden und ging nur noch selten aus dem Haus, doch nun brauchte ich ein neues Farbband, und das Schreibwarengeschäft Ebner lag nicht weit entfernt.

»Oh, Herr Namal. Sie habe ich ja schon eine ganze Weile nicht mehr gesehen«, begrüßte mich Clara Ebner.

»Und wenn ich komme, verlange ich jedes Mal das Gleiche.« Ich lächelte entschuldigend. »Nämlich ein neues Farbband.«

»Für eine Olympia acht, wenn ich mich nicht irre.«

»Sie haben ein gutes Gedächtnis.«

Clara Ebner war Ende vierzig, hatte brünettes Haar, ein freundliches Lächeln und trug gern Kleider mit buntem Blumenmuster. Meistens bediente entweder sie mich oder ihr Bruder Felix. Zweimal war es auch ihre Mutter gewesen. Den Vater hatte ich noch nie gesehen.

»Genau fünf Monate.« Clara Ebner nahm die Schachtel mit den Farbbändern aus dem Regal und überprüfte etwas anhand einer Liste auf der Theke.

»Was war vor fünf Monaten?«

»Da waren Sie zum letzten Mal hier und haben ein Farbband gekauft. Davor waren es vier Monate.« Sie lächelte. »Ein gutes Zeichen. Offenbar halten die Farbbänder jetzt länger.«

»Eher ein schlechtes Zeichen. Es bedeutet, dass ich in letzter Zeit weniger geschrieben habe.« Dass der Anschluss und die Notwendigkeit, für meinen Sohn eine neue Schule zu finden, meine Produktivität eingeschränkt hatten, behielt ich für mich.

Clara Ebner kam jedoch selbst auf den Anschluss zu sprechen, oder vielmehr auf eine seiner Folgen.

Sie reichte mir mein Wechselgeld und sah mich bedrückt an. »Kann sein, dass ich Sie heute zum letzten Mal bediene. Künftig müssen Sie Ihre Farbbänder womöglich woanders kaufen.«

Einen Moment lang dachte ich, als Nächstes würde sie sagen, sie wisse, dass ich Halbjude sei, und habe die Anweisung erhalten, ab sofort weder Juden noch Mischlinge zu bedienen. Stattdessen erklärte sie, das Geschäft könne demnächst geschlossen werden.

»Warum?«, fragte ich, und dann fiel bei mir der Groschen. »Ich wusste nicht, dass Sie ...« Ich brach mitten im Satz ab, als wäre es bereits riskant oder beleidigend, das Wort »jüdisch« auch nur auszusprechen.

»Bin ich nicht«, sagte Clara Ebner. »Ich war von jeher katholisch, wurde auch so erzogen. Meine Eltern sind ebenfalls Katholiken – dachten wir jedenfalls bis vor einer Woche.«

Frau Ebner begann, ihre Geschichte zu erzählen, und ich hörte ihr wie gebannt zu. Einmal musste sie unterbrechen, um einen anderen Kunden zu bedienen, doch als dieser sich verabschiedet hatte, sprach sie weiter. Ihre Eltern waren Juden gewesen. Zwei Jahre nach ihrer Heirat und kurz vor Clara Ebners Geburt – das war Ende 1890 – waren sie zum katholischen Glauben übergetreten. Frau Ebner und ihr Bruder hatten nicht gewusst, dass ihre Eltern früher einmal Juden gewesen waren. Das hatten sie erst erfahren, als die Gestapo sie in der vergangenen Woche zum Verhör abgeholt hatte.

»Offenbar sind sie damals aufgrund der hemmungslosen antisemitischen Rhetorik von Karl Lueger konvertiert«, sagte Frau Ebner.

Ich erinnerte mich an die antisemitische Hetze, die für jenen Wiener Bürgermeister typisch gewesen war; mein Vater hatte mir oft genug davon erzählt. Der Antisemitismus in dieser Stadt hatte eine Geschichte.

»Natürlich haben meine Eltern diesen Grund dem Pastor, der für ihre Aufnahme in die katholische Kirche zuständig war, verschwiegen. Aber sie akzeptierten den neuen Glauben ohne Vorbehalt. Felix und ich sind zur Erstkommunion gegangen und später firmiert worden, und sonntags haben wir regelmäßig die Messe besucht.« Fassungslos schüttelte Frau Ebner den Kopf, ihre Augen füllten sich mit Tränen. »Am traurigsten finde ich, dass meine Eltern uns nie die Wahrheit über ihr Judentum gesagt haben. Wahrscheinlich hatten sie Angst, wir würden es weitererzählen.« Sie blinzelte die Tränen fort.

»Aber wenn sie vor so langer Zeit konvertiert sind, dürfte es ja keine Schwierigkeiten mehr geben.«

»Offenbar doch.« Frau Ebners Miene trübte sich noch mehr. »Wir haben mit einem Berater gesprochen, der in der katholischen Kirche für Fälle wie unseren zuständig ist. Er sagt, die Nationalsozialisten gehen gegen Konvertiten genauso hart vor wie gegen Juden, manchmal sogar noch härter. Sie betrachten sie als Betrüger, die versuchen, sich heimlich unter ›reine Arier‹ zu mischen.«

Ich erinnerte mich, dass Hitler sich bei einer Kundgebung selbst so geäußert und vor »verkappten Juden« gewarnt hatte.

»Sogar die Katholiken, die Juden geheiratet haben, sind nicht mehr sicher«, fuhr Frau Ebner fort, und ich erschrak. Würde das auch uns betreffen? Würde Hannah, die einen Halbjuden wie mich geheiratet hatte, noch geschützt sein?

»Ich frage mich, wie die Gestapo den Glaubenswechsel Ihrer Eltern überhaupt herausgefunden hat.«

»Vielleicht anhand eines Kirchenbuchs. Oder auf einem anderen Weg. Zurzeit gibt es viele Plappermäuler.«

Mich überlief etwas Kaltes. Ich erinnerte mich an die süffisante Miene des Schulvorstands Rosch bei unserem Treffen. »Und wie geht es nun weiter?«

»Nächste Woche gibt es in der Gestapo-Leitstelle am Morzinplatz ein Treffen von Gestapo und SS. Dabei wird man entscheiden, ob die Konversion meiner Eltern rückgängig gemacht werden soll. Wenn ja, werden wir Juden sein, auch Felix und ich.«

»Das tut mir leid«, sagte ich und hätte mich ohrfeigen können. Wie leicht ich wieder einmal die Ideologie der Nationalsozialisten übernommen hatte, der zufolge Jude zu sein etwas Abscheuliches war. »Falls es Sie tröstet, mir stehen ähnliche Probleme bevor. Mein Vater war Jude.«

Frau Ebner deutete ein Nicken an, wahrscheinlich hatte sie es bereits gewusst, entweder aufgrund meines Nachnamens, oder sie hatte etwas über meinen Vater gelesen oder gehört.

Frau Ebner sagte, ihre Eltern erwarteten von dem Treffen am Morzinplatz nur das Schlimmste. »Deshalb wollte ich Sie darauf vorbereiten, dass wir unser Geschäft vielleicht schließen müssen.«

Sie war so niedergeschlagen, dass ich mich nicht einfach verabschieden mochte. Ich wollte ihr ein wenig Hoffnung machen, so gering diese vielleicht auch war. Daher erzählte ich ihr, dass ich mich in einigen Tagen mit Freunden treffen würde, um Lösungsmöglichkeiten für die Probleme von uns Juden durchzugehen. »Falls dabei etwas Brauchbares herauskommt, gebe ich Ihnen Bescheid.«

***

Es war ein schöner Frühlingstag, auf dem Weg nach Hause wärmte mir die Sonne den Rücken. Nur in meinem Kopf ballten sich schwere dunkle Wolken. Seit dem Anschluss war meine größte Sorge gewesen, dass ich als Halbjude gefährdet sein könnte, unter anderem wegen meines Vaters, der als vehementer Gegner der Nationalsozialisten bekannt gewesen war. Doch Hannah, die Katholikin, und unsere Kinder, die Vierteljuden, hatte ich in Sicherheit gewähnt. Falls Hannah aber nun, weil sie mich geheiratet hatte, als eine Art Verräterin am Arischen galt, würde die Sache anders aussehen. In diesem Fall könnte meine ganze Familie verdammt sein.

In diese düsteren Gedanken war ich derart versunken, dass mir die drei SS-Männer, die auf mich zuliefen, erst auffielen, als uns vielleicht noch zweihundert Meter trennten. Ich sah, wie einer den beiden anderen einen Befehl erteilte.

Um ihnen zu entgehen, beschloss ich, an der nächsten Ecke links abzubiegen und einmal um den Block zu laufen.

Gerade als ich mich nach links wenden wollte, kam mir an dem, der den Befehl gegeben hatte, etwas bekannt vor. Als hätte er meinen Blick gespürt oder eine Erinnerung sei auch in ihm aufgeblitzt, nahm er mich genauer ins Visier. Es war Schnabel.

Ich richtete meinen Blick geradeaus und tat ganz nonchalant, als wäre nichts.

Doch als ich um die Ecke bog, sah ich, dass Schnabel seine Schritte beschleunigte und seine Begleiter dicht hinter ihm waren.

Ich wurde ebenfalls schneller, rannte fast schon.

Die Straße, die ich nun entlanglief, war zwar belebter als die vorige, dennoch waren nicht so viele Leute unterwegs, dass ich mich zwischen ihnen hätte verlieren können. Schnabel würde mich also weiterhin im Blick haben. Zu meinem Unglück handelte es sich zudem um eine Wohngegend, in der es weder Geschäfte noch Hotels gab, in die ich schlüpfen konnte.

Ich blickte mich rasch um. Die drei waren vielleicht noch hundert Meter hinter mir und hatten noch einmal einen Schritt zugelegt. Ich wurde schneller, von Nonchalance keine Spur mehr. »He, Sie da!«, rief Schnabel. »Stehen bleiben!«

Die Leute um mich herum reagierten kaum. Schnabel war noch zu weit entfernt, es war nicht klar, dass er mich meinte.

Am Ende der Straße bog ich in die nächste, die Argentinierstraße ein, auf der mehr los war. Hier würden Schnabels

Rufe im Getriebe der Menschen und dem Rattern der Straßenbahnen untergehen. Panisch blickte ich mich nach Geschäften, Bars oder Restaurants um, in die ich stürzen konnte, bevor er um die Ecke kam. Da war nichts. Dann sah ich eine Straßenbahn an ihrer Haltestelle warten, mehrere Personen stiegen ein.

Ich spurtete los. Menschen, die zur Straßenbahn hetzten, waren wenigstens nichts Besonderes. An der Haltestelle angekommen, verbarg ich mich hinter der letzten Person, die einsteigen wollte. In dem Augenblick kam Schnabel mit seinen Begleitern um die Ecke.

»Halt, stehen bleiben!«, rief er erneut. Der Befehl ging im Straßenlärm unter.

Mit wild pochendem Herzen stieg ich in die Bahn und löste beim Schaffner einen Fahrschein, voller Angst, gleich könnte man Schnabel wieder rufen hören, und der Fahrer würde warten, bis er bei uns war. Prompt erschallte ein scharfes: »Stehen bleiben!«, doch die Bahn war losgefahren, ihr Rumpeln und Rattern übertönte den Befehl.

Ich ließ mich in einer der ersten Reihen nieder, so weit wie möglich vom Rückfenster entfernt. Dennoch drehte ich mich um und sah, wie Schnabel und die beiden anderen kleiner wurden, aufhörten zu rennen und die Verfolgung aufgaben.

Ich holte tief Luft und nahm mir vor, weder an der nächsten noch der übernächsten Haltestelle auszusteigen, nur für den Fall, dass Schnabel wieder zu Atem kam und beschloss, der Straßenbahn hinterherzusprinten.

Als die Bahn von der übernächsten Haltestelle losfuhr, stellte ich fest, dass ein SS-Mann eingestiegen war. Ich stand auf und bewegte mich nach hinten, als wäre auch ich soeben eingestiegen und suchte einen Sitzplatz. In einer der letzten Reihen ließ ich mich nieder.

Einen Moment lang fürchtete ich, Schnabel hätte diesen SS-Mann vielleicht über Funk auf meine Fährte gesetzt. Doch er schien nach niemandem Ausschau zu halten, ließ sich auf dem Weg durch den Gang nur von jedem die Kennkarte zeigen. Aus ebendiesem Grund hatten Mathias und ich in den vergangenen Wochen öffentliche Verkehrsmittel gemieden. Aber mir war Schnabel auf den Fersen gewesen, ich hatte keine andere Wahl gehabt.

Ich warf einen Blick aus dem Fenster, rechnete aus, wann wir die nächste Haltestelle erreichten. Ich musste die Bahn verlassen, bevor der SS-Mann bei mir war.

Der Wagen war nur zur Hälfte besetzt, der Mann kam rasch voran, hatte den Ausgang in der Mitte schon passiert. Auf dem Weg dorthin würde ich an ihm vorbeimüssen.

»Kennkarte, bitte!«

Nun war er vier Reihen vor mir. Die Bahn näherte sich der nächsten Haltestelle und verlangsamte die Fahrt.

Der SS-Mann war nun zwei Reihen vor mir. Ich stand auf. Aber ich hatte mich verkalkuliert. Die Kennkarten der Leute vor mir kontrollierte er im Handumdrehen. Er wandte sich mir zu, hatte noch genügend Zeit, meinen Ausweis vor dem nächsten Halt zu prüfen.

Ich betastete mein Jackett, griff in die Innentasche, betete, dass die Hitze, die mir ins Gesicht geschossen war, mich nicht verriet – doch im allerletzten Moment lenkte die Frau, deren Ausweis er gerade zurückgereicht hatte, den SS-Mann ab und fragte, wie man zum Resselpark komme.

Kreischend hielt die Bahn an, der Schaffner öffnete die Tür, und ich hastete hinaus, als sorgte ich mich, ich könnte diese Haltestelle verpassen.

Draußen eilte ich davon und tat, als hätte ich ein bestimmtes Ziel im Sinn – hätte einen Termin oder dürfe nicht zu spät zur Arbeit kommen. Ich blieb nicht stehen, blickte mich nicht um, bis das Rattern der Bahn leiser wurde und ich wusste, dass ich außer Sichtweite war. Dann legte ich eine Verschnaufpause ein und schloss kurz die Augen. Ich hatte es geschafft!

Allerdings war ich nun ein gutes Stück von meiner Wohnung entfernt und konnte den nächsten SS-Leuten über den Weg laufen.

Am Mittersteig betrat ich eine Telefonzelle und rief Mathias an. »Ich glaube, ich bin jetzt auch so weit, Julians Rat anzunehmen.«

»Warum? Hast du mit Hannah gesprochen?«

»Nein, noch nicht.« Aber die verstörende Geschichte von Clara Ebner hatte sich mir ins Gedächtnis gebrannt. »Ich habe nur etwas gehört, das ihr bei ihrer Entscheidung helfen könnte.«

Kapitel 12

»Ab sofort ist es Juden verboten, Filmtheater, Theater, Opernhäuser und Konzertsäle zu besuchen.«

Mathias

Am diesem Tag hatten wir uns um drei Uhr nachmittags im *Café Mozart* getroffen. Julian wirkte angegriffen und war nachlässig gekleidet. Ich konnte mich nicht erinnern, ihn jemals so derangiert gesehen zu haben. Auch sein Zwei- oder Dreitagebart war ungewöhnlich, normalerweise war er glatt rasiert. Und die weinrote *Sobranie* in der silbernen Zigarettenspitze passte weder zu seinem hellgrünen Hemd noch zu seinem olivfarbenen Jackett.

Als Johannes uns Frau Ebners Geschichte erzählt hatte, seufzte Julian. »Ich höre so viele Geschichten dieser Art.« Mit schwerem Blick starrte er ins Leere, als suchte er nach einer Lösung, die es nicht gab.

»Ist mit dir alles in Ordnung?«, fragte ich ihn.

»Ja doch.« Er straffte sich und lächelte verkrampft. »Aber manchmal wird es zu viel, diese Geschichten habe ich alle in den letzten Tagen gehört. Hinzu kamen verzweifelte Anrufe und Besucher, ich hatte kaum Zeit, Luft zu holen.«

»Was meinst du, wie die Nazis hinter das Judentum von Frau Ebners Eltern gekommen sind?«, fragte Johannes.

»Wahrscheinlich so, wie die Frau vermutet.« Julian nahm einen Schluck Kaffee. »Durch ein Kirchenbuch. Sicher, die

Nazis haben kein gutes Verhältnis zur Kirche, aber sie wissen, dass die meisten Österreicher Katholiken oder Protestanten sind, die ihren Glauben ernst nehmen. Sie können es sich nicht leisten, diese Leute vor den Kopf zu stoßen. Deshalb dulden sie den Glauben, sehen darüber hinweg. Vorausgesetzt, die Geistlichen in den jeweiligen Gemeinden verschaffen ihnen Zugang zu den Kirchenbüchern. Nach dem Motto: Wenn ihr uns erlaubt, die versteckten Juden in eurer Mitte ans Licht zu zerren, lassen wir euch in Frieden.«

»Und das machen die Kirchen mit?«, fragte Johannes, den Frau Ebners Geschichte ganz offensichtlich erschüttert hatte.

»Es ist keine offizielle Vereinbarung«, entgegnete Julian. »Ob die Kirchenbücher zur Verfügung gestellt werden, hängt von den Gemeinden ab oder dem zuständigen Pfarrer. Es gibt durchaus Geistliche, die ihre Kirchenbücher unter Verschluss halten, andere helfen Juden sogar dabei, zu entkommen.«

Dieses Roulette schien Johannes nicht eben zuversichtlich zu stimmen. »Frau Ebner hat auch von anderen Quellen gesprochen. Von Plappermäulern.«

Ich warf nervös einen Blick durch das Café. Offenbar war ich an einem Punkt, an dem ich mich nirgends mehr geschützt fühlte. Zwar saßen wir wieder an einem der hinteren Tische und ein ganzes Stück vom nächsten Tisch entfernt. Zudem sprachen wir so leise, dass man uns nicht belauschen konnte. Dennoch machte mich bereits ein gelegentlicher Blick in unsere Richtung unruhig.

Hinzu kam nun die Sorge um Johannes' Familie, die zwar zur Hälfte katholisch war, aber dennoch in Gefahr sein könnte. Ich erinnerte mich an das, was mein Onkel Samuel vor seinem Tod zu mir gesagt hatte. *Kümmere dich um Johannes. Pass auf ihn auf. Mein Tod wird ihn schwer treffen, und er ist nicht so stark wie du.* Da ich älter als Johannes war, auch mehr Lebenserfahrung besaß, begriff ich, dass mein Onkel mich bat, nach seinem Tod für Johannes eine Art Ersatzvater und Mentor zu werden.

Julian deutete zum Eingang des Cafés. Ich wandte den Kopf und sah Josef Weber kommen.

»Ich wollte euch gerade sagen, dass ich Josef eingeladen habe. Dann können wir eine Option besprechen, die für euch interessant sein könnte.« Julian warf einen Blick auf seine Armbanduhr. »Er ist ein paar Minuten zu früh.«

Josef trat zu uns. Wir begrüßten ihn händeschüttelnd, schlugen einander auf den Rücken und bestellten noch einen Kaffee.

»Vor einer Woche habe ich diesen Kerl getroffen«, begann Josef mit angewiderter Miene. »Ich meine, diesen Schnabel.« Er zog eine Packung *Sport* aus der Tasche seines Jacketts und bot mir eine an. Dass Johannes und Julian nicht rauchten, war ihm bekannt. In der Vergangenheit hatte ich es geschafft, mich auf fünf oder sechs Zigaretten pro Tag zu beschränken; seit dem Anschluss waren es wieder elf, zwölf oder mehr. Ich steckte mir eine Zigarette an.

Josef tat es mir nach, nahm einen Zug und stieß eine Rauchwolke aus. Dann erzählte er uns, dass jemand ihn im *Blauen Engel* mit Schnabel bekannt gemacht hatte. »In unseren Akten habe ich nicht viel über ihn gefunden. Was aber kein Wunder ist, er ist erst vor Kurzem aus Linz gekommen. ›Wo unser geliebter Führer seine Jugend verbracht hat‹, wie er sagte.«

»Und wie war dein Eindruck?«, fragte ich.

»Kurz angebunden. Penibel«, sagte Josef. »Eingefleischter Nazi. So stellt er sich jedenfalls dar.«

In Josefs Blick trat etwas Hintergründiges. Ich kannte diesen Ausdruck. »Aber?«, fragte ich.

Josefs Kaffee wurde gebracht. Er nickte dem Kellner seinen Dank zu und nahm einen kleinen Schluck. »Aber niemand ist ein hundertprozentiger Nazi und hat sich der Sache mit Leib und Seele verschrieben, oder? In unserem Inneren gibt es immer eine Ecke, die man für sich reserviert, für die eigenen Gedanken.« Er zuckte mit den Schultern. »Vielleicht ist diese

Ecke nicht bei jedem so groß wie bei mir, aber so einen kleinen privaten Winkel hat jeder.«

Ich schnaubte. »Nur dass zurzeit jeder Angst hat, diese eigenen Gedanken zu äußern. Und als Nazi musst du zumindest so tun, als wärst du der Sache voll und ganz ergeben.«

»Sicher. Im Moment schon.« Josef streifte die Asche seiner Zigarette im Aschenbecher ab. »Aber falls diese Ergebenheit nicht hundertprozentig ist, wird das in bestimmten Situationen zum Vorschein kommen.«

Darüber dachten wir einen Moment lang nach.

Johannes nahm einen Schluck Kaffee, bevor er Julian fragte: »Von welcher Option hast du vorhin gesprochen?«

»Warte.« Josef sah Julian an. »Zuerst sollten wir klären, ob Mathias und Johannes bereit sind, Österreich zu verlassen. Erst wenn wir wissen, dass sie es nicht sind, können wir andere Optionen in Erwägung ziehen und meine Kontakte aktivieren.«

Wie sollte ich den Albtraum schildern, in dem ich seit dem Anschluss lebte? Wie ihnen klarmachen, dass alles, was für mich gültig gewesen war, keinen Bestand mehr hatte? Ich hatte die Ausreise nicht in Betracht ziehen wollen, sorgte mich, dass meine Mutter zu krank war, um reisen zu können, doch nun sagte ich: »Nach den jüngsten Entwicklungen sehe ich kaum noch eine andere Möglichkeit.«

Julian wandte sich Johannes zu. »Und wie sieht es bei dir aus?«

Johannes erklärte, anfangs habe er sich um sich selbst gesorgt, seine Familie jedoch für geschützt gehalten. »Nach Clara Ebners Geschichte bin ich mir dessen nicht mehr sicher. Trotzdem werde ich mich unwohl fühlen, wenn ich diese Geschichte benutze, um Hannah zur Ausreise zu überreden und sie von ihrer Familie zu trennen.«

»Es gibt eine andere Möglichkeit«, sagte Julian nach einer kurzen Pause. »Und die sieht folgendermaßen aus: Nach außen hin würdet ihr das Land mit euren Familien verlassen.

Doch in Wahrheit würdet ihr hierbleiben, allerdings nicht als die Personen, die ihr jetzt seid.« Er nahm noch einen Schluck Kaffee. »Um es euch zu veranschaulichen, erzähle ich euch am besten mal die Geschichte einer meiner Ghostwriter. Die von Luis Brennel.«

***

Wenn es etwas gab, das Julian liebte, dann war es, eine Geschichte zu erzählen und Garn zu spinnen. Diesmal hatte er zum Auftakt ein Rätsel gewählt, um unsere Neugier zu wecken, bevor er zum Eigentlichen kam.

»Brennel war jahrelang als Ghostwriter tätig, in der Regel für Politiker oder Regimekritiker, die Österreich verlassen hatten. Die österreichischen Politiker und Parteien, die in den jeweiligen Büchern bloßgestellt wurden, reagierten meistens zornig, doch die Autoren konnten weder belangt noch angegriffen werden, sie lebten schließlich im Ausland. Und Brennel konnte erst recht nichts geschehen, es war ja nicht bekannt, dass er die Bücher geschrieben hatte.« Julian schwenkte seine Zigarettenspitze, als wäre sie ein Dirigentenstab. »Und selbst wenn, wie hätte man Brennel einen Vorwurf machen können, er setzte doch nur die Gedanken und Einsichten von Menschen um, die selbst keine zwei Zeilen hinbekommen hätten. Das war schließlich der Grund, weshalb ich ihnen empfahl, sich an Luis Brennel zu wenden. Deshalb fühlte ich mich auch verantwortlich, als ihm eines Tages mit dem Tod gedroht wurde.«

Wie er weiter erzählte, hatte Brennel vor einigen Jahren ein Buch für Helmut König geschrieben, eines der ersten Mitglieder der NSDAP, die aus der Partei wieder ausgetreten waren. Zwar hatte er zu den Gründern der Partei gehört, sich dann jedoch mit Hitler wegen einer Reihe politischer Meinungsverschiedenheiten überworfen. »Noch gravierender war, dass König die Gefahr von Hitlers Ehrgeiz und Absichten erkannt hatte. Deshalb wollte er darüber schreiben, wollte vor Hitler warnen.« Julian seufzte. »Seine Argumentation war solide, seine Beweise stichhaltig. Stilistisch war er jedoch unbeholfen, schrieb auch viel zu langatmig. Also machte ich ihn mit Brennel bekannt. Brennels Name sollte weder auf dem Buchumschlag erscheinen noch sollte es bei der Danksagung einen Hinweis auf ihn geben. So hatten wir es auch bei den Büchern gehalten, die er zuvor für kritische Geister geschrieben hatte.« Julian nahm einen Schluck Kaffee, beäugte sehnsüchtig seine *Sobranie* und sagte: »Wie gern ich jetzt eine rauchen würde.« Josef bot ihm eine *Sport* an. Julian schüttelte den Kopf: »Nein, ich werde tapfer bleiben.«

Nach kurzem Schweigen sprach er weiter. »Das Buch erschien, wurde in Österreich zum Bestseller, insbesondere unter den Anhängern von Dollfuß und Schuschnigg. In den ersten achtzehn Monaten verkaufte es sich auch in Deutschland gut, bis Hitler an die Macht kam und das Buch verbieten ließ. Doch die Nazis verziehen König nicht. Einige forderten sein Blut, es kam zu Todesdrohungen. König brachte sich mit seiner Familie in Stockholm in Sicherheit.«

Julian seufzte schwer. »Irgendwann kam heraus, dass Brennel das Buch für König geschrieben hatte.« Er zuckte mit den Schultern. »Wie das passieren konnte, weiß ich nicht. Jedenfalls richtete sich der Zorn der Nazis nun auch auf Brennel. Obwohl er nichts anderes getan hatte, als Königs Gedanken und Erkenntnisse zu Papier zu bringen. Daraufhin erhielt er ebenfalls Todesdrohungen, nur dass er, anders als König, in Wien lebte und hier bleiben wollte. Also mussten wir etwas unternehmen.«

Wir hatten der Geschichte so gebannt gelauscht, dass es einen Moment dauerte, bis wir bemerkten, dass Karner uns Zeichen gab und mit einer Kopfgeste zum Eingang des Cafés deutete. Dennoch rührten wir uns nicht. Wahrscheinlich dachte jeder, es wäre wieder falscher Alarm. Doch als Karner hektisch zu winken begann, begriffen wir, dass es ernst war. Jemand war auf dem Weg hierher.

Ich drückte meine Zigarette aus, hastete mit Julian und Johannes zu der Verbindungstür, die in die Küche führte, und betete, dass wir uns noch rechtzeitig in Sicherheit bringen konnten.

***

Josef beobachtete, wie Schnabel einen Moment lang mit Karner sprach, bevor er seinen Blick durch den Raum wandern ließ und ihn entdeckte. Dann deutete er einen Hitlergruß an, durchquerte das Café und trat zu Josef.

»Kommissar Weber, sieh an. Ich wusste doch, dass sich unsere Wege wieder kreuzen würden.« Schnabel lächelte ironisch. »Offenbar sind Sie mir voraus und halten hier nach jüdischen Stammgästen Ausschau.«

»Das ist eine meiner Aufgaben«, erwiderte Josef. »Meine erste Pflicht besteht jedoch darin, Straftaten aufzuklären und Straftäter dingfest zu machen.«

»Sicher.« Schnabel drehte sich um und winkte Karner wie einen Kellner herbei. »Vielleicht können Sie Herrn Karner von der Notwendigkeit überzeugen, uns seine jüdischen Gäste zu nennen. Nicht nur seinetwegen, sondern auch den anderen Gästen zuliebe. Ich sähe mich nur ungern gezwungen, beim nächsten Mal mit Kollegen von der Gestapo zu erscheinen und die Ausweise sämtlicher Gäste zu kontrollieren.«

»Ich werde mein Bestes tun«, erwiderte Josef steif. Ausweiskontrollen waren in öffentlichen Verkehrsmitteln, auf der Straße und bei Versammlungen an der Tagesordnung. In angesehenen Cafés wie dem *Mozart,* dem *Sperl* oder *Central,* in der Oper, bei Konzerten und Bällen hatte es sie bisher so gut wie nie gegeben. Es war, als müsste die Crème de la Crème der Stadt von der unangenehmen Realität der Judenverfolgung verschont bleiben. »Ich werde an seine Moral appellieren. Falls er so etwas besitzt.«

»Sehr schön«, entgegnete Schnabel und lächelte so zufrieden, als wolle er sagen: *Endlich kommst du zur Vernunft und wirst einer von uns.* Wieder ließ er den Blick schweifen. Josef sah Karner an und zog eine Braue hoch, um ihm zu signalisieren, dass er Schnabel etwas vormachte.

»Es ist schlechterdings nicht denkbar, dass es in einem Café dieser Größenordnung keine jüdischen Stammgäste geben soll«, fuhr Schnabel fort. »Und dabei spreche ich nicht von den bekannten Gesichtern – den Freuds, Bondys, Herzogs und Schiffmanns –, über die sind wir im Bilde. Ich meine sowohl die ganz normalen als auch die ›verkappten‹ Juden, wie unser Führer sie kürzlich genannt hat. Ich bin sicher, Herr Karner weiß sehr genau, wer von seinen Gästen zu ihnen zählt.« Schnabel sprach, als wäre Karner nicht da, sah ihn jedoch unentwegt an.

Plötzlich schien ihm etwas einzufallen, sein Blick richtete sich auf den Tisch, auf dem vier Kaffeetassen standen, zwei noch nicht ausgetrunken. Im Aschenbecher lag eine halb aufgerauchte, ausgedrückte Zigarette.

»Saßen hier noch andere, die das Café kurz vor meinem Eintreffen verlassen haben?«, fragte Schnabel.

Josef nickte. »Zwei Gendarmen und ein Wachmann, die ich einweisen musste. Als klar war, was ich von ihnen wollte, habe ich sie gebeten, ihren Dienst wiederaufzunehmen, statt hier zu sitzen, Kaffee zu trinken und mich anzulächeln.«

»Aha.«

Josefs Pulsschlag hatte sich beschleunigt, doch äußerlich wirkte er ruhig. Lediglich ein pochender Nerv an seinem Hals verriet seine Anspannung.

Schnabel schien Josefs Erklärung hinzunehmen oder sie zumindest nicht offen infrage stellen zu wollen. Wieder sah er sich im Café um. Sein Blick blieb auf der Verbindungstür zur Küche haften. Seine Augen verengten sich. Er steuerte die Tür an.

***

Der Kühlraum schien mir genau der passende Ort, um den Rest von Brennels Geschichte zu hören und zu erfahren, was sie mit Johannes und mir zu tun hatte, schließlich war unser ganzes Leben in den vergangenen Wochen wie gefroren gewesen.

Zuerst hielten wir uns in der Küche auf, wo um uns herumgearbeitet wurde, doch dann hatten wir Angst, jemand könnte einen Blick durch das Bullauge in der Verbindungstür werfen und uns sehen. Einer der Konditoren wies auf die Tür zum Kühlraum.

In der ersten Minute saßen wir dort mit angehaltenem Atem auf Holzkisten, starrten auf die Tür und rechneten jeden Moment damit, dass sie aufflog und man uns entdecken würde. Dann kam es uns merkwürdig vor, schweigend in diesem Raum zu hocken, zumal uns durch die schwere Tür und den Lärm der Küche niemand hören würde. Julian machte den Anfang, sprach jedoch leise, nur für den Fall.

»Nun war also Brennels Leben in Gefahr, und wir überlegten, was wir tun konnten.« Er deutete auf Johannes und mich. »Er war in einer ähnlichen Lage wie ihr. Eigentlich war sie sogar schlimmer, denn er hatte vier Kinder, seine Eltern waren im fortgeschrittenen Alter, seine Frau litt an einer seltenen Blutkrankheit und brauchte regelmäßig Bluttransfusionen. Österreich zu verlassen, war daher keine Option, jedenfalls keine gute.« Julian atmete tief durch. »Schließlich machte ich Luis mit einem Kontaktmann bekannt, von dem Josef mir erzählt hatte.«

Ich erinnerte mich, dass Julian Josef länger als ich kannte, er war sogar derjenige gewesen, der mir Josef als Informationsquelle für meine Kriminalromane empfohlen hatte.

Julian sprach weiter, berichtete von Fälschern, von Notaren und Archivaren in Krankenhäusern, von Leichenhäusern, Standes- und Grundbuchämtern, in denen man Brennel geholfen hatte, seine Identität zu begraben und mit einem neuen Namen ein neues Leben zu beginnen.

Julian seufzte. »Es war beileibe kein leichtes Unterfangen und obendrein kostspielig. Wenn ihr euch für diesen Weg entscheidet, werdet ihr dreißig bis vierzig Prozent eures Vermögens verlieren. Zudem müsstet ihr euren Besitz rasch veräußern, ich schätze mal, zu fünfzehn bis zwanzig Prozent unter Marktwert. Die restlichen rund zwanzig Prozent würden an die Helfer gehen, von denen einige vor Kurzem den gleichen Prozess durchlaufen haben.« Er zuckte mit den Schultern. »Aber wie hoch ist der Preis für euer Leben und Wohlergehen?«

Johannes' trübselige Miene hellte sich auf. »Es ist besser, als den Nazis achtzig bis neunzig Prozent unseres Vermögens für die Ausreise zahlen zu müssen.«

»Wie man im Fall Freuds sehen kann«, sagte Julian. »Die Ausreisegenehmigung wird ihn den größten Teil seines Vermögens kosten. Vielleicht dürfen seine Frau und seine Kinder ihm folgen, doch bis dahin kann es noch Monate dauern. Es ist, als wollte man sie als Geiseln behalten, falls Freud sich im Ausland abfällig über das Deutsche Reich äußern sollte.« Julian schüttelte den Kopf. »Zu allem Überfluss muss er ein Dokument unterschreiben, in dem er erklärt, dass seine Behandlung seitens der Nationalsozialisten gut und fair gewesen sei.«

Das entlockte auch mir ein Kopfschütteln. »Unfassbar.«

Julian sah mich an. »Aber Freuds Schwestern wird man wohl nicht ausreisen lassen. Das könnte bedeuten, dass sie in eines der Lager der Deutschen deportiert werden.« Wieder seufzte Julian. »Das verheißt für deine Mutter nichts Gutes, Mathias, und ist mit ein Grund, weshalb ich diese andere Option erwähne.«

Mein Magen verkrampfte sich. Selbst wenn man Johannes und mir die Ausreise gestatten würde, wäre es demnach fraglich, ob meine Mutter und meine Schwester mit uns kommen dürften. »Sind diejenigen, die einem diese neue Identität verschaffen, allesamt Juden?«

»Nur einige«, entgegnete Julian. »Andere sind vehemente Gegner der Nationalsozialisten und ehemalige Anhänger Schuschniggs. Doch es waren Roma, die das Netzwerk aufgebaut haben.« In seinen Augen blitzte etwas auf. »Ich glaube, die Cousine des Leiters kennt ihr. Josef hat mir erzählt, dass er euch einmal mit ihr im Warenhaus Neumann begegnet ist.«

Ich dachte zurück und sah eine Frau mit langem, dunklem Haar und seelenvollen Augen vor mir, die etwa fünf Jahre jünger als Josef gewesen sein dürfte. »Eine Spanierin aus Valencia, wenn ich mich recht erinnere.« Als ich Josef das nächste Mal gesehen hatte, hatte ich ihn gefragt, was eine so seltene Schönheit bei einem Schafskopf wie ihm zu suchen hatte.

»Das ist ihre Tarngeschichte. Ihr zufolge kam sie vor zwanzig Jahren als Kind mit ihrem Vater aus Valencia nach Wien, wo er im Hotel *Imperial* eine Stelle als Bediensteter annahm. In Wahrheit ist sie eine Romni. Ihr Cousin hat auch für eine Reihe Roma neue Identitäten geschaffen.« Julian holte Luft. »Ebenso für Juden und Dissidenten, erst recht seit dem Anschluss.«

»Und wie steht es mit den Risiken?«, fragte ich.

»Die sind hoch. Würde man die gefälschte Identität entdecken, hättest du das Deutsche Reich betrogen. Man würde dich in ein Lager deportieren oder gleich erschießen.« Julian sah mir fest in die Augen. »Aber bisher ist noch niemand, dem dieses Netzwerk zu einer neuen Identität verholfen hat, aufgeflogen.«

Doch wenn man Pech hatte, erwartete einen ein Lager oder der Tod. In meinem linken Bein machte sich das Stechen wieder bemerkbar, und mich überlief ein Zittern, wobei Letzteres aber auch an dem kalten Raum gelegen haben könnte. Alles, was ich in der letzten Zeit erlebt hatte – die Rede Hitlers auf dem Heldenplatz, die Frage, ob Ivor als Halbjude aus seiner Schulklasse aussortiert werden würde, das Kreuz an der Haustür meiner Mutter, meine Panik, wenn ich auf einen SS-Mann traf, die Blicke einiger Wiener –, all das fühlte sich an, als wäre ich auf dem Weg in den Untergang.

»Diejenigen, die eine neue Identität bekommen haben, mussten also ihr Zuhause verlassen«, sagte Johannes. »Aber wohin sind sie gezogen, wenn sie in Österreich geblieben sind? In ein Dorf oder eine Kleinstadt?«

»Die haben sie eher gemieden«, entgegnete Julian. »In einem Dorf oder einer Kleinstadt fallen Neuankömmlinge zu sehr auf. Die meisten sind in Wien geblieben, jedoch in einen anderen Bezirk umgesiedelt. Oder in eine größere Stadt wie Graz, Linz oder Salzburg. Irgendwohin, wo man sich unter den Einheimischen verlieren kann.« Dann fiel ihm noch etwas ein. »Allerdings kommen sie laut ihrer neuen Papiere mitunter aus kleinen Orten, wo die Akten nicht so penibel geführt wurden wie in ...«

Julian verstummte. Die Türklinke des Kühlraums bewegte sich.

Sofort begann mein Herz wieder, zu trommeln. Vielleicht würde derjenige, dessen Ankunft Karner uns signalisiert hatte, nun hereinkommen.

Doch als sich die Tür öffnete, stand Josef auf der Schwelle. »Schnabel war da. Seit ein paar Minuten ist er wieder fort, die Luft ist also rein.« Er hatte eine weinrote *Sobranie* in der Hand, und Julian blickte verblüfft auf seine leere Zigarettenspitze.

Josef hielt die *Sobranie* hoch. »Die lag nicht weit von unserem Tisch entfernt auf dem Fußboden. Glücklicherweise hat

Schnabel gedacht, einer der noblen Gäste des Mozart hätte sie fallen lassen. Aber künftig müssen wir vorsichtiger sein.«

Kapitel 13

»Böse ist, was immer einen Liebesverlust nach sich ziehen kann. Aus Angst vor diesem Verlust muss man das Böse vermeiden. Das ist auch der Grund, weshalb es kaum einen Unterschied macht, ob man das Böse bereits getan hat oder es nur zu tun beabsichtigt.«

Sigmund Freud

»Ist das wieder etwas, das sich Ihre Freunde an der Universität anschauen sollen?«, fragte SS-Junker Lange mit Blick auf den gefüllten Karton, den Kommissar Sauerwald zur Tür trug.

»Ja. Hoffentlich ist es einer der letzten Kartons. Meine Fachkenntnis deckt zwar mehrere Bereiche ab, aber manchmal muss auch ich passen.« Sauerwalds Lächeln wirkte angestrengt. »Und dann will ich sichergehen, dass diese Dinge ebenfalls korrekt bewertet werden.«

Er verließ den Raum. »Soll ich Ihnen helfen?«, rief Lange ihm nach.

»Nicht nötig. Einige der Gegenstände sind recht wertvoll. Sollten sie beschädigt werden, möchte ich nicht, dass man Sie dafür verantwortlich macht.«

Als Sauerwald aus seinem Blickfeld verschwunden war, wandte Lange sich ab.

Und Sauerwald hoffte, dass Lange den Schwindel nicht bemerkt hatte.

In den ersten Tagen hatte Sauerwald sich durch den Berg Freud'scher Schriften und Notizen gearbeitet. Danach beschloss er, die strengen Anweisungen, die er erhalten hatte, neu auszulegen. Die Kartons, die er aus Freuds Haus hinaustrug, landeten in der Bibliothek der Universität Wien tief unten in privaten Abstellräumen, wo sie nur ihm und einer Handvoll Auserwählter zugänglich sein würden. In den Kartons, die er von den angeblich externen Bewertungen zurückbrachte, befand sich dann etwas anderes. Doch Sauerwald bezweifelte, dass SS-Anwärter Lange, der ihn beaufsichtigen sollte, den Unterschied zwischen Freud'schen Schriften und nahezu wertlosen akademischen Thesenpapieren erkennen konnte. Und ranghöhere SS-Leute, die es vielleicht vermocht hätten, hätten diese Aufsichtsfunktion unter ihrer Würde erachtet.

Auch wertvolle Kunstgegenstände verbarg Sauerwald zwischen irgendwelchen Papieren. Sollte es aufgrund einer Kontrolle erforderlich werden, tauschte er die Kunstobjekte gegen billige Kopien aus. Aber so wie er Piehler verstanden hatte, legte dieser ohnehin den größten Wert auf Freuds Fotos aus Alben und Mappen. Auch Lange war angehalten, vor allem darauf zu achten. Hier hatte Sauerwald ehrlich bleiben können: Er hatte keine Fotos entdeckt und musste auch keine unterschlagen.

Johannes

Als ich den Schlüssel ins Schloss unserer Wohnungstür steckte, drangen von drinnen Stimmen an mein Ohr. Ich verharrte und lauschte, voller Furcht, jemand Unerwünschtes könnte uns einen Besuch abgestattet haben. Ich hörte Hannah etwas sagen und eine Frau, die ihr antwortete. Demnach handelte es sich nicht um SS oder Gestapo, zu denen beinahe ausschließlich Männer gehörten. Ich entspannte mich und schalt mich für mein albernes Gehabe. So weit war es nun schon gekommen: Ich hatte Angst, meine eigene Wohnung zu betreten.

Im Flur erkannte ich die andere Stimme. Sie gehörte Magda Fischer. Daraufhin lösten sich auch meine letzten Bedenken auf. Frau Fischer leitete den katholischen Frauenverein unserer Kirche, war zehn Jahre älter als Hannah und wohnte bei uns um die Ecke. Ab und an kam sie zum Kaffee vorbei.

Ich war in der Bibliothek gewesen, die ganz in der Nähe lag, was einst zu den Gründen gehört hatte, in diese Wohnung zu ziehen. Auch die Gefahr, auf dem kurzen Weg SS-Männern oder Gestapo-Beamten zu begegnen, war nun gering. Dennoch verließ ich die Wohnung mittlerweile noch seltener als zuvor. Hannah erledigte unsere Einkäufe, sie wurde auf ihrer Kennkarte als Reichsbürgerin ausgewiesen.

So hatte ich auch die Recherche für meinen nächsten Roman immer wieder aufgeschoben, bis mir einfiel, dass die Ruhe der Bibliothek noch nie von SS oder Gestapo unterbrochen worden war, ebenso wenig, wie sie Gottesdienste störten. Die Nazis waren brutal und führten sich auf wie Schweine am Trog, doch selbst ihnen schienen gewisse Dinge noch heilig.

Ich legte meinen Hut ab, hängte mein Jackett an der Garderobe sorgfältig auf einen Kleiderbügel. Es widerstrebte mir, mich zu den beiden Frauen zu gesellen. Doch dann schwebte mir Hannahs Stimme entgegen.

»Bist du das, Johannes? Frau Fischer hat mich gerade gefragt, wie es deiner Mutter geht.«

Ich betrat das Wohnzimmer und begrüßte Magda Fischer mit einem Lächeln. »Meiner Mutter geht es gut, danke der Nachfrage.«

Frau Fischer saß auf dem Sofa. Das dunkelblonde Haar hatte sie wie üblich zu einem festen Dutt gebunden, neben ihr lag der hellblaue Hut, den sie auch in der Kirche trug.

»Ich habe Frau Fischer – Magda – gerade erklärt, weshalb du am Sonntag nicht in der Kirche warst. Weil deine Mutter sich nicht gut gefühlt hat.«

»Richtig.« Ich hatte Hannahs Blick aufgefangen. Der angeblich schlechte Zustand meiner Mutter war offenbar die Entschuldigung, die sie sich für mich ausgedacht hatte. Aber was hätte sie auch sagen sollen? Dass ich sogar vor dem kurzen Weg zur Kirche eine panische Angst hatte? Dabei ließen sowohl SS als auch Gestapo die Kirchgänger, trotz zweier Kontrollpunkte, zufrieden.

Tatsächlich hatte ich zu Hause gesessen und mir gesagt, ich solle die Zeit nutzen und arbeiten. Doch wie so oft in den letzten Wochen hatte ich nur auf eine leere Seite gestarrt und gehofft, trotz des Wirrwarrs meiner Gedanken, inspiriert zu werden. »Meine Mutter hatte mir einen kleinen Schreck eingejagt, aber dann stellte sich heraus, dass es nichts Ernstes war.«

»Das freut mich.« Frau Fischer nahm einen Schluck Kaffee. »Es ist schön, zu hören, dass unsere Gebete Ihrer Mutter geholfen haben.«

»Daran wird es gelegen haben.« Wieder schenkte ich Frau Fischer ein Lächeln. Ein Jahr nach dem Tod meines Vaters hatte meine Mutter einen Herzinfarkt gehabt und kurz auf der Schwelle des Todes gestanden. Damals hatten Hannah und Frau Fischer ihren Pastor gebeten, am Schluss der sonntäglichen Messe mit der Gemeinde für meine Mutter zu beten. Vielleicht war es Zufall, vielleicht ein göttliches Wunder, jedenfalls erholte meine Mutter sich. Wenig später begann sie bereits mit einem leichten Sporttraining. Inzwischen legte sie ihre Wege so oft wie möglich zu Fuß zurück, lief sogar die drei Kilometer von ihrer Wohnung ins Stadtzentrum, und im vergangenen Jahr hatte sie in der Gegend von Innsbruck einen Wanderurlaub gemacht. Wahrscheinlich war kaum eine Siebenundsechzigjährige so gut in Form wie meine Mutter. Sobald ich mit Hannah über unsere Optionen gesprochen hatte, würde ich es auch mit meiner Mutter tun müssen. Das war einer der Gründe gewesen, in die Bibliothek zu gehen. Ich wollte mir die Sätze für Hannah und meine Mutter in Ruhe zurechtlegen. »Jedenfalls ist meine Mutter inzwischen wieder auf dem Damm.«

Frau Fischer sah mich mitfühlend an. In dem nachfolgenden Schweigen fiel mir ein weiterer Grund für ihren Besuch ein. Sie hatte sich nicht nur nach meiner Mutter erkundigen wollen. »Ich ... ich brauche noch etwas Zeit«, entschuldigte ich mich. »Aber morgen dürfte alles fertig sein.«

Als ich vor einigen Tagen aus dem *Mozart* zurückkehrte, hatte Hannah mir erzählt, Frau Fischer sei da gewesen und habe darum gebeten, für sie einen kurzen Text zu entwerfen und ein Plakat zu gestalten, so wie ich es vor Jahren als Kalligraf gelernt hatte. Hannah hatte meine diesbezügliche Fähigkeit einmal in der Kirchengemeinde erwähnt, seitdem wurde ich gelegentlich gefragt, ob ich etwas anfertigen könne. Frau Fischer wünschte den kurzen Text in altertümlichen lateinischen Kursiven, den Plakattext in Luther'scher Fraktur.

»Ich wollte Sie nicht drängen, Herr Namal«, sagte Frau Fischer. »Wir brauchen beides erst am übernächsten Sonntag und sind für Ihre Unterstützung äußerst dankbar.«

»Magda ist noch aus einem anderen Grund gekommen«, sagte Hannah. »Falls du eine Tasse Kaffee möchtest, in der Küche ist welcher. Der müsste sogar noch heiß sein.«

»Vielen Dank.« Offenbar wollten die Damen allein sein. Ich ging in die Küche.

Von Stefan war nichts zu sehen und zu hören. Wahrscheinlich hatte Hannah ihn gebeten, in seinem Zimmer zu bleiben und sich ruhig zu verhalten. Das würde ihr die Peinlichkeit ersparen, Frau Fischer erklären zu müssen, warum Stefan nicht in der Schule war. Aber eigentlich schlichen wir alle drei stumm um die jüngsten Geschehnisse herum und taten, als sei nichts gewesen.

Magda ist noch aus einem anderen Grund gekommen. Während ich mir Kaffee einschenkte, fiel mir ein, worum es sich dabei handeln könnte. Ich hatte Hannah nicht zu viel auf einmal zumuten wollen, deshalb hatte ich ihr bisher nur die Geschichte von Clara Ebner erzählt. Erst danach hatte ich ihr unsere Optionen darlegen wollen: Ausreise oder neue Identitäten. Ich sagte mir, wenn Frau Ebners Geschichte bei Hannah gesackt war, könnte ich mit dem Rest herausrücken. Das hatte ich eigentlich schon gestern Abend vorgehabt und es dann doch wieder aufgeschoben. Vorhin in der Bibliothek hatte ich mir vorgenommen, gleich nach meiner Rückkehr mit Hannah zu reden. Aber nun war Frau Fischer da.

Allerdings hatte ich das Thema nicht nur aus Feigheit hinausgezögert. Hannah war es schwergefallen, Frau Ebners Geschichte zu glauben. Mittendrin hatte sie den Kopf geschüttelt, und über ihre Augen war ein Schatten geglitten. Dann sagte sie: »Ein Pastor würde den Nazis niemals die Kirchenbücher überlassen.«

Wahrscheinlich hatte Hannah Frau Fischer eingeladen, um sie danach zu fragen. *Du kennst dich besser aus als ich. Ist so etwas denkbar?* Ich tappte leise zur Küchentür und lauschte. Doch nach dem, was ich mitbekam, schienen die Frauen nur zu tratschen. Über das Hinken von Pastor Venell, das Frau Fischer aufgefallen war, als er jüngst zur Kanzel ging. Vielleicht sei er krank. Dann drehte es sich um den unangebrachten Hut mit bunten Blumen, den eine Frau Högler beim Gottesdienst getragen hatte.

Ich setzte mich wieder an den Küchentisch und betrachtete das Holzbrett an der Wand. *Trautes Heim, Glück allein* stand darauf, um die Buchstaben rankten sich Rosen, Gänseblümchen und Hasenglöckchen. Bedrückt fragte ich mich, wie lange dieser Spruch für uns noch gelten würde. Hannah und ich hatten die Hälfte unseres Ehelebens in dieser Wohnung verbracht, sie war unser Zuhause, auch wenn sie uns nicht gehörte. Vielleicht würde uns das den Umzug leichter machen.

Aber das Geld, das wir gespart hatten, um in ein oder zwei Jahren etwas Eigenes zu erwerben, würde nun an die Menschen gehen, die uns helfen würden, ein neues Leben und neue Identitäten zu bekommen. Hannahs Eltern hätten uns beim Kauf einer eigenen Wohnung finanziell unterstützt – ihr Vater war Miteigentümer einer großen Bäckerei –, doch ich konnte Hannah kaum auffordern, ihre Eltern auch bei meinen neuen Plänen um einen Beitrag zu bitten. *Könntet ihr uns das Geld geben, das für die Wohnung vorgesehen war? Wir möchten ausreisen oder unsere Identitäten ändern.*

Die Optionen, die Julian uns geschildert hatte, waren beide unerfreulich. Würden wir das Land verlassen, würden Hannahs Eltern ihre Tochter und ihre Enkel womöglich nie wiedersehen. Nähmen wir neue Identitäten an, könnten sie uns nur selten besuchen, und jeder Besuch müsste umsichtig geplant werden.

Zögerte ich deshalb, Hannah einzuweihen? Weil beide Optionen zu einschneidend waren? Ich dachte an den Schlusssatz, mit dem ich versuchen würde, ihr die Sache schmackhaft zu machen. *Besser, als das Leben unserer Kinder zu riskieren.* Womit ich wieder bei den erpresserischen Methoden der Nazis angelangt wäre.

Wahrscheinlich löste der Besuch von Frau Fischer auch deshalb gemischte Gefühle in mir aus. Er führte mir das Leben vor Augen, das wir hinter uns lassen würden. Bekannte und Freunde wie Frau Fischer würden wir vergessen oder ihnen aus dem Weg gehen müssen.

Mit einem Mal ging mir das Getratsche der beiden Frauen auf die Nerven. Was waren diese kleinen Geschichten im Vergleich zu der Bedrohung, die in den Straßen auf mich lauerte, oder dem Gespräch, das ich mit Hannah führen musste?

Und so saß ich in der Küche, trank meinen Kaffee, betrachtete das Holzbrett mit dem Spruch inmitten der geblümten Verzierungen und fragte mich, wann ich einen schweren Gegenstand nehmen und darauf werfen würde.

Kapitel 14

»Außerehelicher Verkehr zwischen Reichsbürgern und Angehörigen rassefremden Volkstums ist verboten. Reichsbürger sind Staatsangehörige deutschen oder artverwandten Blutes, die mit ihrem Verhalten zeigen, dass sie bereit und fähig sind, dem deutschen Volk und dem Reich treu zu dienen.«

»Wie ich sehe, besitzen Sie weder Fotos Ihrer Freunde noch der Mitglieder des Kreises«, sagte Schnabel und beugte sich zu Zilsels Familienfotos auf der Anrichte vor.

»Nach dem Tod von Moritz Schlick und der Auflösung des Kreises mochte ich sie nicht länger aufheben«, entgegnete Zilsel. »Die Erinnerungen wären zu schmerzlich gewesen.«

Schnabel richtete sich auf. »Wie ich gehört habe, fanden nach Schlicks Tod durchaus noch weitere Treffen statt.«

Zilsel, der nicht wusste, wie viel Schnabel bekannt war, antwortete vorsichtig. »Es waren nur noch wenige, und zudem waren sie von geringer Bedeutung. Sicherlich haben Sie auch gehört, dass mehrere Mitglieder Wien nach Schlicks Tod verlassen haben.«

»In der Tat.« Schnabel sah Zilsel scharf an. »Sie haben die Fotos nicht einmal aus nostalgischen Gründen aufgehoben? Vielleicht in Mappen oder Alben, so wie Freuds Frau es getan hat – behauptet Freud jedenfalls.«

»Nein. Von den alten Gruppenfotos des Kreises besitze ich kein einziges mehr. Ich habe sie vor einem Jahr weggeworfen, zusammen mit früheren Schriften.« Das Letzte, was Zilsel wünschte, war, dass Schnabel sein Haus durchsuchen ließ.

»Verstehe.« Schnabel studierte Zilsels Miene. Zilsel war der Letzte der vier Kreismitglieder auf seiner Liste, die er aufgesucht hatte, um an Fotos zu gelangen. Die anderen drei hatten auf seine Fragen in etwa wie Zilsel geantwortet oder vorgegeben, nie Fotos von Mitgliedern des Kreises besessen zu haben. »Ich finde es merkwürdig, dass ich bei keinem der Mitglieder auch nur ein einziges Foto aus der Zeit des Kreises finde. Kommt Ihnen das nicht auch unwahrscheinlich vor?«

»Das kann ich Ihnen nicht sagen.« Zilsel hielt Schnabels Blick stand, doch sein Magen zuckte nervös. »Ich bin kein Mann der Wahrscheinlichkeitsrechnung.«

»Natürlich nicht. Sie sind nur ein Philosoph, der Mathematik unterrichtet. Ein Mann, der eigentlich logisch denken können müsste.«

Josef

»Was meinst du, wie deine Freunde sich entscheiden werden?«, fragte Deya und fuhr mit einem Finger geistesabwesend über Josefs Brust.

»Keine Ahnung. Kann sein, dass der eine so, der andere so entscheidet.« Josef blies den Rauch seiner Zigarette zur Zimmerdecke. »Jeder von ihnen denkt an seine Familie – daran, dass er sie vielleicht nicht wiedersehen könnte. Offenbar haben sie noch nicht erfasst, dass sie auch einander nicht mehr sehen könnten. Was der Fall wäre, wenn sie sich für unterschiedliche Optionen entscheiden.«

Sie waren in Josefs Wohnung in der Krugerstraße. Die Scheinwerfer vorbeifahrender Autos und das Licht der Straßenlaternen warfen orangefarbene Streifen und Tupfer an die Zimmerdecke.

Vor gut einer Stunde hatten Josef und Deya den *Blauen Engel* verlassen. In seiner Wohnung angekommen, hatte Josef Kaffee gekocht, den sie nur zur Hälfte getrunken hatten, weil sie da schon anfingen, sich zu küssen. Die Küsse wurden leidenschaftlicher, und die Kleidungsstücke fielen bereits auf dem Weg zum Schlafzimmer. Josef hatte den Eindruck, dass ihre Umarmungen in letzter Zeit drängender geworden waren, beinahe etwas Fieberhaftes bekommen hatten, als fürchteten sie, angesichts des drohenden Krieges könnten sie nicht mehr oft Gelegenheit dazu haben.

Deya war nachdenklich geworden. »Meinst du, einer der beiden könnte beschließen, unter seinem richtigen Namen in Wien zu bleiben?«

Josef zuckte mit den Schultern. »Mathias mit Sicherheit nicht, dazu ist seine Furcht vor den Nazis zu groß. Sogar, wenn er seine Mutter besucht, muss ich ihn inzwischen fahren, und die Mutter wohnt nur sechs Kilometer von ihm entfernt. Zu Fuß ist ihm der Weg zu weit, und die öffentlichen Verkehrsmittel meidet er, weil er Angst hat, er könnte von SS oder Gestapo kontrolliert werden. So kann er nicht mehr leben.«

Sie wussten, wie schwierig, wenn nicht gar unmöglich es sein würde, eine Identität noch zu ändern, nachdem man kontrolliert und die Personalien aufgenommen worden waren. Nichtarier standen danach unter Beobachtung. Sowohl Josef als auch Deya kannten Fälle, bei denen SS-Leute Juden auf offener Straße gepackt, auf die Ladefläche eines Lastwagens getrieben und in ein Lager deportiert hatten.

Josef zog an seiner Zigarette. »Sollen wir am Sonntag unser Picknick an der Donau machen?« Ein um den anderen Sonntag holte Josef Deya und ihre Tochter Luciana nach deren Kirchgang ab und fuhr mit ihnen zu einem kleinen Donaustrand, an dem sie den Nachmittag verbrachten. Bereits auf dem Weg dorthin strahlte Luciana über das ganze Gesicht, da sie wusste, wie sehr Josef sie mit Eiscreme und anderen Süßigkeiten verwöhnen würde. Es waren die einzigen Tage, an denen sie etwas als Familie unternahmen.

»Das wäre schön. Und Luciana würde sich freuen – ebenso wie ich.« Deyas Blick trübte sich. »Vielleicht hätte ich es dir schon früher erzählen sollen: Vier Tage, nachdem du ihm im Club begegnet bist, war dieser Schnabel von der SS wieder da.«

Josef versuchte, in ihren Augen zu lesen. »Bei seinem ersten Besuch ist er zudringlich geworden. Was wollte er dieses Mal von dir?«

»Mich fragen, warum ich meine Zeit mit dir verplempere. Er glaubt, angesichts der Veränderungen in unserem Land würdest du als Polizist bald nur noch ein Relikt sein.«

Josef schnaubte. »Er ist also nicht nur widerlich, sondern auch verrückt. Die Vorstellung seiner eigenen Bedeutung muss ihm den Verstand vernebelt haben.«

»Siehst du, deshalb wollte ich es dir erst nicht erzählen. Ich wusste, dass du dich ärgern würdest. Er hat aber noch etwas gesagt, das ich viel beunruhigender finde.« Deya seufzte. »Zuerst wollte er sich bei mir beliebt machen und hat mir Champagner spendiert. Dann wollte er wissen, woher mein exotisches Aussehen kommt. Ich habe ihm gesagt, dass ich Spanierin bin. Er hat eine Braue hochgezogen, mich spöttisch angesehen und gefragt: ›Sind Sie sicher, dass Sie nicht Jüdin oder Zigeunerin sind?‹«

In Josefs Magen breitete sich ein kaltes, hartes Gefühl aus.

Deya nahm ihm die Zigarette ab, zog daran und reichte sie ihm zurück. »Ich habe charmant gelächelt und geantwortet: ›Wie, um alles in der Welt, kommen Sie denn darauf? Natürlich bin ich weder das eine noch das andere.‹ Bis zu diesem Moment hatte sein Lächeln etwas Neckendes. Dann wurde er ernst und sagte: ›Aus keinem besonderen Grund.‹ Dabei hat er mich so prüfend angesehen, als suchte er in meinem Gesicht nach Hinweisen, dass ich gelogen habe.«

Josef schüttelte den Kopf. »Was für ein Wahnsinn das alles ist. Vielleicht sollte ich das tun, was ich schon vor Jahren hätte tun sollen: eine ehrbare Frau aus dir machen. Dann musst du keine Zeit mehr mit Arschlöchern wie Schnabel verbringen. Der nicht nur mit dir spielt und dich auf die Probe stellt, sondern der auch ...« Seine Stimme verebbte. Er hatte erkannt, dass er auf ein Thema zusteuerte, das sie vor langer Zeit beschlossen hatten zu vermeiden. Dabei ging es um die Freiheiten, die Deya anderen Männern im *Blauen Engel* gestattete.

»Und inwiefern würde das helfen?«, fragte Deya. »Wenn wir verheiratet wären und meine Herkunft käme heraus, wäre deine Karriere beendet. Wahrscheinlich würdest du dann genau wie ich in einem Lager enden. Und dein Vater hätte recht gehabt, seine Vorhersage hätte sich bewahrheitet.«

Josef seufzte schwer. »Du weißt, dass mein Vater seine Meinung später geändert hat. Er ist weicher geworden, hat die Nazis kritischer gesehen.«

»Ja, das weiß ich.« Wieder fuhr Deya mit einem Finger über Josefs Brust, dieses Mal jedoch, um ihn zu beruhigen.

Fast konnte Josef das hören, was sie unausgesprochen ließ. *Aber dann war es zu spät.* Er blickte zu den Lichtern, die an der Zimmerdecke spielten.

Noch immer hing der Schatten seines Vaters über ihm.

Auch sein Vater war Polizist gewesen, hatte zu der alten Garde in der Kärntner Straße gehört. Was für Josef anfangs hilfreich gewesen war, doch das war der einzige Vorteil, den er als Sohn seines Vaters gehabt hatte.

Sein Vater hatte die Nationalsozialisten unterstützt, das hatte zwischen Josef und ihm zu Streit und hitzigen Debatten geführt. Dennoch hatte sein Vater sich stets nur als »lauwarmen« Nationalsozialisten bezeichnet, nicht als Rassist, der gegen Juden und andere Nichtarier war.

Beides wurde auf die Probe gestellt, als Josef sich in Deya verliebte. Sein Vater hatte zu den Polizeibeamten gezählt – inzwischen waren alle pensioniert oder tot –, die Deyas Herkunft kannten. Das war noch aus der Zeit, als sie gegen Deyas Ehemann vorgegangen waren, der Deya misshandelt hatte. Doch als Ehefrau seines Sohnes war Deya für Josefs Vater nicht hinnehmbar gewesen. Es war, als dächte er: *Es ist eine Sache, Juden und Zigeuner zu tolerieren. Eine ganz andere ist es, sie heiraten und in die Familie aufnehmen zu wollen.*

Josefs Vater verbarg seinen Rassismus hinter der Meinung anderer. »Stell dir vor, ihre Herkunft käme heraus. Was glaubst du, was dann aus deiner Polizeikarriere würde? Oder stell dir vor, ihr hättet Kinder. Sie wären halbe Zigeuner. Was glaubst du, wie sie in unserer Gesellschaft leiden würden, erst recht angesichts des immer stärker werdenden Nationalismus.«

Ihm zuliebe schob Josef die Entscheidung, seine Liebe zu Deya öffentlich zu machen und sie zu heiraten, vor sich her. Später, als sein Vater krank war und dahinsiechte, war es Josef selbst, der Deya vertröstete und sagte: »Das kann ich ihm jetzt nicht antun. Ich kenne seine Einstellung. Es wäre sein Tod, wenn ich dich nun heiraten würde.«

Irgendwann war Deya es leid, auf Josef zu warten. Sie ließ sich mit einem anderen Mann ein, ein Verhältnis, das nicht von Dauer war. Danach fing sie im *Blauen Engel* an. Sie hatte lange genug auf eine feste Beziehung oder Ehe gehofft und schließlich beschlossen, von ihrer Schönheit Gebrauch zu machen, unabhängig zu bleiben und sich auf ihre Tochter zu konzentrieren.

Erst gegen Ende seines Lebens hatten sich die Ansichten von Josefs Vater über den Nationalsozialismus gewandelt. Vielleicht hatte die zunehmend härtere Gangart, die die Nazis an den Tag legten, dazu beigetragen.

Doch für Josef und Deya war es da zu spät gewesen.

»Es tut mir leid«, murmelte Josef.

»Du musst dich nicht entschuldigen«, erwiderte Deya versöhnlich. »Es wäre nicht gut, wenn wir jetzt verheiratet wären.«

Josef malte sich die Erklärungen aus, mit denen Deya ihn künftig vertrösten würde. Das unsichere Leben seit dem Anschluss, der mögliche Krieg, die Menschen, denen sie half, von Lorenzo neue Identitäten zu erhalten, ihre Unabhängigkeit.

Würde es überhaupt jemals einen richtigen Zeitpunkt für sie geben?

Kapitel 15

»Jeder Mensch hat Wünsche, von denen er anderen nicht erzählen möchte, die er nicht einmal sich selbst eingestehen will.«

Sigmund Freud

Mathias

Wir hatten alles geplant, saßen in Josefs Wagen, Ivor auf dem Rücksitz. Wir würden Erica abholen und dann weiter zu meiner Mutter fahren, der ich alles erklären würde.

Momma, würde ich sagen, *Ivor und ich müssen Wien verlassen, müssen Österreich verlassen. Es ist zu unserem Besten, vielleicht sogar zwingend, um unser Leben zu retten. In Österreich ist es für uns nicht mehr sicher.* Meine Mutter würde schockiert und mit Entsetzen reagieren. *Aber es gibt noch eine andere Möglichkeit …*

Ich würde ihr erklären, dass wir für sie ein Haus außerhalb Wiens suchen würden. Eines, das fast wie das jetzige wäre. All die Dinge, die sie liebte, würden wir dorthin transportieren, sämtliche Möbelstücke, die mein Vater gefertigt hatte. Es würde sich kaum etwas ändern. *Oder wir suchen dir eine große Etagenwohnung, in der du dich besser bewegen kannst.*

Alles war geplant. Bis wir an die Straßensperre gerieten.

Josef bremste und hielt an. Vor uns sieben Wagen. Es war früher Abend. Zwei Soldaten standen mit hell leuchtenden

Stablampen hinter einer kleinen Schranke. Zwei andere kontrollierten die Papiere von zwei jungen Männern und einer jungen Frau, die aus dem ersten Wagen gestiegen waren. Einer der Männer wurde abgetastet.

»Was machen wir jetzt?«, fragte ich nervös.

»Keine Ahnung.« Mit ausdrucksloser Miene starrte Josef geradeaus. »Es muss etwas vorgefallen sein. Sie scheinen jeden zu überprüfen.«

Hilflos sahen wir zu, wie der erste Wagen abgefertigt wurde. Ich saß in der Falle, und nirgends bot sich eine Möglichkeit zur Flucht.

Das Licht der Stablampen glitt über die nächsten beiden Wagen. Mit einem Mal knallte Josef mir seine Faust ins Gesicht, und dann schlug er noch einmal zu. Meine Nase fing an zu bluten.

»Was, zum Teufel ...«

»Erklär ich dir später, vertrau mir einfach«, zischte Josef. »Hol den Flachmann aus dem Handschuhfach. Trink ein, zwei Schlucke von dem Schnaps und spritz dir ein paar Tropfen aufs Jackett.«

Der Schein der Taschenlampen wanderte zu den nächsten beiden Wagen.

»Los, beeil dich.«

Ich hatte ein Klingeln in den Ohren, und meine Wange schmerzte von Josefs Faustschlägen, doch ich tat wie geheißen. Der Schnaps brannte mir im Rachen, ich spritzte ein wenig auf mein Jackett. Ich hatte den Flachmann gerade zurückgelegt, als uns das Licht einer Stablampe traf.

»Mach die Augen halb zu und tu, als hättest du einen in der Krone.« Josef drückte auf die Hupe, scherte aus und fuhr an den Wagen vor uns vorbei zur Schranke. Ein Soldat richtete sein Maschinengewehr auf uns, ein anderer seine Stablampe. Josef ließ seine Scheinwerfer aufblenden, kurbelte sein Seitenfenster herunter und hielt seine Dienstmarke hinaus.

»Kommissar Weber, Kärntner Straße«, sagte er. »Der Bursche hier war in eine Schlägerei verwickelt. Ich bringe ihn aufs Revier.«

Das Licht der Stablampe wanderte über den Rücksitz. »Was ist mit dem Jungen?«

»Das ist sein Sohn. Der war dabei, als der Kerl angefangen hat, sich mit einem anderen Vater zu prügeln. Auf einer Geburtstagsfeier.« Resigniert zuckte Josef mit den Schultern. »Schöne Väter.«

Der Soldat runzelte die Stirn. »Müssten Sie zur Kärntner Straße nicht in die andere Richtung fahren?«

»Als ich die beiden Raufbolde entdeckt habe, war ich auf dem Weg zu einem Raubüberfall am Praterstern.« Josef seufzte. »Ziemlich viel los heute Abend. Mein Gendarm ist schon vor Ort. Er wird die beiden hier im Auge behalten, während ich mich um den Überfall kümmere.«

Der Lichtschein fiel auf mein Gesicht und blendete mich, deshalb hielt ich die Augen gern halb geschlossen. Trotzdem hatte ich Angst, der Soldat würde mich auffordern, auszusteigen und meine Kennkarte vorzuzeigen. Doch nach einem letzten Blick in den Wagen trat er zurück und winkte uns weiter.

»Ein Kommissar mit einem Betrunkenen!«, rief er den Soldaten an der Schranke zu. »Lasst ihn durch!«

Als wir an ihnen vorbeifuhren, blickte ich stur geradeaus. Hinter der Schranke stieg Josef aufs Gaspedal, wie es sich für einen Kommissar auf dem Weg zu einem Tatort gehörte. Er warf einen Blick in den Rückspiegel.

»Sie sind mit den anderen Wagen beschäftigt und achten nicht mehr auf uns.« Er sah mich kurz von der Seite an. »Entschuldige.«

»Das musste wohl sein.« Ich betastete meine schmerzende Wange und drehte mich zu Ivor um, der die ganze Zeit keinen Ton gesagt hatte. »Normalerweise schlägt Josef mich nicht«, sagte ich und rang mir ein Lächeln ab.

»Alles klar«, entgegnete er und erwiderte mein Lächeln so unsicher, als sei ihm seit den jüngsten Ereignissen rein gar nichts mehr klar. Überhaupt hatte er seine Gefühle immer mehr heruntergefahren, was vermutlich ein Schutzmechanismus war.

Wir holten Erica ab. Und dann hielten wir vor dem Haus meiner Mutter. Unten an der Straße stand ein SS-Mann, doch er war zu weit entfernt, um uns richtig ausmachen zu können.

Dennoch hob Josef die Hand zum Gruß, als wolle er sagen: *Einen schönen guten Abend, endlich bin ich zu Hause.* Der SS-Mann grüßte ebenfalls. Ich reichte Josef den Schlüssel. Wir betraten das Haus.

Erica hatte den Bluterguss auf meiner Wange gesehen und wissen wollen, woher ich ihn hatte. »Frag nicht«, hatte ich mürrisch geantwortet.

Bereits auf dem Weg in den Salon rief ich meiner Mutter zu, wer gekommen war. Dabei ging mir durch den Kopf, dass mein Bluterguss das Gespräch mit ihr erschweren würde und ich zumindest den munteren Auftakt, den ich mir zurechtgelegt hatte, vergessen konnte. Aber dann war es ausgerechnet mein Aussehen, das alles vereinfachte.

»Allmächtiger«, sagte meine Mutter, als sie mein Gesicht sah. »Was ist denn mit dir passiert?« Sie runzelte die Stirn und schnupperte in die Luft. »Hast du getrunken?«

Ich erklärte ihr die Sache mit der Straßensperre, Josefs Fausthieben und der Lüge, die er dem Polizisten aufgetischt hatte, damit wir weiterfahren konnten. Während sie versuchte, die Zusammenhänge zu erfassen, trat ein seltsamer Ausdruck in ihre Augen. So würde sie mich vermutlich auch ansehen, wenn ich ihr sagte, dass wir das Land aus Sicherheitsgründen verlassen müssten.

»Ich kann diese Nervenanspannung nicht auf jeder Fahrt zu dir durchmachen«, sagte ich mit einem gequälten Seufzer. »Wir müssen uns etwas ausdenken.«

Meine Mutter schien zu überlegen. »Ganz meine Meinung«, sagte sie dann und bat Erica, Kaffee zu kochen. Sie lehnte sich in ihrem Lehnstuhl zurück und blickte mich so erwartungsvoll an, als hätte sie bereits seit einer Weile mit dem anstehenden Gespräch gerechnet.

***

»Mir scheint, wir haben alle Möglichkeiten ausgeschöpft.« Piehler seufzte. »Ich wüsste nicht, was wir noch tun könnten.«

»Sehe ich genauso.« Auch Schnabel fühlte sich besiegt, und das ging ihm gegen den Strich. Noch mehr verstimmte ihn jedoch das, was mit jedem Besuch bei einem Mitglied des Kreises offensichtlicher geworden war: In Bezug auf die Fotos hatten die Männer sich verschworen. Piehler hatte recht gehabt, die Fotos wären für sie aufschlussreich gewesen. Deshalb hatten die Kreismitglieder sie entweder verborgen oder vernichtet. »Was meinen Sie, würde es uns etwas nützen, wenn Sie noch einmal Freuds Ehefrau vernehmen und ich die verbliebenen vier Mitglieder des Kreises?«

»Ich glaube, das wäre unklug«, entgegnete Piehler. »Obwohl ich dagegen war, mussten wir Freud mit Glacéhandschuhen anfassen.« Verärgert schüttelte er den Kopf. »Außerdem hat er die Erklärung, dass wir ihn fair und anständig behandelt haben, unterschrieben. Es würde kein gutes Licht auf uns werfen, wenn wir seiner Frau oder seinen Kollegen nun Daumenschrauben anlegen.«

»Auch wieder wahr.«

»Das gehört mit zu den Gründen, weshalb ich Sie einbezogen habe. Nicht nur wegen der Beinarbeit, zu der mir im Moment die Zeit fehlt, sondern auch, weil jemand behaupten könnte, ich wäre übers Ziel hinausgeschossen, würde ich Freuds engsten Kreis vernehmen. Sie dagegen können in aller Unschuld vorgehen, schließlich gehören die Betreffenden zu Ihrem Verantwortungsbereich.«

Woraufhin Schnabel sich sagte, dass sie sich deshalb wohl auch in diesem abgelegenen, nichtssagenden Café getroffen hatten statt in Piehlers Büro. Piehler wollte mit Schnabels Aktionen nicht in Verbindung gebracht werden.

»Nach meiner Erfahrung sind Verschwörungen kurzlebig«, sagte Schnabel. »Irgendwann gibt es irgendwo eine Schwachstelle oder einen Bruch, und dann war es das.« Er trank den Rest seines Kaffees. »Auf lange Sicht werden wir siegen.«

»Zweifellos.«

Piehlers Lächeln war herzlich. Und Schnabel sagte sich, dass der Gestapo-Beamte seinen letzten Satz wohl so aufgefasst hatte, wie er ihn gemeint hatte: dass sie sich statt auf den jüngsten Misserfolg lieber auf künftige Erfolge konzentrieren sollten.

Kapitel 16

»Mitglieder der NSDAP, der Deutschen Arbeitsfront und der NS-Frauenschaft werden dafür sorgen, dass niemand in ihrer Organisation in jüdischen Geschäften kauft, Geschäftsbeziehungen zu Juden unterhält oder gesellschaftlich mit ihnen verkehrt.«

Johannes alias Andreas

November 1938

Das klirrende Glas draußen war das Erste, das mich in Alarmbereitschaft versetzte, auch wenn wir nicht mehr in einem Viertel mit überwiegend jüdischen Bewohnern lebten. Wir hatten neue Identitäten und waren in den Bezirk Neubau im Westen von Wien gezogen; der Westbahnhof lag nur einen guten Kilometer entfernt.

In dieser Gegend gab es etwa zwanzig Geschäfte, deren Besitzer Juden waren. Als ich das Klirren hörte, gefolgt von krachenden und berstenden Geräuschen, wusste ich, dass etwas im Argen war.

Unsere Wohnung befand sich im dritten Stock. Ich trat ans Fenster und blickte auf die Straße hinab. Im Lebensmittelgeschäft Stein auf der anderen Straßenseite waren die Schaufenster eingeworfen worden. Vor dem Geschäft standen zwei Braunhemden und drei junge Männer in Zivil. Sie mussten Ziegelsteine in das Schaufenster geworfen haben und anschließend eine ganze Handkarre. Ich öffnete das Fenster und hörte in der Ferne noch mehr Klirren und Lärmen. In Richtung Innenstadt brannte es.

Auch Hannah warf beunruhigt einen Blick nach draußen.

»Vielleicht sollte ich mir das einmal aus der Nähe anschauen«, sagte ich.

»Nein«, entgegnete sie. »Du sollst bei mir und den Kindern bleiben.«

»Du hast recht«, räumte ich nach kurzem Zögern ein. Doch die Vorstellung, mich in der Wohnung zu verschanzen, gefiel mir nicht. Es war, als würde ich sagen: *Dieser Kampf geht mich nichts mehr an.* Und in vielerlei Hinsicht traf das sogar zu. Wir waren zu anderen Menschen geworden oder mussten zumindest so tun, mussten uns typengerecht verhalten. Das Letzte, was eine durch und durch katholische Familie tun würde, war, sich um die eingeschlagenen Schaufenster jüdischer Geschäfte zu kümmern.

Wir sahen nun auch anders aus, ich insbesondere. Und natürlich hatten wir neue Namen. Ich war jetzt Andreas Siebert, aus Hannah war Stefanie geworden, unsere Kinder Stefan und Elena hießen jetzt Dominik und Nadia.

Zudem hatte ich eine kleine Gesichtskorrektur vornehmen lassen. Meine Nase war schmaler und kürzer geworden, die Kinnpartie straffer. Und ich färbte mir die Haare. Hannah-Stefanie hatte sich die Kinnpartie ebenfalls straffen lassen. Das blonde Haar färbte sie sich nun hellbrünett, mit einem leichten Stich ins Rötliche, wohingegen ich vollständig erblondet war und helleres Haar als meine Frau hatte.

Die Gesichter der Kinder waren unverändert geblieben. Lorenzo – der Chef des Netzwerks zum Erlangen neuer Identitäten – hatte uns daran erinnert, dass die Gesichter von Kindern sich ohnehin verändern. Daher hatten wir uns bei ihnen mit neuen Haarfarben begnügt. Elena-Nadias Schopf wurde ein wenig dunkler, der von Stefan-Dominik aufgehellt. Da er dem früheren Stefan noch am ähnlichsten war, musste er zudem eine Brille mit Fensterglas tragen.

Wir sahen also alle anders aus und, was noch wichtiger war, wir besaßen neue Papiere. Endlich konnte ich wieder frei atmen, wenn ich durch die Stadt spazierte.

Anfangs war die Umgewöhnung schwierig gewesen. Ich hatte vor dem Spiegel gestanden, mein neues Gesicht angestarrt und ein ums andere Mal »Andreas Siebert« gesagt, den Namen, den ich nicht vergessen durfte. Auch die Kinder hatten ihre Namen zahllose Male wiederholen müssen, ihnen konnte noch am ehesten ein Fehler unterlaufen.

Überhaupt war die Umstellung für die Kinder härter als für Hannah und mich. Es zerriss mir das Herz, als Elena-Nadia fragte, warum sie ihre Freundinnen nicht mehr sehen dürfe. Ich erklärte es ihr, so gut es ging, aber Kinder können hartnäckig sein.

»Es ist ungerecht und tut mir leid.« Ich hob meine Tochter hoch, streichelte ihr über die Wange und tat, als müsse ich nachdenken. »Aber du möchtest doch nicht, dass Papa etwas zustößt, oder?«

»Nein.« Sofort kämpfte sie mit den Tränen und schmiegte sich an mich.

Am nächsten Morgen hörten wir im Radio, dass in zahlreichen jüdischen Geschäften die Schaufensterscheiben eingeworfen worden waren. Man hatte Synagogen niedergebrannt und jüdische Wohnungen verwüstet und geplündert. Es sei eine »Kristallnacht« gewesen, sagten die Nationalsozialisten. Offenbar hatten die Gewalthandlungen in ganz Deutschland und Österreich stattgefunden.

Daraufhin gewann meine Neugier die Oberhand. Ich wollte mir selbst ein Bild von der Lage verschaffen. Hinzu kam, dass es einen Ort gab, den ich mir unbedingt ansehen wollte.

Als Stefanie – ich musste aufhören, sie und die Kinder in Gedanken noch bei ihren richtigen Namen zu nennen – Dominik und Nadia in die Schule brachte, verließ ich die

Wohnung. Die neue Schule war ein weiterer Vorteil unserer neuen Identitäten. Es war nicht einmal schwierig gewesen, sie zu finden. Wir waren eine Familie aus Salzburg, in der niemand Jude war und über die es keine Unterlagen gab, nach denen sich eines ihrer Kinder in einer anderen Schule geprügelt hatte.

Den ersten Teil der Strecke legte ich mit der Straßenbahn zurück, den Rest zu Fuß. Vor Ausweiskontrollen fürchtete ich mich nicht mehr. Bei der allerersten Kontrolle war ich noch nervös gewesen, doch sie war reibungslos verlaufen, ebenso die beiden in den sechs Monaten seither.

Auf der Fahrt entdeckte ich mehrere Geschäfte mit eingeschlagenen Schaufensterscheiben. Die Scherben auf dem Bürgersteig waren zusammengefegt worden, entweder von den Geschäftsinhabern selbst oder von Nachbarn. Ich wollte durch mein altes Viertel laufen und sehen, wie viele Geschäfte dort betroffen waren.

Bei Rosen, einem der von Stefanie bevorzugten Modegeschäfte, waren die Scheiben eingeschlagen. Ein Mann und ein Junge waren dabei, das Schaufenster zu verbarrikadieren. Das Gleiche galt für das Möbelgeschäft Isaacson in der nächsten Straße, doch da war das Schaufenster bereits mit Brettern vernagelt. Bei vielen Geschäften hatte einer auf das Ladenschild oder die Fassade einen Judenstern und das Wort »Jude« geschmiert.

Ich bog um die nächste Ecke und stand vor dem Schreibwarengeschäft Ebner. Das Schaufenster war verrammelt, doch nichts war beschmiert worden. Ich hatte Lorenzo erzählt, was Clara und ihrer Familie widerfahren war, und ihm Claras Kontaktdaten gegeben, doch ob sie inzwischen ihre Identität geändert oder Österreich verlassen hatte, wusste ich nicht.

»Herr Namal, sind Sie das?«, ertönte eine Stimme.

Und obwohl man mir eingeimpft hatte, nicht auf meinen alten Namen zu reagieren, fuhr ich zusammen. Doch die Stimme war mir bekannt, ich drehte mich langsam um.

Unsicher betrachtete ich die Frau, die mich angesprochen hatte, und sie bedachte mich mit dem gleichen fragenden Blick. Doch es war Clara Ebner, so anders sie auch aussehen mochte. Ihr Haar war nun gewellt und ebenso wie meines blond, die Kinnpartie gestrafft. Hätte sie nicht vor ihrem früheren Geschäft gestanden, ich hätte sie wohl nicht erkannt.

Dennoch zögerte ich einen Moment, bevor ich fragte: »Sind Sie das, Clara?«

Sie nickte. Ein kleines Lächeln huschte um ihren Mund. »Falls Sie ein neues Farbband brauchen, haben Sie leider Pech gehabt. Wir haben unser Geschäft vor fünf Monaten geschlossen.« Sie beäugte mich noch immer ein wenig unsicher. »Im ersten Moment wusste ich nicht, ob Sie es sind.«

»Ging mir umgekehrt genauso.« Nun war klar, wofür sie sich mit Lorenzos Hilfe entschieden hatte. »Offenbar gibt es doch noch einige Dinge, die sich nicht geändert haben.«

»Ich bin nur wegen der gewaltsamen Übergriffe gestern Abend hierhergekommen. Ich dachte, vielleicht haben sie die Bretter vom Schaufenster gerissen und versucht, einzubrechen.«

»Sieht alles gut aus. Auch Schmierereien wie auf anderen Geschäften gibt es nicht.«

»Vielleicht weil unser Geschäft nie als jüdisches Geschäft eingetragen ...«

Claras Stimme verklang. An der Ecke waren zwei SS-Männer und ein SA-Mann aufgetaucht. Wir setzten uns in Bewegung und schlugen die entgegengesetzte Richtung ein. Clara erzählte mir den Rest ihrer Geschichte. Im Grundbuchamt war ihr Geschäft als in römisch-katholischem Besitz aufgeführt worden. Dennoch hatten sie und ihr Bruder sich für die Identitätsänderung entschieden. Ihre Eltern hatten es nicht getan, sie waren der Ansicht gewesen, dass die Vernehmungen seitens der Gestapo dafür bereits zu weit gediehen waren.

»Sie haben der Gestapo erzählt, Felix und ich hätten das Land verlassen. Da hatten wir gerade mit Lorenzo Kontakt aufgenommen. Wenig später haben meine Eltern die Ausreise beantragt. Der Antrag wurde abgelehnt. Zwei Monate später wurden sie ins Konzentrationslager Dachau geschafft.« Clara senkte den Blick. »Ich weiß nicht einmal, ob sie noch leben.«

»Das tut mir leid«, entgegnete ich bedrückt. Dann versuchte ich mich an einem hoffnungsvolleren Ton. »Können Sie das nicht herausfinden?«

Clara schüttelte den Kopf. »Felix und mich gibt es offiziell nicht mehr. Wir können es nicht riskieren, nach unseren Eltern zu suchen.«

Ich seufzte. Die eingeschränkten Kontaktmöglichkeiten zählten zu den Nachteilen unserer neuen Identitäten. In gewisser Weise hatten wir aufgehört, zu existieren, oder hielten uns in einer Art Zwischenbereich auf, in dem man uns noch immer aufgreifen konnte. Ich erzählte Clara, wie ich nun mit meiner Familie lebte. Am Ende der Straße blieben wir stehen, dort schienen sich unsere Wege zu trennen.

»Ich kenne nicht einmal Ihren neuen Vornamen«, sagte ich.

Clara runzelte die Stirn. Vielleicht überlegte sie, ob sie gegen die Regeln verstoßen und ihn nennen sollte.

»Ich heiße nun Andreas«, sagte ich, um es ihr leichter zu machen. »Unsere Nachnamen müssen wir einander nicht verraten. Ich möchte Sie lediglich beim richtigen Namen rufen können, sollten wir uns wieder einmal über den Weg laufen.«

Sie lächelte. Es war das erste richtige Lächeln seit unserem Zusammentreffen. »Ich bin Jessica.«

»Jessica ... Jessica. Schöner Name.« Ich umarmte sie zum Abschied. »Es war schön, Sie zu sehen, Jessica. Ich hoffe, wir begegnen uns wieder einmal.« Bereits als ich es sagte und sie es ihrerseits wiederholte, wusste ich, dass wir uns wahrscheinlich nicht wiedersehen würden.

***

Lorenzo war verärgert, als ich ihm von meiner Begegnung mit Clara alias Jessica erzählte.

»Gleich bei unserem ersten Treffen habe ich Ihnen klargemacht, dass Sie Ihre neue Identität niemandem aus Ihrer Vergangenheit verraten dürfen«, sagte er ungehalten.

Ich verteidigte mich und erklärte, Clara habe mich zuerst angesprochen und sich mir zu erkennen gegeben. »Sonst hätte ich nichts gesagt.«

»Dann verstehe ich Sie beide nicht. Stellen Sie sich vor, Sie wären ein anderer gewesen und hätten sich gewundert, wie jemand dazu kommt, Sie für einen Herrn Namal zu halten. Dann wäre Clara exponiert gewesen und umgekehrt genauso.«

Ich sah ihn zerknirscht an. »Tut mir leid. Wird nicht wieder vorkommen.«

»Darf es auch nicht.«

Lorenzos Blick wurde bohrend. Er war vier Jahre älter als Deya. Dank Josef, der uns bei Lorenzo eingeführt hatte, zählten Mathias – der nun Daniel hieß – und ich zu den wenigen, die wussten, dass Lorenzo und Josefs Freundin Deya miteinander verwandt waren.

Lorenzo war fast einen Meter achtzig groß, stämmig, aber trotz seines schweren Körperbaus erstaunlich beweglich. Seit ich ihn kannte, hatten sich sein Name, ebenso wie die Farbe seines Walrossbarts und Haares, zweimal geändert. Er konnte finster blicken und im nächsten Moment wieder freundlich, was ihm etwas Unberechenbares verlieh. Wahrscheinlich war es nicht einfach, ein Untergrundnetzwerk wie das seine zu leiten. Und die finsteren Blicke brauchte er vermutlich, um die Leute, mit denen er zu tun hatte, in Schach zu halten.

»Ich habe es Ihnen bereits bei unserem ersten Treffen erklärt.« Lorenzo stieß den Rauch der Zigarre aus, die er soeben angezündet hatte. »Das Wichtigste ist, dass niemand von früher Sie sieht. Erst recht nicht zusammen mit Ihrer Familie. Einen allein wird man womöglich nicht wiedererkennen, aber zusammen könnten Sie jemandem zu denken geben. Halten Sie sich nicht in Ihren alten Gegenden auf.« Lorenzo starrte mich an, als wollte er mir die Botschaft in den Kopf brennen. Dann lächelte er. »Lassen Sie uns wieder zu den anderen gehen.«

Nachdem ich ihm von meiner Begegnung mit Clara Ebner erzählt hatte, war Lorenzo so rücksichtsvoll gewesen, mich in einem Nebenraum unter vier Augen zusammenzustauchen. Nun kehrten wir in die Lagerhalle zurück, wo vierzehn Personen – Mathias eingeschlossen – Bar-Billard spielten. Drei von ihnen waren bei unserem Einführungsgespräch gewesen. Bei dem Vierten handelte es sich um Lorenzos neuen Geschäftspartner Alois Mayell, die anderen hatte ich noch nie gesehen.

Das Bar-Billard diente als Tarnung für die Treffen mit Lorenzo. Er suchte sich ein verlassenes oder heruntergekommenes Gebäude in der Stadt und stellte einen Bar-Billard-Tisch auf, der sich leichter als der normale Billard-Tisch transportieren ließ. Wollte ein SS-Mann oder ein Gestapo-Beamter wissen, warum sich an einem solchen Ort eine Gruppe Männer traf, erklärte Lorenzo, bei dem Bar-Billard würden Wetten abgeschlossen. Wetten waren nicht ganz legal, doch bisher hatten sowohl SS als auch Gestapo ein Auge zugedrückt, gegrinst und waren verschwunden. Es hatte sich ja nicht um ein regimefeindliches Geheimtreffen gehandelt.

»Um auf den Grund unseres Treffens zurückzukommen.« Lorenzo hob eine Hand, um das gerade laufende Billardspiel zu beenden, und räumte die hölzernen Pilze zur Seite. Dann nickte er Mayell zu. Mayell holte eine schwarze Tragetasche und stellte sie auf den Tisch.

»Vor einigen Wochen ist die wahre Identität von jemandem aus unserem Netzwerk aufgedeckt worden«, sagte Lorenzo. Aufgeregte Stimmen wurden laut. Lorenzo brachte sie mit einer Handbewegung zum Schweigen. »Es ist das erste Mal, dass so etwas passiert ist, und wir haben neunzig neue Identitäten vergeben. Deshalb müssen wir uns noch keine allzu großen Sorgen machen. Der Mann, um den es sich handelt, hat den Wagen der SS vor seinem Haus gesehen und die SS-Leute die Treppe heraufkommen gehört. Er hat sich die Pulsadern aufgeschnitten.« Lorenzo seufzte. »Das Problem ist, dass er damit nicht erfolgreich war und überlebt hat. Die SS-Leute haben seine Handgelenke verbunden und ihn mitgenommen. Wie wir erfahren haben, ist er dann zwei Tage später gestorben.«

Unbehagliches Schweigen breitete sich aus. Nach einer Weile fragte der Mann an meiner Seite: »Glauben Sie, man hat ihn vernommen? Vielleicht sogar gefoltert?«

»Das wissen wir nicht.« Lorenzo zuckte mit den Schultern. »Ich hoffe nicht – oder dass er, falls doch, nichts gesagt hat. Hätte er geplaudert, hätte man nicht nur ihm einen Besuch abgestattet.« Wieder musste Lorenzo mit einer Handbewegung für Ruhe sorgen. »Vielleicht hat man ihn einfach ins Krankenhaus gebracht, und danach wäre er in ein Lager gekommen. Auch könnte er aufgrund des Blutverlusts oder einer Infektion gestorben sein. Wir wissen es nicht. Sollte er doch gefoltert worden sein und geredet haben, möchte ich Sie noch einmal an das erinnern, was ich Ihnen bei unseren ersten Treffen eingeschärft habe: Es ist für uns alle überlebenswichtig, dass keiner von Ihnen jemals Informationen über diese Gruppe preisgibt.«

»Wir müssen uns absichern«, sagte Alois.

Ich tauschte einen Blick mit Mathias. Vielleicht dachte er ebenso wie ich, dass wir über dieses zwielichtige Netzwerk kaum Informationen besaßen, die wir hätten weitergeben können. Notare, Fälscher, Sachbearbeiter und Bestatter, deren Namen wir nicht kannten, geschweige denn, dass wir sie getroffen hätten, hatten für unsere neuen Identitäten gesorgt, und dann hatten wir unsere Papiere bekommen. Selbst bei den kosmetischen Eingriffen hatte man uns die Augen verbunden. Wir wussten weder, wo sie stattgefunden hatten, noch, wer sie durchgeführt hatte. Hinzu kam, dass nicht nur Lorenzo, sondern auch Alois bei jedem unserer Treffen eine andere Identität und ein anderes Aussehen besaß. Zudem wechselten die Treffpunkte; auch wo die beiden wohnten, wussten wir nicht. Sie waren kaum mehr als Schattenfiguren. Die Namen der anderen in der Gruppe kannten wir ebenfalls nicht.

»Was war mit der Ehefrau dieses Mannes?«, fragte ich. »Und mit seiner Familie, falls er eine hatte.« Vielleicht beschäftigte mich die Frage mehr als die anderen, immerhin hatte ich eine Frau und zwei Kinder, um die ich mir Sorgen machen musste.

»Seine Frau und seine Tochter waren nicht da«, entgegnete Lorenzo. »Glücklicherweise konnten wir sie in Sicherheit bringen und ihnen noch einmal neue Identitäten verschaffen.«

Lorenzos Blick glitt über die Versammelten, um zu sehen, ob es weitere Fragen gab. Als keine kamen, nickte er Alois zu. »Apropos Absicherung. Sie müssen nun eine Entscheidung treffen.«

Alois drehte die Tragetasche um und schüttete mehrere Handfeuerwaffen auf das grüne Billardtuch.

»Wir sind kein Agentennetz, folglich haben wir für diejenigen, die gefasst werden, keine Zyankali-Pillen«, sagte Alois. »Falls Sie also SS oder Gestapo die Treppe heraufkommen hören, wäre mein Vorschlag, dass Sie von denen so viele wie möglich erledigen, bevor Sie sich selbst die Kugel geben.«

Wir sahen ihn verdutzt an. Lorenzo wirkte amüsiert. »Falls Sie sich bei dem Gedanken an eine Waffe in Ihrem Haus unwohl fühlen, man kann auch Rohrreiniger trinken oder Rattengift nehmen. Beides soll recht wirksam sein.«

Die Botschaft war klar. Bevor wir Informationen weitergeben konnten, sollten wir uns lieber umbringen. Wie versteinert betrachtete ich die Waffen auf dem Tisch. Sie machten mich nervös, immerhin hatte ich einen neunjährigen Jungen und ein vierjähriges Mädchen in meiner Wohnung. Doch im nächsten Moment überlegte ich bereits, in welchem hohen Schrankfach ich eine Waffe unterbringen könnte. Ich warf Mathias einen fragenden Blick zu.

Kapitel 17

»Die einzige Kultur, die es zurzeit zu geben scheint, ist die des Massenwahns.«

Sigmund Freud

Mathias alias Daniel

Das nächste Treffen Emilias mit Ivor, der nun Alex hieß, hatte ich so lange wie möglich hinausgezögert. Es war auch gar nicht schwierig gewesen, schließlich sah Emilia ihren Sohn nur jeden zweiten Monat. Eine einzige plausibel klingende Ausrede hatte genügt, um mir vier Monate ohne den Besuch meiner früheren Ehefrau zu erkaufen.

Am Tag vor ihrer Abreise aus Stuttgart rief ich Emilia aus einer öffentlichen Telefonzelle an und bot ihr an, Ivor in das Café des Tiergartens Schönbrunn zu bringen. In ihrem Schweigen schwang die Frage mit, warum sie unseren Sohn nicht wie üblich bei mir zu Hause abholen könne.

»Angesichts der Lage hat es bei Ivor und mir einige Veränderungen gegeben«, fügte ich rasch hinzu. Mehr wagte ich nicht zu sagen, auch Münzfernsprecher in Telefonzellen konnten abgehört werden.

»Vergangene Woche habe ich bei dir angerufen. Da hieß es, ›kein Anschluss unter dieser Nummer‹.«

Ich seufzte. »Das erkläre ich dir, wenn wir uns sehen.«

Als Emilia das Café betrat, blickte sie sich suchend nach uns um. Sie erkannte uns nicht, was ich als positives Zeichen wertete. Ich musste die Hand heben, um sie auf uns aufmerksam zu machen, und registrierte ihren Schock, als sie erfasste, dass wir es waren. Ich machte eine beschwichtigende Handbewegung und blickte mich vielsagend um, um ihr zu bedeuten, dass sie nicht mit lauten Ausrufen des Erstaunens herausplatzen sollte.

Sie wirkte beunruhigt, sagte jedoch wenig, als ich sie über die Situation aufklärte. Anschluss. Judenverfolgung. Prekäre Lage. Mein Leben bedroht, womöglich auch das von Ivor. »Zum Schluss hatten wir nur die Wahl, entweder das Land zu verlassen – dann hättest du Ivor vielleicht nicht wiedergesehen – oder unsere Identität zu ändern.« Ich sprach leise, auch wenn die nächsten Gäste zwei Tische weiter saßen und das Geklapper und Stimmengewirr ringsum mich sogar bei lauterem Sprechen übertönt hätte. Emilia nahm den ersten Schluck Kaffee, schien aber noch immer konfus.

»Es tut mir leid, dass es dazu gekommen ist«, sagte sie schließlich, und ihr Blick ging in die Ferne. Es war ein verlorener Blick, auch bedauernd, den ich in ähnlicher Form von ihr seit etwa einem Jahr kannte. Sie war milder geworden. Ein Teil dieses Bedauerns galt womöglich der Kälte, mit der sie mich während unserer Ehe behandelt hatte, oder sie wollte ein Gegengewicht darstellen, nun, da die Österreicher sich der jüdischen Bevölkerung gegenüber so gnadenlos verhielten.

Die Vorstellung, Ivor könnte als Halbjude rassistischen Übergriffen ausgesetzt sein, dürfte ihr ebenfalls zu schaffen machen, denn das hätte sie nicht ertragen. Vielleicht dachte sie auch über ihren eigenen Rassismus nach und fühlte sich schuldig. Das wäre dann ein Problem, das sie sich selbst zuzuschreiben hätte, und sie stünde damit nicht allein.

»Gut, dass ich es weiß«, sagte Emilia. »Nun kann ich Ivor wieder regelmäßig sehen.« Wie es ihrer Frohnatur entsprach, hatte sie einen Silberstreifen am Horizont entdeckt.

»Richtig.« Mehr sagte ich nicht. Emilia sollte die neuen Gegebenheiten in Ruhe verarbeiten.

Immer wieder glitt ihr Blick zu Ivor. Wahrscheinlich musste sie sich an sein verändertes Aussehen gewöhnen. Er und ich waren jetzt beide blond, er war sogar noch ein wenig heller als ich, und sein Haar hatte einen leichten Stich ins Rötliche.

»Irgendwie steht es ihm«, sagte Emilia mit einem schiefen Lächeln und betrachtete Ivor erneut.

Ich nickte und hoffte, es war kein Freud'scher Versprecher, hinter dem sich der Satz *Er sieht nicht mehr so jüdisch aus* verbarg. Vielleicht freute sie sich aber auch nur, dass seine Haarfarbe nun ihrer ähnelte und er eher als ihr Sohn zu erkennen war.

»Wie heißt ihr denn jetzt?«, fragte Emilia.

»Ich bin Daniel. Ivor ist Alex.«

»Daniel und Alex ... Daniel und Alex«, wiederholte Emilia langsam. »Ich glaube, daran kann ich mich gewöhnen.«

Wieder einmal stellte ich erstaunt fest, dass die Zeit ihr offenbar nichts anhaben konnte und sie nach wie vor eine strahlende Schönheit war. Dann dachte ich an die verlorenen Jahre und verspürte einen leichten Schmerz in der Brust. Mir war eingefallen, wie wir einmal gewesen waren. Nun würde ihr ihre Schauspielkunst zugutekommen. Sie hatte so viele Rollen gespielt, dass ihr die neue Rolle, die sie ihrem Sohn zuliebe würde übernehmen müssen, nicht schwerfallen dürfte. Denn als Ivors Mutter konnte sie nicht mehr auftreten.

»Beinahe hätte ich es vergessen.« Emilia öffnete ihre Handtasche, holte ein in Silberpapier eingeschlagenes Päckchen heraus und überreichte es Ivor. Ich tippte auf ein Buch, entweder von Jules Verne oder H. G. Wells, die Autoren, die mein Sohn zurzeit am liebsten las.

»Danke«, sagte Alex und lächelte.

»In meinem Wagen wartet ein noch größeres Geschenk auf dich.«

Wahrscheinlich war es wieder ein riesiges Modellauto. Vielleicht auch ein Modellpanzer oder ein Modellkampfflugzeug. »Noch etwas«, sagte ich. »Falls dich jemand fragt, Ivor – Alex – ist der Sohn einer Freundin. Bitte denk daran.«

Im ersten Moment wirkte sie unwillig, dann nickte sie. In erster Linie ging es ihr wohl um die Sicherheit ihres Sohnes.

»Was ist mit deinem Cousin Johannes und seiner Familie?«, fragte Emilia.

»Sie haben die gleiche Entscheidung wie ich getroffen. Mehr darf ich dir nicht verraten.« Diese Antwort schien Emilia zu kränken. »Sowohl zu deiner als auch ihrer Sicherheit«, fügte ich hinzu.

Es dauerte einen Moment, bis sie es einsah und erwiderte: »In Ordnung, das verstehe ich.« Vielleicht war mein und Alex' Geheimnis ihr Bürde genug.

Wir tranken unseren Kaffee aus und standen auf. Emilia umarmte mich der Form halber.

»Irgendwann ist alles wieder gut«, sagte sie, doch ihr Blick verriet ihre Zweifel. Diese bezogen sich vermutlich nicht nur auf unseren Sohn und mich, sondern auch auf die jüngste militärstrategische Entwicklung, sprich, den Einmarsch der Wehrmacht in das Sudetengebiet, das dem Deutschen Reich einverleibt werden sollte. Das nächste Opfer dürfte Polen sein. Und danach würde es wahrscheinlich zum Krieg kommen. »Sollen wir uns hier in drei Stunden wieder treffen?«

»Sagen wir in vier«, entgegnete ich. »Du hast Alex so lange nicht gesehen.«

***

Ich erstand eine der Handfeuerwaffen, die Alois im Angebot hatte. Johannes alias Andreas schien zögerlicher. Bei meiner

Waffe handelte es sich um eine FN Browning HP mit einfachem Schiebemechanismus und einem Magazin mit dreizehn Patronen, das durch den Griffboden geladen wurde. Alois zeigte mir, wie die Pistole zu handhaben war.

»Diese Waffe ist bei SS und Wehrmacht sehr beliebt«, sagte er mit einem amüsierten Lächeln. »Was für eine Ironie es wäre, wenn einer von denen ausgerechnet damit erschossen würde.«

Alois war ein schlanker, sehniger Mann Anfang vierzig, um dessen Lippen stets ein kleines Lächeln zu spielen schien, sodass man meinen konnte, er verspotte die ganze Welt. Oder er hatte so vieles schon so oft erlebt, dass er kaum noch etwas ernst nehmen konnte. Er kam aus einer jüdischen Familie, die Schuschnigg unterstützt hatte und somit zweifach verdammt war. Seine beiden Brüder waren kurz nach dem Anschluss festgenommen und umgebracht worden. Seine Eltern und seine Schwester hatte man nach Mauthausen deportiert, wo die Eltern aufgrund ihres Alters sofort nach ihrer Ankunft ermordet worden waren. Die Schwester lebte wohl noch, doch ganz sicher war Alois sich dessen nicht. Gleich nach den Festnahmen war Alois – dessen Name früher Israel lautete – untergetaucht und hatte seine Identität geändert. Inzwischen half er Lorenzo dabei, das Untergrundnetzwerk auszubauen.

»Er hätte entweder lachen oder weinen können«, sagte Lorenzo, als er Andreas und mir Alois' Geschichte erzählte. »Er hat sich für das Lachen entschieden. Bei Waffen kennt er sich aus. Im früheren Bundesheer galt er als Meisterschütze.«

Sowohl für Andreas als auch für mich hatte es zuletzt einen entscheidenden Grund gegeben, unsere Identitäten zu ändern. Wir wollten nicht von unseren Familien getrennt werden. Ein weiterer Grund waren unsere Einkünfte als Autoren gewesen. Meine Bücher waren in Deutschland und Österreich verboten, seitdem hatten sich meine Honorareinnahmen halbiert. Andreas dürfte es bald ebenso ergehen. Julian ging davon aus, dass er sowohl in Österreich und Deutschland als auch in anderen Ländern Verlage finden würde, für die wir mit unseren neuen Namen ebenso interessant wie zuvor sein würden. »Und im Ausland verkauft ihr euch weiterhin unter euren richtigen Namen.«

Vor sechs Wochen hatte ich den ersten Roman unter meinem neuen Namen fertiggestellt. Und tatsächlich hatte Julian bereits einen deutschen Verlag für mich gefunden. Andreas würde sein Manuskript voraussichtlich in zwei Monaten abgeben.

Ich warf einen Blick aus dem Fenster. Draußen war es dunkel geworden. Ich schaute auf die Uhr. Viertel vor sechs. Es war so weit. Ich holte das Stemmeisen aus der obersten Schreibtischschublade und ging ins Wohnzimmer. Dort vollzog ich alle drei Monate das gleiche Ritual und kannte inzwischen jeden Griff. Eine Seite des Teppichs zurückschlagen, die fünfte Holzdiele von der Wand aus anpeilen. Ein Ende aufstemmen – das andere ließ sich nicht bewegen –, die Jutetasche freilegen, die dort wie ein Stück Müll lag. In die Tasche greifen und nach drei Diamanten tasten, die die richtige Größe hatten.

Diese Prozedur war der einzige Nachteil bei der Sicherung meines Vermögens. In dieser Hinsicht hatte Andreas das kleinere Problem, er hatte mit seiner Familie in einer Mietwohnung gelebt. Ich dagegen hatte eine Eigentumswohnung verkaufen und den Erlös vertuschen müssen; denn auf einem Bankkonto wäre der Geldeingang jemandem ins Auge gefallen. Um ihn zu verheimlichen, war größte Umsicht erforderlich gewesen. Der Verkauf der Wohnung und der Eintrag ins Grundbuch mussten vor den Anschluss zurückdatiert werden, damit es aussah, als hätte ich das Land mit Alex bereits damals verlassen. Als ich alle Helfer bezahlt hatte, blieben für mich ein gewisser Bargeldbetrag und Diamanten.

Die Diamanten waren ideal. Sie konnten gut transportiert werden und behielten ihren Wert, was man zurzeit von nicht vielen Währungen behaupten konnte.

Nun wohnten Alex und ich in einer Vierzimmerwohnung zur Miete. Eines der Zimmer benutzte ich als Arbeitszimmer. Sollte es Probleme geben, würden wir wieder umziehen – und unser Vermögen mitnehmen.

Ich steckte die drei Diamanten tief in meine Hosentasche, drückte die Holzdiele zurück, strich den Teppich glatt und legte das Stemmeisen in die Schublade, die ich abschloss.

Ich hörte Alex in seinem Zimmer rumoren, steckte meinen Kopf durch die Tür und erklärte, ich müsse zu einem Treffen. »In spätestens einer Stunde oder so bin ich wieder da.«

»In Ordnung, bis später.« Alex blickte von dem Briefmarkenalbum auf. Im vergangenen Jahr hatte er begonnen, Briefmarken zu sammeln. Vielleicht schaffte er es, der Realität zu entfliehen, wenn er die bunten Marken aus aller Herren Länder mit ihren exotischen Motiven betrachtete, Orte, die er eines Tages zu sehen hoffte, auch wenn sie unter den gegebenen Umständen Lichtjahre entfernt schienen.

»Genauer gesagt treffe ich mich mit dem Mann, der mir beim letzten Mal Briefmarken für dich mitgegeben hat.« Carl Brunnermann, der Juwelier, der alle drei Monate Diamanten von mir kaufte, hatte einen Bruder in der Handelsmarine. Als ich ihm erzählte, dass mein Sohn Briefmarken sammele, bot er mir die Marken von den Briefen seines Bruders an. »Vielleicht hat er diesmal auch wieder welche.«

Alex strahlte. »Das wäre prima. Vielen Dank.«

Unsere Wohnung befand sich im ersten Stock. Ich lief die wenigen Treppenstufen nach unten und verließ das Haus. Brunnermanns Juweliergeschäft lag gut sechs Kilometer von hier, nicht weit vom Karlsplatz entfernt. Ich nahm die Straßenbahn.

Während die Bahn durch die Straßen rumpelte, blickte ich mich verstohlen um. Jede Fahrt zu Brunnermann machte mich kribbelig, ebenso die Rückfahrt. Immerhin würde ein Teil der Diamanten oder des Erlöses auch eine Dreimonatsmiete und die Lebenshaltungskosten für meine Mutter und meine Schwester abdecken müssen. Die beiden lebten nun zusammen und hatten ebenfalls neue Namen: Meine Mutter hieß Lilla, meine Schwester Erica hieß jetzt Anna. Meine Mutter hatte ihr Haus verkauft und war bei der Abwicklung so wie ich vorgegangen. Doch eine Fahrt zu Brunnermann konnte ich ihr von ihrem neuen Haus aus – einem großen Bungalow in Penzing, zu dem Erica und ich sie schließlich überredet hatten – nicht zumuten.

Über mögliche Ausweiskontrollen machte ich mir nun keine Gedanken mehr, bislang hatte ich sie alle problemlos überstanden. Stattdessen hatte ich, wenn ich mit den Diamanten unterwegs war, Angst, ich könnte überfallen werden. Oder dass ich von SS- oder Gestapo-Männern durchsucht würde, und wie sollte ich dann die Diamanten erklären?

Deshalb fuhr ich in relativ kurzen Abständen zu Brunnermann und hatte jeweils nur so wenige Diamanten bei mir, dass ich bei einer Durchsuchung vorgeben konnte, ich wolle sie für einen Ring oder einen Armreif fassen lassen. Bei größeren Mengen wäre ich damit nicht durchgekommen, und sollte ich ausgeraubt werden, wäre dann auch mein Verlust schmerzhafter gewesen.

Als ich die Straßenbahn verließ, waren noch Leute unterwegs, und die Straßenlaternen brannten, was mich beruhigte. Diebe bevorzugten dunkle, einsame Ecken.

Dann sah ich vielleicht fünfzig Meter vor mir drei Männer aus einem Café kommen, zwei von der SS, einer von der SA. Einer von ihnen war Heinrich Schnabel, und mir stockte der Atem. Aber vielleicht lag das nur an meiner Überraschung, ich hatte Schnabel seit einem Jahr nicht mehr gesehen. Auch hatten Julian, Andreas und ich uns seit jener Beinahbegegnung im *Mozart* nur noch im Café der Universität getroffen, sodass Schnabel mir nun wie ein böser Geist aus der Vergangenheit erschien. Dann fiel mir ein, dass ich mich am Rand seines Verantwortungsbereichs bewegte, dem zentral gelegenen 1. Bezirk.

Im ersten Impuls wollte ich kehrtmachen. Doch ich hatte den Eindruck, dass Schnabel mich bereits wahrgenommen hatte, und dann hätte ihn jede abrupte Aktion misstrauisch gemacht. Ich hielt mir vor Augen, dass ich inzwischen anders als vor einem Jahr aussah und Schnabel mich zudem nur ein einziges Mal gesehen hatte.

Ich beschloss, die Begegnung zu wagen. Mit gleichmäßigem Schritt ging ich weiter, versuchte, Schnabel weder großartig zu beachten noch seinem Blick auszuweichen. Ich würde schlechterdings so tun, als wäre er ein Passant wie jeder andere auch. Es war trotzdem nicht einfach. Je näher er mir kam, desto heftiger pochte mein Herz.

Er lächelte höflich, als wir auf einer Höhe waren, vielleicht etwas mehr, als es bei normalen Passanten üblich war. Ich bedachte ihn mit dem gleichen Lächeln. Dann waren wir aneinander vorbei.

Ich hörte, dass seine Schritte verharrten, dann ein leicht scharrendes Geräusch, als hätte er sich nach mir umgedreht. Aber selbst wenn ihm etwas an mir bekannt vorgekommen war, es hielt nicht lange an. Einen Moment später hörte ich ihn weitergehen.

Kapitel 18

September 1939

Den ersten Händedruck seiner Frau spürte Freud nicht. Er wachte erst auf, als Martha ihren Griff verstärkte. Freud blinzelte und regte sich, richtete sich auf. Schwaches Sonnenlicht drang durch das Laub der Bäume. Er war auf der Terrasse eingeschlafen, in seinem Sessel, mit der Wolldecke über den Knien.

In letzter Zeit schien er nur noch zu schlafen. Dr. Schur hatte ihm erklärt, das liege an der erhöhten Dosis Morphium. Aber wenn er Morphium nahm, ließ wenigstens der brennende Schmerz in seinem Kiefer nach.

»Bist du dir sicher?« Wieder drückte Martha seine Hand, und er nahm das Liebevolle ihres Blickes wahr. Wahrscheinlich sahen sie einander nun zum letzten Mal. Ihre Augen schimmerten feucht, bald würden die Tränen kommen.

»Ja, mein Liebling, ich bin mir sicher.« Mit der geringen Kraft, die er noch besaß, erwiderte er den Druck ihrer Hand. »Du und Anna seid hier in London gut aufgehoben. Das wollte ich erreichen. Jetzt gibt es für mich nichts mehr außer diesen unerträglichen Schmerzen.«

Martha hielt ihre Tränen zurück. In seinen letzten Augenblicken sollte er sie nicht unglücklich sehen. Vielleicht hatte der Krieg, der vor drei Wochen begonnen hatte, bei ihm den Ausschlag gegeben. Es war ein Leid, ein Seelenkummer zu viel gewesen.

Freud warf einen Blick auf seine Taschenuhr. Um sechzehn Uhr hatte er die endgültige Dosis Morphium bekommen sollen, nun war es bereits Viertel nach.

»Ich weiß, dass du, Marie und Ernest euer Bestes tun werdet, um meine Schwestern aus Wien herauszubekommen. Auch ohne meine Hilfe.« Freud lächelte gequält. »In den letzten Monaten war ich euch ohnehin keine große Stütze. Ihr werdet es schaffen, da bin ich mir sicher.«

In den vergangenen achtzehn Monaten hatten Martha und zwei enge Freunde der Familie – Marie Bonaparte und Ernest Jones – auf die österreichischen Behörden Druck ausgeübt, damit sie den vier Schwestern Freuds die Ausreise gestatteten. Doch mit jeder Woche, die verstrich, wurde die Hoffnung geringer. Freud hatte Vorlesungen gehalten, in denen es um die menschliche Neigung ging, vor schrecklichen Realitäten zurückzuscheuen, doch Martha wusste, dass es auch für ihn wichtig war, für sein Leben einen angenehmen Ausklang zu finden.

»Das schaffen wir«, sagte sie, drückte seine Hand noch einmal und gab ihm einen Kuss auf die Stirn. Dann wandte sie den Kopf ab, und da sie ihrer Stimme nicht traute, sagte sie nichts mehr.

Sie verließ die Terrasse. Im Salon wartete Dr. Schur. Martha nickte ihm zu, stieg die Treppe hinauf und hielt ihre Tränen zurück. Erst im Bad überließ sie sich den Schluchzern, die ihren Körper schüttelten.

Johannes alias Andreas

August 1940

Bei einem Spaziergang durch den Park des Praters konnte man kaum glauben, dass Krieg war. Vor einem Jahr hatte der Krieg begonnen, doch bisher war Wien kein einziges Mal bombardiert worden. Es waren auch keine feindlichen Flugzeuge aufgetaucht. Das Leben in Wien war mehr oder weniger normal weitergegangen.

An diesem warmen, sonnigen Tag schien sich die halbe Stadt im Prater versammelt zu haben. Der größte Andrang herrschte im Vergnügungsteil. Auch wir waren dorthin unterwegs. Seit Wochen hatten die Kinder um einen Ausflug in den Prater gebettelt. Wir hatten ihnen versprochen, diesen an einem schönen Sommertag zu unternehmen.

Die größte Attraktion war das Riesenrad. Das steuerten wir als Erstes an. Als wir in eine der Kabinen stiegen, hatten wir das Glück, dass sich nur noch vier Personen zu uns gesellten. So hatten wir genügend Platz und konnten die Aussicht durch die rundum angebrachten kleinen Fenster genießen.

Das Rad setzte sich in Bewegung. Als wir oben ankamen und die Kabine ein wenig schaukelte, griff meine kleine Tochter nach meiner Hand.

»Jetzt sind wir richtig hoch, Papa.«

Ich war mir nicht sicher, ob Aufregung oder Angst aus ihr sprach, und drückte ihre Hand beruhigend.

»Ja, das sind wir. Es ist schön, oder?«

Nadia lächelte und klammerte sich an meine Hand. Die Aussicht war atemberaubend. Die ganze Stadt konnten wir sehen, bis hinaus nach Schönbrunn.

Und nirgends gab es ein Anzeichen, dass wir Krieg hatten. Kein einziges Gebäude, das ausgebombt oder ausgebrannt war. Mit Ausnahme der jüdischen Geschäfte. Ein beleibter Mann schob sich vor uns.

»Soll ich dich hochheben?«, fragte ich Nadia. »Dann siehst du besser.«

»Ja.« Sie strahlte.

Ich hielt sie in meinen Armen und spürte, wie ihr zarter Körper ganz leicht zitterte. Noch immer war mir nicht klar, ob sie aufgeregt oder ängstlich war. Als sie mir zu schwer wurde, sagte ich: »Das ist genug, ich kann dich nicht mehr halten. Du bist zu groß geworden.«

Sie strahlte noch mehr. Offenbar hatte ich ihr das schönste Kompliment überhaupt gemacht.

Nach dem Riesenrad stärkten wir uns, die einen mit Frankfurter Würstchen, die anderen mit Bratwurst. Anschließend wanderten wir zu einer Schießbude. Wenn man bei fünf Schuss zweimal ins Schwarze traf, gewann man einen Preis. Nadia starrte sehnsüchtig auf einen Plüschhasen. Dominik erklärte, den könne er schießen.

Ich zögerte. »Lass es ihn wenigstens versuchen«, sagte Stefanie mit einem nachsichtigen Lächeln.

»Also gut.« Ich gab mich geschlagen und zahlte. Beim dritten Versuch traf Dominik ins Schwarze, bei den letzten beiden lag er wieder daneben.

»Tut mir leid.« Er reichte das Gewehr zurück und wirkte ebenso enttäuscht wie Nadia, die ihre Lippen schürzte und zu Boden sah.

»Vielleicht probiere ich es einmal.« Ich hatte eine Idee, wusste aber nicht, ob sie funktionieren würde. Der erste Schuss ging etwa fünf Zentimeter links am Ziel vorbei, dabei hatte ich das Fadenkreuz genau in der Mitte gehabt. Ich bewegte das Visier fünf Zentimeter nach rechts. Den Tipp hatte Alois mir gegeben, als ich meine Waffe in Empfang genommen hatte. »Das Visier ist korrekt eingestellt. Sollten Sie bei einer Schießübung danebentreffen, justieren Sie das Visier entsprechend. Also nach links, wenn Sie rechts am Ziel vorbeigeschossen haben und umgekehrt.« Mit den nächsten beiden Schüssen traf ich ins Schwarze, beim vierten Schuss den Rand und beim letzten wieder ins Schwarze.

Nadia klatschte in die Hände und hüpfte auf und ab. »Papa, das hast du gut gemacht.«

Stefanie und Dominik freuten sich ebenfalls und klatschten, als der Budenbesitzer Nadia den Plüschhasen mit resignierter Miene überreichte.

Wir hatten so viel Spaß, dass wir den Applaus zuerst nicht wahrnahmen. Dann drehte ich mich um. Hinter uns standen zwei SS-Männer, die anerkennend lächelten.

»Guter Schütze«, sagte der eine. »In welchem Regiment dienen Sie?«

»Ich? In keinem.« Dann begriff ich, warum die beiden mir zugesehen hatten. Die meisten Männer im Prater trugen eine militärische Uniform, auch wenn sie Heimaturlaub hatten. Es schien für sie eine Art Ehrengewand zu sein. *Seht mich an, ich verteidige unser Vaterland und kämpfe für das Großdeutsche Reich.* Vielleicht hatten die SS-Leute sich gefragt, warum ich nicht an der Front war, oder sie suchten nach Deserteuren. »Ich hatte mich gemeldet, bin leider nicht genommen worden«, sagte ich. »Farbenblind.«

»Das ist Pech«, entgegnete einer der beiden.

Ich holte meine Kennkarte und das Attest hervor. Lorenzo hatte mir geraten, beides stets bei mir zu tragen. *Die neue Identität reicht nicht aus. Sie brauchen mehr. Sonst kämpfen Sie irgendwann für diejenigen, die Leute wie Sie in Lager deportieren. Sie möchten auch nicht gefragt werden, warum ein gesunder junger Mann nicht an der Front ist.* Bisher hatte mich das noch keiner gefragt.

Einer der beiden SS-Männer sah sich meine Papiere an und musterte mich von oben bis unten, bevor er mir alles mit einem dünnen Lächeln zurückreichte.

»Wirklich schade«, sagte er. »Ein guter Schütze wie Sie wäre unserer Sache dienlich.«

Er streckte die Hand zum Hitlergruß aus, und nach einem kurzen Zögern tat ich es ihm nach.

Die beiden entfernten sich.

***

»Sollen wir gehen?«, fragte Stefanie. Sie hatte bemerkt, dass der Zwischenfall mich verstört hatte.

»Nein, lass uns noch bleiben«, entgegnete ich nach kurzer Überlegung. Es war ja nichts geschehen, war nur ein Sturm im Wasserglas gewesen. Nun wusste ich wenigstens, dass mein Attest einer Überprüfung standhielt. Zudem wäre es eine Schande, den Ausflug, der unsere Kinder so glücklich machte, vorzeitig abzubrechen. »Wie oft haben wir schon eine so schöne gemeinsame Zeit?«

Langsam beruhigten Stefanie und ich uns wieder, kauften den Kindern Zuckerwatte, besuchten Buden, in denen wir versuchten, Bälle durch Reifen und Ringe über Flaschenhälse zu werfen. Preise gewannen wir nicht mehr.

Stefanie lächelte, wenn sie sah, wie begeistert die Kinder waren, doch hier und da konnte ich die darunterliegende Anspannung erkennen. Unsere Identitätswechsel waren für sie nicht einfach gewesen. Meine Mutter hatte ihre neue Identität problemlos angenommen, für sie wäre es zu riskant gewesen, es nicht zu tun, immerhin war sie mit einem bekannten jüdischen Gegner der Nationalsozialisten verheiratet gewesen. Stefanies Familie hingegen war seit Generationen katholisch, daher hatten ihre Eltern ihre Identität behalten und waren weiterhin unter ihrer Adresse zu finden. Das bedeutete, dass Stefanie sie nur selten besuchen konnte und jedes Mal äußerst vorsichtig sein musste. Ihre alten Freunde und Bekannten traf sie gar nicht mehr.

Letzteres war ein Irrtum, wie sich eine knappe Stunde später herausstellte. Da kamen wir aus einer Spielhalle und machten uns allmählich zum Aufbruch bereit. Plötzlich entdeckte ich hinter einem Pferdekarussell zwei Gesichter aus unserer Vergangenheit – Magda Fischer und ihre Tochter. Die Tochter war etwas älter als mein Sohn. Vielleicht wäre Magda mir nicht aufgefallen, hätte sie nicht zu uns herübergeblickt. Die Stirn gerunzelt, schaute sie von einem zum andern, als versuchte sie, sich über etwas Klarheit zu verschaffen. *Einen allein wird man voraussichtlich nicht wiedererkennen, aber zusammen könnten Sie jemandem zu denken geben.*

»Dreh dich nicht um«, zischte ich Stefanie zu, während ich sie und die Kinder in die entgegengesetzte Richtung dirigierte. »Ich glaube, gerade habe ich Magda Fischer gesehen.« Unser altes Viertel konnten wir meiden, um niemandem von früher zu begegnen, aber der Prater wurde von so gut wie allen Wienern besucht.

Ich blickte kurz zu dem rotierenden Karussell zurück, zwischen dessen wippenden Holzpferden immer wieder Magda Fischers Gesicht auftauchte. Sie begann, das Karussell zu umrunden, um uns besser sehen zu können. Wir hätten nach der Begegnung mit den beiden SS-Männern aufbrechen sollen. Sie waren ein Zeichen gewesen, ein böses Omen.

Magda Fischer verharrte, schien nicht zu wissen, wohin wir uns gewandt hatten. Wieder zogen die Holzpferde an ihr vorüber. Ich scheuchte Stefanie und die Kinder in das Zelt, in dem sich ein Spiegellabyrinth befand, zahlte den Eintritt und schob sie weiter.

Hinter einem der Spiegel war ein Riss in der Zeltwand. Ich erweiterte ihn mit den Fingern und linste hindurch. Draußen spazierten Besucher vorbei – dann sah ich Magda Fischer und ihre Tochter kommen. Ich war sicher, dass sie mich nicht sehen konnten.

Frau Fischer ließ ihren Blick über den Zelteingang gleiten, über die Schrift darüber, dann weiter zu den benachbarten Attraktionen. Wahrscheinlich überlegte sie, ob wir irgendwo eingetreten oder weitergelaufen waren. Dann verschwanden sie und ihre Tochter aus meinem Blickfeld, und ich wusste nicht, wohin sie gegangen waren.

»Hoffentlich kommen sie nicht herein«, raunte ich Stefanie zu.

»Das ist doch alles Wahnsinn«, flüsterte sie.

»Ich weiß. Es tut mir leid.« Ich drückte ihre Hand. *Es tut mir leid, dass du deine Freundinnen nicht mehr sehen kannst. Es tut mir leid, dass du dies durchmachen musst, weil du mich geheiratet hast.* Einmal, in einem Moment tiefster Niedergeschlagenheit, hatte ich das sogar ausgesprochen. Stefanie schlug mir gegen die Schulter und schien kurz davor, mir auch ins Gesicht zu schlagen. *Sag das nie mehr. Wir haben einander zwei wunderschöne Kinder geschenkt.*

Nun verbargen wir uns mit unseren wunderschönen Kindern hinter einer Zeltwand und hielten den Atem an, während wir von mehreren Vexierspiegeln verzerrt und entstellt wurden und uns fragten, ob wir in unserem neuen Leben von unserem alten eingeholt worden waren.

Kapitel 19

»Zum Schutz des deutschen Blutes ist es Zigeunern, Negern und ihren Abkömmlingen verboten, deutsche Reichsbürger zu ehelichen oder mit ihnen außerehelichen Geschlechtsverkehr zu führen.«

Schnabel lehnte sich in seinem Ledersessel zurück und ging die Niederschrift erneut durch. Er hatte sie bereits mehrfach gelesen, auch die Tonbandaufzeichnung abgehört, doch er wollte sein Gedächtnis auffrischen und sich noch einmal vergewissern, dass ihm nichts entgangen war.

Schnabel befand sich in einem kleinen, improvisierten Büro im Keller des ehemaligen Hotels *Metropol*. Die Umgestaltung zur Gestapo-Leitstelle war nahezu abgeschlossen. In den oberen Etagen arbeiteten Gestapo-Beamte. Bei Zusammenkünften wurden ihnen Getränke und Häppchen auf Silbertabletts serviert, fast als wäre das Haus noch ein Hotel.

Im Keller sah es anders aus. Zwar gab es auch dort kleine Büros, jedoch waren sie ohne Fenster, und bei den meisten anderen Räumen handelte es sich um Gefängniszellen, Verhörzimmer und Hinrichtungskammern. Im übernächsten Raum von Schnabels Büro hatte man ein Fallbeil installiert. Köpfe und kopflose Körper wurden abends auf einen Lastwagen geladen, zu einer Grube gefahren und hineingekippt. In dem Raum, in dem Gefangene mit einem Maschinengewehr erschossen wurden, stapelten sich an den Wänden Säcke voller Sand. War der Sand auf dem Fußboden zu stark von Blut und anderen Körperflüssigkeiten getränkt, wurde er ersetzt.

Schnabel wünschte, das Verhör, dessen Niederschrift er in den Händen hielt, hätte er selbst geführt. Er hätte vielleicht mehr aus dem Gefangenen herausbekommen, bevor dieser verblutet war. Doch auf die Niederschrift war er erst vor Kurzem gestoßen, als er alte Verhörprotokolle durchgesehen hatte, um sich inspirieren zu lassen. Dabei war ihm der Name »Max Adler« ins Auge gesprungen. Max Adler, der Inhaber des *Blauen Engels.*

Schnabel betrat das Nebenzimmer. Da es nahe dem Heizungskeller lag, war hier früher Wäsche getrocknet worden. Max Adler stand in der Mitte des Raums auf einem Schemel und trug nur noch seine Unterhose. Seine Hände hatte man an einen eisernen Deckenbalken gefesselt, der Körper war blutverschmiert und voll blauer Flecke, ein Auge beinahe zugeschwollen. Mit dem anderen Auge blickte er Schnabel erschöpft an.

»Versuchen wir es noch einmal«, sagte Schnabel mit einem Seufzer. »Bleiben Sie bei der Behauptung, Sie hätten einen gewissen Luis Weinel nicht gekannt?«

»Nie von ihm gehört«, erwiderte Adler heiser und deutete ein Kopfschütteln an.

»Aber die Person, die das Netzwerk leitet, die kennen Sie doch sicherlich.«

»Nein.«

Schnabel lächelte höhnisch. Adler versuchte, mit seinen Antworten sparsam umzugehen. Die ganze Nacht hindurch war in seiner Zelle ein Radio gelaufen, aber Adler war an ein Feldbett gefesselt gewesen und hatte es nicht ausschalten können. Folglich hatte er nicht geschlafen. Nun war er am Tiefpunkt, seine Widerstandskraft erlahmt.

»Dann wollen wir doch einmal hören, was Herr Weinel dazu zu sagen hat.« Unterscharführer Kurt Lindner, Schnabels Assistent, saß ebenfalls im Raum. Schnabel hob drei Finger. Lindner schaltete die Tonbandaufnahme ein, von der jedes Mal nur ein Stück abgespielt wurde.

»Ich ... seinen richtigen Namen habe ich nie gekannt. Er wurde mir nur als ›Maurizio‹ vorgestellt. Ohne Nachname. Als ich ihn das nächste Mal traf, nannte er sich ›Fabian‹. Auch äußerlich hatte er sich verändert, hatte eine andere Haarfarbe.« Schweres Atmen, als hätten die wenigen Sätze Weinel große Kraft gekostet. »Aber ... aber ich wusste, dass Max Adler ihn kannte. Ich habe sie zusammen in einem Nebenraum gesehen ...«

Schnabel bedeutete Lindner, das Band anzuhalten. Er sah Adler scharf an. »Nach dem, was wir soeben gehört haben, kannten Sie den Leiter des Netzwerks also doch.«

Adlers blutig geschlagener Mund verzog sich zu einem schiefen Lächeln. »Als ich ihm begegnet bin, nannte er sich ›Aldo‹.«

»Beim letzten Mal haben Sie gesagt, sein Name sei ›Tobias‹ gewesen.« Das war der Vorteil, wenn man Leute nicht schlafen ließ und ihnen die immer gleichen Fragen stellte, dachte Schnabel. Sie fingen an, Fehler zu machen.

»Selbst wenn ich ihm zweimal begegnet sein sollte, hätte er mir jedes Mal einen anderen Na... Namen genannt.« Adler war ins Stottern geraten und versprühte Blut, das seine Brust benetzte. »Und was nützt Ihnen das? Sie werden ihn trotzdem nicht finden.«

Schnabel trat den Schemel zur Seite. »Es könnte Ihnen helfen, am Leben zu bleiben.«

Adler stöhnte, als sein Gewicht von seinen Handgelenken aufgefangen wurde. Schnabel gab Gustav am anderen Ende des Raumes ein Zeichen. Vor seinem Eintritt in die SS war Gustav ein leidenschaftlicher Amateurboxer im Schwergewicht gewesen. Als er das letzte Mal auf Adler eingeschlagen hatte, war er ins Schwitzen geraten. Danach hatte er seine Uniformjacke über sein Unterhemd gestreift, um sich nicht zu erkälten. Nun zog er die Jacke aus.

Es war ein gezielter Angriff: Magen, Rippen, Nieren – jedoch ohne dass die Organe rissen –, noch einmal ein Schlag ins Gesicht, dann einen in die Leiste, bis Schnabel Gustav bedeutete, dass es genug war. Adler wurde der Schemel wieder untergeschoben.

Schnabel wollte nicht zu weit gehen. Auf ein Problem wie bei Weinels Verhör konnte er verzichten. Zwar hatte man Weinel die aufgeschnittenen Handgelenke verbunden und die Fesseln oben an seinem Unterarm angebracht, doch eine der Venen hatte sich wieder geöffnet, was denen, die ihn verhört hatten, angesichts des ohnehin schon blutüberströmten Körpers zu spät aufgefallen war. Und dann war der Mann tot.

Als Adler erneut auf dem Schemel stand und sich wieder gefasst hatte, zeigte Schnabel Lindner vier Finger. Der nächste Teil der Bandaufnahme setzte ein.

»Das ... das war, als ich von der Toilette zurückkehrte. Da sah ich die beiden. A... Adler klang verzweifelt und sagte: ›Es gibt doch sicher einen Weg, wie Sie mir helfen können.‹«

Schnabel nickte Lindner zu. Das Tonband wurde gestoppt. »Um welche Hilfe haben Sie so verzweifelt gebeten?«

Adler brauchte einen Moment, um sich zu fokussieren. »Auf keinen Fall für ... für eine neue Identität. Schließlich bin ich nach wie vor Max Adler.« Er hustete und spuckte einen kleinen Klumpen Blut aus. »Das habe ich auch den Gestapo-Beamten gesagt, als ... als sie in meinen Club kamen und mich vernommen haben.«

Im Geist machte Schnabel eine kurze Bestandsaufnahme. Weinel hatte Adler wiedererkannt, weil er wusste, dass dieser der Inhaber des *Blauen Engels* war. Zwei Gestapo-Beamte waren daraufhin in dem Club gewesen, um Adler zu vernehmen. Mittendrin schneite Josef Weber herein, wollte wissen, was vor sich gehe, und erklärte, er könne sich »für Herrn Adler verbürgen«. Damit war die Vernehmung beendet.

Deshalb hatten sie sich Adler geschnappt, als der Club gerade geschlossen hatte, an einem Abend, an dem Josef Weber dort nicht erschienen war.

»Jetzt weiß ich, weshalb Sie *nicht* bei diesem Mann waren«, sagte Schnabel in gelangweiltem Ton. »Aber noch nicht, warum Sie dort waren. Warum also?«

»Aus keinem besonderen Grund. Ein... Einfach, um einem Freund einen Gefallen zu tun.«

»Welchen? Wollten Sie ihm oder ihr zu einer neuen Identität verhelfen?« Schnabel überlegte. »Handelte es sich um eine der Frauen, die in Ihrem Club arbeiten?«

»Nein ... nein. Überhaupt nicht.«

Doch Schnabel hatte das Flackern in Adlers Auge wahrgenommen. »Was dann?«

Adler schüttelte den Kopf und schwieg. Schnabel riss der Geduldsfaden. Er winkte Gustav herbei und sagte, er solle den Viehtreiber einsetzen.

Als Adler auch nach vier schweren Elektroschocks schwieg, seufzte Schnabel verärgert. »Ich würde Ihnen empfehlen, meine Geduld nicht überzustrapazieren. Ich könnte Sie zur Guillotine nebenan bringen lassen oder in ein Konzentrationslager. Letzteres wäre mir sogar lieber, dort hätten Sie noch ein wenig Zeit, sich seelisch und moralisch auf Ihren Tod einzustellen. Vielleicht würde es dazu führen, dass Sie Ihr Gedächtnis zurückerlangen. Wie auch immer, Ihr Vermögen geht mit sofortiger Wirkung an das Großdeutsche Reich.«

»In ... in dem Punkt irren Sie sich.« In Adlers unversehrtem Auge blitzte etwas auf. »So wie es im Moment aussieht, wird das Großdeutsche Reich rein gar nichts bekommen.«

»Was soll das heißen?«

Stoßweise atmend und immer wieder Blut spuckend, erklärte Adler, dass er sowohl sein Haus als auch seinen Club bereits vor einer Weile veräußert hatte. »An einen Zusammenschluss aus hochgesinnten protestantischen Österreichern und einer Schweizer Bank.«

Und Schnabel begriff, weshalb Adler verzweifelt gewirkt hatte, als Weinel ihn gesehen hatte. Eine neue Identität war für ihn nie infrage gekommen, dazu war er in Wien viel zu bekannt. Es ging um die Unterbringung seines Vermögens.

Um seinen Zorn zu kaschieren, zuckte Schnabel mit den Schultern. Wenigstens etwas hatte er herausgefunden. »Da Sie nichts mehr wert sind, wird es uns umso leichter fallen, uns Ihrer zu entledigen.«

»Vielleicht hören Sie sich zuerst meinen Vor... Vorschlag an.«

Schnabel zog eine Braue hoch. »Falls es Ihnen noch nicht aufgefallen ist, Sie befinden sich hier nicht in einer Verhandlungsposition.«

Trotz seiner aufgeplatzten, geschwollenen Lippen versuchte Adler, zu lächeln.

Und Schnabel hörte sich seinen Vorschlag an. Er bewunderte den Mumm des Mannes, sosehr es ihn auch anwiderte, mit diesem jüdischen Fettsack in Verhandlungen zu treten. Es verstieß gegen all seine Prinzipien. Er tröstete sich damit, dass noch immer er derjenige war, der über Adlers Schicksal entschied. Ebenso wie Cäsar konnte er mit dem Daumen nach unten zeigen, oder er ließ den Mann am Leben, und das Großdeutsche Reich erhielt die Hälfte seines Vermögens. Es war das ultimative Dilemma, denn es ging darum, entweder der eigenen Moral zu folgen oder sie einem größeren Ganzen unterzuordnen.

***

»Könnte Zufall sein«, sagte Unterscharführer Lindner.

»Könnte.« Schnabel wiegte den Kopf hin und her.

Sie saßen an einer Ecke des Karlsplatzes. Bei ihrem Wagen handelte es sich um einen Steyr 50, ein Modell, das Ähnlichkeit mit einem Gürteltier besaß. Doch da man diesen Steyr überall antraf, war er zum Observieren ideal. Sogar der beigefarbene Lack des Fahrzeugs schien mit den hellen Backsteinmauern der umliegenden Gebäude zu verschmelzen.

Lindner saß am Steuer. Schnabel konnte nicht fahren, was er jedoch für sich behielt. Es hörte sich nicht »männlich« an, nicht fahren zu können. Deshalb ließ er sich entweder chauffieren oder benutzte öffentliche Verkehrsmittel, für die in Wien ein gut ausgebautes Netz existierte. Ebenso wie es in Schnabels Heimatstadt Linz der Fall gewesen war.

Lindner war acht Jahre jünger als Schnabel. Schnabel hatte ihn zu seinem Assistenten gemacht, weil Lindner mit seinen sechsundzwanzig Jahren bereits kompetent war, ein sicheres Gespür für Unregelmäßigkeiten besaß und Befehle prompt und erfolgreich ausführte.

Es war Weinels letzte Aussage gewesen, die zu der Observierung am Karlsplatz geführt hatte. Einer aus Freuds Kreis sei irgendwann bei einem Treffen des Netzwerks aufgetaucht, hatte Weinel erzählt. Den Namen kenne er nicht, sie hatten die strikte Anweisung erhalten, keine Namen zu nennen. Doch dieser Mann gehe in gewissen Abständen zum Karlsplatz, um dort bei einem Juwelier Diamanten gegen Geld zu tauschen. »Ich ... ich brauchte das nicht«, sagte Weinel, »ich hatte kein Haus zu verkaufen. Dieser Mann hat mir erzählt, dass alle, die ihr Haus verkauft haben, so wie er vorgehen, um den Erlös zu vertuschen.«

»Hat er Ihnen auch den Namen des Juweliers verraten?«

»Nein. Alles musste ano... anonym bleiben. Ich weiß nur, dass das Juweliergeschäft in der Gegend rund um den Karlsplatz liegt.«

Am Vorabend hatte Schnabel sich diese Stelle des Bandes in seiner Wohnung in der Hegelgasse ein ums andere Mal angehört. Im Hintergrund lief Musik von Brahms. Brahms und Bach waren die einzigen Komponisten, bei deren Werken er sich entspannen und seinen Gedanken freien Lauf lassen konnte. Die Musik von Wagner war ihm zu aufgewühlt und schwer. Sie behinderte konstruktive Gedanken.

Karlsplatz. Das Problem war, dass es in dieser Ecke vier Juweliere gab, die infrage kommen konnten.

Deshalb hatten er und Lindner sich einen Ausgangspunkt gesucht, von dem aus sie alle vier Geschäfte mehr oder weniger gut im Auge behalten konnten. Allerdings wurde die Observierung nach einer Weile anstrengend und ermüdend. Ihr einziger Anhaltspunkt war Weinels Hinweis, dass besagter Mann kurz vor oder nach Geschäftsschluss erscheine, was zahllose Stunden der Beobachtung erforderte, zumal diese Besuche anscheinend nur selten stattfanden. Zu guter Letzt hatte Schnabel den Großteil der Arbeit an Lindner delegiert. Er selbst kam nur noch sporadisch dazu.

Bei einer dieser gemeinsamen Observierungen erkannte Schnabel, kurz nachdem er sich zu Lindner gesetzt hatte, einen Mann wieder, der das Juweliergeschäft Brunnermann betrat. Es lag etwa siebzig Meter entfernt zu ihrer Rechten. »Dem bin ich hier auf der Mahlerstraße mal begegnet. Das war, als ich aus dem Café da hinten kam.«

Lindner meinte, das könne Zufall sein.

»Könnte.«

Kapitel 20

»Es liegt in der menschlichen Natur, einen unangenehmen Gedanken für unwahr zu halten, und dann ist es leicht, Argumente gegen ihn zu finden.«

Sigmund Freud

Die Putzfrau Emma Stolz und Lukas Hager, der für den Getränkevorrat zuständig war, betraten den *Blauen Engel* morgens als Erste. Der Club war von neun Uhr abends bis drei Uhr morgens geöffnet. Emma verrichtete ihre Arbeit morgens zwischen sieben und neun. In der Zeit nahm Lukas die Lieferung der neuen Bierfässer, Wein- und Champagnerkisten und Spirituosen entgegen.

Die ersten Lieferungen trafen etwa um halb neun ein. Dann war Emma bereits dabei, den Hinterhof zu fegen, ihn von hereingewehtem Müll und Laub zu befreien. Ende November war das Licht morgens noch trüb. Als Emma das Bündel entdeckte, das nahe dem Hinterhoftor auf dem Boden lag, ging sie von einer verfrühten Lieferung aus, die mit einer Plane zugedeckt worden war.

Sie trat näher heran und stellte fest, dass es sich um einen menschlichen Körper handelte, über und über voll von getrocknetem, verkrustetem Blut. Es dauerte einen Moment, bis sie unter dieser rot-braunen Schicht den Clubinhaber Max Adler erkannte. Reglos. Leblos. Als sie etwas rascheln hörte, fuhr sie zusammen. Es war eine Ratte, die schnüffelnd über ein Bein Adlers huschte.

Das Bein zuckte, um die Ratte zu verscheuchen. Dann stöhnte Adler und hustete.

Als Emmas Schrei ertönte, wäre Lukas beinahe die Flasche Wodka aus der Hand gefallen, die er in der Bar in eine Halterung stecken wollte. Er rannte zum Hinterhof.

Josef

Deya nippte an ihrem Kaffee, schüttelte fassungslos den Kopf.

»Fast hätten sie Max totgeprügelt. Er hat nur mit viel Glück überlebt.«

»Meinst du, er hat etwas verraten?«

»Nein. Er sagt, er hat es nicht getan.«

Josef nahm einen Schluck Kaffee. »Ich neige dazu, ihm zu glauben.« Er kannte Adler seit Jahren, hatte ihn nie bei einer Lüge ertappt. Max Adler konnte stur sein, hatte einen schrägen Sinn für Humor, war zynisch. In jüngster Zeit hatte er etwas undurchsichtig gewirkt, sich geheimnistuerisch benommen, was bei einem Wiener Juden in dieser Zeit aber eigentlich kein Wunder war. Doch direkt gelogen hatte er noch nie.

Ein nahezu identisches Gespräch hatten Deya und er an dem Tag geführt, an dem Adler ins Krankenhaus gebracht worden war. Auch da hatte Deya eine Kaffeetasse in der Hand gehabt, doch ihre Hand hatte gezittert. Sie hatte geweint, ihre Wimperntusche war verschmiert. Damals hatte Max um sein Leben gekämpft. Spekulationen, ob er während der Folter etwas verraten hatte, wären ihnen da gar nicht in den Sinn gekommen.

Nach neun Tagen war Max außer Lebensgefahr und verließ das Krankenhaus. Im *Blauen Engel* erzählte er Deya und Lukas, dass er keine andere Wahl gehabt habe, als den Club einem Bevollmächtigten des Deutschen Reiches zu überschreiben. Dafür habe man ihn am Leben gelassen und ihm die Ausreise in die Schweiz gestattet. »Bei dem Mann, der sich euch als ›vorläufiger Manager des Clubs‹ vorgestellt hat, handelt es sich um den neuen Betreiber. Ich hoffe, ihr kommt mit ihm klar, und alles wird gut.« Max' Lächeln wirkte skeptisch und nostalgisch zugleich. Drei Tage später flog er nach Genf. Das war vor einer Woche gewesen. Zu dem Zeitpunkt hatte der neue Betreiber, ein Mann namens Martin Ehrlich, den Club bereits seit drei Wochen geführt.

»Wie ist der Neue?«, fragte Josef. Er war in den drei Wochen nur zweimal im *Blauen Engel* gewesen und hatte nicht lange mit Ehrlich gesprochen; zumindest nicht lange genug, um sich von ihm ein Bild machen zu können.

»Ganz in Ordnung – für einen eingefleischten Nazi.« Deya zog an ihrer Zigarette und stieß den Rauch langsam aus. »Mit einem Nazi war wohl zu rechnen, wenn der Club jetzt dem Deutschen Reich gehört. Aber wenigstens kehrt er beides nicht zu sehr heraus. Es ist nur ...«

Deyas Blick verlor sich irgendwo in der Ferne, als suche sie dort nach den Worten, um das, was sie störte, auszudrücken.

»Was?«, fragte Josef.

»Mir scheint, dass sich einige Frauen bei Ehrlich einschmeicheln wollen. Karen insbesondere. Als wollten sie ihm bedeuten: *Sieh nur, wie treu ich zu den Nationalsozialisten halte.* Und dann sagen sie Dinge über Max, die sie bisher nie geäußert haben. ›Ich mochte Adler nie, er war mir von jeher suspekt.‹« Deyas Stimme war in eine höhere Tonlage gewandert, um diese Karen zu imitieren. »Solche Sachen werden jetzt laut. Vor allem, wenn Ehrlich nahe genug ist, um es mitzubekommen. Oder sie sagen es ihm direkt. Als dächten sie, dass er das hören will. Sie hoffen, sich so bei ihm beliebt zu machen.«

»Nach dem Motto: ›Sie sind der bessere Chef‹?«

»So was in der Art.«

Danach schwiegen sie für einen Moment. Josef nahm einen kleinen Schluck Sambuca. »Wenn du dich dort unwohl fühlst, solltest du vielleicht noch einen Abend weniger auftreten.«

»Vielleicht.« Deya lächelte. »Dann hätten wir mehr Zeit füreinander.«

»Das wäre schön.« Josef zündete sich eine Zigarette an und griff nach Deyas Hand.

Deya hatte ihre Abende im *Blauen Engel* bereits um einen reduziert. Das waren die Abende, an denen sie und Josef sich in der Regel trafen. Deshalb war Josef auch nicht mehr so oft im Club. An diesem Abend waren sie in das kleine Restaurant *Kitzbühel* gegangen, das nach Tiroler Art eingerichtet war, mit viel Holz, Blumenmalereien und leicht kitschig, aber dort bekam man das beste Schnitzel, Gulasch und Pfeffersteak im ganzen Viertel. Nun waren sie bei Kaffee und Sambuca.

Josef wollte wissen, ob Deya glaube, dass Max die Spur seiner restlichen finanziellen Transaktionen gelöscht hatte. »Oder kann man anhand der Unterlagen etwas nachverfolgen?«

»Die wesentlichen Unterlagen befinden sich in der Schweiz in den Händen seiner Anwälte. Und du weißt, wie verschwiegen diese sind.« Deya klopfte die Asche ihrer Zigarette ab. »Doch als zusätzliche Vorsichtsmaßnahme bleiben auch Lorenzo und Alois noch eine Zeit lang in der Schweiz. Nur hin und wieder werden sie hierher zurückkehren. Für neue Fälle oder Notfälle.«

»Klingt vernünftig. Diejenigen, die Österreich verlassen oder ihre Identität ändern wollten, dürften es mittlerweile getan haben.« Die Grenzen hatten sich geschlossen. Juden, Sinti und Roma, die sich nun noch im Land aufhielten, würden den Nazis hilflos ausgeliefert sein. »Lorenzo und Alois sind also untergetaucht. Was ist mit dir? Fühlst du dich hier wirklich sicher?«

»Ja, und du weißt auch, warum.« Deya betrachtete Josef durch eine Rauchwolke hindurch. »Darüber haben wir doch schon gesprochen.« Als Lorenzos Geschäftstätigkeit ihren Höhepunkt erreicht hatte und Josefs Sorge über dessen Verbindung zu Deya in gleichem Maß gestiegen war, hatte Deya ihm geschworen, dass sie ihrem Cousin nur hin und wieder jemanden geschickt hatte, der Hilfe brauchte. Ansonsten habe sie, mit Ausnahme der neuen Identität, die sie vor Jahren für sich gewählt hatte, nichts mit Lorenzos Geschäften zu tun. Und niemand außer Josef und einigen engen Freunden, denen sie vertraute, wisse überhaupt, dass sie mit Lorenzo verwandt sei. *Selbst wenn jemand eine Verbindung vermuten sollte, was meinst du, wie viele Cousins ersten, zweiten und dritten Grades es in einer durchschnittlichen Roma-Familie gibt?* Josef hatte gelacht, und das ernste Gespräch war mit einer leichteren Note ausgeklungen.

Doch nun musste Josef sich zu einem Lächeln zwingen. Deyas Versicherung überzeugte ihn nicht ganz. »Wahrscheinlich wüssten wir es, wenn Max etwas verraten oder die Papierspur zu jemandem geführt hätte. Dann hätten die Nazis sich denjenigen bereits vorgenommen.«

Das schien Deya ihrerseits nicht recht zu überzeugen. Sie nickte widerstrebend.

Demnach gab es doch etwas, das Deya beunruhigte. »Was ist?«, fragte Josef.

»Vor einigen Abenden war Schnabel wieder im Club.« Deyas Seufzer wurde von einer Rauchwolke begleitet. »Vielleicht war es ihm in den Wochen zuvor zu peinlich. Nach dem, was sie Max angetan hatten. Und dann war er plötzlich wieder da, der Drecksack. Hat eine Zeit lang mit Ehrlich geredet, dann mit einigen Frauen.«

»Ist er bei dir wieder zudringlich geworden? Hat er mit dir gesprochen?«

»Nein. Von mir hat er sich ferngehalten. Mich nur einmal herausfordernd angestarrt. Karen – die Frau, die ich vorhin erwähnt habe – saß auf seinem Schoß. Sie hat mich genau wie er angesehen. Wie um zu sagen: *Schau, wen ich mir geangelt habe.* Als wäre Schnabel ein Preis, den sie mir weggeschnappt hatte.«

Josef schüttelte den Kopf. »Das gefällt mir nicht. Vielleicht solltest du doch mein Angebot annehmen und dich von mir zu einer ehrbaren Frau machen lassen. Dann könntest du dem Club ein für alle Mal den Rücken kehren.«

»Danke, Josef.« Deya schenkte Josef einen innigen Blick und drückte seine Hand. »Auch ich liebe dich sehr. Aber lass uns diese Entscheidung zum richtigen Zeitpunkt treffen. Und nicht, weil die Nazis uns dazu gezwungen haben.«

Kapitel 21

»Staatliche Einrichtungen werden weder Juden noch Halbjuden einstellen. Sollten diese eingestellt worden sein, werden sie unverzüglich entlassen.«

Johannes alias Andreas

Beinahe zwei ganze Minuten lang schwebten meine Finger über der Tastatur, bevor ich endlich zu tippen begann. Ich war mir nicht sicher gewesen, ob ich die Sätze ausformuliert im Kopf hatte. Doch zwei Minuten waren besser als die sechs oder sieben Minuten, die es vorhin gedauert hatte. Manchmal hatte ich in den vergangenen Tagen ganz aufgegeben, war im Zimmer auf und ab gelaufen und hatte die Schreibmaschine angestarrt, als wäre sie der Feind, dem ich meine Schreibblockade verdankte. In solchen Momenten fragte ich mich, ob ich jemals wieder schreiben könnte.

Diese Blockaden hielten mitunter ein, zwei Tage oder sogar länger an. Immer wieder ließ ich mich ablenken, verrichtete unwichtige Dinge, begab mich in die Bibliothek, um noch einmal ein wenig zu recherchieren, pilgerte zu Hause endlos auf und ab, kochte Kaffee, Tee, versuchte, mir Notizen zu machen, oder notierte mir Szenen auf einem Schreibblock, bevor ich sie in die Maschine übertrug. Häufig fügte ich noch handschriftliche Einschübe und Randbemerkungen hinzu, machte Änderungen, bevor ich endlich bereit war, das Ganze sauber abzutippen.

Ich wollte nicht nur eine spannende Geschichte erzählen. Das Schreiben war für mich zu einer Art Flucht geworden. Österreich befand sich in den Händen der Nationalsozialisten, und wir hatten Krieg. Mein Wunsch, der Realität zu entfliehen, war größer denn je. Allerdings konnten Ängste und Entsetzen so lähmend wirken, einen derart überwältigen, dass man nicht einmal mehr zur Flucht imstande war.

Die ersten Wochen nach dem Anschluss waren die schlimmsten gewesen. In jener Zeit hatte ich kaum ein Wort zu Papier gebracht. Danach lief es besser, erst recht, als wir unsere neuen Identitäten hatten und uns langsam an sie gewöhnten. Doch sobald ein Problem auftauchte, stockte mein Schreibfluss.

Nachdem ich Magda Fischer im Prater gesehen hatte, brachte ich am Tag darauf rein gar nichts zuwege. Beinahe zwanzig Minuten hatten wir gewartet, bevor wir uns aus dem Spiegellabyrinth gewagt hatten. Selbst danach hatten Stefanie und ich noch Angst gehabt, wir könnten Frau Fischer auf dem Weg aus dem Prater begegnen.

Wenn unsere Kinder traurig wurden und sagten, sie vermissen die früheren Freunde, verlor ich einen halben Arbeitstag.

Von einem unserer neuen Nachbarn hatten wir gewusst, dass er ein überzeugter Nationalsozialist war. Als ich ihm auf der Straße zum zweiten Mal begegnete, meinte er, ich komme ihm bekannt vor. Wieder verlor ich einen halben Tag. Danach bedachte er mich im Vorbeigehen zweimal mit grüblerischem Blick. Wir beschlossen, erneut umzuziehen. Der Umzug kostete mich vier Tage.

Das neue Leben, das wir uns geschaffen hatten, war also nicht einfach, doch wir trösteten uns damit, dass wir hatten zusammenbleiben können und noch am Leben waren.

Blieb die Frage, worüber ich schreiben sollte. Die Leser wünschten keine Kriegsromane, sie erinnerten sie zu sehr an die Realität. Zudem war das Thema Krieg heikel, es sei denn, man wollte die Soldaten der Wehrmacht als positive Helden auftreten lassen. Doch dazu gab es schon genügend Pamphlete, Bücher und Filme nationalsozialistischer Propaganda. Das Gleiche galt für sogenannte »Volksfeinde« in Gestalt von Juden, Roma, Sinti, Kommunisten, Bolschewiken und Regimekritikern, die ausnahmslos negativ dargestellt werden mussten. Dazwischen gab es keinen Spielraum, daher vermochte ich weder über die einen noch die anderen zu schreiben.

Folglich entschieden sowohl Daniel als auch ich uns bei den Romanen unter unseren neuen Namen für andere Epochen. Mein Cousin siedelte seine Kriminalromane im Wien der Zwanzigerjahre an und orientierte sich dabei an aktuellen Krimis, die in jener Zeit in Berlin spielten. Ich wählte als Ort der Handlung Frankfurt am Main und die Zeit von 1930 bis 1931, dem Höhepunkt der Weltwirtschaftskrise. Meine Geschichte handelte von einem Serienmörder, der sein Unwesen vor der Machtübernahme der Nationalsozialisten trieb. Der englische Serienmörder Sweeney Todd aus den alten Groschenromanen, der das Fleisch seiner Opfer zu Pastetenfüllungen verarbeiten ließ, diente mir als Vorlage. Ich war sicher, der Stoff würde den Nationalsozialisten gefallen. *Seht, was für Zustände herrschten, bevor wir Deutschland und Österreich gerettet haben.*

Meine Arbeit hatte sich gelohnt. Julian hatte die Rechte an meinem Roman zuerst nach Italien und anschließend nach Deutschland und Österreich verkauft. Bei einem vierten Verlag liefen derzeit die Verhandlungen. Das Ganze sollte eine Reihe werden, der erste Band würde in fünf Monaten erscheinen. Daniels neuer Roman war bereits in sieben Länder verkauft worden, einschließlich Großbritannien. In Österreich würde er in zwei Monaten erscheinen.

Die Räder der Verlage drehten sich langsam. Bei mir drehten sie sich aufgrund der realen oder eingebildeten Hindernisse in meinem Leben noch langsamer. Kalligrafische Arbeiten übernahm ich nun nicht mehr, auch wenn sie ein schönes

Zusatzeinkommen gewesen wären. Doch meine Furcht, jemand aus Stefanies früherer Kirchengemeinde könnte eine Arbeit als meine erkennen, war zu groß. *Sieht das nicht aus, als wäre es von Johannes Namal?*

»Wir müssen gleich los.« Stefanies Stimme kam aus dem Nebenzimmer.

Ich warf einen Blick auf meine Armbanduhr. Achtzehn Minuten vor zwölf. An diesem Morgen war ich beim Schreiben relativ gut vorangekommen und hatte die Zeit vergessen. Nun mussten wir zu dem Treffen mit Stefanies Eltern fahren.

»Bin gleich fertig!«, rief ich zurück.

Stefanie sah ihre Eltern nur alle vier oder fünf Monate. Jakob und Edith Müllner waren ebenso entsetzt wie meine Frau, dass es in Österreich so weit gekommen und ihre Familie auseinandergerissen worden war. Doch wie alle guten österreichischen Katholiken sagten sie nichts dazu.

Stefanie würde sich mit ihren Eltern in einem Café treffen, das etwa fünf Kilometer von ihrem Elternhaus entfernt lag. Auf diese Weise würde es keine Nachbarn geben, die sie zusammen sehen konnten. Während des Treffens würde ich mit den Kindern in einer Seitengasse in einem Café sitzen, damit wir nicht als Familie auftraten. Nach einer Stunde würden wir die Cafés wechseln, und unsere Kinder könnten eine Stunde mit ihren Großeltern verbringen.

Ich selbst sah Stefanies Eltern kurz, wenn ich die Kinder brachte und abholte. Sie grüßten mich immer nur knapp und mit verkniffenem Lächeln, als wollten sie sagen: *Du bist schuld an diesem Hin und Her und dass wir unsere Tochter und Enkelkinder kaum noch sehen können, aber natürlich verstehen wir es.*

Dieses Hin und Her und die fast schon militärisch zu nennenden Täuschungsmanöver kosteten mich jedes Mal wieder einen halben oder ganzen Tag.

Inzwischen hatte ich mir einen alten Tatra 97 zugelegt, auch wenn Privatwagen in Österreich eine Seltenheit waren.

Als ich meine Wagenschlüssel holte, klingelte das Telefon. Daniel.

»Es gibt ein Problem. Mikel meint, wir sollten uns treffen.«

»Mikel« war Josef. Aus Angst, abgehört zu werden, benutzten wir sogar für Nichtfamilienmitglieder Tarnnamen, drückten uns neutral aus und verwendeten Codes. »Selber Ort wie immer?«

»Selber Ort.«

Kapitel 22

»Das eingepferchte Individuum reibt sich am Zwang, den die Sitte verlangt, denn er bedeutet, die stärksten Triebe zu verdrängen oder zu kompensieren. Als Folge entsteht ein innerer oder »vertikaler« Barbar, der die Zivilisation von innen heraus zerstören wird, wenn man ihn lässt.«

Sigmund Freud

SS-Junker Helmut Siegl der Standarte 11 parkte den Steyr 50 seiner Einheit unter einem Baum gegenüber dem Eingang der Universität. So würde er hoffentlich weniger auffallen.

Etwa fünfzig Meter vor ihm stand der pompöse Steyr 220, eine Limousine der Oberklasse. Siegls Auftrag lautete, dem Fahrer dieses Wagens zu folgen. Zur Tarnung trug Siegl ein Tweedjackett. Seine Uniformjacke lag auf dem Rücksitz. Er hätte irgendein Wiener sein können, oder ein junger Universitätsdozent.

Der Mann, den er observierte, hatte die Universität allein betreten. Er hätte mit jedem der vor und nach ihm in das Gebäude strömenden Menschen verabredet sein können.

Nach einer guten Stunde wurde Siegls Geduld belohnt. Der Mann kam mit drei Begleitern heraus. Sie waren in den Dreißigern oder Vierzigern. Einer von ihnen war ziemlich bunt gekleidet, trug ein aquamarinblaues Hemd und eine kastanienrote Krawatte, die farblich auf seinen Anzug abgestimmt war.

Siegl nahm die Leica D vom Beifahrersitz und schoss Fotos. Die Männer wechselten ein paar Worte, schüttelten einander die Hände, klopften einander auf den Rücken. Die Zielperson lief zu ihrem Wagen. Deren Identität kannte Siegl nicht, ebenso wenig die der anderen Männer. Vielleicht sagten die Gesichter Scharführer Schnabel etwas.

Mathias alias Daniel

Januar 1942

»Und für wen darf ich das Buch signieren?«, fragte ich die Frau vor mir, eine Brünette Ende zwanzig. Sie trug eine feldgraue Uniform, war vielleicht eine Wehrmachtsangestellte.

»Für Ernst Gruber. Mit herzlichen Grüßen. Das ist mein Vater. Er liebt diese Art Romane.«

Ich lächelte, blätterte zum Titelblatt des Innenteils, schrieb die Widmung und darunter schwungvoll meinen Namen. Es war das elfte Exemplar, das ich an diesem Tag in der Buchhandlung Hasbach in der Wollzeile signierte. Noch immer musste ich mich daran erinnern, Daniel Lendt statt Mathias Kraemer zu schreiben.

»Sie sollten den Roman ebenfalls lesen. Vielleicht gefällt er auch Ihnen.«

»Vielleicht mache ich das.« Zögerlich erwiderte sie mein Lächeln. »Wenn mein Vater das Buch ausgelesen hat.«

Dann stand die nächste Leserin vor mir.

»Für wen darf ich das Buch signieren …?«

Die Warteschlangen begannen sich zu ähneln, und nach einer Weile schienen die Menschen vor mir ineinander überzugehen. SS-Scharführer Schnabel fiel mir erst auf, als nur noch drei Personen vor ihm standen.

Auch bei den vorangegangenen Signierstunden hatte ich SS-Männern Bücher gewidmet, hatte den ein oder anderen, ebenso wie heute, an den Regalen stehen und in Büchern schmökern sehen. Männer in Uniform waren in den Geschäften schließlich keine Seltenheit mehr.

Doch beim Signieren hielt ich den Kopf meistens gesenkt, nahm die Leute vor mir maximal bis zur Brusthöhe wahr. Erst wenn sie an der Reihe waren und ich sie nach der gewünschten Widmung fragte, blickte ich ihnen ins Gesicht.

Schnabel aber schien etwas zu haben, das zu mir durchdrang und dazu führte, dass ich ihn vorzeitig entdeckte. Ich befahl mir, mir nichts anmerken zu lassen, sondern einfach die drei vor ihm Wartenden abzufertigen.

»Für wen war das noch mal ...?«

Nur war das leider nicht einfach. Bei dem nächsten Käufer begann meine Hand zu zittern, und ich hatte Angst, meine Unterschrift könnte unnatürlich und krakelig werden, zumal ich die Bücher mit einem anderen Namen signierte.

Bei unserem letzten Treffen im Universitätscafé hatte Josef uns mit ernster Miene von dem Vorfall erzählt, den auch Lorenzo bei unserem letzten Treffen erwähnt hatte. Ein Mann, dem Lorenzo zu einer neuen Identität verholfen hatte, war enttarnt – womöglich gefoltert – und umgebracht worden. Auch Max Adler war von SS-Leuten gefoltert worden und gerade noch mit dem Leben davongekommen. »Beide könnten geredet haben«, sagte Josef. »Deshalb müssen wir vorsichtig sein. Wachsam.« Jene Zusammenkunft hatte vor acht Monaten stattgefunden. Doch da es seitdem nicht zu Problemen oder gar Notsituationen gekommen war, waren wir nachlässig geworden.

Und nun war Schnabel hier, noch zwei Personen von mir entfernt.

»Wie schreibt man noch mal Ihren Nachnamen – Kannenberg?«

Ein elegant gekleideter grauhaariger Mann um die fünfzig, seinen Trilby in der Hand, buchstabierte den Namen und wiederholte ihn. »Kannenberg – Horst Kannenberg.«

Ich notierte mir den Namen auf meinem Schreibblock, drückte die Hand fest darauf, um das Zittern zu bekämpfen. *Du signierst mit einem anderen Namen. Du siehst anders aus. Du bist nicht mehr Mathias Kraemer.* Dann setzte ich den Namen und die Widmung auf das Titelblatt des Innenteils und unterschrieb. »So – ich hoffe, der Roman gefällt Ihnen.«

Und dann stand Schnabel vor mir.

»Für wen darf ich das Buch signieren? Vielleicht mit einer Widmung?« Ich lächelte verbindlich, bemühte mich um eine entspannte Miene und hoffte, er sah mir nicht an, dass wir uns kannten. *Wenn ich Ihren Namen wüsste, hätte ich mich ja nicht danach erkundigt, oder?*

»Für Scharführer Heinrich Schnabel und die Männer der SS-Standarte 11.« Er deutete auf sich. »Ich werde das Buch zuerst lesen. Wenn es gut ist, lege ich es anschließend für meine Kameraden in die Kantine.«

»Klingt vernünftig.« Während ich die Widmung schrieb, zwang ich mich, meine Hand ruhig zu halten. Doch durch meinen Kopf zogen die schlimmsten Gedanken. Vielleicht war dies die letzte Zeile, die ich in meinem Leben schrieb. Schnabel nickte knapp. *Vielen Dank. Und jetzt kommen Sie mit. Ich weiß, wer Sie sind.* Ich unterschrieb und hielt Schnabel das Buch hin. »Ich hoffe, der Roman wird Ihnen gefallen, und Ihre Kameraden können ihn ebenfalls lesen.«

»Das hoffe ich auch.« Schnabel nahm das Buch entgegen und musterte mich. »Komisch, als ich Sie vorhin sah, hatte ich den starken Eindruck, ich wäre Ihnen schon einmal begegnet.«

Ich blickte ihn an. »Das geht mir nicht so, fürchte ich. Ich kann mich nicht erinnern, Ihnen schon einmal begegnet zu sein.« Meine Miene blieb ausdruckslos, wohingegen mein Herz raste. *Du bist nicht mehr Mathias Kraemer … nicht mehr Mathias Kraemer.* »Allerdings treffe ich in Buchhandlungen und bei Signierstunden auf viele Menschen.«

»Ja ja, natürlich.« Schnabel trat zur Seite, um der Frau hinter ihm Platz zu machen.

Ich bat sie um ihren Namen und die gewünschte Widmung. Während ich ihr Buch signierte, kam mir der Gedanke, dass Schnabel sich als Letzter angestellt haben könnte, um mit mir zu sprechen. Die Frau verabschiedete sich. Schnabel trat wieder vor und schnipste mit den Fingern.

»Jetzt weiß ich wieder, wo ich Sie gesehen habe. In der Mahlerstraße, nicht weit vom Karlsplatz entfernt. Ich kam aus einem Café. Sie liefen auf mich zu.«

Wie hätte ich diese Begegnung vergessen können? Ich wollte schlucken, doch mein Mund war staubtrocken. *Was für ein Gesicht würde ich machen, wenn ich jemandem wiederbegegnet wäre, dem ich vielleicht vor vielen Jahren einmal über den Weg gelaufen war und der mir kaum etwas bedeutet hätte?*

»Ja … doch, jetzt dämmert mir etwas.«

Schnabel taxierte mich, sein Blick wurde bohrend. »Und als ich Sie an jenem Tag sah, hatte ich das seltsame Gefühl, Ihnen zuvor schon einmal begegnet zu sein … Ich wusste nur nicht, wo.«

Mir war, als stürzte ich in einen Abgrund. Mein Magen schnürte sich zu, mein Herz hämmerte. Ich lächelte betrübt, signalisierte ihm, dass ich ihm in dem Punkt leider nicht weiterhelfen konnte. In meinem linken Bein machte sich das erste Ziehen bemerkbar. »Vielleicht erinnere ich Sie an einen Verwandten, an einen vor langer Zeit verlorenen Bruder.«

»Vielleicht.« Schnabel blickte sich kurz um, ob sich jemand hinter ihm angestellt hatte. Da war niemand. Geistesabwesend blätterte er durch die ersten Seiten meines jüngsten Romans. »Offenbar spielt die Handlung im Wien der Zwanzigerjahre.«

»Ja«, entgegnete ich aufatmend. Nun bewegten wir uns auf unverfänglicherem Gebiet. »Der Roman ähnelt den Kriminalromanen, deren Schauplatz Berlin ist.«

»Klingt finster und dekadent.«

»Das schon, aber ich hoffe, ich habe es nicht übertrieben.«

Schnabel lächelte herablassend. »Machen Sie sich keine Sorgen, ich bin nicht zimperlich.« Er blätterte durch die nächsten Seiten. »Noch etwas ist eigenartig. Vor dem Kauf des Romans habe ich einige Passagen überflogen, wie man das so macht.« Er zuckte mit den Schultern. »Der Stil hat mich an den eines anderen Schriftstellers erinnert. Nur fällt mir im Moment der Name nicht ein.«

Ich schlug auf dem Boden des Abgrunds auf. Schnabel wusste etwas oder hatte mich erkannt, und nun spielte er mit mir. Hinter meinen Schläfen begann es zu dröhnen. Mir wurde übel, vor mir drehte es sich, und aus dem Ziehen in meinem Bein wurde das Stechen. Ich lächelte matt. »Ich hoffe, ich habe mich von den in Berlin spielenden Kriminalromanen nicht zu sehr beeinflussen lassen.«

»Das hoffe ich auch.« Schnabel betrachtete mich prüfend. Dann klopfte er auf das Buch in seiner Hand. »Ich bin sicher, dass mir der Roman gefallen wird. Allein, weil er in Wien spielt.«

Selbst als Schnabel verschwunden war, blieb mein Magen verkrampft, und meine Übelkeit verstärkte sich. Ich erklärte dem Buchhändler, ich wolle mich kurz frisch machen, und humpelte mit meinem schmerzenden Bein zur Herrentoilette. Dort übergab ich mich in ein Klosett.

Kapitel 23

»Die Bankkonten von Juden und Halbjuden werden gemäß Reichsbürgergesetz als solche gekennzeichnet und eingefroren.«

Zu Händen Scharführer Heinrich Schnabel, SS-Standarte 11.

Bedauerlicherweise haben Ihre jüngsten Aktivitäten unsere Arbeit behindert. Wir hatten bereits eine interne Gruppe auf die beiden Leiter des Netzwerks zur Identitätsänderung angesetzt. Dem Ungeschick, mit dem Sie den Verdächtigen Max Adler verhört haben, verdanken wir es, dass die Betreffenden nun untergetaucht sind und sich möglicherweise in der Schweiz befinden. Dadurch wird es für uns schwerer, wenn nicht gar unmöglich, sie aufzuspüren und festzunehmen. Ich ersuche Sie, künftig von derlei unzweckmäßigen Vorgehensweisen abzusehen und uns über geplante Festnahmen in dieser Sache vorab zu informieren.

Heinz Piehler
Kriminaldirektor
Geheime Staatspolizei
Leitstelle Wien

Schnabel legte die Fotos auf Piehlers Memo. Unwichtiges kam nach unten, Wichtiges nach oben.

Das meiste in seinem Leben als SS-Mann sagte Schnabel zu, doch das politische Gerangel innerhalb der einzelnen NS-Organisationen empfand er als ärgerlich. Da waren die Ordnungspolizei, dann die SS, die den hauseigenen Sicherheitsdienst – kurz SD – und die Polizei kommandierte. Die Angehörigen des SD waren überwiegend aus Deutschland gekommen. Dann gab es die Geheime Staatspolizei oder Gestapo zur Bekämpfung politischer Gegner, die in Zivilkleidung und oftmals als verdeckte Ermittler agierte. Hinzu kam die Kriminalpolizei, zu der Josef Weber gehörte. Diese Verantwortungsbereiche konnten sich überschneiden, was bisweilen zu Problemen führte.

Das Untergrundnetzwerk zur Identitätsänderung war so ein Fall. Gefälschte Papiere, die Juden, Zigeunern und Regimekritikern halfen, unterzutauchen, gehörten fraglos zu Schnabels Aufgabenbereich. Aus irgendeinem Grund glaubte die Gestapo jedoch, es handele sich um einen Fall höherer Staatssicherheit und gehe sie an. Vielleicht dachten sie es aufgrund der professionellen Fälschungen amtlicher Dokumente. Allerdings konnten Tatbestände von Betrug und Fälschung auch in den Verantwortungsbereich der Kriminalpolizei fallen.

Missmutig schüttelte Schnabel den Kopf. Die Gestapo hätte sich an ihre eigene »unzweckmäßige Vorgehensweise« in der Sache Weinel erinnern sollen, bevor sie sich auf ihr hohes Ross schwang und anderen »Ungeschick« bei den Verhörmethoden vorwarf. Weinel war verblutet! Wäre ihm, Heinrich Schnabel, auf alten Verhörprotokollen der Name »Max Adler« nicht ins Auge gesprungen, hätten sie die nächste Stufe ihrer Nachforschungen gar nicht erreicht. Und hätte Adler geredet und Namen genannt, statt Verhandlungen zu führen, um seine Haut zu retten, wüssten sie jetzt, wer die Leiter des Netzwerks waren.

Wäre es nach ihm gegangen, wäre Adler an jenem Tag im Gestapo-Keller umgebracht worden. Aber wahrscheinlich war es klüger gewesen, dem Reich einen einträglichen Wiener Nachtclub zu bescheren. Und was war der Dank? Ein hochnäsiges Memo der Gestapo. Allerdings kannte er Piehler noch aus der Zeit, als sie wegen der Fotos von Freuds Kreis zusammengearbeitet hatten. Der Mann war in Ordnung. Deshalb hatte er den Verdacht, dass Piehler das Memo hauptsächlich für diejenigen geschrieben hatte, die ihm auf die Finger schauten – Vorgesetzte, die damals angeordnet hatten, Freud mit Glacéhandschuhen anzufassen, was Piehler nicht gefreut hatte.

Dennoch entschied Schnabel, künftig vorsichtiger zu sein und »Ungeschick« bei seinen Verhörmethoden zu vermeiden. Glücklicherweise konnte die Gestapo ihm die Verhöre nicht verbieten, das wäre ja noch schöner gewesen. Untergetauchte Juden, Zigeuner und Regimekritiker waren jedenfalls sein Metier. Der Klaps auf die Finger, den man ihm verpasst hatte, bezog sich auf das »Ungeschick« und nichts weiter.

Schnabel vertiefte sich in den Anblick der Fotos.

Da andere Mitglieder seiner Einheit das Memo gelesen haben könnten – vom Dienstgrad her hätte Lindner dazu Zugang gehabt –, hatte er SS-Junker Siegl, der dazu keinen Zugang und kaum Kontakt zur Gestapo hatte, beauftragt, Josef Weber zu observieren und zu fotografieren. Grundsätzlich schien es ihm ratsam, die einzelnen Fäden in dieser Sache bei sich zu behalten, sodass nur er in der Lage sein würde, sie miteinander zu verbinden.

Noch immer spukte ihm der Mann im Kopf herum, dem er vor einer Weile in der Mahlerstraße, nicht weit vom Karlsplatz entfernt, begegnet war. Dieser Mann hatte das Juweliergeschäft Brunnermann betreten, das hatte er feststellen können, als er mit Lindner im Auto gesessen hatte. Und irgendwo war er früher schon einmal auf ihn gestoßen. Aber wo? Es wollte ihm einfach nicht einfallen. Dann erinnerte er sich an etwas, das Weinel kurz vor seinem Tod gesagt hatte. »Im Gesicht habe ich nur wenig verändern lassen. So war es auch bei denen aus Freuds Kreis, die untergetaucht sind. Wir alle haben nur kleine Korrekturen vornehmen lassen. Den Rest verdanken wir neuen Haarfarben, Brillen und dergleichen. Aber wenn man genau hinsieht, kann man die Ähnlichkeit mit dem früheren Äußeren noch erkennen.«

Er, Schnabel, hatte falsch gedacht, hatte sein Gehirn nach dem Ebenbild jenes Mannes aus der Mahlerstraße durchforstet, obwohl er nach einem Mann mit ähnlichem Aussehen hätte suchen sollen. Dennoch hatte es drei Tage gedauert, bis er sich wieder an den Mann erinnerte, den er kurz nach dem Anschluss im *Café Mozart* gesehen hatte. Das war an dem Tag gewesen, als er die Ankündigung hinsichtlich des Amnestietreffens gemacht hatte. Wie hatte dieser Daniel Lendt es noch genannt, als er das Buch signiert hatte? *Vielleicht erinnere ich Sie an einen Verwandten, an einen vor langer Zeit verlorenen Bruder.* Allmählich schälte sich ein Bild heraus.

Nach seinem ersten Besuch im *Café Mozart* war er dort noch einmal gewesen. Josef Weber hatte an einem Tisch gesessen. Auf dem Tisch hatten vier Tassen Kaffee gestanden, drei halb voll, als wären sie eilig zurückgelassen worden. Und auf den Fotos, die Siegl an der Universität geschossen hatte, war Weber mit drei Männern aus dem Gebäude gekommen. Bei einem handelte es sich um Daniel Lendt. Und wenn man sich bei einem der anderen beiden das weizenblonde Haar wegdachte, war da eine leichte Ähnlichkeit mit dem zweiten Mann festzustellen, den Schnabel an jenem ersten Tag im *Mozart* gesehen hatte. An einem anderen Tag war ebenjener Mann vor ihm davongelaufen, war zu einer Straßenbahn gerannt. Die sonderbaren Begebenheiten häuften sich.

Normalerweise hätte er Weber nicht observieren lassen. Dann war ihm aufgefallen, dass dieser nach Adlers Ausreise kaum noch im *Blauen Engel* verkehrte. Auch Deya Reynes, die Tänzerin, trat nun seltener auf. Das war Schnabel verdächtig erschienen. Und diesen Verdacht hatten Siegls Fotos bestätigt. Auf einigen Fotos küssten oder umarmten sich Weber und Reynes, nachdem sie ein Restaurant verlassen hatten, auf anderen stiegen sie in Webers Wagen. Demnach trafen sie sich auch privat, waren ein Liebespaar.

Schnabel schob das gerahmte Foto auf seinem Schreibtisch ein Stück zur Seite. Darauf waren seine Frau und seine sieben Jahre alte Tochter zu sehen. Drei Jahre lang hatte die Ehe gehalten. Vielleicht war er zu herrisch gewesen oder sie zu freiheitsliebend. Wie auch immer, es hatte nicht funktioniert. Nun waren sie getrennt, seine Frau war mit dem Mädchen in Linz geblieben. Geschieden waren sie nicht. Er hatte das nicht gewollt; eine gescheiterte Ehe konnte sich negativ auf seine Karriere auswirken. Seine Frau hatte mitgespielt. Ihre Eltern waren katholisch und hätten eine Scheidung ebenfalls missbilligt. Also wahrten sie den Schein.

Schnabel waren nur einige schöne Erinnerungen geblieben, und das Foto seiner Frau und seiner Tochter mit dem perfekten blonden Haar. Dieses Bild durfte von den Fotos, die Weber mit seiner spanischen oder Zigeunerhure zeigten, nicht beschmutzt werden. Wohl eher eine Zigeunerhure, jedenfalls wenn er nach dem Klatsch und Tratsch im Club ging, den Karen ihm vor einer Woche erzählt hatte.

Das Puzzlestück »Daniel Lendt« war Schnabel zufällig in die Hände geraten. Lindner, der das Juweliergeschäft Brunnermann observiert und darauf gewartet hatte, dass Lendt dort noch einmal auftauchte, war nicht weitergekommen. Sie waren kurz davor gewesen, aufzugeben. Dann hatte Schnabel Lindner vorgeschlagen, abends zwei Stunden länger zu warten.

Drei Wochen danach sah Lindner diesen Daniel Lendt zu einer späteren Uhrzeit aus einer Richtung kommen, mit der sie nicht gerechnet hatten. Offenbar ging er nicht mehr über die Mahlerstraße, auf der er Schnabel seinerzeit begegnet war. Vielleicht hatte ihn jene Begegnung erschreckt, und er hatte entschieden, für den Besuch bei Brunnermann Zeitpunkt und Hinweg zu ändern.

Vor zehn Tagen hatte Schnabel dann in einem Lokalblatt die Ankündigung gelesen, dass der Autor Daniel Lendt in der Buchhandlung Hasbach in der Wollzeile seine Bücher signieren würde. Auch ein kleines Foto war hinzugefügt worden. Auf dem sah man Lendt und seinen Agenten Julian Reisner, den dritten der drei Männer, die mit Weber aus dem Universitätsgebäude gekommen waren. Hatte Reisner im *Mozart* eine der halb vollen Kaffeetassen gehört?

Beim Signieren des Romans hatte Lendt sich ganz passabel geschlagen. Eine leichte Nervosität hatte Schnabel an ihm bemerkt, als er Lendt erklärte, sein Stil erinnere ihn an einen anderen Autor. Das war kein Bluff gewesen, auch kein Manöver, um Lendt aus der Reserve zu locken, sondern die Wahrheit. Doch an wen ihn dieser Stil erinnerte, wusste er nicht mehr. Aber so war es anfangs auch bei der Wiedererkennung des Gesichts gewesen.

Während im Hintergrund leise Bach erklang, fuhr Schnabel langsam mit der Hand an den Büchern in seinem Regal entlang. Vielleicht würde er, wenn er diesen anderen Autor fand, das letzte noch fehlende Puzzlestück in den Händen haben.

***

Stunden später fuhr Schnabel aus dem Schlaf hoch. Jemand hatte an seine Wohnungstür geklopft. Er warf einen Blick auf seinen Wecker. Zweiundzwanzig Minuten vor vier Uhr morgens. »Was, zum Teufel …«

Normalerweise war Schnabel derjenige, der andere zu einer so gottlosen Zeit aufscheuchte. Mitten in der Nacht oder in den frühen Morgenstunden tauchte er mit bewaffneten Männern auf, holte noch ganz benommene Juden oder

»Volksschädlinge« aus den Betten. Und dann ging es zum Verhör oder gleich auf den Lastwagen, der Richtung Konzentrationslager fuhr.

Schnabel streifte seinen Morgenmantel über. Einen unangenehmen Moment lang fragte er sich, ob die Gestapo ihm nachspioniert haben könnte. Würde es wieder eine Warnung oder eine Rüge wegen seiner Nachforschungen geben? Doch als er die Wohnungstür öffnete, stand Karen aus dem *Blauen Engel* vor ihm. Schnabels Augen wurden schmal.

»Was willst du hier? Weißt du nicht, wie spät es ist?«

»Der Club hat gerade erst geschlossen«, antwortete Karen. Dann nahm sie Schnabels Verärgerung wahr und erkannte, dass ihm diese Antwort nicht genügte. Sie lächelte lasziv. »Außerdem dachte ich, dass du vielleicht Gesellschaft haben möchtest. Ich trage noch das Kostüm von meinem letzten Auftritt. Eines, das du am liebsten magst.«

Karen schlug ihren Kamelhaarmantel auf, enthüllte ein lilafarbenes Mieder und dazu passende Strümpfe, und schlug den Mantel wieder zu. Das blond gelockte Haar fiel ihr bis auf die Schultern, die Augen waren von einem blassen Grün, die Lippen schimmerten seidig. Für einen Moment geriet Schnabel in Versuchung. Karen war eine reizvolle Frau, und eigentlich wusste er sie zu schätzen, aber nur in gewissen Abständen. Und in dieser Nacht stand ihm der Sinn nicht nach ihr. Er schüttelte den Kopf.

»Tut mir leid. Hab einen harten Tag vor mir. Vielleicht, wenn wir uns das nächste Mal im Club sehen.« Er lächelte knapp und wollte die Tür schließen.

»Ich dachte, ich soll dir Bescheid geben, wenn ich mehr über Deya erfahren habe.«

Schnabel zog die Tür wieder ein wenig auf. »Und das wäre?«

»Heute war ein älterer Mann im Club. Nach längerer Zeit mal wieder. Er kennt Deya von früher, als sie noch einen anderen Namen hatte. Einen Zigeunernamen.« Karen versuchte sich an einem Lächeln. »Ich dachte, das wolltest du unbedingt wissen. Deshalb bin ich sofort gekommen.«

»Das war richtig.« Schnabel öffnete die Tür weit. Karens Lächeln wurde breiter. Doch über ihre Augen glitt ein Schatten. Ihre weiblichen Reize hatten ihm nicht genügt. Sie hatte ihm eine Information anbieten müssen, um in seine Wohnung zu gelangen. Das war der Weg zu seinem Herzen.

»Komm rein.«

Kapitel 24

»Niemals sind wir ungeschützter gegen das Leiden, als wenn wir lieben, niemals hilfloser unglücklich, als wenn wir das geliebte Objekt oder seine Liebe verloren haben.«

Sigmund Freud, Das Unbehagen in der Kultur

Als Deya im Modegeschäft Tendorf einen Schal kaufen wollte, fiel ihr ein Mann ins Auge, der sie beobachtete.

»Dieser ist erst vor Kurzem hereingekommen«, sagte die Verkäuferin und reichte ihr einen Schal. »Aus Berlin.«

Deya hielt ihn ans Licht. »Ich hatte an etwas in Königsblau gedacht. Mit einem zarten Muster. Ein Ikat-Gewebe vielleicht oder ein Blumenmuster aus Brokat.«

»Tut mir leid.« Die Verkäuferin, eine Frau Ende vierzig, schürzte die Lippen. »Von unseren Schals ist nur dieser gemustert.«

Deya betrachtete den lilafarbenen Schal. Das Muster war eigentlich ganz hübsch, doch die Farbe würde sich mit der hellblauen Jacke beißen, die sie tragen wollte. Ein königsblauer Schal hingegen würde wunderbar passen. Oder sie müsste eine andere Jacke nehmen.

Josef hatte angerufen, sie zu einem Essen im *Pfarrwirt* eingeladen, und gesagt: »Ich muss dir etwas sagen. Es ist wichtig.« Sie hatte ihn gedrängt, es ihr sofort zu verraten. Josef war geheimnisvoll geblieben, hatte sie jedoch beruhigt.

»Mach dir keine Gedanken. Ich hoffe, was ich dir sagen will, wird dir gefallen. Und wenn nicht, haben wir wenigstens einen schönen Abend.«

Dass es ein schöner Abend werden sollte, hatte Deya sich bereits aufgrund der Lokalität gedacht. Der *Pfarrwirt* zählte zu den besten Restaurants der Stadt. Also würde sie eine elegante Jacke tragen, zu der sie nun den passenden Schal suchte. Bei Neumann und Schiffmann war sie gewesen, jedoch ohne Erfolg.

Deya bedankte sich bei der Verkäuferin. Als sie sich zum Gehen wandte, bemerkte sie, dass der Mann noch immer da war und sie erneut ansah. Als sich ihre Blicke begegneten, schaute er rasch zur Seite.

Mit der Zeit hatte Deya gelernt, Männerblicke zu deuten. Sie erkannte die Blicke von Nationalsozialisten, die überlegten, ob sie eine Zigeunerin sein könnte. Früher hatten solche Blicke ihr nichts anhaben können, sie höchstens verbittert. Doch in der ersten Zeit nach dem Anschluss hatten sie ihr Angst eingejagt. Allerdings besaß sie eine Kennkarte, die sie als Spanierin auswies. Sie war mehrfach kontrolliert worden, hatte nie Verdacht erregt, und so hatte ihre Angst sich nach und nach wieder gelegt. Zudem kannte sie aus dem *Blauen Engel* hochrangige Mitglieder der SS und der Polizei, die sie für eine Spanierin hielten und auf die sie sich zur Not beziehen konnte. Davon abgesehen gab es natürlich Männer, die sie ansahen, weil sie ihnen gefiel.

Dieser Mann war fortgeschrittenen Alters. Seltsam war, dass er den Blick so rasch abgewandt hatte, als hätte er nicht ertappt werden wollen. Überdies hatte Deya den Eindruck, ihn irgendwo schon einmal gesehen zu haben, sie wusste nur nicht mehr, wo.

Sie verließ das Geschäft. Kurz darauf hatte sie den Mann fast schon wieder vergessen. Womöglich war es ihm peinlich gewesen, in seinem Alter beim Beäugen einer Frau erwischt zu werden. Oder auch er hatte geglaubt, ihr schon einmal begegnet zu sein, und dann vielleicht festgestellt, dass dem nicht so war.

Deyas Gedanken richteten sich auf ihre nächste Anlaufstelle, das Modegeschäft Ornstein in der Vorlaufstraße. Früher hätte sie dieses Geschäft als Erstes aufgesucht. Dort gab es stets eine große Auswahl an Schals, von denen viele aus Paris kamen. Doch seit die SS Lillian Ornstein vor zwei Jahren abgeholt und in das Konzentrationslager Dachau deportiert hatte, war Deya dort nicht mehr gewesen.

Deya hatte Lillian Ornstein sehr geschätzt. Anfang sechzig war die Frau, als sie abtransportiert wurde. Auch ihre Enkelkinder hatte die SS mitgenommen, ein siebenjähriges Mädchen und einen fünfjährigen Jungen. Das hatte Deya als besonders herzzerreißend empfunden. Die Tochter von Lillian Ornstein und deren Mann waren vor drei Jahren bei einem Autounfall ums Leben gekommen. Danach hatte die Großmutter die Kleinen aufgezogen.

Einem Gerücht zufolge waren sowohl die Großmutter als auch ihre Enkel kurz nach ihrer Ankunft in Dachau ermordet worden. Deshalb war die Vorstellung, das mittlerweile »arisierte« Modegeschäft zu besuchen, Deya bisher unerträglich gewesen. Doch nun überwand sie sich und betrat das Geschäft nach zwei Jahren noch einmal.

Die Frau hinter der Theke war Ende zwanzig und daher wohl nicht die neue Inhaberin. Deya versuchte, sie so gut wie möglich von dem, was Lillian Ornstein und ihren Enkelkindern widerfahren war, zu separieren.

Dennoch fiel es ihr nicht leicht, die Schals durchzugehen. Erinnerungsbilder tauchten vor ihr auf. Auf ihnen stand sie an der gleichen Stelle wie jetzt, ihr gegenüber Frau Ornstein, die mit einem liebenswürdigen Lächeln Empfehlungen aussprach. *Dieser Schal dürfte schön zu dem Kleid passen, das Sie mir beschrieben haben.* Manchmal versüßte sie eine Empfehlung mit einem Kompliment. *Der Ton Ihrer Haut ist wunder-*

voll, wie Milchkaffee. Sie brauchen etwas, um ihn hervorzuheben.

Als Deya alle Schals durchgesehen hatte, war sie enttäuscht. »Sie haben nicht mehr die große Auswahl, die Sie früher hatten. Als Frau Ornstein das Geschäft geführt hat, gab es ...«

Deya brach mitten im Satz ab. Sie hatte die bestürzte Miene der Verkäuferin gesehen. Um ein Haar hätte sie sich verplappert. Es war gefährlich, arisierte Geschäfte zu kritisieren und die Vorteile der früheren jüdischen Geschäftsführung herauszustreichen.

Die Verkäuferin blickte nach allen Seiten, als wolle auch sie sichergehen, dass niemand da war, der sie belauschte. »Das liegt nicht nur an dem Inhaberwechsel. Seit Kriegsbeginn werden wir aus Frankreich nicht mehr so gut beliefert wie zuvor. Auch aus anderen Ländern nicht mehr.«

»Ach so. Verstehe. Wie bedauerlich.«

»Ein Großteil unserer Pariser Ware stammt noch aus dem Bestand von Frau Ornstein.«

Mit feuchten Augen sah Deya sich noch einige Schals an. Die Tränen waren nicht mehr weit.

»Kannten Sie Frau Ornstein?«, fragte die Verkäuferin mitfühlend.

Für einen Moment versteifte sich Deya. Konnte es sie belasten, wenn sie Ja sagte? Sie wollte nicht lügen, zumal ihre Tränen sie ohnehin verraten würden. Als gebe sie es nur ungern zu, stieß sie einen Seufzer aus. »Ja. Hin und wieder habe ich bei ihr etwas gekauft.« Dass sie zur Stammkundschaft gezählt hatte, behielt sie für sich.

Wieder schaute die Verkäuferin nach allen Seiten, bevor sie Deyas Hand tätschelte. »Falls es Sie tröstet, auch einige von uns hat das, was mit Frau Ornstein geschehen ist, sehr mitgenommen.« Sie zuckte mit den Schultern. »Aber wir halten durch und tun unser Bestes.«

»Danke.« Deya blinzelte die Tränen fort und wischte die wenigen, die überliefen, mit der Hand ab. Zu guter Letzt kaufte sie einen Schal, womöglich nur, um sich für das Mitgefühl der Verkäuferin erkenntlich zu zeigen. Allerdings war der Schal eher himmelblau als königsblau, aber er würde passen.

Während sie zahlte und sich noch einmal bedankte, unterdrückte Deya die aufsteigenden Tränen. Doch als sie auf der Straße war, ließ sie ihnen freien Lauf. Sie weinte um all die verlorenen Seelen, die in den vergangenen drei Jahren verschwunden waren. Um alle, die Lorenzo nicht hatte retten können. Wenn jemand sagte: »Neunzigtausend haben Wien inzwischen verlassen, und ebenso viele sind vermutlich umgekommen; und im Großdeutschen Reich dürfte es sich bereits um über eine Million handeln«, dann war dies nur eine nüchterne Statistik. Etwas anderes war es, wenn man einen der Verschwundenen gekannt hatte. Man sah dessen Gesicht vor sich, hörte im Geist dessen Stimme, erinnerte sich mit wehem Herzen an ihn. Multiplizierte man das mit einer Million, wurde der Schmerz grenzenlos.

Als Deya in die Straßenbahn stieg, waren ihre Augen so blind vor Tränen, dass ihr der ältere Mann, der bei Tendorf gewesen war und nun hinten in der Bahn Platz nahm, nicht auffiel.

Erst als sie die Bahn verlassen hatte und das *Café Ritter* betrat, um einen Kaffee zu trinken, hatte sie sich so weit gefasst, dass sie ihn erneut wahrnahm. Ein junger Mann in einem Tweedjackett saß bei ihm. Vielleicht war es sein Sohn. Allerdings schien der ältere Mann Deya nicht mehr zu beachten. Wahrscheinlich war es nur Zufall, dass auch er in dieses Café gegangen war.

Deya nippte an ihrem Kaffee und überflog einige Artikel im *Neuen Wiener Tagblatt*, das auf dem Tisch lag. Anschließend schob sie die Zeitung zur Seite.

Jemand trat an ihren Tisch. Deya fuhr zusammen. Es war der junge Mann im Tweedjackett. Er streckte eine Hand aus.

»Darf ich?«

Er meinte die Zeitung, die ein anderer Leser wieder ordentlich am Zeitungsständer aufzuhängen vergessen hatte. Deya nickte. »Ja, natürlich.«

Der Mann hob die Zeitung hoch. »Aber nur, wenn Sie damit durch sind.«

»Ja, bin ich.«

Deya nahm noch einen Schluck Kaffee. Dann holte sie den himmelblauen Seidenschal hervor, betrachtete ihn erneut und überlegte, ob er wirklich zu der hellblauen Jacke passte. Sie griff nach der Kaffeetasse und trank sie leer. Kurz darauf begann der Raum vor ihr zu verschwimmen. Und als sie aufstand, wollten ihre Beine ihr nicht gehorchen.

Deya machte einen Schritt, und der Fußboden kam ihr entgegen. Durch die zerfließenden Gesichter anderer Gäste sah sie den jungen Mann zu ihr eilen. »Keine Panik«, rief er, »ich bin Arzt! Ich kümmere mich um sie.«

Er half Deya hoch, legte einen Arm um sie. Ihre Füße schleiften über den Boden, als er sie aus dem Café führte, dann wurde ihr schwarz vor Augen.

***

Josef hatte in der Innenstadt Einkäufe getätigt. Hätte er sich auf der Mariahilfer Straße die Fahrgäste einer vorbeiratternden Straßenbahn genauer angeschaut, und wäre Deya in dieser Bahn nicht so tränenblind gewesen und hätte nach draußen geblickt, hätten sie einander vielleicht gesehen.

Doch sie hatten beide über die Vergangenheit nachgedacht, wenn auch auf unterschiedliche Weise. Deya hatte sich gesagt, dass sie ihre Vergangenheit nicht ändern konnte. Josef hingegen hatte gehofft, dass er Vergangenes gutmachen konnte mit etwas, das er bereits vor Jahren hätte tun sollen.

Er hatte gewartet, bis die Straßenbahn vorbei und das Juweliergeschäft auf der anderen Straßenseite wieder zu sehen war.

Kapitel 25

»Das Betreten öffentlicher Orte wie Parks, Restaurants, Schwimmbäder und Badeanstalten ist Juden ab sofort verboten.«

Schnabels Hand fuhr langsam über ihre Hüfte. Deya schauderte.

Man hatte sie bis auf den Unterrock entkleidet und ihre Hände an einen eisernen Deckenbalken gefesselt. Ihre Füße standen auf einem Schemel. Ihr Unterrock war tropfnass, sie war mit einem Feuerwehrschlauch abgespritzt worden und fror in der kalten, nassen Kleidung. Auch war unter dem harten Wasserstrahl ein Träger ihres Unterrocks heruntergerutscht, sodass ihre halbe Brust entblößt war.

»Ich frage dich noch einmal«, sagte Schnabel. »Wie lauten die Namen deines Cousins und seines Komplizen? Ich weiß, dass sie das Netzwerk zur Identitätsänderung leiten.«

»Und ich sage noch einmal, ich habe keine Ahnung, wovon Sie reden.«

Schon nach einer halben Stunde Verhör hatte Schnabel die Geduld verloren und den Wasserschlauch auf Deya richten lassen. Der junge Mann aus dem *Café Ritter* war ebenfalls da. Inzwischen trug er eine SS-Uniform. Er war für den Schlauch zuständig, dessen Druck so stark war, dass es Deya den Atem genommen und sie beinahe vom Schemel gerissen hatte. An einer Seite des Raumes saß ein muskelbepackter Mann in Hose und Unterhemd.

Deya hatte keine Ahnung, wie lange sie bewusstlos gewesen war. Ihr war nur klar, dass der junge SS-Mann ihr etwas in den Kaffee getan hatte. Nun befand sie sich in einem fensterlosen Kellerraum und wusste nicht, wie spät es war. *Am Abend bin ich mit Josef verabredet,* das war der erste Gedanke, der ihr, als sie zu sich kam, durch den Kopf geschossen war.

Schnabel fixierte sie, war wie eine Katze auf Beutejagd. »Ich habe eine sehr interessante Information erhalten.« Er nahm ein zweiseitig beschriebenes, mit einem offiziellen Stempel versehenes Vernehmungsprotokoll von einem Beistelltisch und hielt es Deya vor die Nase. »Hier.«

Blinzelnd schaute Deya auf die Zeilen, dann schüttelte sie den Kopf. »Ich ... ich sehe die Seite nur ganz verschwommen.« Ihre Augen tränten von dem kalten Wasser und den Nachwirkungen des Betäubungsmittels in ihrem Kaffee.

»Dann lese ich es dir vor«, sagte Schnabel. »›Ich, Nils Durmann, erkläre hiermit, dass ich Deya Reynes zum ersten Mal vor vier oder fünf Jahren im *Blauen Engel* begegnet bin. Damals war sie unter ihrem Zigeunernamen bekannt, Chara oder Charani, wenn ich mich nicht irre. Als ich den Club ein Jahr später besuchte, hatte sie ihren Namen geändert und nannte sich Deya Reynes. Eine der anderen Frauen aus dem Club erzählte mir, dass einer von Deyas Cousins Deya bei ihrem Identitätswechsel geholfen hat.‹« Schnabel tippte auf das Protokoll. »Dem folgt die Aussage von Durmann, dass er dich im *Café Ritter*, im Beisein von SS-Junker Helmut Siegl, eindeutig als die frühere Chara oder Charani identifiziert hat. In einer anschließenden Erklärung haben Junker Siegl und ich den Wahrheitsgehalt dieser Aussage mit unserer Unterschrift bestätigt.«

Bei Durmann musste es sich um den älteren Mann handeln, der sie bei Tendorf beobachtet hatte, dachte Deya. Offenbar war er vor Jahren im Club gewesen. Deshalb war er ihr auch bekannt vorgekommen. Und die Frau, die Durmann ihre Namensänderung verraten hatte, war wahrscheinlich eine Romni namens Mira gewesen. Sie und Deya waren die einzigen Romnija im Club gewesen, nur deshalb hatte Deya sich ihr damals anvertraut. Mira hatte ebenfalls eine neue Identität bekommen. Danach hatte sie den Club verlassen.

Deya warf einen Blick zu dem muskulösen Mann hinüber. »Kommt jetzt der Moment, an dem Sie mich zusammenschlagen lassen, so wie Sie es bei Max Adler getan haben?«

Schnabel lächelte verkniffen. »Das wird hoffentlich nicht nötig sein. Bei Frauen gehe ich subtiler vor, weniger brutal.« Das traf nicht ganz zu. Vor einem Monat hatte Schnabel einer Jüdin, bei der er den Eindruck gehabt hatte, dass sie ihn während des Verhörs angrinste, mit dem Pistolengriff zwei Zähne ausgeschlagen und drei gelockert. Die losen Zähne hatte er ihr mit einer Kneifzange ausgerissen. Sie hatte vor Schmerzen geschrien und ihm alles gesagt, was er wissen wollte. Doch seit Piehlers Rüffel konnte er sich »ungeschicktes« Vorgehen nicht mehr leisten. Davon abgesehen schauderte Deya bereits, wenn er sie nur berührte. Das schien als Drohung zu genügen. Wieder ließ er eine Hand über ihre Hüfte gleiten. »Sag mir einfach, was ich wissen will. Danach können wir alle nach Hause gehen.«

»Ich habe es Ihnen schon gesagt, ich weiß nichts.« Zur Bekräftigung schüttelte Deya den Kopf.

»Sag mir ...« Schnabels Hand wanderte über Deyas Schenkel. Unter der Berührung zitterte sie wie ein verängstigtes Kaninchen.

Als er seine Hand unter ihren Unterrock schob, schloss Deya die Augen und biss sich auf die Lippe.

»Uns ist doch beiden klar, dass du lügst. Ich möchte wetten, dass du sehr viel weißt.« Schnabels Hand wanderte an der Innenseite ihres Schenkels hinauf. Er spürte die Wärme ihres Körpers. Ihr Zittern verstärkte sich. »Sag es mir einfach.«

Deya biss die Zähne zusammen, schüttelte wieder den Kopf.

Plötzlich erstarrte Schnabel. Gustav hatte sein Gebaren teilnahmslos verfolgt, er war derartige Szenen gewohnt. SS-Junker Siegl hingegen starrte Schnabel mit offenem Mund an. Im ersten Moment dachte Schnabel, der junge Mann sei sexuell erregt. Dann erkannte er, dass Siegl schockiert war. Und Schnabel fiel siedend heiß ein, dass sexuelle Handlungen zwischen Reichsbürgern und Zigeunern streng verboten waren.

Hastig zog er seine Hand zurück und gab Siegl das Zeichen, noch einmal den Wasserschlauch einzusetzen. Körper und Geist dieser Zigeunerin brauchten die nächste kalte Dusche.

Als der kalte Wasserstrahl sie traf, sog Deya scharf die Luft ein, und als Siegl ihn ausdrehte, rang sie nach Atem. »Alles ... alles, was Sie haben, ist Hörensagen. Sind Gerüchte. Beweise haben Sie nicht.«

»Beweise, Beweise.« Schnabel lächelte höhnisch. »Wir leben in einer Zeit, in der es genügt, dass einer seinen Groll auf einen Freund loswerden will. Oder auf einen Bruder. Dazu braucht es nicht viel. Man muss lediglich behaupten, der andere sei ein Volksfeind.« Er schnipste mit den Fingern. »Und schon ist derjenige weg vom Fenster, und man hört nie wieder von ihm. Ich bin im Besitz einer detaillierten Aussage, die von zwei Mitgliedern der SS gegengezeichnet wurde. Was mehr als genug ist, um dein Schicksal zu besiegeln. Hör also endlich auf, meine Zeit zu verplempern.«

Bei den letzten Worten war Schnabel lauter geworden. Verzweifelt durchforstete Deya ihr Gehirn nach Wegen, um das, was Schnabel gegen sie in der Hand hatte, als Irrtum oder Fehlinformation abzutun. Aber wie sollte sie gegen eine von der SS gegengezeichnete Aussage ankommen? Es war unmöglich. »Ich weiß nichts«, murmelte sie.

Schnabel beschloss, seinen Ton zu mäßigen. »In gewisser Weise tue ich dir einen Gefallen. Biete dir eine Ausflucht. An dir bin ich nicht interessiert, du bist nur ein kleiner Fisch. Mich interessiert dein Cousin, der Leiter des Netzwerks. Doch wenn du mir über ihn nichts verraten willst, reicht das, was ich in meiner Hand halte, aus, um dich in ein Lager zu schicken.« Schnabel tippte auf die schriftliche Aussage. »Wenn du mir aber sagst, was ich wissen will, ignoriere ich dieses Dokument und lasse dich laufen. Und du kannst in dein nettes kleines Leben zurückkehren, als wäre nichts gewesen.«

Für einen Moment geriet Deya in Versuchung. Doch selbst wenn sie Schnabel trauen und ihr Leben über das von Lorenzo stellen würde, wäre die Sache damit nicht beendet. Schnabel würde sich nicht damit begnügen, Lorenzo zu fassen. Er würde auch die Menschen finden wollen, denen Lorenzo geholfen hat. Sie würden in den Lagern enden. Ebenso ihre Familien. Es würde ihnen wie Frau Ornstein und ihren Enkeln ergehen. Diese Schuld konnte sie nicht auf sich laden. Sie schloss kurz die Augen, schüttelte den Kopf. »Es tut mir leid.«

Schnabel verdrehte die Augen. Vielleicht glaubte er, sie entschuldige sich bei ihm, weil sie ihm nicht weiterhelfen konnte. In Wahrheit hatte sie sich im Geist bei denen entschuldigt, die sie zurücklassen würde. Josef. Luciana.

»Gut, wie du willst.« Schnabel stieß entnervt einen Seufzer aus. »Sag aber nicht, ich hätte dir keine faire Chance geboten.«

Josef. Ihr Leben. Vielleicht gab es doch noch eine Möglichkeit, sich zu retten. »Heute Abend bin ich mit Josef Weber verabredet. Wenn ich nicht erscheine, weiß er, dass etwas vorgefallen ist. Er wird mich suchen und finden. Und Sie werden die Konsequenzen zu spüren bekommen.«

Schnabel lachte. »Das glaube ich eher nicht. In Anbetracht der Aussage, die uns vorliegt, tue ich lediglich meine Pflicht. Sollte Weber sich einmischen, wird er sich höchstens verdächtig machen. Ein Polizeibeamter, der sich mit einer Zigeunerin eingelassen hat? Das wäre das Ende seiner Karriere.« Er zuckte mit den Schultern. »Wahrscheinlich würde auch er in einem Lager landen.«

Deya sah Schnabel fest an. »Josef lässt mich nicht im Stich.«

»Nein? Ich für meine Person glaube nicht, dass er viel unternehmen wird. Dazu ist das Risiko für ihn zu groß.« Schnabel lachte erneut. »Oder willst du seine Liebe testen und sehen, was ihm wichtiger ist, dein Wohlergehen oder seine Karriere?«

Was für ein grausames Dilemma das für Josef wäre, dachte Deya. Menschen wie er und sie – ein Antifaschist und eine Romni – hatten seit dem Aufstieg der Nationalsozialisten schlechte Karten. Und sie hatte gerade ihren einzigen Trumpf ausgespielt und verloren.

Schnabel hingegen genoss die guten Karten, die er auf der Hand hatte. »Oder wird deine Liebe zu ihm getestet? Willst du, dass er seine Karriere und sein Leben aufs Spiel setzt, um deine Haut zu retten? Obwohl dir klar sein muss, dass sein Einsatz vergebens sein wird?«

In Deyas Kopf begann es zu summen. Sie hörte kaum noch, wie Schnabel sagte, dass er ihre Entscheidung bedauere und nun für ihren Abtransport sorgen werde. Dann fiel der Name ihrer Tochter, und sie zuckte zusammen.

»Was?«

»Ich habe gesagt, ich werde deine Tochter holen lassen.«

Deyas Brust zog sich schmerzhaft zusammen. Mit der Deportation in ein Lager hatte sie sich abgefunden; aber der Gedanke, Luciana könnte ihr folgen, der war ihr nicht gekommen. Eine der Frauen im Club musste Schnabel von Luciana erzählt haben, Karen wahrscheinlich.

»Luciana ist nicht zu Hause. Da ich heute Abend mit Josef verabredet bin, habe ich sie woanders untergebracht.« Die Frau, die an den Abenden, an denen Deya arbeitete, auf Luciana aufpasste, hütete das Mädchen auch, wenn Deya ausging.

»Wo?«, fragte Schnabel

Deya sah ihn mit steinerner Miene an.

Schnabel seufzte, bevor er in Gedanken eine kurze Bestandsaufnahme machte. Die Zigeunerin war entschlossen, ihm nichts zu verraten. Er könnte die Tochter suchen lassen, würde sie auch finden, doch das würde mindestens einen Tag dauern. Falls Josef Weber sich einmischte, würde dieser nichts ausrichten können. Aber wollte er einen herumschnüffelnden Polizisten im Nacken haben, der auf die Freilassung seiner Freundin pochte? Nein, darauf konnte er verzichten. Doch es gab eine Möglichkeit, alles so zu lancieren, wie er es wünschte.

»Also gut.« Schnabel seufzte. »Ich werde nicht nach deiner Tochter suchen, die Mühe werde ich mir sparen. Sieh zu, dass sich künftig jemand um sie kümmert. Aber es gibt eine Bedingung: Du musst einen Brief schreiben.«

***

»Möchten der Herr noch einen Aperitif?«

»Nein danke.« Josef griff nach seinen Glas Campari Zitrone und schwenkte den kleinen Rest. »Ich warte auf meine Begleitung. Sie muss jeden Moment hier sein.«

Der Kellner entfernte sich. Josef warf einen Blick auf seine Armbanduhr. Drei Minuten vor neun, beinah eine halbe Stunde nach der vereinbarten Zeit. Er konnte sich nicht erinnern, dass Deya sich jemals um mehr als fünf Minuten verspätet hatte. Vor zehn Minuten hatte er im Foyer des Restaurants versucht, sie am Telefon zu erreichen. Er wollte fragen, ob sie aufgehalten worden war oder die Verabredung vergessen hatte. Es hatte sich niemand gemeldet.

Josef holte die kleine Schatulle aus der Tasche seines Jacketts und klappte sie auf. In der Mitte des Samtbetts steckte der Ring, besetzt mit einem großen Diamanten, der von kleinen Smaragden umgeben war.

Josef hatte beschlossen, nicht mehr drumherum zu reden. *Ich sollte dich zu einer ehrbaren Frau machen ... eines Tages sollte ich ... wäre es nicht langsam an der Zeit, dass wir ...?* Alles leere Worte. Als lebte sein Vater noch, auf den er Rücksicht nehmen müsste. Er hatte sich um seine Karriere gesorgt, sich gefragt, was wäre, wenn die Nationalsozialisten herausfänden, dass er eine Romni geheiratet hatte. Er hatte Deya geglaubt, als sie sagte, sie wolle ihn nicht heiraten, nur weil die Nazis sie dazu zwingen würden.

Doch nun würde er klar und deutlich verkünden: *Ich liebe dich und möchte, dass du meine Frau wirst.* Zum Teufel mit den Nazis und dem ganzen Irrsinn, den sie verursachten. Er würde Deya den Ring überreichen, wenn nötig sogar auf ein Knie gehen und sich vor allen Leuten hier zum Kasper machen. Und er würde beten, dass sie Ja sagte.

»Möchten der Herr vielleicht ein Glas Wein?« Der Kellner war zurückgekehrt.

Josef überlegte. Ja, er brauchte noch einen Schluck. »Gern.« Er bestellte eine Flasche Richebourg.

Dann überlegte er, ob er etwas falsch eingeschätzt haben könnte. Hatte Deya vielleicht geahnt, was er für diesen Abend plante? Hatte sie kalte Füße bekommen? Sie wusste, dass ihm die Veränderungen im Club Sorgen machten, ebenso die Gefahr, die für sie von den Nazis ausging. Wahrscheinlich hatte sie sich gesagt, aus diesen Gründen wolle er ihr einen Heiratsantrag machen, obwohl sie eine Heirat aus ebendiesen Gründen ablehnte. Und dann hatte sie es nicht übers Herz gebracht, hierherzukommen und ihn abzuweisen.

Dennoch klammerte Josef sich an einen letzten Funken Hoffnung, dass sie noch erscheinen würde. Für ihre Verspätung würde es eine Erklärung geben. Ein Missgeschick, das mit ihr oder Luciana zusammenhing. Ein ums andere Mal blickte er zur Eingangstür, schaute auf seine Uhr, nahm einen Schluck Wein.

Als Deya seit einer guten Stunde überfällig war und Josef die Flasche Richebourg zur Hälfte geleert hatte, war er bereit, aufzugeben. Deya würde nicht kommen. Was für eine traurige Figur er abgab, ein Mann, den man versetzt hatte und der nun allein an einem Tisch saß und trank. Er würde sich nichts zu essen bestellen, lieber auf dem Heimweg an einem Würstelstand eine Frankfurter und eine Bratwurst kaufen. Er wollte den Kellner herbeirufen, sich entschuldigen und um die Rechnung für den Campari und den Wein bitten, als der Portier mit einem Umschlag zu ihm trat.

»Das wurde soeben für Sie abgegeben, mein Herr.«

Kapitel 26

»Die ursprüngliche Natur des Menschen birgt eine Neigung zur Aggression, die bei den meisten Menschen durch das Diktat der Gesellschaft mit Mühe und Not eingedämmt wird.«

Sigmund Freud

Deya verbrachte die Nacht im Keller des Hotels *Metropol* in einer Zelle, nicht weit von dem Raum entfernt, in dem sie verhört worden war und ihren Abschiedsbrief an Josef geschrieben hatte.

Beim ersten Tageslicht wurde sie mit dreißig anderen in ein großes Gebäude in der Herminengasse gebracht, wo Hunderte Gefangene – überwiegend Juden – auf den Abtransport nach Dachau warteten.

Ihre Papiere auf den Namen »Deya Reynes« waren zu Fälschungen erklärt und vernichtet worden. Die Reise nach Dachau würde sie als »Zigeunerin und Dissidentin Charani« antreten. Auf diese Weise wollte Schnabel verhindern, dass Josef Weber sie zu schnell anhand der Unterlagen des Konzentrationslagers aufspüren konnte.

Nach ihrer Ankunft in der Herminengasse sprach »Charani« mit einem Wachmann, um telefonieren zu dürfen. Der Anruf war mit Schnabel abgesprochen; es ging um die Unterbringung ihrer Tochter Luciana. Der Wachmann prüfte die

Anmerkungen auf der Gefangenenliste, stellte fest, dass alles rechtens war, begleitete Deya zu dem öffentlichen Fernsprecher im Gebäude und blieb an ihrer Seite.

Eine Stunde später traf eine Frau ein, die sich als »Schwester Charanis« bezeichnete. Wieder wandte Charani sich an den Wachmann. »Das ist die Frau, mit der ich vorhin telefoniert habe. Ich brauche ein paar Minuten mit ihr allein, um die Unterbringung meiner Tochter noch einmal durchzusprechen.«

Der Wachmann begutachtete die Frau, die erschienen war. Sie trug die traditionelle Kleidung einer Zigeunerin – geblümtes Kleid, Brokatjacke, geblümtes Kopftuch – und ähnelte der Gefangenen. Demnach handelte es sich wohl tatsächlich um eine Verwandte. »In Ordnung, aber machen Sie schnell.«

Er führte die beiden Frauen in ein kleines Zimmer, das gelegentlich als Zelle diente. Vier Minuten später, gerade als er an die Tür hämmern wollte, kamen die beiden Frauen heraus und umarmten sich zum Abschied.

Die Frau im geblümten Kleid winkte noch einmal, bevor sie verschwand. Charani, alias Deya, wirkte untröstlich. Sie kehrte zu den anderen Gefangenen in dem überfüllten Warteraum zurück.

Zwei Stunden später wurde sie auf dem Aspangbahnhof in einen Zug nach Dachau verfrachtet.

***

Am nächsten Abend erhielt Schnabel einen Anruf von Walter Keppler, dem Lagerkommandanten von Dachau. Er erklärte, die »Zigeunerin Charani« sei eingetroffen.

»Sie war bei der letzten Lieferung, ist erst vor einer Stunde angekommen. Bildschöne Frau«, sagte Keppler und klang zerstreut.

»Das schon. Trotzdem ist sie eine Zigeunerin.«

»Leider.«

Schnabel hatte Keppler am Vortag telefonisch gebeten, ihn über die Ankunft Charanis zu informieren. Auch Keppler war Österreicher und bereit gewesen, ihm einen Gefallen zu tun. Schnabel wunderte sich immer wieder, warum siebzig Prozent der Lagerkommandanten Österreicher waren – ebenso wie Hitler. Waren sie Hitler aufgrund des gemeinsamen Heimatlands besonders treu ergeben, oder hatte der Führer sich gesagt, dass man eine Aufgabe, die sowohl große Härte als auch Fingerspitzengefühl verlangte, besser Österreichern als Deutschen anvertrauen sollte?

»Ist diese Frau eine aktive Dissidentin?«, fragte Keppler. »Könnte sie im Lager für Unruhe sorgen?«

Schnabel war klar, in Wahrheit fragte Keppler: Soll sie sofort umgebracht werden?

»Nein, nicht sehr aktiv.« Schnabel seufzte. »Aber sie hat mir wertvolle Informationen vorenthalten.« Als er Deya in die Herminengasse entließ, hatte Schnabel ihr gesagt, er hoffe, dass sie in Dachau zur Vernunft kommen werde. Er erklärte Keppler in groben Zügen, worum es sich bei diesen Informationen handelte. »Könnte sein, dass sie im Lager einsichtig wird und sich doch noch bereit erklärt, zu reden. Aber es ist eher unwahrscheinlich, und in einigen Wochen können wir die Hoffnung wahrscheinlich ganz aufgeben. Machen Sie mit ihr, was Sie wollen.«

Die Botschaft war klar: Bringen Sie die Frau sofort um, oder lassen Sie sie noch einige Wochen leben, in der Hoffnung, dass wir in dieser Zeit an Informationen gelangen, die dem Reich nützlich sein werden. Die Entscheidung blieb Keppler überlassen; Schnabel fände es anmaßend, einem erfahrenen Lagerkommandanten vorzuschreiben, wie er mit seinen Gefangenen verfahren solle.

»Verstehe«, sagte Keppler. »Sollte sie reden, gebe ich Ihnen Bescheid.«

Als Schnabel auflegte, konnte er sich eines kleinen Lächelns nicht erwehren. Selbst wenn Deya die ersten Wochen überleben sollte, würden ihre Verhöre in dieser Zeit fortgesetzt.

Schnabel richtete seine Aufmerksamkeit wieder auf die beiden Bücher vor ihm. Endlich war ihm eingefallen, an wen ihn der Stil dieses neu aufgetauchten Schriftstellers namens Daniel Lendt erinnerte. Vor sechs Jahren hatte er den Roman eines Mathias Kraemer gekauft und gelesen. Der Titel lautete *Stadt der Schatten.* Er hatte das Buch aus seinem Bücherregal genommen und begonnen, den Roman mit dem von Lendt zu vergleichen. Dabei machte er sich Notizen.

Bereits nach achtzig Seiten war er fest davon überzeugt, dass der Stil der beiden sich nicht nur ähnelte, sondern so gut wie identisch war.

Nun war er bei beiden Romanen auf Seite 114, las mal in dem einen, mal in dem anderen, machte sich weitere Notizen.

Kapitel 27

»Juden ist es verboten, nach 18.00 Uhr auf der Straße zu sein. Reichsbürgern, insbesondere Angehörigen der Wehrmacht und der SS, haben sie auf den Bürgersteigen jederzeit Platz zu machen. Zur Not werden sie im Rinnstein oder auf der Straße weiterlaufen.«

Mathias alias Daniel

Lieber Josef!
Bitte entschuldige, dass ich so plötzlich fortgehe, zumal Du für uns einen ganz besonderen Abend geplant hattest.
Aber Du weißt, dass ich mich im Club seit Kurzem nicht mehr wohlfühle. Nun ist es mir zu viel geworden. Ich werde die Stadt mit Luciana verlassen.
Ich melde mich wieder, sobald wir einen sicheren Ort gefunden haben.
Es tut mir sehr leid.
Alles Liebe,
Deya

Ich reichte Josef den Brief zurück.

»Hast du nach Deya gesucht?«

»Ja, natürlich, aber ohne Erfolg. Seit fünf Tagen ist sie nicht mehr in ihrer Wohnung gewesen. Keiner ihrer Freunde hat sie gesehen, auch niemand aus dem Club. Die Frauen im Club haben keine Ahnung, wo sie sein könnte.« Josef fuhr sich mit den Fingern durchs Haar. Er sah mitgenommen aus. Schlafmangel, die Sorge um Deya und der Alkohol, den er in den vergangenen Tagen offenbar getrunken hatte, machten sich bemerkbar.

Selbst jetzt stand eine Flasche Pfirsichbrand vor ihm, die meine Mutter aus dem Küchenschrank geholt hatte.

Josef hatte mich angerufen und erklärt, er müsse jemandem sein Herz ausschütten. Allerdings hatte ich mich da bereits mit meiner Mutter und meiner Schwester verabredet gehabt.

Wenn es dir recht ist, treffen wir uns bei ihnen, hatte Josef gesagt. *Ich habe deine Mutter schon seit einer Weile nicht mehr gesehen. Außerdem würde es mir guttun, aus der Stadt heraus und an die frische Luft zu kommen.*

Der Bungalow, in dem meine Mutter und Anna lebten, gehörte zwar offiziell noch zu Wien, lag jedoch in einem ländlichen Außenbezirk mit Wiesen, Feldern und Reitställen. Für meine Besuche hatte ich mir vor zwei Monaten einen gebrauchten Opel-Steyr, auch »Stoppel« genannt, zugelegt.

Meine Mutter begrüßte Josef mit einem schiefen Lächeln und fragte: »Wollen Sie heute wieder ein Kreuz an meine Tür nageln? Dieses Mal könnten Sie es sogar ehrlicherweise tun, schließlich gelte ich nun offiziell als Katholikin.«

»Mir scheint eher, dass ich nun ein Kreuz trage«, erwiderte Josef, und ich begriff, dass er tatsächlich über etwas Ernstes sprechen wollte. Eigentlich hatte ich mir das bei seinem Anblick schon gedacht.

Josef begrüßte meine Schwester, tauschte ein paar Höflichkeitsfloskeln mit ihr und meiner Mutter aus. Dann wandte er sich mir zu und fragte, ob er etwas zu trinken bekommen könne. Mir war klar, dass er weder Tee noch Kaffee meinte.

Meine Mutter bot ihm den Pfirsichbrand an, den ihr ein Nachbar geschenkt hatte. »Ein Selbstgebrannter, der ganz wunderbar schmeckt.«

Bereits bei meinen letzten Besuchen hatte meine Mutter mir von ihrem Nachbarn vorgeschwärmt, der früher einen Milchhof hatte und nun kam, um mit ihr und Anna Karten und Domino zu spielen. Schnäpse brannte er offenbar auch.

Meine Mutter und meine Schwester ließen Josef und mich allein und gesellten sich zu Alex im Salon, der ihnen die neuesten Errungenschaften seiner Briefmarkensammlung zeigen wollte.

»Ich habe sie verloren, Mathias«, sagte Josef. Wenn wir unter uns waren, benutzte er meinen richtigen Namen. »Und nur, weil ich zu lange gewartet habe.«

Er erzählte mir von seinem Vater, dem »lauwarmen« Nazi, und dass er ihm zuliebe falsche Entscheidungen getroffen habe. Sein Blick wurde schwer, offenbar hatten diese Entscheidungen ihn bereits seit einer Weile gequält. Ich versuchte, ihn zu trösten.

»Du hast gesagt, mit der Zeit sei dein Vater nachsichtiger geworden. Und dann wurde er krank. Natürlich wolltest du ihn in seinen letzten Tagen nicht aufregen.«

»Ja, ich habe an meinen Vater gedacht. Aber vielleicht hätte ich die Angelegenheit auch einmal mit Deyas Augen betrachten sollen.« Josef nahm einen großen Schluck Schnaps. »Sie wird davon ausgegangen sein, dass ich ähnlich wie mein Vater denke und sogar nach seinem Tod noch auf seine Ängste und Vorurteile Rücksicht nehme.«

»Eigentlich unterscheiden sich Ängste von Vorurteilen«, sagte ich, »aber hin und wieder verschmelzen sie wohl auch miteinander.« Josef sah mich fragend an. »Nimm mich als Beispiel«, fuhr ich fort. »Ich habe Emilia geheiratet, eine nette junge Katholikin. Ich dachte, der Grund sei, dass ich sie attraktiv fand und ihre fröhliche Art liebte. Tatsächlich haben wir nie richtig zusammengepasst. Also ging es bei meiner Entscheidung vielleicht noch um etwas anderes.« Ich zuckte mit den Schultern. »Natürlich hatte ich keine Vorurteile hinsichtlich meines Volkes, das kann niemand behaupten, auch waren die allgemeinen Vorurteile gegenüber den Juden damals noch nicht so stark ausgeprägt wie heute. Aber vielleicht habe ich gespürt, dass sich da etwas zusammenbraute und immer schlimmer werden würde. Etwas, das zu einer Bedrohung werden könnte und mir Angst machte. Womöglich wollte ich ein Gegengewicht schaffen und habe mich für die Ehe mit einer Frau entschieden, die dieses Gegengewicht darstellte. Obwohl sie nicht gut für mich war.« Ich seufzte. »Vielleicht hat auch dein Vater das Unheil kommen sehen.«

Josef wirkte nachdenklich. »Mag sein. Er sagte, angesichts des wachsenden Nationalismus solle ich mir vorstellen, wie Deyas und meine Kinder leiden würden, falls Deyas Herkunft publik würde.«

»Kannte Deya die Einstellung deines Vaters?«

»Recht gut sogar.« Josef nahm den nächsten Schluck, der jedoch nichts zu bewirken schien, seine Miene war noch immer angespannt. »Sie hat beinahe das Gleiche wie er gesagt. Das war noch vor Kurzem, als wir über eine gemeinsame Zukunft gesprochen haben. Sie war der Ansicht, dass eine Heirat meinem Wohlergehen und meiner Karriere abträglich wäre. Sie wollte nicht, dass ich mit ihr untergehe.« Für einen Moment schloss Josef die Augen. »Nie schien es für uns den richtigen Zeitpunkt gegeben zu haben.«

Ich berührte ihn am Arm. »Nicht du, sondern die Nazis sind daran schuld. Offenbar hatte nicht nur dein Vater Ängste, sondern auch Deya. Sie vielleicht noch mehr als er.«

Josef schien anderer Auffassung zu sein und schüttelte den Kopf.

Ich deutete auf mich. »Sieh mich an. Meine Familie ist umgezogen, wir haben neue Namen. Auch wir haben Entscheidungen getroffen, die wir ohne die Nazis nicht getroffen hätten.«

Mit leerem Blick starrte Josef vor sich hin und suchte nach Erklärungen, die sich außerhalb seiner Reichweite befanden. Was ich gesagt hatte, war für ihn kein Trost, vielleicht war es sogar unpassend gewesen. Was ich und Johannes getan hatten, hatte unsere Familien zusammengehalten. Josef hingegen war von der Frau, die er liebte, getrennt worden und fürchtete, sie verloren zu haben.

Er holte einen Ring aus seiner Jackentasche und legte ihn auf den Couchtisch. Dann erzählte er, wie er endlich das Richtige hatte tun wollen, es aber zu spät gewesen war. Mir wurde die Kehle eng.

Niedergeschlagen betrachtete Josef den Ring. »Ich glaube, Deya hat erraten, was ich vorhatte. Das hat ihr Angst gemacht, und sie ist geflohen.« Wieder griff er nach seinem Glas. »Als ich das Falsche getan habe, war ich verdammt. Nun wollte ich das Richtige tun und bin es ebenfalls.«

Ich drückte Josefs Arm. Als Josefs Augen feucht wurden, wurde mein Mitgefühl übermächtig. Ich griff nach dem Pfirsichbrand und goss eine ordentliche Portion in mein Glas Wasser. Es war zu einem Viertel voll gewesen, nun war es halb voll.

Und dann dachte ich, wie merkwürdig, dass Josef ausgerechnet mir sein Herz ausschüttete. Offenbar hatte er keine anderen Freunde oder Kollegen, denen er sich anvertrauen konnte. Er war allein, und nun war auch Deya verschwunden.

Allerdings bestand Österreich – einschließlich der Polizei – mittlerweile mindestens zur Hälfte aus Nationalsozialisten. Wie hätte er einem von ihnen erzählen können, dass er eine Romni geliebt und verloren hatte – eine Frau, die unter einem falschen Namen gelebt hatte? Darüber konnte er nur mit jemandem sprechen, der sein Geheimnis gekannt und gehütet hatte.

Nun waren wir einander noch nähergekommen. Zwei Männer, von denen einer Gefahr lief, von einem Teil der Gesellschaft ausgestoßen zu werden, und der andere Angst gehabt hatte, ausgestoßen zu werden.

Gemeinsam leerten wir die Flasche Pfirsichbrand. Danach war Josef nicht mehr fahrtüchtig, auch in seiner Schwermut wollte ich ihn nicht allein lassen. Deshalb bot ich ihm an, im Haus meiner Mutter zu übernachten. Zuerst wollte er das nicht, doch ich blieb stur.

»Alex und ich bleiben ebenfalls über Nacht. Und Erica – Anna – wird ein Brathendl machen, das reicht für uns alle.« Ich lächelte aufmunternd. »Vorher gibt es gebratene Hühnerleber, so gut, wie du sie noch nie gegessen hast.«

Josef nickte, und zum ersten Mal seit seiner Ankunft lächelte er.

Wenig später versammelten wir uns im Esszimmer. Mein Sohn zeigte Josef stolz seine Briefmarkensammlung und erzählte ihm, welche Marken ihm noch fehlten. »Du willst den Baden-Fehldruck-9-Kreuzer haben?«, fragte Josef. »Den müsste ein Detektiv wie ich doch eigentlich aufspüren können, oder?« Und ich dachte, wie gut er mit Kindern umgehen konnte und wie schade es war, dass er keine hat. Das machte die Tatsache, dass Deya verschwunden war und Josef sie vielleicht nie wiedersehen würde, für mich noch trauriger.

Später, als ich an den Fenstern zur Straße die Vorhänge zuzog, nahm ich mit halbem Auge einen hellen Steyr 50 wahr, der ein paar Meter entfernt auf der anderen Straßenseite parkte.

Kapitel 28

»Von drei Seiten droht das Leiden [...] von der Außenwelt, die mit übermächtigen, unerbittlichen, zerstörenden Kräften gegen uns wüten kann; und endlich aus den Beziehungen zu anderen Menschen. Das Leiden, das aus dieser Quelle stammt, empfinden wir vielleicht schmerzlicher als jedes andere.«

Sigmund Freud, Das Unbehagen in der Kultur

»Hast du etwas vergessen, Krisztina?« Julian blickte zu der Tür, die ihn mit dem angrenzenden Empfangszimmer verband. Dort waren Schritte laut geworden, aber seine Sekretärin hatte sich vor einer Minute in die Mittagspause verabschiedet. Vielleicht hatte sie ihren Hut oder ihre Handschuhe liegen gelassen.

Als Heinrich Schnabel das Büro betrat, setzte für einen Moment Julians Herzschlag aus. Doch er fasste sich schnell wieder. Offiziell wusste er weder, wer Schnabel war, noch, dass der SS-Mann eine Bedrohung darstellte. Hätte Josef Weber ihm nicht die Akte mit dem Foto gezeigt, hätte er nicht einmal sagen können, wie Schnabel aussah. Er zog eine Braue hoch. »Kann ich Ihnen helfen?«

»Das werden wir sehen.« Schnabel ließ sich auf dem Besucherstuhl nieder. Er hatte eine schwarze lederne Aktentasche dabei, der er ein Exemplar von Daniel Lendts Roman *Im Lau-*

fe der Nacht entnahm. Er legte das Buch auf den Schreibtisch. »Vor Kurzem hatte ich das Vergnügen, einen Ihrer Autoren kennenzulernen, einen Herrn Lendt. Er hat dieses Buch freundlicherweise für mich signiert. Inzwischen habe ich es gelesen. Sehr spannend.«

»Schön, dass es Ihnen gefallen hat.« Mathias hatte Julian erzählt, dass Schnabel vor zwei Monaten bei einer Signierstunde erschienen war. Das behielt er jedoch für sich. Auch sein Gesicht blieb unbewegt.

»Es ist natürlich keine gehobene Literatur.« Schnabels Lippen kräuselten sich verächtlich. »Kein großer Anspruch. Doch auf oberflächliche Weise durchaus unterhaltsam.«

Sie schwiegen. Schnabel studierte Julians Miene, und Julians Magen zog sich zusammen. Er konnte nur hoffen, dass sein Blick nichts von seiner Nervosität verriet.

»Aber wie Sie sich wahrscheinlich denken können, bin ich nicht gekommen, um mit Ihnen über den Roman einer Ihrer Autoren zu sprechen«, fuhr Schnabel fort. Sein Blick glitt durch den Raum, kehrte wieder zurück. »Wissen Sie, etwas war an Lendts Roman seltsam. Der Stil kam mir bekannt vor, nur konnte ich ihn zuerst nirgends unterbringen. Dann fiel mir der Roman eines gewissen Mathias Kraemer ein, den ich vor einigen Jahren gelesen habe.«

Schnabel holte *Stadt der Schatten* aus seiner schwarzen Aktentasche und legte das Buch neben *Im Laufe der Nacht*. Julians Magenkrämpfe verstärkten sich. Sein Gesicht blieb jedoch ausdruckslos, bis auf die Braue, die erneut in die Höhe wanderte, als wollte er fragen: *Und weiter?*

»Vielleicht sehen wir uns die Ähnlichkeiten einmal an?« Schnabel ging die Seiten beider Romane systematisch durch, hob Ähnlichkeiten in Satzbau und dem Gebrauch von Verben und Adverbien akribisch hervor. »Schauen Sie, wie oft er in beiden Romanen ›gewaltig‹ statt des einfacheren Worts ›groß‹ verwendet. Auf den folgenden Seiten finden wir dazu zahlreiche Beispiele …«

Schnabel führte jedes dieser Beispiele an. Julian spürte, wie sich seine Kieferpartie versteifte. Würde das noch als normales Zeichen seiner Ungeduld gelten? Als ginge Schnabel ihm langsam, aber sicher auf die Nerven?

»Auch in diesen Absätzen ist der Satzbau wieder nahezu identisch.« Schnabel wusste, was er tat. Wie ein boshaftes Kind, das einer Spinne ein Bein nach dem anderen ausriss, blickte er Julian immer wieder an und nickte selbstgefällig. Es war, als warte er auf Anerkennung oder als wolle er sagen: *Schau, wie präzise ich vorgegangen bin.* »Hinzu kommt, dass sowohl Kraemer als auch Lendt Szenen gern mit einem Fragesatz beenden. Oder sie brechen eine Szene mittendrin ab, greifen sie später wieder auf.«

Julian wedelte mit seiner Zigarettenspitze. »Reiner Zufall. Ein Mittel, dessen sich viele Krimiautoren bedienen. Lassen eine Szene mit einer bedeutsamen Frage enden oder mit einem offenen Ausgang einer Episode auf ihrem Höhepunkt.«

»Es ist mehr als reiner Zufall.« Schnabel stieß einen Seufzer aus, offenbar war er dabei, seine gute Laune zu verlieren. »Wir sprechen nicht von Goethes Einfluss auf Thomas Mann oder dem Einfluss Victor Hugos auf Tolstoi oder dem Einfluss Ernst Jüngers auf Carl Schmitt. Das sind Fälle, bei denen in den Werken hin und wieder Ähnlichkeiten auftreten. Nein, bei Kraemer und Lendt geht es um einen beinahe identischen Stil, wie ich es Ihnen gerade anhand von fünfzig bis sechzig Beispielen sehr ausführlich dargelegt habe.« Ein flüchtiges Lächeln huschte um Schnabels Lippen, dann verdüsterte sich seine Miene. »Oder verschwende ich hier meine Zeit?«

»Das weiß ich nicht, es ist nur …« Julians Stimme verebbte. Wieder hatte er mit der Hand gewedelt, und Schnabels Blick war auf die Zigarettenspitze gefallen, in der eine *Sobranie* steckte.

»Möchten Sie die Zigarette nicht anzünden?« Schnabel griff in die Tasche seiner Uniformjacke, zog ein goldenes Feuerzeug heraus und knipste es an.

Wie gebannt starrte Julian auf die Flamme, spürte seinen verkrampften Magen und geriet in Versuchung. Am liebsten hätte er »Danke« gesagt, sich Feuer geben lassen und seit Jahren mal wieder den Zug an einer *Sobranie* genossen. Nikotin hätte ihn durchströmt, und seine zum Zerreißen gespannten Nerven hätten sich vielleicht gelockert.

»Nein danke.« Julian riss sich zusammen. »Ich habe aufgehört. Wenn ich die Zigarette nicht anstecke, habe ich gesiegt. Habe der Versuchung widerstanden.«

Schnabel bedachte ihn mit einem eigentümlichen Blick, bevor er sich zurücklehnte. »Um es kurz zu machen: Ich bin der festen Überzeugung, dass Mathias Kraemer und Daniel Lendt ein und dieselbe Person sind.«

»Das ist doch albern.« Julian stieß ein nervöses Lachen aus.

»Wirklich?« Schnabel griff erneut in seine Aktentasche, holte einen kleinen Packen Fotos heraus und legte eines nach dem anderen vor Julian. »Darüber hinaus glaube ich, dass Mathias Kraemer – oder Daniel Lendt, wie er sich nun nennt – einen Identitätswechsel vollzogen hat. Mithilfe eines Netzwerks, das Ihnen ebenfalls bekannt sein dürfte. Wahrscheinlich haben Sie sogar dafür gesorgt, dass dieses Netzwerk auch anderen Ihrer Autoren geholfen hat.«

Julian hatte das Gefühl, als hätte sich unter ihm eine Falltür geöffnet. Auf den Fotos waren er, Daniel, Andreas und Josef zu sehen, die meisten waren vor dem Eingang der Universität geschossen worden. Andere zeigten Daniel, der Josef am Haus seiner Mutter begrüßte. Die Fotos waren offenbar das As gewesen, das Schnabel im Ärmel gehabt hatte. Julian zuckte mit den Schultern und klammerte sich an die letzte Rettungsleine, die ihm geblieben war.

»Ich sehe da nichts Besonderes. Das sind meine Autoren. Natürlich treffen wir uns.«

»Und Josef Weber?«

»Weber ist Polizist. Vom Revier in der Kärntner Straße. Ich habe ihn mehreren Autoren als Quelle für ihre Recherchen empfohlen.«

Schnabel nickte bedächtig. »Das hätte ich Ihnen als Erklärung sogar abgenommen, hätte einer meiner Informanten mir nicht erzählt, dass bei diesen neuen Identitäten leichte Gesichtsveränderungen ausgeführt werden. Und da fielen mir zwei Männer ein, die ich vor einigen Jahren im *Café Mozart* gesehen habe ...«

Schnabel schilderte Julian, warum er davon ausging, dass es sich bei jenen zwei Männern um angeblich neue Autoren Julians handelte. Sie führten keinen Dialog, erkannte Julian. Vielmehr hielt Schnabel einen Vortrag oder eine Predigt. Mit einem bestimmten Ziel.

Schnabel stupste ein Foto an, auf dem Andreas abgebildet war. Dies, erklärte er, sei der Mann, der ihm einmal davongelaufen und schließlich in eine Straßenbahn gesprungen war, um ihm zu entkommen. »Obwohl sein Haar damals eher brünett als blond war.« Für einen Moment schien Schnabel sich in seinen Gedanken zu verlieren. Dann sagte er: »Ich könnte Sie jetzt nach den Leitern des Netzwerks fragen. Aber wahrscheinlich würden auch Sie mir erzählen, dass Ihnen nur Vornamen bekannt sind, die sich seitdem ein Dutzend Mal geändert haben.« Er zuckte mit den Schultern. »Zudem habe ich erfahren, dass diese Drahtzieher sich mittlerweile wohl in der Schweiz befinden. Aber mit Sicherheit können Sie mir den Juden Kraemer liefern ... oder soll ich ihn Lendt nennen?« Schnabel fixierte Julian scharf.

Der schüttelte den Kopf. »Das ... das kann ich nicht.«

»Um meinem Vorschlag Nachdruck zu verleihen, könnte ich ein SS-Kommando herbestellen und Ihr Büro durchsuchen lassen. Dabei würden wir sicherlich auf die Namen weiterer jüdischer und regimekritischer Autoren stoßen, die Sie mithilfe neuer Identitäten geschützt haben. Ihre Weigerung ist daher sinnlos.«

Das war es also. Kraemer ausliefern oder alle anderen Autoren mit neuen Identitäten, die sich in seinen Akten befanden, der Gefahr aussetzen, entdeckt zu werden – Juden, Dissidenten, Ghostwriter von Nazigegnern im Exil. Doch dann kehrten Julians Gedanken wieder zu der langen, von gegenseitigem Vertrauen geprägten Freundschaft mit Mathias zurück. Würde er ihn opfern, könnte auch dessen Familie in einem Lager enden.

»Ich ... ich kann es nicht.« Es war ein kaum hörbares Gemurmel, mehr brachte Julian nicht zustande.

Schnabel sah ihn abfällig an. »Sie sollten an sich selbst denken. Abgesehen von der Rolle, die Sie bei den neuen Identitäten gespielt haben, gibt es Gerüchte, nach denen Sie homosexuell sind. In einem Lager würden Sie nicht länger als fünf Minuten überleben.«

»Diese Gerüchte sind falsch«, stotterte Julian. »Ich habe zahlreiche Freundinnen gehabt.«

Schnabel musterte Julian kalt, betrachtete sein rot-braunes Hemd und die cremefarbene Krawatte. »Aber wer würde Ihnen das bei Ihrem Anblick glauben? Sie wissen, was geschieht, sollte ich Sie offiziell der Homosexualität bezichtigen.« Schnabel zuckte mit den Schultern. »Aber anscheinend haben Sie Ihre Entscheidung bereits getroffen.« Er griff nach dem Telefon auf Julians Schreibtisch.

»Nein ... bitte«, sagte Julian. »Ich kann Ihnen Kraemer nicht ausliefern, verstehen Sie das nicht? Ich ... ich kenne ihn seit zu langer Zeit.«

Schnabels Hand schwebte über dem Telefon. »Bieten Sie mir einen Ersatz, wenn Sie nicht möchten, dass ich ein SS-Kommando rufe. Einen Ersatz, der Wert hat. Ich kann nicht mit leeren Händen zurückkehren.«

Julian nickte mit verlorenem Blick und glich einem Verdammten, der sich zwischen Strang und Fallbeil entscheiden darf. Er ließ sich mehrere Möglichkeiten durch den Kopf gehen. Es fühlte sich weniger persönlich, weniger schmerzhaft an, an Möglichkeiten statt Menschen zu denken. Aber auch die Möglichkeiten waren allesamt grauenhaft. Er schüttelte den Kopf und fing an, zu zittern.

Schnabel lächelte. »Falls Sie Entscheidungsschwierigkeiten haben, könnte ich eine Münze werfen.«

»Nein, schon gut ... alles gut«, sagte Julian und wusste, dass es nicht gut war und wahrscheinlich auch nie wieder gut sein würde.

Kapitel 29

Mathias alias Daniel

Kurz nach meinem Besuch bei Brunnermann klopfte es an unserer Wohnungstür. Zuerst dachte ich, jemand könnte mir vom Juweliergeschäft aus gefolgt sein oder hätte vor dem Haus auf meine Rückkehr gewartet.

Nach wie vor war ich nervös, wenn ich mit den Diamanten zu Brunnermann ging. Es war die alte Angst, entweder von der Gestapo oder der SS angehalten und durchsucht oder von Kriminellen überfallen und beraubt zu werden. Aber wenigstens legte ich den Weg nur alle drei Monate zurück, und seitdem ich Uhrzeit und Strecke geändert hatte, war ich auch nicht mehr auf Schnabel gestoßen. Sollte er das Café in der Mahlerstraße stets zur gleichen Uhrzeit aufsuchen, würden wir uns nicht mehr begegnen.

Doch da ich mich nun später am Tag zu Brunnermann begab, waren auch die Schatten länger geworden, und die Gefahr, überfallen zu werden, war gestiegen. Folglich blieben meine Nerven angespannt. Zudem hatte ich mitunter das merkwürdige Gefühl, beobachtet zu werden.

An diesem Tag legte sich meine Nervosität erst, als ich meine Wohnung betrat, den angehaltenen Atem ausstieß und die Tür hinter mir schloss. Ich holte das Bündel Geldscheine aus der Innentasche meines Jacketts, ging ins Schlafzimmer und zog die unterste Schublade aus der Kommode, unter der ich das Geld verbarg.

Auch auf dem Rückweg von Brunnermann war die Angst stets mein Begleiter. Dann fürchtete ich, man könnte mir das Geld rauben, oder SS oder Gestapo würden mich durchsuchen und mir aufgrund der hohen Geldsumme, die ich bei mir trug, unangenehme Fragen stellen.

»Ivor!«, rief ich in die Küche. »Herr Brunnermann hat mir für dich Briefmarken mitgegeben.« Wenn wir allein waren oder jemand wie Josef bei uns war, benutzte ich den richtigen Namen meines Sohns, statt ihn »Alex« zu nennen.

Als ich die Küche betrat, war Ivor dabei, sich zu einer Tasse heißer Schokolade ein Marmeladenbrot zu schmieren. Inzwischen war er vierzehn Jahre alt. Im vergangenen Jahr war er in die Höhe geschossen, seitdem schien er immerzu Hunger zu haben. »Diesmal sind es besonders bunte und ausgefallene Marken.«

Ich legte sie auf den Tisch. Sie kamen aus Kenia, Mauritius und Mosambik, zeigten Zebras und Palmenstrände.

Ivor strahlte. »Danke, Papa, die sind prima. Ich glaube, die habe ich noch nicht.«

Ich tätschelte ihm die Schulter, wir lächelten uns an. Mittlerweile war er zu alt und zu groß, als dass ich ihn, noch wie vor einem Jahr, in die Arme hätte nehmen können.

Und dann klopfte es an der Wohnungstür, und die Nervosität, die sich eben erst gelegt hatte, kehrte zurück.

Mit mulmigem Gefühl ging ich zur Tür.

Johannes alias Andreas

Kurz nach dem Abendessen klopfte es an unserer Wohnungstür.

Stefanie – wir benutzten auch zu Hause die Decknamen – stand auf. Sie hatte die Tür noch nicht erreicht, als schon dagegen gehämmert wurde. Da hätte ich erkennen müssen, dass etwas im Argen war.

Ich wollte meine Frau zurückrufen, es war zu spät, sie hatte die Tür bereits geöffnet. SS-Männer stürzten herein, stießen Stefanie um.

Die Schießübungen mit Alois nützten mir nun wenig. Die Männer waren zu fünft, und jeder war bewaffnet. Zwei packten mich, als ich auf dem Weg zum Schlafzimmer war, wo ich meine Waffe oben aus dem Kleiderschrank holen wollte. Sie zwangen mich zu Boden.

Meine Frau sprang einem auf den Rücken, schlug und kratzte ihn. Er warf sie ab und versetzte ihr mit dem Schaft seines Gewehrs einen Schlag vor die Brust. Auch sie ging zu Boden.

»Wir wollen Johannes Namal, den Halbjuden«, verkündete einer von ihnen, wahrscheinlich der Anführer. »Der Rest von euch interessiert uns nicht.«

Ich hörte meinen Namen und wusste, dass ich aufgeflogen war. Als die Männer in unsere Wohnung stürmten, hatten meine Kinder geschrien. Nun schluchzte Nadia und zitterte vor Angst. Dominik wollte nicht weinen, er starrte die Männer finster an.

Wahrscheinlich war auch ein SS-Kommando auf dem Weg zu Mathias. Ich dachte daran, dass ich seiner Mutter versprochen hatte, immer für ihn da zu sein ... Ich musste versuchen, ihn zu warnen. Doch die Hand, die mich auf den Boden drückte, war stark.

Stefanie raffte sich auf. Der Mann, der sie abgeworfen hatte, hob drohend sein Gewehr. Dominik, der nicht wollte, dass seine Mutter noch einmal geschlagen wurde, stürzte sich auf ihn und wurde mit einer Armbewegung weggeschleudert. Vielleicht lenkte dies den Mann ab, der mich auf den Boden zwang, denn der Druck auf meinem Rücken ließ ein wenig nach. Das war meine Gelegenheit. Ich sprang auf, stieß die Männer aus dem Weg und rannte durch die noch offen stehende Wohnungstür. Ich hetzte die Treppe hinunter, nahm zwei, drei Stufen auf einmal.

Ein Schuss ertönte, Gips platzte nicht weit von meinem Kopf entfernt von der Wand ab. Ich landete auf dem nächsten Treppenabsatz, war aus der Schusslinie. Wie ein Wahnsinniger sprang ich keuchend die letzten Stufen hinunter. Der nächste Schuss ertönte, als ich die Eingangstür aufriss und hörte, wie sie krachend gegen die Wand schlug. Ich wandte mich nach rechts, rannte über den Bürgersteig. Falls ich es vor den SS-Männern bis zur nächsten Straßenecke schaffte, wäre ich vielleicht gerettet. Noch fünfzig Meter, noch dreißig. Um die Ecke war eine Telefonzelle. In die würde ich springen und Mathias anrufen. Das Herz trommelte in meiner Brust, ich bekam kaum noch Luft. Noch zehn Meter.

Doch dann, kurz vor der Ecke, wurde von hinten etwas gerufen, bei dem mir Herzschlag und Atem stockten.

»Halt! Oder wir erschießen Ihren Sohn!«

Ich verharrte, drehte mich um.

Der Anführer hatte einen Arm um Dominiks Hals gelegt und seine Waffe auf den Kopf meines Sohns gerichtet.

Abwehrend hob ich die Hand. »Nein, bitte nicht. Bitte tun Sie ihm nichts.« Mit erhobenen Händen rannte ich zurück. »Ich werde keinen Ärger machen. Ich komme mit.«

Die Miene des Mannes blieb steinern. Erst als uns nur noch wenige Meter trennten, lächelte er zufrieden, ließ Dominik los und richtete die Waffe auf mich. »So ist's brav.« Sein Lächeln verschwand. Er nickte den SS-Männern zu, die ihm gefolgt waren.

Grobe Hände trieben mich auf die Ladefläche eines Lastwagens, der am Straßenrand stand. Ich nickte Dominik zu, wollte ihm bedeuten, dass alles gut werden würde. Oben in unserer Wohnung stand Stefanie am Fenster. Ihre Miene war hilflos und schmerzerfüllt zugleich. Wahrscheinlich dachte auch sie, dass wir uns nun zum letzten Mal sahen.

Kapitel 30

»Juden sind verpflichtet, ihr gesamtes Vermögen anzumelden. Der Besitz öffentlicher oder strategischer Gebäude oder von Grundstücken, die von allgemeinem Interesse oder Bedeutung sind, ist ihnen verboten. Selbige können jederzeit vom Deutschen Reich beschlagnahmt werden.«

An diesem kalten und trostlosen frühen Morgen war es nur dem Namen nach Frühling. Das dürften insbesondere die Männer, Frauen und Kinder gespürt haben, die sich auf einem Bahnsteig des Aspangbahnhofs zusammendrängten und auf den Zug zum Konzentrationslager Sobibór warteten. Etliche von ihnen waren mitten in der Nacht gefangen genommen worden. Sie trugen weder Mäntel noch warme Kleidung.

Zu ihnen gehörte Andreas. Er trug Hose, Hemd und den dünnen Pullover, den er am Vorabend, als seine Wohnung gestürmt wurde, angehabt hatte. Dann erschien Julian. Er brachte Andreas eine warme Jacke, einen kleinen Koffer mit dem Notwendigsten und Kleidung zum Wechseln.

Andreas streifte die Jacke über. Julian trat dicht an ihn heran. »In das Jackenfutter haben Stefanie und ich Familienfotos und Tabak genäht. Etwas Besseres als Tabak gibt es nicht, um im Lager zu handeln. Deshalb fühlt sich die Jacke so schwer an. Aber das Wichtigste ist der Brief in der Innentasche. Sieh zu, dass du ihn gleich bei deiner Ankunft Dieter Meisel gibst. Das ist der stellvertretende Lagerkommandant.«

Andreas nickte. »Weißt du, wie sie mir auf die Schliche gekommen sind?«

»Keine Ahnung.« Julian wandte den Blick von seinem Freund ab. Andreas sollte die Schuld in seinen Augen nicht erkennen – diese große Schuld, die ihn verzehrte. Am Abend hatte er bei Stefanie Andreas' Sachen abgeholt. Sie und die Kinder waren in Tränen aufgelöst gewesen, ein Anblick, der ihm in der Seele wehgetan hatte. »Vermutlich eine Schwachstelle im Netzwerk. Wahrscheinlich wieder jemand, den die SS enttarnt hat.«

»Ist Mathias ebenfalls festgenommen worden?«

»Nein, ich glaube nicht.«

Einen Moment lang schwiegen sie. Ihr Schweigen wurde von einem schrillen Pfiff und dem Gebrüll der SS-Wachen unterbrochen.

»Weißt du, dass ich als Dissident Andreas Siebert nach Sobibór geschickt werde? Eigentlich seltsam, den Nazis ist doch bekannt, wer ich bin.«

»Das ist gut, das wird es für dich leichter machen, als wenn man dich als Juden führen würde. Gib auch im Lager nie zu, dass du Jude bist.« Julian blickte über die Schulter zurück zu Schnabel, der sie aus fünfzig Metern Entfernung beobachtete. Dass Andreas als nichtjüdischer Dissident galt, hatte, ebenso wie dieses Treffen in letzter Minute, zu dem faustischen Pakt gehört, den Julian mit Schnabel geschlossen hatte. Obwohl Julian den Verdacht hegte, dass Schnabel dem nur zugestimmt hatte, weil die Dokumente, die Andreas als Johannes Namal auswiesen, vernichtet worden waren, und es gedauert hätte, sie neu auszustellen. Schnabel wünschte keine Verzögerungen.

Eine der am nächsten stehenden SS-Wachen sah Andreas an und brüllte: »Los, steig ein.«

Julian umarmte Andreas. »Es wird hart werden – aber ich bin sicher, dass du überleben wirst.« Die Kälte, der Abschied, seine Schuldgefühle – all das trieb ihm Tränen in die Augen.

»Deine Zuversicht tröstet mich«, murmelte Andreas. Sein Blick richtete sich in die Ferne. Dann schloss er resigniert die Augen und klopfte Julian auf den Rücken. »Ich werde alles tun, um zu überleben.«

»Vergiss den Brief nicht!«, rief Julian, als die beiden SS-Wachen Andreas von ihm losrissen und mit vorgehaltenem Gewehr zu dem wartenden Viehwaggon trieben.

Julian sah zu, wie die Waggontür hinter Andreas zuschlug. Stefanie hatte gesagt, dass sie, als die SS ihren Mann abgeführt hatte, das Gefühl gehabt hatte, Andreas nie wiederzusehen. Und trotz der Zuversicht, die er Andreas gegenüber geäußert hatte, stieg in Julian nun das gleiche Gefühl auf.

***

»Sehr rührend«, sagte Schnabel, als Julian zu ihm zurückkehrte. »Mir scheint, unsere kleine Abmachung haben Sie für sich behalten.«

Julian bedachte ihn mit einem wütenden Blick, bevor er wieder zum Bahnsteig schaute, wo gerade die letzten Gefangenen in den Zug gescheucht wurden.

»Sie sollten mir nicht grollen. Oder gar zürnen. Das ist nicht gut fürs Gemüt.« Schnabel lächelte spöttisch. »Die Sache hätte für Sie weitaus schlimmer ausgehen können. Dann würden Sie Ihrem Freund jetzt Gesellschaft leisten.«

Julian überlief ein Schauder. Aber wäre es nicht besser gewesen, bei Andreas zu sein? Es wäre die gerechte Strafe gewesen.

»Jeder hat sein Kreuz zu tragen«, sagte Schnabel und taxierte Julians Miene.

Sie waren beide Kompromisse eingegangen. Schnabel hätte einen Volljuden wie Kraemer vorgezogen. Als er aber erfuhr, dass es sich bei dem Vater von Andreas um den berühmten jüdischen Regimekritiker Samuel Namal handelte, hatte er aufgemerkt. Und so war Andreas zu einem würdigen Ersatzmann für seinen Cousin geworden, ein Fang, auf den Schnabel stolz sein konnte.

Als Schnabel Julian mit der Durchsuchung seines Büros gedroht hatte, hatte er geblufft. Er nahm nicht an, dass die Hinweise auf die Autoren, die ihre Identität geändert hatten, leicht zu finden gewesen wären. Wahrscheinlich hätten sie tagelang suchen müssen und wären danach womöglich mit leeren Händen dagestanden. Zudem hatte Julian Reisner gute Beziehungen, sogar hochrangige Wehrmachtsoffiziere zählten zu seinen Autoren. Offenbar bediente der Mann beide Seiten. Hätte er diese Autoren bei einer Durchsuchung angerufen und sich beschwert, hätte die Gestapo ihn, Schnabel, vielleicht wieder gerügt und von »ungeschicktem Vorgehen« gesprochen.

Nein, die rasche, schonungslose Abmachung unter Druck war das Klügste gewesen. Die Bedingungen, die Reisner gestellt hatte, waren akzeptabel gewesen. Zu ihnen gehörte unter anderem, dass Reisner seinem Autor vor der Abreise persönliche Gegenstände bringen konnte. Eine andere Bedingung war merkwürdiger gewesen.

Bei der Erinnerung schüttelte Schnabel den Kopf. »Wahrscheinlich haben Sie Ihrem Freund auch nicht erzählt, dass nicht ich, sondern Sie wollten, dass er nach Sobibór kommt. Das Lager liegt an der Ostgrenze des Generalgouvernements und ist nicht gerade als Ferienort bekannt.« Schnabel zog die Brauen hoch. »Man könnte meinen, Sie können Ihren Freund nicht leiden.«

Julian betrachtete Schnabel kalt. »Vielleicht schäme ich mich für das, was ich getan habe, und mein Freund kann nicht weit genug weg sein. Aus den Augen, aus dem Sinn.«

»Zug fährt ab!«, rief einer der Wachleute, als die letzte Tür des Güterzugs zugefallen war. Ein schriller Pfiff ertönte. Sekunden später setzte sich der Zug in Bewegung.

Schnabel und Julian blickten ihm schweigend nach. Schließlich drehte Julian sich zu Schnabel um. »Sind wir jetzt quitt?«

»Ja.« Schnabel stieß einen Seufzer aus, gewissermaßen als Schlussstrich unter ihre Abmachung. »Ich bin ein Mann, der sein Wort hält, und werde Sie nie mehr auf Kraemer oder die anderen Autoren ansprechen.«

»Sehr schön. Dann sage ich nun nicht Auf Wiedersehen, sondern Auf Nimmerwiedersehen.« Julian wandte sich ab und ging davon. Als er den Bahnhof hinter sich gelassen hatte, zündete er sich nach vier Jahren eine Zigarette an.

Johannes alias Andreas

Die Türen schlugen zu. Wir waren im Dunkeln. Als meine Augen sich an die Dunkelheit gewöhnt hatten, konnte ich die Formen und Gesichter der rund zwanzig Personen ausmachen, die mit mir in diesem Waggon saßen. Dann begann der drei Tage lange Abstieg in die Hölle.

Lundenburg ... Neisse ... Oppeln ... Kielce ... Warschau ... Lublin ... Chełm ...

Ich unterhielt mich mit Ernst, dem Inhaber eines Schuhgeschäfts in der Kärntner Straße. Bei jedem Halt wurden wir mehr – vierzig, sechzig, achtzig. Die Körper so dicht gedrängt, dass man kaum atmen konnte. Und nie eine andere Wahl, als sich dort, wo man stand, zu erleichtern. Der zwei Tage alte Gestank nach Urin und Exkrementen hatte eine beißende Ammoniakbeigabe erhalten, die den letzten Rest frischer Luft raubte.

Ich klammerte mich an die Hoffnung, dass ich die Fahrt überstehen würde. Andere waren bereits zusammengebrochen, einige von ihnen stöhnten, etliche waren verdächtig still. Ich zog die Jacke, die den Brief, den Tabak und die Fotos meiner Familie enthielt, eng um mich.

Und inmitten dieser finsteren Reise tauchte das Gesicht meiner Tante Lena vor meinem inneren Auge auf. Wieder dachte ich an das Versprechen, das ich ihr gegeben hatte.

Kurz nachdem sie sich von ihrem Schlaganfall erholt hatte, stattete ich ihr einen Besuch ab. Sie bedankte sich für meine Anteilnahme und Fürsorge. Dann sagte sie schwermütig: »Die größeren Sorgen mache ich mir um Mathias. Was ist, wenn ich nicht mehr bin? Wie wird er damit zurechtkommen? Er ist ein geschiedener Mann, vielleicht wird er sich nach meinem Tod einsam fühlen. Du hast Hannah, die für dich da ist. So jemanden hat Mathias nicht.«

»Er hat mich«, entgegnete ich. »Ich werde für ihn da sein. Du weißt, wie nahe wir uns stehen.«

»Ja, das weiß ich.« Tante Lena sah mich liebevoll an. Dann huschte ein Lächeln über ihre Lippen. »Seltsam. Mathias hat beinahe das Gleiche über dich zu deinem Vater gesagt, kurz bevor dieser starb.«

»Ach, das wusste ich nicht.«

Tante Lena stutzte, merkte, dass sie mir etwas erzählt hatte, was sie nicht hätte erzählen sollen. Vielleicht war der Schlaganfall daran schuld, der sie geistig beeinträchtigt hatte. »Herrje«, sagte sie. »Das hätte ich wohl besser für mich behalten.«

»Ich frage mich, warum Mathias mir von diesem Versprechen nie etwas erzählt hat.«

Meine Tante zuckte mit den Schultern. »Vielleicht dachte er, es würde dich peinlich berühren.« Sie lächelte charmant. »Bitte erzähl Mathias nichts von unserem kleinen Gespräch. Es würde auch ihn peinlich berühren. Die Hauptsache ist, dass du dich um Mathias kümmerst, wenn ich nicht mehr bin.«

Mathias und ich hatten unsere Versprechen beide geheim gehalten. Und nun würde mein Cousin womöglich nie erfahren, was ich seiner Mutter versprochen hatte. Und wer wusste schon, ob ich es jemals würde wahr machen können?

Ich glaube nicht, hatte Julian gesagt, als ich ihn gefragt hatte, ob auch Mathias gefangen genommen worden sei. Doch da war der Hauch eines Unbehagens oder einer Unsicherheit gewesen, als wüsste er mehr, als er mir verraten wollte. Hatte er mir eine weitere schlechte Nachricht ersparen wollen?

So viele Geheimnisse.

Ich schluckte krampfhaft, doch mein Mund war so trocken, dass ich zum Schlucken kaum noch genug Speichel hatte. Dieses Gefühl wurde von Stunde zu Stunde schlimmer. Zuletzt konnte ich nur noch an Wasser denken. *Bekäme ich nur einen kleinen Schluck, könnte ich vielleicht überleben.* Dieser Wunsch wurde übermächtig – schob die Gedanken an meine Frau und meine Kinder, an Mathias und Tante Lena immer weiter fort, bis sie langsam verblassten und die Erinnerungsbilder nur noch verschwommen durch meinen Kopf geisterten.

Bei unserer Ankunft in Sobibór war ich dermaßen geschwächt, dass ich, als ich den SS-Mann mit der Feldflasche sah, beinahe vergessen hätte, ihm den Brief an den stellvertretenden Lagerkommandanten Dieter Meisel zu überreichen.

»Bitte ... einen kleinen Schluck Wasser.«

Doch es war klar, dass er mir nichts geben würde, und ich wurde immer verzweifelter. Dann atmete ich auf. Wir würden duschen gehen, würden in nur wenigen Minuten unter den Brausen stehen. Dann konnte ich Wasser trinken.

Dennoch schien es zu dauern, bis wir in einen Raum schlurfen, uns entkleiden konnten und ich mit etwa neunzig anderen Männern in einen großen Duschraum geführt wurde.

Ein Motor wurde angeworfen, ich hörte ein leises Klappern in der Leitung. Ich legte den Kopf in den Nacken und öffnete den Mund, um den himmlischen Moment zu erleben, wenn das erste Nass seit drei Tagen meine Lippen berührte.

Kapitel 31

»Aus unseren Verletzlichkeiten
wird unsere Stärke erwachsen.«

Sigmund Freud

SS-Untersturmführer Meisel kam aus einer Besprechung mit Lagerkommandant Töpfer, als Rottenführer Hofer mit einem Brief zu ihm trat.

»Den soll ich Ihnen geben, Untersturmführer.«

Meisel betrachtete den Umschlag. Im Adressfeld stand sein Name, mit Schreibmaschine geschrieben, das war alles. Er öffnete den Brief. »Woher kommt der?«

»Einer der neuen Gefangenen hat ihn Scharführer Vogt überreicht. Dieser hat mich aufgefordert, Ihnen den Umschlag zu überbringen.«

»Aha.« Scharführer Vogt kümmerte sich um die Aufnahme der Neuankömmlinge.

Meisel zog das Schreiben heraus und begann, zu lesen. Aus wenig Interesse wurde großes, dann Entsetzen. Er sah Hofer aufgebracht an.

»Warum wurde mir dieser Brief nicht sofort überbracht?«

Unter Meisels Blick begann Hofer, sich zu winden. »Sie waren in einer Besprechung mit Lagerkommandant Töpfer. Und Scharführer Vogt ging davon aus, dass der Brief von einem Wiener Rabbiner oder der Israelischen Kultusgemeinde Wien stammt.«

Es konnte vorkommen, dass neue Häftlinge Bittschreiben ihrer Rabbiner, Bürgermeister oder der israelischen Kultusgemeinde bei sich hatten, die in Sobibór ausnahmslos ignoriert wurden.

»Es war an mir, diese Entscheidung zu treffen, nicht an Scharführer Vogt«, sagte Meisel. »Wo ist der Gefangene jetzt?«

»Er ist vor fünfzehn oder zwanzig Minuten eingetroffen.« Hofers Unbehagen stieg. »Wahrscheinlich ist er bereits im ... im Bad.«

»Sie kommen mit!«, befahl Meisel. »Beten Sie, dass wir nicht zu spät sind.«

Meisel war ein schlanker Mann von zweiundvierzig Jahren, der gut in Form war, doch Hofer hatte ihn noch nie so hetzen sehen. Normalerweise schlenderte Meisel umher, traf seine Entscheidungen gemächlich zwischen zwei Zügen an seiner Tonpfeife. Doch nun rannte er, als wären sämtliche Teufel hinter ihm her. Hofer, der fünfzehn Jahre jünger als Meisel war, kam kaum mit.

Die Unterkünfte der SS-Wachen lagen abseits der beiden Gefangenenlager, die ihrerseits durch einen Stacheldrahtzaun und einen asphaltierten Pfad von den Gaskammern getrennt waren. Dieser Pfad wurde »Himmelstraße« oder »Schlauch« genannt.

Meisel und Hofer erreichten den Schlauch schwer atmend und hörten bereits das laute Brummen des Dieselmotors, der Kohlenmonoxid in das »Bad« leitete.

Es klang, als wären sie zu spät.

Mathias alias Daniel

Ganz gleich, wie sehr Josef mich zu beruhigen versuchte, ich konnte mich des Gefühls nicht erwehren, in einer Falle zu sitzen, die immer enger wurde.

Ich nahm einen Schluck Bier und rieb mir die Schläfen. »Deya ist verschwunden und nun auch Andreas. Und du glaubst nicht, dass da ein Zusammenhang besteht?«

Josef schüttelte den Kopf. »Nein, das glaube ich nicht. In Deyas Brief stand klipp und klar, dass sie mit Luciana fortgezogen ist – wahrscheinlich in ein anderes Land.«

»Und du weißt nicht, in welches?«

»Nein.« Auch Josef nahm einen Schluck Bier. »Lorenzo hat mir als Kontakt eine Telefonnummer zukommen lassen. Dort habe ich angerufen. Es ist der Anschluss eines Bankjuristen in Genf. Heute Morgen hat er mich zurückgerufen.«

Dessen Worte hatte Josef noch im Ohr. *Nennen Sie mir eine Telefonnummer, vorzugsweise die einer Telefonzelle, sodass man unseren Anruf nicht zu Ihnen zurückverfolgen kann. Nennen Sie mir für unseren Rückruf eine Uhrzeit, mindestens acht Stunden nach diesem Anruf. Bis dahin habe ich mit unserem gemeinsamen Freund gesprochen. Zur festgesetzten Zeit rufe ich Sie mit einer Nachricht von ihm zurück.*

»Lorenzo nimmt an, dass Deya Österreich verlassen hat. Aber offenbar weiß auch er nicht, wo sie ist. Sollte sie in der Schweiz sein, hat sie sich bisher noch nicht bei ihm gemeldet.«

»Komisch, dass sie nicht einmal Lorenzo gesagt hat, wohin sie will.«

»Eigentlich nicht. Falls sie davon ausgeht, dass es in seinem Netzwerk eine Schwachstelle gibt, wird sie sich so lange bedeckt halten, bis sie weiß, dass sie Lorenzo gefahrlos kontaktieren kann. Schnabel ist Deya im Club zu nahe gerückt. Ich vermute, Deya ist in Panik geraten und geflohen.«

Wir starrten in unsere Biergläser und ließen uns die möglichen Gründe für Deyas Verschwinden durch den Kopf gehen.

Josef und ich saßen in einer Bar, die nicht weit von Andreas' und Stefanies Wohnung entfernt lag. Nach meinem Besuch bei Stefanie und den Kindern hatte ich etwas Stärkeres als Kaffee gebraucht, und Josef schien es ähnlich zu gehen, aber seit Deya fort war, trank er ohnehin reichlich.

Sobald ich von Andreas' Festnahme erfahren hatte, rief ich Stefanie an. Zwei Tage hatte ich ihr Zeit gelassen, um den ersten Schock zu überwinden, dann fuhr ich mit Josef zu ihr. Vielleicht bildete ich es mir ein, doch ich hatte den Eindruck, dass in ihrer Wohnung nun auf Anrichten, Kommoden und Beistelltischen vermehrt Familienfotos standen; bei vielen handelte es sich um Aufnahmen meines Cousins. Es war, als wolle Stefanie auf Schritt und Tritt von Erinnerungen umgeben sein und sich ihrem Mann wenigstens auf diese Weise nahe fühlen.

Die Szene von Andreas' Festnahme, die Stefanie mir schilderte, zerriss mir das Herz. Ich konnte mir alles lebhaft vorstellen, wusste, wie panisch ich gewesen war, als es nach meinem Besuch bei Brunnermann an meiner Wohnungstür geklopft hatte. Es war aber nur Frau Schmid aus dem Haus gewesen, die sich darüber beschwerte, dass bei ihr das Wasser abgestellt worden war, und wissen wollte, ob das auch bei uns der Fall sei.

Ich hatte Stefanie Geld angeboten, um ihr über die Runden zu helfen. Sie bedankte sich mit einem zittrigen Lächeln und schüttelte den Kopf. »Das ist nicht nötig. Wir haben Ersparnisse, und meine Eltern wollen mich ebenfalls unterstützen. Auch Julian war sehr freundlich.« Ihre Augen begannen, feucht zu glänzen, und sie biss sich auf die Unterlippe. »Er wird bei allen Büchern von Andreas auf seine Provision verzichten. Und für den Roman, den Andreas zur Hälfte fertig hatte, will er einen Ghostwriter suchen, der die Geschichte beendet, damit mir auch diese Einnahmen zugutekommen.«

Ich wünschte, Stefanie hätte mein Angebot angenommen. Vielleicht hätte es meine Schuldgefühle gelindert, denn ich musste immerzu an das Versprechen denken, das ich Andreas' Vater vor seinem Tod gegeben und nicht gehalten hatte. Ich hatte es nicht geschafft, seinen Sohn vor Unheil zu bewahren. Und es quälte mich, zu sehen, wie verzweifelt Stefanie und die Kinder waren. Dass ich gar nicht in der Lage gewesen wäre, Andreas zu retten, tröstete mich nicht.

Noch am Abend der Festnahme, nachdem Julian bei Stefanie ein paar Dinge für Andreas abgeholt hatte, hatte er Josef angerufen und ihm erzählt, was vorgefallen war. *Schnabel wusste von dem Identitätswechsel, er kannte Andreas' richtigen Namen. In unserem Netzwerk muss es eine neue Schwachstelle geben. Hätte ich Schnabel Andreas' Adresse nicht genannt, hätte er meine ganzen Akten durchsucht. Ich hatte Angst, er würde auch die anderen Autoren entdecken, die sich eine neue Identität zugelegt haben ... Ich hatte kaum eine andere Wahl.*

Ich blickte Josef an. »Glaubst du, Schnabel hat noch mehr Verdachtsfälle, mich inbegriffen, und nimmt sich nun einen nach dem anderen vor?«

Josef schüttelte den Kopf. »Julian sagt, dass dem nicht so ist.« Etwas flackerte in seinen Augen auf und erlosch gleich wieder. Ganz sicher schien er also nicht. »Wäre das der Fall, wäre die SS schon bei dir gewesen und hätte dich mitgenommen.«

***

Die ersten Schlucke Wasser keuchte und würgte dieser Andreas Siebert wieder heraus. Nach dem dritten schien er langsam zu sich zu kommen.

»Sie sind Andreas Siebert?«, fragte Meisel, um sicherzugehen, dass Hofer nicht den Falschen aus der Gaskammer gezerrt hatte.

Siebert nickte zögernd, fast als hätte er Schwierigkeiten, sich an den eigenen Namen zu erinnern.

Auch Hofer war aufgefallen, dass es, als er die Tür der Gaskammer aufgerissen und Sieberts Namen gebrüllt hatte, einen Moment gedauert hatte, bis der Gefangene seine Hand hob.

Und dann waren vier Wachen notwendig gewesen, um die anderen Gefangenen mit Waffengewalt zurückzuhalten. »Wasser ... Wasser«, hatte Siebert kaum hörbar geflüstert.

Unterdessen war Meisel in den Motorraum gestürzt. »Halt! Abschalten!«, schrie er Scharführer Haas an, der den Dieselmotor bediente. Doch der Lärm des Motors war so groß, dass Meisel selbst vorspringen und den Schalter umlegen musste.

»Was ist passiert?«, fragte Haas.

»In der Kammer ist einer, der nicht hineingehört.«

»Sie könnten Glück haben«, sagte Haas. »Der Motor hatte heute Anlaufschwierigkeiten«. Der Motor war alt, und bis er ansprang, waren an manchen Tagen zwei oder drei Versuche erforderlich.

Als Meisel Siebert betrachtete, war er nicht sicher, ob er Glück gehabt hatte. Der Mann schien mehr tot als lebendig zu sein.

Nachdem Siebert den dritten Schluck Wasser bei sich behalten hatte, ließ Meisel ihm eine Flasche Wasser bringen und sagte: »Die kann er mitnehmen, wenn er mit mir kommt.«

Er befahl einem Wachmann, eine Wolldecke zu besorgen, in die Siebert gehüllt wurde. Siebert trank die nächsten Schlucke Wasser. Hofer half ihm auf die Beine und stützte ihn. Sie durchquerten den Schlauch. Nach der Hälfte des Wegs konnte Siebert ohne Hofers Hilfe laufen.

Doch plötzlich blieb er stehen, blickte zurück zu der Gaskammer, aus der fürchterliche Schreie und Stöhnen zu hören waren. Vielleicht versuchte er, sich über seine Umgebung im Klaren zu werden. Oder dachte er an das Schicksal, dem er mit knapper Not entronnen war?

»Ihr Agent hat mir einen Brief geschrieben«, sagte Meisel, um Siebert seine Rettung zu erklären. »Den möchte ich Ihnen zeigen.«

Kapitel 32

Herrn
SS-Untersturmführer Dieter Meisel
Stellvertretender Kommandant
Lager Sobibór
Sobibór
Generalgouvernement Polen

28. April 1942

Sehr geehrter Herr Untersturmführer!
Sicherlich erinnern Sie sich an das Manuskript mit dem Titel Eine flackernde Kerze, das Sie mir vor einigen Monaten gesandt haben. Damals habe ich Ihnen geantwortet, dass ich das Manuskript für vielversprechend halte, jedoch noch einiges an Arbeit notwendig sei, bevor ich es Verlagen guten Gewissens anbieten kann.
Daraufhin schrieben Sie mir, dass Sie dazu Hilfe bräuchten und ob ich Ihnen jemanden empfehlen könne. Zum damaligen Zeitpunkt ist mir niemand eingefallen, doch nun bin ich in der Lage, Ihnen jemanden zu nennen. Es ist der Mann, der Ihnen diesen Brief übergeben hat. Unglücklicherweise hat sein Weg ihn in Ihr Lager geführt, doch für Sie könnte sich seine Anwesenheit als positiv erweisen.
Sein Name lautet Andreas Siebert. Er ist ein großartiger junger Autor, mit dem ich viele Jahre zusammengearbeitet habe. Er kann Ihnen nicht nur bei Ihrem Manuskript behilflich sein, sondern besitzt auch gute Schreibmaschinen-

kenntnisse. Zudem ist er ein hervorragender Kalligraf. Er kann Sie also sowohl bei der Bearbeitung Ihres Manuskripts als auch bei anderen Büroarbeiten unterstützen.

Mit freundlichen Grüßen
Julian Reisner
Literaturagent

Johannes alias Andreas

Während ich den Brief las, herrschte in Meisels Büro Stille. Meine Augen tränten noch, und meine Sicht war verschwommen, deshalb dauerte es eine Weile, bis ich die Zeilen richtig aufgenommen und ihre Bedeutung erfasst hatte.

Mein Leben hing also von einem einzigen Stück Papier ab.

Bevor ich Meisels Büro betrat, hatte Meisel dafür gesorgt, dass Hofer mich in einer Baracke der Wachen duschen ließ und meinen kleinen Koffer mit meiner Kleidung zum Wechseln auftrieb.

Das Wasser in der Dusche war warm und wohltuend. Ich schloss die Augen, als es über mich lief und den drei Tage alten Dreck meiner Reise im Viehwaggon abwusch. Nur mein Entsetzen, das vermochte das Wasser nicht abzuspülen. Immer wieder hörte ich im Geist die Schreie und das Stöhnen aus dem »Bad«, dem ich entronnen war.

Ernst, der Besitzer des Schuhgeschäfts, mit dem ich mich auf der Fahrt kurz unterhalten hatte, war in einen benachbarten »Duschraum« gescheucht worden. Doch es waren vor allem die Kinder gewesen, deren Schicksal mir ans Herz ging. Ein Mann, nicht viel älter als ich, hatte seinen fünf- oder sechsjährigen Sohn an sich gepresst und ihm mit einer Hand die Augen zugehalten, als wäre es sogar in diesem letzten Moment noch von Bedeutung, den Jungen vor dem Grauen ringsum zu schützen.

»Ist bei Ihnen alles klar?« Hofer klopfte an die Tür des Duschraums.

»Ja ... ja.«

Als ich in Meisels Büro saß, kam eine zarte dunkelhaarige Frau herein und brachte mir eine Tasse Kaffee. Sie war vielleicht sechzehn oder siebzehn Jahre alt und lächelte verkrampft. Meisel erklärte, ihr Name sei Elsa und dass sie und ein zweites junges Fräulein für ihn und andere SS-Offiziere kochten und putzten.

Der Kaffee schmeckte wie Schlamm mit Zichorien. Wahrscheinlich handelte es sich um einen chemischen Extrakt. Doch ich genoss diesen »Kaffee«, er war seit drei Tagen das erste heiße Getränk.

Während ich den Brief las, beobachtete Meisel mich und paffte eine Tonpfeife.

»Glauben Sie, dass Sie mir helfen können?«, fragte er, als ich meine Lektüre beendet hatte.

»Ich denke schon. Natürlich muss ich das Manuskript erst mal lesen.« Ein Schatten flog über Meisels Gesicht. Meine Antwort genügte ihm nicht. »Doch, ja, ich bin sicher, dass ich das kann«, ergänzte ich hastig.

Nach kurzer Überlegung sagte Meisel: »Gut ... gut.« Er stand auf, trat an ein Sideboard und ging in der untersten Schublade Pappkartons durch.

Meisel war ein schlanker Mann von mindestens einem Meter neunzig. Er hatte einen leichten Buckel, wahrscheinlich, weil er sich häufig zu kleineren Menschen hinabbeugen musste. Ich schätzte, dass er etwa acht Jahre älter als ich war. Sein Haar war kastanienrot und im Nacken und an den Seiten scharf ausrasiert, die Augen waren graugrün.

Er holte einen Karton hervor, hob Akten und lose Unterlagen heraus, grub tiefer und zog einen gut zehn Zentimeter dicken Packen Papier heraus, der mit einem blauen Band umwickelt war.

»Hier ist es. *Eine flackernde Kerze.* Alle fünfhundertsechsundzwanzig Seiten.« Meisel richtete sich auf und überreichte mir sein Manuskript mit einer so feierlichen Miene, als handele es sich um seinen wertvollsten Besitz. Vielleicht war es auch so, ich kannte dieses Gefühl von mir selbst.

Das Manuskript war schwer. Und ich war noch so schwach, dass ich es kaum halten konnte.

»Ich hoffe, es wird Ihnen gefallen«, sagte Meisel.

»Das wird es ganz sicher.« Ich rang mir ein Lächeln ab. Ich hatte viele Bücher mit der Hoffnung oder gar Erwartung gelesen, dass sie mir gefielen, aber bei keinem hing mein Leben von meinem Urteil ab.

***

In Sobibór gab es für die Lebenden, die Todgeweihten und die Toten feste Abläufe. Züge brachten die Gefangenen zum Lager. Nach der Aufnahme wurden sie in das »Bad« geführt. Der Dieselmotor wurde gestartet. Er leitete Kohlenmonoxid in die Gaskammern. Wenig später ratterten Mitglieder eines Sonderkommandos mit Schubkarren durch den Schlauch, luden die Toten auf und kippten sie hinter einem Zaun in Gruben.

Ich bewegte mich außerhalb dieses Kreislaufs, hatte mit den täglichen Arbeitsabfolgen nichts zu tun.

Das meiste über Sobibór erfuhr ich am vierten Tag von Jan Renner, einem aus dem Sonderkommando. Jan war Mitte zwanzig, fast einen Meter achtzig groß und bullig. Sein Haar war so blond, dass es beinahe weiß war. Mit Jan und weiteren achtzehn aus dem Sonderkommando teilte ich mir eine Baracke. Unsere Unterbringung und unsere Verpflegung waren besser als die der anderen Gefangenen, doch das größte Privileg war, noch am Leben zu sein.

Fast alle aus dem Sonderkommando blieben für sich, wechselten höchstens einmal ein paar Worte mit mir, nur Jan interessierte sich für mich. Er war dabei gewesen, eine neue Grube für die Toten auszuheben, als er sah, wie ich im letzten Moment aus der Gaskammer geschleift wurde.

»Warum hat man entschieden, dich zu retten?«, fragte er. Wir saßen vor der Baracke auf zwei umgedrehten Kisten. Jan zündete sich eine Zigarette an. »Was ist an dir so Besonderes?«

»Ein Brief, den ich für Meisel dabeihatte. Nach der Lektüre ist Meisel zu dem Schluss gekommen, dass ich ihm helfen könnte, sein …« Ich verstummte. Den Grund wollte Meisel geheim halten. »Dass ich ihm bei der allgemeinen Büroarbeit helfen könnte. Ich war Journalist, ich kann gut Schreibmaschine schreiben.«

Jan zog an seiner Zigarette und blickte schwermütig in die Ferne. »Sollten die Leichen hier jemals rar werden, muss ich meine Schreibmaschinenkenntnisse aufpolieren.«

Beinahe konnte ich sehen, wie sich die Rädchen in seinem Kopf drehten. Würden Schreibmaschinenkenntnisse allein ausreichen? »Ich bin auch Kalligraf«, sagte ich. »Kann für die Lagerleitung schöne Plakate mit Aufrufen gestalten.« Mit den Händen umriss ich ein großes Plakat. »›Achtung! Täglich ist ein Soll von mindestens fünfzig weggekarrten Leichen zu erfüllen.‹«

Jans Lachen setzte verzögert ein, als sei er es nicht mehr gewohnt, Witze zu hören. Er schlug mir auf die Schulter und grinste mich an. »Du bist in Ordnung, Andreas. Schwer in Ordnung.«

Wir freundeten uns an und unterhielten uns so oft wie möglich. Einmal wies Jan auf die Gaskammern und erzählte mir, wie er gerettet worden war.

»Es gibt drei Gaskammern und einen kleinen, ihnen angeschlossenen Raum für den Motor. Töpfer glaubt, dass wir alles in allem fünf bis sechs Gaskammern brauchen werden. Vor ein paar Monaten haben wir aus dem Sonderkommando angefangen, die Kammern zu errichten.« Mit einer weit ausholenden Armbewegung wies Jan auf das Lager. »Auch alles andere.«

Ich ließ meinen Blick über das Lager wandern. Es bestand aus einer Reihe Betongebäuden, die von etwa dreißig kleineren barackenartigen Hütten umgeben waren.

»Mit dir seid ihr doch nur zwanzig. Wie konntet ihr das schaffen?«

»Anfangs waren wir hundert. Die SS-Wachen, die Hälfte von ihnen sind übrigens Ukrainer, haben uns mit vorgehaltenem Gewehr angetrieben. Als unsere Arbeit beendet war, haben sie die zwanzig, die am kräftigsten waren, aussortiert. Den Rest haben sie umgebracht.« Jans Blick verlor sich in seinen Erinnerungen. Auf seinen Lippen deutete sich ein freudloses Lächeln an. »Eine Ironie, oder? Da wird man in der Gaskammer ermordet, die man selber gebaut hat.«

Sein Blick wanderte zu Scharführer Vogt, dem Mann, der mich bei meiner Ankunft auf die Duschen hingewiesen hatte. Er stand auf der anderen Seite des Lagers und sah zu uns herüber.

»Auf den musst du achtgeben«, sagte Jan. »Er ist eine miese Ratte, aber nun hat er von Meisel einen Anpfiff gekriegt, weil er ihm deinen Brief nicht sofort ausgehändigt hat. Vogt ist sauer, er wird dich mit Adleraugen beobachten.«

»Ich passe auf.«

»Vergiss es nicht. Wenn Meisel dich nicht mehr will, schickt Vogt dich ins Gas. So wie er es anfänglich vorhatte.« Um zu vermeiden, dass Vogt zu uns kam, um uns irgendeinen Befehl zu erteilen, stand Jan auf. »Bis später.«

Nun hatte ich eine weitere Sorge, zusätzlich zu der Gratwanderung, die Meisels Manuskript für mich bedeutete. Ich machte mich auf den Weg zu Meisels Büro, um vor dem Abendessen noch zwei Stunden zu arbeiten und mich an dem Ort zu verkriechen, an dem ich vor Vogt sicher war.

Am Vortag hatte ich die Lektüre von Meisels Manuskript beendet. Hätte er nicht auf Geheimhaltung bestanden, wäre ich damit früher fertig gewesen.

»An dem Manuskript arbeiten Sie nur in meinem Büro. Sie nehmen es weder mit in Ihre Baracke, noch werden Sie jemandem erzählen, dass Sie sich damit befassen oder dass ich einen Roman geschrieben habe. Das geht nur Sie und mich etwas an.«

Mir war noch nicht ganz klar, ob diese Geheimhaltung zu Meisels oder meinem Vorteil war, doch ich nickte. »Selbstverständlich.«

»Ihre Anwesenheit in meinem Büro erklären wir mit Büroarbeiten und der kalligrafischen Gestaltung von Plakaten und Aufrufen.«

Danach hatte ich mit der Lektüre der *Flackernden Kerze* begonnen. Jeden Tag las ich für vier bis fünf Stunden in Meisels Büro und machte mir Notizen. Nach sechs Tagen war ich fertig.

Meisels Art zu schreiben war teilweise hölzern, und oftmals fehlte dem Text der Fluss. Manche Passagen waren unzusammenhängend oder ergaben keinen Sinn. Dann wieder gab es welche, die den Erzählfluss mit endlosen blumigen Beschreibungen unterbrachen. Natürlich konnte ich Meisel nicht sagen, das Manuskript sei nicht zu retten. Es hätte mich überflüssig gemacht.

Abgesehen davon verstand ich, warum Julian das Manuskript als vielversprechend bezeichnet hatte. Die Handlung spielte in den letzten Jahren des Habsburgerreichs von 1908 bis 1918. Im Mittelpunkt stand eine interessante Geschichte, in der es um die Beziehung eines Paars namens Tobias und Karina ging. Doch vieles musste besser herausgearbeitet werden. Dazu würde ich Zeit brauchen, sehr viel Zeit.

Dennoch würde es ein Drahtseilakt werden. Würde ich Meisel zu viele Änderungen vorschlagen, könnte er gekränkt sein, bockig werden und unsere Zusammenarbeit beenden.

Aber auch wenn ich zu wenig eingreifen würde, könnte es schiefgehen. Meisel würde die nur ungenügend überarbeitete Fassung Julian schicken, der das Manuskript erneut ablehnen würde. Oder wenn nicht er, dann die Verlage, denen er es schicken würde. Und dann würden Meisel und ich entweder wieder bei Null anfangen, oder Meisel würde mir den Misserfolg ankreiden und sich sagen, dass ich zur Bearbeitung seines Manuskripts nicht der Richtige war. Das wäre mein Ende.

Ich stützte den Kopf in die Hände und dachte an das, was Julian einmal über einen namhaften Autor gesagt hatte. *Der Mann könnte nicht einmal gut schreiben, wenn sein Leben davon abhinge.* Ich könnte sagen, dass ich gut schreiben musste, weil mein Leben davon abhing.

Kapitel 33

»Juden ist der Betrieb von Einzelhandels- und Versandgeschäften oder Bestellkontoren sowie der selbstständige Betrieb eines Handwerks und die Gründung eines Unternehmens untersagt. Von öffentlichen Aufträgen sind sie ausgeschlossen.«

Ich bin ein Mann, der sein Wort hält.

Das hatte Schnabel zu Julian Reisner gesagt. Überdies betrachtete Schnabel sich als jemanden, der seine Worte präzise wählte. *Ich werde Sie nie mehr auf Kraemer oder die anderen Autoren ansprechen.* So hatte er es Reisner gegenüber ausgedrückt.

Doch er hatte nie vorgehabt, die Verfolgung von Mathias Kraemer alias Daniel Lendt einzustellen. Deshalb hatte er Reisner lediglich erklärt, dass er ihn in dieser Sache nicht mehr ansprechen werde.

Davon abgesehen hatten sie Kraemer schon seit zu langer Zeit im Visier, um die Observierung nun plötzlich abzubrechen. Schnabel wollte wissen, warum Kraemer den Juwelier Brunnermann in regelmäßigen Abständen aufsuchte. Einen Verdacht hatte er bereits, der hing mit dem zusammen, was Weinel seinerzeit über diejenigen ausgesagt hatte, die aufgrund des Identitätswechsels Haus oder Wohnung hatten verkaufen müssen. Lindner beobachtete Kraemer also weiter. Siegl würde andere wichtige Informationen zusammentragen. Und er, Schnabel, war der Meister, der sämtliche Fäden in der Hand hielt. Die Gestapo blieb außen vor, von dort würde ihm keiner mehr »Ungeschick« vorwerfen.

Auch Lindner wurde an der kurzen Leine gehalten. Nach Kraemers letztem Besuch in dem Juweliergeschäft hatte Lindner Brunnermann nach dem Grund des Besuchs fragen wollen. Schnabel hatte es ihm verboten. Ohnehin würde Brunnermann eine Ausrede parat haben. Wahrscheinlich würde er behaupten, Lendt habe Schmuck gekauft oder seine Armbanduhr reparieren lassen. Anschließend würde er Kraemer warnen. Daraufhin würde Kraemer den Juwelier wechseln oder seine Besuche auf eine andere Uhrzeit verlegen.

Allerdings hatte Schnabel Lindner gestattet, Brunnermanns Geschäft in Zivil zu betreten und sich umzusehen, als wäre er ein Kunde. Und Lindner hatte berichtet, dass es dort nur eine begrenzte Auswahl an Schmuck gab, aber eine sehr große Auswahl an Uhren und Armbanduhren. Insbesondere an der Wand hinter der Theke befänden sich alle Arten von Uhren – Ormolu-Uhren, Kutschenuhren, Standuhren und eine Vielzahl von Kuckucksuhren.

Ebenso hatte Lindner herausgefunden, dass Kraemers Besuche etwa alle drei Monate stattfanden, in der Regel zwischen acht und neun Uhr abends.

Nun saßen Lindner und Schnabel erneut in ihrem Steyr. Schnabel warf einen Blick auf seine Armbanduhr. Zwölf Minuten vor neun. »Wenn er heute nicht kommt, sitzen wir morgen Abend wieder hier.« Zwei Abende hintereinander hatten sie vergeblich auf Kraemer gewartet. Der Steyr stand jedes Mal etwa fünfzig Meter von Brunnermanns Geschäft entfernt auf der anderen Straßenseite unter dem breiten Laubdach einer Platane.

Schnabel hatte entschieden, dass sie zu zweit sein mussten, wollten sie Kraemer auf frischer Tat ertappen. Sobald Kraemer erschien, würde der eine das Geschäft vom Auto aus beobachten. Der andere würde den Wagen verlassen und von der Seitengasse aus durch ein schmales, hoch gelegenes Fenster in das Geschäft blicken. Das Schaufenster bot sich weniger an, da hätte Kraemer oder Brunnermann einen Beobachter entdecken können. Sollte der zweite Mann etwas Verdächtiges sehen, würde er dem im Wagen ein Zeichen geben, und sie würden gemeinsam zuschlagen.

»Da ist er«, sagte Lindner, als er Kraemer auf sie zukommen sah.

Wieder konsultierte Schnabel seine Armbanduhr. Vier Minuten vor neun. Sie waren kurz davor gewesen, aufzugeben.

Sie beobachteten, wie Kraemer das Geschäft betrat. Schnabel behielt seine Uhr im Blick und wartete zwei Minuten, bevor er sich in die Seitengasse begab.

***

Carl Brunnermann prüfte die Diamanten mit seinem Okular. »Schöne Farbe, auch ziemlich rein. Ein VS1.« Er legte den Stein auf die Goldwaage. »1,54 Karat.«

»Größer, als ich gedacht habe«, sagte Daniel.

»Eine gute Größe – die anderen sind kleiner. Ich zähle zusammen: ein VS1 mit 1,54 Karat, ein VS2 mit 1,26 Karat. Einer mit 1,31, ein SI1.« Brunnermann notierte die Angaben auf einem Schreibblock. Dann sah er Daniel an. »Das wären 3.460 Reichsmark, etwas mehr als beim letzten Mal.«

Daniel nickte. Mittlerweile kannte er sich in den Maßeinheiten und Reinheitsgraden von Diamanten aus. »Geben Sie mir den Betrag, wenn möglich, in großen Scheinen. Die lassen sich besser transportieren.«

Brunnermann ging auf die fünfzig zu, sein dichtes, ehedem brünettes Haar war fast grau. In Lorenzos Netzwerk gehörte er zu den wenigen, die auf dem Papier Katholiken waren und keine neuen Identitäten benötigt hatten. Brunnermanns Großvater war Jude gewesen, jedoch auf väterlicher Seite, sodass die Abstammung sich nach jüdischem Gesetz nicht auf seine Nachkommen übertragen hatte. »Mein Großvater war einer der führenden Diamantenhändler von Wien«, hatte Brunnermann Daniel bei dessen zweitem Besuch erzählt. »Vor zehn Jahren habe ich damit noch geprahlt und davon gesprochen, dass ich eine Tradition fortsetze, nun behalte ich es für mich.«

Ein jüdischer Kunde Brunnermanns hatte Lorenzo den Juwelier empfohlen. Brunnermann war sofort bereit gewesen, dem Netzwerk beizutreten. »Manchmal frage ich mich, was wäre, wenn es sich um meinen Großvater mütterlicherseits gehandelt hätte? Dann wäre ich jetzt zumindest Vierteljude. Und dann denke ich an die vielen jüdischen Kunden, die Hilfe brauchen. Würde ich ihnen den Rücken kehren, könnte ich nicht mehr mit der Hand auf dem Herzen erklären, dass ich die Tradition meines Großvaters fortsetze.«

Damit er hinsichtlich der Transaktionen, die in seinem Geschäft stattfanden, keinen Verdacht erregte, hatte Brunnermann die Auslagen an Diamanten und Schmuck reduziert und sich stattdessen auf Uhren konzentriert.

Um sicherzugehen, dass niemand sie beobachtete, warf Brunnermann nun einen Blick durch das Schaufenster. Draußen war es menschenleer. Dann trat er an eine der reich verzierten Ormolu-Uhren an der Wand hinter der Theke, stellte sie auf elf Uhr siebenundzwanzig und zog den Arm der vergoldeten Putte an ihrer Seite herunter. Ein Klicken ertönte. Noch einmal blickte Brunnermann rasch zum Schaufenster – die Luft war rein. Er drückte auf die Wand. Ein Paneel mit einer Höhe von vielleicht einem Meter zwanzig und einer Breite von sechzig Zentimetern öffnete sich. Daniel schlüpfte als Erster durch die Lücke. Brunnermann folgte ihm und zog das Paneel wieder zu.

Nun standen sie in einem kleinen Raum, in dem sich an einem Ende eine Bank-Tisch-Kombination, am anderen ein Safe befand.

Brunnermann öffnete den Safe, legte die Diamanten hinein und holte ein Bündel Scheine heraus. Er zählte den Betrag auf dem Tisch ab. »... vierhundert und sechzig«, schloss er und legte die letzten Scheine auf den Tisch. Den Rest verstaute er wieder im Safe.

Anschließend betätigte er einen Hebel an der Wand, drückte das Paneel ein wenig auf und erstarrte. Von draußen war ein metallischer Laut zu hören gewesen. Hastig zog Brunnermann das Paneel wieder bis auf einen Spalt zu und spähte hindurch.

Sofort waren Daniels Nerven zum Zerreißen gespannt. Das ungute Gefühl, beobachtet zu werden, das er von seinen letzten Besuchen bei Brunnermann kannte, kehrte zurück. Ob ihm an diesem Abend jemand gefolgt war?

Einen Moment später atmete Brunnermann hörbar auf. »Nur eine Passantin, die stehen geblieben ist, um ihren Schirm aufzuspannen. Jetzt ist sie fort.«

Er und Daniel kehrten in den Verkaufsraum zurück. Brunnermann drückte das Paneel zu und stellte die Ormolu-Uhr wieder auf die richtige Zeit ein. Neun Uhr siebzehn.

Daniel bedankte sich und wollte sich verabschieden.

»Bevor Sie gehen.« Brunnermann kramte in einer Schublade und holte einen Briefumschlag und drei Postkarten heraus. »Briefmarken von meinem Bruder für Ihren Sohn. Eine aus Java, eine aus Sarawak ...«

***

Schnabel hatte befürchtet, Kraemer würde das Geschäft, gleich nachdem sich das Paneel hinter ihm geschlossen hatte, verlassen. In dem Fall hätte er es nicht mehr rechtzeitig zum Wagen geschafft.

Doch dann sagte Brunnermann noch etwas, und Kraemer unterhielt sich mit ihm.

Schnabel eilte zu dem Steyr und stieg ein. »Fahren Sie los«, befahl er.

Lindner tat wie geheißen. »Gab es etwas Interessantes zu sehen?«

Es hatte angefangen zu nieseln. Während Schnabel das Gesehene im Geist sortierte, war nur das Geräusch der hin- und hergleitenden Scheibenwischer zu hören.

»Ich fürchte, nein«, sagte Schnabel und seufzte. »Anscheinend hat er nur eine reparierte Armbanduhr abgeholt.«

Kapitel 34

»Worte besitzen eine magische Kraft. Sie können entweder das größte Glück oder die tiefste Verzweiflung hervorrufen; sie können Wissen vom Lehrer auf den Schüler übertragen; Worte befähigen den Redner, ein Publikum zu beeinflussen und dessen Entscheidungen zu bestimmen. Worte sind imstande, die stärksten Gefühle zu wecken und menschliches Handeln auszulösen.«

Sigmund Freud

Johannes alias Andreas

In den Wochen darauf folgte ich in Sobibór einem Tagesablauf, der mir half, mich von dem Elend, dem Leid und den zahllosen Toten, die das Lagerleben ausmachten, abzulenken.

Morgens beschäftigte ich mich für drei Stunden mit Meisels Manuskript und tippte Briefe. Das Mittagessen nahm ich mit Jan und den anderen Mitgliedern des Sonderkommandos in unserer Baracke Nummer 5 ein. Mit Meisel im Casino der SS-Offiziere zu essen, war mir nicht gestattet. Am Nachmittag arbeitete ich wieder für eine oder zwei Stunden in Meisels Büro.

In der Regel war Meisel dann auch da, und wir widmeten uns entweder seinem Manuskript, oder er las die eingegangene Post, die überwiegend aus dem Reichssicherheitshauptamt in Berlin kam. Anschließend schrieb er die Antworten mit der Hand, und ich tippte sie ab.

»Ich weiß, meine Handschrift ist schlimmer als die eines Arztes«, erklärte Meisel in der ersten Woche. »Eine Sauklaue. Ihre Schreibmaschinenkenntnisse kommen mir also wie gerufen. In der ersten Zeit hatte ich eine gute und flinke Schreibkraft, doch sie wurde krank, und ihre Nachfolgerin war furchtbar langsam.« Er zuckte mit den Schultern. »Jetzt arbeitet sie in der Wäscherei.«

Bei den ersten Worten war ein Lächeln aufgeblitzt und sogleich wieder verschwunden, als hätte er Angst gehabt, in seinem harten Panzer könnte ein Riss entstanden sein. Allerdings glaubte ich auch sonst hin und wieder, in ihm eine versteckte Traurigkeit wahrzunehmen, die auf eine verletzliche Seite deutete. In seinem Manuskript erkannte ich dies ebenfalls, in etlichen Passagen ging es um sehr schmerzliche Begebenheiten. Vielleicht lag es an seinem Leben in Sobibór und dem vorherigen Konzentrationslager – Jan hatte mir erzählt, dass Meisel zuvor in Chełmno stationiert gewesen war –, vielleicht hatte es auch einen anderen Grund.

Wenn wir zusammenarbeiteten, brachte Elsa uns mit zitternden Händen Tee oder Kaffee. Sie zitterte aber nicht aus Angst, sie war nur so zart und zerbrechlich, dass ihr das Tablett zu schwer war. Manchmal lächelte sie scheu, wenn sie die Tassen vor uns abstellte, auch wenn sie dazu kaum Grund hatte. Wie Jan Renner mir erzählt hatte, waren ihre Eltern gleich nach der Ankunft in Sobibór umgebracht worden.

Wenn ich allein in Meisels Büro war, sah ich mich dort um. Die beiden Sideboards, das Bücherregal und die beiden Schreibtische waren aus Nussbaum. Meisels Schreibtisch hatte eine eingelassene Schreibunterlage aus grünem Leder. Arbeitete ich mit ihm an seinem Manuskript, saß ich ihm an seinem Schreibtisch gegenüber. Arbeitete ich allein, war mein Platz vor der Olympia-Schreibmaschine an dem kleineren Schreibtisch in einer Ecke. Über den Sideboards hingen gerahmte Urkunden und Familienfotos, darunter eine professionelle Aufnahme von Meisel in Uniform, umgeben von seiner Familie, einem Jungen von vielleicht elf Jahren, einem jüngeren Mädchen und seiner Frau, die ein Neugeborenes in den Armen hielt. Auf einem anderen Foto waren nur die Kinder zu sehen. Es war später aufgenommen worden, der Junge war im Alter von achtzehn oder neunzehn, das Mädchen dürfte elf oder zwölf sein, aus dem Baby war ein Junge von sechs oder sieben Jahren geworden. Hinter ihnen dehnten sich Felder, in der Ferne sah man ein Gebirge. Das Gebirge kam mir bekannt vor, das Foto könnte in der Nähe von Innsbruck gemacht worden sein.

Das Büro habe ich so gemütlich und einladend wie möglich eingerichtet, hatte Meisel an einem der ersten Tage gesagt, als er mitbekam, dass ich mich umsah. Der Unterschied zum Rest des Lagers hätte größer nicht sein können.

Ich erkundigte mich bei ihm nie nach seiner Familie, es wäre mir aufdringlich erschienen, und er erzählte von sich aus nichts von ihr.

Lange konnte ich die Fotos nie betrachten, ohne dass meine Augen feucht wurden. Meine Familie wusste nicht einmal, ob ich noch lebte. Am Ende der ersten Woche hatte ich Meisel gefragt, ob ich meiner Frau schreiben dürfe, um ihr mitzuteilen, dass es mir gut gehe. Er erwiderte, dass die Post der Häftlinge nur über das Rote Kreuz versandt wurde. »Der nächste Besuch des Roten Kreuzes findet in zwei Monaten statt. Sprechen Sie mich dann noch einmal darauf an.«

Zwei Monate? Bis dahin wäre Stefanie vor Kummer und Sorge außer sich.

***

Da man mich anfangs in das berüchtigte Bad geschickt hatte, wurde ich erst am zweiten Tag auf ansteckende Krankheiten wie Pocken und Typhus untersucht. Vogt führte Aufsicht. Kurz vorher hatte er meinen Ehering verlangt. Der Ring war entweder übersehen worden, als wir vor der »Dusche« gefilzt worden waren, oder Ringe wurden den Gefangenen erst nach ihrem Tod abgenommen, zusammen mit etwaigen Goldzähnen.

»Schmuck und Zierrat sind im Lager nicht erlaubt.« Mit einem niederträchtigen Lächeln steckte Vogt den Ring ein. Es war, als wolle er sagen: *Das Leben konnte ich dir leider nicht nehmen, der Ring wird mir als Ersatz dienen. Vorläufig jedenfalls.*

Nach der ersten Woche begann ich, Jan nachmittags zu helfen. Es war Meisels Idee gewesen. Er fürchtete, ihm könnten unangenehme Fragen gestellt werden, sollte ich ausschließlich in seinem Büro arbeiten.

Und so fand ich auch mehr über Jan heraus. Er war weder Jude, noch galt er als Regimegegner, und ich wollte wissen, wie er in Sobibór gelandet war.

Er erzählte mir, dass er aus Schlesien komme, aus einer Stadt an der Oder, die vor dem Krieg zum Habsburgerreich gehört hatte, danach zu Polen. »Dann ist die Wehrmacht in Polen einmarschiert.« Jan zuckte mit den Schultern. »Wir Schlesier sind es gewohnt, mal von den einen, mal von den anderen beherrscht zu werden.«

Ebenso wie sein Vater war er Bergmann gewesen. Allerdings war sein Vater auch Mitglied der Bergarbeitergewerkschaft gewesen und für die Nationalsozialisten somit ein kommunistischer Agitator.

»Sie haben ihn zusammen mit anderen kommunistischen Gewerkschaftern auf dem Marktplatz erschossen. Es sollte eine Warnung sein. Am Tag darauf bin ich mit meiner Mutter, meinen beiden Schwestern und meinem Bruder nach Warschau geflohen. Doch die Knute der Deutschen war überall zu spüren. Schließlich habe ich mich in die Sowjetunion abgesetzt und der Roten Armee angeschlossen.« Jan ballte eine Hand zur Faust. »Ich hatte nur noch einen Gedanken, nämlich gegen diejenigen zu kämpfen, die meinen Vater umgebracht hatten.« Bei der Schlacht um Moskau wurde Jan gefangen genommen. Er kam nach Minsk, in ein deutsches Kriegsgefangenenlager. »Und dann brachten sie mich hierher, nach Sobibór.«

Nun war Jan dabei, auf Töpfers Anordnung hin, die vierte und fünfte Gaskammer zu bauen. Meine Aufgabe war es, Mörtel zu mischen und ihn zu rühren, damit er nicht hart wurde. Jan verrichtete die anspruchsvollere Arbeit, er setzte die Zementbausteine ein.

Von den zuletzt angekommenen Gefangenen wurden uns fünfzehn der gesündesten und kräftigsten zur Seite gestellt, zudem sechs Mitglieder des Sonderkommandos.

Bereits am dritten Tag war eine Kammer zu einem Drittel fertig.

Bei der Arbeit brannte uns die Sonne auf den Rücken, und für einen Moment konnte man die Umgebung vergessen und die Wärme genießen. Meine Gedanken wanderten zu den Picknicks, die ich im Sommer mit meiner Familie veranstaltet hatte. Ich erinnerte mich an den Tag, als ich Stefan im Achensee das Schwimmen beibrachte. Das Wasser war so klar und schimmerte in einem so reinen Blau, dass es den Anschein hatte, als blickte man tief ins Unendliche hinunter. Ich dachte an den Tag noch vor wenigen Monaten, als ich mit Elena im Prater im Riesenrad saß und ganz Wien uns zu Füßen lag ...

»Wie war das Mischverhältnis von Sand und Zement noch mal?«, fragte einer der Neuankömmlinge.

»Ungefähr vier zu eins.« Das hatte Jan mir vor einer Woche erklärt, und nun redete ich bereits wie einer vom Fach.

Ich begann ein Gespräch mit dem Neuen und dessen Freund. Die beiden hatten sich vor zwei Monaten im Ghetto von Chełm kennengelernt. Von dort aus waren sie nach Sobibór gebracht worden. Während ich mit ihnen sprach, blickte

Jan immer wieder zu uns herüber. Als ich ihm half, die nächsten Reihe Bausteine einzusetzen, erfuhr ich den Grund.

»Nach einer Weile lernt man, dass es besser ist, den Leuten nicht zu nahe zu kommen, sich nicht mit ihnen anzufreunden«, sagte Jan. »Die meisten der Neuen werden nach der Fertigstellung der Gaskammern umgebracht. Ebenso wie die achtzig, die dabei waren, als das Lager errichtet wurde. Mit einigen hatte ich mich angefreundet, ihr Tod hat mir zu schaffen gemacht. Ich wünschte, ich hätte sie nie kennengelernt.«

Doch als wir eine Stunde später mit der Arbeit aufhörten, schlug Jan seinen eigenen Rat in den Wind und winkte lächelnd einer jungen Frau, die in einiger Entfernung an uns vorbeilief.

»Das ist Rina«, erklärte er. »Sie ist hübsch, nicht?«

Ich nickte. Ebenso wie die meisten Gefangenen war die Frau mager und hohlwangig. Doch bei ihr hob dies ihre braunen Augen hervor und ließ ihren Blick seelenvoll wirken.

»Rina ist die ältere Schwester von Elsa, der jungen Frau, die in Meisels Büro den Kaffee serviert.« Jans Miene trübte sich. »Nicht nur ihre Eltern wurden bei der Ankunft umgebracht, sondern auch Joshua, ihr sieben Jahre alter Bruder.« Jan schüttelte den Kopf. »Rina hat um sein Leben gebettelt und Vogt angefleht, sie an dessen Stelle zu töten, aber davon wollte Vogt nichts wissen. Er sagte, sie sei von Nutzen, ihr Bruder jedoch nicht. Und sollte sie ihn noch länger behelligen, werde sie ebenfalls nutzlos werden und zusammen mit ihrem Bruder sterben. Und so haben Elsa und Rina nur noch einander.«

Mir lief es kalt den Rücken hinunter. Ich schloss die Augen und spürte die Last der Schuld. So viele waren umgekommen, ich aber lebte noch. Diese Schuld wurde besonders schwer, wenn ich bei jeder Ankunft mitbekam, wie Kinder in die Gaskammern getrieben wurden, oder mich an die Kinder erinnerte, die ich am ersten Tag im »Bad« gesehen hatte.

Würde diese Last angesichts der zahllosen Morde irgendwann geringer werden? Stumpfte man mit der Zeit ab und wurde ebenso unmenschlich wie die SS-Wachen?

»Aber in dir hat Rina offenbar einen Freund gefunden«, sagte ich. Vielleicht war das ein kleiner Trost für sie.

Jan nickte. Dann schien er sich an seinen Rat zu erinnern und erklärte mir, warum er sich bei Rina nicht daran gehalten hatte. Es hatte mit ihrem Nutzen zu tun.

»Rina ist eine gute Näherin und arbeitet mit dem Schneider des Lagers zusammen. Neue SS-Wachen brauchen Uniformen. An die muss man Knöpfe und Rangabzeichen nähen. Rina dürfte noch für eine Weile da sein.«

Und so lernte ich wieder eine Sobibór-Regel kennen: Man darf sich mit Gefangenen anfreunden, wenn man davon ausgehen kann, dass sie noch eine Zeit lang von Nutzen sein werden.

Man musste lediglich herausfinden, wer das war.

***

Zwei Tage später fragte ich mich, wie lange ich selbst wohl noch am Leben bleiben würde.

Der Streit mit Meisel kam wie ein Blitz aus heiterem Himmel.

Wir hatten eine der Schlüsselszenen seines Romans besprochen, in der das Ehepaar Tobias und Karina vom Tod seines Sohns Jakob erfuhr, der im Ersten Weltkrieg während des Serbienfeldzugs umgekommen war.

»Ich glaube, diese Szene sollten wir uns genauer ansehen«, sagte ich. »So, wie sie ist, kann sie nicht bleiben.«

»Und wieso nicht?« Meisel zog die Brauen zusammen.

»Die Gefühle der Eltern müssen stärker herausgearbeitet werden. Tobias und Karina haben gerade erfahren, dass ihr Sohn im Krieg gefallen ist. Wir wollen wissen, was in ihnen vorgeht.«

Verständnislos starrte Meisel auf den Text. »Ich dachte eigentlich, dass ich diese Gefühle sehr überzeugend dargestellt habe. Ich habe diese Szene im ganzen Roman für eine meiner besten gehalten.«

Auch bei früheren Szenen, die ich moniert hatte, hatte Meisel sich verteidigt, und ich hatte jedes Mal einen Rückzieher gemacht, mir gesagt, dass es um *seinen* Roman ging, an dem er monate- oder jahrelang gesessen hatte. Dieses Werk konnte ich nicht kritisieren oder gar zerlegen, ohne dass es ihn schmerzte und in die Defensive trieb. Doch diese Szene war bedeutsam. Wenn sie nicht überzeugte, würde alles, was zu ihr geführt hatte, geschwächt, und vieles von dem, was folgte, weniger glaubhaft sein. Ich durfte nicht nachgeben.

»Zum Teil ist sie auch gut«, versuchte ich, Meisel die bittere Pille zu versüßen. »Doch wir erfahren fast alles aus Tobias' Perspektive und nur wenig oder gar nichts von dem, was seine Frau empfindet. Folglich kommt sie einem lieblos vor, als berührte der Tod ihres Sohns sie kaum.«

Meisel starrte noch immer auf den Text. Offenbar begriff er nicht, worauf ich hinauswollte. Sein Unterkiefer begann, zu mahlen.

»Sicherlich war das nicht Ihre Absicht«, fuhr ich fort. »Dennoch haben wir hier ein Ungleichgewicht.«

»Ein Ungleichgewicht?«, fragte Meisel.

»Ja. Aber wenn wir Karinas Gefühle besser herausarbeiten, können wir …«

Meisel schlug mit der Faust auf den Schreibtisch, es klang wie ein Pistolenschuss. »So geht das nicht«, fuhr er mich an und stand auf. Mit zorniger Miene trat er an das Sideboard, auf dem eine Inventurliste und ein Stapel Papiere lagen. An der Liste hatte er gesessen, bevor wir uns seinem Manuskript zugewandt hatten. Nun griff er wieder danach.

»Darf ich Ihnen einen Vorschlag machen?«, fragte ich.

Meisel gab mir keine Antwort. Den Rücken mir zugewandt, notierte er etwas auf der Liste. Schließlich sagte er:

»Ihre Vorschläge interessieren mich nicht. Für heute sind wir fertig.«

»Dann auf Wiedersehen«, sagte ich kleinlaut. »Es tut mir leid.« Allerdings wusste ich nicht recht, wofür ich mich entschuldigte. Dafür, dass ich so dumm gewesen war, eine Stelle seines Manuskripts zu kritisieren? Oder dafür, dass er sich aufgeregt hatte?

Gleich am nächsten Morgen kam Elsa in meine Baracke und teilte mir mit, dass ich erst, wenn Meisel mich rufen ließe, wieder im Büro des stellvertretenden Lagerkommandanten zu erscheinen habe.

In den Tagen darauf half ich Jan bei der Arbeit, grub ein Feld um und pflanzte Gemüse an, das zu neunzig Prozent den SS-Offizieren und Wachen zugutekommen würde.

Am Ende des vierten Tags, als Jan und ich an der neuen Gaskammer die letzten Bausteine einsetzten, kam Vogt zu uns und blickte mich an.

Und ich dachte, dass Meisel eine Entscheidung getroffen haben musste. Ich war ihm nicht mehr von Nutzen.

Kapitel 35

»Sie wollen doch nicht schon schließen.« Schnabel stellte einen Fuß in die Tür, die Brunnermann gerade zudrücken wollte.

Als Nächstes schob er Brunnermann zurück in das Geschäft und schloss die Ladentür hinter ihnen. Die Waffe würde Schnabel noch nicht ziehen, zur Einschüchterung reichte seine SS-Uniform meistens aus. Dennoch ruhte seine Hand auf der Mauser an der rechten Hüfte, nur für den Fall, dass Brunnermann auf die Idee kommen sollte, Widerstand zu leisten.

Tatsächlich war Viertel nach neun für einen Ladenschluss recht spät. Doch Schnabel war sicher, dass Kraemer nicht als Einziger das Schmuckgeschäft zu so später Stunde betrat. Und so hatte er eine Woche nach Kraemers letztem Besuch begonnen, das Geschäft allein zu observieren. Dazu fuhr er mit der Straßenbahn bis zur nicht weit entfernten Operngasse und legte den Rest des Wegs zu Fuß zurück. Seitdem hatte er drei Männer entdeckt, die Brunnermanns Geschäft gegen neun Uhr abends aufsuchten. Wie Schnabel von seinem Platz vor dem kleinen Fenster aus feststellen konnte, hatte einer von ihnen für den Besuch einen harmlosen Grund gehabt, er wollte seine reparierte Armbanduhr abholen. Als die anderen beiden mit Brunnermann den kleinen Raum mit dem Safe betraten, hatte Schnabel sich die Zeit notiert, auf die Brunnermann die Ormolu-Uhr gestellt hatte.

An diesem Abend hatte sich der letzte Besucher vor acht Minuten verabschiedet. Brunnermann hatte die Lichter gelöscht, das Geschäft verlassen und die Tür schließen wollen. Schnabels Fuß verhinderte dies.

»Lassen Sie das Licht aus«, sagte Schnabel, als Brunnermann das Licht wieder einschalten wollte. »Der Schein der Laterne, der von draußen hereinfällt, reicht.«

Schnabel trug schwarze Handschuhe und hatte eine schwarze lederne Aktentasche dabei. Er trat an die Theke, stellte die Aktentasche zu seinen Füßen ab. Dann deutete er auf die Uhren an der Wand hinter der Theke. »Wenn Sie nun freundlicherweise die Ormolu-Uhr betätigen würden.«

»Ich ... ich weiß nicht, was Sie meinen«, sagte Brunnermann.

Schnabel zog die Mauser und richtete sie auf Brunnermann. Offenbar war doch eine kleine Ermunterung vonnöten. »Ich weiß, dass man die Uhr auf elf Uhr siebenundzwanzig stellen muss. Nur wäre es mir lieber, Sie würden das übernehmen.« Schnabel lächelte. »Immerhin ist dies Ihr Geschäft.«

Mit zitternder Hand stellte Brunnermann die Uhr auf elf Uhr siebenundzwanzig.

»Jetzt den Arm der Putte bewegen«, sagte Schnabel.

Brunnermann tat wie geheißen.

An der Rückwand klickte es. Mit vorgehaltener Waffe drängte Schnabel Brunnermann durch das offene Paneel, folgte ihm und schloss das Paneel.

»Und nun den Safe!«

Brunnermann blickte Schnabel trotzig an und schüttelte den Kopf. »Kommt nicht infrage.«

»Oh, ich glaube doch.« Schnabel zielte mit der Waffe auf Brunnermanns Gesicht. »Wäre ich ein ganz gewöhnlicher Räuber, könnten Sie Ihr Leben für den Inhalt des Safes riskieren. Nur geht es leider um mehr, denn ich habe meine Hausaufgaben gemacht.«

Schnabel erinnerte Brunnermann an seine Ehefrau und die beiden halbwüchsigen Töchter. Brunnermann schloss kurz die Augen. »Sie haben sich einer Verschwörung gegen das Deutsche Reich schuldig gemacht. Ihre Frau und Ihre Töchter werden Sie auf dem Weg in ein Konzentrationslager begleiten.«

»Sie sind widerwärtig«, zischte Brunner. »Ein Ungeheuer!«

»Finden Sie nicht, dass es für derart übertriebene Beleidigungen ein wenig spät am Abend ist?« Schnabel betrachtete sein Gegenüber kalt. Dann wurde sein Blick fragend. »Was ich nicht verstehe – Sie sind doch nicht einmal Jude.«

»Nicht nur Juden schlägt angesichts dessen, was bei uns abläuft, das Gewissen«, entgegnete Brunnermann.

»Mag sein.« Schnabel seufzte. »Aber was für einen Preis man für diese fehlgeleitete Ritterlichkeit zahlt! Sie gefährden nicht nur Frau und Kinder, sondern auch Ihren Bruder und seine Familie. Eine große Familie. Vier Kinder, das fünfte ist unterwegs.«

»Mein Bruder ... hat mit dieser Sache nichts zu tun.« Brunnermann war ins Stottern geraten.

»Vielleicht nicht. Doch er ist ein Diener des Reichs, arbeitet in einer Wiener Behörde. Bei ihm würde ein solcher Verrat schwer wiegen, und nur, weil er mit Ihnen verwandt ist.«

»Mein Bruder ist ein kleiner Beamter, der hauptsächlich für Parks und öffentliche Plätze verantwortlich ist.« Brunnermann streckte die Hand aus. »Bitte, lassen Sie ihn und seine Familie zufrieden.«

Schnabel ging darüber hinweg. »Viel wäre dazu nicht erforderlich«, fuhr er fort. »Bloß eine Anzeige, und bei der Einordnung des Sachverhalts kreuzt jemand versehentlich das falsche Kästchen an. Und schon muss man davon ausgehen, dass Ihr Bruder in die Geschichte verwickelt war.« Er schwenkte seine Waffe zum Safe herum.

Sein Gespür verriet Schnabel, dass Brunnermann an einer Art Wegscheide stand. Er konnte sich, seine Familie, seinen Bruder und dessen Familie in den Tod schicken, oder er öffnete den Safe und lüftete die darin enthaltenen Geheimnisse. Und doch brauchte er offenbar noch einen letzten Anstoß.

»Warum sich sträuben?« Schnabel zuckte mit den Schultern. »In einer Stunde kann ich hier Männer mit Schneidbrennern und Sprengstoff haben, die den Safe öffnen. Dann hätten Sie Ihre Familie und die Ihres Bruders für nichts und wieder nichts ins Unglück gestürzt.«

Brunnermann nickte mit zitternder Unterlippe. »Klingt, als hätte ich keine allzu große Wahl.«

»Die hatten Sie von Anfang an nicht.«

Interessiert beobachtete Schnabel, wie Brunnermann sich wie ein Verdammter dem Safe zuwandte, das Zahlenschloss drehte und die Tür aufzog.

Im Safe befand sich die größte Menge Bargeld und Diamanten, die Schnabel jemals außerhalb eines Tresors des Reichs oder einer Bank gesehen hatte. Den Geldbetrag schätzte er auf zwei- bis dreihunderttausend Reichsmark, hinzu kamen etwa die Hälfte dieser Summe in US-Dollar und zwei Fächer voller nach Größe sortierter Diamanten. Schnabel war kein Fachmann, doch der Wert der Diamanten dürfte ebenso hoch wie der des Bargelds sein, wenn nicht höher.

Er winkte Brunnermann mit der Mauser zur Seite, zählte ein Geldbündel durch und schloss von diesem Betrag auf die Gesamtsumme. Es war in etwa so, wie er geschätzt hatte. Er packte das Geld in seine Aktentasche, kippte den Inhalt des ersten Diamantenfachs dazu. Als er das zweite Fach herauszog, entdeckte er dahinter ein Notizbuch und einen großen Briefumschlag.

Schnabel holte beides heraus. Daraufhin wirkte Brunnermann noch aufgeregter und unglücklicher. Schnabel blätterte in dem Notizbuch und versuchte, sich über die Bedeutung der Zahlen und Namen klar zu werden. Als es ihm gelungen war, wusste er, warum es Brunnermann so sehr widerstrebt hatte, den Safe zu öffnen, und wie knapp dessen Entscheidung zwischen seinen Liebsten und den Menschen, die in diesem Notizbuch aufgeführt waren, gewesen war.

Einer der ersten Namen, der Schnabel ins Auge sprang, war der von Lendt, zusammen mit Daten und Geldbeträgen, überwiegend in Reichsmark, eine kleinere Summe in US-Dollar. Alles in allem handelte es sich um über dreißig Namen plus Daten und Beträgen. Schnabel hatte einen Teil der Begünstigten des Netzwerks für die Identitätsänderungen gefunden. Es war nun gar nicht mehr so dringend, Deyas Cousin aufzuspüren. Mithilfe dieses Notizbuchs konnte er sich aus dem Netzwerk einen nach dem anderen greifen. Das war ein Fund, der für Schnabels Ansehen in der SS um einiges wertvoller als das Bargeld und die Diamanten war.

Er öffnete den Umschlag, und seine Begeisterung schwang sich zu neuen Höhen auf. Im ersten Moment hatte er noch gedacht, es handele sich um x-beliebige Gruppenfotos. Dann stellte er fest, dass Sigmund Freud auf jedem der Fotos zu sehen war. Er war von Männern umgeben, mal von vier oder fünf, bis hin zu großen Gruppen von rund vierzig Personen.

Es waren die Fotos von »Freuds Kreis«, die sie nicht in die Finger bekommen hatten. Inzwischen hatten sie die Hoffnung fast schon aufgegeben. Schnabel erinnerte sich an das, was er Piehler über Verschwörungen gesagt hatte. Er hatte recht gehabt.

»Woher haben Sie die Fotos?«, fragte er.

»Das ... das weiß ich nicht mehr.«

Schnabel musterte ihn verächtlich. Wahrscheinlich hatte Brunnermann sie von Martha oder Anna Freud oder von jemandem, der die Frauen vertreten hatte. Es spielte keine Rolle mehr, die Fotos waren nun in seinem Besitz, ebenso wie das Notizbuch.

»Was wird jetzt aus mir?«, fragte Brunnermann. »Werde ich erschossen oder in ein Lager geschickt?« Er zuckte mit den Schultern. »Was heutzutage keinen großen Unterschied mehr macht.«

»Weder noch. Mir schwebt etwas Besseres vor. Wir werden das Ganze als Raubüberfall mit versuchtem Mord inszenieren. Wenn Sie mitspielen, werden Sie lediglich verwundet.«

Wie betäubt ließ Brunnermann sich aus dem kleinen Raum mit dem Safe in die Mitte des Ladens führen und neben dem Schaufenster mit dem Gesicht zur Wand drehen. Schnabel, der ihn weiterhin mit der Mauser in Schach hielt, holte eine Sauer 38H aus der Aktentasche, die er Brunnermann von hinten in die rechte Hand schob.

»Sollten Sie auf die Idee kommen, sich mit der Waffe umzudrehen, schieße ich Ihnen in den Kopf«, sagte Schnabel. »Und sowohl Ihre Familie als auch Ihr Bruder enden in einem Lager.« Er justierte Brunnermanns Hand. »Zielen Sie auf die Wand, einen halben Meter vom Schaufenster entfernt. Und dann geben Sie zwei Schüsse ab – als hätten Sie einen Räuber treffen wollen und ihn verfehlt. Anschließend reichen Sie mir die Waffe vorsichtig zurück.«

Brunnermann schien Schwierigkeiten zu haben, den Sinn der Aktion zu erfassen. Er nickte langsam und schoss, so wie Schnabel es gewünscht hatte.

Anschließend reichte er Schnabel die Waffe zurück. »Und wo ist nun der Räuber?«

»Der kommt noch. Und er wird diese Waffe bei sich haben.« Schnabel zog eine Radom 9mm aus der Aktentasche und schoss auf Brunnermann. Er traf ihn an der rechten Schulter. Brunnermann taumelte. Schnabel wartete, bis er sich gefangen hatte, und zielte erneut.

Brunnermann schwankte, fasste sich an die Schulter. »Sie haben doch gesagt, ich soll nur verwundet werden«, stieß er schwer atmend hervor.

»Richtig.« Schnabel schoss ihm zweimal in den Bauch und sah zu, wie Brunnermann auf dem Boden zusammensackte.

Schnabel steckte die Radom 9mm wieder ein und verstreute neben Brunnermann eine Handvoll Geldscheine und Diamanten. Blut sickerte Brunnermann aus dem Mund, er rang nach Luft und erinnerte Schnabel an einen Fisch auf dem Trockenen. Er gab dem Juwelier noch vier bis fünf Minuten. »Ich hatte aber nicht gesagt, wie schwer«, murmelte er.

Er zog die Ladenschlüssel aus Brunnermanns Anzugtasche, verließ das Geschäft mit der Aktenmappe und verschloss die Eingangstür. Draußen warf er noch einmal einen Blick in das Geschäft. Von der Straße aus war die Leiche nicht zu sehen.

Kapitel 36

»Juden ist das Hissen der Reichs- und Nationalflagge und das Zeigen der Reichsfarben verboten. Juden dürfen weibliche Staatsangehörige deutschen oder artverwandten Blutes unter 45 Jahren nicht in ihrem Haushalt beschäftigen.«

Johannes alias Andreas

Beim Überqueren des Hofs hatte Vogt mich angesehen. Als er bei uns war, sprach er jedoch mit Jan und tat so, als wäre ich Luft.

»Fast fertig.« Vogt ließ seinen Blick über die vier hohen Mauern der neuen Gaskammer gleiten.

»Noch drei Reihen«, erwiderte Jan und setzte einen Baustein in die Zementschicht, die ich aufgetragen hatte. »Danach können wir das Dach in Angriff nehmen.«

»Und wann ist alles fertig?«

Jan wackelte mit der Hand. »In zwei bis drei Wochen. Decke und Dach sind kompliziert, dort werden die Leitungen verlegt, die zu den Düsen führen.«

»Den Gefangenen darf auf keinen Fall zu wenig Kohlenmonoxid zugeführt werden.« Vogt grinste. »Haas ist sogar der Meinung, dass wir für die neuen Kammern einen größeren Motor brauchen. Oder einen zweiten.«

Jan zuckte mit den Schultern. »Davon weiß ich nichts.«

»Natürlich nicht.« Vogt hatte einen schwarzen Spazierstock mit einem kugelförmigen Silberknauf, mit dem er sich auf die Handfläche schlug. »Könnte sonst zu lange dauern, bis sie tot sind. Und warum sie unnötig leiden lassen?«

Jan musterte Vogt. Vielleicht fragte er sich, ob dessen Worte sarkastisch gemeint waren. Dann konzentrierte er sich wieder auf die Wasserwaage und prüfte, ob der frisch eingesetzte Baustein korrekt ausgerichtet war.

Über Vogts Brutalität kursierten zahllose Geschichten. Man sagte, dass er sich am Leiden anderer ergötzte, etwa, indem er mir, als ich nach Wasser dürstete, von den »Duschen« erzählt hatte. Nun klopfte er mit dem Silberknauf des Stocks unten gegen die Mauer – erzeugte dumpfe Töne.

»Klingt solide.«

In einigen der Geschichten über ihn spielte auch dieser Stock eine Rolle, der Silberknauf war mit Blei gefüllt, und es hieß, dass er blitzschnell und so fest zuschlagen konnte, dass Rippen und Schädel brachen. Hin und wieder hatte er Gefangene mit diesem Stock auch zu Tode geprügelt.

Schließlich wandte Vogt sich mir zu. »Ich habe mit dem stellvertretenden Lagerkommandanten über dich gesprochen.«

Er griff in die Innenseite seiner Uniformjacke und zog einen zusammengefalteten Bogen Papier hervor. Ich rechnete mit meinem Todesurteil, und in meiner Magengrube breitete sich etwas Kaltes aus. Vogt reichte mir den zusammengefalteten Bogen.

»Er sagt, du bist ein guter Kalligraf.« Vogt deutete auf das Papier. Ich faltete es auseinander, sah einen Text. »Davon brauche ich vierundzwanzig Stück. Eines für jede Baracke. In großen Buchstaben. Vielleicht in einer klassischen Schriftart wie der Luther'schen Fraktur.«

»Wird gemacht.« Mein Eifer hing mehr mit meiner Erleichterung als mit der Aufgabe zusammen.

»Bis spätestens übermorgen.«

»Jawohl.«

Vogt nickte knapp und ging davon.

»Was steht da?«, fragte Jan.

»Es geht um die Arbeitszeiten im Sommer. Wir werden eine halbe Stunde früher beginnen und eine halbe Stunde später aufhören.« Ich hielt ihm die Seite hin.

Jan betrachtete sie mit stumpfem Blick. »Ich ... ich kann nicht lesen.«

***

Die nächsten Monate sollten die prägendsten meines Lagerlebens werden.

Als Jan bekannte, dass er nicht lesen konnte, wirkte er bedrückt. Danach verschwand er, überließ es mir, unser Werkzeug zu reinigen und fortzuräumen. Auch später in der Baracke schien er nicht bereit, darüber zu reden, und so sprach auch ich das Thema nicht mehr an.

Am Morgen saß ich nach fünf Tagen wieder in Meisels Büro und machte mich an die vierundzwanzig Aushänge. Am Tag darauf hatte ich sie nachmittags fertig. Jan und ich brachten sie an den Baracken an.

Danach ließen wir uns auf unseren Lieblingsplätzen nieder, sprich, auf den beiden Kisten vor unserer Baracke. Jan zündete sich eine Selbstgedrehte an. Und dann erzählte er mir, warum er nicht lesen konnte.

»In der Schule habe ich meistens geschwänzt, war kaum einmal da. Und als ich älter wurde, gab es keinen Grund mehr, lesen zu lernen. Ich wurde Bergmann, ebenso wie mein Vater und die anderen Männer in unserem Ort. Was hätte es mir gebracht, lesen zu können?« Jan zuckte mit den Schultern. »Erst als ich Anfang zwanzig war, habe ich mich gefragt, was meine künftige Ehefrau von mir halten wird, wenn ich nicht lesen kann. Was würde ich unserem Sohn oder unserer Tochter sagen, wenn sie mich um eine Gutenachtgeschichte bitten?« Jan lächelte verlegen und zog an seiner Zigarette. »Dann kam ich hierher, und wieder habe ich gedacht, wozu soll es gut sein, lesen zu können?«

Ich nickte mitfühlend. Dennoch fand ich, eine kleine Ermunterung wäre nicht schlecht. »Sollte man dir dein Todesurteil überreichen, solltest du aber lesen können, damit du weißt, was Sache ist.«

Jan sah mich von der Seite an und fing an zu grinsen. Dann lachte er schallend. »Da ist was dran.«

»Zum Lernen ist es nie zu spät. Ich könnte es dir beibringen.« Ich redete auf Jan ein, erklärte ihm, wie und wann ich ihn unterrichten würde, bis er schließlich einwilligte.

In Meisels Büro steckten unten im Bücherregal halb vergessene Werke, von denen ich mir zwei auslieh. Wir begannen mit Schillers Theaterstück *Don Carlos* und Jüngers Erzählung *Sturm.* Jeden Abend nach dem Essen konzentrierten wir uns auf Buchstaben, Wörter, Sätze. Und nach etwa einem Monat war Jan in der Lage, kleine Absätze zu lesen.

Eines Abends hätte man uns beinahe erwischt, denn da kam Vogt plötzlich in unsere Baracke. Wie der Wind steckte Jan die beiden Bücher unter seine Matratze, holte ein Kartenspiel hervor und teilte die Karten aus.

Vogt wollte wieder Aushänge angefertigt haben. »Diesmal sind es nur vier für die Unterkünfte der Offiziere.«

Er überreichte mir ein Blatt Papier, und ich überflog den Text. »Das bekommen Sie bis morgen Abend.«

»Gut.« An der Tür drehte Vogt sich noch einmal um. »Ich muss schon sagen, ihr zwei scheint abends reichlich Zeit mit Kartenspielen zu verbringen. Offenbar macht ihr es euch bei uns richtig gemütlich.« Er lächelte tückisch, und sein Blick wanderte zu mir. »Aber nicht so gemütlich wie das kleine Arrangement, dass Siebert und Meisel getroffen haben.«

Als Vogt fort war, wandte ich mich Jan zu und runzelte die Stirn. »Weißt du, was er mit ›Arrangement‹ gemeint hat?«

Jan machte eine wegwerfende Handbewegung. »Spielt keine Rolle.«

Es schien aber doch eine Rolle zu spielen, denn Jan wirkte betreten. Ich hakte nach, und Jan erklärte mir, was Vogt gemeint hatte.

»Es hängt mit der vielen Zeit zusammen, die du in Meisels Büro verbringst.« Jan seufzte. »Es geht das Gerücht, dass dir ... Männer lieber als Frauen sind.« Er hob die Hand, als wolle er sagen: *Ich habe mit dem Gerücht nichts zu tun.*

»Das ist doch lächerlich, Meisel und ich ...« Ich brach den Satz ab, als mir einfiel, dass Meisel Geheimhaltung verlangt hatte. Ich schüttelte den Kopf. »Ich bin verheiratet, habe zwei Kinder. Auch Meisel hat eine Familie.«

Jan zuckte mit den Schultern. »Ich glaube das ja auch nicht, aber Typen wie Vogt lieben solche Gerüchte.« Jan verzog das Gesicht. »Außerdem ist er auf Meisel sauer. Wahrscheinlich wegen dem, was im ersten Monat hier vorgefallen ist.«

»Was war da?«

Jans Miene verdüsterte sich. »Nicht wichtig«, murmelte er und schien zu bereuen, dass er überhaupt davon angefangen hatte.

Wieder ein Geheimnis, diesmal hatte es mit Meisel zu tun. Doch nach Jans abweisendem Gesichtsausdruck zu urteilen würde ich nichts mehr erfahren, nicht einmal, wenn ich ihn drängte. Zwei Offenbarungen an einem Abend wären eindeutig zu viel.

***

Am nächsten Tag lüftete Meisel seinerseits ein Geheimnis. Damit begann für mich die ruhigste Zeit in Sobibór, insbesondere, was unsere Zusammenarbeit an dem Manuskript betraf.

Als ich in Meisels Büro die Aushänge anfertigte, sagte er: »Kommen Sie auch morgen, dann können wir weiter am Manuskript arbeiten. Außerdem möchte ich Ihnen etwas erklären.«

Am nächsten Tag wartete er bis zum Mittag. Am Morgen gingen wir im Manuskript lediglich allgemeine Abschnitte durch. Vielleicht brauchte Meisel einen Anlauf.

»Für das, was letzte Woche vorgefallen ist, muss ich mich entschuldigen«, begann er schließlich, zündete seine Pfeife an und nahm die ersten Züge. »Ich habe eine Weile gebraucht, um zu erkennen, dass Sie recht hatten. Aber für mich war es schwierig, Karinas Gefühle überzeugend auszudrücken, denn ...« Er blickte zur Seite, suchte nach den richtigen Worten. »Bis heute weiß ich nicht, was meine Frau nach dem Tod unseres Sohnes empfunden hat. Luisa hat es mir nie gesagt.«

Plötzlich ging mir ein Licht auf. *Eine flackernde Kerze* trug autobiografische Züge. Anhand des Schmerzes, der in einigen Szenen deutlich zu spüren war, hätte ich es mir eigentlich denken können.

»Es tut mir leid. Das ... das wusste ich nicht.« Was tat mir leid? Dass sein Sohn tot war oder ich nicht erkannt hatte, dass Meisel über einen Teil seines Lebens geschrieben hatte? Und warum hatte ich nicht mehr als diese banale Beileidserklärung zustande gebracht?

»Ich war beim Militär«, fuhr Meisel fort. »Daher kam es mir nur folgerichtig vor, dass Lukas den gleichen Weg einschlagen würde. Luisa war dagegen, aber irgendwann wäre Lukas ohnehin einberufen worden ... Insofern sollte ich mir vielleicht keine Vorwürfe machen.« Meisel zuckte mit den Schultern, paffte seine Pfeife. »Aber ich mache mir Vorwürfe. Nur wenige Monate nach dem Anschluss Österreichs drängte ich Lukas, sich einem Regiment anzuschließen. Er trat in die vierte Panzerdivision ein, die zu Beginn des Krieges den Polenfeldzug anführte. Schon im ersten Kriegsmonat kam er in der Schlacht an der Bzura ums Leben.« Meisels Augen schimmerten feucht.

Ich ließ meinen Blick kurz zu den gerahmten Familienfotos über dem Sideboard gleiten. Lukas dürfte der ältere Junge gewesen sein.

Meisel seufzte. »Luisa hat mir bis heute nicht verziehen. Zwischen uns hat sich eine Kluft aufgetan. Doch sie hat mir nie gesagt, was sie bei Lukas' Tod empfunden hat. Es gab nur anklagende Blicke. Womöglich wollte ich denen entkommen, als ich mich zwei Monate später um die Stelle als stellvertretender Lagerkommandant von Chełmno bewarb. Oder ich wollte mich bestrafen.« Er lächelte schief. »Warum sonst würde sich jemand freiwillig in eine Hölle wie Chełmno oder Sobibór begeben?«

Meisel stand auf, trat an das Sideboard und holte eine Flasche alten Cognac heraus. »Zwar ist es zum Trinken noch ein bisschen früh, aber ich glaube, ich könnte einen Schluck vertragen.« Er nahm einen Cognacschwenker und goss sich eine doppelte Portion ein. Dann hielt er die Flasche hoch. »Möchten Sie auch einen?«

»Ja, danke.« Wahrscheinlich bot sich mir gerade die erste und letzte Gelegenheit, in Sobibór ein Glas guten Cognac zu genießen. Abgesehen davon wäre es unhöflich gewesen, Meisel allein trinken zu lassen.

Meisel schenkte mir ein Glas ein. Mit gequälter Miene ließ er sich an seinem Schreibtisch nieder und nahm einen Schluck. »Aber vielleicht gab es auch andere Gründe, weshalb ich Orte wie diesen gewählt habe. Womöglich bin ich vor dem aktiven Dienst an der Front zurückgescheut. Dort wären die Erinnerungen an die Art, wie mein Sohn getötet wurde, immer wieder hochgekommen. An einem Ort wie diesem hingegen« – den Cognacschwenker in der Hand, machte Meisel eine umfassende Armbewegung – »muss man dem Sterben gegenüber abgestumpft sein. Das hat Lukas' Tod bei mir bewirkt. Der Tod meines Sohnes hat für mich keinen Sinn ergeben. Wie könnte es dann der Tod anderer Menschen tun?«

Das konnte man auch anders sehen, dachte ich. Dann wären die Toten hier ein Vielfaches von Lukas' Tod, die den Schmerz, ebenso wie an einer Kriegsfront, immer wieder neu entfachen würden. Doch das sagte ich nicht, lieber blieb ich auf sicherem Boden und spendete Trost. »Der Tod Ihres Sohnes muss für Sie schrecklich gewesen sein.« Ich nippte an meinem Cognac.

Meisel nickte. »Vier Monate nach meiner Ankunft in Chełmno fing ich an, *Eine flackernde Kerze* zu schreiben. Vielleicht als eine Art Exorzismus, um mich von meiner Schuld an Lukas' Tod zu befreien. Oder ich dachte, darüber zu schreiben, könnte mir helfen, mit dem Tod meines Sohnes fertig zu werden. Aber Karinas Gefühle vermochte ich nicht darzustellen, weil meine Frau mir ihre Gefühle nicht verraten hat. Ich bekam nur diese traurigen, vorwurfsvollen Blicke.«

Für einen Moment herrschte Schweigen. Meisel nahm einen großen Schluck Cognac.

»Gedanken und Gefühle zu beschreiben, das ist immer schwierig. Erst recht, wenn sie einen selbst betreffen.« Mehr sagte ich nicht, für eine ausführliche Diskussion über die Entwicklung eines Charakters im Roman schien mir jetzt nicht der richtige Zeitpunkt.

»Das war einer der Gründe, weshalb ich die Romanhandlung in den Ersten Weltkrieg verlegt habe. Ich wollte Abstand zu Lukas' Tod gewinnen.« Meisel blickte durch mich hindurch, als stünde hinter mir jemand, der ihm zuhörte. »Ein anderer Grund war, dass jede Kritik am derzeitigen Krieg und der Wehrmacht undenkbar wäre. Beim Ersten Weltkrieg liegt die Sache anders, da lassen sich sogar für unsere Niederlage Erklärungen finden. Bei diesem Krieg weiß im Moment keiner, wie er enden wird.«

Sein Bekenntnis schien Meisel mitgenommen zu haben. Vielleicht war ich der Erste, dem er sich anvertraut hatte. In dieser Hinsicht durfte ich mich privilegiert fühlen. Wie seltsam es war, dass er sich, ebenso wie Mathias und ich, entschieden hatte, die Gegenwart im Roman auszuklammern, obwohl wir in jeder anderen Hinsicht nicht unterschiedlicher hätten sein können. Doch alle deutschsprachigen Romane, die in der Gegenwart angesiedelt waren, mussten die verlogene Propaganda des NS-Staats wiedergeben. Derjenige, dem das widerstrebte, hatte nur die Alternative, die Handlung in eine andere Epoche zu verlegen.

Meisel sah mich schwermütig an. »Meinen Sie, Sie könnten mir helfen, Karinas Gedanken und Gefühle in Worte zu fassen? Sie haben den nötigen Abstand.«

»Ja, ich …« Ich stockte, nicht sicher, ob ich imstande war, derart tiefe Gefühle in Worte zu kleiden. Dann dachte ich an Stefanie, daran, was sie, die nicht wusste, ob ich lebte oder tot war, zurzeit durchmachen würde. Ich stellte mir ihre Verzweiflung vor. Davon könnte ich einiges übertragen. »Ja, ich glaube schon.«

***

Nach jenem Gespräch wurde unsere Arbeit an der *Flackernden Kerze* konstruktiver und harmonischer. Drei Wochen später wurden Meisels Augen abermals feucht, als er die Schlüsselszene las, über die wir zuvor gestritten hatten. Ich hatte sie umgeschrieben und Karinas Gefühlen Raum gegeben.

»Sehr schön, sehr bewegend«, sagte er. »So ist es überzeugend.«

Mir war, als hörte ich den Vorwurf, über den er sich Gedanken machte. *Falls meine Frau damals so empfunden hat, hätte ich sie nicht verlassen dürfen.*

Monatelang hielt diese ruhige Zeit an. Ich arbeitete mit Meisel zusammen, und Jan machte beim Lesenlernen immer größere Fortschritte. Doch ich hätte wissen müssen, dass so etwas nicht von Dauer sein konnte. Bereits vor dem Vorfall, der schließlich zum Ende dieser Zeit führte, hatte ich begonnen, mich unwohl zu fühlen. Es lag an meinem Schuldgefühl, weil es mir inmitten des Leidens und Sterbens ringsum vergleichsweise gut ging.

Dieses Schuldgefühl verstärkte sich immer mehr, gleichzeitig zogen an meinem Himmel erste dunkle Wolken auf. Es fing an, als Jan eines Abends einen niedergeschlagenen Eindruck machte.

»Was ist?«, fragte ich.

»Heute wurde Lara in die Gruben gekippt. Eine von Rinas Freundinnen.« Mit dem Daumen wies Jan auf den Zaun, hinter dem die Massengräber lagen, und steckte sich eine Selbstgedrehte an. »Heute Morgen habe ich sie mit der Schubkarre dahingefahren.«

Inzwischen kannte ich das System. Jan brachte diejenigen zu den Gruben – beziehungsweise Massengräbern –, die an Typhus oder sonstigen Krankheiten gestorben waren. Diejenigen, die in den Gaskammern umkamen, wurden von den anderen Männern des Sonderkommandos in die Gruben geschafft. Mehr als acht oder zehn Monate lebten jedoch auch diese Männer nicht. Danach wurden sie aus Gründen der Geheimhaltung umgebracht. Deshalb war Jan auch so nervös geworden, als Vogt mit ihm über die vierte Gaskammer gesprochen hatte. Die Tage der Gefangenen, die zu viel wussten, waren gezählt.

Jan stieß Zigarettenrauch aus. »Vor deiner Ankunft hat Lara die Schreibarbeiten in Meisels Büro erledigt, danach kam sie in die Wäscherei. Doch Vogt hat sich ständig über sie beschwert und erklärt, sie sei keine gute Arbeiterin.« Jan zog hektisch an seiner Zigarette. »Letzte Woche ist Lara krank geworden, und Vogt hatte endlich das, was er wollte. Sie wurde ins Gas geschickt. Dann hat Vogt dafür gesorgt, dass ich sie zu den Gruben fahren musste. Er wusste, dass ich sie mochte.«

Mir wurde übel. Bisher war mein Schuldgefühl allgemeiner Natur gewesen, nun hatte es sich konkretisiert. Meinetwegen war eine junge Frau ermordet worden. Wäre ich nicht nach Sobibór gekommen, würde sie noch für Meisel arbeiten.

Vielleicht hatte dieses Gespräch Jan und mich unachtsam gemacht, sodass wir die Bücher, die ich aus Meisels Büro mitgenommen hatte, nicht mehr sorgfältig genug versteckten. Am Abend darauf entluden sich die dunklen Wolken.

Ich kam aus Meisels Büro. Als ich unsere Baracke betrat, hatte Vogt Jan am Kragen gepackt, vor ihnen auf dem Boden lagen die beiden Bücher.

»Woher hast du die Bücher?«, herrschte Vogt Jan an.

Er gab ihm keine Antwort, blickte einfach an Vogt vorbei.

»Diese Bücher kommen aus dem Büro des stellvertretenden Lagerkommandanten.« Vogt starrte Jan an. »Die hast du gestohlen, oder?«

Jan deutete ein Kopfschütteln an, blickte weiter an Vogt vorbei. Nicht der kleinste Blick zuckte in meine Richtung.

Vogt trat dicht an Jan heran. »Du siehst mir gefälligst in die Augen, wenn ich mit dir rede, oder ich …« Vogt hob den Stock mit dem silbernen Knauf.

»Nein! Ich war es!«, unterbrach ich ihn. »Ich habe mir die Bücher ausgeliehen.«

Vogt ließ den Stock sinken. *»Ausgeliehen?«* Er sah mich ungläubig an. »Mit Erlaubnis des stellvertretenden Lagerkommandanten?«

Ich wollte das Problem nicht verschlimmern, indem ich log. Daher senkte ich einfach den Blick.

»Verstehe.« Vogt kam zu mir. »Ich nehme an, du weißt, dass man Ausleihen ohne Erlaubnis als Diebstahl bezeichnet.« Ebenso wie bei Jan trat er dicht an mich heran und sagte leise und genüsslich: »Darauf steht die Gaskammer.«

Kapitel 37

»Der einzelne Volksangehörige kann in diesem Kriege mit Schrecken feststellen, was sich ihm gelegentlich schon in Friedenszeiten aufdrängen wollte, daß der Staat dem Einzelnen den Gebrauch des Unrechts untersagt hat, nicht weil er es abschaffen, sondern weil er es monopolisieren will wie Salz und Tabak.«

Sigmund Freud, Zeitgemäßes über Krieg und Tod

Mathias alias Daniel

Das Blut rauschte mir durch die Adern, in meinem Kopf entstand ein Druck. Dann begann es, hinter meinen Schläfen zu pochen, und mir war, als hörte ich ein leises Summen.

Heinrich Schnabel saß mir gegenüber, die Mauser entspannt auf mich gerichtet. Ruhig und methodisch erklärte er mir, was er herausgefunden hatte und welche Optionen es für mich gab.

Ivor war seit einer Dreiviertelstunde im Bett, als ich dachte, jemanden an der Wohnungstür kratzen zu hören. Ich spähte durch den Türspion, konnte aber niemanden entdecken. Als das gleiche Geräusch eine Minute später wieder zu hören und draußen noch immer niemand zu sehen war, öffnete ich die Tür. Schnabel kam von der Seite und hob die Mauser. Und bevor ich die Tür zuschlagen konnte, war er in der Wohnung und dirigierte mich zu einem Sessel im Wohnzimmer. Er ließ sich auf dem Sessel gegenüber nieder, stellte die schwarze Aktentasche, die er dabeihatte, zu seinen Füßen ab und begann, mir mein Schicksal darzulegen.

»Ich weiß, dass Sie Jude sind und Ihr richtiger Name Mathias Kraemer lautet«, verkündete er. »Dieser Punkt steht also nicht mehr zur Debatte.« Anschließend erklärte er, wie er zu diesem Schluss gekommen war. Einiges hatte er bereits bei unserer Begegnung in der Buchhandlung Hasbach angedeutet, sprich, die stilistischen Ähnlichkeiten zwischen meinem jüngsten Roman und den Romanen eines anderen Autors, und sein Gefühl, mir zuvor schon mal begegnet zu sein. Er wusste sogar, dass er mich zum ersten Mal im *Café Mozart* gesehen hatte. Und dass ich meine neue Identität einem großen, organisierten Netzwerk verdankte. Wahrscheinlich zählte er all das auf, um meinen Versuchen, etwas zu leugnen, zuvorzukommen. Oder er wollte mir zeigen, wie gründlich und genial er war.

»Sie sind nur ein kleiner Fisch«, schloss er. »Es ist das Netzwerk, das mich interessiert. Sollten Sie bereit sein, mir die Namen der Hintermänner zu nennen und mir die Vorgehensweise bei einem Identitätswechsel zu schildern, könnte ich Sie am Leben lassen.«

Ich betrachtete Schnabel abwägend. Ich würde mich nicht mehr herausreden können, so viel stand fest. Doch ich bezweifelte, dass er sich an sein Versprechen halten würde – immerhin hatte er *könnte* gesagt und nicht *werde* –, sollte ich tatsächlich versucht sein, das Leben zahlloser anderer Menschen zu opfern, um meine Haut zu retten.

»Tut mir leid, aber das kann ich nicht.«

»Nein?« Schnabel zog die Brauen hoch. Dann sagte er: »Egal, ich bin sicher, allein das Büchlein, das ich in Brunnermanns Safe gefunden habe, wird mir weiterhelfen. Es enthält Daten, Zahlungsbeträge und eine Liste von vierunddreißig Namen, der Ihre inbegriffen.« Schnabel lächelte. »Nicht zu vergessen die Fotos von Freuds Kreis, auf die ich dort ebenfalls gestoßen bin.«

Ich versuchte, mir den Schock nicht anmerken zu lassen. *Er war bei Brunnermann gewesen!* Ich hatte mitbekommen, dass Brunnermann unsere Transaktionen in ein kleines Notizbuch eintrug, das in seinem Safe lag. Dummerweise war mir nie der Gedanke gekommen, dass er darin auch die Transaktionen der anderen vermerkte, die ebenso wie ich Diamanten gegen Geld tauschten. Deshalb also hatte das Notizbuch stets ganz hinten im Safe gelegen. Aber was war mit den Fotos des Kreises? Freud hatte uns gebeten, die jeweiligen Fotos zu vernichten. Doch offenbar hatte einer in der Gruppe seine Fotos Brunnermann zur Aufbewahrung gegeben.

Schnabel betrachtete mich kopfschüttelnd. »Sie sind genauso schlimm wie Webers Freundin. Auch sie wollte mir nichts sagen. Ich habe sie nach Dachau geschickt.«

Das Summen in meinem Kopf wurde lauter. *Deya? Deya in Dachau?* Sollte das ein Bluff sein? »Deya hat Wien verlassen, vielleicht auch das Land. Sie hat Josef Weber geschrieben – diesen Brief habe ich selbst gesehen.«

»Das war eine Finte, um Weber von ihrer Spur abzulenken.« Schnabel lächelte. Dass ihm dieser Coup so gut gelungen war, freute ihn. »Das Letzte, was ich wollte, war, dass Weber herumschnüffelt und sich für sie einsetzt. Obwohl es ihm nichts genützt hätte.«

Ich kam noch immer nicht ganz mit. »Aber warum war Deya bereit, diesen Brief zu schreiben?«

»Weil ich ihr erklärt habe, dass ich ihre Tochter am Leben ließe, wenn sie es tut. Und dass ich ein Auge zudrücken würde, wenn sie das Mädchen irgendwo bei Verwandten unterbringt. Und noch etwas: Es hat nicht jedem aus Ihrer Clique im gleichen Maß wie ihr widerstrebt, andere zu verraten.«

»Was soll das heißen?«

»Das wissen Sie nicht?« Schnabel sah mich erstaunt an. »Meine Güte, erzählt man Ihnen denn gar nichts?« Er grinste amüsiert und wirkte noch selbstgefälliger. »Ihr Agent Julian Reisner hat nicht lange gebraucht, um mir Ihren lieben Freund Johannes Namal – auch als Andreas Siebert bekannt – zu nennen. Obwohl er das in diesem Fall hauptsächlich getan hat, um *Sie* zu retten.«

Das Summen begann, schmerzhaft zu werden. *Freund?* Wenigstens wusste Schnabel nicht, dass Johannes und ich Cousins waren. Ungläubig schüttelte ich den Kopf. »Julian hat gesagt, dass man auf Johannes durch eine Schwachstelle im Netzwerk gekommen ist. Durch einen Informanten oder Unterlagen, die da entdeckt wurden, wo sie nicht hingehörten.«

»Ich kann mir gut denken, warum Reisner Ihnen nicht erzählt hat, dass er Namal geopfert hat. Und dass er es Ihretwegen getan hat.« Schnabels Grinsen wurde immer breiter. Wie er es genoss, all das, worauf ich mich verlassen hatte, Stück für Stück zu demontieren. »Ich war mir schon seit einer Weile so gut wie sicher, dass Sie einen falschen Namen tragen. Was unter anderem an den bereits erwähnten stilistischen Ähnlichkeiten Ihrer Romane sowohl als Daniel Lendt als auch Mathias Kraemer lag. Also habe ich mir Reisner vorgenommen. Er hatte die Wahl, konnte mir entweder Sie oder einen Ersatzmann ausliefern. Es hat nicht lange gedauert, bis er sich für Namal, alias Siebert, entschieden hat.« Schnabel zuckte mit den Schultern. »Wenn ich ehrlich bin, wäre es mir umgekehrt lieber gewesen. Sie sind Volljude, Namal nur Halbjude. Reisner war außerdem derjenige, der darauf bestand, dass Namal nach Sobibór kommt. Nicht gerade das angenehmste Lager.«

Mich überlief ein Schauder. Die Vorstellung, dass Johannes meinetwegen in diesem berüchtigten Lager mit den geringen Überlebenschancen gelandet war, war kaum zu ertragen; erst recht nicht, wenn ich an das Versprechen dachte, das ich seinem Vater gegeben hatte. *Ich habe Onkel Samuel nicht nur enttäuscht, sondern bin vielmehr der Grund für den Tod seines Sohnes.* Aber wie war Julian dazu gekommen, Johannes zu verraten? Das Zimmer begann, sich zu drehen. Es war, als wäre die Hälfte meines Lebens abgerissen und der Rest auf den Kopf gestellt worden. *Nichts ist mehr, wie es war.*

»Und nun?«, fragte ich mit zittriger, kaum hörbarer Stimme.

»Das Angebot, das ich Deya in Bezug auf ihre Tochter gemacht habe, mache ich Ihnen nun in Bezug auf Ihren Sohn.«

Ich hatte gedacht, ich wäre bereits am Boden, doch nach diesen Worten hatte ich das Gefühl, in einen Brunnen gestürzt zu sein. Ich bedachte Schnabel mit einem kalten Blick. Mit der gleichen Kälte erzählte er mir von seinem Besuch bei Brunnermann, von meinen Besuchen dort, die er beobachtet hatte und dank derer er wusste, dass ich Diamanten besaß. »Die Frage ist bloß, wo Sie sie versteckt haben. Wenn ich die Diamanten bekomme, ohne dass ich Ihre ganze Wohnung auseinandernehmen muss, lasse ich Ihren Sohn leben.«

Diesmal ging der Schauder tiefer, und mein linker Schenkel verkrampfte sich schmerzhaft. Ivor schlief in seinem Zimmer. Ich dachte, vorhin hätte ich ihn noch einmal gehört, danach jedoch nicht mehr. Er hatte sich nichts zuschulden kommen lassen, doch Schnabel benutzte ihn wie eine Schachfigur, damit ich tat, was er verlangte. Ich war wie betäubt und deutete ein Nicken an. Hatte ich eine andere Wahl?

»Falls Sie sich auch mit dem zweiten Teil meines Plans einverstanden erklären«, fuhr Schnabel fort, »lasse ich Ihre Mutter und Ihre Schwester am Leben.«

Dieses Mal erfasste mich der Schauder von Kopf bis Fuß, und ich begann, am ganzen Leib zu zittern. Teilnahmslos hörte ich zu, wie Schnabel mir, ebenso teilnahmslos, die Rolle erklärte, die ich hinsichtlich Brunnermanns Tod zu spielen hatte. Es klang, als schlenderten wir über eine Straße oder durch einen Park und unterhielten uns gelangweilt über das Wetter. »Im Moment liegt Brunnermann auf dem Boden seines Geschäfts, wurde mit drei Kugeln aus *dieser* Waffe erschossen.« Mit einer behandschuhten Hand zog Schnabel eine Waffe aus seiner Aktentasche. »Wenn man Sie mit dieser Waffe in der Hand bei ihm findet und Sie mit der Waffe erschossen wurden, die in Brunnermanns Hand steckt, wird man annehmen, dass Sie einander während eines Disputs umgebracht haben. Die Diamanten und Geldscheine auf Brunnermanns Leiche werden diesen Eindruck verstärken.«

Aufgrund des Wirrwarrs und Summens in meinem Kopf nickte ich mechanisch. »Ihr kleiner Plan sieht also vor, dass ich sterbe.«

Schnabel sah mich an, als könne er meine Begriffsstutzigkeit nicht fassen. »Würde man erfahren, welcher Herkunft Sie sind, dass Sie Dokumente gefälscht und dem Reich zustehende Vermögenswerte unterschlagen haben, würde man Sie doch auch in einem Konzentrationslager ermorden oder zugrunde gehen lassen. Es interessiert doch nur noch, ob Ihr Sohn, Ihre Mutter und Ihre Schwester Sie auf der Fahrt ins Lager begleiten. Sie können wählen, Herr Kraemer.«

Mein Blick irrte umher, als suchte ich noch immer nach einem Ausweg. Aufgrund des Tumults in meinem Kopf fiel mir das Denken schwer, doch ich begriff, wie sorgfältig Schnabel alles geplant hatte. Es gab keinen Ausweg. Ich hatte keine Wahl. Mit erstickter Stimme fragte ich: »Und warum sollte ich Ihnen vertrauen?«

»Dazu haben Sie keinen Grund, das gebe ich zu. Halten Sie sich einfach die Sachlage vor Augen, was Ihnen leichtfallen dürfte, schließlich sind Sie einer, der Kriminalromane schreibt. Ich besitze den Inhalt von Brunnermanns Safe, dem Sie einiges hinzufügen werden.« Schnabel wies auf seine Aktentasche. »Das Letzte, was ich will, ist, mit Brunnermann und Ihnen in Verbindung gebracht zu werden. Auch dass ich hier war, soll niemand erfahren.«

Ich nickte langsam, spürte einen ersten Funken Klarheit. »Demnach weiß niemand, dass Sie hier sind. Oder dass Sie bei Brunnermann waren.«

»Natürlich nicht.« Das Ausmaß meiner Dummheit schien Schnabel immer mehr zu verwundern, er schüttelte den Kopf. Ich dachte nach, bis Schnabel sagte: »Ich bin sicher, schlussendlich werden Sie das Noble und Richtige tun und sich entscheiden, Ihre Familie zu retten. Manchmal muss man etwas aufgeben, um andere zu retten, und wenn es das eigene Leben ist.«

Das Noble und Richtige? Mein Sohn, meine Mutter und meine Schwester würden von meinem Opfer vermutlich nie erfahren und es somit auch nicht zu schätzen wissen. Für sie gäbe es nur die Geschichte, dass ich aufgrund eines Disputs wegen Diamanten und Geldes mein Leben verloren hatte. *War das die einzige Möglichkeit?*

Als der Funke der Klarheit sich weiter vorarbeitete, stieß ich auf die Schwachstelle in Schnabels Plan. »Und woher haben Sie das Notizbuch und die Fotos aus Brunnermanns Safe, wenn Sie angeblich nicht bei ihm waren?«

»Die werde ich mir anonym zusenden lassen. Sie hätten von irgendjemandem aus dem Netzwerk kommen können – von einem losen Bindeglied. Und wenn ich den Rest des Netzwerks und die Mitglieder des Kreises aufgespürt habe, sind mir in der SS Ruhm und Ehre gewiss.«

Und so glitt mir die letzte Möglichkeit aus den Händen. Ich seufzte resigniert. »Offenbar haben Sie an alles gedacht.«

»Ja, Herr Kraemer, ich bin keiner, der etwas dem Zufall überlässt.« Schnabel zog eine Braue hoch. »Warum, glauben Sie, habe ich all die Kriminalromane, Ihre inbegriffen, gelesen? Dies ist das perfekte Verbrechen. Es gibt keine Spur, die zu mir führt.«

Ich betrachtete ihn rügend. »Das ist nicht gerade das Verhalten eines vorbildlichen Nazis, oder?« Vielleicht würde ihn das aus dem Konzept bringen.

»Das würde ich so nicht sagen. Solange es mir passt, bin ich der beste Nationalsozialist, den man sich denken kann. Doch in einigen Fällen wäre es töricht, die Ziele der Partei vor meine zu stellen. Für Juden habe ich zwar nicht viel übrig, aber ich hasse sie auch nicht.« Ein gleichgültiges Schulterzucken. »Oder zumindest nicht so, dass ich sie alle ausrotten will. Allerdings bin ich klug genug, um als guter Nationalsozialist zu tun als ob. Ich muss von der Judenverfolgung schwärmen, als könnte ich mir nichts Schöneres vorstellen. Nur so wird man mich befördern – bis ich ganz oben bin.« Schnabel tätschelte die Aktentasche zu seinen Füßen. »Doch wenn sich mir die Gelegenheit bietet, ohne Geschwätz, Salutieren und Katzbuckeln an die Spitze zu gelangen, wäre ich doch dumm, sie nicht beim Schopf zu ergreifen, oder?«

Ich rang weiterhin um einen klaren Kopf. »Sie stellen das Ich vor die Partei.«

»Ja, genau.« Schnabel lächelte schief.

Wir starrten einander an. Ich biss die Zähne zusammen, um gegen die Krämpfe in meinem Schenkel anzugehen. Dann stieß ich einen gepeinigten Seufzer aus und stand auf.

»Also gut, ich hole die Diamanten.« *Keine andere Wahl.* Das Summen in meinem Kopf wurde so laut, dass es alles andere übertönte. Auf unsicheren Beinen betrat ich das Arbeitszimmer nebenan. »Muss nur noch die Schlüssel zu dem Versteck holen.«

Für die Diele, unter der ich die Diamanten verborgen hatte, brauchte ich keinen Schlüssel, in der Schublade meines Schreibtischs lag allerdings die FN Browning HP von Lorenzo und Alois neben meinen Autoschlüsseln. *... Falls Sie also SS oder Gestapo die Treppe heraufkommen hören, wäre mein Vorschlag, dass Sie von denen so viele wie möglich erledigen, bevor Sie sich selbst die Kugel geben.* Aber meine Knie waren weich, vor mir drehte sich alles, und die Schmerzen in meinem Schenkel nahmen zu, sodass ich nicht einmal sicher war, ob ich es bis zum Schreibtisch schaffen würde. Doch darin befand sich die einzige kleine Chance, die mir geblieben war.

Ich konnte Schnabel nicht vertrauen. Er könnte die Diamanten an sich nehmen und sich später dennoch entscheiden, meinen Sohn, meine Schwester und meine Mutter in ein Konzentrationslager zu schicken. Und von meiner Familie abgesehen, waren da die Namen auf der Liste und die Fotos von Freuds Kreis. Auch diesen Personen und ihren Familien konnte Schnabel Tod und Leid bringen. Das musste ich verhindern, ganz gleich, wie klein meine Chance war.

Schließlich sind Sie jemand, der Kriminalromane schreibt, hatte Schnabel gesagt. Wenn jemand wusste, wie man eine Leiche entsorgt, dann war ich es.

Es war der einzige Ausweg!

Leider wurden meine Schritte immer unsicherer, und dann ertönte hinter mir Schnabels Stimme.

»Kommen Sie jetzt bitte nicht auf tollkühne oder dumme Gedanken.« Schnabel war aufgestanden und nicht mehr weit von mir entfernt. Mit Sicherheit hatte er die Waffe auf meinen Rücken gerichtet.

Die Chance wurde kleiner. Meine einzige Hoffnung war nun, meine Waffe aus der Schublade zu nehmen, mich wie der Blitz umzudrehen und zu schießen. Hätte ich dann nicht das Überraschungsmoment auf meiner Seite?

Ich griff nach der Schublade. Meine Hände zitterten, das Summen in meinem Kopf steigerte sich zum Crescendo.

Ich zog die Schublade auf. Die Browning war nicht da.

Kapitel 38

Johannes alias Andreas

Der erste Peitschenhieb raubte mir den Atem. Jan hatte recht gehabt, als er sagte, dass es unfassbar schmerzhaft sein würde. »Wappne dich, versuch, an etwas anderes zu denken, etwas jenseits des Schmerzes.« Der Rat nützte mir nicht viel. Der Schmerz war so unerträglich, dass ich an nichts anderes denken konnte.

Beim zweiten und dritten Peitschenhieb spürte ich, dass die Haut auf meinem Rücken aufriss. Ich biss die Zähne zusammen und sah, dass einige der Zuschauer sich mit Handsignalen verständigten, um die Wetten, die sie auf mich abgeschlossen hatten, entweder zu ändern oder zu bekräftigen.

Die Anhörung im Büro des Lagerkommandanten Töpfer war eine Farce gewesen. Bei dem Raum handelte es sich um eine größere Version von Meisels Büro. Allerdings hingen bei Töpfer Jagdtrophäen an den Wänden, und auf dem Boden lag ein Perserteppich.

Töpfer stellte die Fragen, Vogt lieferte den Beweis, Meisel sollte den Sachverhalt bestätigen. Als Erstes musste Vogt erklären, wo er die beiden Bücher entdeckt hatte.

»Im Schlafsaal von Renner und Siebert unter Renners Matratze.«

»Hatte der Gefangene Renner dafür eine Erklärung?«

»Nein, bei der Vernehmung hat er die Aussage verweigert.«

Beim vierten Peitschenhieb stöhnte ich. Wieder verständigten sich die Umstehenden mit Handsignalen, schlossen neue Wetten ab, andere raunten sich etwas zu.

»Und wie sind Sie zu dem Schluss gekommen, dass der Gefangene Siebert die Bücher aus dem Büro des stellvertretenden Lagerkommandanten gestohlen hat?«

»Als ich auf Renner Druck ausübte, hat Siebert es gestanden.«

»Hatte er für diesen Diebstahl eine Erklärung?«

»Er hat gesagt, er habe sich die Bücher *ausgeliehen.*« Vogt grinste spöttisch.

Beim fünften und sechsten Hieb wollten mir die Sinne schwinden. Jan hatte mich gewarnt, dass Vogt Bleistücke in die Lederriemen genäht hatte. Nun bekam ich sie zu spüren. Mein aufgeplatzter Rücken blutete, die Nervenenden lagen bloß.

Dann wandte sich Töpfer erstmals an mich. »Trifft das zu? Haben Sie vorgegeben, sich die Bücher ausgeliehen zu haben?«

»Ja, Herr Lagerkommandant.«

»Hatten Sie den stellvertretenden Lagerkommandanten um Erlaubnis gebeten?«

Ich senkte den Blick. »Nein, Herr Lagerkommandant.«

Immer wieder schlug die Peitsche zu, ich stieß gutturale Laute aus. Dennoch nahm ich die Reaktionen der Zuschauer wahr. Einige zuckten bei jedem Hieb zusammen, andere grinsten hämisch, wieder andere schienen starr vor Entsetzen. Jans Blick drückte Verzweiflung aus; Rina, die neben ihm stand, presste sich eine Hand auf den Mund.

Töpfer wandte sich an Meisel. »Können Sie bestätigen, dass sich die beiden Bücher in Ihrem Büro befanden?«

»Ja.« Meisel holte Luft. »Wenn der Gefangene Siebert jedoch erklärt, er habe sich die Bücher nur ausgeliehen, sehe ich keinen Grund, ihm nicht zu glauben. In der Zeit, in der er in meinem Büro gearbeitet hat, habe ich ihn als durch und durch ehrlichen Menschen kennengelernt.«

Nach dem fünfzehnten oder sechzehnten Hieb hörte ich auf, zu zählen. Meine Lider begannen zu flattern, und ein ums andere Mal verlor ich das Bewusstsein. Wenn ich zu mir kam, sah ich die immer hektischer werdenden Handsignale.

Töpfer blickte mich an. »Wie kamen Sie dazu, sich die Bücher auszuleihen? Und warum waren diese unter Renners Matratze?«

»Mithilfe der Bücher habe ich ihn das Lesen gelehrt.«

Nach fünf weiteren Hieben wurde mir schwarz vor Augen. Das Letzte, was ich mitbekam, waren Jan, der den Kopf gesenkt hatte, um nichts mehr sehen zu müssen, und Rina, die ihm, Tränen in den Augen, einen Arm um die Schultern legte. Wahrscheinlich fragten sich beide, ob ich die Strafe überstehen würde.

»Ein lobenswerter Plan«, erklärte Töpfer. »Bleibt also der Tatbestand, dass Sie den stellvertretenden Lagerkommandanten nicht gefragt haben, ob Sie sich die Bücher ausleihen dürfen, was gleichbedeutend mit Diebstahl ist.« Er notierte es in der Akte, die vor ihm lag. »Dreißig Peitschenhiebe morgen um elf Uhr auf dem Hof des Vorlagers.« Töpfers Blick wanderte kurz zu Meisel, bevor er mich wieder ansah. »Mein Stellvertreter hat sich für Sie eingesetzt. Sonst hätte ich Sie in die Gaskammer geschickt.«

Als ich Jan danach von diesem Gnadenakt erzählte und er keineswegs erleichtert wirkte, sondern nur nickte und leise »Das ist gut« sagte, hätte ich Bescheid wissen müssen.

»Was ist?«, fragte ich.

»Nichts.« Jan konzentrierte sich darauf, für die Decke der vierten Gaskammer einen Sparren einzusetzen.

Erst später am Abend erfuhr ich, warum Jan so zurückhaltend reagiert hatte. Das war, als er mit Tibor, einem jüdisch-ukrainischen Mitglied des Sonderkommandos, aneinandergeriet. Tibor und fünf oder sechs andere waren hinten im Schlafsaal dabei gewesen, Wetten zu organisieren.

»Seid leise«, fuhr Jan sie an. »Zeigt ein bisschen Anstand.«

»Willst du nicht wetten?«, fragte Tibor und sah Jan herausfordernd an.

Jan warf ihm einen finsteren Blick zu. Tibor wandte sich mir zu.

»Er hat es dir nicht gesagt, oder? Also sage ich es dir: So gut wie die Hälfte von denen, denen man mehr als fünfundzwanzig Peitschenhiebe verpasst, kommt um. Die Hiebe sind schon schlimm genug, die anschließende Infektion der Wunden gibt den Leuten den Rest.«

Im Lager fanden alle möglichen Wetten statt. Von Ratten- und Käferwettrennen bis zu der Frage, ob ein Gefangener, der sich zu nah an den Stacheldrahtzaun wagt, erschossen würde oder nicht. Bei den Einsätzen handelte es sich um Tabak, gestohlene Konservendosen aus dem Nahrungsmitteldepot und Goldfüllungen aus den Zähnen der Toten, die entwendet wurden, wenn die Wachen nicht hinsahen. Doch diese Wetten, stellte ich mit Entsetzen fest, wurden auf mein Leben abgeschlossen.

Tibor lächelte verschlagen. »Deine Überlebenschancen sind gering. Du warst Meisels Liebling, bei dir wird Vogt sich ins Zeug legen.«

»Du Scheißkerl!« Jan sprang auf und wollte sich auf Tibor stürzen.

Ich legte ihm eine Hand auf die Schulter. »Lass es gut sein. Wenn ich ausgepeitscht werde, sind meine Überlebenschancen immer noch größer, als sie es in der Gaskammer wären. Ich werde die Strafe überstehen.«

Auf dem Hof des Vorlagers wurden Neuankömmlinge in Empfang genommen und Gefangene ausgepeitscht. Die anderen Gefangenen mussten dabei zusehen, als Warnung an potenzielle Missetäter. Als ich in der Mitte des Hofs an einen Pfahl gefesselt wurde und Vogt sich an die Arbeit machte, hatten sich über achtzig Gefangene eingefunden, die einen widerwillig, die anderen bereitwillig. Meine Überlebenschancen konnte ich anhand des Zusammenzuckens der Zuschauer, ihrer bestürzten Mienen und der Handsignale verfolgen.

Dass meine Überlebenschancen gering waren, sagte ich mir jedoch erst, als ich kurz vor meiner Ohnmacht mitbekam, wie Jan den Kopf hängen ließ und mich offenbar aufgegeben hatte.

Kapitel 39

»Fortan sind jüdische Studenten von Examen in Medizin, Zahnmedizin, Pharmazie und Jura ausgeschlossen.«

»Schon zweimal habe ich Andreas ins Lager geschrieben und noch immer nichts von ihm gehört.« Stefanie sah Josef an. »Statt einer Antwort wurde mir von einem Büro der Wehrmacht in Lublin mitgeteilt, dass nur das Rote Kreuz Auskunft über Lagerhäftlinge gibt.«

»Hast du dich ans Rote Kreuz gewandt?«

»Ja. Und nach über einem Monat hat man mir geantwortet. Das Schreiben habe ich vor ein paar Tagen erhalten. Offenbar hat eine Delegation des Roten Kreuzes das Lager Sobibór vor Kurzem besuchen wollen. Der Termin wurde von der Lagerleitung abgesagt. Nun warten sie auf einen neuen.«

Es war früher Abend, Josef und Stefanie saßen in Josefs Wagen, vor dem Mietshaus, in dem Andreas' Mutter wohnte. Josef warf Stefanie einen Blick zu. Ihre Augen waren gerötet, ihr Gesicht von Sorge gezeichnet. Er schaute zum Eingang des Mietshauses, in dem ihre Kinder verschwunden waren, um ihre Großmutter zu besuchen. Vor den Kindern hatte Stefanie nicht reden wollen.

Vor seiner Verhaftung war Andreas mit seiner Familie zu seiner Mutter gefahren, ebenso zu dem Café, in dem sich Stefanie und die Kinder mit Stefanies Eltern trafen. Nun teilten sich Josef und Daniel diese Aufgabe, Stefanie konnte nicht fahren. Josef sprang gern ein. Seit Deya nicht mehr da war, hatte er mehr freie Zeit. Der Gedanke stimmte ihn wehmütig.

»Wird das Rote Kreuz einen Brief von dir an Andreas weiterleiten?«, fragte er.

»Ja, das haben sie geschrieben. Und wenn Andreas mir schreibt, werden sie mir seinen Brief senden.« Ein gequälter Ausdruck trat in Stefanies Gesicht. Vielleicht stellte sie sich den Inhalt von Andreas' Brief vor, oder sie fragte sich, ob er überhaupt antworten würde. Ob er noch lebte. »Doch das wird erst nach ihrem Besuch des Lagers geschehen.«

»Dann gibt es also noch Hoffnung«, sagte Josef tröstend. »Lass den Mut nicht sinken.«

Stefanie lächelte verkrampft und öffnete die Wagentür. Josef erklärte, in zwei Stunden werde er sie und die Kinder abholen.

Als Stefanie gegangen war, hätte Josef zum Revier in der Kärntner Straße zurückkehren und Papierkram erledigen können, doch dazu hatte er keine Lust. Er hatte die Akten, die er bearbeiten musste, mitgenommen und fuhr zu einer Bar, um sie dort durchzugehen.

In den vergangenen Wochen war viel zu tun gewesen. Am Monatsanfang hatten sowjetische Kampfflugzeuge Wien aus der Luft angegriffen. Seitdem war die Stromzufuhr nachts mehrere Male unterbrochen worden, um die Stadt großflächig zu verdunkeln. Luftangriffe gab es in diesen Zeiten nicht mehr, aber die Zahl der Einbrüche hatte sich verdreifacht. Auf den Straßen war es dunkel, die Menschen saßen in Luftschutzkellern, natürlich hatten Diebe das ausgenutzt.

Josef nahm einen Schluck Bier, machte sich zu diversen Einbrüchen Notizen. Er wusste, dass er seit Deyas Verschwinden zu viel trank und kürzertreten sollte – vielleicht ab nächster Woche. Doch in diesen zwei Stunden trank er nicht mehr als ein Kirschwasser und zwei Bier zum Nachspülen, weniger als an seinen einsamen Abenden.

Bevor er Stefanie und die Kinder abholte, lutschte er zwei Pfefferminzbonbons.

»Verdammt, das hat uns gerade noch gefehlt!«, rief er, als auf dem Weg zu ihrer Wohnung die Straßenlaternen ausfielen.

Sogar mit aufgeblendeten Scheinwerfern war die Umgebung nur undeutlich zu erkennen, und überall schienen schattenhafte Figuren zu lauern. Josef konnte kaum fassen, wie undurchdringlich die Dunkelheit ohne Straßenbeleuchtung war. Mit dreißig Stundenkilometern zockelten sie durch die Stadt, bis er Stefanie und die Kinder sicher nach Hause gebracht hatte.

»Danke«, sagte Stefanie. »Ich weiß nicht, was wir ohne dich machen würden.«

»Kein Problem. Die nächste Fahrt übernimmt dann Daniel, wir sehen uns erst in einigen Monaten wieder.« Zum Abschied warf Josef Stefanie einen aufmunternden Blick zu. »Bleib guten Mutes, Stefanie.«

Er war noch nicht weit gefahren, als per Funk eine Meldung über einen Einbruch am Karlsplatz hereinkam.

Josef fuhr an den Straßenrand, griff nach dem Funkgerät und fragte die Vermittlung: »Wo genau?«

»Juweliergeschäft in der Mahlerstraße. Inhaber namens Brunnermann.«

»Ich fahre sofort hin.« *Brunnermann!* Josef konnte nur hoffen, dass man ihm sein Erschrecken nicht angehört hatte.

»Zwei Tote im Geschäft. Beide erschossen. Die Spurensicherung wird auch gleich da sein.«

»Bin schon unterwegs.« Mit einem mulmigen Gefühl steckte Josef sich die nächsten beiden Pfefferminzbonbons in den Mund und fuhr los.

Kapitel 40

Johannes alias Andreas

»Du bist ein guter Mensch, Andreas, du darfst nicht sterben. Bleib am Leben, bitte tu es für Jan und mich.«

Ich öffnete die Augen. Aus der Nähe war Rina noch schöner, die braunen Augen waren so groß, dass ich mich darin gespiegelt sah. Kein Wunder, dass Jan sie ins Herz geschlossen hatte.

Sie legte mir ein feuchtes Tuch auf die Stirn. Ich versuchte mich an einem Lächeln, doch dann verschwamm ihr Gesicht, und ich glitt in die Dunkelheit zurück.

In den vergangenen Tagen hatten Jan und Rina sich abwechselnd um mich gekümmert.

Jan und Mikel, auch er ein Mitglied des Sonderkommandos, hatten mich von dem Pfahl losgebunden und in unsere Baracke getragen. Als meine Füße über die beiden Eingangsstufen holperten, war ich zu mir gekommen. Sie legten mich bäuchlings auf meine Pritsche. Jan erklärte, das Nächste würde wehtun.

»Ich muss die Wunden reinigen, damit sie sich nicht entzünden. Das ist wichtig.«

Er griff nach einer Flasche Wodka, die er, weiß der Himmel wo, aufgetrieben hatte, befeuchtete einen Lappen und tupfte mir den Rücken ab. Im ersten Moment fühlte es sich kalt an, dann spürte ich einen beißenden Schmerz. Zischend sog ich die Luft ein und stöhnte. Jan tupfte weiter, und ich verlor erneut das Bewusstsein.

Vielleicht eine halbe Stunde, vielleicht auch mehrere Stunden später rüttelte Jan mich an der Schulter, und ich wachte auf.

»Das wird schon wieder«, sagte Jan. »Rina und ich werden uns mit ein paar anderen um dich kümmern. Die Hauptsache ist, dass die Wunden sich nicht infizieren. Wenn wir das verhindern können, ist alles in Butter.«

Mehr als ein schwaches Nicken brachte ich nicht zustande.

Rina war ebenfalls bei mir. Außer ihr und Jan befanden sich acht oder neun Männer im Schlafsaal. Einige musterten mich besorgt, andere wirkten verlegen, wieder andere waren mit sich selbst beschäftigt.

»Aus diesem traurigen Haufen werde ich die Besten für dich aussuchen«, sagte Jan und deutete auf die Männer.

Er fragte sie, wer von ihnen gewettet habe, dass ich überleben würde. Drei Männer zeigten auf, unter ihnen Mikel. Jan wählte ihn und einen Siebzehnjährigen namens Nahum.

»Wenn Rina und ich nicht hier sein können, sorgt ihr für Andreas. Seht zu, dass ihr die Wette gewinnt. Gebt ihm Wasser, wenn er durstig ist, und legt ihm immer ein feuchtes Tuch auf die Stirn. Er darf kein Fieber bekommen.«

Sie hielten sich daran. Während ich mal wach, mal bewusstlos war, wechselten die Gesichter meiner Pfleger. Sie tupften mir die Stirn ab, begutachteten mich kritisch, maßen meine Temperatur, stützten mich, damit ich Wasser trinken konnte. Am Ausmaß der Sorge in ihren Augen konnte ich erkennen, wie es um mich stand.

Gegen Mittag des dritten Tages war ich sicher, dass es mit mir zu Ende ging. Ich hatte hohes Fieber und Schüttelfrost, in einer Minute war mir glühend heiß, in der nächsten eiskalt. Hinzu kam Nahums alarmierter Gesichtsausdruck, nachdem er meine Temperatur gemessen hatte.

Auch Rina erschrak, als sie erschien, um Nahum abzulösen, und er ihr zuraunte, wie hoch mein Fieber war. Ich bekam es nur halb mit, kurz darauf war ich wieder weggetreten.

Ich war im Prater auf dem Riesenrad, hatte einen Blick auf ganz Wien. Elena klammerte sich an meine Hand. »Wir sind ganz oben, Papa.« Ihr Griff verstärkte sich. »Du darfst uns nicht verlassen, Papa.«

Flatternd öffneten sich meine Lider. Rina hielt meine Hand und tupfte mir die Stirn mit einem feuchten Tuch ab. »Du darfst nicht sterben. Bleib am Leben, bitte tu es für Jan und mich.«

Ich wollte sie anlächeln, doch sie und ihre Umgebung versanken in der Dunkelheit.

***

Vogt hatte Jan befohlen, bis zum Einbruch der Dunkelheit an den Dachsparren der vierten Gaskammer zu arbeiten. Vielleicht wollte er die Zeit, die Jan sich um Andreas kümmerte, einschränken. Eine Minute, nachdem Jan den Schlafsaal betreten hatte, um Rina bei Andreas abzulösen, kam Vogt herein.

Jan nahm an, dass Vogt gesehen hatte, wie er den Hof zu seiner Baracke überquerte. Und dann war er ihm so schnell gefolgt, dass Rina kaum Zeit hatte, Jan über Andreas' Zustand zu informieren. Vogt warf einen Blick auf Andreas, der mit geschlossenen Augen dalag, das Gesicht blass, hohlwangig und mit einer Schweißschicht bedeckt.

»Der scheint mir ein Fall für die Leichenkarre zu sein«, sagte Vogt.

»Er hat ein paar schlimme Stunden hinter sich, weiter nichts«, erwiderte Jan. »Ich bin sicher, dass sein Fieber bald sinkt.« Er war dessen ganz und gar nicht sicher, wollte lediglich Zeit schinden.

Vogt beäugte Andreas skeptisch. »Na schön, ihr habt bis morgen früh um neun. Wenn er dann noch so aussieht wie jetzt, war's das.« Er sah Jan und Rina an. Sein Lächeln war eisig. »Ihr kennt die Lagerordnung. Wir verplempern unsere Zeit nicht mit Halbtoten.«

Vogt verschwand. Eine unbehagliche Stille breitete sich aus.

Rina begutachtete Andreas. »Bis morgen um neun wird es ihm nicht besser gehen. Es sei denn, es geschieht ein Wunder.«

Jan nickte mit trostloser Miene.

Halbtote. Jan brauchte niemanden, der ihm die raue Wirklichkeit von Sobibór vor Augen führte. Beinahe die Hälfte seiner Tage verbrachte er damit, Halbtote zusammen mit Toten in die Gruben zu kippen. Würde er es nicht tun, wäre er ebenfalls ein Todeskandidat, ein Mensch ohne Gebrauchswert.

Ebenso wusste Jan, dass die Überlebenschancen bei den Auspeitschungen höher wären, gäbe es nicht die Anordnung, diejenigen, um die es anschließend schlecht stand, aufzugeben.

Jan seufzte. »Vogt hat das geplant. Er hat Andreas absichtlich so brutal gepeitscht. Er will ihn ins Gas schicken oder in den Gruben lebendig begraben lassen.«

Rina runzelte die Stirn. »Und was nützt uns diese Erkenntnis? Sie wird Andreas nicht auf die Beine helfen.«

»Wir müssen mehr Zeit gewinnen.«

»Aber *wie?* Du hast doch gehört, was Vogt gesagt hat.«

Grübelnd starrte Jan vor sich hin. Dann kam ihm eine Idee. »*Meisel!* Für Meisel hat Andreas eine besondere Bedeutung, der Henker weiß, warum.« Er drückte Rinas Hand. »Ich gehe zu ihm, bitte ihn um mehr Zeit.«

Rina schüttelte den Kopf. »Meisel wird jetzt im Casino zu Abend essen. Da kannst du nicht einfach hineinplatzen und ihn stören.«

»Dann gehe ich nach dem Abendessen zu ihm.«

Ein ängstlicher Ausdruck zeigte sich auf Rinas Gesicht. »Dann ist es nach zehn – das ist zu gefährlich.«

Die SS-Wachen in den Wachtürmen hatten die strikte Anweisung, jeden Gefangenen, der nach zehn Uhr abends über den Hof lief, zu erschießen.

Jan zuckte mit den Schultern. »Ich kann Andreas nicht einfach sterben lassen. Hätte er mir nicht helfen wollen, lesen zu lernen, wäre ihm nichts passiert. Du und er, ihr seid die Einzigen, die sich an diesem gottverlassenen Ort jemals um mich gekümmert haben. Wen hat es denn vorher interessiert, ob ich lebe oder sterbe? Oder ob ich lesen kann.«

Rina begriff, dass alle Versuche, ihm sein Vorhaben auszureden, zwecklos waren. Jan hatte seine Entscheidung getroffen. »Sei vorsichtig, mehr will ich nicht.«

»Versprochen.« Um die Stimmung aufzuhellen und Rina zu beruhigen, setzte Jan ein Lächeln auf. »Außerdem ist Vollmond, und die Wachen kennen mich. Ich werde ihnen winken.«

Rina lächelte matt. »Vollmond. Der passt zu deinem verrückten Plan.«

Wenig später kehrte Rina in ihre Baracke zurück. Kurz vor zehn schaute sie aus einem der kleinen Fenster, sprach ein stummes Gebet und rieb den Anhänger der Kette, die ihr Vater ihr im Warschauer Ghetto geschenkt und die sie bei der Ankunft in Sobibór vor den Wachen versteckt hatte. Der Anhänger bestand aus dem hebräischen Wort *Chai,* das »Leben« bedeutete.

Draußen setzte ein leichter Regen ein, der den Mond und den Schein der Flutlichtlampen verschleierte. Auf dem Hof war kaum noch etwas zu erkennen. Kurz darauf ertönten zwei Schüsse, und Rina drehte sich der Magen um.

Kapitel 41

»Jüdische Beamte und Angestellte des öffentlichen Dienstes treten ab sofort in den Ruhestand. Ehrenbeamte sind aus ihrem Beamtenverhältnis zu entlassen.«

Als Josef den Tatort betrat, sah er als Ersten Otto Lanz von der Spurensicherung, der an der Wand links von der Eingangstür zwei Einschusslöcher begutachtete.

Dann registrierte er die anderen: zwei uniformierte Polizisten, die Josef nicht kannte, ein SS-Mann und ein Mann in Zivil, wahrscheinlich Gestapo. Danach entdeckte er hinten im Raum Niklas Krenn, einen seiner Assistenten. Das Blitzlicht eines Fotografen flammte auf. Bei dem Fotografen stand ein weiterer Beamter in Zivil, der sich Notizen machte, vermutlich ebenfalls einer von der Gestapo.

Aufgrund der vielen Anwesenden konnte Josef die beiden Leichen zunächst kaum erkennen. Dann sah er den toten Carl Brunnermann. Als auch der zweite Tote sichtbar wurde, fiel es Josef schwer, seine Verblüffung zu verbergen.

Krenn trat zu ihm. »Alles in Ordnung?«

»Ja ja.« Josef rang sich ein Lächeln ab. »Vielleicht bin ich es nicht gewohnt, dass ein SS-Mann zu den Mordopfern gehört. Gibt es weitere Auffälligkeiten? Außer dass beide Opfer bewaffnet sind?«

Krenn schilderte ihm das Wesentliche. »Der Inhaber des Geschäfts hat drei Schusswunden, der SS-Mann – einer namens Schnabel – zwei. Alle Schüsse müssen relativ kurz nacheinander abgegeben worden sein.«

Josef studierte den toten Scharführer. Schnabels Kopf war zur Seite gedreht, der Mund offen, als wäre er überrascht worden, die Uniformjacke blutgetränkt. Eine Schusswunde befand sich im Rücken, nicht weit von einer Niere entfernt, die andere in der Brust. Brunnermann hatte zwei Schüsse in den Bauch abbekommen, einen in die rechte Schulter.

Verwunderlich waren auch die Diamanten und Geldscheine – überwiegend Reichsmark – auf dem Fußboden. Die konnten nur aus Brunnermanns verborgenem Safe stammen. Josef warf einen Blick auf das Paneel, durch das man zu dem Safe gelangte. Da war keine Öffnung, nur eine Wand voller Uhren.

»Der SS-Mann hieß Schnabel, sagten Sie?« Josef tat so, als würde er den Toten nicht kennen.

»Richtig. Er hatte seinen Ausweis dabei. Wir haben uns mit dem SS-Abschnitt Wien in Verbindung gesetzt und den Mord gemeldet. Daraufhin ist ein Unterscharführer namens Lindner erschienen« – Krenn wies auf den SS-Mann – »und hat ihn identifiziert.«

Josef musterte Lindner kurz. »Hat Lindner eine Ahnung, warum Schnabel bei Brunnermann war?«

»Er und Schnabel, sein Vorgesetzter, haben Brunnermann observiert. Aber warum Schnabel allein hier war, konnte er sich nicht erklären.«

Also war auch das seltsam. »Hat Lindner gesagt, warum Brunnermann observiert wurde?«

»So weit sind wir nicht gekommen. Zuerst sind der Fotograf und die zwei von der Gestapo erschienen. Die Gestapo-Beamten haben angefangen, Otto Lanz Fragen zu stellen, und wenig später waren Sie schon da. Ich werde Lindner nach dem Grund der Observierung fragen, auch nach ein paar anderen Dingen.«

»Nicht nötig«, sagte Josef. »Den übernehme ich.«

Josef begab sich zu Lindner, zeigte ihm seinen Ausweis. »Sie haben mit meinem Kollegen gesprochen.« Er nickte zu

Krenn hinüber. Dann erkundigte er sich nach den Gründen für die Überwachung von Brunnermanns Geschäft. Als Lindner Daniel Lendt als Zielperson nannte und die Gründe erklärte, kostete es Josef Kraft, sein Erschrecken zu kaschieren.

»Wir hatten Lendt zweimal Brunnermanns Geschäft betreten sehen. Scharführer Schnabel hielt es für möglich, dass diese Besuche mit einem Netzwerk zur Identitätsänderung zusammenhingen. Und diesem Netzwerk wollte er auf die Spur kommen.«

»Interessant.« Josef bemühte sich um eine ausdruckslose Miene. Allerdings verstand er noch immer nicht, warum Schnabel allein bei Brunnermann aufgekreuzt war. »Das ist eine ernste Angelegenheit. Doch, wie Sie meinem Kollegen erklärt haben, ist auch Ihnen nicht klar, warum Scharführer Schnabel Brunnermann ohne Sie aufgesucht hat, oder?«

»Richtig. Bei unserer letzten Observierung vor drei Wochen saß ich im Wagen und habe den Eingang des Juweliergeschäfts überwacht. Scharführer Schnabel hat an dem hoch gelegenen Fenster dort Posten bezogen.« Lindner wies auf das Seitenfenster. »Und zwar, kurz nachdem Lendt eingetroffen war. Als Schnabel zurückkam, sagte er, dass er nichts Ungewöhnliches entdeckt habe. Lendt habe lediglich eine reparierte Armbanduhr abgeholt. Danach haben wir die Observierung eingestellt.«

»Aha. Vielen Dank.«

Als Josef sich abwandte, schwindelte es ihn für einen Moment. Die beiden Biere und das Kirschwasser waren wohl doch keine gute Idee gewesen. Oder lag es an dem Verdacht, der ihm gekommen war? *Schnabel hat sehr wohl etwas Ungewöhnliches gesehen. Etwas, von dem er seinem Untergebenen nichts erzählt hat.* Noch einmal schaute Josef zu dem Seitenfenster, stellte sich den Blickwinkel vor. Von dort aus hätte man ohne Weiteres mitbekommen können, wie bei Daniels Besuchen das Paneel in der Wand geöffnet wurde. Brunnermann und Mathias, alias Daniel, würden sich vermutlich nicht lange mit Höflichkeitsfloskeln aufgehalten haben, sondern sofort in den Raum mit dem Safe gegangen sein.

Allerdings wusste Josef auch, dass sich in Brunnermanns Safe mehr Bargeld und mehr Diamanten befanden, als nun auf dem Fußboden lagen. Entweder war der große Rest noch vorhanden, oder es gab einen Dritten, der zusammen mit Schnabel hier gewesen war und sich mit dem Inhalt des Safes aus dem Staub gemacht hatte. Josef starrte auf die Wand voller Uhren und wünschte, er könnte bis in den Raum blicken, der den Safe enthielt. Dort wäre zumindest ein Teil der Antworten zu finden. Vor den Augen des SS-Manns und der Gestapo-Beamten würde er den Raum allerdings nicht betreten.

Das würde er irgendwann ohne Zeugen tun.

Kapitel 42

»Die Antwort wird lauten, weil jeder Mensch ein Recht auf sein eigenes Leben hat, weil der Krieg hoffnungsvolle Menschenleben vernichtet, den einzelnen Menschen in Lagen bringt, die ihn entwürdigen, ihn zwingt, andere zu morden, was er nicht will, kostbare materielle Werte, Ergebnis von Menschenarbeit, zerstört und anderes mehr.«

Sigmund Freud, Briefwechsel mit Albert Einstein

Johannes alias Andreas

»Das Risiko hättest du nicht eingehen dürfen«, sagte ich.

»Das Thema hatte ich schon mit Rina, das müssen wir nicht noch einmal durchkauen.« Jan nahm einen tiefen Zug an seiner Zigarette.

»Rina hat gesagt, dass man dich beinahe erschossen hätte.«

»Wenn du auf die Sorgen und Ängste von Frauen hören willst, wirst du hier nicht lange überleben.« Jan machte eine wegwerfende Handbewegung. »Der Erste war ein Warnschuss, der Zweite hat mich um mindestens einen Meter verfehlt. Dann habe ich zu dem Wachturm geschaut und gerufen, dass ich eine dringende Nachricht für Meisel habe. Daraufhin haben sie das Feuer eingestellt.« Er lächelte schief. »Du weißt doch, dass diese Typen lausige Schützen sind.

Oder warum, glaubst du, musste man der Hälfte von ihnen Maschinengewehre geben?«

Ich seufzte. »Natürlich weiß ich deine Hilfe zu schätzen.«

»Das will ich hoffen.« Jan runzelte die Stirn. »Wäre ich nicht zu Meisel gegangen, würden wir dieses Gespräch jetzt nicht mehr führen können.«

Er hatte recht. Nach Vogts Ultimatum hatte Meisel mir zwei weitere Tage zugestanden. Mein Fieber sank in der Nacht vor Ablauf der neuen Frist, erst danach hatte mein Zustand sich langsam stabilisiert. Andernfalls wäre Vogt nur wenige Stunden später erschienen und hätte Jan befohlen, mich auf die Leichenkarre zu laden.

»Außerdem war es kein großes Risiko«, fuhr Jan fort. Er drückte seine Zigarette aus und setzte den nächsten Baustein ein. »Mir war doch klar, dass Meisel die Arbeit, die du für ihn tust, schätzt. Der Kuckuck weiß, warum.« Bevor er mit der Wasserwaage prüfte, ob sich der Baustein im Lot befand, warf er mir einen forschenden Blick zu, doch dabei beließ er es, offenbar wollte er nicht nachfragen. »Davon abgesehen ist Meisel früher schon mit Vogt aneinandergeraten. Die Chancen, dass Meisel sich für dich einsetzt, standen also gut.«

Ich blickte zum Himmel, an dem sich Wolken gebildet hatten. Inzwischen begann das Licht des Tages, schneller zu schwinden. Der Herbst stand vor der Tür, die Abendluft war frisch.

In der ersten Woche nach meiner Genesung konnte ich nur im Büro arbeiten. Als ich wieder bei Kräften war und anfing, Jan zu helfen, legten er und andere des Sonderkommandos schon den Grundstein für die fünfte Gaskammer.

»Worum ging es in dem Zwist von Meisel und Vogt?«, fragte ich und trug mit der Kelle den Mörtel für die nächste Bausteinreihe auf.

Jan setzte einen Stein ein, klopfte ihn fest, legte die Wasserwaage an. Mit seiner Antwort ließ er sich Zeit, als müsse er noch überlegen, ob er mir den Grund verraten wolle.

Dann zuckte er mit den Schultern. »Der rührt aus den ersten beiden Monaten, in denen Meisel, Töpfer und Vogt zusammen hier waren. Anfangs verstanden sie sich gut, waren Kameraden, und Vogt hat für seine beiden Vorgesetzten und andere SS-Offiziere des Lagers kleine Partys arrangiert. Hat Frauen aus dem Lager ausgesucht, die daran teilnehmen mussten. Die Partys fanden in Hinterzimmern oder Privaträumen der Offiziere statt. Bei der dritten Party hat Vogt zwölf Frauen gezwungen, daran teilzunehmen, vier mehr, als es Männer gab. Daraus wurde eine Orgie. Meisel hat wohl mitgemacht, danach aber keine der Partys mehr besucht.«

Jans Kinnpartie spannte sich an, den nächsten Stein schlug er mit dem Hammer ein, haute immer wieder darauf. Dann sprach er weiter. »Am Morgen nach jener Party wurden neun der Frauen nackt in die erste und damals noch einzige Gaskammer getrieben. Sie war gerade erst errichtet worden, und man wusste noch nicht, ob das System funktionierte. Es war Vogts Idee gewesen. Er sagte, man müsse die Wirkung des Dieselmotors testen, und die Frauen von der Party seien dafür ›ideal‹.«

Jans Augen funkelten vor Wut und Abscheu. »Und während die Frauen in der Gaskammer erstickten, schauten einige der Lageroffiziere nacheinander durch das kleine Fenster in die Kammer, lobten die Funktionstüchtigkeit des Motors und waren begeistert, obwohl sie sahen, wie die Frauen, mit denen sie nachts zusammengewesen waren, verzweifelt nach Luft rangen, röchelten und starben.« Wieder stieß Jan einen Seufzer aus. »Meisel ist vorzeitig gegangen. Zwar hat er den anderen nicht gesagt, dass er ihr Verhalten widerlich findet, doch seine Reaktion war ziemlich deutlich. Danach hat Vogt weiterhin für Orgien gesorgt, so gut wie jeden Monat gab es eine, alle ohne Meisel. Daraufhin begannen die Gerüchte.«

Ich erinnerte mich an das, was Jan mir bereits erzählt hatte. »Und eins dieser Gerüchte bezieht sich nun auf die Stunden, die ich in Meisels Büro verbringe. Weil uns Männer lieber sind als Frauen.«

Jan nickte und griff nach dem nächsten Stein. »Mach dir nichts draus. So ein Gerücht kann jeden treffen.« Dann erzählte er mir, wie er anfangs an heißen Sommernachmittagen beim Ausheben der Gruben sein Hemd ausgezogen hatte. Einer der Wachleute habe ihn des Öfteren angestarrt und einem anderen später gesagt, Jan sähe aus wie ein »nordischer Gott«. »Auch danach ging ein Gerücht um, dass wir was miteinander hätten.«

Wir lachten, dann wurde Jan wieder ernst.

»Bei Meisel hieß es zuerst, er habe eine der Frauen gerngehabt und sei bestürzt gewesen, als sie am Tag nach der Party umgebracht wurde. Später wurden die Frauen nach den Partys nicht mehr ermordet oder zumindest nicht am Tag darauf, sondern Wochen oder Monate später und aus unterschiedlichen Gründen. Als Meisel trotzdem noch immer nicht an den Partys teilnehmen wollte, wurde wieder getuschelt, dass er sich nichts aus Frauen mache.«

»Und dann kam ich«, sagte ich. »Ein Mann, der die Hälfte seiner Zeit in Meisels Büro verbringt.«

»Ja.« Jan sah mich an, als hoffte er, dass ich ihm endlich den Grund für meine Zusammenarbeit mit Meisel verriet. Doch ich hatte Meisel versprochen, zu schweigen, und daran wollte ich mich halten. Jan zuckte mit den Schultern und setzte den nächsten Stein ein. »Wie ich schon sagte, mach dir nichts draus. Würde ich so viel Zeit wie du in Meisels Büro verbringen, erginge es mir nicht anders. Schließlich sehe ich aus wie ein nordischer Gott.«

Unser Gelächter durchdrang die stille Abenddämmerung, bis wir sahen, dass Vogt uns von der anderen Hofseite aus beobachtete. Wir senkten die Köpfe und arbeiteten schweigend weiter.

***

Zwei Monate später war die fünfte Gaskammer fertig. Zu der Zeit hatte ein eisiger Winter begonnen, und die Erde war so hart, dass keine neuen Massengräber ausgehoben werden konnten.

In der Vergangenheit waren die Leichen in den Gruben häufig mit Benzin übergossen, angezündet und verbrannt worden. Doch nun musste dieses Verfahren auf ebener Erde angewandt werden, und die lodernden Flammen zogen die Aufmerksamkeit der Gefangenen auf sich. Das Traurigste war, wenn sie – einschließlich der Kinder – dann sehnsüchtig zu den Flammen blickten, als würden sie alles geben, um an diese Wärmequelle zu gelangen, selbst wenn sie das Feuer Toten zu verdanken hätten.

Derartige Sehnsüchte blieben mir erspart. In Meisels Büro stand ein Holzofen, der für angenehme Temperaturen sorgte. Dieser Vorteil verstärkte die Schuld, die auf meinen Schultern lastete. Auch in der Baracke des Sonderkommandos gab es einen Paraffinofen. Für die Größe des Schlafsaals war er zwar zu klein, reichte aber aus, um sich davor zu kauern, bevor man auf sein kaltes Lager kroch.

In den anderen Gefangenenbaracken gab es keine Öfen. Zwanzig Prozent der Häftlinge starben in diesem Winter an Erkältungskrankheiten und Lungenentzündungen, unter ihnen Elsa, Rinas jüngere Schwester. Für sie, die zuvor bereits zart und anfällig gewesen war, war der Winter zu hart.

Jan gelang es, Rina, einige von Elsas Freundinnen und mich hinter den Zaun zu schmuggeln, sodass wir eine kleine Totenfeier abhalten konnten. Jeder legte einen Stein auf den Boden, auf dem Elsa zu Asche geworden war. Vielleicht würde eine der SS-Wachen die Steine forttreten, doch mehr konnten wir für Elsa nicht tun.

Der einzige Lichtblick in diesem düsteren Winter war Weihnachten. Dann oder kurz darauf sollte endlich die Delegation des Roten Kreuzes erscheinen. Vielleicht würde ich nach der langen Zeit einen Brief von meiner Frau und anderen aus meiner Familie erhalten, könnte den Abgesandten einen Brief an sie mitgeben.

Jan war hinsichtlich dieses Besuchs skeptisch. »Der Termin wurde schon zweimal verschoben, und nun wird es wieder nichts werden. Warte es ab.«

»Mir und allen anderen Gefangenen zuliebe hoffe ich, dass du dich irrst. In meiner Familie weiß man nicht einmal, ob ich noch lebe, und bei den anderen wird es ähnlich sein. Warum sollten die Besuche immer wieder aufgeschoben werden?«

»Weil Sobibór ein Vernichtungslager ist. Hier sitzt keiner eine Strafe ab, wird auch nicht zur Zwangsarbeit in eine Fabrik geschickt. Das soll das Rote Kreuz nicht erfahren. Aber wie will man das vertuschen?«

»Ich glaube trotzdem, dass sie diesmal kommen.« An diese Hoffnung klammerte ich mich – *endlich würde ich von meiner Familie hören* –, auch wenn Jans Argumentation auf schreckliche Weise überzeugend klang.

Auf dem Hof vor dem Offiziersquartier wurde der einzige Weihnachtsbaum aufgestellt und an den Pfahl gebunden, an dem ich vor Monaten ausgepeitscht worden war. Dem Großteil der Juden im Lager bedeutete Weihnachten nichts, sie nutzten die Zeit, um heimlich Chanukka zu feiern und dem Ende der Verfolgung der Juden vor zweitausend Jahren zu gedenken. Ich hielt es im Stillen ebenso.

Dann erfuhren wir, dass die Delegation des Roten Kreuzes ihren Besuch wegen der Kälte abermals verschieben würde. Jan hatte recht gehabt.

Hin und wieder fertigte ich Plakate an, die stets neue Anordnungen enthielten. Die meiste Zeit verbrachte ich jedoch in Meisels Büro mit seinem Manuskript. Es war Flucht und Zuflucht zugleich.

Nach wie vor kam es zwischen Meisel und mir bei dem Manuskript zu Meinungsverschiedenheiten und Diskussionen, doch ich hatte meine Lektion gelernt und ruderte zurück, wenn ich merkte, dass Meisel defensiv wurde. Lieber machte ich einen Änderungsvorschlag und ließ ihm die Zeit, die er brauchte, um ihn zu akzeptieren.

Dann erhielten wir die Nachricht, dass das Rote Kreuz im Frühling erscheinen werde, worüber Jan nur lachen konnte.

»Danach heißt es, dass sie im Sommer kommen, dann im Herbst und dann am Sankt-Nimmerleins-Tag.«

Doch als es Frühling wurde, erhielt das Sonderkommando den Befehl, das Lager auf Vordermann zu bringen; auch ich musste nach der Arbeit in Meisels Büro mit Hand anlegen. Und so wagten wir, zu hoffen, dass der Besuch des Roten Kreuzes nun tatsächlich bevorstand.

Ein großes Problem war, dass eine ganze Reihe der noch nicht verscharrten Leichen nicht vollständig verbrannt waren und von den Überresten, die nun auftauten, ein grauenhafter Verwesungsgeruch ausging, der die Luft des Lagers tränkte.

Da die Erde in den ersten Frühlingstagen weicher geworden war, wurden nun eilig neue Gruben ausgehoben, Leichenteile und Knochen hineingeschaufelt und erneut in Brand gesetzt. Zu guter Letzt wurden zwei Lastwagenladungen Ätznatron darauf geschüttet, die alles, was übrig geblieben war, auflösten. Weil viele aus dem Sonderkommando, die jenseits des Zauns arbeiteten, im Winter an Lungenentzündung gestorben waren, mussten Jan und ich mit anpacken.

Es war eine schwere, dreckige und gefährliche Arbeit, doch wie Jan sagte: »Lieber Ätznatron draufschaufeln als drunter liegen.« Er warnte mich, nichts davon an meine Schuhe kommen zu lassen. »Das Zeug ätzt sich durchs Leder und greift deine Füße an.«

Das Ziel war, dass bei der Ankunft des Roten Kreuzes nichts mehr auf die Gruben und ihre schrecklichen Geheimnisse hinweisen sollte.

Der Gedanke an diesen Besuch belebte mich, ich brannte darauf, etwas von meiner Familie zu hören. Allerdings hatte ich nun eine neue Sorge.

Meine Arbeit an Meisels Manuskript neigte sich dem Ende zu. Der Plan war, dass ich fünf oder sechs Wochen nach Ostern damit fertig sein würde. Und ich fragte mich, ob ich danach noch einen Gebrauchswert besäße.

Kapitel 43

Josef

Als Josef und sein grauhaariger Begleiter abends am Juweliergeschäft Brunnermann ankamen, hielt dort ein SS-Junker Wache.

»Bestimmt haben Sie noch keine Kaffeepause gemacht.« Josef zeigte dem Junker seine Dienstmarke und deutete die Straße hinunter. »Um die Ecke liegt ein nettes Café. Mein Kollege hier kommt von der Kriminaltechnik. Wir wollen uns die Einschusswinkel noch einmal ansehen. Trinken Sie Ihren Kaffee in Ruhe.«

Den letzten Satz hatte Josef wie einen Befehl ausgesprochen. Der Junker brauchte einen Moment, bis er verstanden hatte, und nickte. »Wird gemacht. Vielen Dank.«

Josef sah ihm nach, bis er um die Ecke verschwunden war. Dann wandte er sich an seinen Begleiter. »Meinst du, eine halbe Stunde reicht aus?«

»Ich denke, einen normalen Safe schaffe ich in einer Viertelstunde.«

Sie betraten das Geschäft. Josef bezweifelte, dass der SS-Junker auch nur im Entferntesten ahnte, dass es sich bei dem Mann an seiner Seite nicht um einen Kriminaltechniker, sondern den Meisterdieb und Safeknacker Felix Klein handelte. Mittlerweile war dieser in den Sechzigern und seit Langem im Ruhestand, doch vor zwanzig Jahren hing sein Foto noch in jedem Polizeirevier. Klein hatte Josef versichert, sein Fingerspitzengefühl sei so gut wie eh und je.

Josef blickte zum Schaufenster und dem kleinen Seitenfenster, vergewisserte sich, dass sie nicht beobachtet wurden. Dann stellte er die Ormolu-Uhr auf elf Uhr siebenundzwanzig und zog den Puttenarm nach unten. Das Paneel klickte. Josef stieß es auf, und Klein trat durch die Öffnung.

»Von innen lässt sich das Paneel mit dem Hebel an der Wand öffnen«, sagte Josef. »Drück es zuerst nur einen Spalt auf und schau, ob niemand außer mir im Laden ist, bevor du herauskommst.«

Felix nickte, und Josef schloss das Paneel.

Josef nutzte die Zeit, um sich die beiden Einschusslöcher an der Wand noch einmal anzusehen und über die gesamte Szene nachzudenken. Als er den Tatort am Mordabend verlassen hatte, hatte Lanz von der Spurensicherung erklärt, er glaube nicht, dass die Einschusslöcher in der Wand zu der Waffe in Brunnermanns Hand passten, denn das sei eine FN Browning HP gewesen. »Aber mehr weiß ich erst, wenn die Toten in der Gerichtsmedizin waren und ich meine Untersuchungen abgeschlossen habe.«

Nach der Obduktion der beiden Leichen am nächsten Tag hatte sich Lanz' Verdacht erhärtet. »Schnabel wurde von zwei Neun-Millimeter-Kugeln getroffen. Die gehörten zu der Browning. Die Projektile in der Wand sind ein kleineres Kaliber – sieben Komma sechs fünf Millimeter. Die kamen aus einer SIG Sauer oder so was in der Art. Auch die Schusslinie zu Schnabels Leiche ergibt keinen Sinn. Es sei denn, Brunnermann wäre ein auffallend schlechter Schütze gewesen.«

Josef stellte sich diese Schusslinie vor – von den Positionen der beiden Leichen, die noch an schwachen Blutspuren auf dem Parkettboden zu erkennen waren, bis zu den Einschusslöchern an der Wand. Die Divergenz belief sich auf nahezu einen Meter. Zudem hatte Lanz ihm berichtet, die Leichenflecke haben ergeben, dass Schnabel etwa eine Stunde nach Brunnermann gestorben und seine Leiche möglicherweise bewegt worden sei.

Die einzige Hypothese, die Josef dazu hatte aufstellen können, war, dass Schnabel länger als Brunnermann gebraucht hatte, um zu sterben, und er sich in der Zeit bewegt hatte.

»Möglich«, sagte Lanz. »Aber dann hätte Schnabel eine Blutspur hinterlassen müssen.«

Tatsächlich war es eine überaus merkwürdige Szene. Zwar konnte es stets ein, zwei Dinge geben, die bei einem Mordfall nicht zusammenpassten, doch hier stimmte so gut wie gar nichts.

Erneut prüfte Josef die Schusslinie von den Leichen zur Wand, brachte Schnabel gedanklich an der Stelle unter, zu der er sich hätte bewegen müssen, außer dass es bis dahin keine Blutspur gab. Er ging zu der Wand und berechnete die Schusslinie von dort aus.

Ein Geräusch ließ ihn zusammenzucken, vielleicht war der SS-Junker vorzeitig zurückgekehrt. Doch es war nur ein Paar mittleren Alters, das draußen vorbeilief. Josef blickte ihnen nach, bis sie außer Sicht waren, danach widmete er sich wieder den Ungereimtheiten. Selbst wenn es für die Position von Schnabels Leiche eine Erklärung gäbe, bliebe noch immer die Frage nach den unterschiedlichen Kalibern.

Eine Hand legte sich ihm auf die Schulter, und wieder zuckte Josef zusammen.

***

Jemand rüttelte ihn sanft an der Schulter. Josef schlug die Augen auf.

»Kurz vor Salzburg sollte ich Ihnen Bescheid geben«, sagte der Schaffner und bedachte Josef mit einem freundlichen Lächeln. »Sieht aus, als wären Sie eingenickt.«

»Richtig. Vielen Dank.« Josef rieb sich die Augen und setzte sich auf.

Vor dem Einschlafen hatte er noch einmal über seinen Besuch von Brunnermanns Geschäft mit Felix Klein nachgedacht. Felix hatte den Safe im Handumdrehen geknackt. Als er zu Josef zurückkehrte, hatte er ihn aus seinen Überlegungen gerissen.

Der Safe war leer gewesen. Die Sache wurde immer merkwürdiger.

Noch am selben Abend hatte Josef beschlossen, Mathias alias Daniel über die beiden Morde zu informieren. Daniel hatte mit Brunnermann zu tun gehabt und ihn geschätzt, er sollte wissen, dass der Juwelier ermordet worden war. Darüber hinaus wollte Josef ihn von dem Schreckgespenst erlösen, das Schnabel für Daniel gewesen war. Wahrscheinlich wusste sein Freund nicht einmal, dass Schnabel und Lindner ihn observiert hatten.

Josef rief Daniel früh am nächsten Morgen an und sagte: »Ich muss dir etwas erzählen.«

»Ich dir auch«, antwortete Daniel.

Wie immer nannten sie weder Details noch Namen. Stattdessen vereinbarten sie, sich eine Stunde später in einem kleinen Café nahe Daniels Wohnung zu treffen.

»Du zuerst«, sagte Daniel, als sie sich dort an einem Tisch niedergelassen hatten.

Josef schilderte ihm die dramatischen Ereignisse der letzten sechsunddreißig Stunden. Abschließend kam er auf die Observierung zu sprechen und fragte: »Hat Schnabel dich je auf deine Besuche bei Brunnermann angesprochen?«

Daniel nickte. »Bevor er in der Mordnacht zu Brunnermann gefahren ist, war er bei mir. Und er hat mir etwas erzählt, das du wissen musst.«

An Daniels Miene erkannte Josef, dass es sich um etwas Schwerwiegendes handelte. Auch dass Daniel nach Josefs Unterarm griff, verstärkte diesen Eindruck. Doch mit der Nachricht, dass Schnabel Deya nach Dachau geschickt hatte, hätte Josef im Leben nicht gerechnet.

Ein ums andere Mal schüttelte Josef den Kopf, wollte es nicht glauben. Er erwähnte Deyas Brief und Lorenzos Vermutung, dass Deya in Sicherheit sei. Daniel ließ sich nicht beirren. »Das habe ich Schnabel ebenfalls erklärt, doch ich zweifle nicht daran, dass er die Wahrheit gesagt hat. Offenbar hat er Deya gezwungen, dir den Brief zu schreiben. Er hat sie mit ihrer Tochter erpresst. Schnabel wollte verhindern, dass du Deyas Aufenthaltsort herausfindest und dich für sie einsetzt.«

Diese Nachricht hatte Josef dermaßen verstört, dass er sich nicht mehr nach Schnabels Besuch bei Daniel erkundigte. Daniel hatte nur gesagt, Schnabel habe den Grund seiner Besuche bei Brunnermann erfahren wollen, ihm gedroht und dann davon gesprochen, Brunnermann selbst aufzusuchen und der Sache nachzugehen. Das passte in etwa zu der Szene am Tatort. Doch nun war erneut etwas sonderbar. »Warum hast du Brunnermann nicht umgehend angerufen und ihn gewarnt?«, fragte er Daniel.

»Das habe ich versucht«, erwiderte Daniel. »Aber es hat sich niemand gemeldet. Ich wusste ja nicht, dass Schnabel sich nach dem Besuch bei mir sofort auf den Weg zu Brunnermann macht. Es war schon spät, ich habe angenommen, dass das Geschäft bereits geschlossen war.«

Josef schaute auf seine Armbanduhr und sagte: »Ich muss sofort in Dachau anrufen.«

Den Anruf tätigte er in der Kärntner Straße.

»Ich glaube, Sie sprechen von der Zigeunerin Charani«, sagte Keppler, der Kommandant des Konzentrationslagers Dachau. »So wurde sie uns jedenfalls genannt. Und ja, sie lebt noch.«

Josef glaubte, ein kleines Zögern wahrgenommen zu haben, als hätte Keppler sagen wollen: *Sie lebt gerade noch.* Aber vielleicht hatte Josef sich das Zögern nur eingebildet, schließlich wusste er ebenso wie Keppler, wie rasch und umstandslos die Gefangenen in Dachau ermordet wurden.

Eine Stunde später stieg Josef auf dem Wiener Westbahnhof in einen Zug Richtung München. Es würde eine lange

Fahrt werden und er erst spät am Abend in Dachau ankommen.

Neulengbach, St. Pölten, Loosdorf, Melk, Amstetten, Linz, Vöcklabruck ...

Jeder Bahnhof wirkte trostloser als der vorherige, auf jedem zweiten Gleis standen Züge mit Artillerie, Munitionskisten, Panzern. Hier wurde man an den Krieg erinnert, von dem Wien bisher so gut wie verschont geblieben war. Darüber hinaus führte die Fahrt Josef Deyas qualvolle Reise vor Augen, erst recht, da sie wusste, was sie an der Endstation erwartete. Sie würde an Luciana gedacht haben, an ihn und Lorenzo, und der Gedanke, sie vielleicht nie wiederzusehen, würde sie unendlich geschmerzt haben.

Josef hatte einen bequemen, gepolsterten Sitzplatz. Deya hingegen wäre auf harten Holzbänken oder in einem Viehwaggon transportiert worden. Es wäre von Anfang an die Hölle gewesen, nicht erst am Ende.

Josef holte die Schatulle aus seiner Jackentasche, klappte sie auf und betrachtete den Ring. Eine jämmerliche Geste, das war ihm bewusst. Als er zu Hause das Notwendigste gepackt hatte, hatte er auch die Schatulle eingesteckt. Aber welche Hoffnung verband er damit? Sollte er Deya den Ring zeigen, ihr von dem Plan erzählen, den er gehabt hatte? Und währenddessen würden sie beide nicht wissen, ob es ihm jemals gelingen würde, sie aus Dachau herauszubekommen?

Es wäre nur eine weitere Grausamkeit, eine simulierte goldene Zukunft, die es für Deya vielleicht nicht mehr gab. Ebenso rücksichtslos wäre es, ihr zu erzählen, dass er den Ring vor jener letzten Verabredung erstanden und diese Zukunft schon damals geplant hatte. *Siehst du, ich habe dich von jeher geliebt, war nur nicht imstande, es dir rechtzeitig zu beweisen.*

Mit Tränen in den Augen steckte Josef die Schatulle wieder ein. Vielleicht würde er Deya den Ring zeigen, vielleicht nicht.

Das Graue und Monotone der vorbeiziehenden Landschaft machte Josef schläfrig. Er bat den Schaffner, ihm kurz vor Salzburg Bescheid zu geben. Dann wären es bis Dachau nur noch zwei Stunden. Vielleicht würde die Umgebung ab Salzburg grüner und schöner.

Eine Zeit lang war es tatsächlich so, doch dann begann wieder ein landschaftliches Einerlei, das mit dem verblassenden Tageslicht nicht besser wurde.

In Dachau legte die Abendluft sich feucht auf Josefs Gesicht, und beim Anblick der lang gestreckten, eng zusammenstehenden Baracken schnürte sich ihm die Brust zu. In Gedanken formulierte er die Worte, die er Deya sagen wollte.

Nachdem er mit Keppler gesprochen hatte, führte eine SS-Wache Josef durch einen langen Gang in einen Wartebereich. Dann kam Deya durch den Gang, und Josefs Herz begann, schmerzhaft zu zucken. Deya wirkte krank, war abgemagert, auf einer Wange hatte sie einen Bluterguss, das Auge darüber war halb zugeschwollen. Doch als sie näher kam, stutzte Josef. War das wirklich Deya? Etwas an dieser Frau war anders. Allerdings handelte es sich bloß um kleine Unterschiede, so subtil, dass sie nur demjenigen, der Deya gekannt hatte, auffallen würden.

Er wartete, bis der Wachmann ihn und die Frau in einen privaten Raum geführt und die Tür hinter ihnen geschlossen hatte. Dann fragte er: »Wer sind Sie?«

Kapitel 44

»Jüdische Schüler und Studenten werden von allen deutschen Schulen, Universitäten und anderen Lehranstalten ausgeschlossen.«

Mathias alias Daniel

»Es ist doch nicht wahr, Julian, oder?«

»Was soll nicht wahr sein?«

»Was Schnabel mir erzählt hat, als er bei mir war. Dass du Johannes verraten und dafür gesorgt hast, dass er nach Sobibór kommt.«

Julian betrachtete mich abwägend. Es war, als wolle er herausfinden, wie viel ich wusste, um dann zu entscheiden, ob er es bestätigen oder bestreiten sollte.

»Schnabel war bei dir?«, fragte er. »Aus welchem Grund?«

»Er hatte einen Verdacht, der Brunnermann und mich betraf.« Ich erzählte Julian, dass Schnabel mich oberserviert hatte, doch vieles behielt ich für mich. Ich hatte darauf zu achten, dass meine Geschichte kurz und stimmig blieb. *Und wenn ich diese Version oft genug wiederholte, könnte ich vielleicht alles, was sich in jener Nacht tatsächlich zugetragen hatte, aus meinem Gedächtnis tilgen.*

Wegen des Gesprächs, das ich mit Julian führen musste, war ich bei ihm kurz vor Mittag erschienen. Ich wollte, dass wir allein waren. Wie erwartet, steckte Krisztina wenig später den Kopf durch die Tür und erklärte, dass sie jetzt Pause mache und in einer Stunde zurück sei.

Auf dem Weg hierher hatte mich ein SS-Mann angehalten und meine Kennkarte sehen wollen. Und für einen Moment wusste ich nicht mehr, dass ich eine neue Identität besaß und nichts zu befürchten hatte. Aber vielleicht wurde ich ja inzwischen im Zusammenhang mit dem Mord an Schnabel gesucht. Ich brauchte eine Sekunde, bevor ich die Kennkarte vorzeigte. Der SS-Mann nahm sie, warf einen Blick darauf, sagte: »In Ordnung«, und reichte mir den Ausweis zurück. Doch meine Nerven flatterten immer noch, als ich bei Julian auf die Klingel drückte, als befände ich mich wieder in der schlimmen Zeit nach dem Anschluss und könnte die Meute bei der Kundgebung Hitlers auf dem Heldenplatz hören. *Jude, Jude, Jude.*

Julian wich meinem Blick aus. »Und nun ist Schnabel tot, sagst du?«

»Ja. Als er bei Brunnermann war, wurde er erschossen. Offenbar haben beide fast zur gleichen Zeit abgedrückt.«

Julian schüttelte den Kopf. »Von dem Einbruch bei Brunnermann und seinem Tod habe ich gehört. Nur hatte ich keine Ahnung, dass es sich bei dem ›zweiten Mann‹, wie die Presse ihn genannt hat, um Schnabel handelte.« Er stieß den Atem aus. Es klang, als wäre ihm ein Stein vom Herzen gefallen.

»Da es bei dem Mord um einen Mann aus den eigenen Reihen geht, wird die SS sich bedeckt halten. Zumal Schnabel an einem Ort war, an dem er nicht hätte sein sollen.« Ich wunderte mich, dass Josef Julian nicht über den Fall informiert hatte. Aber vielleicht hatte ihm vor seiner Reise nach Dachau die Zeit dazu gefehlt. Sollte ich Julian von dieser Reise erzählen? Ich entschied mich dagegen. Es war etwas, das vor allem Josef anging. Ich sah Julian in die Augen.

»Du hast meine erste Frage noch nicht beantwortet.«

Julian sank in sich zusammen.

»Das verstehst du nicht … Ich hatte keine andere Wahl.«

Ich schwieg.

Julian blickte zur Seite, als käme von dort Hilfe, dann sah er mich wieder an. »Schnabel wollte dich in ein Lager schicken, Mathias.« Wenn wir allein waren und uns niemand hören konnte, benutzte Julian meinen richtigen Namen. *Seit wie vielen Jahren wir einander schon kannten.* »Schnabel hatte herausgefunden, dass Daniel Lendt und Mathias Kraemer ein und dieselbe Person sind. Als er hier war, hat er die stilistischen Ähnlichkeiten in den jeweiligen Romanen penibel aufgezählt.« Bei der Erinnerung verdüsterte sich Julians Miene. »Danach durfte ich entscheiden, ob ich dich ans Messer liefere oder er mit einem SS-Kommando zurückkehrt, um meine Akten durchsuchen zu lassen. Wäre es dazu gekommen, hätten sie darin jeden meiner Autoren mit einer neuen Identität entdeckt – dich und Andreas inbegriffen. Es wäre nichts gewonnen gewesen.« Julian seufzte schwer. »Dennoch war ich nicht bereit, dich ihm auszuliefern … habe Schnabel erklärt, dass wir uns dazu seit zu langer Zeit kennen. Daraufhin wollte er einen Ersatzmann haben, oder er würde die Durchsuchung veranlassen. Ich … ich habe ihm Andreas genannt.«

Bei dem Bekenntnis hatte Julian die Augen geschlossen. Wahrscheinlich hatte er gehofft, es mir niemals sagen zu müssen.

Ich betrachtete ihn kopfschüttelnd. »Soll ich mich jetzt besser fühlen? Obwohl ich nun weiß, dass Andreas meinetwegen nach Sobibór …« Mir brach die Stimme.

Julian senkte den Blick. Mit zitternder Hand griff er nach seiner silbernen Zigarettenspitze, in der eine hellgrüne *Sobranie* steckte. Er zündete die Zigarette an. Seit Jahren hatte ich Julian nicht mehr rauchen sehen, doch ich sagte dazu nichts, ich hatte zu viel anderes im Kopf.

Der Abend, an dem Schnabel bei mir war, zerrte so sehr an meinen Nerven, dass ich kaum noch vernünftig denken konnte. Mir war, als taumelte ich immerzu am Rand eines

Abgrunds entlang. Sollte die SS jemals herausfinden, was an jenem Abend vorgefallen war, würde ich entweder erschossen oder in ein Lager geschickt. Nach Schnabels Besuch hatte ich nur noch zwei klare Gedanken gehabt: Ich musste Josef über Deyas Aufenthaltsort informieren und von Julian erfahren, warum er so gehandelt hatte. *Warum?*

Nun wusste ich es, und der Schmerz in meiner Brust war ins Unermessliche gestiegen.

»Wenn Schnabel mich wollte, hättest du mich opfern sollen, nicht Andreas.« *Dann wäre es nie zu dem Zusammenstoß zwischen Schnabel und mir gekommen, und Andreas wäre nichts geschehen.* »Du weißt, wie nahe wir uns standen. Wie viel er mir bedeutet hat.«

»Es ist, wie ich gesagt habe, Mathias, ich hatte keine große Wahl.«

Ich ging darüber hinweg. »Noch dazu hatte ich Andreas' Vater ein Versprechen gegeben.« Julian sah mich fragend an. Ich erzählte ihm, dass ich meinem Onkel vor seinem Tod versprochen hatte, mich um seinen Sohn zu kümmern, ihm beizustehen. »Dieses Versprechen habe ich jetzt gebrochen. Es ist meine Schuld, dass sein Sohn in ein Vernichtungslager geschickt wurde.«

»Das wusste ich nicht.« Julian sah mich unglücklich an. »Warum hast du mir das nie erzählt?«

»Weil du dann vielleicht gedacht hättest, ich hätte dich nur wegen dieses Versprechens auf Johannes aufmerksam gemacht. Ich wollte, dass er wegen seines schriftstellerischen Talents anerkannt wird.«

Julian sah mich schwermütig an. »Hätte es eine andere Möglichkeit gegeben, hätte ich sie genutzt. Verstehst du das Dilemma nicht, in dem ich gesteckt habe?« Er hob eine Hand und ließ sie wieder sinken. »Du bist fünfzehn Jahre älter als Andreas, hast ein Bein kürzer als das andere. In einem Lager hätte man dich gleich nach deiner Ankunft ausgesondert und umgebracht.« Nervös zog er an seiner Zigarette. »Andreas besitzt Fähigkeiten, die ihm im Lager nützlich sein können, unter anderem seine Kalligrafie.«

Vielleicht hatte Julian gewusst, was er tat, doch das war mir kein Trost. »Warum Sobibór – warum einen Ort, von dem wahrscheinlich keiner mehr zurückkommt?«

»Es ist das einzige Lager, in dem ich jemanden kenne, der Andreas beschützen kann. Ein Mann, der mich vor einer Weile angeschrieben hat.«

Ich hatte keine Ahnung, wovon er redete.

Julian zog eine Schreibtischschublade auf, holte eine Briefkopie heraus und schob sie mir zu. »Diesen Brief an den stellvertretenden Lagerkommandanten habe ich Andreas mitgegeben. Er sollte ihn Meisel gleich nach seiner Ankunft zukommen lassen.«

Ich fing an, zu lesen.

Tränen traten mir in die Augen, und in mir spielten sich die widersprüchlichsten Emotionen ab. Zwar war ich noch immer aufgebracht, doch mir schien, dass Andreas tatsächlich geschützt sein könnte. Ich bewunderte Julian für seinen Einfallsreichtum. *Noch einer, der Schnabel überlistet hatte.*

»Ich muss mich entschuldigen«, sagte ich, als ich den Brief gelesen hatte, mehr Wörter brachte ich nicht zustande. Ich steckte mir eine Zigarette an. Normalerweise rauchte ich in Julians Büro ja nicht, doch da er es selbst tat, dürfte es in Ordnung sein. »Und du hast Schnabel nicht gesagt, dass Andreas und ich Cousins sind?«

»Nein. Warum hätte ich die Sache verkomplizieren sollen?« Er zuckte mit den Schultern. »Du wolltest, dass Andreas seine Karriere aus eigener Kraft schafft. Allein deshalb gibt es nirgendwo Hinweise, die euch miteinander in Verbindung bringen. Weder in seinen Kurzbiografien noch in Pressemitteilungen.«

»Weiß Hannah ... Stefanie ... von dem Brief, den du Andreas mitgegeben hast?«

»Nein. Ich konnte ja nicht vorhersehen, ob Meisel den Köder schlucken würde. Es wäre grausam gewesen, ihr Hoffnungen zu machen, nur um ihr später mitteilen zu müssen, der Trick habe nicht funktioniert. Aber vor einer Weile habe ich diesen Brief von Meisel erhalten.«

Julian schob mir einen zweiten Brief zu.

Sehr geehrter Herr Reisner!
Der Häftling, den Sie erwähnt haben, ist fristgemäß bei uns eingetroffen und hat mir Ihren Brief überbracht. Sämtliche Briefe nach Sobibór werden im SS-Stützpunkt Lublin kontrolliert. Daher sollten Sie in keinem Ihrer Schreiben auf das Manuskript Bezug nehmen. Sobald das fertige Manuskript in Ihren Händen ist, werde ich Ihnen für Ihre Antwort die Nummer eines Postfachs in Lublin angeben.

Mit freundlichen Grüßen
Dieter Meisel

Ich hob den Kopf. »Hier steht nirgends, dass Andreas mit diesem Meisel an dem Manuskript arbeitet.«

»Nein. Anscheinend will Meisel sein Manuskript geheim halten, was Nachfragen für mich schwierig macht. Auch deshalb habe ich Stefanie nichts davon erzählt.« Julian drückte seine Zigarette im Aschenbecher aus. »Sie versucht, mithilfe des Roten Kreuzes mit Andreas zu korrespondieren. Vielleicht bekommt sie auf diesem Weg einen Brief von ihm oder erfährt etwas über ihn.«

»Hoffentlich.« Ich deutete auf die Zigarettenstummel im Aschenbecher. »Seit wann rauchst du wieder?«

»Fünf Minuten nach meinem Abschied von Andreas und der Abfahrt des Zugs nach Sobibór habe ich wieder angefangen.«

Kapitel 45

»Wir sehen, das Recht ist die Macht einer Gemeinschaft. Es ist noch immer Gewalt, bereit, sich gegen jeden Einzelnen zu wenden, der sich ihr widersetzt, arbeitet mit denselben Mitteln, verfolgt dieselben Zwecke; der Unterschied liegt wirklich nur darin, daß es nicht mehr die Gewalt eines Einzelnen ist, die sich durchsetzt, sondern die der Gemeinschaft.«

Sigmund Freud, Briefwechsel mit Albert Einstein

Johannes alias Andreas

Der Besuch des Internationalen Komitees des Roten Kreuzes würde streng reglementiert sein. Nur zwei Delegierten würde man den Zutritt zum Lager gestatten. Der eine kam aus dem Genfer Hauptsitz, der andere aus dem polnischen Kreisverband in Krakau. Sie durften lediglich den Hof des Vorlagers betreten, wo Töpfer sie begrüßen und die Briefe für die Gefangenen in Empfang nehmen würde. Anschließend würde man den Delegierten ein Büro zur Verfügung stellen, in dem sie mit insgesamt sechs Gefangenen sprechen konnten, mit jedem für zehn Minuten. Danach würde man den Delegierten Briefe von Gefangenen an deren Familie aushändigen.

Vogt war zu uns gekommen, um uns den Ablauf des Besuchs zu erklären. »Eine Warnung«, schloss er. »Kein Häftling gibt mehr als einen Brief ab. In diesem Brief wird es keinen Hinweis auf die weniger schönen Seiten des Lagerlebens geben, auch die Anzahl der Todesfälle wird nicht erwähnt. Briefe mit unangebrachten Bemerkungen leiten wir nicht an das Rote Kreuz weiter. Ist das klar?«

Als Nächstes machte ein Gerücht die Runde, dass die sechs Gefangenen, die mit den Delegierten sprechen durften, sorgfältig ausgesucht und instruiert worden waren. Es handelte sich um drei Männer und drei Frauen, die eher harmlose, alltägliche Arbeiten verrichteten, entweder in der Küche, der Schneiderei oder der Wäscherei. Keiner von ihnen hatte Verwandte, die in einem Lager umgekommen waren, alle aber Familien, die in Freiheit oder in anderen Lagern lebten. Mit ihnen wurde den Auserwählten gedroht, falls sie bei den Delegierten nicht das »Richtige« sagten. »Ihr bekommt Stichpunkte und Richtlinien, an die ihr euch haltet«, teilte man ihnen mit. »Falls ihr davon abweicht oder euch negativ über Sobibór äußert, sind eure und die Tage eurer Familie gezählt.«

Jan schüttelte den Kopf, als er es erfuhr. »Sie sichern sich ab, damit niemand die Wahrheit erfährt. Die vom Roten Kreuz sollen glauben, dass wir hier gut behandelt werden und Sobibór eine Art Ferienlager ist.«

»Schönreden, so haben wir das früher im Journalismus genannt«, sagte ich. Es erinnerte mich an die Erklärung, die Freud unterschreiben musste, bevor die Nationalsozialisten ihn ausreisen ließen. Er sei fair und anständig behandelt worden, sollte er ihnen bestätigen. »Noch schlimmer ist, dass die Nazis das Ergebnis zu Propagandazwecken verwenden werden.«

Nach kurzem Nachdenken nickte Jan. »Jetzt wird mir klar, warum der Besuch überhaupt stattfindet. Die Nazis haben einen Weg gefunden, um daraus einen Vorteil zu ziehen.«

***

Tatsächlich kostete der Besuch des Roten Kreuzes etliche Gefangene das Leben. Am Tag vor dem Besuch mussten wir alle im Hof von Lager II antreten. Töpfer, Vogt und drei weitere SS-Wachen liefen die Reihen ab und sonderten den einen oder anderen aus.

Jan und mir fiel auf, dass es sich bei diesen Ausgesonderten um die magersten Männer und Frauen handelte, die krank oder gebrechlich wirkten. In den vergangenen Wochen hatten wir mehr zu essen bekommen, nun begriffen wir, warum. Wir sollten gesund aussehen. Wer das nicht geschafft hatte, wurde aussortiert.

Insgesamt waren es neunzehn Gefangene, die eine Stunde nach der Kontrolle unter vorgehaltener Waffe zur Gaskammer getrieben wurden. Kurz darauf startete der Dieselmotor.

Vierzig Minuten später – das war die Zeitspanne, nach der man sicher sein konnte, dass keiner in der Gaskammer überlebt hatte und die Dämpfe sich verzogen hatten – wollten vier aus dem Sonderkommando die Toten auf ihre Karren laden und durch den Schlauch zu den Massengräbern hinter dem Zaun fahren. Vogt gebot ihnen Einhalt.

»Das könnt ihr in einer Stunde machen. Zuerst will ich mir die Leichen ansehen.«

***

Die Toten lagen auf dem Boden der Gaskammer. Vogt lief von einem zum anderen.

Sein Interesse galt ausschließlich den männlichen Leichen und von ihnen denjenigen, die zwischen fünfundzwanzig und vierzig Jahre alt gewesen waren. Das waren fünf.

Er blickte von einem zum anderen, betrachtete jeden prüfend. Drei waren zu ausgemergelt. Er konzentrierte sich auf die beiden anderen.

Einer hatte noch ein halbwegs vernünftiges Gewicht, war nicht zu mager. Er war ausgemustert worden, weil er eine schuppige, fleckige Haut hatte, die den Verdacht auf Skorbut nahelegte. Vogt kniete sich hin und griff nach der rechten Hand des Mannes. Auch auf der Mittelhand war die Haut schuppig.

Vogt betrachtete die Finger. Die waren noch in Ordnung.

Er zog das Messer von seinem Gürtel und einen Lappen aus seiner Hosentasche. Dann griff er nach dem Ringfinger des Toten, trennte ihn so dicht am Handteller wie möglich ab und ließ die Schnittstelle ausbluten. Anschließend wickelte er den Finger in den Lappen und steckte ihn in seine Hosentasche.

***

Aufgeregt wie ein Kind an Weihnachten blickte ich Vogt und dem zweiten SS-Mann entgegen, als sie mit den Briefen, die das Rote Kreuz abgegeben hatte, unseren Schlafsaal betraten und die Post austeilten.

Jan verkündete, dass ihm sein Onkel aus Legnica geschrieben habe. Bevor er den Brief zu lesen begann, zwinkerte er mir zu. Noch vor sechs Monaten hätte man ihm den Brief vorlesen müssen. Auch Nahum und Tibor hatten Post bekommen.

Dann waren alle Briefe verteilt, nur ich hatte keinen erhalten. Ich spürte, wie meine Miene zerfiel.

»Was, für mich ist nichts dabei?«

Vogt wandte sich mir zu. »Warum so enttäuscht? Im Lager sind noch zwei andere leer ausgegangen.«

»Aber Hann... Stefanie hätte mir doch mit Sicherheit geschrieben«, sagte ich unglücklich und ungläubig zugleich.

»Vielleicht hat sie etwas geschrieben, das unseren Zensoren nicht gefallen hat.« Vogt zuckte mit den Schultern. »Oder sie liebt dich weniger, als du dachtest ... Oder sie hat einen neuen Freund, der kein mieser Volksfeind ist.«

Etwas Hinterhältiges und Schadenfrohes trat in Vogts Gesicht. Ich ging auf seine Provokation nicht ein, sah ihn nur finster an.

»Sei dankbar, dass du deiner Frau einen Brief schicken darfst.« Vogt streckte die Hand aus, und ich reichte ihm den Brief, den ich in den vergangenen beiden Tagen in Schönschrift abgefasst hatte.

Nur ein Brief pro Gefangener. Auch Mathias hätte ich gern geschrieben, hatte mich in meinem Brief an Hannah jedoch mit einer kleinen Botschaft an ihn begnügen müssen. *Richte Daniel meine Grüße aus. Sag ihm, dass es mir gut geht. Ich hoffe, auch ihm und seiner Familie geht es gut.*

Die beiden SS-Männer sammelten unsere Briefe ein. »Jeder Brief wird kontrolliert«, sagte Vogt. »Denkt daran, die Umschläge offen zu lassen. Zugeklebte Umschläge werden samt Inhalt vernichtet.«

***

Als Vogt den Raum betrat, hatten die Gespräche der Delegierten und der sechs Gefangenen bereits begonnen. Er gesellte sich zu Haas, der den Gefangenen gegenüber hinten im Raum stand und zuhörte. »Ist bisher alles glatt gelaufen?«

»Ja. Ohne Probleme.«

Vogt verfolgte die Gespräche eine Zeit lang. Die beiden Abgesandten des Roten Kreuzes – Tomasz Wabersky aus Krakau, ein Mann Ende dreißig, und Gabriel Rosch aus Genf, der fünf oder sechs Jahre älter als Wabersky sein dürfte – wechselten sich mit ihren Fragen ab. Die Häftlinge hielten sich an ihre Anweisungen und erklärten, die Verpflegung sei gut, die Unterbringung ebenfalls.

Wie zur Warnung tippte Vogt mit dem Finger auf den Silberknauf seines Stocks. *Sagt etwas Falsches, und ihr bekommt den Stock zu spüren, bevor es in die Gaskammer geht.*

Kleinere Bemängelungen seitens der Gefangenen hatte Vogt erlaubt, sie verliehen ihren Aussagen etwas Authentisches. Und so sagten einige, die Unterbringung sei vielleicht ein wenig spartanisch, aber dennoch in Ordnung, die Arbeit teilweise monoton und ermüdend. Als die Delegierten nachhakten, wiegelten sie ab und erklärten, im Grunde handele es sich aber um normale Arbeitstage mit Mittagspausen und freien Sonntagen.

Vogt warf einen Blick auf seine Armbanduhr und machte Anstalten, den Raum zu verlassen, doch Rosch bat ihn, noch einen Moment zu bleiben.

»Bei unserer Ankunft ist uns der starke Dieselgeruch im Lager aufgefallen«, sagte Rosch. »Wir haben uns gefragt, woher er kommt.«

»Wahrscheinlich vom Generator oder dem Boiler, mit dem wir heizen und für warmes Wasser sorgen.« Vogt lächelte. »Wir wollen, dass die Leute sich warm waschen können und nicht frieren.«

»Ach so. Vielen Dank.«

»Wenn Sie mich jetzt entschuldigen. Ich möchte sichergehen, dass die Briefe der Gefangenen bei Ihrer Abreise fertig sind.«

Vogt nickte den Delegierten noch einmal zu und betrat das Büro nebenan. Auf dem Tisch stapelte sich die Post der Häftlinge, die von zwei SS-Männern geprüft wurde.

»Habt ihr die Briefe gelesen?«, fragte Vogt.

Einer der beiden bejahte. »Nur fünf waren inakzeptabel. Die haben wir zur Seite gelegt.«

»Danke, die sehe ich mir noch an. Auch die anderen möchte ich rasch durchgehen. Dauert nicht mehr als zehn Minuten. Wenn ich fertig bin, sage ich euch Bescheid. Ihr könnt sie dann ans Rote Kreuz weiterreichen.«

Die beiden SS-Wachen brauchten einen Moment, bevor sie begriffen, dass sie entlassen waren. Sie standen auf und verschwanden.

Sobald sich die Tür hinter ihnen geschlossen hatte, holte Vogt die beiden Briefe aus einer Schublade, die Stefanie Siebert ihrem Mann geschrieben hatte. Er überflog die Seiten und die Fotos der Kinder. Wie rührend! Die Kinder seien gewachsen, und sie vermisse ihren Mann, ebenso wie die Kinder ihren Vater vermissen, schrieb Sieberts Frau. Vogt zerriss Briefe und Fotos und warf sie in den Papierkorb.

Als Nächstes entnahm er einer anderen Schublade ein kleines, in braunes Wachspapier eingeschlagenes Päckchen. Am Vorabend hatte er den abgetrennten Finger, den er sich besorgt hatte, aus dem Lappen gewickelt und Sieberts Ehering darauf geschoben, den er ihm am Tag nach seiner Ankunft abgenommen hatte. Anschließend hatte er den Finger in Wachspapier eingeschlagen.

Vogt zog den Umschlag, den Siebert ihm gegeben hatte, aus seiner Jackentasche und holte den Brief heraus. Dann zerriss er auch diesen Brief und warf ihn in den Papierkorb. Anschließend steckte er das kleine Päckchen mit dem abgetrennten Finger in den Umschlag und klebte ihn zu.

Kapitel 46

Josef

Josef war auf der Rückfahrt. Das Rattern des Zugs erinnerte ihn an das Gespräch in Dachau, bei dem er laut und rhythmisch mit dem Finger auf den Tisch geklopft hatte.

Wer sind Sie?

Er hatte die Frage gestellt und dann zur Warnung eine Hand gehoben, nur für den Fall, dass es in dem Raum Abhörgeräte gab. Zur Sicherheit überprüfte er die Wände und den kleinen Holztisch, konnte jedoch nichts Verdächtiges entdecken. Er ließ sich wieder nieder und beugte sich zu der Frau vor. »Beugen auch Sie sich vor und sprechen Sie leise. Nur für den Fall, dass wir doch abgehört werden. Um uns zu übertönen, werde ich mit dem Finger auf den Tisch klopfen.«

Die Frau, die sich Rosella nannte, tat wie geheißen und erzählte Josef leise ihre Geschichte. Falls ein Wachmann zwischendurch durch das kleine Fenster in der Tür in den Raum schauen sollte, würde er sie wahrscheinlich für Liebende halten, die sich zärtliche Worte zuflüsterten.

Rosella entstammte einer Roma-Familie. Sie war mit ihrem Mann bei Lorenzo gewesen. Ihr Mann hatte sich eine neue Identität beschaffen wollen.

»Lorenzo musterte mich so konsterniert, dass ich ihn nach dem Grund fragte. Er sagte, dass ich einer seiner Cousinen unglaublich ähnlich sähe, man könnte Deya und mich für Zwillingsschwestern halten.«

»Haben Sie Deya kennengelernt? War es so, wie Lorenzo gesagt hat?«

»Ich habe sie nicht sofort kennengelernt. Doch bei jenem Gespräch fragte Lorenzo, warum nicht auch ich eine neue Identität wolle? Zumal ich als Romni doch ebenso in Gefahr sei wie mein Mann. Ich erklärte ihm, dass ich Krebs im Endstadium habe und noch eine Lebenszeit von vielleicht einem Jahr.«

Josef sagte, das tue ihm leid. Rosella lächelte freudlos. Wahrscheinlich hatte sie zahllose Mitleidsbekundungen gehört. Dennoch hatte Lorenzo sie gebeten, ihren Mann zu begleiten, wenn er die neuen Papiere abhole. Dann könne sie Deya kennenlernen.

»Wir glichen uns tatsächlich wie ein Ei dem anderen. Vielleicht hatte Lorenzo da bereits einen Plan im Kopf, aber von dem erfuhr ich erst, als er mich vor einem Monat anrief.«

Diesen Plan beschrieb Rosella mit zitternder Stimme. Sie sollte sich zu einem bestimmten Zeitpunkt in der Herminengasse einfinden, wo Deya vor der Abreise nach Dachau gefangen gehalten wurde.

»Ich sollte die typische Kleidung einer Romni tragen und mich als Deyas Schwester ausgeben. Deya würde um einen Raum bitten, in dem wir ungestört wären, und dort mit mir die Kleider tauschen. Von da an würde ich Deya sein. Dafür wollte Lorenzo meiner Familie zwanzigtausend Reichsmark zahlen.«

Eine ordentliche Summe, dachte Josef, ausreichend, um eine Wohnung oder ein kleines Haus zu kaufen.

Rosellas Mann war dagegen, doch Rosella war bereit gewesen, das Angebot anzunehmen.

»So viel Geld. Meine Familie würde gut leben – und überleben – können, wohingegen mir nur noch wenig Zeit blieb. Und ich würde eine gesunde Frau retten, die den größten Teil ihres Lebens noch vor sich hatte. Ich musste nicht lange überlegen ...«

***

Gleich nachdem Josef auf dem Westbahnhof aus dem Zug gestiegen war, fuhr er mit einer Droschke zur Johannesgasse. Dort notierte er sich die Rufnummer einer Telefonzelle, lief dreihundert Meter weiter zur nächsten Telefonzelle und wählte Lorenzos Kontaktnummer in der Schweiz.

Josef hinterließ die Rufnummer der ersten Telefonzelle, ein Datum und eine Uhrzeit. Am nächsten Tag nahm er dort Lorenzos Anruf entgegen.

Mit Höflichkeitsfloskeln hielt er sich nicht auf, sondern kam sofort zum Punkt.

»Warum hast du mir nicht die Wahrheit gesagt? Ich war gerade in Dachau und habe mit Rosella gesprochen.«

Lorenzo seufzte schwer. »Weil Deya Angst hatte, dass man dich beobachten würde.«

Josef wurde flau in der Magengrube. Daniel und Brunnermann waren observiert worden, warum war ihm nie der Gedanke gekommen, die SS könnte auch ihn überwachen?

»Sie hat befürchtet, dass du nach Dachau fahren würdest – was du ja auch getan hast – und dabei herauskäme, dass sie dort nicht ist. Dann hätten Schnabel oder andere SS-Männer sie gesucht.«

»Es ist nichts herausgekommen, Deyas Geheimnis ist sicher.« Josef dachte daran, dass er Rosella beim Abschied umarmt und sich bei der Frau bedankt hatte, die sich für Deya geopfert hatte. »Und Schnabel ist tot.«

Lorenzo schwieg. Vielleicht hatte es ihm die Sprache verschlagen. Josef berichtete ihm, was in Brunnermanns Juweliergeschäft vorgefallen war.

»Merkwürdig«, sagte Lorenzo. »Und das ist noch gelinde ausgedrückt. Aber zumindest haben wir nun eine Sorge weniger.«

»Ja, wahrscheinlich«, entgegnete Josef zerstreut. Seine Angst um Deya hatte ihn die Unstimmigkeiten des Tatorts kurzzeitig vergessen lassen. Nun würde er sich wieder damit beschäftigen müssen.

»An dem Abend, an dem ich mit Deya verabredet war – das war der Abend, an dem sie festgenommen wurde –, hatte ich einen Ring in der Tasche. Ich wollte ihr einen Antrag machen, wollte endlich das Richtige tun.« Josef lachte rau auf. »Warum war ich nur so dumm, so lange zu warten?«

Wieder seufzte Lorenzo. »Auch ich wünschte, es wäre anders gekommen.«

Josef schüttelte seine Schwermut ab, straffte die Schultern. Wenigstens gab es nun wieder Hoffnung.

»Weißt du, wo Deya ist?«

»Das hat sie mir leider nicht verraten. Wahrscheinlich hatte sie Angst, in unserem Netzwerk könnte es erneut eine Schwachstelle geben. Ich weiß nur, dass sie vor einem Monat in Portugal war. Der letzte Brief von ihr war in Lissabon abgestempelt worden. Einen Absender gab es nicht.«

Kapitel 47

»Sämtliche in jüdischem Privatbesitz befindliche Schreibmaschinen, Rechenmaschinen, Vervielfältigungsapparate, Fahrräder, Photoapparate und Ferngläser sind zu erfassen und abzuliefern. Der Zutritt zu Bibliotheken ist Juden verboten.«

Johannes alias Andreas

Als Meisel und ich uns der Endversion seines Manuskripts näherten, wurde es noch einmal brenzlig.

In dem Roman gab es noch einige Passagen, mit denen ich nicht richtig zufrieden war. Dabei handelte es sich um Isabella, Tobias' erste große Liebe, die in jungen Jahren starb. Vor zwei Monaten hatte ich in dem Zusammenhang vorsichtig Bedenken angemeldet. *Ich finde, es ist schön so,* hatte Meisel entgegnet, und ich hatte einen Rückzieher gemacht.

Ich erinnerte mich nur zu gut an Meisels Reaktion, als wir wegen Karinas Verhalten nach dem Tod ihres Sohnes aneinandergeraten waren. So etwas wünschte ich nicht, noch einmal zu erleben. Dennoch hatte das Manuskript eine Schwachstelle, die ich nicht beibehalten wollte. Ich wagte mich noch einmal vor.

»Wissen Sie noch, dass ich einmal Tobias' Reaktion auf den Tod der jungen Isabella angesprochen habe?«

»Ja.« Meisel paffte seine Pfeife. »Ich dachte, wir hätten entschieden, dass wir die Passagen lassen können.«

Es war tatsächlich schwierig, das Thema erneut aufzugreifen, nachdem ich vorher gekniffen hatte. *Ich bewege mich auf dünnem Eis.* »Die Passagen sind auch recht überzeugend, zu achtzig oder neunzig Prozent. Beinahe perfekt. Wie bei so vielen anderen Passagen haben Sie Tobias' Gefühle wunderbar dargestellt. Sie sind tief empfunden und eindrücklich.« Abermals versuchte ich, die bittere Pille für Meisel zu versüßen. »Aber wie wirkt sich Isabellas Tod später auf Tobias' Haltung gegenüber Karina aus?«

»Das verstehe ich nicht.« Meisel sah mich irritiert an.

Ich schluckte nervös. »Mir scheint, dass Tobias die beiden Frauen miteinander vergleicht. Es gibt kleine Dinge, bei denen Karina ihn an Isabella erinnert. Aber Tobias wird in dieser Hinsicht nie deutlich, geht nie in sich.«

»Ich ... ich kann Ihnen nicht ganz folgen.« Meisels Miene verdüsterte sich.

Mein Mund wurde trocken, und ich wünschte, ich hätte nichts gesagt. »Manchmal ist es, als betrachte Tobias seine Frau als Kopie von Isabella, als ihren Ersatz, ohne dass sie jemals an das Original heranreicht. Ich denke, da sollten wir ausführlicher werden und Tobias' Innenleben heller ausleuchten.«

Meisel starrte mich an. Offenbar wusste er noch immer nicht, was ich von ihm wollte. Unvermittelt stand er auf, trat ans Fenster und blickte hinaus.

Das Schweigen, das nun entstand, war lastend. Wieder hatte ich den Bogen überspannt. Gleich würde Meisel sich umdrehen, seinen Unmut bekunden und mich eine Weile nicht sehen wollen. Oder ich hatte das Fass endgültig zum Überlaufen gebracht. In dem Fall würde Meisel unsere Zusammenarbeit beenden und mich dem Schicksal überlassen, das Vogt für mich vorgesehen hatte.

Als Meisel schließlich zu sprechen begann, klang er resigniert. »Auch das war etwas, das mir schwergefallen ist, zu beschreiben. Weil ich den Tod von Helena – im Roman Isabella – nie ganz verwunden habe.« Mit schweren Schritten kehrte er zum Schreibtisch zurück und setzte sich wieder. »Meine Frau sollte einer Erinnerung gerecht werden. Das zu erwarten, war falsch von mir. Sie konnte nur als zweite Wahl abschneiden.«

Eigentlich hätte ich mir denken können, dass Meisel Isabella und ihren frühen Tod einer realen Person nachgestaltet hatte, so war es ja auch bei Karina und dem Tod des Sohnes gewesen.

Meisel zündete seine Pfeife neu an und erzählte mir, wie er Helena an der Universität Heidelberg kennengelernt hatte. Er war im zweiten Studienjahr gewesen, sie gerade angekommen.

»Sie war die erste große Liebe meines Lebens. Wir waren unzertrennlich. Eineinhalb Jahre später stand ich an ihrem Grab. Zwei Monate vor ihrem zwanzigsten Geburtstag ist sie an einer Hirnhautentzündung gestorben.«

Ich sah Meisel mitfühlend an und schwieg. Jedes Wort wäre falsch und zu viel gewesen. In *Eine flackernde Kerze* war Isabella einer Lungenentzündung erlegen. Eine Meningitis musste für Meisel zu nah an der Wirklichkeit gewesen sein.

Meisel nahm einen tiefen Atemzug. »Ich bin nie darüber hinweggekommen. Vielleicht habe ich danach zu rasch geheiratet. Irgendetwas an Luisa hat mich an Helena erinnert, aber, wie Sie schon festgestellt haben und es im Roman deutlich wird, sie war mir nicht genug. Nicht einmal annähernd genug.«

Meisel zog an seiner Pfeife. Sein Blick wanderte in die Ferne, zu seinen Erinnerungen. »Ich hätte Luisa nicht heiraten dürfen, es war ihr gegenüber unfair. Aber ich wollte es, ich war einsam. Und als Lukas geboren wurde, schuf er ein Band zwischen uns – füllte in unserer Ehe etwas aus, das bis dahin leer gewesen war.«

Meisel seufzte schwer. »Doch dann kam Lukas um, und Luisa machte mich für seinen Tod verantwortlich. Da tat sich diese Leere wieder auf. Jeder hielt den anderen auf Distanz, wenn auch aus unterschiedlichen Gründen.«

Ich tippte auf das Manuskript. »Wenn dieser Schmerz und das, woran Sie sich jetzt erinnern, in Ihrem Roman spürbar werden, wird er noch stärker. Auch Ihr Schuldgefühl Luisa gegenüber – ich meine das Schuldgefühl von Tobias gegenüber Karina – sollte deutlich werden. Ihre Leserschaft wird dann Tobias' Handeln besser nachvollziehen können.«

Meisels Blick war noch immer schwer. »Ich weiß nicht, ob ich das schaffe. Es könnte mir zu nahegehen, zu schmerzlich sein.«

»Ich glaube, Sie sind mutiger, als Sie annehmen. Sie haben sehr viel durchgemacht, sich für Lager wie Chełmno und Sobibór entschieden. Haben einen Roman geschrieben.« Ich lächelte aufmunternd. »Außerdem bin ich ja da, um Ihnen zu helfen.«

In Meisels Augen flammte etwas wie Hoffnung auf, das sogleich wieder erlosch. *»Mutig?«* Er schnaubte. »Ich habe Ihnen gesagt, warum ich diese Posten angenommen habe. Unter anderem wollte ich Luisas anklagenden Blicken entfliehen. Und wenn der Tod von Helena und Lukas mich eines gelehrt hat, dann, dass das Leben grausam und der Tod oftmals willkürlich und sinnlos ist. Warum sich an jemanden binden, wenn es dazu führt, dass einem das Herz bricht, wenn derjenige stirbt?«

***

Vogt war fest davon überzeugt, dass zwischen Siebert und Meisel etwas lief. Aus welchem anderen Grund sollten sie sich so oft bis spätabends in Meisels Büros verschanzen?

Mit Sicherheit gab es nicht so viele Briefe, die Meisel den Oberkommandos der Wehrmacht, dem Reichssicherheitshauptamt in Berlin, der SS-Zentralstelle in Wien und dem SS-Stützpunkt in Lublin schreiben musste. Auch die Plakate und Anschläge, die Siebert für ihn, Vogt, angefertigt hatte, beliefen sich auf höchstens ein Dutzend. Was also taten Siebert und Meisel, wenn sie zusammensaßen?

Natürlich kursierte im Lager das Gerücht, die beiden erfreuten sich hemmungsloser Liebesakte. Er selbst war derjenige gewesen, der dieses Gerücht verbreitet hatte, um sich für den Rüffel zu rächen, den Meisel ihm nach Sieberts Ankunft erteilt hatte. Auch zuvor hatte er ein ähnliches Gerücht in die Welt gesetzt. Das war, nachdem Meisel sich geweigert hatte, die kleinen Partys, die Vogt organisierte, zu besuchen.

Doch selbst wenn zwischen Siebert und Meisel etwas war, dürfte es wohl nicht täglich zum Geschlechtsverkehr kommen. Und der dürfte auch nie länger als zwanzig oder dreißig Minuten dauern. Aber die beiden hockten stundenlang zusammen, in den vergangenen Wochen sogar noch länger als zuvor. Überdies hatte Meisel kürzlich angeordnet, dass Siebert nicht mehr beim Bau der fünften Gaskammer mithelfen musste. Auch diese Zeit verbrachte Siebert nun in Meisels Büro. Was machte er da?

Und was war mit den Stunden, in denen Siebert sich allein in Meisel Büro aufhielt? Häufig geschah das spätabends, als hätten die beiden etwas besprochen, das Siebert anschließend allein erledigte. In der Zeit kontrollierte Meisel das Lager – Schneiderei, Wäscherei, das Nahrungsmitteldepot der SS-Offiziere. Oder er war bei einer Besprechung in Töpfers Büro.

Dennoch wollte Vogt nicht in Meisels Büro platzen, wenn dieser dort mit Siebert zusammensaß. Es würde nur zur nächsten Rüge Meisels führen. Wäre Siebert aber allein im Büro, könnte er durchaus hineingehen und nachschauen, was der Gefangene dort trieb. Sollte Meisel ihn darauf ansprechen, würde er sagen, er habe angenommen, Meisel sei da.

Er wartete auf den Moment, an dem Meisel das Büro verlassen würde.

***

Nachdem wir über Isabellas Einfluss auf Tobias' Beziehung zu Karina gesprochen hatten, wurde unsere Arbeit am Manuskript noch intensiver.

Als Erstes widmeten Meisel und ich uns morgens der Korrespondenz. Danach sorgte ich dafür, dass Meisel sich auf die Passagen des Manuskripts konzentrierte, an denen noch etwas zu feilen war. Ich machte mir Notizen, schlug ihm diese oder jene Änderung vor. Nachmittags schrieb oder überarbeitete ich die Passagen.

Abends oder am nächsten Morgen las Meisel diese Stellen, und wir führten noch einmal letzte Änderungen durch.

Aufgrund der zusätzlichen Stunden, die wir nun investierten, gingen wir davon aus, dass wir die Arbeit an dem Manuskript in einem Monat abschließen und Julian senden konnten.

Es war eine nervenaufreibende Schlussphase, in der wir uns fortwährend fragten, ob unsere Arbeit gut geworden war und wie Julian sie wohl bewerten würde.

Nach drei Wochen erklärte Meisel eines Nachmittags, er müsse sich im Nahrungsmitteldepot um etwas kümmern. »Bin gleich wieder da.«

Ich hatte am Manuskript gearbeitet, und Meisel hatte Akten durchgesehen. Nun blickte ich auf. »Ich brauche noch etwa eine Stunde.«

Meisel nickte und verschwand.

Ich widmete mich einer Passage, die noch ein wenig holprig war.

Plötzlich flog die Tür auf. Im ersten Moment dachte ich, Meisel hätte etwas vergessen. Dann sah ich Vogt, dessen Blick zwischen mir und dem Manuskript hin- und herzuckte.

Hätte ich seine Schritte gehört oder hätte Vogt angeklopft, hätte ich das Manuskript rasch in eine Schreibtischschublade stecken können. So hatten Meisel und ich es für den Fall eines Überraschungsbesuchs besprochen. *Verraten Sie unter gar keinen Umständen, dass Sie an meinem Roman arbeiten oder dass ich überhaupt einen Roman geschrieben habe. Das geht nur Sie und mich etwas an.*

Aber Vogt hatte ich nicht kommen hören. Er hatte sich auf leisen Sohlen genähert und war dann in Meisels Büro geplatzt.

»Na, na, was soll das denn werden?«, fragte er mit einem hämischen Lächeln. »Privatarbeit, wenn Meisel nicht da ist? Wenn die Katze aus dem Haus ist ...«

Ich starrte ihn entsetzt an. Um das Manuskript zu verbergen, legte ich einen Arm darauf.

Vogt stieß meinen Arm zur Seite, schnappte sich einen Packen Seiten und schnippte sich hindurch.

»Sieh an. Ein Manuskript, von dem niemand weiß. Bin gespannt, was Töpfer dazu sagt.«

»Nein, nein – so ist es nicht«, entgegnete ich matt. Danach hielt ich den Mund. *Ich habe es Meisel versprochen, ich darf sein Geheimnis nicht verraten.*

»Willst du aller Welt mitteilen, was im Lager vor sich geht?« Vogt lächelte gehässig. »Diesmal geht es für dich mit Sicherheit ins Gas.«

Mich überlief ein Schauder.

»Und dein schönes Manuskript werde ich verbrennen. Du hast das Ganze für nichts und wieder nichts geschrieben.«

»Nein, Sie ... Sie verstehen das falsch! Es ist nicht so, wie Sie denken.« Noch immer brachte ich es nicht über mich, Meisel zu verraten.

Meine Panik schien Vogt erst recht anzustacheln. Er grinste breit. »Soll ich es vor deinen Augen verbrennen?«

Er hielt die etwa fünfzig Seiten, die er gepackt hatte, hoch, holte ein Zippo-Feuerzeug aus der Hosentasche.

»Nein ... *nein!*«

Ich war schrill geworden. Vogt ließ sich nicht beirren. Er knipste das Feuerzeug an, hielt die Flamme an die Seiten.

»Nein ... es ist nicht meines!«, schrie ich.

Vogt hielt inne, fragte sich wahrscheinlich, ob er mir glauben sollte.

Wieder öffnete sich die Tür. Meisel trat ein, sah Vogt, der eine Flamme an ein Bündel Manuskriptseiten hielt, und wirkte nun seinerseits ungläubig.

»Was, zum Teufel, geht hier vor?«

Kapitel 48

»Niemand, der, ebenso wie ich, die bösartigsten jener halb gezähmten Dämonen, die die menschliche Brust bewohnen, heraufbeschwört und mit ihnen zu ringen versucht, kann erwarten, den Kampf unbeschadet zu überstehen.«

Sigmund Freud

Aufgeregt schlitzte Stefanie den Umschlag auf. Er war in Krakau abgestempelt worden, und die Handschrift auf der Vorderseite erkannte sie sofort. *Endlich ein Brief von Johannes!* Auf dem Absender stand sein neuer Name, aber darunter nur Lublin, nicht die Adresse von Sobibór. Vielleicht hatte man ihn inzwischen in ein anderes Lager verlegt.

Ihre Hände zitterten vor Ungeduld und Freude. Doch als Stefanie in den Umschlag spähte, sah sie nur ein Päckchen in braunem Wachspapier. Sie stutzte. *Kein Brief?* Wie merkwürdig, dass Johannes ihr etwas schickte, selbst wenn es ein hübsches Geschenk oder Andenken war, ohne gleichzeitig einen Brief beizufügen. Ob der Brief in dem Päckchen war?

Eifrig wickelte sie es aus und erstarrte.

Als der Brief durch den Türschlitz geschoben worden und auf dem Fußabtreter gelandet war, hatte Stefanie gewünscht, die Kinder wären da, um an der Freude über den ersten Brief ihres Vaters teilhaben zu können.

Nun war Stefanie froh, dass die beiden in der Schule waren. Sie sollten nicht sehen, wie entsetzt ihre Mutter, wie grauenvoll der Inhalt dieses Briefs war.

Stefanie drehte sich der Magen um, Galle schoss in ihr hoch. Sie presste sich eine Hand auf den Mund und stürzte zum Bad. Sie erbrach sich, bevor sie die Tür erreichte, der Inhalt ihres Magens sickerte ihr durch die Finger.

Mathias alias Daniel

Eine Stunde nach meinen Telefonaten mit Stefanie und Julian klopfte es an meiner Wohnungstür.

Stefanie hatte geweint, als sie mir von dem Päckchen berichtete, das sie erhalten hatte. Ich hatte versucht, sie zu beschwichtigen, erklärt, möglicherweise habe es sich um einen Irrtum gehandelt. »Oder jemand hat sich einen grausamen Scherz erlaubt. Ich bin sicher, Johannes geht es gut.« Warum ich mich an diese Vorstellung klammerte, verriet ich ihr nicht, das musste Julian ihr erklären. Doch Stefanie war untröstlich, und meine Schuldgefühle, sowohl wegen des Versprechens, das ich Onkel Samuel gegeben hatte, als auch wegen der Gefangennahme Andreas' an meiner Stelle, verstärkten sich.

Nach dem Telefonat mit Stefanie rief ich Julian an. Julian war am Boden zerstört, als ich ihm erzählte, was in Andreas' Brief gewesen war. »O Gott«, murmelte er. »Womöglich hat der Trick doch nicht funktioniert.« Vielleicht wollte er sich dennoch einen letzten Funken Hoffnung bewahren, denn er fragte: »Ist Stefanie sicher, dass es sich um Andreas' Ehering handelt?«

»Ja, ich habe sie das Gleiche gefragt.«

Julian stöhnte. »Ich dachte, Meisel würde Andreas am Leben lassen, damit er mit ihm an seinem Manuskript arbeiten kann – erst recht nach dem Brief, den er mir geschrieben hat.«

»Das dachte ich auch.« Mir kam ein Gedanke. »Es sei denn, Meisel ist selbst etwas zugestoßen.«

»Das wäre eine Möglichkeit.«

Etwas anderes fiel uns nicht ein.

Als es dann an meiner Wohnungstür klopfte, war ich in Gedanken noch bei diesen Telefonaten.

Ich linste durch den Türspion. Draußen standen ein SS-Mann und ein älterer Mann in einem grauen Anzug und mit Brille. Einen Moment lang war ich versucht, die Tür nicht zu öffnen. Aber wahrscheinlich hatten sie meine Schritte gehört. Der SS-Mann klopfte noch einmal und lauter. Ich zog die Tür auf.

Der SS-Mann stellte sich als Scharführer Lindner vor. Vielleicht wollte er noch mehr sagen, doch der andere fiel ihm ins Wort. »Ich bin Heinz Piehler, Kriminaldirektor der Geheimen Staatspolizei.«

Ich musste die beiden nicht hereinbitten, sie traten von sich aus an mir vorbei. Im Wohnzimmer blieben sie stehen.

»Wir kommen in der Sache Carl Brunnermann, seines Zeichens Uhrmacher und Juwelier«, begann Piehler. »Soweit wir wissen, kannten Sie ihn.«

»Ja, ich ... ich habe von seinem Tod gelesen. Sehr traurig«, entgegnete ich mit bekümmerter Miene. Über den Fall war in allen Zeitungen berichtet worden. Es wäre seltsam gewesen, wenn ich mich überrascht gezeigt hätte. »Und ja, ich kannte ihn.«

»Sie waren mehrmals bei ihm.«

Das war eine Aussage, keine Frage. Ich nickte. »Ja.«

»Und aus welchem Grund, wenn ich fragen darf?«

»Um eine Armbanduhr reparieren zu lassen.« Das war der Grund, zu dem Lorenzo mir geraten hatte.

Piehler beäugte mich skeptisch. »*Drei* Besuche, nur um eine Armbanduhr reparieren zu lassen?«

Ich zuckte mit den Schultern. »Zuerst war ich bei ihm, um eine Armbanduhr zu kaufen. Dann stellte sich heraus, dass er Uhren repariert. Also ging ich mit meiner alten Armbanduhr zu ihm. Er hat sie repariert. Bei meinem dritten Besuch habe ich die Uhr abgeholt.«

Piehlers Blick blieb misstrauisch. Allerdings hatte er eine jener grundsätzlich unzufriedenen Mienen, und die dunklen Augen, die durch die Brillengläser vergrößert wurden, erweckten den Eindruck, dass er alles, was er hörte, zweifelhaft fand.

Ich hoffte, dass ich einen ruhigen Eindruck machte – oder zumindest so ruhig wie jemand, der Besuch von einem SS-Mann und einem Gestapo-Beamten bekommen hat –, doch innerlich hatte ich das Gefühl, als schlösse sich eine kalte Faust um mein Herz. Wie oft ich solche Szenen in meinen Romanen beschrieben hatte, stets mit der Überzeugung, dass ich sie gut und spannend darzustellen wusste. Nun, im wahren Leben, vermochte ich kaum einen klaren Gedanken zu fassen. Bei dieser Szene fehlte mir die Distanz des Autors.

»Haben Sie Brunnermann vielleicht auch aus anderen Gründen aufgesucht?«, fragte Lindner.

Ich überlegte, ob das eine Fangfrage war und sie von den anderen Besuchen wussten. »Ich bin mir nicht sicher. Könnte sein, dass ich mal bei ihm war, um mir neue Armbanduhren anzusehen«, erwiderte ich. »Ich erinnere mich nicht mehr.«

Lindner und Piehler wechselten einen Blick. *Sie wussten etwas.*

»Ist Ihr Sohn da?«

Für einen Takt setzte mein Herzschlag aus. Was, um alles in der Welt, wollten sie von Ivor? »Nein, er ist noch in der Schule. Warum fragen Sie?«

»Seine Anwesenheit würde uns die Sache erschweren.«

In diesem Moment dämmerte mir, dass sie offenbar gekommen waren, um mich festzunehmen. Würde ich nun etwas leugnen, das ihnen als Tatsache bekannt war, würden sie das gegen mich verwenden, und die Schlinge um meinen Hals würde sich enger zuziehen.

Piehler warf einen Blick auf den Fußboden. »Neuer Teppich?«

»Ja«, entgegnete ich so schlicht und sachlich wie möglich. Vor meinem inneren Auge blitzte der alte Teppich auf. Schnabels Leiche lag darauf, die Blutflecke hätte man nicht mehr entfernen können. Ich hatte Schnabel in den Teppich eingerollt, alles in eine Plane eingeschlagen und in den Kofferraum meines Wagens verfrachtet. »Den habe ich mir vor Kurzem zugelegt.«

»Aha.« Wieder wurde mir Piehlers skeptischer Blick zuteil. Dann sah er sich im Zimmer um.

Ich hatte den Fußboden mit einem Scheuermittel bearbeitet, doch sollte Piehler den neuen Teppich hochheben, würde er darunter noch schwache Blutflecke erkennen. Aber er fasste den Teppich nicht an. Stattdessen trat er vor das große Bild an der Wand, das eine Berglandschaft zeigte.

»Sie haben Brunnermann immer ziemlich spät am Tag besucht«, sagte Lindner und zwang mich so, ihn anzuschauen. »Warum?«

»Brunnermann hat die Reparaturen nach Geschäftsschluss ausgeführt.« Auch diese Antwort hatte Lorenzo mir empfohlen. »Auf diese Weise konnte er sich tagsüber ganz dem Verkauf widmen.«

Als Piehler das Bild anhob und darunterspähte, spannten sich meine Nerven an. *Er sucht nach einem Safe!* Sie hatten Brunnermanns leeren Safe entdeckt und wollten herausfinden, wo die Diamanten und das Bargeld waren.

»Möchten Sie bei dieser Aussage bleiben?« Lindner sah mich durchdringend an.

Meine Brust schnürte sich zu. Was konnten die beiden wissen, das ich noch nicht zu ihrer Zufriedenheit geklärt hatte? Wahrscheinlich eine ganze Menge.

»Ja ... denn so war es.« Ich hoffte, ich klang nicht so unsicher, wie ich mich fühlte.

Ich besaß keinen Wandsafe, daher beunruhigte mich Piehlers Suche nicht. Dann erinnerte ich mich an das, was sich hinter dem Gemälde befand, das ich erst vor zwei Tagen aufgehängt hatte. *Das Loch von Schnabels verirrter Kugel.* Ich betete, dass der Gips, mit dem ich es verspachtelt hatte, mittlerweile trocken war.

Piehler war schon dabei, das Bild zurückgleiten zu lassen, als ihm etwas auffiel, und er mit der Hand über die Wand strich. Er sah mich an.

»Unter diesem Gemälde ist der Gips noch frisch. Ob Sie mir freundlicherweise verraten, warum das so ist?«

Ich hielt seinem Blick stand, während ich mir mögliche Antworten durch den Kopf gehen ließ. Würde ich etwas Falsches sagen, würden die Handschellen hervorgeholt und ich würde abgeführt.

Als Krimiautor hatte ich allerdings den Vorteil, die Methoden, mit denen man ein Verbrechen vertuschte, zu kennen. Doch ebenso kannte ich die Methoden der Polizei, einen Schuldigen zu überführen.

Kapitel 49

Johannes alias Andreas

»Worüber haben Sie geschrieben?«, fragte Töpfer.

Ich gab ihm keine Antwort.

»Etwa darüber, was in diesem Lager vor sich geht?«

Ich schüttelte den Kopf. »Nein.« Die Frage konnte ich wahrheitsgemäß beantworten.

Wir waren in Töpfers Büro. Auch Meisel und Vogt waren anwesend, aber Töpfer stellte die Fragen. Zuerst hatte Vogt das Wort ergriffen und geschildert, was er beim Betreten von Meisels Büro entdeckt hatte. Danach hatte Töpfer übernommen und sich an Vogt und Meisel nur dann gewandt, wenn sie etwas bestätigen oder klarstellen sollten.

»Sie haben behauptet, es handele sich nicht um Ihr Manuskript. Wessen Manuskript ist es dann?«

Ich sah zu Boden.

»Das dachte ich mir«, sagte Töpfer mit sichtlicher Genugtuung. »Sie haben das behauptet, weil Sie Ihre Haut retten wollten. Haben Sie Ihren Roman ohne Wissen meines Stellvertreters geschrieben? Oder haben Sie ihn um Erlaubnis gebeten?«

Stoisch hielt ich meinen Blick auf den Boden gerichtet und gab keinen Ton von mir. *Falls Meisel sich für mich einsetzen will, muss er es jetzt tun.* Doch er schwieg.

»Dass Sie die Aussage verweigern, spricht für sich. Darüber hinaus werte ich dies als Ungehorsam und mangelnden Respekt.« Töpfer zuckte mit den Schultern. »Das macht mir die Entscheidung leichter. Morgen Nachmittag kommen neue Gefangene an. Sie werden sie in die Gaskammer beglei…«

»Es ist meins«, fiel Meisel ihm ins Wort. »Der Häftling Siebert hat mir bei der Arbeit an meinem Manuskript geholfen.«

Töpfer und Vogt tauschten verdutzt einen Blick.

Töpfer sah Meisel scharf an. »Dann stelle ich Ihnen die gleiche Frage, die ich dem Gefangenen gestellt habe: Kommt in dem Manuskript etwas aus dem Lagerleben vor?«

»Nein«, erwiderte Meisel mit resignierter Miene. »Der Roman spielt in der Zeit vor dem Ersten Weltkrieg und in den ersten Kriegsjahren.«

»Verstehe.« Töpfer runzelte die Stirn. Dann wandte er sich mir und Vogt zu. »Sie beide können gehen. Ich möchte mich mit Meisel unter vier Augen unterhalten.«

***

Ich ließ mich vor der Baracke des Sonderkommandos auf meiner Kiste nieder und schaute über den Hof zu Töpfers Büro. Als Meisel schließlich herauskam, hatte er den Blick gesenkt, schien weder mich noch sonst jemanden sehen zu wollen.

Am nächsten Morgen rief Dalit – die junge Frau, die nun Meisels Kaffee kochte und sein Büro putzte – mich nicht in sein Büro. Daraufhin arbeitete ich den ganzen Tag mit Jan zusammen in den Gemüsebeeten des Lagers. Als ich auch am Tag darauf nicht gerufen wurde, stieg Panik in mir auf.

Wahrscheinlich war Meisel wütend, dass sein Geheimnis gelüftet worden war, und schob mir zumindest einen Teil der Schuld zu. Andererseits waren wir so kurz davor, das Manuskript fertigzustellen, dass er die Arbeit daran kaum aufgeben dürfte.

Es waren nur noch rund dreißig Seiten zu redigieren. Vielleicht dachte Meisel, das könne er mithilfe meiner Notizen und unserer Gespräche allein schaffen. In dem Fall wäre ich überflüssig geworden.

Ein Typhusausbruch hatte etliche Mitglieder des Sonderkommandos dahingerafft. Jan und ich mussten deren Arbeit übernehmen. Während ich Jan half, die Erde über den Toten in einer Grube zu ebnen, erzählte ich ihm von meiner Sorge. Über das Manuskript konnte ich inzwischen sprechen, Vogt dürfte die Nachricht bereits durch das ganze Lager getragen haben.

»Das erklärt die vielen Stunden, die du in Meisels Büro verbracht hast«, sagte Jan. Dann umspielte ein kleines Lächeln seine Lippen. »Über die Gerüchte, ihr beide hättet eine wüste Affäre, musst du dich wenigstens nicht mehr ärgern.«

»Ein Silberstreifen.« Jan und ich gluckten.

Zu scherzen und zu lachen, hatte im Lager etwas Befreiendes, für das wir dankbar waren, obwohl es sich oftmals um Galgenhumor handelte oder einen Witz, der auf Kosten des Erzählers ging. Doch angesichts der Toten unter der dünnen Erdschicht, mit der wir sie bedeckt hatten, meldete sich mein Gewissen, und mein Lachen erstarb.

Als wir an den Gruben ankamen, hatte ich darin mehrere kleine Leichen entdeckt, Kinder, kaum älter als meine Tochter. Ich musste den Blick abwenden und Jan bitten, dass er die ersten Schaufeln Erde über sie warf, bis die leblosen eingesunkenen Augen mich nicht mehr anstarren konnten.

»Und jetzt sorgst du dich natürlich.« Auch Jan war rasch wieder ernst geworden. »Ebenso wie ich.«

»Warum solltest du dich sorgen?«

Jan wies mit einer weit ausholenden Geste auf das Lager. »Gestern Abend sind etwa achtzig neue Gefangene angekommen. Vor sechs Monaten waren es im Schnitt hundertfünfzig am Tag, manchmal sogar zwei- bis dreihundert. Nun werden es ständig weniger. Es heißt, beim nächsten Mal könnten es nur noch fünfzig oder sechzig sein.«

»Weißt du, warum das so ist?«

Jan sah sich um. Dann nickte er in Richtung Osten. »An der Ostfront stößt die Rote Armee immer weiter vor. Die SS ist angeblich dabei, den Lagerbetrieb langsam einzustellen. Sollte die Rote Armee noch näher rücken, werden sie ihre Sachen packen.«

»Und dann?« Ich hörte auf, zu schaufeln. »Werden wir dann in ein anderes Lager verlegt?«

»Wohl eher nicht. Wir vom Sonderkommando werden die Gefangenen, die noch da sind, in die Gaskammern treiben. Wenn sie tot in den Gruben liegen, wird die SS mit vorgehaltenem Gewehr dafür sorgen, dass wir die Kammern abreißen. Anschließend werden sie uns erschießen. Zum Schluss werden sie alle Massengräber dem Erdboden gleichmachen und die Spuren beseitigen.«

Ich blickte zu dem grauen Dieseldunst, der sich über dem Lager gebildet hatte. Demnach gab es für mich keine Hoffnung mehr, nicht einmal dann, wenn Meisel mich noch für eine Weile an dem Manuskript arbeiten ließe.

Kapitel 50

Josef

»Wer genau war bei dir, Daniel?« Wie immer, wenn sie sich an einem öffentlichen Ort aufhielten, benutzte Josef Mathias' Decknamen.

»SS-Scharführer Lindner und ein Kriminaldirektor der Gestapo namens Heinz Piehler.«

Mathias alias Daniel schilderte Josef den Besuch der beiden. Wie Josef feststellte, zitterten dabei die Hände seines Freundes. Sie hatten sich im Café der Universität getroffen, einem der wenigen Orte, an dem sie bisher noch keinem SS-Mann begegnet waren.

Josef war mit der Straßenbahn gekommen und hatte die restliche Strecke zu Fuß zurückgelegt. Falls Gestapo oder SS versuchten, ihn zu überwachen, war ihm der Steyr 220 zu auffällig.

»Piehler ist ein Schwergewicht«, sagte Josef. »Er hat sich an mich gewandt, nachdem ich am Tatort mit Lindner gesprochen hatte. Hat mich angerufen, um sich mit mir über die Verfahrensweise bei den Ermittlungen zu einigen. Er wollte sich auf den Mord an Schnabel konzentrieren, ich sollte mich mit Brunnermann befassen. Im Wortlaut hat er gesagt: ›Da es Bereiche geben wird, in denen die Fälle sich überschneiden, sollten wir uns bei den Informationen austauschen.‹«

Lindner war mittlerweile Scharführer geworden, entweder, um ihm bei den Ermittlungen größere Bedeutung zu verleihen oder, um die Lücke zu schließen, die Schnabel hinterlassen hatte. »Glaubst du, Lindner und Piehler haben die Gründe für deine drei Besuche bei Brunnermann geschluckt? Dass du eine Armbanduhr kaufen wolltest und dann deine Armbanduhr hast reparieren lassen?«

»Ich denke schon. Im ersten Moment hatten sie vielleicht Zweifel, doch danach sind sie zu anderen Themen übergegangen.«

»Sie haben dich nicht verdächtigt, öfter bei Brunnermann gewesen zu sein? Haben dich bei dem ein oder anderen Besuch womöglich sogar gesehen?«

»Keine Ahnung.« Daniel runzelte die Stirn. »Ich bin bei meinen Antworten vage geblieben. Habe gesagt, ich sei nicht sicher, vielleicht sei ich noch einmal dort gewesen.«

Josef nickte langsam und setzte die nächsten Teile des Puzzles ein. Er war sicher, dass Daniel ihm etwas verschwieg. Das lag zum einen an dem, was ihm selbst in den vergangenen vierundzwanzig Stunden klar geworden war, zum anderen an dem zittrigen, verstörten Eindruck, den sein Freund machte, obwohl der Besuch von Lindner und Piehler eigentlich nicht sehr bedrohlich gewesen war. Auch kam ihm Daniels Bericht wie eine Kurzfassung vor, oder als wäre es nur die halbe Geschichte.

Josef hatte Daniel um das Treffen gebeten. Er hatte etwas entdeckt, das ihm auf der Seele brannte. Doch am Telefon hatte er Daniel lediglich gesagt, er wolle ein, zwei Dinge klären. Daniel hatte geseufzt. *Gute Idee. Ich hatte gestern einen Besuch, über den wollte ich sowieso noch mit dir reden.*

Josef nahm einen Schluck Kaffee. »Lindners und Piehlers Fragen haben sich also nur auf Brunnermann bezogen? Sie haben nicht gefragt, ob Schnabel dir einen Besuch abgestattet hat?«

»Nein.«

Josef sah Daniel prüfend an. Wenigstens diese letzte Antwort schien der Wahrheit zu entsprechen. Den »zweiten Toten« wollten SS und Gestapo offenbar geheim halten, bis sie wussten, auf welche Weise Schnabel in den Fall verwickelt gewesen war.

Daniel zündete sich eine Zigarette an und nahm einen tiefen Zug. »Ich ... ich hatte Angst, dass die beiden von dem Geld und den Diamanten in Brunnermanns geheimem Safe wussten. Piehler hat bei mir unter ein Gemälde geschaut, als suchte er nach einem Wandsafe.«

Vielleicht zitterten Daniels Hände deswegen?

»Brunnermanns Safe haben sie nicht gefunden. Das Paneel wurde nicht geöffnet.« Josef stieß müde den Atem aus. »Aber falls sie es finden und ebenso wie ich feststellen, dass es leer ist, wird der Fall ein ganz anderes Gewicht erhalten.«

»Wahrscheinlich.« Für einen Moment schloss Daniel die Augen.

Der leere Safe scheint ihn nervös zu machen.

Zwar verstand Josef, dass Daniel ihm nicht alles sagen wollte – vielleicht aus Sorge, Josef könnte, trotz ihrer Freundschaft, gezwungen sein, etwas an die Gestapo weiterzuleiten –, dennoch kränkte ihn Daniels Zurückhaltung. Nach so vielen Jahren der Freundschaft sollte er ihm eigentlich vertrauen. *Ich habe ein Kreuz an die Haustür seiner Mutter genagelt, um die SS in die Irre zu führen, habe ihn mit Lorenzo bekannt gemacht.* Was war so schrecklich, dass Daniel es ihm nicht sagen wollte?

»Womit hältst du hinter dem Berg?«, brach es aus Josef heraus.

»Ich ... das tue ich nicht«, entgegnete Daniel, doch die Hand, die die Zigarette hielt, zitterte nun stärker.

Josef seufzte. »Ich formuliere es anders. Was hättest du geantwortet, wenn Lindner und Piehler dich gefragt hätten, ob Schnabel bei dir war?«

Daniel überlegte. »Das Gleiche wie dir. Dass er vor seinem Besuch bei Brunnermann bei mir war.«

»Nur wäre das nicht die Wahrheit gewesen, oder?« Josef fixierte Daniel. »Schnabel war *nach* dem Besuch bei dir. Und du hast ihn mit der Waffe erschossen, die Lorenzo oder Alois dir besorgt hat.«

***

Anfangs hatte Josef nicht klar denken können, hatte nur Deyas Deportation im Kopf gehabt. Doch dann fiel ihm just in diesem Zusammenhang etwas auf.

Schnabel hatte Deyas Aufenthaltsort geheim gehalten, weil er nicht wollte, dass Josef sich für sie einsetzte. Aber warum hatte er dann Daniel davon erzählt? Er musste doch wissen, dass Daniel es Josef weitererzählen würde?

Die Antwort war eigentlich ganz einfach. Schnabel ging davon aus, dass Daniel sterben und nicht mehr in der Lage sein würde, etwas weiterzuerzählen.

Und dann waren da noch die unterschiedlichen Kaliber. Die Waffe, mit der Schnabel erschossen worden war, passte nicht zu den Einschusslöchern in der Wand von Brunnermanns Geschäft, denn Schnabel war mit einer FN Browning HP erschossen worden.

Josef glaubte nicht, dass Brunnermann eine Waffe besessen hatte. Und hätte Schnabel eine zweite Waffe dabeigehabt, die er Brunnermann untergeschoben hätte, um ihm einen Mord anzuhängen, hätten ja die Projektile aus dieser Waffe zu den Einschusslöchern passen müssen. Doch in Brunnermanns Hand war die rätselhafte Browning gewesen. Aber was, wenn es sich um die Waffe eines Dritten gehandelt hätte? Vielleicht um eine Waffe Daniels?

Wieder hatte Josef Lorenzo von einer Telefonzelle aus angerufen und acht Stunden später dessen Rückruf erhalten.

»Was war das für eine Waffe, die ihr MK verkauft habt, bei dem Posten, der Mitte November bei dir war?« »Posten«

stand für »Gruppe«, und »MK« würde Lorenzo als »Mathias Kraemer« erkennen.

»Einen Moment.« Lorenzo sprach mit jemandem im Hintergrund, wahrscheinlich Alois. »Eine FN Browning HP.«

Nun erzählte Josef seinem Freund von diesem Telefonat. Daniel fiel in sich zusammen.

»Die Waffe, die Alois dir verkauft hat, kannst du mir nicht mehr zeigen, oder?«

»Nein ... nicht mehr«, erwiderte Daniel kaum hörbar. Das Zittern hatte seinen ganzen Körper erfasst.

»Denn die haben wir am Tatort in Brunnermanns Hand gefunden, nicht wahr?«

»Ja.« Mit unsteter Hand führte Daniel seine Tasse zum Mund. »Tut mir leid, Josef, ich hätte es dir von Anfang an sagen sollen. Aber ich hatte Angst. Vielleicht dachte ich auch, wenn ich es niemandem sage, fange ich an zu glauben, dass es nicht passiert ist. Dass es in meinem Kopf ausgelöscht wird.«

»Verstehe.« Josef holte tief Luft. »Aber wenn ich den Sachverhalt erkannt habe, werden SS und Gestapo es über kurz oder lang ebenfalls tun. Deshalb gehst du das Ganze jetzt mit mir Schritt für Schritt durch. Danach überlegen wir gemeinsam, wie wir aus dem Schlamassel herauskommen.«

Josef zündete sich eine Zigarette an.

Stockend berichtete Daniel, was an jenem Abend vorgefallen war: dass Schnabel von Brunnermann gekommen und ihm gedroht hatte. Dass Schnabel geplant hatte, Daniel in Brunnermanns Geschäft zu erschießen, sodass es aussähe, als hätten Brunnermann und er einander bei einem missglückten Einbruchsversuch umgebracht.

»Schnabel hatte die Diamanten und das Bargeld aus Brunnermanns Safe bei sich, wollte auch mein Geld und meine Diamanten. Und wenn ich nicht mitmachte, wollte er meinen Sohn umbringen, der in seinem Zimmer schlief.«

»Und an dem Abend hat er dir auch erzählt, dass er Deya nach Dachau geschickt hat?«

»Ja. Hat sich mit seiner Schläue gebrüstet. Außerdem hatte er in Brunnermanns Safe ein kleines schwarzes Notizbuch gefunden. Darin standen die Namen all derer aus Lorenzos Netzwerk, die bei Brunnermann Diamanten gegen Bargeld getauscht haben. Auch die Fotos von Freuds Kreis waren in dem Safe. Schnabel wollte alle aufspüren, einen nach dem anderen.« Daniel runzelte die Stirn. »Da dachte ich, ich darf diesen Mann nicht am Leben lassen. Ich habe Schnabel gesagt, ich müsse die Schlüssel zu dem Versteck holen, in dem sich Diamanten und Geld befinden. Ich ging zu meinem Schreibtisch und zog die Schublade auf, in der die Browning lag, die ich von Alois hatte. Schnabel stand hinter mir, ich konnte ihn hören. Er sagte noch, ich soll nicht auf dumme Gedanken zu kommen. Und ich dachte, wenn ich mich mit der Waffe schnell genug umdrehe, kann ich ihn überrumpeln.« Daniel seufzte schwer. »Als ich die Schublade aufzog, war die Waffe nicht da.«

Auf Daniels Gesicht drückte sich das Entsetzen aus, das er in jenem Augenblick empfunden hatte.

»Und dann?«, fragte Josef.

Daniel erzählte ihm, wie es weitergegangen war, bis zu dem Tag, an dem Piehler und Lindner bei ihm erschienen waren, Piehler nach dem Safe gesucht und unter einem Gemälde den frischen Gips entdeckt hatte, dort, wo Daniel das Loch verspachtelt hatte, das Schnabels verirrte Kugel hinterlassen hatte. Josef kam aus dem Staunen nicht heraus.

»Ich habe Piehler weisgemacht, dass ich den Nagel für das Bild zuerst zu tief angebracht hätte und das Loch daher käme.« Daniel lächelte schief. »Die Idee stammt aus einem meiner Romane.«

»Und Piehler hat dir das abgenommen?«

»Keine Ahnung. Wenn nicht, wird er wiederkommen.« Daniel lehnte sich zurück. Seine Beichte hatte ihn erschöpft.

»Der kommt garantiert wieder«, sagte Josef. »Was ist mit den Diamanten, dem Geld, dem kleinen Notizbuch und den Fotos?«

»Die sind in Sicherheit.«

Josef hatte sich schon gedacht, dass es sich um eine üble Geschichte handelte, doch nun stellte sie sich als weitaus übler heraus. Wie sollten sie aus diesem »Schlamassel« herausfinden? Das, was gegen Daniel sprach, war zu eindeutig, zu belastend. Da gab es keine Schlupflöcher.

Aber wenigstens verstand er nun, warum Daniel ihm nichts hatte erzählen wollen.

Kapitel 51

»Dunkle, fühllose und lieblose Mächte bestimmen das menschliche Schicksal.«

Sigmund Freud, Vorlesungen zur Einführung in die Psychoanalyse

Johannes alias Andreas

Die Stimmung im Lager war aufs Äußerste angespannt.

Das Gerücht, das Lager werde vielleicht aufgelöst, hatte die Runde gemacht. Die Unruhe im Sonderkommando war groß. Die Männer wussten, dass man sie demnächst nicht mehr brauchen und deshalb umbringen würde.

Allerdings flüsterten alle schon seit einer Weile von einem Lageraufstand, zu dem es bald kommen werde. Einen ersten Hinweis darauf hatte ich vor einer Weile erhalten, als ich in der Schneiderei sah, wie ein Fleischerbeil in das Futter einer Jacke genäht wurde.

Jan rechnete mit drei bis vier Wochen bis zum Aufstand. Große Messer und Fleischerbeile konnten nur nach und nach aus der Küche geschmuggelt werden.

»Beeil dich mit Meisels Manuskript«, sagte Jan. »Kann sein, dass dir nicht mehr viel Zeit bleibt.«

Drei Tage nach der informellen Anhörung in Töpfers Büro war Dalit am späten Nachmittag zu mir gekommen und hatte gesagt, ich solle am nächsten Morgen in Meisels Büro erscheinen.

Unter normalen Bedingungen hätten drei bis maximal vier Wochen zur Fertigstellung des Manuskripts genügt. Doch Töpfer hatte mir verboten, während meiner Arbeitszeit an dem Manuskript zu arbeiten. Seitdem erledigte ich morgens die Korrespondenz in Meisels Büro, arbeitete nachmittags zusammen mit dem Sonderkommando und setzte mich am frühen Abend in Meisels Büro an das Manuskript.

Um meinen Arbeitsfluss nicht zu unterbrechen, befahl Meisel Dalit, mir das Abendessen zu bringen. Es war immer das Gleiche: Eintopf und ein Stück Brot aus der Kantine. Oftmals war ich bis kurz vor Mitternacht mit dem Manuskript beschäftigt. Dann ließ Meisel einen Wachmann kommen, der mich zu meiner Baracke begleitete, damit mich keiner der SS-Wachen aus den Wachtürmen erschoss.

***

»Es tut mir leid, ich hätte Sie gern früher zurückgerufen«, sagte Meisel am zweiten Abend. »Aber Töpfer hat es nicht sofort gestattet.«

Er kam aus dem Casino und hatte wohl ein, zwei Gläser Wein getrunken, die ihn redselig machten. Demnach war die dreitägige Pause nicht Meisels, sondern Töpfers Entscheidung gewesen.

»Mir tut es ebenfalls leid. Ich hätte schweigen sollen.«

»Sie hatten doch gar keine andere Wahl, als sich zu äußern. Im Übrigen haben Sie ja nicht gesagt, dass es sich um *mein* Manuskript handelt.« Meisel lächelte und zuckte mit den Schultern. »Sie haben nur erklärt, es sei nicht Ihr Manuskript. Daraus hätten Töpfer und Vogt eigentlich schließen können, dass es sich nur um mein Manuskript handeln könnte. Aber dazu müssten sie wohl ein bisschen intelligenter sein.«

Ich lächelte unsicher. Meisel konnte es sich leisten, gegen seine SS-Kameraden zu sticheln, aber durfte ich als Gefangener ihm beipflichten?

Meisel zündete seine Tonpfeife an und schien in seine Gedanken versunken. Dann sagte er: »Natürlich wird es jetzt spöttische Blicke und Getuschel geben. Meisel schreibt einen Roman – mit einer Liebesgeschichte –, tun das nicht nur Frauen? Aber das halte ich aus.«

Ich schenkte ihm einen mitfühlenden Blick. Es gab gesellschaftliche Kreise, in denen man bewundernd von der weichen, gefühlvollen Seite des Mannes, der Liebesgeschichten schrieb, sprechen würde. Im brutalen Milieu eines Vernichtungslagers war das nicht der Fall. »Wollten Sie das Manuskript deshalb geheim halten?«

»Zum einen. Zum anderen, weil Vogt und ich eine Geschichte haben. Wahrscheinlich haben Sie die Gerüchte gehört.« Meisel sah mich fragend an.

»Ich bin mir nicht sicher«, entgegnete ich ausweichend.

»Egal.« Meisel machte eine wegwerfende Handbewegung. »Ich weiß, was über mich geredet wird. Warum hätte ich das noch anheizen sollen? Damit es nicht nur heißt, ich mache mir nichts aus Frauen, sondern auch, dass ich mich wie eine Frau benehme?«

»Keine einfache Situation.« Ich verbiss mir, ihm zu erzählen, dass die Zeit, die ich mit ihm verbracht hatte, ebenfalls zu den Gerüchten beigetragen hatte.

»Was Vogt von mir denkt, interessiert mich nicht.« Meisel zog an seiner Pfeife, stieß eine Rauchwolke aus. »Das Gleiche gilt für Töpfer. Was im Kopf dieser Männer vor sich geht, ist bedeutungslos.«

Um durch mein Schweigen nicht unhöflich oder gar missbilligend zu wirken, gestattete ich mir ein einvernehmliches Lächeln.

Doch Meisel war mit seinen Gedanken noch immer irgendwo anders. »Anfangs haben wir uns einigermaßen verstanden.«

Er erzählte mir von den Partys mit Frauen aus dem Lager, die Vogt organisiert hatte. Es war die Geschichte, die ich bereits kannte.

»Ich habe mich dabei von Anfang an unwohl gefühlt. Aber eine der Frauen hat mir gefallen, bei ihr spürte ich eine Verbindung. Vielleicht hat mich etwas an Helena erinnert. Ihr Blick war warmherzig, ihr Lächeln auf freundliche Art neckend.«

Über Helena musste Meisel mir nichts mehr erzählen. Die letzten Wochen hatten wir damit verbracht, Tobias' Gefühle für Isabella herauszuarbeiten, und Isabella beruhte ja auf Meisels Jugendliebe Helena.

»Am nächsten Tag wurde sie mit acht anderen Frauen, die an der Party teilgenommen hatten, in die Gaskammer getrieben. Vogt, Töpfer und andere SS-Männer haben ihnen durch ein Guckfenster beim Sterben zugesehen. Sie haben gefeixt und einander zur Effektivität des Dieselmotors gratuliert.«

Ich tat, als hörte ich die Geschichte zum ersten Mal, und sah Meisel betroffen an. Doch wie damals, als Jan sie mir erzählte, zog sich mir das Herz zusammen, und meine Hände ballten sich zu Fäusten.

»Danach habe ich diese Partys nicht mehr besucht. Und so begannen die Gerüchte.«

»Haben Sie nicht mehr teilgenommen, weil Sie den Gedanken, dass die Frauen anschließend umgebracht würden, nicht ertrugen?«

»Nicht nur. Ich wusste nicht, warum ich hätte teilnehmen sollen. Was hätte ich mit diesen Frauen zu tun gehabt? Nichts. Um ihren Tod ging es nicht, der wäre wie das Sterben der anderen hier gewesen.« Als bliebe er von diesem Sterben nicht ganz unberührt, wurde Meisels Blick schwermütig. »Aber um mich bei einer Frau wohlzufühlen, brauche ich eine Verbindung zu ihr. Wie bei der Frau, die mich an Helena erinnerte.« Meisel seufzte. »Doch wäre es dazu noch einmal gekommen, hätte ich auch bei ihrem Tod Helenas Tod wieder erlebt. Das wollte ich mir nicht antun.«

***

Drei Wochen später hatten wir das Manuskript mit dem Titel *Eine flackernde Kerze* abgeschlossen und schickten es, begleitet von unseren Hoffnungen und stummen Gebeten, an Julian.

Meisel fügte ein Schreiben hinzu. Zudem hatte er mir erlaubt, auf die Manuskriptseite, auf der die Widmung stand, selbst etwas an Julian zu schreiben. *Ich wünsche Dir eine erfreuliche Lektüre und hoffe, der Roman entspricht Deinen Erwartungen. Die Arbeit daran war ein Vergnügen. Herzliche Grüße, Andreas.*

Dann war das Manuskript abgeschickt, und mich befiel die alte Sorge nach meinem Nutzen. Sie wurde durch Vogts feindseligen Blick verstärkt, mit dem er mich verfolgte, wenn ich den Hof überquerte. Es war, als wolle er sagen: *Meisels Manuskript ist fertig. Wozu bist du jetzt noch gut?*

Kapitel 52

Scharführer Lindner stand dort, wo Brunnermanns Leiche gefunden worden war. Im Geist zog er eine Linie zu der Stelle, an der Schnabel gelegen hatte, und dann eine zu den beiden Einschusslöchern in der Wand.

»Wir haben also nicht nur Projektile, die nicht aus der Waffe in Brunnermanns Hand stammen, sondern auch Einschusslöcher, die beträchtlich von der Schusslinie abweichen.« Lindner wandte sich seinem Assistenten zu, SS-Junker Helmut Siegl. »Wie erklären Sie sich das?«

»Vielleicht ist es zu einem früheren Zeitpunkt zu den Einschusslöchern gekommen«, meinte Siegl.

»Vielleicht. Aber Lanz von der Spurensicherung sagt, sie seien jüngeren Datums, hätten höchstens einen Tag vor den Morden entstanden sein können.« Lindner lächelte ironisch. »Was für ein Pechvogel Brunnermann gewesen wäre, wenn man ihn zwei Tage nacheinander beraubt und erschossen hätte.«

Siegl lächelte ebenfalls. Erst vor wenigen Tagen hatte er erfahren, dass Kommissar Weber in dem Fall ermittelte. »Das ist doch der Kommissar, der …«, hatte er gesagt und den Rest eilig hinuntergeschluckt. Es hatte eine Weile gedauert, bis ihm klar geworden war, dass es ein Kommissar der Kriminalpolizei gewesen war, den Schnabel zu beobachten, zu fotografieren und dies geheim zu halten ihm befohlen hatte. Inzwischen kursierten intern Gerüchte, nach denen Schnabel in etwas Unrechtmäßiges verwickelt gewesen sei und an jenem Abend bei Brunnermann nichts zu suchen gehabt habe.

Vielleicht hatte Schnabel gehofft, er würde etwas über Weber erfahren, mit dem er ihn erpressen könnte, damit er Schnabel in der Sache Brunnermann nicht in die Quere kam. Wie dem auch sei, wenn man ohne Erlaubnis eines Vorgesetzten gegen einen Kommissar der Kriminalpolizei ermittelte, verstieß man gegen die Vorschriften, und diese Erlaubnis dürfte Schnabel nicht gehabt haben. Falls Siegl seine Karriere bei der SS lieb war, wäre es also klüger, über seine Beteiligung an der Observierung zu schweigen.

»Der Kommissar, der *was?*« Lindner sah Siegl scharf an.

»Der ... der vor einigen Jahren im Fall des Juwelenraubs Holzer zuständig war.« Im letzten Moment hatte Siegl sich an einen Raubüberfall in einem Haus der High Society erinnert, der in der Zeitung gestanden hatte. Man hatte die Einbrecher mit den Meisterdieben Raffles und Lupin verglichen und Josef Weber als den zuständigen Kommissar genannt.

Lindner konzentrierte sich wieder auf die Positionen der beiden Leichen, blickte zu der Wand, an der die Uhren hingen, dann zu dem kleinen Seitenfenster.

»Stellen Sie sich doch bitte mal hinter die Theke«, trug er Siegl auf. »Ich will draußen etwas überprüfen.«

Lindner verließ das Geschäft, betrat die Seitengasse und blickte durch das hoch gelegene Fenster, so wie er es während der letzten gemeinsamen Observierung bei Schnabel beobachtet hatte. Er sah Siegl hinter der Theke stehen und die Wand voller Uhren. Nur eine Ecke lag im toten Winkel.

Lindner trat zurück, begutachtete die Hausmauer und stellte sich das Geschäft dahinter vor. Dabei fiel ihm auf, dass die Mauer des Geschäfts mit dem Verkaufsraum nicht übereinzustimmen schien.

Lindner schritt das Mauerwerk ab, kehrte in das Geschäft zurück, schritt die entsprechende Außenwand ab.

»Was ist?«, fragte Siegl.

»Die Innenwand des Verkaufsraums ist einen guten Schritt kürzer, als sie sein sollte.« Lindner trat an die Wand mit den

Uhren, klopfte sie ab. Ein Paneel klang hohl. Er drückte dagegen – nichts tat sich. Er hielt Siegl die Autoschlüssel hin. »Bitte holen Sie den Wagenheber und den Schraubenschlüssel aus dem Kofferraum.«

Mit dem Wagenheber dauerte es vier Minuten, bis das Paneel aufgebrochen war, und Lindner entdeckte, was sich dahinter befand. Er ging hinaus zum Wagen und forderte per Funk Spezialisten der technischen Einsatzeinheit mit Schweißbrennern an.

***

Hätte Frau Sommer, die im selben Haus wie Daniel wohnte, die jeweiligen Verantwortungsbereiche von SS, Gestapo und Kriminalpolizei auseinanderhalten können, hätte Josef ihre Zeugenaussage vielleicht nie zu Gesicht bekommen oder wenn, dann erst nach der SS und der Gestapo.

Zwar hatte Piehler ihm versprochen, dass sie sich bei den Informationen im Fall Brunnermann/Schnabel austauschen würden, doch Josef wusste, was die SS und die Gestapo unter »austauschen« verstanden. Es bedeutete, dass man alle Informationen an sie weiterleitete, von ihnen jedoch so gut wie nichts erhielt. Als Entschuldigung diente meist der Verweis auf Geheimhaltung aus Reichs- oder Staatsgründen. Tatsächlich wollten sie sich nicht in die Karten schauen lassen.

In diesem Sinne hatte weder Piehler noch Lindner Josef von ihrem Besuch bei Daniel berichtet. So würden sie wohl auch weiterhin verfahren.

Daher hatte Josef den stellvertretenden Staatsanwalt Martin Engel gebeten, den Fall zu übernehmen. Vielleicht war es voreilig; normalerweise wurde Engel erst eingeschaltet, wenn konkrete Anhaltspunkte einer verfolgbaren Straftat vorlagen. Ausnahmen wurden bei ungewöhnlichen Untersuchungen gemacht und dann, wenn mehr als eine Partei beteiligt war. Nach Josefs Auffassung war das im Fall Brunnermann/Schnabel gegeben. Deshalb sollte Engel als Untersuchungsrichter fungieren und die einzelnen Fäden der Ermittlung zusammenführen.

Noch wichtiger war, dass Engel im Rang über Piehler stand und dieser nicht wagen würde, Engel zu umgehen oder ihm Informationen vorzuenthalten. Auch hatte Josef früher schon mit Engel zusammengearbeitet und ihn als gründlichen und fairen Mann kennengelernt. Auf ihn konnte Josef sich verlassen, wohingegen er Piehler und Lindner nicht über den Weg traute, überhaupt niemandem in der SS und der Gestapo.

Nun richtete Josef seine Aufmerksamkeit auf Frau Sommer, mit der er sich auf dem für sie zuständigen Polizeirevier getroffen hatte.

»Können Sie den Mann in Uniform, der in der fraglichen Nacht Herrn Lendt besuchen wollte, bitte noch einmal beschreiben?«

Frau Sommer war Ende fünfzig und trug einen eleganten weinroten Hut. Vielleicht hatte sie sich gesagt, für einen Besuch bei der Polizei müsse man sich chic machen. Zuerst kamen ihre Worte stockend, doch dann wurde sie sicherer und sprach flüssiger.

Mitte dreißig sei der Mann gewesen. Mit sandfarbenem Haar. Eine SS-Uniform habe er getragen. Das klang nach Schnabel, dachte Josef.

»Sind Sie sich sicher, was die Uhrzeit betrifft? Es war nach neun Uhr abends?«

»Ja. Es ging auf zehn Uhr zu. Etwa eine Stunde vorher hatte ich nach dem Abendessen den Abwasch gemacht und aufgeräumt.«

Nachdem Frau Sommer sich verabschiedet hatte, las Josef seine Notizen durch. An besagtem Tag war Frau Sommer einkaufen gewesen. Bei ihrer Rückkehr hatten Nachbarn ihr erzählt, dass sich Männer in Uniform nach Herrn Lendt aus der Wohnung Nummer 14 erkundigt hatten. Sie hatten wissen wollen, ob jemand »am einundzwanzigsten des Monats bei Herrn Lendt merkwürdige Personen« gesehen habe. Bei den Männern in Uniform dürfte es sich um SS gehandelt haben, dachte Josef. Auch von diesen Erkundigungen hatte weder Lindner noch Piehler ihm etwas erzählt.

Frau Sommer hörte »Männer in Uniform« und ging zum nächsten Polizeirevier. Die Beamten dort riefen Josef an, der umgehend erschien, um zu erfahren, was Frau Sommer gesehen hatte.

»Der Mann ist mir aufgefallen, weil er so nervös wirkte, als er vor Herrn Lendts Tür gewartet hat«, sagte Frau Sommer. »Als wisse er nicht, ob er Herrn Lendt so spät noch willkommen war.«

Diese Aussage wollte Josef an Engel weitergeben, jedoch von seinem Büro in der Kärntner Straße aus. Als er das Revier betrat, berichtete sein Assistent Krenn, Engel habe soeben angerufen.

»Offenbar hat Lindner hinten in Brunnermanns Geschäft einen kleinen geheimen Raum mit einem Safe entdeckt. Piehler und Spezialisten der technischen Einsatzeinheit des SS sind bereits vor Ort.«

»Danke.«

In seinem Büro stützte Josef den Kopf in die Hände. Würde er die Information, die er von Frau Sommer erhalten hatte, weitergeben, dass nämlich Schnabel bei Daniel gewesen war, dürfte es nicht mehr lange dauern, bis auch Piehler und Lindner wieder vor Daniels Tür stünden. Er nahm den Telefonhörer ab und wählte Daniels Nummer. Nach nur zweimaligem Klingeln nahm sein Freund ab.

»Herr Lendt, hier spricht Kommissar Weber vom Revier Kärntner Straße. Ich würde Sie gern im Zusammenhang mit einer Ermittlung im Fall Brunnermann sprechen.«

»Ich… ich muss etwas erledigen. Aber in ein paar Stunden bin ich zurück.«

Josef warf einen Blick auf seine Armbanduhr. »Gut, Punkt sieben bin ich bei Ihnen.«

Josef hatte befürchtet, die Gestapo könnte Daniels Telefonleitung angezapft habe, doch für jeden, der mithörte, klang es wie ein normaler Anruf im Rahmen einer Ermittlung.

Tatsächlich waren es Codeworte, die Josef und Daniel bei ihrem letzten Treffen vereinbart hatten. Und sie bedeuteten: SS oder Gestapo sind auf dem Weg zu dir. Sieh zu, dass du Land gewinnst!

Kapitel 53

»Juden, die das sechste Lebensjahr vollendet haben, ist es verboten, sich in der Öffentlichkeit ohne einen Judenstern zu zeigen. Alle deutschen Reisepässe von Juden, die sich im Reichsgebiet aufhalten, werden ungültig. Die mit Geltung für das Ausland ausgestellten Reisepässe werden wieder gültig, wenn sie […] mit einem bestimmten Merkmal versehen werden, das den Inhaber als Juden kennzeichnet. Soweit Juden andere Vornamen führen […], müssen sie vom 1. Januar 1939 zusätzlich einen weiteren Vornamen annehmen, und zwar männliche Personen den Vornamen Israel, weibliche Personen den Vornamen Sara.«

Mit fliegenden Fingern öffnete Julian Reisner das Paket, auf das er sich gestürzt hatte, als er unter den Päckchen und Paketen, die Krisztina auf seinem Schreibtisch gestapelt hatte, ein Paket mit dem Poststempel »Lublin« entdeckt hatte.

An manchen Tagen wurden Julian bis zu dreißig Manuskripte gesandt, mit denen er stets nach dem gleichen Prinzip verfuhr: Die seiner Autoren oder solche, die ihm empfohlen worden waren, las er selbst. Bei den anderen überflog er die ersten Seiten, um festzustellen, ob sie etwas taugten. Wenn ja, reichte er sie an Krisztina oder externe Gutachter zur Bewertung weiter. Die anderen warf er weg.

Dennoch blieben für ihn so viele Manuskripte, dass er nie ganz nachkam.

Er lächelte, als er Andreas' Notiz las. Und während er seinen Morgenkaffee trank, begann er mit der Lektüre des überarbeiteten Romans. Die neue Version war fabelhaft. Andreas hatte gute Arbeit geleistet. Die ersten Kapitel verschlang Julian regelrecht.

Anschließend las er erneut Meisels Widmung und die handschriftliche Zeile, die Andreas hinzugefügt hatte. Er strich über diese Seite. »Krisztina, ich muss jemanden besuchen!«, rief er durch die offene Tür ins Vorzimmer. »In ein, zwei Stunden bin ich zurück!«

Mit dem Manuskript unter dem Arm verließ er das Haus, stieg in sein Auto und fuhr zu Stefanie.

Stefanie schien überrascht, als sie ihn erblickte. Julian und ihr Mann hatten sich meistens in Julians Büro oder in Cafés wie dem *Mozart* getroffen. Stefanie selbst war Julian bisher nur hin und wieder bei Buchvorstellungen oder Verlagspartys begegnet – und an jenem schrecklichen Abend, als er für Andreas ein paar Sachen abgeholt hatte, bevor dieser nach Sobibór deportiert wurde.

Nur flüchtig tauschte Julian mit Stefanie einige Höflichkeitsfloskeln und nickte kurz, als Stefanie ihm Kaffee anbot. Als sie sich im Wohnzimmer auf dem Sofa niedergelassen hatten, griff er nach ihrer Hand. »Ich habe wundervolle Neuigkeiten: Andreas lebt!«

Im ersten Moment reagierte Stefanie nicht. Vielleicht wusste sie nicht, ob sie ihm glauben sollte. Sicherlich wünschte sie nichts so sehr, wie dass ihr Mann lebte, dennoch drückte ihre Miene Zweifel aus. »Aber ... aber was ist mit dem Päckchen, das ich vor einem Monat erhalten habe?«

Julian seufzte. »Daniel hat mir davon erzählt. Wahrscheinlich hat Ihnen jemand einen grausamen Streich gespielt.«

Stefanie wirkte nicht ganz überzeugt. Sie warf einen Blick auf das Manuskript, das Julian auf den Couchtisch gelegt hatte. Wahrscheinlich fragte sie sich, was es damit auf sich hatte.

Julian reichte ihr Meisels Begleitschreiben, zeigte ihr die Seite mit Andreas' handschriftlicher Notiz. »Das Manuskript ist heute Morgen gekommen und wurde in Lublin abgestempelt. Von dort bis Sobibór ist es nur ein Katzensprung.«

Als Stefanie die Zeilen ihres Manns las, füllten sich ihre Augen mit Tränen. Andreas lebte also noch. »Und was ist das für ein Manuskript? Ich verstehe es noch immer nicht richtig.«

Julian erklärte es ihr. Stefanie begann zu weinen. Julian erzählte ihr, wie Meisel, der stellvertretende Lagerkommandant von Sobibór, vor einer Weile mit einem Manuskript auf ihn zugekommen sei, das er habe ablehnen müssen. Später sei ihm der Gedanke gekommen, dass Andreas Meisel bei der Überarbeitung helfen könne. Seine Begegnung mit Schnabel behielt er für sich. Das war eine Last, mit der er zuerst selbst fertig werden musste. Und mit Stefanie wollte er darüber ganz gewiss nicht sprechen.

»Andreas hat diesem Meisel also bei dem Manuskript geholfen.« Stefanie zog ein Taschentuch hervor und tupfte sich die Tränen ab. »Und das hat ihn am Leben gehalten?«

»Könnte man so sehen.« Julian wedelte mit der Hand. »Wenn ich gewusst hätte, dass es wirklich so kommen würde, hätte ich Ihnen schon früher etwas gesagt.«

Stefanie umarmte ihn. »Danke, Julian, vielen Dank. Was Sie getan haben, ist wunderbar. Diese Nachricht ist ein Geschenk des Himmels. Ich kann es kaum erwarten, den Kindern davon zu erzählen.« Sie warf einen Blick auf ihre Armbanduhr. Leider würde es noch eine Weile dauern, bis sie aus der Schule kamen.

»Ach wo«, sagte Julian, »das war doch das wenigste, das ich tun konnte.« Stefanies Dankbarkeit machte die Last auf seiner Seele noch schwerer.

»Und wie geht es jetzt weiter?«, fragte Stefanie und runzelte die Stirn. »Die Arbeit an dem Manuskript ist doch beendet.«

Das hatte sich auch Julian gefragt, jedoch ohne eine Antwort zu finden. Aber er wollte Stefanie nicht wieder beunruhigen. Er tätschelte ihre Hand. »Andreas kommt zurecht.«

***

Gleich nachdem Julian sich verabschiedet hatte, rief Stefanie Daniel an.

Julian war der Meinung gewesen, dass Daniel von dem Manuskript und Andreas' Notiz erfahren solle. »Auch er hat Angst um Andreas.« Stefanie hatte angeboten, den Anruf zu übernehmen, und Julian war damit einverstanden gewesen, hatte sogar erleichtert gewirkt.

Stefanie wusste, wie nah die beiden Cousins sich standen; auch das Versprechen, dass Daniel Andreas' Vater gegeben hatte, war ihr bekannt.

Andreas' Vater hatte seinem Sohn von diesem Versprechen nie etwas erzählt. Vielleicht weil er dachte, es wäre Andreas unangenehm, zu erfahren, dass sein Vater glaubte, nach seinem Tod werde er Beistand nötig haben. Eines Tages war ihr Schwiegervater zu Besuch gekommen, zu einer Zeit, in der Andreas sich für gewöhnlich in der Bibliothek aufhielt, um für einen Roman zu recherchieren. »Das hätte ich mir eigentlich denken können«, sagte er, als er und Stefanie Kaffee tranken. Aber im Lauf ihres Gesprächs wurde deutlich, dass er diesen Zeitpunkt bewusst gewählt hatte.

Damals hatte Andreas' Vater noch acht Monate zu leben. Er sorgte sich, dass sein Tod Andreas hart treffen könne. »Johannes wird Trost und Beistand brauchen. Beides wird er von dir bekommen, und darüber bin ich froh. Ich habe auch Mathias gebeten, meinen Sohn im Auge zu behalten. Wende dich an ihn, solltest du Unterstützung benötigen. Er wird für euch da sein.«

Nun hörte Stefanie das Telefon am anderen Ende der Leitung klingeln, doch niemand hob ab. Nach dem siebten Klingeln legte sie auf. Mathias alias Daniel war nicht zu Hause. Sie würde es später wieder versuchen.

***

Immer wieder blickte Josef in den Rückspiegel, um festzustellen, ob ihm jemand folgte.

Im Stadtverkehr war die Lage unübersichtlich gewesen, doch nun, auf der Landstraße, wurde es einfacher, den Überblick zu behalten. Es waren nur wenige Autos unterwegs, ein Verfolger würde Josef auffallen. Einmal blieb ein schwarzer Volvo PV53 gut zehn Kilometer lang hinter ihm, bis Josef an einer Tankstelle anhielt und seinen Steyr volltankte. Der Volvo fuhr vorbei, seitdem hatte er ihn nicht mehr gesehen.

Doch selbst wenn ein Wagen ihm nur für kurze Zeit auf den Fersen blieb, wurde Josef nervös und spürte, wie ihm der Schweiß ausbrach.

Er war auf der Fahrt nach Kitzbühel, wo er sich mit Alois, dem Partner von Lorenzo, treffen würde. Auf dem Weg war er an Kolonnen von Lastwagen, Panzern und Artilleriefahrzeugen der Wehrmacht vorbeigekommen.

In Kitzbühel hingegen konnte man kaum glauben, dass Krieg herrschte. Ähnliches sagte man auch über Wien, das bisher nicht bombardiert worden war. Allerdings sah man in Wien überall Männer in Uniform, wohingegen in Kitzbühel Touristen das Stadtbild bestimmten, von denen die meisten Skianzüge trugen. Die wenigen Männer, die in Uniform waren, schienen auf Heimaturlaub zu sein. Sie saßen auf den Caféterrassen, tranken Glühwein oder Kaffee und genossen das großartige Bergpanorama.

Josef und Alois ließen sich auf einer dieser Terrassen ganz hinten nieder. Von dort aus konnten sie den Parkplatz des Cafés im Auge behalten. Das war notwendig, wenn man bedachte, was Josef von seinem Kofferraum in den Kofferraum von Alois' Wagen geladen hatte.

»Ist wirklich alles in der Tasche?«, fragte Alois. »Geld, Diamanten, die Fotos von Freuds Kreis und Brunnermanns kleines Notizbuch?«

»Ja, alles.« Es war dieser Inhalt gewesen, der auf der Fahrt an Josefs Nerven gezerrt und ihn ins Schwitzen gebracht hatte. Wäre er in eine Kontrolle der SS oder der Gestapo geraten und hätte man die Tasche geöffnet, wäre er – zusammen mit Mathias – geköpft oder gehängt worden.

Als Josef das erste Straßenschild erblickte, auf dem »Kitzbühel« stand, hatte er sich an das Wiener Restaurant mit diesem Namen erinnert, an die Abende, die er dort mit Deya verbracht hatte. Sie hatten sich unterhalten, gelacht, das Essen genossen und mit gutem Wein angestoßen. Das waren glückliche Zeiten gewesen. Und noch immer konnte Lorenzo ihm nicht sagen, wo Deya sich befand. Seit ihrem letzten Brief mit dem Poststempel von Lissabon hatte er nichts mehr von ihr gehört. *Ich hoffe, in ihrem nächsten Brief nennt sie mir ihre Adresse.*

Das Drama im Fall Brunnermann/Schnabel hatte den Vorteil gehabt, dass Josef aufgehört hatte, zu trinken. Er brauchte einen klaren Kopf.

»Ich kann die Schweiz gefahrloser als Lorenzo verlassen«, sagte Alois und erzählte Josef von einem Nebengeschäft, das er unter einem neuen Namen führte. Dabei ging es um den Verkauf von Waren, die in Deutschland und Österreich Mangelware geworden waren. »Überwiegend handelt es sich um Nylonstrümpfe, Schokolade und Zigaretten. Davon profitiert sowohl die deutsche als auch die schweizerische Seite, und niemand stellt mir Fragen, wenn ich die Grenze passiere.«

»Um wie viel Uhr bist du zurück in Genf?«

»Wir dürften ungefähr zur gleichen Zeit zu Hause sein. Ich vielleicht etwas später als du. Aus diesem Grund hatte ich dir Kitzbühel als Treffpunkt vorgeschlagen. Ist für jeden von uns gleich weit entfernt.«

Josef zündete sich eine Zigarette an. Nachdem Mathias ihm seine albtraumartige Begegnung mit Schnabel geschildert hatte, hatte Josef einen Plan ausgetüftelt. Zu einer Zeit, in der Mathias' Sohn in der Schule war, fuhr er zu seinem Freund und ging mit ihm die Einzelheiten durch: Transport der Tasche in die Schweiz, Codewörter für Anrufe, anschließende Vorgehensweise.

»Meinst du, es funktioniert?«, fragte Alois.

»Keine Ahnung.« Josef nahm einen tiefen Zug an seiner Zigarette. In diesem idyllischen Tiroler Städtchen, mit Blick auf den blauen Himmel und die in der Sonne glänzenden schneebedeckten Berge, war es leicht, an das Gelingen des Plans zu glauben. Doch Mathias befand sich im Visier von Gestapo und SS. »Der Plan besteht aus fünf Bausteinen. Und das hier ist bloß einer.« Josef deutete auf ihre Autos. »Sollte auch nur einer dieser Bausteine herausfallen, scheitert der ganze Plan. Insofern würde ich sagen, die Chancen stehen eher schlecht.«

Kapitel 54

»Was tut die Psychoanalyse hier anders, als das alte Wort von Platon bestätigen, daß die Guten diejenigen sind, welche sich begnügen, von dem zu träumen, was die anderen, die Bösen, wirklich tun?«

Sigmund Freud

Mathias alias Daniel

Beinahe hätte mich das sanfte Schaukeln der Straßenbahn einnicken lassen.

In den vergangenen Nächten hatte ich kaum ein Auge zugetan. Nachdem ich Josef alles gebeichtet hatte, hatte ich in meinen Träumen immer wieder die gleichen Bilder gesehen und das gleiche Entsetzen verspürt: Schnabels blutüberströmte Leiche auf dem Teppich; wie ich die Leiche im Kofferraum meines Wagens verstaute und losfuhr, meine Nerven, gespannt wie Bogensehnen. Die Furcht, angehalten zu werden. Wie ich Brunnermanns Geschäft aufschloss, die Leiche hineintrug und sie Brunnermann gegenüber ablegte. Wie ich den blutverschmierten Teppich und die Plane drei Kilometer weiter in eine Mülltonne stopfte. Piehler, der fragte: »Neuer Teppich?«

In der vergangenen Nacht hatte Piehler in meinem Traum den Teppich angehoben und die verblassten Blutflecke auf dem Fußboden beäugt.

Ich war aus dem Traum hochgeschreckt, hatte mir gesagt, dass Gestapo und SS jetzt wahrscheinlich schon in meiner Wohnung waren und alles auseinandernahmen. Zum Glück waren meine Diamanten und mein Geld sicher in Josefs Wohnung aufgehoben. Schnabels schwarze Tasche war mit dem Geld, den Diamanten, den Fotos von Freuds Kreis und dem Notizbuch aus Brunnermanns Safe auf dem Weg in die Schweiz. Aber würde auch wirklich alles nach Plan laufen?

Nun ging es vor allem darum, Ivor alias Alex mit Emilias Hilfe in Sicherheit zu bringen. Am Vortag hatte ich sie von einer Telefonzelle aus angerufen, erklärt, es handele sich um einen Notfall, und gefragt, ob Emilia den für nächsten Monat geplanten Besuch vorziehen könne. *Unser Sohn müsste eine Zeit lang in deiner Obhut bleiben.* Zuerst zauderte Emilia, doch als ich betonte, es sei wichtig, und sie daran erinnerte, wie oft sie gesagt hatte, sie wäre gern einmal länger mit Alex zusammen, gab sie nach. Wir vereinbarten die Uhrzeit, an der wir uns an diesem Tag im Café des Tiergartens Schönbrunn treffen würden.

»Dauert nicht mehr lange.« Ich lächelte Alex beruhigend an. »Zwanzig Minuten vielleicht.«

»Hm«, brummte Alex.

Alex' Gefühle waren gemischt. Zum einen freute er sich darauf, seine Mutter zu sehen, zum anderen musste er noch den übereilten Aufbruch aus unserer Wohnung verarbeiten. Seine geliebte Briefmarkensammlung und einige Kleidungsstücke steckten in seiner Reisetasche. Ich hatte ein paar Anziehsachen und meinen Kulturbeutel in einem kleinen Koffer verstaut.

Würden wir unsere Wohnung jemals wieder betreten?

Diese Frage stand unausgesprochen zwischen uns. Die vergangene Nacht hatten wir in einem Allerweltshotel in Meidling verbracht, das Josef empfohlen hatte. *Dort stellt man nicht zu viele Fragen.* Auch diese Nacht war unruhig gewesen, was sowohl mit meinem Traum, dem fremden Bett als auch meinen Sorgen hinsichtlich Josefs Plan zusammenhing. Es konnte so vieles schiefgehen.

Als ich am Morgen in den Empfang hinunterlief, um die Rechnung zu begleichen, schien bereits etwas schiefgegangen zu sein; am Empfang standen zwei Polizisten. Ich zog mich rasch zurück, und meine Gedanken überschlugen sich. Suchten die beiden mich? Bei meiner Anmeldung hatte ich über Alex und mich nur die allernotwendigsten Angaben gemacht. Und eigentlich hatte Josef mir versichert, dass mein Foto samt Bericht erst später in die Zeitungen kommen würden. Er hatte den Prozess verzögern und erst nach Mitternacht melden wollen, dass ich offenbar flüchtig sei. Die Druckerpressen der Zeitungen würden dann schon laufen.

Hinten in der kleinen Empfangshalle des Hotels hatte ich die Ohren gespitzt und gehört, dass die Polizisten wegen mehrerer Einbrüche in Meidling gekommen waren. Kurz darauf waren sie wieder gegangen.

Nun fuhr die Straßenbahn am *Elysium* vorüber, dem Kino, in dem Alex und ich vor vier Jahren *King Kong und die weiße Frau* gesehen hatten. In dieser Woche wurde dort der Film *Zwischen Himmel und Erde* gezeigt. Ich schloss die Augen – hörte im Geist Maschinengewehre rattern, sah King Kong zu Boden gehen ... hinten im Kino flackernde Lichter.

Mit einem Mal hatte ich das Gefühl, als befände ich mich wieder in der ersten albtraumartigen Zeit nach dem Anschluss. Doch im Grunde war nun alles zehnmal schlimmer. Damals hatten SS und Gestapo nach den Juden der Stadt gefahndet. Nun suchte man gezielt nach mir – nach dem Mann, der so vermessen und dumm gewesen war, einen Scharführer der SS zu ermorden.

Als ich das Gefühl hatte, jemand würde mich ansehen, öffnete ich die Augen. Es war die Frau mir gegenüber, die ihren Blick nun hastig wieder auf ihre Zeitung richtete. Vielleicht hatte es nichts zu bedeuten, und es war ihr nur peinlich gewesen, dass sich unsere Blicke begegnet waren.

Ich sah mich unauffällig im Wagen um. Dennoch nahm ich wahr, dass die Frau gegenüber mich erneut anschaute, dann in ihre Zeitung blickte, als wolle sie mich mit etwas vergleichen.

Das konnte nicht sein! Josef hatte die Meldung doch hinausgezögert. Fotos und Berichte sollten erst in den Abendausgaben erscheinen, frühestens am Nachmittag. Nun war es zwanzig vor elf am Morgen.

Ich versuchte, mir einzureden, dass ich mich getäuscht hatte, und überließ mich wieder dem Schaukeln der Bahn. Auch die Frau starrte nicht mehr auf eine Stelle in ihrer Zeitung, sie schien die aufgeschlagene Seite zu überfliegen.

Der Schaffner näherte sich. Der Blick der Frau zuckte zu ihm, dann zu mir.

Irgendetwas hatte ihren Argwohn geweckt.

Die Straßenbahn wurde langsamer.

Ich stieß Alex an. »Komm, an der Haltestelle steigen wir aus.«

Alex sah mich verdutzt an. Er wusste, dass wir noch nicht am Tiergarten waren.

Die Bahn wurde langsamer, die Haltestelle war vielleicht noch fünfzig Meter entfernt.

Als Alex und ich uns an dem Schaffner vorbei zum Ausgang drängten, gab die Frau ihr Täuschungsmanöver auf. Sie deutete auf mich und rief: »Haltet den Mann!«

Der Schaffner war noch dabei, zwei Fahrkarten zu verkaufen, und schaltete nicht so schnell. »Hat der Mann Sie bestohlen?«, fragte er die Frau.

»Nein … *nein,* das nicht, aber …«

Nur noch wenige Meter bis zur Haltestelle.

Die Frau wies auf etwas in der Zeitung. »Hier, das meine ich!«

Die Bahn hielt an, die Türen öffneten sich.

Mein Herz fing an, verrückt zu spielen. Alex und ich hasteten aus der Bahn, eilten davon, liefen eine Straße hinunter.

»Stehen bleiben!«, rief ein Mann, jemand blies auf einer Trillerpfeife, doch da hatten wir uns bereits ein gutes Stück entfernt.

Mehrere Passanten blickten sich um, darunter einige Wehrmachtssoldaten, doch niemand folgte uns oder hielt uns auf. Vermutlich hatte keiner begriffen, dass der Ruf und der schrille Pfeifton Alex und mir galten. Welcher Dieb läuft auch mit Sohn und Reisegepäck herum?

Bereits nach unserem kurzen Sprint war ich außer Atem. Als wir um die Ecke bogen, verlangsamten wir unser Tempo, und ich spürte das erste Stechen in meinem Schenkel. Und obwohl ich nicht glaubte, dass uns jemand folgte, bog ich mit Alex um die nächste und dann die übernächste Ecke, lauschte auf Schritte in unserem Rücken. Doch da war nichts.

Josefs abschließende Worte kamen mir in den Sinn. *Auf dem Weg zum Tiergarten musst du besonders wachsam sein. Sollte die SS oder die Gestapo dich schnappen, bevor du Alex seiner Mutter übergeben hast, ist das Spiel aus, bevor es begonnen hat.*

Aber wie sollte ich SS und Gestapo entkommen, wenn mein Foto in der Zeitung war?

Dann entdeckte ich vor uns eine Trafik, wollte hineingehen, um mir Tageszeitungen zu kaufen, und bremste mich im letzten Moment. Auch der Mann, der in der Trafik arbeitete, dürfte mein Foto gesehen habe. Ich gab Alex zwei Reichsmark. »Lauf in die Trafik und kauf von jeder Tageszeitung eine.«

Alex sah mich unsicher an. »Wird man das nicht seltsam finden?«

»Ncin, man wird glauben, dass du ein wissensdurstiger Junge bist oder dass du die Zeitungen für eine Hausaufgabe brauchst.« Meine Nerven waren zum Zerreißen gespannt, und am liebsten hätte ich geschrien: *Frag nicht, tu einfach, was ich dir sage!* Stattdessen rang ich mir ein Lächeln ab. Die Bürde, die Alex auf seinen zarten Schultern trug, gepaart mit unserem überstürzten Aufbruch, war für ihn schon Last genug.

Ich ließ mich auf einer Bank nieder. Sie stand hinter einem Baum, der mich vor unwillkommenen Blicken schützte. Alex brachte die Zeitungen. Ich blätterte sie hektisch durch. *Wiener Zeitung,* nichts. *Kleine Zeitung,* nichts. *Kronen Zeitung,* nichts. *Das kleine Volksblatt,* mein Foto und ein paar Zeilen auf Seite fünf. *Arbeiter-Zeitung,* nichts.

Mit zitternden Händen kehrte ich zu dem Foto und dem kurzen Artikel im *Kleinen Volksblatt* zurück. Mein Name wurde genannt, mein Äußeres in knappen Worten beschrieben, zusammen mit dem Hinweis, dass ich ein Verdächtiger bei einem Raubmord sei. Brunnermann wurde nicht erwähnt, auch Schnabel nicht. »Vorsicht ist geboten. Der Verdächtige ist höchstwahrscheinlich bewaffnet und gefährlich.«

Das Foto und die Beschreibung waren ein Problem, aber wenigstens war beides nur in einer einzigen Zeitung zu finden. Vielleicht war die Druckerpresse beim *Kleinen Volksblatt* später als bei den anderen Zeitungen angelaufen, oder die Gestapo hatte der Redaktion die Information vor Josef zukommen lassen.

Blieb die Frage, wie, um alles in der Welt, ich es mit Alex zum Tiergarten schaffen sollte, ohne SS-Leuten, Gestapo-Beamten oder Lesern des *Kleinen Volksblatts* aufzufallen. Bis zum Tiergarten waren es noch gut und gern fünf Kilometer.

Kapitel 55

Johannes alias Andreas

Nun arbeitete ich nachmittags wieder mit Jan zusammen. Meisel hatte von Julian eine erste Antwort erhalten, in der er Meisel mitgeteilt hatte, dass ihm *Eine flackernde Kerze* sehr gut gefalle und er hoffe, die Lektüre in spätestens zehn Tagen beendet zu haben. Dann werde er sich ausführlicher dazu äußern. Das war ermutigend.

Meistens wurden Jan und ich zur Feldarbeit abkommandiert, doch an diesem Nachmittag mussten wir erneut dem Sonderkommando auf der anderen Seite des Zauns helfen; inzwischen waren noch mehr von ihnen an Typhus gestorben. Anschließend befahl man uns, die Gaskammern mit Chlor zu reinigen. Die Kammern verdreckten schnell, zahlreiche Opfer entleerten in ihrer Todesangst ihr Gedärm.

Als ich mich an diesem Nachmittag zu Jan gesellte, wirkte er missmutig und in sich gekehrt. Ich fragte ihn nach dem Grund.

Er sah zu Boden. Demnach schien es um etwas Schwerwiegendes zu gehen. Dann sagte er: »Vogt war vorhin da. Er möchte, dass Rina am Sonnabend an der Party der SS teilnimmt.«

»Und warum ist er damit zu dir gekommen?«

»Zuerst hat er Rina gefragt. Sie hat gesagt, er solle sich an mich wenden.« Jan zuckte mit den Schultern. »Ich habe ihm erklärt, es sei Rinas Entscheidung, nicht meine. Ich könne keine Zusage machen, die sie betreffe. Daraufhin hat Vogt begonnen, mich zu hänseln, du weißt, wie er ist. Er meinte, ich solle mich wie ein Mann benehmen und meiner Freundin sagen, wo es langgeht. Schließlich habe ich ihm erklärt, ich wolle nicht, dass Rina an der Party teilnimmt.«

»Und wie hat er reagiert?«

»Er muss mit dieser Antwort gerechnet haben und sagte, falls es mir noch nicht aufgefallen sei, im Lager seien inzwischen weniger Häftlinge als früher. Und von den SS-Wachen sei letzte Woche ein Dutzend an die Ostfront geschickt worden. Daher gebe es für Näherinnen nicht mehr viel zu tun.« Jan sah mich unglücklich an, und seine Augen tränten entweder vom Chlor oder vor Kummer. »Er fragte, ob ich meine Freundin zur Gaskammer verdammen wolle.«

»Der Drecksack«, sagte ich.

Wieder zuckte Jan mit den Schultern. Tatsächlich kannte er weitaus schlimmere Bezeichnungen für Vogt – zum Beispiel »steifer Arsch«. Vor anderen aus dem Sonderkommando nannte er ihn ausnahmslos so, und jeder wusste, wer gemeint war. Fragte ein Neuling, warum »steifer Arsch«, erklärte Jan, Vogt laufe durch das Lager, als hätte er den Stock mit dem Silberknauf im Arsch.

»Es hat mir geholfen, eine Entscheidung zu treffen«, fuhr Jan fort. »Der Umsturz wird früher als geplant stattfinden.«

Der »Umsturz« war das, worüber wir Häftlinge in den vergangenen Wochen hinter vorgehaltener Hand gesprochen hatten. »Umsturz« klang besser als »Aufstand« oder »Rebellion«, die niedergeschlagen werden konnten. Dem Umsturz sollte der Ausbruch folgen.

»Ihr solltet nichts übereilen«, sagte ich. »Ihr seid noch nicht richtig vorbereitet.«

»Unsere Vorbereitungen reichen aus«, entgegnete Jan. »Zum einen gibt es jetzt weniger Wachen. Zum anderen erhöht jeder Tag, an dem wir Waffen stehlen und verstecken, die Gefahr, gefasst zu werden. Vielleicht hat Vogt den Anstoß gegeben, den wir gebraucht haben.«

Messer, Hackmesser und Beile waren unter Jacken und Decken in die Baracken geschmuggelt worden, wo sie unter und in Matratzen verborgen wurden. Tibor hatte das Ende eines zerbrochenen Spatenstiels mit einem Messer gespitzt, unter seiner Matratze befand sich nun eine Art Dolch.

Meine Einstellung gegenüber dem geplanten Umsturz war zurückhaltend. Ich wollte wissen, wie es mit Meisels Manuskript weiterging. Würde ich es nicht erfahren, wäre es, als hätte in einem Buch das letzte Kapitel gefehlt. Nun war Dienstag, die Party der SS sollte am Samstag stattfinden, was auch bedeutete, dass es in den nächsten drei Tagen zum Umsturz kommen würde.

»Gut, das leuchtet ein«, sagte ich zu Jan. »Und ich hoffe, dass es klappt. Ich weiß nur nicht, ob ich mitmachen werde.«

Jan blickte mich verwundert an. »Warum nicht? Deine Arbeit an Meisels Manuskript ist beendet, deine Tage hier sind gezählt. Töpfer und Vogt haben sich in dieser Hinsicht schon geäußert. Selbst wenn Meisel dich vor der Gaskammer bewahren will, wird nicht er, sondern Töpfer das letzte Wort haben.« Jan machte eine hilflose Handbewegung. »Warum willst du warten, bis das Beil fällt?«

Kapitel 56

»Telefonanschlüsse werden Juden gekündigt. Juden ist der Besitz von Rundfunkgeräten verboten. Die Rundfunkgeräte in ihrem Besitz sind abzuliefern. Juden ist die Benutzung öffentlicher Fernsprechzellen verboten.«

Mathias alias Daniel

Ich musste SS und Gestapo entkommen.

Als Alex und ich auf unserer Flucht an einem Herrenbekleidungsgeschäft vorbeikamen, schickte ich Alex hinein, um den braunen Trilby zu kaufen, der im Schaufenster ausgestellt war.

Wenig später bestiegen wir einen Bus. Ich zog meinen Trilby tief in die Stirn und setzte mich mit Alex auf die hinteren Plätze. Dann schlug ich die *Wiener Zeitung* auf. Die anderen Zeitungen hatte ich auf der Bank zurückgelassen.

Zu Fuß war der Weg zum Tiergarten zu weit, und ich würde zu vielen Leuten begegnen, die mein Foto im *Kleinen Volksblatt* gesehen haben könnten. Eine Busfahrt hatte zudem den Vorteil, dass alle Sitzplätze nach vorn ausgerichtet waren und niemand sich mir gegenüber niederlassen konnte. Mit gesenktem Kopf war ich über den Mittelgang nach hinten gelaufen. Für die anderen Fahrgäste war es nahezu unmöglich, einen Blick auf mein Gesicht zu erhaschen. Anschließend verschanzte ich mich hinter der aufgeschlagenen Zeitung.

An der vorletzten Haltestelle stieg ein älterer Mann ein, der auf der Suche nach einem Sitzplatz in meine Richtung blickte. Nach dem ersten Erschrecken stellte ich fest, dass er bloß auf meine Zeitung schaute, vielleicht auf die Schlagzeile über die Heeresgruppe Süd der Wehrmacht, die ihre Lücken an der Ostfront wieder geschlossen hatte.

Wir erreichten unsere Haltestelle. Alex und ich verließen den Bus, ich weiterhin mit gesenktem Kopf.

Kurz vor dem Eingang des Tiergartens blickte ich auf und erstarrte.

Am Drehkreuz standen zwei Männer in Zivil, und ich war sicher, dass sie von der Gestapo waren. Ich blieb stehen, hielt Alex fest und sah mich unauffällig um. Aus dem Augenwinkel nahm ich wahr, dass die beiden Männer die Leute, die in den Tiergarten gingen oder herauskamen, nur halbherzig beobachteten. Ein einziges Mal musste jemand seine Kennkarte zeigen.

Mein Blick fiel auf den Verkaufsstand neben dem Eingang. Dort gab es Wimpel, die auf der einen Seite das Markenzeichen des Tiergartens mit einem Hakenkreuz darunter trugen, auf der anderen ein Porträt Hitlers. Einer der Männer nickte denen, die einen Wimpel erwarben, beifällig zu. Die, die es nicht taten, betrachtete er missbilligend.

Eigentlich hätte es mich wundern sollen, dass der Tiergarten trotz des Krieges noch geöffnet war. Aber vielleicht gehörte auch das zur Propaganda der Nazis: *Schaut, wie gut das Leben trotz des Krieges ist.*

Ich zog Alex weiter zum Eingang. Einer der Männer blickte mich an, wurde jedoch von einer hübschen Blondine abgelenkt. Der kleine Junge an ihrer Seite hielt einen Wimpel in der Hand. Der Mann lächelte die Blondine an.

Mein Herz begann, ängstlich zu zucken. *Falls die beiden Gestapo-Beamten das* Kleine Volksblatt *gesehen haben, und somit auch mein Foto, oder sie in Alarmbereitschaft versetzt wurden, bin ich geliefert.*

Kurz vor dem Eingang gab ich Alex eine Reichsmark und sagte laut: »Kauf dir einen Wimpel, in der Zeit besorge ich uns die Eintrittskarten.« Ich hoffte, die beiden Männer würden nun zuschauen, wie Alex den Wimpel erwarb.

Drei Personen waren noch vor mir. Ich blickte stur geradeaus. Als Alex mit dem Wimpel zurückkam, drehte ich mich lächelnd zu ihm um. Meine Rechnung schien aufzugehen. Auch einer der Gestapo-Beamten sah Alex wohlwollend an. Keiner der beiden beachtete mich. Nur noch zwei Personen vor mir.

Eine Person.

»Ausweis, bitte«, ertönte hinter mir eine Stimme, und ich fuhr zusammen.

Doch der Befehl war offenbar an zwei junge Männer hinter mir gerichtet. Die Haut des einen hatte einen leichten Bronzeton. Vielleicht hielten sie ihn für einen Juden oder Rom, möglicherweise suchten sie auch nach Deserteuren. Nach dem Motto: *Warum sind diese jungen Männer nicht an der Front oder tragen wenigstens Uniform?*

Nun mussten wir es bloß noch an der Frau am Kartenschalter vorbei schaffen. Auch sie hätte mein Foto im *Kleinen Volksblatt* gesehen haben können. Doch als ich vor ihr stand, tat sich auf ihrem Gesicht nichts.

Endlich waren wir im Tiergarten, und mein Atem beruhigte sich. Während wir mit Koffer und Reisetasche zu dem Café liefen, hielt ich den Kopf erneut gesenkt. Emilia war bereits da. Dummerweise hatte sie einen Tisch in der Mitte des Gastraums gewählt.

Sie winkte, als sie uns erblickte. Ich bat sie, sich mit uns an einen Tisch am Rand zu setzen, wo wir zu einem Teil von einer großen Grünpflanze verdeckt wurden. Emilia nahm ihre Tasse Kaffee mit. Der Kellner kam. Ich bestellte einen Kaffee für mich und für Alex eine Limonade. Alex musste sich am Nebentisch niederlassen. Was ich mit Emilia zu besprechen hatte, war nicht für seine Ohren bestimmt.

»Neuer Hut«, sagte sie. »Steht dir.«

»Danke.« Ich behielt für mich, dass er meiner Tarnung diente, und Emilia sagte nicht, ich solle ihn bitte absetzen. Vielleicht erinnerte sie sich aus unseren Ehejahren noch an den jüdischen Aberglauben, dem zufolge Hüte und Schlüssel auf einem Tisch den Tod eines Menschen bedeuteten.

Emilia trug ein fliederfarbenes Kostüm und war so schön und strahlend wie immer. Der Krieg schien sie nicht zu berühren, sie wirkte sorglos wie eh und je. Aber das mochte ich ja an ihr; wahrscheinlich klammerte sie sich einfach an die unbeschwerte Zeit ihrer Jugendjahre und blendete die Gegenwart aus. Bei mir löste ihr Anblick nostalgische Gefühle aus. Ich dachte an das, was mich anfangs zu ihr hingezogen hatte, und an die Zeit, als noch alles gut zwischen uns war.

»Weshalb hast du mich so gedrängt, Alex abzuholen?« Emilia nippte an ihrem Kaffee.

Demnach hatte sie das *Kleine Volksblatt* nicht gesehen. Aber wann auch, vermutlich war sie direkt aus Stuttgart gekommen.

»Ich fürchte, ich hatte einen kleinen Zusammenstoß mit der Gestapo und der SS. Kann sein, dass ich mich stellen muss.«

»Grundgütiger Himmel.« Emilias Brauen zogen sich zusammen. »Was hast du getan?«

»Leider nichts Triviales.« Ich zuckte mit den Schultern. »Ein SS-Mann, der eines Abends zu uns gekommen ist, wurde ermordet. Man geht davon aus, dass ich ihn erschossen habe, und nun wird nach mir gesucht.«

»O Gott.« Emilia schlug sich eine Hand auf den Mund. »Wie konnte das denn passieren?«

Ich erklärte ihr, dass dieser SS-Mann gedroht hatte, Alex und mich umzubringen. »Im Grunde war es Notwehr.« Emilia nickte. Sie kannte mich gut genug, um zu wissen, dass ich niemanden grundlos umgebracht hätte. »Natürlich wird dieser Tatbestand mir nicht helfen. Auch für Alex könnte das Ganze schlecht ausgehen.«

Emilias Augen füllten sich mit Tränen. Sie strich mir über den Arm. »Mach dir keine Sorgen, ich kümmere mich um Alex, nehme ihn für ein paar Tage mit nach Stuttgart ...« Dann schien ihr die Tragweite der Situation bewusst zu werden, und sie ergänzte: »Auch länger, wenn nötig.«

Ich seufzte. »Das wird ihm nicht helfen. Du musst mit ihm zu einem weiter entfernten und sicheren Ort fahren.« Mein Kaffee wurde gebracht, und ich nahm einen Schluck. Dann erklärte ich Emilia leise, dass ich in Anbetracht des Verbrechens, dessen man mich beschuldigte, mit einem Todesurteil rechnen müsse. »Und für Alex besteht die Gefahr, in einem Konzentrationslager zu enden.«

Emilia schüttelte den Kopf. »Das glaube ich nicht. Er ist mein Sohn, und mein Mann ist ein guter Deutscher, der das Kriegsministerium mit wichtigen Fahrzeugkomponenten beliefert.«

Ich umschloss Emilias Hand mit festem Griff. »Alex ist ein Mischling, Emilia. Und seinem Vater, der Jude ist, wird vorgeworfen, einen SS-Mann getötet zu haben. Allein deshalb können sie Alex in ein Lager schicken. Selbst wenn man ihm nicht unterstellt, in den Mord verwickelt gewesen zu sein. Obwohl er, als es geschah, in der Wohnung war.«

Emilia blickte auf meine Hand. Die Probleme unserer Ehe waren wieder zum Vorschein gekommen. Damals hatte Emilia die Vorurteile gegenüber den Juden übernommen, als wären sie eine Modeerscheinung. Nun waren daraus monströse Gesetze geworden, die das Leben ihres Sohns bedrohten.

Emilia seufzte schwer. »Und wohin soll ich Alex bringen?«

»Er wird in Genf erwartet. Doch bis dorthin musst du ihn nicht fahren. Ein Mann namens Lorenzo wird ihn dir gleich hinter der schweizerischen Grenze abnehmen. Kontaktleute von ihm werden sich um Alex kümmern. Du wirst ihn besuchen können, wenn du das möchtest. Aber das Wesentliche ist, dass man ihm dort nichts anhaben kann.«

Emilia schien sich das durch den Kopf gehen zu lassen. »Du verlangst ziemlich viel von mir.«

»Wenn es nur um mich ginge, würde ich dich nicht bitten. Aber es geht um unseren Sohn.«

Bei diesen Worten fühlte ich mich mies; ich tat, als überwiege die emotionale Verpflichtung die Risiken, die mit dieser Fahrt in die Schweiz verbunden waren. Aber würde nach Alex gesucht, könnte es auch Emilia an den Kragen gehen, spätestens bei der Passkontrolle an der deutsch-schweizerischen Grenze. Und dann würde sie, ebenso wie Alex, in einem Lager enden.

Emilia sah mich ängstlich an. »Wie konnte es nur so weit kommen?«

Was meinte sie? Unsere gescheiterte Ehe? Den Aufstieg der Nationalsozialisten? Alex' und meine Lage? Oder meinte sie all diese Dinge zusammen? Hatten sie sich in ihrem Kopf so fest miteinander verwoben, dass sie die einzelnen Stränge nicht mehr zu trennen vermochte?

Meine Gedanken wanderten zu Johannes. Von ihm erzählte ich Emilia nichts. Die Geschichte war zu komplex, und ich fühlte mich ihm gegenüber nach wie vor schuldig. Zudem hätte es Emilia vor Augen führen können, wie ungeschützt und angreifbar jeder von uns war. Sie hätte beschließen können, Alex und mir nicht zu helfen.

»Also gut, ich mache es«, sagte Emilia mit einem resignierten, nahezu fatalistischen Seufzer, und auf ihrem Gesicht spielten sich die widersprüchlichsten Emotionen ab. »Denk aber nicht, dass ich es nur wegen Alex tue. Auch dir gegenüber habe ich einiges gutzumachen.«

Eine bessere Entschuldigung für das, was gewesen war, würde ich von Emilia wohl nicht bekommen. Vielleicht hatte sie es auch nur gesagt, weil sie befürchtete, mich nie wiederzusehen, und zum Abschied nett sein wollte. Oder sie wollte sagen: *Wären wir zu einer anderen Zeit und an einem anderen Ort zusammen gewesen, hätte es zwischen uns klappen können, es wäre sogar schön gewesen.* Für einen Moment schloss ich die Augen. Möglicherweise wäre es nur ihr Wunschdenken gewesen, doch ich hätte es ebenfalls gern geglaubt.

Die rührseligen Gefühle hatten mich von meiner Umgebung abgelenkt. Vielleicht hatte ich die Männer, die ihre Blicke schweifen ließen, zuerst auch nicht richtig wahrgenommen, denn sie waren in Zivil. Dann registrierte ich sie, und diesmal war ich mir absolut sicher, dass sie von der Gestapo waren.

»Ich muss los.« Ich tätschelte Emilias Hand und schob ihr einen Zettel zu. »Das ist Lorenzos Telefonnummer in der Schweiz. Mach mit ihm Zeit und Treffpunkt aus. Die Wiener Telefonnummer wählst du, sobald Alex es sicher über die schweizerische Grenze geschafft hat ...«

Die Gestapo-Beamten konsultierten ein Stück Papier, blickten in die Runde. Vielleicht war es ein Abzug meines Fotos, oder man hatte das Foto aus dem *Kleinen Volksblatt* für sie ausgeschnitten. Ich nahm an, jemand hatte mein Foto in der Zeitung gesehen, mich erkannt und gemeldet.

»... und dann fragst du nach Josef Weber und sprichst nur mit ihm«, schloss ich.

Einer der Gestapo-Beamten hatte mich entdeckt. Er nickte seinem Kollegen zu, die beiden steuerten mich an.

Ich griff nach meinem Koffer und stand auf. Dann lächelte ich Alex zum Abschied zu, hörte noch, wie Emilia sagte: »Pass auf dich auf«, und schlängelte mich an Tischen vorbei zum Ausgang.

Die zwei von der Gestapo folgten mir, bahnten sich ebenfalls einen Weg zwischen den Tischen hindurch. Für mich war nur wichtig, mich so weit zu entfernen, dass Alex nicht mitbekam, wie man mich packte. Er hatte genug durchgemacht. Zudem wollte ich Emilia und ihm die Gelegenheit geben, unauffällig zu verschwinden.

Der Koffer behinderte mich. Vielleicht dreißig Meter hinter dem Ausgang des Cafés stürzte sich einer der Gestapo-Beamten auf mich und warf mich zu Boden. Ich lächelte, wahrscheinlich hielt er mich für einen Irren.

Ich lächelte, weil ich es weit genug geschafft und noch gesehen hatte, wie Emilia und Alex das Café durch einen Seitenausgang verließen. Sie waren entkommen.

Kapitel 57

»Eines Tages werden dir die Jahre des Kampfes im Rückblick als die schönsten erscheinen.«

Sigmund Freud

Johannes alias Andreas

Wie Jan vorhergesagt hatte, waren die Gruppen der Neuankömmlinge zunehmend kleiner geworden. An diesem Tag waren es kaum mehr als fünfzig Personen. Wahrscheinlich würde das Lager tatsächlich bald aufgelöst werden.

Scharführer Haas stand im Hof des Vorlagers auf einem kleinen Podest und leierte seine Begrüßungsrede herunter. Er deutete auf die Baracken, die Kantine, das Gebäude, in dem die Leute ihre Sachen lassen sollten, die Duschräume.

Als Haas von dem Podest herunterstieg, löste sich ein Mädchen von vielleicht neun oder zehn Jahren aus der Gruppe und trat mit einem Zettel in der Hand vor. Sie sah Haas an, dann die angetretenen SS-Wachen und die Mitglieder des Sonderkommandos, die bereits erschienen waren.

»Mein Name lautet Anja«, begann sie. »Ich bin mit meinen Eltern, meinem kleinen Bruder und noch anderen aus Włodawa gekommen. Eigentlich wollte mein großer Bruder Elias diese Rede halten. Seine Bar-Mizwa war vor fünf Monaten, er konnte besser vor Leuten reden als ich. Aber er hat im

Ghetto von Włodawa Typhus bekommen und ist eine Woche vor unserem Abtransport gestorben.«

Anjas Schultern sackten herab, doch sie sprach weiter. »Deshalb muss ich nun die Rede halten. Wir danken Ihnen für den freundlichen Empfang und möchten Ihnen sagen, dass unter uns gute Tischler, Schneiderinnen, Müller und Köche sind, die in diesem Lager hoffentlich von Nutzen sein werden.«

Nach diesen Worten trat Anja zurück. Sie trug ein hübsches hellblaues Kleid, als hätte ihre Mutter sie für die kleine Ansprache fein gemacht. Die wenigen Schmutzflecke dürften während des Transports entstanden sein.

Jan und ich tauschten verwundert einen Blick. Dass ein kleines Mädchen bei der Ankunft das Wort ergriff, hatten wir bisher noch nie erlebt. Es kam höchstens vor, dass ältere Ankömmlinge ein paar Worte sprachen, meistens waren es Rabbiner oder Anführer einer Gruppe.

Jan betrachtete Anja und murmelte: »Ich werde nicht zulassen, dass sie stirbt.«

Ich sah ihn fragend an. »Und wie willst du das verhindern?«

Jan blickte sich um. Die neue Gruppe war spät eingetroffen, der Abend dämmerte bereits. Dünne Nebelschleier zogen sich um den Zaun rund um das Lager und den dahinterliegenden Kiefernwald.

»Wir legen heute Abend los«, sagte Jan. »Die Bedingungen sind ideal.«

»Ich dachte, ihr wolltet morgen ausbrechen«, entgegnete ich.

Jan zuckte mit den Schultern. »Was macht schon ein Tag früher oder später? Und wer weiß, ob die Bedingungen morgen so günstig sind wie heute? Vielleicht ist es morgen Abend nicht neblig, und wir ...«

Jan verstummte, Vogt war zu Anja getreten.

»Eine sehr schöne Rede«, sagte er und hob den Stock mit dem Silberknauf. Einen grässlichen Moment lang dachte ich, er wolle das Mädchen schlagen, doch er wies mit dem Stock auf die Duschen. »Bestimmt kannst du die Gruppe auch zu den Duschen führen.«

Jans Kinnlade spannte sich an. Ich kannte diesen Gesichtsausdruck und wusste, dass nun nichts mehr seine Meinung ändern konnte. Er machte den anderen aus dem Sonderkommando hektisch Zeichen. Die Wachen, die es sahen, nahmen vermutlich an, dass es um Wetten hinsichtlich der neuen Gruppe ging. *Wer wird zuerst aussortiert, um zu arbeiten, und bleibt verschont? Wie lange wird es dauern, bis der Rest in den Gaskammern umgekommen ist?*

Auch Rina und Dalit waren auf Jans Gesten aufmerksam geworden und kamen zu uns. Jan erklärte ihnen, er habe den anderen des Sonderkommandos gerade signalisiert, dass der Umsturz an diesem Abend stattfinden werde. Die Männer würden nur noch auf sein Startzeichen warten. Er werde nun mit Mikel zur Aufnahme gehen, wo die neue Gruppe gerade ihre Habseligkeiten hinterließ, und den Leuten erklären, das Duschen werde sich verzögern. Die beiden Wachen, die sich um den Ablauf kümmerten, werde er mit Mikel überwältigen und ihnen die Gewehre abnehmen. Jan wandte sich zu mir um und sah mich eindringlich an. »Bist du sicher, dass du nicht mitmachen willst?«

»Ich ... ich kann nicht. Ich bleibe bei Meisel und hoffe, dass er mich noch braucht.« Diese Entscheidung hatte mich schlaflose Nächte gekostet. Vielleicht wartete demnächst die Gaskammer auf mich, doch ein Ausbruch aus dem Lager war ebenso gefährlich. »Ich werde euch die Daumen drücken.«

Jan umarmte mich rasch. »Pass auf dich auf, mein Freund.« Dann begab er sich mit Rina, Mikel und Dalit zur Aufnahme. Jan und Mikel gingen hinein. Rina und Dalit blieben draußen stehen.

Ich zog mich ein wenig zurück, wollte dem Chaos, das entstehen würde, entgehen. Ich sah Jan, der aus der Aufnahme herausschaute, dann Haas, der den Raum mit dem Dieselmotor ansteuerte. Vogt ging zur Unterkunft der SS-Wachen. Jan bewegte die Hand rauf und runter. Das war das Startzeichen.

Kurz darauf stürzten die neu Angekommenen aus der Aufnahme. Jan hielt Anja an sich gedrückt und in der anderen Hand eine Axt. Rina und Dalit zogen je einen kleinen Jungen schützend an sich. Schüsse ertönten, einige kamen von den Wachen, andere von denen aus dem Sonderkommando. Sie hatten die Wachen überwältigt und ihnen die Gewehre entrissen. Das war der Überraschungsmoment, von dem Jan und Tibor bei der Vorbereitung gesprochen hatten.

Es gab einen solchen Tumult, dass ich nicht alles mitbekam. Einige Häftlinge hatten bereits den großen Platz erreicht und rannten zum Zaun. Andere gingen zu Boden, waren von den SS-Wachen in den Wachtürmen getroffen worden. Einer aus dem Sonderkommando holte einen von ihnen mit einem Schuss aus dem Turm. Das war ebenfalls eine Anweisung von Jan und Tibor gewesen. *Die Männer in den Wachtürmen müssen so schnell wie möglich ausgeschaltet werden.*

Nun wurde auf beiden Seiten geschossen. Acht der Neuankömmlinge standen nicht weit von mir entfernt, wagten es nicht auszubrechen. Sie waren älter und gebrechlich – glaubten vielleicht nicht, dass sie noch die Kraft zu einem Fluchtversuch besäßen. Einer ging, von zwei Kugeln getroffen, zu Boden.

Der Nächste der acht wurde erschossen. Nun lief auch ich zu dem Zaun, hörte, dass einige mir folgten. Wären wir stehen geblieben, hätten wir ein zu leichtes Ziel abgegeben. Wir Häftlinge waren eindeutig zum Abschuss freigegeben. Ich nutzte das Riesendurcheinander und mischte mich unter die Wachen, in der Hoffnung, so vor den Kugeln ihrer Kameraden geschützt zu sein; von den Häftlingen würde keiner auf mich schießen.

Von einem Wachturm wurde mit einem Maschinengewehr gefeuert. Einer aus dem Sonderkommando erschoss den Schützen.

Der Zaun war vielleicht noch hundert Meter von mir entfernt. Ich hatte nicht fliehen wollen, schien aber keine andere Wahl mehr zu haben. Auch wenn ich zurückblieb, würde ich diesen Tag nicht überleben.

Ich rannte los, mit jedem Schritt hüpften Zaun und nebelverhangener Kiefernwald vor mir auf und ab. Ich sah, wie Nahum zu Boden ging, Tibor drei, vier Wachen mit seinem Dolch erstach. Eine Kugel traf ihn ins Bein. Humpelnd nahm er einem toten Wachmann das Gewehr ab und feuerte auf einen der Wachtürme. Auf die konzentrierten sich nun auch die anderen des Sonderkommandos.

Zwischen den Wachtürmen lagen Tote. Dalit war unter ihnen. Der Junge, den sie hatte schützen wollen, war bei Rina. Die Wachmänner in den Türmen wurden einer nach dem anderen erschossen. Der Zaun wurde durchbrochen, die erste Gruppe stürmte durch die Lücke.

Jan drehte sich um, entdeckte mich und winkte mich mit wilden Armbewegungen zu sich. Dann sah er etwas in meinem Rücken und runzelte die Stirn. Ich wandte mich um. Unter den SS-Leuten, die uns verfolgten, waren Haas und Vogt. Haas schien blindlings draufloszuschießen, doch als eine Kugel an meinem Ohr vorbeipfiff, begriff ich, dass Vogt auf mich zielte.

Ich lief weiter, spürte einen Schmerz in der linken Schulter und stürzte. Ich starrte auf den Zaun und den nebelverhangenen Kiefernwald, sah Jans hysterische Handbewegungen. *Los, steh auf, du schaffst das!* In den Nebelschleiern tauchte Hannahs Gesicht auf, neben ihr Elena und Stefan. Auch sie schienen zu wollen, dass ich mich aufraffte und weiterlief.

Jan und Rina hatten Anja und die beiden Jungen bei sich. Sie verschwanden im Nebel, auch meine Familie löste sich auf.

Über mir stand Vogt und richtete sein Gewehr auf mich.

Kapitel 58

Mathias alias Daniel

Ticktack, ticktack …

Die Wanduhr im Verhörraum war laut. Vielleicht kam es mir auch nur so vor, denn zwischen Fragen und Antworten entstanden hin und wieder Pausen. Dann konnte man nur das Ticken und das Kratzen von Stiften auf Papier hören.

Die Wände des Raums waren in einem tristen Graugrün gestrichen. So sähe wahrscheinlich auch die Gefängniszelle aus, in der ich auf meine Hinrichtung warten würde, nur dass sie vermutlich halb so groß wäre.

In der Mitte des Raumes stand ein langer Tisch. Mir gegenüber saßen Josef Weber, Kurt Lindner und Heinz Piehler, am Kopfende hatte sich der stellvertretende Staatsanwalt Martin Engel niedergelassen.

Bisher war das Verhör hauptsächlich von Josef und Piehler bestritten worden. Lindner und Engel machten sich Notizen. Engel unterbrach das Verhör hin und wieder, um sich über das ein oder andere Detail Klarheit zu verschaffen.

Die tickende Uhr glich einem Metronom, das den Takt für die Fragen vorgab. *Sie zählt die Sekunden bis zu meinem Tod.* In dem kleinen Raum war es warm. Mein Mund war trocken, meine Kehle wie zugeschnürt. Manchmal hatte ich Schwierigkeiten, zu schlucken.

Bisher hatte es sich um Routinefragen gehandelt – mein Alter, mein Beruf. Seit wann ich in meiner Wohnung lebte? Ob dort jemand außer mir wohnte? *Mein Sohn Alex, noch sehr jung*. Hatte ich Carl Brunnermann und Scharführer Schnabel gekannt? Wann und unter welchen Umständen hatte ich sie kennengelernt?

Piehlers Blick wurde bohrend. »War Scharführer Schnabel am Abend des einundzwanzigsten in Ihrer Wohnung?«

»Ja.«

Josef konsultierte seine Notizen. »Von Frau Sommer, die auf Ihrer Etage wohnt, haben wir erfahren, dass Scharführer Schnabel Sie zwischen neun und zehn Uhr abends besucht hat. Können Sie uns die genaue Uhrzeit nennen?«

»Es war kurz vor oder kurz nach zehn. Mein Sohn war etwa eine halbe oder Dreiviertelstunde vorher zu Bett gegangen.«

»Um was ging es bei diesem Besuch?«, fragte Piehler.

»Scharführer Schnabel erklärte, er komme gerade von Brunnermann, den er umgebracht habe – er machte keinen Hehl daraus …« Ich versuchte, ruhig zu bleiben, mich einfach und verständlich auszudrücken, so wie Josef es mir geraten hatte, doch es fiel mir schwer. Die ganze Anspannung und Panik jenes Abends kam wieder hoch, und mein Magen verkrampfte sich. Ich erzählte, dass Schnabel gedroht hatte, mich und meinen Sohn umzubringen, falls ich nicht tat, was er verlangte. Wie er mit der Mordszene, die er im Juweliergeschäft geplant hatte, geprahlt und erklärt hatte, die Diamanten und das Geld aus Brunnermanns Safe befänden sich nun in seiner Aktentasche. Das Notizbuch und den Umschlag mit den Fotos erwähnte ich nicht, davon brauchten Engel, Piehler und Lindner nichts zu wissen. »Schnabel hatte von Brunnermann Informationen über andere bekommen, die in einer ähnlichen Lage wie ich waren. Diese wollte er ebenfalls erpressen, indem er ihnen mit dem Tod oder der Deportation in ein Konzentrationslager drohte.«

»Kein rühmliches Verhalten für einen SS-Mann«, sagte Josef.

Piehler warf ihm einen ärgerlichen Blick zu. Martin Engel machte sich eine Notiz. Man konnte bereits die Fronten erkennen.

Ich sprach weiter. »Schnabel wollte mich mit meinem Sohn erpressen, doch angesichts des Mords an Brunnermann und aller weiteren Pläne, die Schnabel mir geschildert hatte, glaubte ich nicht, dass er Alex verschonen würde. Ich ging davon aus, dass er meinen Sohn würde deportieren lassen. Und dann dachte ich, ich kann diesen Mann nicht leben lassen. Er ist böse, ein Ungeheuer.«

Piehlers Blick wurde kalt. »Ich schlage vor, dass Sie diese übertriebenen Bezeichnungen unterlassen, Herr Lendt – oder sollte ich Sie Herr Kraemer nennen? In Anbetracht Ihrer Taten steht es Ihnen nicht zu, über andere Urteile zu fällen.«

»Was ist dann geschehen?«, fragte Josef.

»Ich sagte Schnabel, ich müsse die Schlüssel zu dem Versteck holen, in dem ich meine Diamanten aufbewahrte, und trat an den Schreibtisch, in dem sich meine Waffe befand.«

»Woher hatten Sie die Waffe?«

»Von einem Kontaktmann unseres Netzwerks.«

»Wie lautete der Name des Manns?«

»Es war ein spanischer Name – genau erinnere ich mich nicht mehr.«

Piehler wirkte nicht sehr überzeugt, hakte aber nicht nach. Vielleicht wollte er später noch einmal darauf zurückkommen.

»Auch andere Mitglieder des Netzwerks haben Waffen bekommen. Bei meiner handelte es sich um eine FN Browning HP.« Ich machte eine kleine Pause, bevor ich fortfuhr. »Als ich mich dem Schreibtisch näherte, hörte ich Schnabels Stimme hinter mir. Er sagte, ich solle nicht auf dumme Gedanken kommen. Ich dachte, wenn ich mich mit der Waffe in der Hand schnell genug umdrehte und ihn überrumpelte, könnte ich den ersten Schuss abgeben.« Wieder machte ich eine Pause.

»Und dann«, sagte Josef. Vielleicht hatte er Angst, meine Erinnerungen seien übermächtig geworden, und ich könne nicht mehr weitersprechen.

Ich stieß einen Seufzer aus. »Das ist es mehr oder weniger. Ich nahm die Waffe aus der Schreibtischschublade, fuhr herum, schoss und traf Schnabel in die Seite. Schnabel hatte keine Zeit, sich zu fassen, der Schuss, den er auf mich abgab, ging weit daneben. Vielleicht lag es auch an seiner Schusswunde, dass er sich nicht mehr konzentrieren und richtig zielen konnte. Ich schoss erneut und traf ihn in die Brust. Und das war es.«

Einen Moment lang herrschte Stille.

Engel blickte von seinen Notizen auf. »Eine Frage. Als Scharführer Schnabel schoss, standen Sie mit den Rücken zu Ihrem Schreibtisch?«

»Ja.«

»Und Sie entschieden, Schnabels Leichnam zu Brunnermann zu schaffen«, sagte Josef. »Damit es nach einem verunglückten Raubüberfall aussah?«

»Ja.« Nach einem kurzen Zögern fügte ich hinzu: »Die Idee verdankte ich Schnabel. Nur dass ich seinen Leichnam an dem Platz unterbrachte, den er für mich vorgesehen hatte. Anschließend wischte ich die Fingerabdrücke von meiner Waffe und steckte sie in Brunnermanns Hand.«

»Wie haben Sie das gemacht?«, fragte Piehler. »Schildern Sie uns Ihr Vorgehen genau.«

Ich tat wie geheißen. Und obwohl Piehler selbst um die genaue Schilderung gebeten hatte, schien ihm mein Bericht zu schaffen zu machen. Nicht weil ihm dieser zu grausam war, dessen war ich mir sicher, sondern weil ich als Jude – als niedere Kreatur – einen Scharführer der SS übertölpelt hatte.

Als ich geendet hatte, atmete Piehler tief durch. Dann wandte er sich an Lindner und Engel. »Ich denke, das reicht aus, um den nächsten Schritt in Angriff zu nehmen.« Er sah mich an. »Hiermit beschuldige ich Sie, Daniel Lendt, auch als

Mathias Kraemer bekannt, einen Staatsbürger des Deutschen Reichs ermordet ...«

»Nicht so hastig«, unterbrach Engel ihn. »Sie können beschuldigen, wen Sie wollen, aber ich werde Herrn Lendt nicht strafrechtlich verfolgen.«

Piehlers Gesicht rötete sich. »Wie darf ich das verstehen?«

»Herr Lendt hat den Mord nicht begangen.« Engel zuckte mit den Schultern. »Es war nicht so, wie er es geschildert hat.«

»Wie bitte?«, fragte Piehler. »Er ... er hat soeben gestanden.«

»Mag sein, und doch ergibt sich für mich kein eindeutiger Tatbestand.«

Piehler schien die Welt nicht mehr zu verstehen und schüttelte den Kopf.

Engel sprach weiter. »Warum denken Sie nicht nach? Herr Lendt behauptet, Scharführer Schnabel mit dem ersten Schuss in die Seite getroffen zu haben. Die Autopsie hat aber ergeben, dass die erste Kugel zwischen Seite und Rücken des Ermordeten einschlug. Doch Scharführer Schnabel stand nicht mit dem Rücken zu Herrn Lendt. Und der Schuss von Scharführer Schnabel hätte die Wand hinter Herrn Lendt treffen müssen. Wir wissen aber, dass die Kugel in der gegenüberliegenden Wand steckte.« Engel wartete einen Moment, bis die Bedeutung seiner Worte zu Piehler durchgedrungen war. »Das hätten Sie eigentlich wissen müssen, Herr Kriminaldirektor, Sie waren schließlich derjenige, der festgestellt hat, dass das Einschussloch mit frischem Gips verspachtelt worden war.«

Josef und ich wechselten einen Blick. Josefs Plan ging auf. Er wusste, wie pedantisch Engel war und dass er sich nie auf Fälle einließ, in denen der Tatbestand nicht eindeutig geklärt war.

Piehlers Gesichtsfarbe vertiefte sich. »Ich würde doch meinen, dass ein Geständnis derartige Faktoren überwiegt.«

Engel zog die Brauen hoch. »Ich weiß nicht, wie man das bei der Gestapo sieht, Herr Kriminaldirektor, aber ich arbeite seit zwanzig Jahren für die Wiener Staatsanwaltschaft, und dort halten wir uns an die Rechtsvorschriften, von denen ich auch in diesem Fall nicht abweichen werde. Womit wir bei der Frage wären, *wer* Scharführer Schnabel ermordet hat, denn Herr Lendt war es nicht.«

Die Art, wie Engel Piehler zurechtwies, gefiel mir, bis Engel mich mit einem scharfen Blick fixierte und sagte: »Deshalb frage ich Sie, Herr Lendt, wer hat Scharführer Schnabel umgebracht?«

Ich warf einen Blick zu der Wanduhr, die mit einem Mal noch lauter zu ticken schien.

»Das ... das kann ich nicht sagen.«

Kapitel 59

»Juden haben die in ihrem Besitz befindlichen Pelze und Wollsachen abzuliefern. Sie erhalten keine Bezugsscheine für Textilien mehr. Juden werden aus der Sozialversicherung ausgeschlossen.«

Bei den grünen Weiden und schneebedeckten Bergen ringsum hätte man an eine Reise in die Sommerfrische denken können, nicht an eine Flucht, bei der es um Leben oder Tod ging. Auch das Wetter war so sonnig und warm, dass Emilia das Dach des Mercedes-Cabriolets nach hinten geklappt hatte.

Von Wien bis Liezen waren Lastwagenkolonnen der Wehrmacht unterwegs gewesen, doch als sie sich Innsbruck näherten, wurden es weniger.

Nach einer Stunde Fahrt wirkten ihre Gespräche bemüht, und Emilia erinnerte sich, dass sie in den vergangenen Jahren nie länger als für zwei, drei Stunden mit ihrem Sohn zusammen gewesen war. Nun waren sie auf einer sieben- bis achtstündigen Fahrt. Aber vielleicht war es auch die Bedeutung dieser Reise, die mit jedem Kilometer schwerer wog und sie von munterem Geplauder abhielt.

Dennoch fahndete Emilia nach einem Gesprächsthema. Schließlich erzählte sie Ivor von dem Unternehmen ihres Mannes, von den Komponenten eines neuen Mercedes-Cabriolets, die dort gefertigt wurden. »Diesen Mercedes wird es geben, sobald der Krieg zu Ende ist.«

»Toll«, sagte Ivor. »Schade, dass wir noch so lange warten müssen.«

Emilia rang sich ein Lächeln ab. Jedermann schien Pläne für die Zeit nach dem Krieg zu schmieden, ohne zu wissen, ob sie diese würden verwirklichen können.

Eine Zeit lang erzählte Ivor ihr angeregt von seiner Briefmarkensammlung, und Emilia wurde das Ungerechte seiner Lage schmerzlich bewusst. Ebenso wie andere Jungen interessierte sich ihr Sohn für Autos und Briefmarken, nur dass Ivors Familie auseinandergerissen worden war, *und nun muss er fliehen, um sein Leben zu retten, weiß nicht, ob oder wann er seinen Vater, seine Großmutter und seine Tante wiedersehen wird.*

»Eine meiner besten Briefmarken kommt von den Salomonen. Auf der sieht man einen schönen Sonnenuntergang an einem Palmenstrand. Papa hat sie von Herrn Brunnermann bekommen, als er das letzte Mal …«

Ivors Stimme versandete, als ihn die Erinnerungen überfielen. *Brunnermann. Sein Vater. Verfolgung. Der Grund dieser Reise.*

Sie näherten sich der österreichisch-schweizerischen Grenze.

Emilia fuhr zum Kontrollpunkt vor.

Ein SS-Mann und ein Mann des Zollgrenzschutzes kamen aus dem Wachhäuschen und traten zu ihr.

Emilia rollte ihr Seitenfenster herunter. Bevor einer der beiden Männer sie dazu auffordern konnte, reichte sie Pässe und Kraftfahrzeugpapiere hinaus.

»Danke.« Der SS-Mann nahm die Papiere entgegen, studierte sie und blickte in den Wagen. »Was ist der Zweck Ihrer Reise in die Schweiz?«

»Ich möchte meinem Sohn die Sehenswürdigkeiten des Landes zeigen.«

Der SS-Mann richtete sich auf, nickte dem Grenzschutzbeamten zu und gab ihm die Papiere. Der Beamte nahm sie mit in das Wachhäuschen.

Emilias Nerven begannen, zu flattern, doch nach außen hin blieb sie ruhig. *Habe ich nicht mein halbes Leben lang geschauspielert?* Doch als sie sah, dass der Grenzschutzbeamte zu telefonieren begann und sie währenddessen fixierte, drehte sich ihr der Magen um.

***

Die Kinder saßen am Küchentisch, als der Brief durch den Schlitz in der Tür gesteckt wurde und im Flur landete.

Hannah ging hinaus und hob ihn auf. Wieder war es ein Brief, der in Lublin abgestempelt worden war. Der Name auf dem Absender lautete diesmal Dieter Meisel. Das war der Mann, an dessen Manuskript Johannes gearbeitet hatte. Hannah öffnete den Brief mit zitternden Händen.

Sie begann, zu lesen, wollte einen Schluck Kaffee nehmen, konnte die Tasse nicht halten und setzte sie wieder ab. Sie wünschte, die Kinder wären bereits in der Schule, würden ihren Schmerz nicht miterleben. Stefan bekam etwas mit. Elena war in ihr bebildertes Buch von Erich Kästner vertieft.

Hannah las den Rest des Briefs mit verschleiertem Blick.

Mathias

Meine Zellentür öffnete sich. Ein Wärter winkte mich zu sich, Josef stand hinter ihm. Die nächste Runde konnte beginnen.

Wir hatten eine Pause gemacht. Die hatte Josef vorgeschlagen, als ich nur noch gestammelt und den Kopf geschüttelt hatte. Piehler war dagegen gewesen. Er wollte weiter Druck ausüben, um »die Wahrheit ans Licht zu bringen«. Doch Engel sagte, eine Tasse Kaffee sei nicht verkehrt, außerdem wolle er seine Notizen durchgehen und prüfen, ob er noch Fragen habe. Und Josef meinte, eine Pause werde uns allen guttun, um wieder klar denken zu können.

»Hoffentlich kommt Herr Kraemer in dieser Zeit zu Verstand«, sagte Piehler.

Nun setzten wir uns wieder an den langen Tisch. Engel wandte sich an mich. »Vorhin hatte ich erklärt, dass Sie Scharführer Schnabel nicht erschossen haben können. Oder zumindest nicht so, wie Sie es dargestellt haben. Sind Sie nun bereit, uns zu sagen, wie es wirklich war und wer ihn umgebracht hat?«

»Ja.« Ich seufzte resigniert. Josef hatte zweimal genickt. Das war unser Zeichen. Es bedeutete, dass Alex sicher in der Schweiz angekommen war. Hätte Josef nur einmal genickt, hätte er den entsprechenden Anruf von Emilia noch nicht erhalten. Dennoch wurde meine Kehle eng, und es fiel mir schwer, etwas zu berichten, das im Dunkeln hatte bleiben sollen.

»Es war mein Sohn Alex – oder Ivor, wie er eigentlich heißt.«

Einen Moment lang blieb es still. Josef war der Erste, der mich mit sanftem Nachdruck aufforderte, weiterzusprechen. »Und wie ist es dazu gekommen?«

Ich befahl mir, eines nach dem anderen zu erzählen. Der erste Teil meines Berichts habe der Wahrheit entsprochen, erklärte ich. »Bis zu dem Punkt, an dem ich mich zu der Schreibtischschublade umgedreht und festgestellt habe, dass die Schublade leer war.« Mir war, als erlebte ich jenen Moment erneut, und mein Atem ging schwer. »Schnabel war nur wenige Schritte hinter mir, hatte gesagt, ich sollte nicht auf dumme Gedanken kommen. Dann hörte ich einen Laut. Er kam von weiter hinten.« Ich schluckte. »Schnabel und ich drehten uns beinahe gleichzeitig um. Dann fiel der erste

Schuss – ich sah Ivor hinter Schnabel stehen. Als Nächstes schoss Schnabel. Und dann schoss Ivor zum zweiten Mal.«

»Was glauben Sie, wie Ihr Sohn an die Waffe gelangt ist?«, fragte Josef.

»Ich ... ich dachte, er schliefe. Aber er muss uns reden gehört haben und aufgewacht sein. Als er begriff, um was es ging, hat er die Waffe aus meiner Schreibtischschublade genommen.« Ich schüttelte den Kopf, als könnte ich es noch immer nicht fassen. »Nach den Schüssen war er wie erstarrt, ließ die Waffe fallen und begann, am ganzen Leib zu zittern. Immer wieder sagte er, es tue ihm leid, er habe niemanden umbringen wollen. Ich nahm ihn in die Arme und beruhigte ihn. Und Ivor sagte, er habe uns gehört – habe gehört, dass der Mann mich töten wolle. Das hatte er verhindern wollen.« Ich imitierte Ivor. »›Das konnte ich nicht zulassen, Papa.‹ Danach brach er in Tränen aus, erklärte wieder, es tue ihm leid.« Wie ein Mantra hatte Ivor gesagt, es tue ihm leid, und dabei geschluchzt. Beinahe spürte ich erneut, wie sein Körper in meinen Armen bebte, begann bei der Erinnerung an jene schicksalhafte Nacht selbst zu zittern.

»So war das also«, sagte Josef.

Engel nickte mitfühlend und notierte sich etwas.

Doch Piehlers Blick war kalt. »Wir hatten nun genug Theatralik, Herr Kraemer. Unterm Strich bleibt, dass Ihr Sohn einen Scharführer der SS umgebracht hat. Wo ist Ihr Sohn jetzt?«

»In der Schweiz.«

»Sieh an.« Piehler runzelte die Stirn. »Mir scheint, dahinter steckt Planung. Wie dem auch sei, wir werden die Ausweisung Ihres Sohns beantragen. Und was Sie betrifft, Sie scheinen bei Ihrer Planung übersehen zu haben, dass Ihre eigenen Verbrechen ausreichen, um strafrechtlich gegen Sie vorgehen zu können – Beihilfe zum Mord, versuchte Vertuschung eines Mords, Annahme eines falschen Namens, ganz zu schweigen von dem Bargeld und den Diamanten, die Sie dem Deutschen Reich unterschlagen haben. Wo sind dieses Geld und die Diamanten jetzt?«

»Ebenfalls in der Schweiz.«

Piehler lächelte verkniffen. »Für jemanden, dem das Konzentrationslager oder die Hinrichtung droht, beweisen Sie mehr Kaltschnäuzigkeit, als ich Ihnen zugetraut habe.«

Wie sehr er sich irrte. Ich gab mich nur ruhig, denn auch das hatte Josef mir geraten. Doch mein Magen war verkrampft, und mein Herz raste vor Angst, der Plan könne nicht aufgehen. Ich holte einen Zettel aus meiner Jackentasche und reichte ihn Piehler.

»Vielleicht rufen Sie diesen Mann an, bevor Sie eine Entscheidung treffen.«

Piehler betrachtete den Namen und die Telefonnummer abfällig. »Wer soll das sein?«

»Der Jurist der Schweizer Bank, bei der sich das Geld und die Diamanten befinden. Er wird Ihnen einen Vorschlag machen.«

Kapitel 60

Sebastian Rochat war ein eleganter Mann Ende vierzig mit gewelltem brünettem Haar. »Rochat«, meldete er sich, nachdem seine Sekretärin den Anruf aus Wien durchgestellt hatte. »Justiziar der Geneva International Bank. Und Sie sind Kommissar Piehler der Geheimen Staatspolizei in Wien?«

»Kriminaldirektor«, verbesserte Piehler ihn.

»Sehr gut«, sagte Rochat. »Dann müssen Sie nicht alle fünf Minuten jemanden um Weisung bitten. Macht unsere Diskussion einfacher.«

»Das wäre zu hoffen«, entgegnete Piehler kühl. »Es geht um den Vorschlag, den Sie für mich haben.«

»Richtig. Es ist Folgendes: Wir sind im Besitz von Reichsmark, US-Dollar und Diamanten aus dem Safe eines Carl Brunnermann in Wien.« Rochat warf einen Blick in seine Unterlagen. »Die Reichsmark belaufen sich auf eine Summe von 283.000, die US-Dollar auf 117.000. Die Diamanten wurden von einer unabhängigen Quelle auf einen Wert von 412.000 Reichsmark geschätzt.«

Josef und Daniel, die Piehler beobachteten, sahen, wie sich dessen Augen weiteten. Auch Engel, der an einem Zweitapparat mithörte, wechselte erstaunt einen Blick mit Piehler. Mit so hohen Summen schienen beide nicht gerechnet zu haben.

»Ist Alex Lendt bei Ihnen?«, fragte Piehler.

»Nein, aber ich weiß, wo er sich aufhält«, erwiderte Rochat.

»Vielleicht ist Ihnen bekannt, dass er in Österreich wegen Mordes an einem Scharführer der SS gesucht wird. Wir werden seine Ausweisung beantragen.«

»Das bleibt Ihnen unbenommen«, entgegnete Rochat. »Doch mir liegt eine eidesstattliche Erklärung vor, nach der es sich nicht um Mord, sondern um Notwehr gehandelt hat, da besagter Scharführer vorhatte, sowohl den Jungen als auch dessen Vater zu erschießen. Zudem ist der Junge noch nicht volljährig und wird nirgendwohin ausgewiesen.«

»Das werden wir sehen«, entgegnete Piehler missmutig. »Lassen Sie uns zu Ihrem Vorschlag kommen.«

Rochat straffte sich. Er würde sich nicht drängen lassen.

»Wenn Sie Herrn Daniel Lendt freilassen« – Rochats Ton war förmlich geworden – »und ihm die sichere Ausreise in die Schweiz gewähren, werde ich die Hälfte der genannten Summen auf ein Konto des Deutschen Reichs überweisen lassen.«

Mathias alias Daniel beobachtete Piehlers Miene. Alles hing von dessen Entscheidung ab. Er würde den Vorschlag entweder annehmen oder stur bleiben und ihn, Mathias, inhaftieren lassen.

»Die Anklagepunkte gegen Herrn Lendt sind schwerwiegend. Anstiftung zum Mord und Unterschlagung beträchtlicher Mittel, die dem Deutschen Reich zustanden.«

»Ich dachte, wir hätten soeben geklärt, dass es sich um Notwehr handelte. Von Anstiftung zum Mord kann demnach keine Rede sein.« Rochat machte eine Kunstpause. »Und was die rechtmäßigen Eigentümer der Gelder und der Diamanten betrifft, wären dies Herr Brunnermann und Mitglieder eines gewissen Netzwerks gewesen. Man könnte höchstens infrage stellen, ob es rechtens sei, dass das Deutsche Reich die Hälfte davon erhält.«

Piehler schwieg und sah nun noch verdrießlicher aus. Er war es gewohnt, andere in die Enge zu treiben, nun war es umgekehrt, und das schien ihm nicht zu gefallen.

»Sie haben vielleicht Nerven«, sagte er schließlich gepresst. »Bieten mir das, was dem Deutschen Reich ohnehin zusteht, als Teil Ihres Vorschlags an.«

»Bei allem Respekt«, sagte Rochat und klang nun leicht ungeduldig. »Offenbar können Sie im Moment nicht klar denken, oder zumindest haben Sie einen Aspekt dieses Falls übersehen. Immerhin hat Scharführer Schnabel Herrn Brunnermann erschossen. Hinzu kommt, dass er die Diamanten und das Bargeld aus dem Safe entwendet hat, jedoch nicht mit der Absicht, diese an das Deutsche Reich weiterzuleiten, sondern um die eigenen Taschen zu füllen. Kein sehr vorbildlicher SS-Mann.«

Piehler biss die Zähne zusammen, sein Gesicht lief rot an.

Rochat sprach weiter. »Wie sähe es aus, wenn all das herauskäme? Entweder vor Gericht oder indem es an die internationale Presse durchsickert, zu der wir in Genf beste Beziehungen unterhalten. Das Ganze würde ein denkbar schlechtes Licht auf die SS und das Deutsche Reich werfen.«

Wieder schwieg Piehler. Die Spannung war fast mit Händen zu greifen. Dann schlug Piehler mit der Faust auf den Tisch. »Was glauben Sie eigentlich, wer Sie sind? Ein aufgeblasener Bankanwalt, der dem Deutschen Reich Vorschriften machen will! Wenn wir wollen, können wir morgen bei Ihnen einmarschieren, und …«

Rochats Lachen unterbrach Piehler. »Dazu kann ich nur das wiederholen, was unser General Guisan Ihrem Außenminister Ribbentrop gesagt hat, als dieser gefragt hat, was unsere Armee tun würde, wenn zweihunderttausend Wehrmachtsoldaten die Schweizer Grenze überschreiten würden. ›Die gleiche Anzahl meiner Männer würde ihr Gewehr nehmen und losmarschieren. Jeder würde eine Kugel abfeuern und zum Abendessen wieder zu Hause sein.‹ Und das war vor zwei Jahren, noch vor Ihren unglückseligen Kampfhandlungen und Verlusten in Nordafrika und an der Ostfront.«

Rochat seufzte. »Aber heute geht es nicht darum, mit Nationalstolz zu wetteifern und zu zeigen, wer die besseren Streitkräfte hat. Hier geht es schlicht und einfach um ein Geschäft. Nicht mehr und nicht weniger.«

»Wie auch immer«, entgegnete Piehler, der offenbar Mühe hatte, seine Wut im Zaum zu halten. »Zu Ihrem Vorschlag muss ich mich intern besprechen.«

Rochat spürte den Stimmungsumschwung. »Es ist ein Handel, der Ihnen gut anstehen wird. Zum einen hätten Sie für das Deutsche Reich ein kleines Vermögen eingenommen. Zum anderen würde die unschöne Geschichte des Scharführers, der sein Land berauben wollte, in der Versenkung verschwinden.«

»Sicher. Dennoch muss ich dazu noch einige Gespräche führen.« Piehler war sachlich geworden.

Mathias spürte, wie sich in seinem Innern alles zusammenkrampfte. Sein Leben würde von den Personen abhängig sein, mit denen Piehler sprechen würde.

Mit einem Mal kam Mathias das Ticken der Uhr noch lauter, noch unheilverkündender vor.

»Ach, und wenn Sie mit Berlin oder wem auch immer sprechen, erwähnen Sie doch bitte noch den letzten Teil meines Vorschlags«, sagte Rochat. »Zurzeit befindet sich ein Mann namens Andreas Siebert im Konzentrationslager Sobibór. Ein Aufenthaltsort, den er Ihrem zwielichtigen Scharführer Schnabel verdankt. Sobald Herr Siebert freigelassen wird, gehen weitere dreißig Prozent der Gelder, die unsere Bank in dieser Sache hält, an das Deutsche Reich.«

»Bleiben noch zwanzig Prozent«, sagte Piehler. »Was ist damit?«

»Ein Teil steht Herrn Brunnermanns Witwe zu, bei dem anderen handelt es sich um unsere Provision.«

»Ich melde mich wieder«, sagte Piehler.

Sein Anruf erfolgte vierzig Minuten später.

»In Bezug auf Daniel Lendt – beziehungsweise Mathias Kraemer …« Piehler machte eine Pause. »Es war nicht meine Entscheidung, das möchte ich betonen. Meine Entscheidung hätte anders ausgesehen. Wie dem auch sei, Berlin ist mit Ihrem Vorschlag einverstanden. Herr Kraemer ist freizulassen, seine Ausreise in die Schweiz ist bewilligt.«

»Sehr schön«, sagte Rochat. »Somit stehen Ihnen fünfzig Prozent der Gesamtsumme zu. Die erste Hälfte überweisen wir umgehend, die zweite, wenn Herr Kraemer sicher in der Schweiz angekommen ist.«

»Die Bankverbindung ist Folgende …«

Langsam drangen die Worte zu Mathias durch. Josefs Plan hatte funktioniert! Er war frei! Bald würde er wieder mit seinem Sohn zusammen sein. Die Angst, die ihn im Griff gehabt hatte, ließ nach, er verspürte einen ersten Funken Freude in seiner Brust. Doch dann sprach Piehler weiter, und der Funken erlosch.

»Bezogen auf den letzten Teil Ihres Vorschlags werden wir Ihnen leider nicht entgegenkommen können. Im Konzentrationslager Sobibór hat es einen Aufstand der Gefangenen gegeben. Die meisten von ihnen wurden getötet. Wir gehen davon aus, dass auch Andreas Siebert zu den Toten zählt.«

Kapitel 61

»Wie kühn man wird, wenn man sicher ist,
geliebt zu werden.«

Sigmund Freud

Josef

In Norditalien wandte Josef sich nach Süden, überquerte die Grenze nach Frankreich und nahm sich in einem kleinen Hotel nahe der Meerfestung La Calanque ein Hotelzimmer, nur wenige Kilometer von Mandelieu entfernt.

Als er sein Abendessen auf der Hotelterrasse beendet hatte, ließen sich am Nebentisch vier italienische Soldaten nieder. Josef kam mit ihnen ins Gespräch und erfuhr, dass ihr Regiment die Meerfestung – nicht mehr als ein großes Herrenhaus mit schweren Ecktürmen – vorübergehend als Garnison benutzte.

»Und was führt Sie hierher?«, fragte ein junger Unteroffizier namens Francesco. Er hatte für sich, seine drei Kameraden und Josef eine Flasche Armagnac bestellt.

»Ich bin auf der Suche nach der Frau, die meine große Liebe ist.« Josef hob sein Glas und lächelte nervös. Er wusste nicht, ob er Deya finden würde.

»Dann wünsche ich Ihnen viel Glück.« Francesco stieß mit Josef an. Die anderen drei taten es ihm nach. Francesco wurde nachdenklich. »Der Krieg ist keine gute Zeit für die Liebe.

Vor zwei Jahren habe ich mein Mädchen in Turin zurückgelassen und weiß nicht, ob sie noch auf mich wartet.« Er zuckte mit den Schultern. »Vielleicht hat sie einen anderen. Auf meinen letzten Brief hat sie nicht geantwortet.«

»Das tut mir leid«, sagte Josef. »Meine Liebste hat geschrieben, aber keinen Absender angegeben.«

»Sie ziert sich«, sagte einer der Soldaten und knuffte Josef spielerisch in die Seite.

Francesco runzelte die Stirn. »Und wie wollen Sie die Frau ohne Adresse finden?«

Josef warf sich in die Brust. »Ich finde jeden, ich bin bei der Polizei.« Sie lachten, und Francesco schenkte die nächste Runde Armagnac aus.

Noch konnte Josef darüber lachen, doch seine Suche würde sich schwierig gestalten. Auch in Deyas letztem Brief hatte kein Absender gestanden. Allerdings waren ihre Briefe, wie Lorenzo festgestellt hatte, alle auf demselben Postamt von Lissabon abgestempelt worden. *Sie wird irgendwo in der Nähe wohnen,* hatte Lorenzo vermutet. *Für einen Kommissar der Polizei sollte es nicht lange dauern, bis er die Adresse herausgefunden hat.*

Doch als Josef ihm mitteilte, dass er nach Lissabon reisen und Deya suchen werde, hatte Lorenzo erklärt, er habe das doch nur im Spaß gesagt.

Aber gab es eine bessere Zeit, nach Lissabon zu reisen, als in diesen Tagen, in denen die Alliierten drohten, Wien zu bombardieren? Für den ersten Teil der Strecke schien die sicherste Route die durch Norditalien und Südfrankreich zu sein. Der erste Halt war Mandelieu gewesen.

Auf dem Weg war Josef hin und wieder Truppentransporten begegnet, jedoch nirgends auf Kampfhandlungen gestoßen. Francesco sagte, an der Côte d'Azur werde mit Angriffen der Alliierten gerechnet, doch noch habe der Vorstoß von Süden her nicht begonnen.

Am nächsten Morgen fuhr Josef weiter. Rund um Montpellier gab es noch einmal Truppenbewegungen der Wehrmacht, doch sie verringerten sich, je mehr Josef sich der spanischen Grenze näherte. Kurz vor der Grenze hörten sie ganz auf. Franco, das Staatsoberhaupt Spaniens, hatte sowohl Hitler als auch Mussolini unterstützt, von aktiver Kriegsteilnahme jedoch abgesehen, sein Land litt noch zu sehr unter den Folgen des blutigen Bürgerkriegs, der erst vor wenigen Jahren zu Ende gegangen war.

Josef übernachtete in Guadalajara. Früh am nächsten Morgen brach er auf, um den Rest der Strecke nach Lissabon zurückzulegen.

Portugal war im Krieg neutral geblieben. Außer Angehörigen der *Guarda Nacional Republicana* waren auf den Straßen kaum Uniformierte zu sehen. Hindernisse bildete höchstens einmal ein Bauer auf einem Pferde- oder Eselskarren.

Kurz nach sechs Uhr abends kam Josef in Lissabon an. Die Poststempel auf Deyas Briefen stammten vom Postamt des Stadtteils Alfama, einem hübschen Gebäude im Kolonialstil. Es lag auf einem Hügel mit Blick auf den Hafen. Josef nahm sich ein Zimmer im benachbarten Hotel. Dort konnte er vom Balkon aus sowohl den Eingang des Postamts als auch einen Teil des Hafens überblicken.

Am Morgen bezog er seinen Posten auf dem Balkon und ließ sich vom Zimmerservice Kaffee und Sandwiches bringen. Über Mittag war das Postamt geschlossen. In der Zeit las Josef in Robert Musils *Mann ohne Eigenschaften*. Als zweiten Roman hatte er Graham Greenes *Orientexpress* dabei, der kurz vor Hitlers Machtübernahme auf Deutsch erschienen war. Einen Stadtführer von Lissabon besaß er ebenfalls.

Es war warm, meistens schien die Sonne, sodass Josef eine der angenehmsten Observierungen seines Lebens durchführte, erst recht, wenn er währenddessen an die Zielperson dachte.

Doch trotz des schönen Wetters und der malerischen Umgebung wurde Josef die stundenlange Observierung am vierten Tag langweilig.

Hin und wieder hatte er Frauen entdeckt, bei denen er gedacht hatte, sie könnten Deya sein, bei genauerem Hinsehen waren sie es dann doch nicht gewesen. Und Josef begann der Mut zu sinken. *Nun bin ich bis hierhergekommen und finde sie nicht.*

Manchmal setzte Josef sich auch in das Restaurant gegenüber dem Postamt, um die Eintönigkeit der Observierung zu unterbrechen, überdies war der Kaffee dort besser als in seinem Hotel. Auch versicherte ihm Vicente, der Inhaber des Restaurants, dass es bei ihm wahrscheinlich den besten *Bacalhau à Bras* der Stadt gab, ein portugiesisches Nationalgericht aus Kabeljau, Kartoffeln, Rührei, Petersilie und Oliven, das Josef sich daraufhin bestellte und großartig fand.

Mitunter unterhielt Vicente sich mit Josef auf Englisch und half ihm, sich die Zeit zu vertreiben. Bei seinem dritten Besuch fiel Vicente auf, dass Josef den Eingang des Postamts beobachtete, und er wollte wissen, ob Josef nach einem Spion oder geflohenem Verbrecher Ausschau hielt.

»Nein«, entgegnete Josef. »Ich suche nach einer Frau.«

Vicente zuckte mit den Schultern, als wolle er sagen: *Das behaupten alle.* Anschließend erzählte er Josef von den schillernden Gestalten, die sein Restaurant besucht hatten. »Seit Kriegsbeginn kommen sie alle nach Portugal.«

Am sechsten Tag saß Josef wieder auf dem Balkon seines Zimmers und war kurz davor, aufzugeben. *Ich werde Deya nicht finden.* Es war töricht gewesen, sich überhaupt auf die Suche zu machen und zu hoffen …

Nebenan öffnete das Postamt für den Nachmittag. Josef blickte von seinem Roman auf und glaubte erneut, eine Frau zu sehen, die Deya ähnelte. Er legte sein Buch zur Seite, beugte sich über das Balkongeländer, schaute genauer hin.

Doch das junge Mädchen an der Seite der Frau sah nicht wie Luciana aus, und die Frau trug ihr Haar in einem Knoten, was Deya nie getan hatte. Als sie aber das Postamt betrat, war etwas an ihrem Profil, das Josef bis ins Mark traf. *Sie ist es! Das ist Deya!*

Josef sprang auf, hastete aus dem Zimmer und nahm die Treppe nach unten, zwei Stufen auf einmal, voller Panik, er würde es nicht rechtzeitig zu Deya schaffen und sie wieder verlieren.

Eilig überquerte er die schmale Gasse mit dem buckligen Kopfsteinpflaster und hetzte die Treppe zum Postamt hinauf. Drinnen musste er einen Moment warten, bis seine Augen sich nach dem hellen Sonnenlicht an das Dämmerlicht der Schalterhalle gewöhnt hatten. Dann blickte er sich hektisch um. *Sie war nicht da, war schon wieder fort!*

Josef stürzte nach draußen, dachte, Deya könne noch auf der Straße sein, doch auch da war von ihr nichts zu sehen.

Er kehrte ins Postamt zurück, wollte noch einmal nachschauen, und da sah er sie. Sie stand am Schalter, war von dem übergewichtigen Mann hinter ihr verdeckt worden. Nun wandte sie sich vom Schalter ab, hielt einen Brief in der Hand.

Sie entdeckte Josef erst, als er fast vor ihr stand. Sie starrte ihn an.

Josef trat zu ihr, und von all den Sätzen, die er sich zurechtgelegt hatte, fiel ihm kein einziger mehr ein. Das Mädchen an ihrer Seite – Luciana – lächelte Josef an, zeigte ihre Freude ganz unverhohlen. Sie war gewachsen, deshalb hatte er sie nicht wiedererkannt.

»*Josef* … du bist bis hierhergekommen.« Deyas Augen wurden feucht.

Josef nickte, tastete in seiner Jackentasche nach dem Ring, betete, dass er ihn, den er so oft bei sich getragen, nicht ausgerechnet an diesem Tag vergessen hatte. Der Ring war da.

»In Wien hatte ich etwas für dich gekauft. Aber du hast die Stadt verlassen, bevor ich es dir geben konnte.«

Kapitel 62

»Sämtliche Hinweise auf Massengräber, die von der vorrückenden Roten Armee oder westalliierten Truppen entdeckt werden könnten, sind von den Lagerwachen zu beseitigen.«

Hannah alias Stefanie überlief ein Schauder, was seltsam war, denn in dem Büro war es warm. Vielleicht lag es an der Zugfahrt. Sie hatte sich nur einen Fahrschein zweiter Klasse leisten können, und im Wagen hatte es gezogen. Oder das Frösteln hatte mit ihrem Weg durch die hässlichen kalten Flure des Konzentrationslagers Mauthausen zu tun.

Und an so einem oder sogar einem noch schlimmeren Ort hat Johannes beinahe zwei Jahre zugebracht.

Etwas in der Art hatte Meisel gerade gesagt, der seit Kurzem stellvertretender Lagerkommandant von Mauthausen war und in dessen Büro sie saß. »Sobibór war viel schrecklicher.« Sie wusste nicht, ob er diese Worte auf sich bezog oder dabei an Johannes dachte.

Meisel zündete sich eine Pfeife an. »Es tut mir leid, dass ich Ihnen mit meinem ersten Brief Angst gemacht habe. Zu dem Zeitpunkt war der Zustand ihres Mannes ausgesprochen ernst. Eine seiner Schusswunden war septisch geworden, er lag in Lublin im Krankenhaus, und sein Leben stand auf Messers Schneide.« Müde stieß Meisel eine Rauchwolke aus.

»Nach dem Chaos des Ausbruchs wurde er in unseren Listen irrtümlich als einer der Toten geführt.«

Nach kurzem Zaudern sagte Hannah: »Ich danke Ihnen für das, was Sie für meinen Mann getan haben. Dass Sie ihm beigestanden haben.«

»Das war das Mindeste, was ich tun konnte.« Meisel versuchte sich an einem Lächeln, das ihm nicht gelang. »Andreas Siebert ist ein sehr tapferer Mann. Auch klug und sensibel. Während unserer Zusammenarbeit an meinem Manuskript habe ich viel über mich gelernt.«

Hannah wusste von dieser Zusammenarbeit, doch im Moment schien sie ihr zweitrangig. »Aber nun ist er genesen, und es geht ihm gut?«

»Er ist außer Gefahr und macht Fortschritte. Deshalb konnte ich ihn hierher verlegen.« Meisel sah Hannah mitfühlend an. »Doch vielleicht sollte ich Sie warnen. Ihr Mann hat viel durchgemacht und ist noch sehr schwach. Möchten Sie ihn dennoch sehen?«

Hannah nickte zögernd. *Will ich es wirklich?* Der Gedanke, Johannes wiederzusehen, erfüllte sie mit Glück, gleichzeitig machte er sie nervös. *Was soll ich ihm als Erstes sagen?*

Meisel verließ den Raum, um Johannes zu holen. Hannah lauschte seinen Schritten auf dem Flur, die nach und nach verklangen. Wieder überlief sie ein Schauder.

Kapitel 63

Sehr geehrte Frau Freud!
Ich hoffe, es geht Ihnen gut. Beigefügt finden Sie die Fotos, über die wir vor einem Monat gesprochen haben. Bitte entschuldigen Sie die Verzögerung. Ich habe auf einen sicheren Kurierdienst warten müssen, der Post wollte ich die Sendung in diesen Zeiten nicht anvertrauen. Auf dem Päckchen wird ein Londoner Poststempel stehen, dennoch habe ich es von Genf aus geschickt.
Falls ich noch etwas für Sie tun kann, lassen Sie es mich bitte wissen.

Mit besten Grüßen
Ihr Sebastian Rochat
Justiziar
Geneva International Bank

Martha Freuds Hand zitterte ein wenig, als sie den Brief las. Dann sah sie sich die Fotos an, um sich zu vergewissern, dass sie vollständig waren.

Es war nun beinahe zwei Jahre her, dass Julian Reisner sie angerufen und ihr von dem Einbruch bei Carl Brunnermann erzählt hatte. Es war der erste zweier Anrufe von Herrn Reisner gewesen, von einem Münzfernsprecher zum anderen. Sie hatte sich als Matilda Johnson gemeldet, Herr Reisner war ihr Cousin Frederick gewesen. Damals hatte sie befürchtet, die gestohlenen Fotos könnten irgendwo auftauchen und der Gestapo helfen, die verbliebenen Mitglieder des Kreises aufzuspüren. Zwar hatte knapp die Hälfte von ihnen Österreich verlassen, doch die anderen waren noch da und in Gefahr. Sie hatte die Fotos aus sentimentalen Gründen in Verwahrung gegeben. Dass sie den Nazis in die Hände fielen, hätte sie nicht ertragen.

Als sie in den nachfolgenden Monaten nie von Verhaftungen jener verbliebenen Mitglieder des Kreises hörte, atmete sie auf. Dann hatte sie einen Anruf von Herrn Rochat erhalten. Er hatte ihr erklärt, dass die Fotos in Sicherheit seien. Kurz darauf erhielt sie den zweiten Anruf von Herrn Reisner. Er hatte erfahren, dass Freuds Schwester Adolfine – »Dolfi« – im Lager Theresienstadt gestorben war. »Die anderen Schwestern werden hoffentlich überleben.«

»Ganz bestimmt«, entgegnete Martha Freud. »Trotz ihres Alters sind sie ziemlich robust.«

Sie dachte an die Schriften ihres Mannes über die Neigung des Menschen, sich etwas vorzumachen und schmerzliche Wahrheiten zu verbrämen. Das schien sie selbst nun immerfort zu tun.

Doch zumindest waren die Fotos wieder in ihrem Besitz. Sie berührte sie, und schon überfluteten die Erinnerungen sie, und es kam ihr so vor, als wäre alles gestern gewesen. Ein Kreis schien sich zu schließen.

Mathias

Juli 1945

Josef kehrte erst nach Kriegsende nach Wien zurück. Er blieb nur für vier Tage, regelte einige Dinge, traf Freunde und Bekannte und überreichte ihnen die Einladungen zu seiner Hochzeit im folgenden Monat.

Deya arbeitete in Lissabon als Lehrerin. Ihr Spanisch war gut genug gewesen, um in Wien als Spanierin durchzugehen, sollte jemand sie in dieser Sprache ansprechen, und in Lissabon hatte es ihr geholfen, Portugiesisch zu lernen. Nun unterrichtete sie an einer kleinen Schule Englisch und Deutsch.

Josef war in Lissabon geblieben, hatte sich nur einige Dinge aus Wien nachsenden lassen. Er wollte nicht zurück, wollte nur noch mit Deya zusammen sein und hatte in Lissabon eine kleine Detektei eröffnet. Es dauerte nicht lange, bis er den Ruf genoss, Vermisste aufspüren zu können. Lissabon, die Stadt, in der sich während des Krieges so viele Flüchtlinge vor dem NS-Regime in Sicherheit gebracht hatten und von dort aus weitergezogen waren, bot sich dazu ganz besonders an. Die Geschäfte liefen gut.

Deya hatte Josef versprochen, ihn nach dem Krieg zu heiraten, bis dahin sei die Zukunft noch zu ungewiss. *Dann können wir zwei Dinge zugleich feiern, das Kriegsende und unsere Hochzeit.*

Während seiner vier Tage in Wien besuchte Josef auch meine Mutter und meine Schwester. *Bringen Sie an meiner Haustür bloß kein Kreuz mehr an!*, hatte meine Mutter gesagt und ihm mit dem Finger gedroht. Sie war gebrechlich geworden, hielt aber durch. Wahrscheinlich würde sie uns alle überleben.

Den guten alten Zeiten zuliebe trafen wir uns noch einmal im *Café Mozart*: Johannes, Julian, Josef und ich. Karner war überglücklich, uns wiederzusehen. »Kein SS-Mann, kein Gestapo-Beamter weit und breit«, verkündete er. »Jetzt geht die Gefahr nur noch von Kaugummi kauenden Amerikanern aus, die unsere Frauen mit Nylonstrümpfen und Zigaretten von uns fortlocken.«

Wir lachten. Karner hatte abgenommen. »Das war der Vorteil der Lebensmittelknappheit, die wir den Nazis verdankt haben«, sagte er und klopfte auf seinen geschrumpften Bauch.

Nachdem Emilia unseren Sohn in die Schweiz gerettet hatte, waren sie und ich uns wieder nähergekommen. Nun waren wir endlich in der Lage, mit Ruhe auf unsere Ehe zurückzublicken und zu überlegen, warum sie in die Brüche gegangen war. Jeden Monat war Emilia in die Schweiz gekommen, um Ivor und mich zu besuchen, denn ich war erst nach Kriegsende von dort nach Wien zurückgekehrt. Seitdem wohnte ich mit Ivor bei meiner Mutter und meiner Schwester in Penzing und war auf der Suche nach einer neuen Wohnung für meinen Sohn und mich.

Nun waren Johannes und ich in Lissabon, um Josefs und Deyas Hochzeit zu feiern.

»Nein, nein ... dahin!«, hörten wir Josef rufen. Die Trauung würde in einer Stunde beginnen, und Josef war dabei, dem Restaurantchef unten im Hof letzte Anweisungen zu erteilen. Ich sah ihm vom Balkon aus zu und winkte ihm. Johannes und ich waren in der kleinen Pension über dem Restaurant abgestiegen.

Die Pension befand sich auf dem höchsten Punkt von Alfama. Die Kapelle, in der die Trauung stattfinden würde, lag zwei Häuser weiter. Ich lächelte in mich hinein. Nur in Portugal würde man eine Kirche gleich bei einem Restaurant mit Bar finden. Der Blick von hier oben war wundervoll. Auf dem Hof standen für die vierzig Hochzeitsgäste vier lange Tische in Hufeisenform, dahinter erstreckte sich Lissabon bis hinunter zum Hafen.

Die meisten Gäste kamen aus Wien. Während der Trauung, die auf Latein und Portugiesisch abgehalten wurde, verstanden wir kaum ein Wort, doch als Josef und Deya einander ansahen, ihr Ehegelöbnis sprachen und einander küssten, war jedes Wort überflüssig.

Anschließend ging es in den Hof zum Hochzeitsmahl. Deya hatte eine kleine Combo engagiert, die Fado- und Sambamusik spielte.

Lorenzo war da, ebenso Alois, sogar Max Adler. Sie waren aus der Schweiz gekommen.

Nur einmal zog für mich ein Schatten über diese glücklichen Stunden. Das war, als ich sah, wie Julian sich mit Johannes unterhielt. Es erinnerte mich an das, was ich meinem Cousin verschwiegen hatte. Auch im *Mozart* hatte es einen Moment des Unbehagens gegeben. Ich verstand, dass Julian so gehandelt hatte, um das Leben anderer Autoren und ihrer Familien zu retten, mich und meine Familie inbegriffen. Dennoch würde ich ihm nie ganz verzeihen, dass er Johannes an meiner Stelle geopfert hatte. Dass er gehofft hatte, ihn retten zu können, entschuldigte ihn nur zum Teil.

Noch etwas sprach zu seinen Gunsten, nämlich, dass er Mitgliedern von Freuds Kreis geholfen hatte, zu überleben. Fünf von ihnen hatte er zu Lorenzo geführt, der sie mit neuen Identitäten ausgestattet hatte. Dank der Informationen, die Julian seinerzeit über die Ausreise von Freud, dessen Frau und dessen Tochter besessen hatte, waren Johannes und ich schon damals davon ausgegangen, dass Julian in diese Angelegenheiten stärker involviert war, als er verlauten ließ. Inzwischen wussten wir, dass er und Lorenzo sich ebenso für Freuds Schwestern eingesetzt hatten. Für sie hatten sie jedoch nichts tun können, die Frauen waren zu bekannt, als dass sie mit neuen Identitäten hätten untertauchen können. Zudem waren sie von Anfang an im Visier der Gestapo gewesen. Alle vier waren umgekommen. Eine war im Konzentrationslager Theresienstadt an Unterernährung gestorben, die anderen waren in den Vernichtungslagern Maly Trostinec und Treblinka ermordet worden.

Überdies hatte Julian Martha Freud mit Carl Brunnermann zusammengebracht. Er sollte die Fotos des Kreises in seinem Safe aufbewahren, als Erinnerung an eine Zeit, die vergangen war. Den österreichischen Banken hatte Martha Freud nicht getraut.

Und so wusste ich, dass ich Johannes nie etwas sagen und dadurch womöglich seine Freundschaft mit Julian zerstören würde. Ihm sollte nur bekannt sein, dass Julian Meisels Manuskript benutzt hatte, um sich für ihn einzusetzen, und er auf diese Weise mit dem Leben davongekommen war.

Oder schwieg ich, weil ich mich meiner Schuld nicht stellen wollte? *Ich hätte derjenige sein sollen,* außerdem hatte ich Johannes' Vater ein Versprechen gegeben.

Wie dem auch sei, ich würde meine Geheimnisse mit ins Grab nehmen.

Johannes

Allmählich fiel mir das Lächeln wieder leichter. In den ersten Monaten nach Sobibór und Mauthausen hatte ich kaum lächeln können, nicht einmal im Kreis meiner Familie.

Als Hannah und ich uns in Mauthausen wiedersahen, klammerten wir uns weinend aneinander, wollten uns nicht loslassen. Nachdem wir uns ein wenig gefasst hatten, zeigte Hannah mir die jüngsten Fotos von Stefan und Elena. Nicht lange danach konnte ich meine Kinder in die Arme schließen.

Vor einer Weile erfuhr ich von Julian, dass er für Meisels *Flackernde Kerze* einen Verlag gefunden hatte. Doch als das Ende des Kriegs näherrückte, brauten sich über Meisel Sturmwolken zusammen. Da war das ganze Grauen der Konzentrations- und Vernichtungslager bekannt geworden, und der Verlag machte einen Rückzieher.

Ende des Jahres würden die ersten Kriegsverbrecherprozesse beginnen. Töpfer dürfte die Todesstrafe erhalten, Haas ebenfalls oder doch zumindest eine langjährige Freiheitsstrafe. Für Meisel hatte ich mich eingesetzt, seine Anwälte rechneten mit einer fünfjährigen Haftstrafe.

Es war das Mindeste, das ich für den Mann tun konnte, der mir – auf mehrfache Weise – das Leben gerettet hatte.

Noch immer litt ich an Albträumen, aus denen ich schweißüberströmt aufwachte. In diesen Träumen stand Vogt über mir und zielte mit dem Gewehr auf mein Gesicht. Wenn ich aus diesen Albträumen aufschrak, setzte ich mich schwer atmend auf und ließ das, was danach gekommen war, wieder vor mir Revue passieren – Vogt, der von hinten erschossen wurde und zu Boden ging.

Im ersten Moment hatte ich geglaubt, Vogt wäre zufällig getroffen worden. Dann sah ich Meisel hinter ihm, der seine Pistole sinken ließ. Er hatte den Aufstand von seinem Büro aus mitbekommen und war hinausgelaufen. Er dachte, Vogt schösse auf die Gefangenen, die zum Lagerzaun stürmten. Im Näherkommen stellte er fest, dass Vogt auf mich zielte, woraufhin er ihn erschoss.

Drei Wochen brachte ich in Mauthausen zu, dann kam das Schreiben aus Berlin, das meine Freilassung beinhaltete. Es war das letzte Element des Plans, den Josef und Lorenzo mit Sebastian Rochat in Genf ausgeheckt hatten.

Vor vier Monaten hatte ich erfahren, dass Jan und Rina bei dem Umsturz entkommen waren. Sie hatten Meisel geschrieben, sich nach mir erkundigt und einen Brief für mich beigefügt. Diesen Brief hatte Meisel mir geschickt.

Nach dem Aufstand hatte die SS die Zahl der Toten aufgebauscht – vermutlich, um Gefangene in anderen Lagern von ähnlichen Aktionen abzuhalten –, tatsächlich hatte mehr als die Hälfte der Häftlinge überlebt. Jan und Rina hatten sich in Lwiw niedergelassen. Nach Beendigung der Kriegswirren wollten sie nach Schlesien zurückkehren.

Von Julian erfuhren wir, dass Kommissar Sauerwald, der Freuds Besitz hatte bewerten sollen, ein doppeltes Spiel getrieben hatte. Einen Teil der Schriften und Wertgegenstände hatte er in einem versteckten Lagerraum unten in der Wiener Universitätsbibliothek untergebracht, auch einige von

Freuds ausländischen Bankverbindungen geheim gehalten. In den anstehenden Kriegsverbrecherprozessen würden Martha und Anna Freud sich für ihn verwenden.

»Der Tag könnte nicht schöner sein«, sagte Julian nun, blickte zum Himmel und dann auf die Stadt und den Hafen zu unseren Füßen. »Angenehme Hochzeitsgesellschaft.«

»Ja, eine gute Mischung«, sagte ich. Die Hälfte der Hochzeitsgäste war aus Wien oder der Schweiz gekommen, bei der anderen Hälfte handelte es sich um Freunde, die Deya und Josef in Lissabon gefunden hatten.

Ich sah, dass Mathias zu uns schaute, hob mein Glas und lächelte ihm zu. *Mein lieber Mathias, der mit den Jahren mehr älterer Bruder als Cousin geworden war.* Er erwiderte mein Lächeln, doch sein Blick schien noch etwas anderes auszudrücken. Vielleicht bereitete ihm die Zeit, die ich in Sobibór und Mauthausen zugebracht hatte, weiterhin Kummer. Oder er dachte, dass ich mich noch nicht vollständig erholt hatte.

Körperlich hatte ich mich gut erholt, aber womöglich wusste Mathias von den Schatten, die sich mitunter auf meine Seele legten und dazu führten, dass ich mich mitten in einem Gespräch in meinen Gedanken verlor.

Nun klopfte Lorenzo mit einer Gabel an sein Glas und bedeutete uns, dass es Zeit war, auf das Brautpaar anzustoßen.

Wir hoben die Gläser, prosteten Josef und Deya zu und wünschten ihnen alles Gute. Nun, nach dem Ende des Krieges, blickten viele von uns voller Hoffnung in die Zukunft. Vielleicht hoben einige von uns ihr Glas auch im Gedenken an diejenigen, die umgekommen waren. Ich fragte mich häufig, warum ich überlebt hatte, und dann fühlte ich mich schuldig. *Warum ich? Warum wurde ich verschont, obwohl so viele Unschuldige hatten sterben müssen?* In manchen Nächten verfolgten mich die Gesichter der Kinder, die ich in Sobibór auf dem Weg in die Gaskammer gesehen hatte.

Auch Mathias hatte sich noch nicht ganz von der Vergangenheit erholt. Ihn quälten Bilder des toten Juweliers Brunnermann und von Ivor, der Schnabel erschoss, um Mathias' Leben zu retten.

Doch wenn ich über den Hafen und die Segelboote unter mir blickte, auf das Hochzeitspaar, auf Mathias, Lorenzo, Julian, Hannah und die vielen Freunde, die Josef und Deya alles Gute wünschten, umgeben von Gelächter und Musik und der Hoffnung, dass das Leben nun besser werden würde, dann fiel es mir schwer, unser Überleben nicht als Triumph anzusehen.

Das galt nicht nur für uns, unsere Familien und Freunde. Ich dachte dabei auch an die anderen, die überlebt hatten – Jan, Rina, Anja und ihr kleiner Bruder, Clara Ebener, die Mitglieder von Freuds Kreis und viele andere, die von Lorenzos und Alois' Netzwerk gerettet worden waren. Ohne ihr Überleben wäre mir der Tod so vieler Menschen noch unerträglicher gewesen. Ausgleichen würden wir diese Tode jedoch nie.

Als ich mein Champagnerglas hob und Josef und Deya zuprostete, spürte ich, wie die Last meines Schuldgefühls ein wenig leichter wurde. Es würde Jahre dauern, bis diese Schuld vergehen würde. Doch dieser Tag, an dem wir das Leben feierten, hatte etwas Tröstliches, das sich wie Balsam auf meine Seele legte.

***

Anmerkung des Autors

Jahrelang wusste ich nicht, dass mein Vater Jude war; das erfuhr ich erst, als er auf dem Sterbebett lag.

Damals war ich vierzehn Jahre alt. Meine Mutter hatte meine Schwester und mich in ihrem katholischen Glauben erzogen. Folglich hatte ich kaum eine Ahnung, was Jude zu sein bedeutete.

Nach dem Tod meines Vaters erfuhr ich dies anhand der Antworten, die meine Mutter mir auf zwei zentrale Fragen gab: *Warum waren wir im katholischen und nicht im jüdischen Glauben erzogen worden? Und warum hatte mein Vater seine jüdischen Wurzeln verborgen?*

Die Antwort auf die erste Frage klang einfach und überzeugend: Meine älteste Schwester wurde 1943 geboren. In jenem Jahr konnte man noch eine Münze werfen, um herauszufinden, ob Hitler den Krieg gewinnen oder verlieren würde. Sollte er gewinnen, wäre Großbritannien für Juden nicht mehr sicher gewesen, ebenso wenig wie die anderen von den Deutschen besetzten Gebiete. Zum Teil ergab sich daraus bereits die Antwort auf die zweite Frage, doch der Rest war komplexer.

Mein Vater betrachtete sich als durch und durch britisch. Als er in Großbritannien ankam, war er sechs Jahre alt. Dieses Land war für ihn, seine litauische Familie und viele andere jüdische Flüchtlinge ein sicherer Hafen. Winston Churchill war sein Held. Auch zum Kriegserfolg Großbritanniens hatte mein Vater beigetragen.

Mein Vater studierte in Cambridge. Anschließend wurde er einer der führenden Statistiker des Landes, versorgte die Royal Air Force vor ihren Bombenangriffen auf Deutschland mit entscheidenden Wettervorhersagen und erstellte später die Statistiken für die Entwicklung von Frank Whittles Düsentriebwerken.

Trotz dieser Verdienste war es meinem Vater als Jude nicht möglich, in den örtlichen Tennis- und Golfclub einzutreten. Jacob Bronowski, mit dem mein Vater in Cambridge studiert hatte, wurde später aus dem gleichen Grund erklärt, er könne niemals Dekan einer Universität werden.

Diese Form des Rassismus und die Tatsache, dass mein Vater seine Herkunft verbarg, um seine Familie zu schützen, haben mich tief berührt. Bei späteren Recherchen fand ich heraus, dass dieses Verhalten weit verbreitet war und es Netzwerke gab, die einem halfen, sollte man seine Identität vollständig verschleiern und sich neue Papiere beschaffen wollen. Deshalb spielen auch die Themen Mischehe und ganz oder teilweise verborgene Abstammungen in diesem Roman eine große Rolle.

Tatsächlich hat es mich gewundert, dass diese zentralen Themen in nur wenigen der derzeitigen Romane über den Holocaust vorkommen. Wie wir von einem Helden wie Oskar Schindler wissen, gab es für die Menschen, die in die Vernichtungslager deportiert wurden, kaum eine Überlebenschance. Doch auch die Kämpfe derer, die ein solches Lager überlebten oder verzweifelt versuchten, ihm zu entkommen, waren heldenhaft, sie waren bloß seltener und sind in den Hintergrund getreten. Dadurch haben wir nur das halbe Bild erhalten. Ich fand jedoch, dass es wichtig war, *beide* Seiten zu zeigen.

Das letzte Element, das die Sache für mich noch persönlicher machte, betrifft meine Arbeit als Schriftsteller. Über die Familie meines Vaters in Litauen wusste ich wenig; viele von ihnen waren Opfer des Holocaust. Ich dachte: *Wie würde ich mich fühlen, wenn man mir sagte, ich dürfe nicht mehr schreiben, und gleichzeitig würde meine Familie bedroht?* Und so wurde die Geschichte immer persönlicher.

Wien wählte ich als Ort der Handlung, zum einen aufgrund der berühmten Schriftsteller und Intellektuellen jener Zeit, von denen die namhaftesten zum Kreis um Sigmund Freud gehörten. Zum anderen traten die NS-Gesetze dort innerhalb weniger Monate in Kraft. Das verdeutlicht den Druck, unter dem meine Protagonisten ihre überlebenswichtigen Entscheidungen treffen mussten.

Die Situation der Schriftsteller und von Sigmund Freud, der Anschluss, die Netzwerke zur Änderung der Identität und das Vernichtungslager Sobibór, die in meinem Roman vorkommen, beruhen überwiegend auf historischen Fakten.

Schlussendlich ist dieser Roman, der dank einer jahrzehntealten Familiengeschichte und einer intensiven Recherchephase entstanden ist, also nicht nur eine Hommage an meinen Vater und seine Großfamilie, die im Holocaust umgekommen ist, sondern auch an die jüdischen Schriftsteller, die von 1938 bis 1945 in Wien und darüber hinaus gelebt haben.

J. C. Maetis

Quellennachweise

https://de.wikipedia.org/wiki/Reichsb%C3%BCrgergesetz

https://de.wikipedia.org/wiki/Rassenschande#/media/Datei:Blutschutzgesetz_v.15.9.1935 – RGBl.I.ii46gesamt.ipg

https://de.wikipedia.org/wiki/J%C3%BCdischer_Mischling

https://de.wikisource.org/w/index.php?title=Datei%3AFreud_Neue_Folge_der_Vorlesungen_zur_Einfuehrung_in_die_Psychoanalyse_1933.pdf&page=232

https://www.lpb-bw.de/publikationen/pogrom/pogrom6.htm

https://www.textlog.de/freud/vorlesungen/psychoanalyse/ix-die-traumzensur

https://www.1000dokumente.de/index.html?c=dokument_de&dokument=0007_nue&object=translation&l=de

Sigmund Freud, *Briefwechsel mit Albert Einstein,* https://psyalpha.net/de/literatur/volltexte/freud-sigmund-ausgewaehlte-schriften/freud-sigmund-1933b-1932-warum-krieg-brief-albert-einstein-september-1932

Sigmund Freud, *Das Unbehagen in der Kultur,* Kap. II, 21 und 28, Reclam-Universal-Bibliothek 18697, durchgesehene Auflage 2016

Sigmund Freud, *Zeitgemäßes über Krieg und Tod,* https://literaturkritik.de/public/artikel.php?art_id=9418.ausgabe=10

Anmerkung der Übersetzerin

Alle weiteren Zitate von Sigmund Freud ohne bibliografische Angaben werden ihm zugeschrieben.

Zu den Quellen aus der NS-Zeit: Bei diesen Stellen handelt es sich um Kombinationen aus den Nürnberger Gesetzen von 1935 sowie Anordnungen und Aufrufen von NS-Organen in den Jahren 1935–1945. Auch wenn in diesen Zeilen ausschließlich von Juden die Rede ist, waren andere Nichtarier gleichermaßen betroffen.